ULRICH HEFNER

Das Lächeln der toten Augen

Ulrich Hefner wurde 1961 in Bad Mergentheim geboren. Er wohnt in Lauda-Königshofen, ist verheiratet und Vater zweier Kinder. Hefner arbeitet als Polizeibeamter und ist freier Autor und Journalist. Er ist Mitglied in der IGdA (Interessengemeinschaft deutschsprachiger Autoren), im DPV (Deutschen Presseverband) und im Syndikat. Weiterhin ist er Gründungsmitglied der Polizei-Poeten. Die Polizei-Poeten veröffentlichten inzwischen vier Bücher, die nicht nur in Polizistenkreisen auf großes Interesse stießen. Neben der Krimiserie um den Ermittler Martin Trevisan, die inzwischen aus sechs Bänden besteht, sind inzwischen auch drei Thriller erschienen, die bereits in mehreren Sprachen übersetzt wurden. www.ulrichhefner.de und www.autorengilde.de.

ULRICH HEFNER

Das Lächeln der toten Augen

Frieslandkrimi

GMEINER

Personen und Handlung sind frei erfunden.
Ähnlichkeiten mit lebenden oder toten Personen
sind rein zufällig und nicht beabsichtigt.

Immer informiert

Spannung pur – mit unserem Newsletter informieren wir Sie
regelmäßig über Wissenswertes aus unserer Bücherwelt.

Gefällt mir!

Facebook: @Gmeiner.Verlag
Instagram: @gmeinerverlag
Twitter: @GmeinerVerlag

Besuchen Sie uns im Internet:
www.gmeiner-verlag.de

Im Ehnried 5, 88605 Meßkirch
Telefon 07575/2095-0
info@gmeiner-verlag.de

1. Auflage 2020
(Originalausgabe erschienen 2009 im Leda-Verlag)

Umschlaggestaltung: Katrin Lahmer
unter Verwendung eines Fotos von: © LianeM/stock.adobe.com
Druck: Custom Printing Warschau
Printed in Poland
ISBN 978-3-8392-2669-8

Für Blue, Rainer und Richi
und die alten Zeiten

und ich blickte in ihre Augen,
mitten hinein in den blauen Grund
eines tiefen, nicht enden wollenden Sees

… und auf dem Grund begegnete mir
das Grauen.

… unergründlich und erbarmungslos …

2001/Tr-8

PROLOG

Das einsame Gehöft lag an der Küste von Nordjütland, etwa zwei Kilometer südlich von Lønstrup. Matt glänzten die Scheiben des kleinen Wohnhauses im Licht der untergehenden Sonne. Es war kalt geworden in Dänemark. Mats Lundgren hatte die kalten Monate des Jahres noch nie gemocht. Und dabei war es gerade mal November. Der Winter stand noch bevor. Stumm und in ohnmächtigem Schmerz schaute er hinaus auf das Meer.

Er hatte in ihre Augen geblickt, hatte fassungslos nach dem Sinn gefragt. Was bewegte sie in ihrem Alter zu dieser Tat, welcher Wahnsinn hatte sie dazu getrieben?

Es gab viele Gründe, warum Menschen freiwillig aus dem Leben schieden. Eine unglückliche Liebe, Vereinsamung oder eine unstillbare Todessehnsucht, aber diese Mädchen hatten doch erst am Anfang ihres Lebens gestanden. Außerdem gab es noch einen großen Unterschied.

Die Augen der Toten waren meist stumpf und leer, manchmal auch schreckensstarr geweitet und von einem kalten Glanz umgeben, doch nicht ihre Augen, nicht die Augen dieser Mädchen. Sie schienen glücklich, fast so, als sei der Tod nur die Pforte ins Paradies. Sie hatten sich nebeneinander gelegt, in einem mit weißer Farbe gezeichneten Kreis. Sie lagen darin, Kopf an Kopf, wie die Speichen eines Wagenrades, und hatten an die schmucklose Decke geblickt, ehe der Tod über sie kam. Doch ihre Gesichtszüge verrieten, dass es kein überraschender und schmerzvoller Tod gewesen war. Gemeinsam hatten sie ihr Ende erwartet.

»Wir sind fertig«, hörte er Loyen sagen. Langsam wandte er sich um. Im Hintergrund sah er die schwarz gekleideten Männer, die einen schmucklosen Zinksarg in den bereitstehenden Kombi trugen.

»Gibt es schon irgendeinen Anhaltspunkt?«

»Keine Spuren von Gewaltanwendung. Keine Spuren weiterer Personen im Zimmer. Keine Fußabdrücke, keine Fasern, einfach nichts.«

»Wie?«

»Medikamente, Gift. Das werden die Gerichtsmediziner in Aalborg schon feststellen. Wir haben in der Tasche eine silberne Schatulle mit weiteren Spritzen gefunden«, antwortete Loyen.

Mats Lundgren wandte sich erneut dem Meer zu.

»Sie müssen doch irgendwie hier herausgekommen sein«, sagte er nachdenklich.

Loyen zuckte mit den Schultern.

»Drei Mädchen zwischen sechzehn und zwanzig«, sagte Lundgren. »Eine Asiatin und zwei Mädchen mit dunkler Hautfarbe. Jemand muss sie gesehen haben, jemand muss sie vermissen. Wir müssen in allen benachbarten Wohnheimen nachfragen.«

Loyen nickte.

Olson kam schnaufend den Weg entlanggelaufen. Unmittelbar vor Lundgren blieb er stehen und atmete erst einmal tief durch.

»Und?«, fragte Lundgren.

»Ich habe Jaspers nach Hause geschickt«, antwortete Olsen. »Wir haben seine Angaben. Er wollte wie jeden Tag hinunter zum Strand, um nach seinen Reusen zu sehen, da fiel ihm die offene Eingangstür auf. Seit Jahren war niemand mehr hier draußen.«

»Weiß er, wem das Anwesen gehört?«

»Er sagt, einer alten Frau aus Thule. Doch den Namen und die genaue Adresse kennt er nicht. Sie hat sich schon lange nicht mehr hier blicken lassen.«

»Ich will wissen, warum sie das getan haben«, sagte Mats Lundgren nach einer Weile.

»Es gibt keinen Brief, wir haben alles durchsucht …«

»Erst wenn wir wissen, wer die Mädchen waren, wird es uns gelingen, mehr über die Hintergründe zu erfahren«, sagte Loyen.

»Du hast recht«, antwortete Mats Lundgren. »Lass uns zurück nach Hjørring fahren. Hier draußen werden wir keine Antworten auf unsere Fragen finden.« Er wandte sich um und ging auf dem schmalen Pfad zum Haus zurück.

LANGEOOG, SECHS MONATE SPÄTER …

Die weiße Yacht schaukelte in den sanften Wellen des Hafenwassers auf und ab. Das dicke Tau hielt den schlanken Leib des Bootes im festen Griff gefangen. Es war kurz nach Mitternacht und die beiden Passagiere schliefen friedlich in der Kajüte.

Es war eine harte und anstrengende Überfahrt von Helgoland aus gewesen. Das Focksegel der Schärenyacht hatte sich in der steifen Brise aufgebläht und vor den Wind gestellt. In voller Fahrt hatten sie Strecke gemacht, ehe der Wind wechselte und von Nord auf Ost drehte. Mit halber Fahrt hatten sie schließlich Langeoog erreicht und das Boot an der Mole vertäut. Kurz darauf war die Dunkelheit auf die Insel geschlichen. Müde ließ sich der Skipper in die Hängematte fallen, die er zwischen Masten und Reling festgezurrt hatte. Seine Frau kochte auf dem Gaskocher seine Leibspeise, während er die Seekarten im fahlen Schein der Bootslampe studierte.

Nach dem Essen hatten sie sich in die Kajüte zurückgezogen. Für einen Landgang war auch noch morgen Zeit. Wenig später schlummerten beide friedlich in ihren Kojen.

Sie kamen im Morgengrauen. Lautlos schlichen sie sich an Bord. Im fahlen Schein der wenigen Laternen, die den Hafen nur spärlich erhellten, wirkten sie wie dunkle Schatten ohne Gesichter. Sie hatten das Boot nach dem Einlaufen in das Hafenbecken nicht mehr aus den Augen gelassen und auf ihre Gelegenheit gelauert. Niemand bemerkte sie.

Zielstrebig gingen sie zum Niedergang. Sie redeten nicht, sie brauchten keine Absprache. Unter ihnen herrschte blindes Verständnis.

Das Schloss der Kajütentür war kein Hindernis. Nach wenigen Sekunden knackte die Verriegelung. Es war das einzige Geräusch, das von Bord des Bootes hinaus in den Frühnebel drang.

Vorsichtig schlichen sie sich ins Innere. Das Schnarchen des Skippers drang an ihre Ohren, darunter mischte sich das gleichmäßige Atmen seiner Frau.

Auf diese Gelegenheit hatten sie wochenlang gewartet. Endlose Stunden hatten sie damit zugebracht, ihn zu studieren. Seine Gewohnheiten, seine Vorlieben, sie wussten, wie er seine Tage verbrachte. Offenbar kannte der Mann nur noch ein Ziel. Er war herumgefahren und hatte Fragen gestellt. Viele Fragen und vor allem: die falschen Fragen. Sie hatten gespürt, dass er ihnen sehr nahe gekommen war. Zuerst hatten sie geplant, ihn in seinem Haus aus dem Weg zu schaffen. Doch das hätte Spuren hinterlassen. Dann hatten sie von dem Segeltörn erfahren. Das war die Gelegenheit.

Seine Yacht und das Meer bedeuteten ihm viel. Es war eine schönes Boot, eine weiße Schärenyacht mit geringem Tiefgang. Hochseetauglich. Sie hatten sich gefragt, wie er sich dieses Hobby bei seiner schmalen Pension leisten konnte. Doch es war offenbar neben den Rosen im Garten seines Häuschens in Horne die einzige Liebhaberei geblieben, die er hatte.

Der Skipper war ein erfahrener und leidenschaftlicher Segler. Offenbar teilte seine Frau diese Begeisterung, obwohl sie gar nicht von der Küste stammte. Sie war vor vier Jahren aus der Hauptstadt in den Norden Jütlands gekommen, um an der Skøpping-Skole die Erstklässler zu unterrichten. Eigene Kinder gab es keine. Er hätte in aller Seelenruhe den Rest seines Lebens genießen können. Doch er tat es nicht, er hatte weiter geforscht. Etwas trieb ihn voran. Die Frage nach dem *Warum*. Was hoffte er dabei zu gewinnen? Der letzte Fall war abgeschlossen, es gab keine Veranlassung mehr, daran zu rühren. Niemand würde seine Fragen beantworten können. Er hätte einfach nur den Toten ihre Ruhe gönnen sollen. Er hatte seine Frau, die Yacht und die Rosen, es gab viele, die weniger besaßen als er. Doch es hatte ihm nicht gereicht.

Nun gab es kein Zurück mehr. Nun würde er seinen inneren Frieden finden. Jetzt würde sich der Kreis schließen. Der Drachenkopf hatte nach dem Schwert gerufen und alle hatten zugestimmt.

Schon waren sie über ihm. Nur ein leises Ächzen kam über seine Lippen, das in einem tiefen Schweigen verklang. Der Atem der Frau ging gleichmäßig. Sie hatte nicht bemerkt, dass sein Schnarchen verstummt war.

Es war kurz nach fünf Uhr, als der schlanke Körper einer Schärenyacht aus dem Hafen von Langeoog bei ansteigender Flut ins offene Meer glitt. Die dänische Flagge hing leblos vom Großmast herab. Nur die Augen eines einsamen Fischers folgten dem Boot, wie es in die Gewässer des Dollarts schipperte. Der Fischer wunderte sich noch, hatte doch der Wetterdienst für den heutigen Vormittag Sturmwarnung ausgegeben. Aber der Skipper würde schon wissen, was er tat. Vielleicht wollte er auch nur auf eine der benachbarten Inseln.

Der Fischer widmete sich längst wieder seinen Netzen, als der Horizont die weiße Yacht endgültig verschlang.

*

Der weißhaarige alte Mann blickte nachdenklich hinaus auf das Meer. Der Wind peitschte das Wasser auf und die tosenden Wellen brandeten gegen die steinerne Klippe. Seine langen, weißen Haare schwangen im Rhythmus der aufbrausenden Böen, doch das Wetter schien ihm nichts auszumachen. Er trotzte dem Sturm.

»Wir haben getan, was getan werden musste. Uns bleibt nichts, als abzuwarten und uns in Geduld zu üben«, schrie sein dunkel gekleideter Begleiter gegen die aufbrausende Naturgewalt an. Der Mann mochte wohl mehr als zwanzig Jahre jünger sein. Er war nervös und unruhig.

»Die Zeit ist gegen uns. Vergiss nicht, dass sich der Stein seinen Lauf durch unser Innerstes bahnt. Es ist, als ob dir eine feurige Hand mitten in deine Eingeweide greift. Ich spüre die Macht der Veränderung. Furchtbares wird geschehen. Die Feinde sind noch immer mächtig. Sie belauern uns. Wir werden dem Bösen entgegentreten, mit aller Macht. Die Toten blicken auf uns herab. Ich sehe ihre Augen. Jede Nacht sehe ich sie. Und ihre Tränen sind rot wie Blut.«

Der Alte sprach die Worte leise und mit tiefer Stimme, und trotz des Heulens des Windes klangen sie klar und verständlich.

WANGERLAND, JULI 2001

1

Die Frau schaltete den Staubsauger ab und horchte auf. Die laute Musik aus dem Nachbarhaus war verklungen, doch nun war ein anderes Geräusch an die Stelle der Musik getreten. Ein dumpfes Klopfen, fast so, als würde jemand mit vollen Kräften auf eine Pauke schlagen. Immer und immer kehrte es wieder. Es wirkte mechanisch und bedrohlich.

Ängstlich und zugleich ein wenig neugierig schlich sie an das Küchenfenster und blickte hinaus. Doch niemand war zu sehen. Noch immer stand das Moped vor dem Nachbarhaus. Vielleicht war dort ein Handwerker zugange. Schließlich dauerte es nicht mehr lange, bis die ersten Sommerfrischler den Badestrand jenseits der Deichstraße bevölkern würden. Sie wandte sich um und ging zurück in den Flur. Erneut betätigte sie den Schalter des Staubsaugers und das brausende Tosen des Gerätes überlagerte das hämmernde Pochen. Sie musste sich beeilen. Am Sonntag würden die ersten Feriengäste anreisen und dann musste das Haus gereinigt sein. Drei gute Monate im Sommer blieben ihr, damit sich das Ferienhaus rentierte. Niemand würde sich im Frühjahr oder Herbst oder gar im Winter für ihr Haus am Hohenstiefer Siel interessieren. Deshalb war sie bedacht darauf, dass sich die Feriengäste bei ihr wohlfühlten, im nächsten Jahr wiederkamen oder sie zumindest weiterempfahlen. Und Sauberkeit gehörte zu ihrem Geschäft.

Die beiden Wohnungen waren bereits gereinigt, die Betten mit frischer Wäsche überzogen und das Besteck in den beiden Küchen ergänzt. Nur noch der Flur und das Treppenhaus waren zu säubern. Eifrig ging sie ans Werk, dennoch lauschte sie ab und an, und noch immer war dumpf das Klopfen zu hören.

»Das geht nicht mit rechten Dingen zu«, sagte sie, als sie erneut den Staubsauger abschaltete und das Saugrohr beiseite legte.

Sie wusste, dass das Nachbarhaus einem reichen Industriellen aus Wilhelmshaven gehörte, der nur ab und zu ein paar Wochen in Horumersiel verbrachte. Die meiste Zeit über stand das Haus leer. Doch in den letzten Wochen, so hatte sie von einer Nachbarin erfahren, hätte sich der Sohn des reichen Mannes dort herumtrieben und mit seinen Freunden ausgelassene Partys gefeiert und laute Musik gehört.

Erneut schlich sie zum Küchenfenster. Ein Blick auf die Uhr sagte ihr, dass inzwischen mehr als zehn Minuten vergangen waren. Niemand würde mehr als zehn Minuten mit dieser Gleichmäßigkeit hämmern. Etwas stimmte nicht.

Sie fasste sich ein Herz und ging zur Tür. Draußen war keine Menschenseele zu sehen. Noch hielt die kleine Feriensiedlung ihren Dornröschenschlaf.

Sie ging auf den Eingang des Nachbarhauses zu. Das Hämmern wurde lauter. Sie blickte auf und bemerkte das offene Fenster an der Westseite unterhalb des Daches. Wenn sich ihr Gehör nicht irrte, kam das Hämmern genau aus diesem Zimmer.

Sie klingelte. Die Sekunden verstrichen. Sie klingelte erneut, doch nichts geschah. Schließlich legte sie ihre Hand auf den Klingelknopf. Bestimmt eine Minute lang war das Schnarren der Türklingel zu hören. Sie fühlte sich nicht ganz wohl in ihrer Haut. Aber schließlich machte sie sich Sorgen und wollte nur nach dem Rechten sehen.

Ihre Hoffnung war vergebens. Niemand öffnete ihr. Kein Geräusch deutete darauf hin, dass jemand durch das Treppenhaus lief. Nur das laute, gleichförmige und nervenaufreibende Hämmern schien nicht enden zu wollen.

Sie umrundete das Haus und rief laut »Hallo!« in Richtung des Fensters. Aber wiederum blieben ihre Bemühungen ohne Erfolg. Dabei wusste sie genau, dass jemand im Haus sein musste. Als sie vor knapp zwei Stunden aus ihrem Wagen gestiegen war, hatte sie doch die laute Musik aus dem Haus gehört.

Sie ging den kleinen Fußweg entlang, der in den Garten führte. Vor der Terrassentür blieb sie stehen. Die Tür stand weit offen und der Vorhang flatterte im Wind.

Erneut rief sie laut: »Hallo, ist da wer?«

Niemand antwortete. Schließlich fasste sie sich ein Herz und betrat das Wohnzimmer durch die Terrassentür.

Das Haus war geschmackvoll eingerichtet. Ein teurer Palisanderschrank und eine gediegene Ledercouch standen in dem geräumigen Zimmer. Auch der Teppich dürfte mehr als ihr kleiner Wagen gekostet haben, den sie sich zu Beginn des Frühjahrs angeschafft hatte, um ein klein wenig unabhängiger von ihrem Mann zu sein.

»Hallo, ist etwas passiert?«, rief sie. Das Herz schlug ihr bis zum Hals. Das Hämmern wurde schier unerträglich. Sie ging ins Treppenhaus und blickte nach oben.

Sie sah den Schatten oberhalb des Geländers nur aus den Augenwinkeln. Doch dieser Moment genügte. Ihr schriller Schrei übertönte sogar das stetige Hämmern.

*

»Du kannst mir glauben, ich kann gut darauf verzichten«, sagte Martin Trevisan und nippte an seinem Pils. Dann blickte er auf die Uhr. Es war kurz nach zehn und die Morgensonne verbreitete bereits ihre drückende Hitze im Raum.

»Paula ist jetzt in einem schwierigen Alter«, antwortete Peter Koch und griff mit einem Lächeln zu seinem Mineralwasser. »Bei Mira ist es nicht viel anders. Wenn ich abends nach Hause komme, ist auch ständig was los. Mira ist manchmal so gereizt, dass ich nicht ein Wort zu sagen brauche und schon stecken wir mitten im größten Krach. – Prost!«

»Spielen wir noch eine Runde?«, fragte Trevisan.

Peter nickte, trank sein Glas leer und stellte es geräuschvoll zurück auf den Tresen.

»Und was machst du dann?«

»Was meinst du?«

»Ich meine, wenn du mit Mira …«

»Ach so«, fiel ihm Peter ins Wort, »ich sage dann immer, das ist die Pubertät, da kann man nichts machen, das ist einfach so. Fünfzehn ist ein schwieriges Alter.«

Trevisan nickte.

Peter erhob sich, nahm seinen Squashschläger in die Hand und blickte Trevisan herausfordernd an. »Diesmal gewinne ich, alter Mann«, sagte er mit einem Lächeln.

Seit einem halben Jahr spielte Trevisan mit Peter Koch Squash im Fitnesscenter am Arsenalhafen. Peter war Stationsarzt im Nieter-Krankenhaus. Sie hatten sich im Fitnesscenter kennengelernt. Er war vier Jahre jünger als Trevisan, aber sie verstanden sich prima. Seit etwa drei Monaten trafen sie sich regelmäßig jeden Samstag, vorausgesetzt, ihre Arbeit ließ es zu.

Vor sechs Monaten, als Trevisan nach dem Duschen nur mit einem Handtuch bekleidet aus dem Badezimmer gekommen war, hatte Angela im Beisein von Paula seinen leichten Bauchansatz bemängelt. Er selbst hatte dieses kleine Polster, das sich hämisch über seinen Gürtel wölbte, längst bemerkt.

»Das ist das Alter und die mangelnde Bewegung«, hatte Angela gesagt.

Bewegung? Wie denn, wenn man den ganzen Tag im Büro herumsaß oder an irgendeinem Tatort herumstöberte, wie sollte man sich da angemessen bewegen? Und am Abend war man froh, wenn man zu Hause einen bequemen Sessel vorfand.

Aber sie hatten nicht lockergelassen. Zuerst hatte er es mit Joggen versucht. Doch meist kam er nicht weit, ehe er von einem leichten Trab in einen behäbigen Schritt verfiel. Regen, der Wind und dann auch noch der Schweiß, der ihm nach kurzer Zeit in Bächen über die Stirne rann, verdarben ihm schnell die Freude an der sportlichen Betätigung. Schließlich hatte er sich für das Fitnessstudio entschieden. Paula hatte ihn dazu genötigt und er war gegangen. Zögernd am Anfang, mit Unbehagen, er hasste die Muckibuden, in denen geistige Dünnbrettbohrer meinten, sie könnten um jeden Zentimeter wetteifern. Aber schließlich hatte er erste Erfolge festgestellt. Seine Hosen passten wieder und er fühlte sich einfach besser, gesünder, wacher und auch ein klein wenig ausgeglichener.

Dort war er dann auf Peter Koch getroffen, der einen Squash-Partner suchte. Er verstand sich sofort mit ihm, sie lagen auf einer Wellenlänge. Seit dieser Zeit verbrachte er die Samstagvormittage in kurzen weißen Hosen und Turnschuhen im Glaskäfig der Sporthalle.

Gemeinsam verließen sie die sonnendurchflutete Bar, die zum Studio gehörte, und betraten die Halle. Noch bevor der erste Ball auf den Boden krachte, klingelte ein Handy. Trevisan hatte gerade zum Schlag ausgeholt. Er verfehlte den Ball und fluchte laut.

»Verdammt, kann man denn nicht einmal …«

»Ich glaube, das ist für mich.« Peter Koch ging zu seiner Sporttasche. Er griff nach seinem Handy und meldete sich. Trevisan atmete auf. Paula war bei einer Freundin und Angela auf einer Auslandsreise. Er wusste genau, dass ein Anruf während des Samstagvormittags nichts Gutes zu bedeuten hätte. Niemand anderes als die Dienststelle würde ihn in diesen zwei Stunden stören.

Das Gespräch war nur kurz. Trevisan lehnte an der gläsernen Wand und spielte mit dem kleinen, schwarzen Gummiball.

»Ich muss in die Klinik. Ein Unfall, sechs Schwerverletzte. Tut mir leid«, sagte Peter. Trevisan konnte mitfühlen, oft genug war er in seiner Freizeit schon in die Polizeiinspektion gerufen worden. Er wartete, bis Peter gegangen war, dann ging auch er in die Umkleidekabine. Es war Viertel nach zehn. Er hatte es nicht eilig. Er duschte und genoss den warmen Wasserstrahl, der über seinen Rücken perlte.

Als Trevisan fertig war, fuhr er in die Innenstadt. In der Nähe des Bahnhofs fand er einen Parkplatz und ging zu Fuß in die Marktstraße. In einem Buchladen suchte er nach einem packenden Roman. Nur kein Krimi sollte es sein, Mord und Totschlag gab es genug in Trevisans Leben. Eine Stunde später kehrte er zurück zu seinem Wagen. In seiner Tüte befanden sich zwei Kochbücher. Eine Trennkostfibel und eines über leichte mediterrane Küche.

Als er in seinen Wagen stieg, fiel sein Blick auf ein junges Paar, das ein paar Meter entfernt vor einem dunklen Wagen stand. Das rotblonde Mädchen küsste den jungen Mann voller Hingabe, bevor dieser den Wagen umrundete und auf der Fahrerseite einstieg.

Trevisans Mund stand offen, er war zu keiner Bewegung fähig. Die roten Haare standen ihr nicht, ihr natürliches, mittelblondes Haar gefiel ihm viel besser, doch welcher Vater konnte schon gegen die modischen Flausen seiner pubertierenden Tochter angehen. Auch das Mädchen war mittlerweile eingestiegen. Der dunkle Wagen fuhr los.

»Paula …?«, murmelte Trevisan. Hatte sie nicht gesagt, dass sie den Tag bei ihrer Freundin Anja in Breddewarden verbringen wollte?

Vor lauter Verblüffung vergaß Trevisan, sich das Autokennzeichen zu merken. Er war sich aber sicher, dass der Wagen eine Wilhelmshavener Zulassung hatte. Nachdenklich fuhr er nach Sande zurück. Den Gedanken, bei Anjas Eltern vorbeizufahren und sich nach Paula zu erkundigen, verwarf er. Ein Anruf war vielleicht besser. Schließlich wollte er sich nicht lächerlich machen. Aber das Bild des rothaarigen Mädchens ging ihm nicht mehr aus dem Kopf. Hatte er sich getäuscht? Wie sehr er doch hoffte, sich geirrt zu haben …

Es war kurz nach zwei. Viermal hatte Trevisan inzwischen vergeblich versucht, bei den Stendals, Anjas Eltern, anzurufen. Bislang hatte sich niemand gemeldet. Konnte es sein, dass Paula ihn angelogen hatte und gar nicht zu Anja gefahren war?

Trevisan überlegte, ob er nicht nach Breddewarden hinauffahren sollte. Erneut griff er nach dem Telefonhörer. Mit nervösen Fingern wählte er die Nummer von Anjas Eltern. Diesmal musste er nicht lange warten, bis sich eine Frauenstimme am anderen Ende meldete.

»Guten Tag, ich bin Martin Trevisan, Paulas Vater. Ich wollte nachfragen, ob ich mit Paula sprechen kann?«

»Oh, das geht momentan leider nicht. Die Mädchen sind in die Stadt gefahren. Shoppen. Sie wissen doch, so was kann dauern«, erklärte die Frauenstimme mit heiterem Unterton. »Soll ich etwas ausrichten?«

»Sind Sie Anjas Mutter?«, fragte Trevisan vorsichtig. Er kannte die Frau nur flüchtig. Auf den Schulfesten waren sie sich ein paarmal begegnet.

»Ja. Ich habe die Mädchen heute um zehn nach Wilhelmshaven gefahren. Ich hole sie gegen Abend wieder ab. Ist etwas nicht in Ordnung?«

Trevisan überlegte. »Nein … Nein, ich glaube, das hat Zeit bis morgen. Vielen Dank. Auf Wiederhören.«

Trevisan legte den Hörer auf, ohne die Erwiderung abzuwarten. Sein Anruf war ihm plötzlich peinlich. Jetzt wusste er, dass Paula ihn wegen der Übernachtung nicht angelogen hatte, doch die Ungewissheit, ob Paula das Mädchen auf dem Parkplatz gewesen war, ließ ihm keine Ruhe. Paula war erst fünfzehn. Sie war ja noch ein Kind. Trevisan suchte nach seinem Handy. Dort hatte er Paulas Handynummer gespeichert. Bestimmt trug sie es bei sich.

Noch bevor Trevisan sein Handy gefunden hatte, klingelte das Telefon. Rief Paula etwa zurück? Er ging den Flur entlang und nahm den Hörer ab. »Trevisan«, sagte er erwartungsvoll.

»Hallo, ich bin es, Alex«, sagte Alex Uhlenbruch zögernd. »Ich störe nur ungern, aber ich brauche deine Hilfe.«

»Was ist los?«

»Du weißt, ich habe heute Bereitschaft. Aber ich kann leider nicht. Meine Schwester ist überraschend zu mir gekommen. Es … es gibt Probleme, familiär, du verstehst? Dietmar hat angerufen, wir haben einen Einsatz. Kannst du mich vertreten?«

Trevisan zuckte mit den Schultern. Eigentlich passte es ihm nicht ins Konzept. Schließlich war da ja noch die Sache mit Paula. »Ist Till oder Monika …?

»Ich habe es schon versucht, aber ich habe niemanden erreicht. Du bist meine letzte Rettung.«

Trevisan seufzte. »Also gut. Was ist passiert?«

»Ein Selbstmord in Horumersiel«, erwiderte Alex Uhlenbruch. »Dietmar ist in zwanzig Minuten auf der Dienststelle. Ich danke dir, du hilfst mir dadurch sehr.«

»Ist schon gut«, beendete Trevisan das Gespräch.

2

Trevisan schaute auf seinen Notizzettel. Hier irgendwo musste es links abgehen. Dann die Straße entlang über die Brücke, und schließlich immer geradeaus. Eine Gruppe von sieben kleinen Häusern mit Klinkerfassade. Das letzte Haus auf der rechten Seite, dort hatte sich die Tragödie ereignet. Er hatte die Wegbeschreibung aufgeschrieben, denn er traute sich selbst nicht mehr. Zu oft hatte er in der letzten Zeit etwas Wichtiges vergessen. Vielleicht hatte Angela doch recht? War es das Alter, das sich langsam bemerkbar machte? Die Abzweigung kam in Sicht. Trevisan wollte Dietmar Petermann gerade auf den Weg hinweisen, da setzte sein Kollege bereits den Blinker.

»Du kennst dich aus?«

»Ruhwedder hat mir den Weg erklärt«, antwortete Dietmar und schaltete in den zweiten Gang herunter. Auf der Kreisstraße 331 war wenig Verkehr an diesem späten Samstagnachmittag. Sie fuhren eine schmale Straße entlang, bis sie an die Brücke beim Schöpfwerk Wangerland kamen. Als sie die nächste scharfe Rechtskurve hinter sich gelassen hatten, kamen die Dächer einiger Häuser in Sicht.

»Ich hoffe, dass es heute nicht zu lange dauert. Wir begleiten mit unserem Chor morgen die Frühmesse«, sagte Dietmar Petermann, bevor er den Wagen vor dem letzten Haus in der Straße stoppte. Zweifellos waren sie hier richtig. In der Hofeinfahrt stand ein Streifenwagen.

»Wir werden sehen«, antwortete Trevisan und löste die Gurtschnalle.

Als er ausstieg, spürte er die bedrückende Stille, die in der Gegend herrschte. Keine Menschenseele war zu sehen. Vor die Sonne hatte sich eine dunkle Wolke geschoben. Trevisan wartete, bis auch Dietmar ausgestiegen war. Gemeinsam gingen sie auf das Haus zu, als ein uniformierter Polizist aus der Tür trat.

»Hallo, Martin, schöne Scheiße, was?« Es war Helge Ruhwedder, der Leiter der Polizeistation Wangerland. Trevisan kannte ihn noch aus vergangenen Tagen, als er selbst noch eine Uniform trug und in Wilhelmshaven auf Streife ging.

»Hallo, Helge, wie sieht es aus?«

»Ein junger Kerl, sechzehn Jahre alt. Hat sich ein Elektrokabel um den Hals geschlungen und ist dann einfach über das Geländer des ersten Stocks geklettert. Er sieht nicht gut aus. Eine grausame Art, sich das Leben zu nehmen.«

Trevisan schnürte es den Hals enger. Er dachte an Paula.

»Wisst ihr schon, wer der Junge war?« fragte Dietmar Petermann, als sie zusammen das Haus betraten.

»Er heißt Sven Halbermann und stammt aus Wilhelmshaven. Er hatte eine Geldbörse bei sich, darin befindet sich ein Führerschein für ein Moped. Seinen Eltern gehört das Haus. Sie leben in Neuengroden.«

Im Treppenhaus war es ungewöhnlich düster. Trevisan suchte nach einem Lichtschalter.

»Er liegt oben. Ich habe ihn mit den Sanitätern bereits abgehängt. Der Notarzt war schon da.«

»Wer hat ihn gefunden?« fragte Trevisan.

»Anna Telgte. Ihr gehört das Nachbarhaus.«

»Ist sie noch hier?«

»Sie ist drüben. Ich habe ihr gesagt, dass sie auf euch warten soll.«

Trevisan nickte. Gemeinsam gingen sie die Treppe hinauf in den ersten Stock. Im Flur lag der Tote. Ruhwedder hatte den Leichnam mit einem Stofftuch abgedeckt. Trevisan schlug das Laken zurück.

Die jugendlichen Gesichtszüge waren vom Todeskampf grausam entstellt. Seine Augen waren offen und sein Gesicht hatte die Farbe einer Wachspuppe angenommen. Er trug ein rotes T-Shirt und eine kurze Sporthose.

»Wo hat er gehangen?«, fragte Dietmar Petermann.

Helge Ruhwedder zeigte ihm die Stelle. An dem schwarz lackierten Geländer waren noch deutliche Kratzspuren zu erkennen. »Er ist einfach drüber weggeklettert. Der Arzt meinte, dass sein Adamsapfel durch das dünne Kabel zerquetscht wurde.«

»Gibt es einen Abschiedsbrief?«, fragte Trevisan mit brüchiger Stimme.

Ruhwedder nickte und deutete mit der Hand auf das gegenüberliegende Zimmer.

»Ich mach dann schon mal ein paar Fotos.« Dietmar Petermann ging zum Wagen, um die Kamera zu holen.

Trevisan folgte Ruhwedder in das Zimmer. Es war trotz seiner Dachschräge sehr geräumig. Trevisans Blick streifte die bunte Schlafcouch in der Ecke, daneben stand ein großer Kleiderschrank. Ein Tisch, eine Stereoanlage, ein Beistelltisch mit einem kleinen Fernseher und in der gegenüberliegenden Ecke ein Schreibtisch, der unter dem geöffneten Fenster stand, komplettierten die Ausstattung. Poster hingen an der Wand. Poster von Stars und Idolen, wie sie Trevisan auch in Paulas Zimmer hätte finden können. Ein Plakat hing neben dem Schreibtisch. Es warb für ein Computerspiel.

Trevisan schaute sich um. Unter der Stereoanlage standen mehrere Schallplatten in der Ablage. Ein Plattencover lag auf dem Tisch. Trevisan griff danach und hielt es zwischen seinen Fingerkuppen, um keine Spuren zu verwischen. Es war eine alte Plattenhülle der Gruppe Kansas. Trevisan erinnerte sich noch gut an ihre Musik.

Es war ungewöhnlich – Schallplatten! Die wenigsten Menschen hatten heute noch einen Plattenspieler.

»Die Platte lief noch, als ich kam«, erklärte Ruhwedder. »Die Abschaltautomatik des Tonarms hat vermutlich versagt, deshalb ist die Nadel immer wieder in die Endrille zurückgesprungen. Das hörte sich für Frau Telgte an, als ob jemand hämmerte. Deshalb ist sie herübergekommen. Sie vermutete, dass etwas nicht stimmte.«

Trevisan legte die Plattenhülle zurück auf den Tisch. »Wo liegt der Brief?«

»Drüben auf dem Schreibtisch.«

Auf der dunkelblauen Schreibunterlage lag ein Bogen Briefpapier mit Micky-Maus-Motiv an den Rändern. Ein Bleistift lag daneben. Die Handschrift auf dem Papier war krakelig.

Vater, warum? Sie war das Beste, das ich im Leben hatte. Warum hast du sie mir genommen? Für immer. Ich hasse dich.

In einigem Abstand darunter stand: *Mutter, verzeih mir.*

Die Zeilen waren eine einzige Anklage. Trevisan schluckte.

»Ich bin so weit!«, rief draußen Dietmar Petermann.

»Ich komme!« Trevisan kratzte sich an der Stirn. »Wissen die Eltern schon Bescheid?«

Ruhwedder schüttelte den Kopf. »Sie sind nicht zu Hause. Die Nachbarn sagen, dass sie verreist sind. Aber sie wissen nicht, wohin.«

Trevisan nickte gedankenverloren, dann ging er hinaus in den Flur.

Dietmar hatte bereits begonnen, den Jungen zu entkleiden. Trevisan trat hinzu. Gemeinsam suchten sie nach Verletzungen, nach Wunden, nach Prellungen oder Hautabschürfungen, die darauf hindeuteten, dass jemand beim Tod des Jungen nachgeholfen hatte. Routinearbeit. Außer den grässlichen Striemen und Bluteinfärbungen am Hals fanden sie nichts, es gab keine Hinweise auf einen vorausgegangenen Kampf. Doch das hatte Trevisan auch nicht erwartet.

»Eindeutig Selbstmord«, resümierte Petermann. »Jetzt brauchen wir nur noch das Motiv, dann können wir den Fall abschließen.«

Trevisan verzog seine Mundwinkel. Er hasste es, wenn Dietmar Petermann den Freitod eines Menschen auf das pure Aufnehmen der Personalien und die Motivsuche für den Staatsanwalt reduzierte. Doch eigentlich hatte er recht. Um mehr ging es bei der polizeilichen Ermittlungsarbeit nicht. Und das war schon schwierig genug, denn in den meisten Fällen von Selbstmord blieb das Motiv verborgen.

»Kann ich den Bestatter rufen?« fragte Ruhwedder.

Trevisan nickte. Er dachte an Paula. Der Junge war nur wenig älter als seine Tochter. Er hatte seinem Leben ein Ende gesetzt, obwohl er nur einen kleinen Teil davon gelebt hatte. Trevisan erschauderte.

Wie würde Paula reagieren, wenn er sie zur Rede stellte?

Kaum eine halbe Stunde später traf der Bestatter ein. Es dauerte eine geraume Weile, bis die Leiche des Jungen in den schwarzen Transportbeutel aus Kunststofffolie verpackt worden war. Trevisan schaute sich in der Zwischenzeit weiter im Zimmer des Toten um. Er öffnete die Schubladen des Schreibtisches, doch er wusste nicht, wonach er eigentlich suchte. Ein Tagebuch vielleicht, Aufzeichnungen, die den Selbstmord zumindest etwas durchschaubarer, etwas nachvollziehbarer machten. Wenngleich es für ihn dann immer noch unbegreiflich bliebe, dass ein Mensch überhaupt diesen Weg einschlagen konnte.

Dietmar Petermann stand neben ihm und hielt den Abschiedsbrief in der Hand, der inzwischen in eine Folie verpackt worden war.

»Tja, anscheinend die üblichen Probleme eines pubertierenden Jugendlichen mit seinen Eltern«, resümierte er, nachdem er die letzten geschriebenen Zeilen im Leben des Jungen überflogen hatte.

»Was meinst du damit?«, fragte Trevisan.

»Die drei ›L‹: Liebeskummer, Leistungsdruck, Lebenswandel. Irgendetwas in der Art!«

»Der Brief ist eine Anklage gegen den Vater und eine Entschuldigung an die Mutter. Ansonsten wissen wir gar nichts.«

Dietmar Petermann legte den Brief beiseite. »Wir wissen damit aber sicher, dass er es selbst getan hat. Den wahren Hintergrund werden wir wohl nie erfahren. Aber es ist augenfällig. Und meist sind es doch die Väter, die von ihren Kindern zu viel verlangen. Sie formen und erziehen wollen. Die Mütter sind gut für die Streicheleinheiten, oder?«

Trevisan wurde wütend. Er sah das Gesicht von Paula vor sich. Es war ihm, als stünde er seiner Tochter wegen bei Dietmar auf dem Prüfstand. Und ausgerechnet Dietmar Petermann musste so etwas von sich geben. Ein Mann, der immer nur den geraden Weg einschlug. Für den es nur Schwarz oder Weiß gab.

Trevisan erinnerte sich noch gut an das Familiengrillfest Anfang Mai in der Polizeiinspektion. Dietmars Junge hatte die ganze Zeit über still und brav am Tisch gesessen, während die anderen Kinder umhertollten und spielten. Erst gegen Abend hatte er verstohlen seinen Platz verlassen, um sich den anderen anzuschließen. Doch Dietmars kurzer, aber lauter Pfiff hatte ihn zurückbeordert, und der Junge war ihm gefolgt, wie ein gut erzogenes Hündchen.

»Was ist los mit dir?«

Dietmars Frage riss Trevisan aus seinen Gedanken. Er schob seine Wut beiseite. Er wusste, dass es sinnlos war, mit seinem Kollegen über solche Standpunkte zu diskutieren. Wo doch Dietmar gerne den Hobbypsychologen herauskehrte, der alleine die allgemeingültigen Wahrheiten und Charakteristiken der menschlichen Seele zu kennen glaubte.

»Hast du die Geldbörse und den Abschiedsbrief eingepackt?«

»Ja, eigentlich können wir gehen.«

»Du hast es verdammt eilig«, antwortete Trevisan.

»Ich hab dir doch erklärt, dass ich morgen früh ein Konzert habe. Bis der Bericht geschrieben ist, dauert es auch noch eine Weile.«

»Was genau willst du schreiben?«

»Was … wie … die Sache ist doch klar! Ein eindeutiger Selbstmord«, entgegnete Petermann erstaunt.

Typisch Dietmar, dachte Trevisan. Der tote Junge war nichts weiter als ein Aktenzeichen, das so schnell wie möglich vom Tisch sollte. Trevisan musste sich zwingen, seinen Gedanken nicht laut auszusprechen. »Ich übernehme die Sache, du kannst nach Hause gehen, wenn wir hier fertig sind«, sagte er stattdessen.

»Das ist schön, da habe ich ja noch Zeit, ein klein wenig zu üben«, erwiderte Dietmar erfreut.

Ruhwedder kam ins Zimmer. »Der Bestatter ist so weit. Wohin soll der Tote gebracht werden?«

»Direkt in die Rechtsmedizin«, entschied Trevisan.

Als Trevisan die Siegelmarke an die Haustür klebte, hatte er ein ungutes Gefühl. Er wusste nicht, warum, er wusste nicht, was ihn störte. Vielleicht war es auch der Umstand, dass ihm noch ein schwerer Gang bevorstand, denn Sven Halbermanns Eltern waren noch nicht vom Tod ihres einzigen Kindes unterrichtet.

*

»Ich mach mir echt Sorgen um ihn, er war in der letzten Zeit so still. Ich glaube, die Sache hat ihn ganz schön mitgenommen«, sagte Mike Landers nachdenklich.

Sie saßen auf einer alten, zerschlissenen Couch in einem der verlassenen Lagerschuppen am Banter Hafen. Vor zwei Jahren, nach der großen Pleite der DePa-Handelsgesellschaft, hatten sie sich den leeren Schuppen als Clubhaus eingerichtet. Das ehemalige Verwaltungsbüro hatten sie mit Teppichen ausgelegt und mit Möbeln vom Sperrmüll ausstaffiert. Dennoch wirkte das Zimmer gemütlich. Lediglich die Stereoanlage war neueren Datums. Sven hatte sie gestiftet. Aus unerfindlichen Gründen gab es noch immer Strom in diesem Schuppen.

Seit einem Jahr trafen sich die vier Jungs und das Mädchen regelmäßig hier. Sie kannten sich von Kindesbeinen an und waren alle im gleichen Alter. Nur Tommy war bereits achtzehn und besaß schon einen Führerschein.

»Wann hast du Sven das letzte Mal gesehen?«, fragte Tommy. Er und Luisa blickten Mike fragend an. Mike Landers war Svens bester Freund. Sie hatten schon zusammen im Sandkasten gespielt.

»Letzten Donnerstag, aber er wollte nicht mit mir reden«, antwortete Mike.

»Glaubt ihr, er hat sich echt in die verliebt?«, warf Jochen Eickelmann ein.

Tommy rümpfte die Nase. »Also mein Geschmack war sie nicht, und Sven wird schon 'ne andere finden«, witzelte er.

»Du bist doof«, erwiderte Luisa erbost. »Ich möchte wissen, wie du reagierst, wenn dir dein Vater deine Freundin wegnimmt.«

»Ich würde sie mir nicht wegnehmen lassen«, antwortete Tommy selbstsicher.

»Maria musste zurück nach Hause. Was hätte Sven machen sollen? Brasilien ist schließlich nicht Aurich!«

»Wenn er bis zum Mittag noch nicht hier ist, schaue ich noch einmal bei ihm zu Hause vorbei«, erklärte Mike.

Von draußen drang das Nebelhorn eines Kutters herein. Dunkle Wolken zogen vom Wasser auf das Festland zu. Bald würde es zu regnen beginnen.

*

Trevisan saß hinter seinem Schreibtisch. Der zweite Stock im Dienstgebäude war verwaist. Auch Dietmar Petermann war bereits gegangen, und Trevisan war sogar ein wenig froh darüber gewesen, denn dessen Kommentare trieben ihn in letzter Zeit immer öfter auf die Palme. Er spürte eine innere Unruhe und wusste nicht, ob dies an dem Selbstmord des Jungen lag oder ob Paulas Rendezvous die Ursache seines gestörten Seelenfriedens war. Noch immer hatte er keine Nachricht aus Neuengroden. Die Halbermanns waren noch nicht nach Hause zurückgekehrt.

Trevisan schaute auf die Uhr. Es war kurz nach neun. Draußen wurde es dunkel. Es hatte zu regnen begonnen. Er stöberte in den wenigen Habseligkeiten, die er aus dem Haus in Horumersiel mitgebracht hatte. In der Geldbörse befanden sich neben ein paar Groschen und einem Geldschein lediglich eine Scheckkarte, eine Karte für die Stadtbücherei und ein Jahresausweis für das Strandbad am Fliegerdeich. Trevisan öffnete das Seitenfach, doch es war leer. Schon wollte er die Geldbörse zur Seite legen, als er bemerkte, dass an der Innenseite des Seitenfaches ein Foto steckte. Es war ein einfaches Passbild in Schwarzweiß aus einem Automaten. Zwei übermütig lachende Gesichter blickten Trevisan an. Wange an Wange. Sven Halbermann auf der rechten Seite und daneben ein Mädchen. Sie war nicht viel älter als Sven. Ihr Gesicht hatte einen dunklen Teint. Eine Südländerin, vermutete Trevisan. Nachdenklich fuhr er sich durch die Haare. War dieses Mädchen der Grund für Sven Halbermanns Selbstmord? Wollte er sterben, weil er sie nicht haben konnte? Lehnte sein Vater eine Beziehung seines Sohnes mit einer Ausländerin ab?

Wieder kam ihm Paula in den Sinn. Er hatte einen Kloß im Hals. Schließlich erhob er sich, griff nach seiner Jacke und verließ das Büro.

Er fühlte er sich müde und abgespannt und fuhr nach Hause. Sein Blick fiel auf die Tankuhr. Die rote Nadel bewegte sich knapp über Reserve. An der Bismarckstraße bog er in die Tankstelle ab. Er tankte den Wagen voll und kaufte sich eine Flasche Rotwein. Wie würden die Eltern des toten Jungen auf die Nachricht reagieren? Sollte er einen Pfarrer hinzuziehen?

Vorsichtig fädelte er sich in den fließenden Verkehr ein. Doch er bog an der nächsten Kreuzung nicht links ab, sondern fuhr geradeaus weiter. Richtung Norden, nach Breddewarden. Er wusste nicht, warum er es tat, was er zu sehen hoffte. Er wusste nur, dass er jetzt gerne Paula in seiner Nähe hätte.

Eine Stunde später parkte er seinen Ford vor seinem Reihenhaus in Sande. Kurz vor dem Haus der Stendals war er umgekehrt. Es war kurz vor halb zehn gewesen. Viel zu spät, um zu klingeln und mit Paula zu sprechen. Er hatte gewendet und war die ganze Strecke wieder zurückgefahren.

Als er kurz vor Mitternacht zu Bett ging, beschäftigen ihn noch immer düstere Gedanken.

3

Ein immer wiederkehrendes Geräusch riss ihn aus einem unruhigen Schlaf. Trevisan brauchte eine Weile, bevor er realisierte, dass die sich wiederholenden Tonintervalle von seinem Telefon stammten. Schlaftrunken raffte er sich auf. Die Digitalanzeige seines Weckers stand auf kurz nach sechs Uhr.

Draußen graute der Morgen und der matte Schein des jungen Tages fiel durch die Ritzen der Jalousie. Er suchte nach seinen Hausschuhen. Das Telefon gab keine Ruhe. Mit unsicheren Schritten ging er die Treppe hinab.

»Trevisan«, meldete er sich mit belegter Stimme.

Die ersten Worte des Anrufers gingen in Trevisans Schläfrigkeit unter, deshalb verstand er den Namen nicht. Doch er konnte sich zusammenreimen, dass es seine Dienststelle war. »Moment, nicht so schnell«, beeilte er sich zu sagen.

»Sie wollten informiert werden, sobald Herr und Frau Halbermann zurückgekehrt sind«, wiederholte die männliche Stimme am anderen Ende der Leitung.

Das mulmige Gefühl kehrte zurück. »Hat schon jemand mit ihnen gesprochen?«, fragte Trevisan. Seine Müdigkeit war verflogen.

»Nein, Sie wollten doch selbst … auf alle Fälle sind sie zurück«, antwortete der Kollege vom Streifendienst.

»Gut, ich komme.« Trevisan legte auf. Für einen Moment blieb er regungslos vor dem Telefon stehen. Er atmete tief durch. Dann ging er ins Badezimmer.

Er hatte lange überlegt, ob es hilfreich war, einen Arzt oder einen Pfarrer hinzuziehen. Schließlich war er alleine mit dem Dienstwagen hinaus nach Neuengroden gefahren. Als er den Audi gegenüber der Villa geparkt hatte, blieb er einen Moment in Gedanken an den gestrigen Tag vertieft vor dem Grundstück stehen. Das weit ausladende Gelände wurde von einer halbhohen Mauer umfasst. Ein schmiedeeisernes Tor verwehrte den Zugang. Das Haus stand versteckt hinter hohen Büschen und drei riesigen Birken. Auf der gepflasterten Zufahrt stand ein dunkler Mercedes. Trevisan wusste, dass der Mercedes etwa so viel wie die Hälfte seines kleinen Reihenhäuschens gekostet hatte. Die Halbermanns waren ohne Zweifel eine reiche Familie.

Trevisan suchte nach dem Klingelknopf. Eine Sprechanlage befand sich darunter. Bevor er klingelte, versuchte er nochmals am Drehgriff, das Tor zu öffnen. Doch es war verschlossen. Erst nach dem vierten Klingeln drang eine undeutliche Stimme aus dem kleinen Lautsprecher, die Stimme eines müden und ungehaltenen Mannes. »Was soll das, zum Teufel?«

Trevisan schluckte. Sein Mund war trocken. »Trevisan ist mein Name. Ich bin Polizeibeamter und muss dringend mit Ihnen sprechen. Bitte, öffnen Sie!«, antwortete er bedrückt.

Erst jetzt bemerkte er die Kamera, die hinter dem Zugang an einen Mast montiert war und ihn mit ihrem kalten Linsenauge beobachtete.

»Die Polizei?«, hörte er noch, bevor der elektrische Türöffner summte.

Mit jedem Schritt überlegte er, wie er den Halbermanns beibringen sollte, dass sich ihr Sohn das Leben genommen hatte. Vor der Haustür blieb er stehen. Es vergingen ein paar Minuten, ehe ein großer Mann in Trevisans Alter in einem blendend weißen Bademantel öffnete. Das pechschwarze Haar des Mannes lag am Kopf an wie festzementiert. Es roch nach Veilchen oder ähnlichen Wiesenblumen. Trevisan bemerkte die dunklen Ränder um die tiefschwarzen Augen des Mannes. Das Gesicht war faltig. Er machte einen übernächtigten Eindruck.

»Guten Morgen. Hauptkommissar Trevisan von der Wilhelmshavener Polizei. Entschuldigen Sie die Störung. Sind Sie Herr Halbermann?« Trevisan reichte dem Mann die Hand.

Der Mann nickte nur und blickte Trevisan fragend an.

»Ich muss Ihnen leider mitteilen …«, fuhr Trevisan fort.

»Ist etwas passiert? Ein Unfall in der Firma?«

Trevisan hatte gehofft, dass ihn Halbermann ins Haus bitten würde, doch der dachte offensichtlich gar nicht daran.

»Simon, was ist los?«, hörte Trevisan eine Frauenstimme aus dem Dunkel des Flures fragen.

»Das wird uns der Herr bestimmt gleich erklären«, entgegnete Halbermann fordernd.

Trevisan überlegte, ob er um Einlass bitten sollte, doch er verwarf den Gedanken. Im Hintergrund tauchte eine rothaarige Frau in rosafarbenem Morgenmantel auf. Die Frau schien um einiges jünger und war trotz ihres verschlafenen Gesichtsausdruckes auch ungeschminkt eine Schönheit.

Trevisan atmete tief durch.

»Ich muss Ihnen leider mitteilen, dass Ihr Sohn sich gestern in Ihrem Ferienhaus in Horumersiel das Leben genommen hat.« Seine Stimme klang hölzern. Noch bevor sein letztes Wort verklungen war, hörte er einen spitzen Schrei. Dann sah er die Frau fallen. Sie stürzte zu Boden und blieb regungslos auf dem Läufer liegen.

*

Mike Landers war früh aufgebrochen, um sich im Yachthafen mit Tommy und Jochen zu treffen. Tommys Eltern hatten ein kleines Segelboot. Schon vor ein paar Tagen hatten sie ausgemacht, den Sonntag zu nutzen und einen kleinen Segeltörn hinüber zu den Inseln zu machen. Auch Sven Halbermann war bei dem Treffen dabeigewesen und hatte zugestimmt, nachdem Mike lange auf ihn eingeredet hatte. Wenngleich er bereits an diesem Tag schon verschlossen und abwesend gewirkt hatte. Doch Sven Halbermann kam nicht zum vereinbarten Treffpunkt.

»Es hat ihn stark mitgenommen, hoffentlich macht er keinen Quatsch«, sagte Mike, als er auf die Uhr blickte. Sieben Minuten nach acht. Sven war bereits eine halbe Stunde überfällig.

»Hast du ihn gestern Abend noch einmal besucht?«, fragte Jochen.

Tommys Rufen unterbrach die beiden. »Wollen wir noch lange warten? Es frischt auf. Er kommt bestimmt nicht!«

»Tommy hat recht«, erklärte Mike. »Ich glaube auch nicht daran, dass er noch kommt. Ich weiß überhaupt nicht, wo er sich herumtreibt. Ich bin gestern Abend noch bei ihm vorbeigegangen, aber er war nicht zu Hause. Es war überhaupt niemand zu Hause.«

»Na gut, dann lass uns ablegen. Ich glaube, der kriegt sich schon wieder ein. Das braucht nur etwas Zeit«, antwortete

Jochen, ehe er sich am Tau zu schaffen machte. Kurze Zeit später schipperten die drei Jungs auf dem kleinen Jollenkreuzer aus dem Hafen.

*

Trevisan saß unruhig auf einer schwarzen Ledercouch im Wohnzimmer der Halbermanns. Das Zimmer war geschmackvoll eingerichtet. Der Vitrinenschrank aus Buche enthielt seltsame kleine Figürchen aus Halbedelsteinen, daneben in einer weiteren Vitrine waren Familienfotos in stilvollen, goldenen oder silbernen Rahmen ordentlich aufgereiht. Gegenüber an der Wand hing ein übergroßes Ölgemälde. Es zeigte ein abstraktes Gemisch aus Farbe, das sich kreisförmig um ein weißes Zentrum schmiegte. Je weiter die Farben sich vom Zentrum entfernten, desto dunkler wurden sie. An den Rändern herrschte tiefste Finsternis. Je länger Trevisan auf das Bild starrte, desto mehr gewann er den Eindruck, die Farben würden sich um dieses Zentrum bewegen. Die Schwärze und Dunkelheit schienen die frohen und hellen Farben einzuschließen, um sie immer mehr in die Enge zu treiben. Trevisan wandte den Blick ab, doch das Bild schien ihn zu verfolgen, anzuziehen wie ein Magnet. Es war mindestens doppelt so groß wie der Kandinsky-Druck, der in seinem Wohnzimmer eine Wand zierte.

Trevisan erhob sich und trat näher an das Bild heran. Kleine weiße Linien durchbrachen das tiefdunkle Schwarz am unteren Bildrand. Trevisan musste sich konzentrieren, um die Schrift lesen zu können. *Das Universum/Adrian Lug.*

»Entschuldigen Sie, aber ich musste noch telefonieren«, ertönte es in seinem Rücken. Trevisan fuhr herum.

Simon Halbermann stand im Zimmer. Er trug einen korrekt sitzenden Anzug, doch die Blässe in seinem Gesicht zeigte, dass ihn die Nachricht vom Tod seines Sohnes erschüttert hatte.

»Meine Frau schläft jetzt. Der Arzt ist noch bei ihr.«

Simon Halbermann ließ sich in den Sessel fallen. Einen Augenblick lang herrschte Schweigen.

»Setzen Sie sich doch!«, durchbrach Simon Halbermann die Stille. Die Worte klangen nicht wie eine Einladung, eher wie ein Befehl. Trevisan nickte und ging hinüber zur Couch.

»Ich kann es nicht fassen«, sagte Halbermann mehr zu sich selbst. »Der Junge. Ich habe ihm doch alles gegeben. Mehr noch sogar, einen festen Glauben, eine Zukunft, wo findet man das heute noch. Und dann wirft er einfach alles weg.«

Trevisan blickte Halbermann ins Gesicht. Einen Augenblick lang hatte er den Eindruck, Gefühlsregungen wie Fassungslosigkeit und Schwäche bei Simon Halbermann zu entdecken. Sekunden später hatte Halbermanns Gesicht wieder die harten und unnahbaren Züge angenommen.

»Bis wann können wir mit der Beerdigung rechnen?«, fragte Halbermann sachlich.

»Die Ermittlungen sind abgeschlossen. An der Selbsttötung bestehen keine Zweifel. Ich denke, dass Sie bis morgen mit der Freigabe des Leichnams rechnen können.«

»Gut, dann werde ich alles vorbereiten.«

Trevisan nickte zögerlich. »Es wäre da noch eine Frage.«

Halbermann blickte Trevisan hochmütig an.

»Uns beschäftigt nach wie vor das Motiv. Was bringt einen jungen Menschen dazu, sich das Leben zu nehmen?«, fragte Trevisan vorsichtig.

»Er ist tot. Was gibt es da noch zu sagen?«, erwiderte Halbermann barsch.

»Wir fanden einen Abschiedsbrief. Nicht viel, nur ein paar Zeilen. Kann es sein, dass er eine Freundin hatte?«

»Was soll diese Frage!«

»Gab es in der letzten Zeit irgendwelche Vorfälle, hat er sich ungewöhnlich verhalten, Ärger in der Familie, in der Schule oder mit Freunden?«

»Herr Trevisan, was wollen Sie überhaupt? Mein Sohn hat sich erhängt. Er selbst kennt den Grund dafür. Genügt das nicht? Ich glaube, die Unterredung ist an dieser Stelle beendet«, sagte Halbermann brüsk. Er erhob sich und ging zur Tür.

»Er hat in seinen letzten Zeilen von Ihnen gesprochen. Es ist eine Art Anklage. Er spricht davon, dass Sie ihm etwas weggenommen haben, das ihm sehr wichtig erschien. In seiner Geldbörse fand ich ein Bild, das Sven mit einem Mädchen zeigt. Ein dunkelhäutiges Mädchen. War das der Grund für einen Streit? Haben Sie ihm verboten, sich weiter mit seiner Freundin zu treffen?« Trevisan konnte Halbermanns abweisende Haltung nicht verstehen.

»Gehen Sie bitte. Verlassen Sie mein Haus!«, zischte Halbermann.

Trevisan nickte und erhob sich. Halbermanns harte und verschlossene Gesichtszüge verrieten, dass er von dem Mann keine Antworten auf seine Fragen bekommen würde.

Auf dem gepflasterten Weg zum Tor hinunter kam ihm eine Frau entgegen. Nur kurz streiften sich ihre Blicke. Sie mochte wohl nahe an die sechzig sein, trug ein einfaches Kostüm und hatte ihre grauen Haare hochgesteckt. Mit einem kurzen »Guten Morgen« ging sie an Trevisan vorüber. Als Trevisan vor seinem Wagen stand, blickte er sich noch einmal um. Er sah, wie die Frau im Haus verschwand.

*

Als Trevisan an diesem Sonntag das Büro verließ, hatte er bereits den Abschlussbericht geschrieben. Als Motiv trug er in das entsprechende Freifeld des Formulars auf der ersten Seite *familiäre Probleme zwischen Vater und Sohn/wahrscheinlich Liebeskummer* ein. Noch einmal las er das zweiseitige Dokument, das die Registriernummer 253/01-K1-Tr. erhalten hatte. Eigentlich war ihm klar, dass der Staatsanwalt nicht mehr als die erste

Seite lesen würde, auf der die Personaldaten des Verstorbenen und in Kurzform die grundlegenden Feststellungen der Polizei festgehalten worden waren. Der Tod eines Menschen war verwaltungstechnisch auf drei Fragen reduziert. Die erste richtete sich nach den persönlichen Daten des Toten, die zweite Frage beschäftigte sich mit dem Problem, ob ein Fremdverschulden tatsächlich ausgeschlossen werden konnte und die letzte setzte sich mit dem Motiv des Selbstmörders auseinander.

Trevisan erinnerte sich noch gut an die Zeit, als aus einem Selbstmord noch eine Akte wurde, die neben einem Spurensicherungsbericht auch einen maschinengeschriebenen Abschlussbericht von meist vier bis fünf Seiten enthielt, in dem alle festgestellten Umstände ausgiebig dargestellt wurden. Doch seit betriebswirtschaftliche Grundsätze bis in die letzten Reihen der Polizei Einzug gehalten hatten, sprachen die Vorgesetzten nur noch von Optimierung und Abbau der Bürokratie. Sie hatten sogar recht damit. Mit der Zeitersparnis konnten heutzutage in der gleichen Zeit viermal so viele Selbstmorde abgearbeitet werden wie früher.

Trevisan blickte auf seine Uhr. Es war kurz nach Mittag und er verspürte ein deutliches Hungergefühl. Als er in seinen Wagen stieg, beschloss er, in einem Gasthaus essen zu gehen. Paula würde erst gegen zwei Uhr nach Hause kommen.

Es war ein sonniger und schöner Tag. Vielleicht würden sie den heutigen Nachmittag zusammen am Sander Badesee verbringen.

4

Trevisan hatte sich im Restaurant Fisch bestellt, doch trotz seines Hungers nur wenig davon angerührt. Anschließend war er nach Hause gefahren. Noch war Paula nicht eingetroffen.

Draußen war es warm. Das Thermometer zeigte 26 Grad Celsius. Trevisan stellte seinen Liegestuhl auf die Terrasse und legte sich ein Buch zurecht. Als er ein paar Seiten gelesen hatte, schlief er ein.

Schritte im Haus weckten ihn. Paula war zurück. Er hatte Durst und erhob sich. Als er in die Küche kam, stand Paula vor dem Kühlschrank.

»Hallo, Paps, wie geht es dir? Du siehst müde aus«, sagte sie im Vorübergehen.

»Mir geht es gut und dir? Wie war das Wochenende?«

»Toll!«, rief sie ihm zu, ehe sie im Badezimmer verschwand.

Trevisan schenkte sich ein Mineralwasser ein und ging hinaus auf den Flur. Sein Blick fiel auf die rote Sporttasche, die vor der Garderobe lag. Dann erschien Paula und verstaute ihr Badetuch darin.

»Willst du noch einmal weg?«, fragte Trevisan.

»Ich gehe mit Anja und ein paar anderen schwimmen. Aber keine Angst, du brauchst mich nicht zu fahren, ich werde abgeholt«, sagte sie, ehe sie auf der Treppe nach oben verschwand.

Trevisan blickte ihr nach. Die Betonung auf »abgeholt« gefiel ihm überhaupt nicht. »Aber ich dachte, wir könnten heute zusammen etwas unternehmen?« rief er ihr nach. Eine Antwort blieb aus.

Er überlegte, ob er sie fragen sollte, wo sie den gestrigen Mittag verbracht hatte, doch er verwarf den Gedanken. Stattdessen wiederholte er seine Frage. »Unternehmen wir was, wir beide?«

Paula kam die Treppe herab. Trevisan blickte sie mit großen Augen an. Hatte sie Lippenstift aufgetragen? Paula war groß geworden. Sie hatte viel von ihrer Mutter. Die schlanke Figur, die blonden Haare – jetzt rötlich eingefärbt – und die kleine, süße Stupsnase. Doch noch etwas war genauso wie bei Grit: ihr Gesichtsausdruck, wenn sie etwas verheimlichen wollte.

»Paps, heute geht es wirklich nicht. Ein anderes Mal vielleicht«, antwortete Paula gelassen, umarmte ihn und drückte ihm einen Kuss auf die Wange. Dann griff sie nach ihrer Tasche und rannte zur Tür.

Trevisan wusste nicht, was er sagen sollte. Er hatte das starke Bedürfnis, sie zurückzuhalten. Er wollte sie nicht verlieren, jetzt noch nicht, nicht so früh. Hatte er sie überhaupt richtig aufgeklärt, hatte er mit ihr darüber gesprochen? Er fühlte einen tiefen Stich in seinem Herzen.

Die Tür fiel in das Schloss und Trevisan wurde aus seinen Gedanken gerissen. Er eilte zum Küchenfenster und sah gerade noch, wie Paula hinter der Hecke verschwand. Eilends zog er sich seine Schuhe an und rannte zur Tür. Fast hätte er den Schlüssel vergessen. Vorsichtig schlich er sich zur Gartentür. Sie durfte ihn nicht sehen. Er wollte keinen Streit heraufbeschwören. Er schaute die Straße hinunter, doch Paula war bereits verschwunden. Er verließ das Grundstück und tastete sich an der Hecke entlang bis zur nächsten Querstraße. Dann hörte er das Aufheulen eines Motors. Das Geräusch wurde lauter. Panik keimte in ihm auf. Paula konnte nachtragend sein wie Grit. Wenn sie ihn jetzt entdeckte, würde sie wochenlang nicht mehr mit ihm reden. Er rannte auf die nächstgelegene offene Garage zu. Dann fuhr der schwarze Golf an ihm vorbei. Es war das Auto vom Bahnhof in Wilhelmshaven.

Er prägte sich das Kennzeichen ein und lief zum Haus zurück. Sein Weg führte ihn zum Telefon, doch er überlegte es sich anders, legte den Hörer wieder zurück und ging hinaus auf die Terrasse. Dort ließ er sich in den Liegestuhl sinken.

Starr blickte er in die weißen Wolken, die an ihm vorüberzogen. Was sollte er tun?

*

Es war Viertel nach acht, als Trevisan am nächsten Morgen das Besprechungszimmer betrat. Monika Sander saß an der Stirnseite des Tisches und hatte bereits die Post aus dem Geschäftszimmer geholt. Der Postkorb quoll über.

»Hallo, Martin, wie geht es dir?«, fragte sie freundlich. Die Gespräche der anderen verstummten. Dietmar Petermann trug wie immer eine unpassende Krawatte zu seinem heute orangefarbenen Hemd. Till Schreier hatte sich eine neue Frisur zugelegt. Seine kurzen Stoppelhaare waren fast unsichtbar. Und Tina Harloff knabberte lustlos an einem Knäckebrot.

Martin Trevisan nickte stumm.

»Alex hat sich freigenommen. Er sagte, du wüsstest, warum«, erklärte Monika, als Trevisan nachdenklich auf den leeren Platz starrte. Trevisan setzte sich.

»Du bist heute nicht besonders gesprächig«, bemerkte Monika.

»Entschuldige, aber mir geht es nicht besonders. Gibt es etwas, das ich wissen sollte?« Trevisan zeigte auf den Postkorb.

»Nichts Besonderes. Der Obduktionsbericht zum Reitunfall in Accum ist gekommen. Außerdem jede Menge Ermittlungsersuchen. Am Wochenende war wieder einmal einiges los. Schlägereien, Einbrüche, Unfälle, aber für uns ist nichts dabei. Ach ja, bevor ich es vergesse, Beck möchte um zehn mit dir reden.«

Trevisan seufzte. Auf ein Treffen mit seinem Vorgesetzen legte er an diesem Morgen keinen Wert. Zumal Beck in der letzten Zeit immer nur von neuen Sparerlassen und Etatkürzungen zu berichten wusste.

»Ich habe gehört, die Halbermanns sind gestern zurückgekommen?«, meldete sich Dietmar Petermann zu Wort.

»Ich war bei ihnen«, bestätigte Trevisan.

»Dann kann ich den Fall heute wohl abschließen.«

»Schon erledigt, ich hatte gestern noch etwas Zeit«, erklärte Trevisan.

Eine halbe Stunde später war die Frühbesprechung vorbei. Trevisan betrat sein Büro, griff zum Telefon und wählte die Nummer der Datenstation. Es dauerte eine Weile, bis sich eine junge Frauenstimme am anderen Ende meldete.

»Trevisan, K1. Ich brauche eine Kennzeichenüberprüfung.« Er nannte Kennzeichen und Fabrikat und erhielt er die geforderte Auskunft. Der Wagen gehörte einem jungen Mann mit dem Namen Nikolas Ricken aus Wilhelmshaven. »Können Sie mir sagen, ob wir über ihn etwas in unseren Akten haben?«

Weitere zwei Minuten später wusste Trevisan alles, was aus polizeilicher Sicht über den Golffahrer zu sagen war. Neben mehreren Diebstählen, Schwarzfahrten und Körperverletzungen war Ricken zuletzt vor zwei Jahren bei einem Handtaschenraub als Mittäter in Erscheinung getreten. Und Paula musste sich ausgerechnet mit solch einem Kerl abgeben. Es war höchste Zeit, mit ihr zu sprechen.

Sie hatten sich in ihrem Clubhaus am Banter See versammelt. Mittlerweile wussten sie vom Tod ihres Freundes. In der Schule hatte sich die Nachricht schnell verbreitet. Sven Halbermann hatte sich das Leben genommen. Er würde nie mehr auf der durchgesessenen Couch neben der Stereoanlage sitzen und seine alten Platten auflegen, auf die er so stolz gewesen war.

Die Jungs schwiegen sich an. Um Luisas Augen lag ein roter Schatten. Wie die Corona einer Sonnenfinsternis. Sie blickten betreten zu Boden. Eine bedrückende Stille herrschte im Raum.

Mike Landers hielt einen Brief in der Hand. Sven Halbermann hatte mehr hinterlassen als die wenigen Zeilen auf dem weißen Papier in seinem Zimmer in Horumersiel. Was Mike in den Händen hielt, war eine einzige Anklageschrift. Das Vermächtnis eines Toten. Nun wussten sie, durch welche Hölle Sven Halbermann in den letzten acht Monaten gegangen war. Welche Schuldgefühle ihn gequält hatten. Am Ende hatte er erkannt, dass nicht er der Schuldige war, sondern ein anderer die Verantwortung für Marias Tod trug. Und eben diese Schuld sollten sie jetzt für ihn einfordern.

Sven Halbermann hatte sich in Maria Souza da Marques verliebt. Über ein Jahr hatte sie als Au-pair-Mädchen im Haushalt der Halbermanns gelebt. Dabei war es dann passiert. Sie hatte Svens Gefühle durcheinandergebracht. Doch Svens Vater wollte nichts davon wissen. Er mischte sich ein, beendete die Beziehung. Er schickte sie einfach zurück. Zurück in die Armut und in die menschenfeindliche Welt der Slums um Rio. Zumindest hatte Sven das geglaubt. Selbst nachdem sie fortgebracht worden war, hatte er versucht, den Kontakt aufrechtzuerhalten. Er hatte Briefe geschrieben. Sie blieben unbeantwortet. Er hatte das Institut angerufen, das die Vermittlung arrangiert hatte, doch dort hielt man ihn hin. Er hatte versucht, sie über die deutsche Botschaft ausfindig zu machen. Niemand konnte helfen. Sie blieb verschollen, untergetaucht in einem Moloch aus Armut, Menschenverachtung und Anonymität. Sie war verloren. Verloren für immer. So hatte er geglaubt. Schließlich hatte er das Bild gefunden. Das Bild und die Halskette mit dem Amulett, das er ihr geschenkt hatte. Das Bild zeigte ihr Gesicht. Zeigte ihre Augen. Die Augen lächelten. Sie lächelten in die Ewigkeit. Anfänglich hatte er noch geglaubt, sie hätte es seinetwegen getan. Nun wusste er, wer dahintersteckte. Simon Halbermann trug die Schuld an ihrem Tod.

Mike Landers blickte Luisa mitleidvoll an. Seine Tränen waren versiegt. Seine Augen waren leer geweint.

Der Brief enthielt mehr als nur den schrecklichen Verdacht, mehr als die bloße Anklage. Er enthielt eine klar formulierte Forderung.

Svens Vater sollte bezahlen. Er sollte die Rechnung begleichen. Er sollte die Angst empfinden, die auch Sven in seinen letzten Monaten empfunden hatte. Doch die Angst vor dem Tod war für den Vater nicht genug. Darüber würde der nur lachen. Simon Halbermann, der Ehrgeizige, der Reiche, der Selbstherrliche. Der mit Selbstverständlichkeit Macht über andere ausübte, es genoss, andere zu beherrschen. Er selbst sollte Angst davor empfinden, dass er alles verlieren könnte, was er aufgebaut hatte.

Sven Halbermann war Maria im festen Glauben gefolgt, in der anderen Welt wieder mit ihr vereint zu sein. Und sein Tod sollte etwas in Gang setzen, was er zu Lebzeiten nie erreicht hätte. Das war Svens Halbermanns Vermächtnis. Und das Bild und die Kette waren die Werkzeuge.

Hatte Sven wirklich recht, war Maria Souza da Marques tot? Gestorben, weil Svens Vater es wollte?

Es gab nur einen Weg, das herauszufinden. Wenngleich Mikes Idee abenteuerlich erschien.

»Die ist doch nur in Trance.« Jochen Eickelmann brach den Bann der Stille und legte das Bild zurück auf den kleinen Tisch. »Ich glaube nicht, dass sie tot ist. Wer weiß, vielleicht meditiert sie. An was glauben die Brasilianer, an Voodoo?«

»Wir sollten zur Polizei gehen«, mischte sich Luisa ein.

Mike Landers schüttelte den Kopf. »Die Polizei wird nichts unternehmen. Was beweisen das Foto und die Kette schon? Ich kenne Sven. Ich weiß, dass er recht hat.«

»Aber wir haben immer noch den Brief.«

»Der Brief … der Brief enthält keine Beweise«, entgegnete Tommy. »Sie werden glauben, er spinnt und ist seiner Angebeten in den Tod gefolgt.«

Sie wussten, was Tommy meinte. Kein normaler Mensch brachte sich um. Nur Irre taten das. Kranke, die mit sich selbst nicht klarkamen. Sven war nicht verrückt gewesen. Er hatte gewusst, was er tat. Und gewusst, warum er es tat.

»Wenn er das Geld übergibt, dann ist alles klar. Dann gibt er zu, dass er Maria ermordet hat«, sagte Mike nach einer Weile.

»Das ist Erpressung«, wandte Jochen Eickelmann ein. »Dafür wandern wir alle ins Gefängnis. Da habe ich keinen Bock drauf.« Hochrot war sein Kopf und seine Sommersprossen schienen fast zu glimmen.

»Ich will auch nicht ins Gefängnis«, bestätigte Luisa. Tränen kullerten ihr über das Gesicht.

»Und wie hast du dir das Ganze vorgestellt?«, fragte Tommy trocken.

Mike Landers überlegte einen Moment. »Wir schicken ihm einen Brief und legen ein Foto der Kette bei.«

»Tolle Idee«, schnaubte Tommy. »Und schicken ihm das Kuvert mit der Post. Hinterlassen dabei auf der Briefmarke unsere Spucke und sind noch am gleichen Tag auf dem Polizeirevier zu Gast.«

»Wie meinst du das?«, fragte Jochen vorsichtig.

»Ihr schaut wohl kein Fernsehen. In Amerika haben sie dadurch den Bombenleger von Oklahoma verhaftet«, erklärte Tommy wichtigtuerisch. »Wegen der DNA und dem ganzen Zeugs.«

»Dann werde ich den Brief eben selbst vorbeibringen«, erwiderte Mike Landers trotzig. »Mitten in der Nacht, wenn es sein muss.«

»Es gibt Fingerabdrücke, es gibt Schriftproben. Du weißt ja gar nicht, wodurch du dich alles verraten kannst.«

Jochen Eickelmann nickte.

»Wir landen alle im Gefängnis. Ich mache da nicht mit«, sagte Luisa und wischte sich die Tränen aus den Augen. »So sehr ich Sven auch vermisse, aber das kann er doch nicht von uns verlangen.«

»Wir erpressen Halbermann ja nicht wirklich«, widersprach Mike. »Wir schauen nur, wie er reagiert. Wir klären damit den Mord an Maria. Das ist es doch wert. Niemand wird uns dafür ins Gefängnis bringen. Im Gegenteil. Die Polizei wird uns am Ende noch dankbar sein.«

»Es geht um Simon Halbermann. Der hat Einfluss. Das ist nicht irgendein dahergelaufener Penner. Der verdient an einem Tag so viel Geld wie unsere Eltern in einem Monat. Du glaubst doch nicht, dass der sich das so einfach gefallen lässt. Der wird alles Mögliche unternehmen, um uns im Gefängnis zu sehen.«

»Das ist mir egal. Dann mache ich es eben alleine. Ich bin es Sven schuldig. Ich brauche euch nicht dafür.« Wütend sprang Mike Landers auf. Er griff nach dem Bild auf dem Tisch und ging, ohne sich noch einmal umzudrehen.

Mit betretenen Gesichtern schauten sich die drei zurückgebliebenen Freunde an.

»Glaubst du, er tut es?«, fragte Luisa schüchtern.

Tommy schüttelte den Kopf. »Er ist wütend. Morgen kommt er wieder zur Vernunft.«

*

Er saß vor der feuchten Leinwand und musterte das Gemälde. Es war noch lange nicht fertig. Die Ränder der düsteren Farben verliefen in feinen Linien und durchtränkten das helle Grün im Mittelpunkt. Wie ein Strudel, doch lange noch nicht tief genug. Er würde noch einmal den Pinsel in die Farbe tauchen und ein zweites Mal über die Leinwand fahren. So lange, bis der Strudel den Mittelpunkt mit sich in die Tiefe riss. Er wusste, dass schwere Zeiten angebrochen waren. Er wusste, dass der Tod seine Karte aufgedeckt und ausgespielt hatte. Wie war die Antwort? Würde er den grünen Weg gehen müssen?

Er musste die Sache im Auge behalten. Das war seine Aufgabe, sie waren nur Fragmente, kleine Bruchstücke eines großen Ganzen, einer Einheit. Sie vor der ewigen Finsternis zu beschützen, das war seine Aufgabe. Deswegen existierte er, nur deswegen.

Seitdem die Dunkelheit angebrochen war und der Stein den Kreis passiert hatte, wurde das Gefühl der Hilflosigkeit schier unerträglich. Es war, als ob ihm alle Fäden aus den Händen glitten. Die anderen wussten nichts davon. Er musste Stärke zeigen. Er brauchte die Kraft für diesen ungleichen Kampf.

Der Ritter war sein letzter Trumpf. Doch wann sollte er ihn spielen?

Thuban blieb verdunkelt. Der Stein hatte ihm das Licht genommen und hüllte ihn in Schwärze.

5

Mike war am vorangegangenen Abend spät zu Bett gegangen. Er hatte getan, was getan werden musste. Bis kurz nach zwei Uhr war er wach gewesen. Er hatte peinlich genau darauf geachtet, dass er das Blatt nicht mit seinen Fingern berührte. Es war schwierig gewesen, die einzelnen Buchstaben mit den Gartenhandschuhen aufzukleben. Das Kuvert hatte er mit einem Klebestreifen verschlossen, nachdem er den Computerausdruck des Fotos beigelegt hatte. Aber es war gut geworden. Das Gesicht und die Augen des Mädchens waren gestochen scharf.

Die Villa lag noch im tiefen Schlaf. Die Rollläden waren geschlossen. Im Glanz der Morgensonne wirkte das Haus friedlich, ja fast beschaulich, doch in diesem Haus hatte sich ein Drama abgespielt. Hinter der biederen Fassade war der Tod zu Hause. Mike blickte sich um. Keine Bewegung war zu sehen. Er stand im Schatten eines Baumes und seine Augen flogen nervös hin und her. Er rang mit sich. Es war nicht einfach, diesen Weg zu gehen. Was, wenn Sven sich irrte? Was, wenn er sich alles nur zusammengereimt hatte?

Die Unsicherheit zerfraß ihn fast. Mike hatte in der Nacht kein Auge zugetan. Er starrte auf das hellblaue Kuvert. Eigentlich gehörte es zu einer farbenfrohen Glückwunschkarte. Doch er hatte kein anderes gefunden. Egal, es würde seinen Zweck erfüllen.

Er dachte an Sven, an die Zeit, als er ihn kennengelernt hatte, damals vor vielen Jahren. Sven hatte einen schweren Stand gehabt, als Sohn des reichen Industriellen Halbermann. Ein eingebildetes, biegsames, zartes Bürschchen, so hatten alle gedacht. Doch sie hatten sich geirrt. Sven stand mit beiden Beinen auf der Erde und war ganz und gar nicht blasiert.

Sven war ein guter Freund, der beste, den man haben konnte. Vor nicht mal vier Monaten hatten sie mit der Segelyacht der Halbermanns vor Wangerooge Mommsens Fischzuchtanlage zerstört. Mike selbst hatte das Boot gesteuert, doch Sven hatte alle Schuld auf sich genommen, als sie zur Rede gestellt worden waren. Sven hatte sich selbst beschuldigt, um ihn zu schützen. Sven würde ihn nicht belügen, er würde ihn nicht in eine Sache hetzen, von der er nicht genau wusste, dass sie Hand und Fuß hatte. Mike glaubte Sven, glaubte den Zeilen im Brief. Den letzten, die Sven in diesem Leben verfasst hatte.

Noch einmal blickte er sich um. Er durfte nicht gesehen werden. Nur deshalb war er kurz nach fünf Uhr aufgestanden und hinaus nach Neuengroden gefahren. Die Straße war leer. Er schaute auf die Uhr. Zwanzig Minuten vor sechs. Es wurde Zeit. Bald würde hier in der Straße das Leben erwachen, dann war es zu spät für sein Vorhaben.

Langsam ging er auf das schmiedeeiserne Tor zu. Seine Augen fixierten den Briefkasten, wie ein Schütze das innere Schwarz einer Zielscheibe. Mit jedem Schritt raste sein Herz schneller. Er hielt den Kopf gesenkt, als ob ihn dies vor den zufälligen Blicken Neugieriger schützen könnte. Er wusste, dass es eine Kamera am Tor gab, doch der Briefkasten lag im toten Winkel. Deshalb achtete er peinlich genau darauf, dass er nicht in den Erfassungsbereich des Objektivs trat. Als er vor dem Briefkasten stand, blickte er sich noch einmal verstohlen um. Er hob vorsichtig den Deckel und steckte den blauen Umschlag hinein. Das leise Quietschen des eisernen Deckels hinterließ eine Gänsehaut auf seinem Rücken. Endlich war es geschafft, der Brief war überbracht. Ein hastiger Blick auf das Haus beruhigte ihn, noch immer waren dort die Fensterläden geschlossen.

»Hallo, Mike, eine schreckliche Sache, nicht?«, sagte eine dunkle Stimme hinter ihm.

Er fuhr zusammen, als hätte ihn ein Peitschenhieb getroffen. Er drehte sich um und blickte in die tränengeröteten Augen von Frau Jonas, der Haushälterin und Zugehfrau der Halbermanns. Erschrocken blickte er sie an.

»Du hast doch schon davon erfahren, oder?«, fragte sie den Jungen.

Mikes Haut kribbelte, sein Magen krampfte sich zusammen. Mehr als ein »Ja« bekam er nicht heraus.

»Du willst bestimmt wissen, wann Sven beerdigt wird?«

Seine Augen füllten sich mit Tränen. Wortlos, wie festgewachsen stand er vor der alten Frau. Was hatte sie gesehen? Wieso stand sie plötzlich hinter ihm? Am liebsten wäre er einfach losgerannt. Nur ein knappes Nicken brachte er zustande.

»Wir wissen es auch noch nicht. Es muss noch so vieles vorbereitet werden. Ich werde den Halbermanns ausrichten, dass du hier warst«, sagte Frau Jonas und ging an ihm vorüber durch das schmiedeeiserne Tor. Seine Blicke folgten der Frau, bis sie im Haus verschwunden war. Mit spitzen Fingern versuchte er in den Briefkastenschlitz zu greifen, um den Brief wieder herauszuholen. Doch nach etlichen erfolglosen Versuchen gab er auf. Die Angst fraß sich tief in seine Seele.

*

»Ich möchte einfach nur wissen, mit wem du gestern und am Sonntag zusammen gewesen bist!«, sagte Trevisan energisch.

Paula saß am Frühstückstisch und starrte schweigend auf den angebissenen Toast auf ihrem Teller.

»Mit wem?«, wiederholte Trevisan.

»Das weißt du doch!«, antwortete Paula bissig.

»Nein, ich weiß es nicht. Ich kenne die Leute aus deiner Clique nicht. Ich weiß nur, dass du am Sonntag in einen schwarzen Wagen eingestiegen bist. Und ich kenne niemanden aus deinem Freundeskreis, der bereits einen Führerschein hat. Mit wem bist du gestern weggefahren?«

»Ich sagte doch schon, Anjas Mutter …«

»Anjas Mutter fährt einen weißen Ford. Erzähl mir nichts!«

»Ja, stimmt. Sie war es auch nicht. Sie konnte uns nicht abholen. Sie hat jemanden geschickt.«

Trevisans forschender Blick lastete auf ihr wie ein zentnerschwerer Stein. Sie senkte den Kopf.

»Vergiss nicht, dass es Teil meiner Arbeit ist, die Wahrheit von der Lüge zu unterscheiden«, sagte er. »Ich möchte von meiner Tochter nicht belogen werden. Also, wer war der junge Mann am Steuer?«

Wie vom Donner gerührt schaute sie auf. »Du hast mir nachgeschnüffelt!«

»Nachgeschnüffelt? Was soll das heißen. Ich bin dein Vater, vergiss das nicht!«

»Du bist mir nachgegangen. Du hast mich verfolgt, wie du einen deiner Verbrecher verfolgst. Du bist … du bist …« Sie erhob sich und stürmte zur Tür hinaus.

»Bleib hier, verdammt!«, rief er, doch seine Worte verhallten unbeachtet. Paula war nach oben in ihr Zimmer gerannt und hatte die Tür hinter sich zugeschlossen.

Er ärgerte sich über Paula, aber am meisten ärgerte er sich über den Verlauf des Gespräches. Sie hatte ihn durchschaut, dabei hatte er seine Beobachtungen wie einen Zufall in das Gespräch einfließen lassen wollen. Paula hatte wohl auch einiges von ihm geerbt. Sie durchschaute ihn. Er hätte es wissen müssen. Aber er konnte doch nicht zulassen, dass sie sich mit einem achtzehnjährigen Jungen traf, der bereits bestens im Kollegenkreis bekannt war. Wohin sollte das führen?

Paula war aufgeklärt. Zwölf war sie damals gewesen und es war ihm nicht leichtgefallen. Aber es war doch noch viel zu früh. Er malte sich aus, was ein Achtzehnjähriger, noch dazu einer mit einem miesen Charakter, seiner Tochter alles antun konnte. Paula und ein straffällig gewordener ... Schon allein der Gedanke war ihm zuwider. Er würde Paula den weiteren Umgang mit ihm verbieten. Wenn doch jetzt nur Angela hier wäre. Ihm wurde wieder einmal schmerzlich bewusst, was es bedeutete, alleine eine Tochter erziehen zu müssen. Noch dazu als Vater. Er würde nicht zulassen, dass der Kerl ihr etwas antat.

Er erhob sich und ging hinaus in den Flur. Er lauschte, doch kein Laut drang über die Treppe zu ihm herunter. Er blickte auf die Uhr. Es war Dienstag, Paula musste heute erst ab der zweiten Stunde in die Schule. Zwanzig Minuten bis acht. Zeit für ihn, zur Arbeit zu fahren. Trevisan war hin und her gerissen. Sollte er einfach gehen? Er dachte an den jungen Halbermann. Das Bild ging ihm seit Tagen nicht mehr aus dem Sinn. Langsam ging er die Treppe hinauf. Paulas Zimmertür war geschlossen. Er klopfte, doch nichts rührte sich.

»Paula!«, rief Trevisan leise.

»Was ist noch?«, trafen ihn Paulas schneidende Worte. Er drehte sich um. Sie stand in der offenen Badezimmertür und trocknete ihre Haare.

»Paula, ich will doch nur dein Bestes. Ich will dir doch nur helfen.«

»Und dazu schnüffelst du mir nach?«

»Ich habe dir nicht … ich habe dich am Samstag in Wilhelmshaven am Bahnhof gesehen. Ich war mir nur nicht ganz sicher. Aber am Sonntag bist du in den gleichen Wagen eingestiegen. Ich möchte doch nur wissen, was da läuft«, sagte Trevisan mit weicher Stimme.

»Du hast mir nachgeschnüffelt. Das ist gemein und niederträchtig«, erklärte Paula resolut, dann warf sie die Tür zum Badezimmer zu.

Trevisan schüttelte den Kopf. Paula war zutiefst gekränkt. Er kannte ihre Art. Weitere Versuche hatten keinen Zweck, wenn sie nicht mit sich reden lassen wollte.

*

Simon Halbermann traute seinen Augen nicht. Er legte den blauen Umschlag zur Seite und schlug die Hände vor das Gesicht. Wie nur konnte jemand davon erfahren haben? Was hatte Sven ihm angetan? Nicht nur, dass der Junge sein Leben weggeworfen und dabei den Kreis unterbrochen hatte, er hatte auch noch die Frechheit besessen und seine eigene Familie beschmutzt.

Die letzten Monate waren nicht leicht gewesen. Dieser ständige Ärger, dieser andauernde Streit. Sie war nun einmal nicht mehr hier. Sie hatte ihre Aufgabe zu erfüllen. Es stand mehr auf dem Spiel als das Schicksal eines Einzelnen. Die Sache war in Gefahr geraten. Sein Sohn war nicht dazu auserkoren, sich mit einer Fremden einzulassen und schon gar nicht, sich aus dem Leben zu stehlen. Aus der Wut, die Simon Halbermann anfangs auf seinen Sohn empfunden hatte, war mittlerweile Hass geworden.

Ja, er musste zugeben, er hasste ihn. Er hatte seinem Sohn das

Leben geschenkt, hatte ihn in die Gemeinschaft eingeführt, um später einmal den vorgezeichneten Weg weiterzugehen und das Begonnene zu Ende zu führen. Was hatte Sven für ihn getan? Er hatte sich immer weiter von ihm entfernt, bis er schließlich am Ende sogar gegen ihn rebellierte. Gegen ihn, gegen seinen eigenen Vater.

Simon Halbermann erhob sich. Seine Frau lag noch immer unter dem Einfluss starker Beruhigungsmittel im Bett. Sie hatte der Tod von Sven schwer getroffen. Doch darauf konnte er keine Rücksicht nehmen. In zwei Tagen würde Sven beerdigt werden, dann wäre dieses Kapitel abgeschlossen. So hoffte er.

Erneut griff er nach dem Brief. Aus Zeitungen ausgeschnittene Buchstaben, unbeholfen aneinandergereiht und aufgeklebt. Doch der Sinn dieser Botschaft war eindeutig. Er sollte bezahlen. Eine Million. In den nächsten Tagen würde er weitere Anweisungen bekommen. Ansonsten würde er die Konsequenzen tragen müssen. Polizeiliche Ermittlungen waren das Letzte, was er jetzt brauchen konnte.

Simon Halbermann dachte an den aufdringlichen Polizisten, der ihm am Sonntagmorgen die Nachricht vom Tod seines Sohnes überbracht hatte. Ein höchst unangenehmer und unnachgiebiger Mensch. Wenngleich er auch anfänglich distinguiert, fast wie ein Pfarrer gewirkt hatte, als er in seinem dunklen Anzug vor der Tür gestanden hatte, so hatten seine zudringlichen Fragen am Ende deutlich gezeigt, dass dieser Kommissar gewohnt war, den Dingen auf den Grund zu gehen.

Simon Halbermann wusste, dass er sich auch nicht den Hauch eines Skandals leisten konnte. Dieser Polizeikommissar würde seine Schwächen erkennen und zu seinem Vorteil nutzen. Er dachte dabei nicht an sich, er dachte an seine Frau, die den Tod des Sohnes nur schwer verkraften konnte. Schon der leise Verdacht konnte ihm und der Sache schaden.

Frau Jonas hatte am Morgen den Briefkasten geleert. Neben zahlreichen Kondolenzschreiben und den üblichen Geschäftsbriefen hatte dieser blaue Umschlag darin gelegen. Er war nicht durch die Post zugestellt worden. Der Erpresser musste ihn selbst überbracht haben. Er musste unbedingt mit ihr sprechen.

*

Als Trevisan gegen neun Uhr den ersten Stock der Inspektion betrat, wurde er bereits von Monika Sander erwartet.

»Wo bleibst du denn? Hast du die Beförderung von Alex vergessen?«, empfing sie ihn vorwurfsvoll.

Zum Teufel, ja, er hatte die Beförderung vergessen. Das Telex war letzten Donnerstag gekommen. Heute Morgen um acht Uhr hätte er zusammen mit Alex bei der Polizeidirektorin erscheinen sollen. Inzwischen war so viel passiert, dass er nicht mehr daran gedacht hatte.

»Komm ins Besprechungszimmer, wir trinken gerade ein Gläschen Sekt«, sagte sie und ging an ihm vorüber.

Trevisan betrat sein Büro, hängte seine schwarze Jacke an den Kleiderhaken und atmete erst einmal durch. Ihm war nicht zum Feiern zumute. Aber er wollte nicht unhöflich sein. Schließlich hatte er Alex schon heute Morgen versetzt.

Er warf einen Blick in den Spiegel über dem Waschbecken. Seine widerspenstigen Haare hingen ihm ins Gesicht. Er drehte den Wasserhahn auf und gab seiner Frisur den letzten Schliff, ehe er den Weg ins Besprechungszimmer antrat.

»Ah, Trevisan, da bist du ja endlich«, wurde er von Kriminaloberrat Beck begrüßt. »Bist wohl heute nicht rechtzeitig aus den Federn gekommen. Ich meine, wenn schon jemand aus deiner Abteilung befördert wird, dann sollte der Chef doch zumindest anwesend sein, oder?«

»Entschuldigung, ich hatte Ärger zu Hause«, murmelte Trevisan und ging auf Alex zu, der mit einem Glas Sekt in der Hand am Fenster stand und ihm einen neugierigen Blick zuwarf.

Trevisan reichte ihm die Hand und gratulierte. »Entschuldige, dass ich den Termin verschnappt habe, aber ich hatte …«

»Ist schon okay. Monika hat dich vertreten«, entgegnete Alex, während er ein neues Sektglas einschenkte und es Trevisan reichte. »Übrigens, vielen Dank, dass du mir am Wochenende aus der Patsche geholfen hast, aber ich konnte wirklich …«

»Schon gut«, antwortete Trevisan und prostete Alex zu. »Also dann, auf deinen Oberkommissar.«

»Alex hat es verdient«, sagte Dietmar Petermann, der in seinem bunten Hawaii-Hemd und der gelben Hose etwas deplatziert wirkte. Zustimmendes Gemurmel breitete sich im Zimmer aus.

Trevisan nippte an seinem Glas. Alkohol zu dieser Uhrzeit tat ihm nicht gut, das wusste er.

6

»Es gibt keine andere Möglichkeit, ich werde es nicht dulden.« Der weißhaarige Mann schlug mit der flachen Hand auf den Tisch. »Sie sind bereits auf dem Weg, so wie auch er sich auf seinen Weg machen wird.«

Der Mann im dunklen Anzug nickte unterwürfig. Er schob das Briefkuvert zurück in seine Aktentasche.

»Erst wenn die dunklen Wolken an seinem Haus vorübergezogen sind, wird es für ihn ein Zurück geben«, fuhr der Weißhaarige fort. »Es ist alles vorbereitet. Sie haben das Schwert gewählt, auch wenn sie gar nicht wissen, welche Macht sie herausgefordert haben.« Er schlug die Hände vor das Gesicht und murmelte unverständliche Worte. Sie klangen wie aus einer anderen, längst vergangenen Zeit. Plötzlich blickte er auf. »Geh nun! Tu, was getan werden muss, bevor uns alles entgleitet!«

Als er aufblickte, schimmerte das Feuermal auf seiner Stirn wie ein kollabierender Stern. Der Mann im schwarzen Anzug verneigte sich und verließ den Saal, der Weißhaarige blieb zurück. Ein Gefühl sagte ihm, dass er wachsam sein musste. Die Gefahr war groß, fast übermächtig und er spürte, dass sie ihn zu verschlingen drohte, wenn er nicht vorsichtig war. Schließlich trug er die Verantwortung. Jahrelang hatte er nach den verschollenen Schriften gesucht, hatte die Länder des Nordens bereist, bis er endlich das Vermächtnis von Garth dem Wahrhaftigen in einer Grabstätte westlich von Thule gefunden hatte.

Er hatte die Schriften gelesen. Nur wenige waren noch der Sprache des Altertums mächtig, aber er hatte die Botschaft verstanden, er wusste die Zeichen der alten Zeit zu deuten. Diesmal würde er den Untergang verhindern, und er wusste, dass keine leichte Aufgabe vor ihm lag. Der Kummerstein war endgültig in die Welt zurückgekehrt.

*

Sie hatten erfahren, dass Svens Leiche freigegeben war. Die Ermittlungen waren abgeschlossen. Sie hatten sich vorbereitet, hatten einen Blumenkranz besorgt und ihren Schmerz auf einer letzten Grußkarte niedergeschrieben, die sie in das offene Grab werfen wollten, doch auf einen Termin für Svens Beerdigung warteten sie vergeblich.

Sven gehört keiner Kirche an, hatte ihr Vertrauenslehrer

erklärt. Es würde keine Beerdigung geben. Zumindest nicht im herkömmlichen Sinne. Die Halbermanns waren Freikirchler, was immer das auch bedeutete. Svens sterbliche Überreste würden nach Dänemark überführt werden. Dort sollte er bestattet werden. Das war der Wille seiner Familie.

Sie waren wütend gewesen, als sie das gehört hatten. Sie durften keinen Anteil nehmen. Der Abschied wurde ihnen nicht gestattet, und dabei war Sven ihr bester Freund gewesen. Es war, als wäre das Buch bis zum Ende gelesen, doch noch immer lag es offen auf dem Tisch. Niemand würde es für sie zuschlagen, niemand würde es wegräumen, zurück in das Regal stellen. Dort, wo es hingehörte.

»Ich kann es einfach nicht glauben«, sagte Luisa Schöneberg. »Dabei haben wir uns solche Mühe gemacht.«

»Du spinnst!«, wandte Tommy Wolff ein. »Um was geht es dir eigentlich. Um Sven oder um diesen blöden Kranz?«

Luisa blickte betreten zu Boden.

»Lass sie doch in Ruhe!«, knurrte Jochen Eickelmann.

Sie schwiegen eine Weile und vermieden es, dass sich ihre Blicke trafen.

Draußen zogen dunkle Wolken vom Wasser heran. Für diesen Dienstag waren schwere Unwetter angekündigt. Der Wetterdienst hatte Sturmwarnung für die Küstenregion ausgegeben.

Schweigend saßen die drei in ihrem Clubhaus am Banter See. Nur Mike Landers fehlte. Er war auch nicht in der Schule gewesen. Er habe sich krank gemeldet, hatte ihnen der Lehrer erklärt, als sie nach ihm gefragt hatten.

Seit ihrem letzten Treffen hatten sie ihn nicht mehr gesehen. Sie wussten, was Mike vorhatte und dass er böse auf sie war, weil sie ihm nicht dabei helfen wollten. Jeder von ihnen ahnte, dass sie Mike nicht von seiner fixen Idee abbringen konnten, dennoch herrschte Ungewissheit.

Jochen Eickelmann war es, der das Schweigen brach. »Glaubt ihr, Mike hat es getan?«, fragte er kleinlaut.

»Was getan?«, antwortete Tommy spitz.

»Glaubst du, er hat dem alten Halbermann einen Erpresserbrief geschrieben?«

»Und wenn schon«, entgegnete Tommy. »Du glaubst doch nicht, dass der Alte darauf hereinfällt. Er wird ihn einfach weggeworfen haben.«

»Aber wenn es wirklich stimmt?«, sagte Luisa weinerlich. In ihren Augen glitzerten Tränen.

»Du spinnst wirklich«, antwortete Tommy barsch. »Halbermann hat gemerkt, dass etwas zwischen Sven und Maria lief. Deshalb hat er sie kurzerhand zurückgeschickt. So einfach ist das.«

»Aber was ist mit Svens Brief und dem Foto?«, fragte Jochen.

»Das Foto«, zischte Tommy. »Was beweist das schon? Ein Mädchen, das mit verklärten Augen in die Kamera starrt.«

Tommy verstummte, als die Türe aufgerissen wurde und Mike Landers den Raum betrat. Wortlos ging zur Couch in der Ecke und ließ sich darauf niedersinken. Drei überraschte Augenpaare folgten ihm.

»Was ist los? Warum glotzt ihr so?«, sagte er mürrisch.

Tommy war der Erste, der die Sprache wieder fand. »Hey, wo hast du die ganze Zeit gesteckt?«

»Ich war zu Hause. Mir ging es nicht gut«, antwortete Mike.

»Hast du schon gehört? Sven wird in Dänemark beerdigt«, sagte Jochen.

Mike nickte. »Ist jetzt auch egal.« Seine Stimme klang bedrückt.

»Du hast es getan?«, fragte Tommy.

Gespannte Blicke lagen auf Mike Landers. Er sah zu Boden.

»Du hast den Brief abgeschickt?« Tommys Frage klang wie eine ultimative Feststellung.

»Ja, zum Teufel!«, schrie Mike Landers laut und schlug die Hände vor das Gesicht.

Luisa und Jochen Eickelmann waren sichtlich erschüttert.

»Seht ihr, ich wusste es, er spinnt vollkommen«, polterte Tommy. »Jetzt haben wir den Salat.«

»Wieso?«, fragte Jochen. »Was meinst du damit, jetzt haben wir den Salat?«

Tommy wandte sich den beiden Freunden zu und stützte die geballten Fäuste auf die Hüften. »Jetzt sitzen wir alle im gleichen Boot. Der alte Halbermann ist nicht blöde. Der weiß doch, woher der Brief stammt.«

»Wir können doch nichts dafür«, schluchzte Luisa.

»Halbermann weiß doch, dass wir Svens beste Freunde waren. Wem außer uns hätte er ein solches Geheimnis anvertraut? Bestimmt denkt er gerade darüber nach, ob er zur Polizei gehen soll.«

Mike Landers erhob sich und warf Tommy einen geringschätzigen Blick zu. »Ich habe es alleine getan«, sagte er. »Ihr braucht keine Angst zu haben.« Dann verließ er den Raum.

*

Paula lag auf ihrem Bett und trug ihren Kopfhörer. Sie bemerkte Trevisan nicht, als er ihr Zimmer betrat. Seit gestern hatten sie kein Wort mehr miteinander gesprochen. Er war nach seinem Dienst nach Hause gekommen und hatte sich vorgenommen, mit ihr zu sprechen, doch sie hatte sich nicht darauf eingelassen. Ihr Zimmer war verschlossen und blieb es auch. Schließlich hatte Trevisan resigniert. Doch heute würde er nicht nachgeben.

Er hatte angeklopft. Einmal, zweimal, dreimal. Im Zimmer war es ruhig geblieben. Dann hatte er die Klinke heruntergedrückt. Wider Erwarten hatte Paula heute nicht abgeschlossen.

»Paula!«, rief Trevisan, doch sie zeigte keine Reaktion. Noch immer lag sie lang ausgestreckt auf ihrem Bett und blätterte in ihrem Magazin.

Trevisan kam näher. »Paula, so hör doch. Ich muss mit dir sprechen«, sagte er laut, doch seine Worte verhallten ungehört.

Schließlich setzte er sich auf ihr Bett. Paula fuhr herum und blickte ihn mit großen Augen an.

»Was willst du?«, zischte sie und riss ihren Kopfhörer herunter.

»Ich will mit dir reden.«

»Warum?«

Trevisan zog die Stirn kraus. Jetzt sah sie ihn wieder an wie Grit, wenn sie ärgerlich war. Sie hatte wirklich viel von ihrer Mutter. Trevisan atmete tief ein. »Wir müssen über die Sache mit dem Jungen reden«, sagte er ernst.

»Darüber gibt es nichts zu sagen.« Sie drehte sich wieder um und streifte ihren Kopfhörer über.

Trevisan wurde es zu bunt. Ärgerlich griff er nach dem Kabel und zog daran. Der Kopfhörer fiel zu Boden. »Du hörst mir jetzt gut zu«, sagte er. »Es reicht mir jetzt mit deinen Spielchen. Ich bin dein Vater und du bist meine minderjährige Tochter. Ich will nicht, dass du dich schon mit Kerlen einlässt. Du bist fünfzehn.«

Trevisan erhob sich und wartete auf eine Reaktion, doch sie blieb unbewegt auf ihrem Bett liegen.

»Ich will, dass du dich mit dem Kerl nicht mehr triffst. Ich kenne diese Typen. Die haben doch nur eines im Kopf und wenn er kriegt, was er will, dann lässt er dich einfach fallen.«

Zornig drehte sich Paula herum. »Nikolas ist nicht so …«

»Was weißt du schon von ihm? Was hat er dir alles erzählt? Hat er dir auch gesagt, dass er ein Knacki ist, dass er ein Vorstrafenregister hat?«

Trevisan war schon wütend, doch in Paula brodelte es geradezu. Ihr Gesicht wurde rot vor Zorn. »Du hast ihn überprüfen lassen. Du hast mir nicht nur nachgeschnüffelt, du hast auch noch in euren Polizeiakten geblättert. Du bist … du bist echt das Letzte.«

»Hör auf, komm mir bloß nicht auf die Art. Ich bin dein Vater und ich habe ein Recht darauf, zu wissen, was meine Tochter treibt und mit wem sie …«

»… sie es treibt?«

»Hör auf Paula, nicht so!«, schrie Trevisan. »Du wirst die nächsten drei Wochen hier zu Hause verbringen. Tante Klara wird nach dir schauen.«

Paula setzte sich auf. »Sollen wir zu einem Arzt gehen? Willst du überprüfen lassen, ob ich noch Jungfrau bin?«, sagte sie schnippisch.

Trevisan kochte. »Solange ich für dich die Verantwortung trage, wirst du tun, was ich dir sage.« Er wandte sich zur Tür, ohne auf eine Antwort zu warten, und schlug sie zu. Dann ging er hinunter in den Keller. Als er hinter seinem Schlagzeug saß und die ersten Takte gespielt hatte, fiel die Anspannung langsam von ihm ab. Er fragte sich, warum es nicht möglich war, vernünftig mit Paula zu reden. Warum entglitt ihm die Unterhaltung immer, bis sie schließlich in einem handfesten Streit endete? Trevisan schüttelte den Kopf.

*

Der Junge war gegen 18 Uhr mit dem Fahrrad in die Edenburgstraße eingebogen. Sie hatten ihn sofort erkannt. Die Beschreibung passte haargenau. Der Junge stellte sein rotes Rennrad vor dem Haus mit der Nummer 6 ab und ging auf den Eingang zu. Es war ein Mehrfamilienhaus. Sie wussten, dass er in diesem Haus zusammen mit seiner alleinerziehenden Mutter wohnte. Der Vater war schon vor Jahren abgehauen. Geschwister gab es ebenfalls nicht. Trotzdem würden sie auf eine Gelegenheit warten. Doch nun hatten sie die Witterung aufgenommen. Sie würden ihre Beute nicht mehr aus den Augen lassen. Sie würden ihn beobachten, Tag und Nacht. Ihm folgen, bis die Zeit reif war.

Er hatte etwas, das sie von ihm wollten. Er würde es ihnen geben, daran gab es keine Zweifel. Bislang hatten sie jeden so weit gebracht, dass er tat, was sie wollten. Sie hatten ihre Erfahrungen und sie scheuten sich nicht davor, auch das letzte Mittel anzuwenden. Sie mussten ihren Auftrag erfüllen. Es wurde von ihnen erwartet, und sie würden diese Erwartungen erfüllen.

Doch sie mussten vorsichtig sein. Niemand durfte Verdacht schöpfen, niemand durfte ihre Anwesenheit bemerken. Aber auch darin waren sie geübt. Der Mietwagen war schlicht und unauffällig und trug ein Wilhelmshavener Kennzeichen. Sie hatten ihn mitten zwischen den Fahrzeugen der hiesigen Anwohner geparkt. Sie saßen aufrecht darin, nicht zusammengekauert und geduckt, so wie man es in schlechten Detektivfilmen sah. Aufrecht, so als ob sie genau dort hingehörten und in eine angeregte Unterhaltung vertieft waren. Sich so öffentlich zu benehmen wie möglich, das war die beste Methode, um unauffällig zu bleiben.

7

»Kaum lässt man euch alleine, schon gibt es wieder Schwierigkeiten«, drang Angelas Stimme aus dem kleinen Lautsprecher des Telefons. »Hast du auch an die Folgen gedacht? In wenigen Tagen sind Ferien. Soll sie die ganze Zeit über zu Hause sitzen, während ihre Freundinnen die Sommertage genießen? Willst du sie einsperren?«

Trevisan fluchte innerlich. Daran hatte er bei all seiner Verbitterung nicht gedacht. Angela hatte recht, die Ferien begannen in drei Tagen. Tante Klara würde er wohl kaum zumuten können, sein Verbot zu überwachen, und ihm selbst blieb bei dem Beruf auch keine Zeit dafür.

»Ich habe nicht ... daran hab ich nicht gedacht«, stotterte er.

»Ich glaube, du hast an vieles nicht gedacht«, erwiderte Angela. »Sie hat ein hervorragendes Zeugnis mit nach Hause gebracht, sie ist immer zuverlässig gewesen und sie ist intelligent, deine Tochter. Ich glaube nicht, dass sie sich dem Erstbesten an den Hals wirft. Knutschen, ein bisschen Fummeln, ich bitte dich, sie ist fünfzehn. Wann soll sie denn ihre Erfahrungen sammeln. Mit sechzig vielleicht?«

»Kannst du nicht mit ihr reden?«

»Ich bin nicht ihre Mutter«, antwortete Angela. »Ich kann nur versuchen, ihr eine gute Freundin zu sein. Du wirst das schon selbst erledigen müssen. Aber mit etwas mehr Verständnis.«

»Sie hat mich angelogen, außerdem ist der Kerl schon achtzehn, fährt ein Auto und hat ein Vorstrafenregister, das länger ist als mein Einkaufszettel fürs Wochenende«, murrte Trevisan. Er verstand Angelas Einwände nicht. Schließlich fühlte er sich im Recht. Warum hielten die Frauen, wenn es um solche Dinge ging, eigentlich immer zusammen?

»Ach so, du hast früher deinen Eltern immer alles erzählt. Du musst ein vorbildlicher Junge gewesen sein. Wahrscheinlich hattest du deine erste Freundin mit einundzwanzig und deine Eltern waren beim ersten Rendezvous dabei, oder?«

»Red keinen Quatsch, natürlich war ich auch jung und habe nicht immer alles erzählt. Das ist doch normal.«

»Ja, ganz normal, wie du selbst sagst«, wiederholte Angela seine Worte. »Also, was soll das, warum regst du dich so auf? Oder bist du am Ende vielleicht eifersüchtig?«

»Du spinnst wohl!«, schnauzte er.

»Hey, habe ich da vielleicht den tieferen Kern getroffen?«

Trevisan atmete tief durch. »Du findest es also ganz normal, dass ein fünfzehnjähriges Mädchen mit einem achtzehnjährigen Kerl durch die Gegend zieht, der in ein paar Jahren zu meinen besten Kunden zählen wird. Es ist also nichts dagegen einzuwenden, dass sie ihrem Vater erzählt, dass sie bei einer Freundin übernachtet, und sich dann heimlich mit diesem dahergelaufenen Burschen trifft, ihm Küsse auf die Backe haucht und mit ihm Ausfahrten unternimmt. Wer weiß, wohin. Der Kerl hat einen eigenen Wagen und … und …«

»… und ein Wagen hat Liegesitze«, vollendete Angela Trevisans Gedanken.

Trevisan schwieg.

»Ich kenne Paula«, sagte Angela nach einem Augenblick. »Sie weiß genau, was sie tut. Nur dir fehlt das Vertrauen. Das spürt sie. Vielleicht hat sie deshalb die Geschichte mit der Freundin erfunden.«

»Wie meinst du das?«

»Sie weiß genau, dass du sie nie zu einem Treffen mit einem Freund weggelassen würdest. Väter sind immer ein klein wenig eifersüchtig«

Trevisan überlegte. Traf Angela den Nagel auf den Kopf? Natürlich hätte er Paula ein Rendezvous nie gestattet. Das war doch klar. Schon gar nicht mit einem polizeibekannten Rabauken, der bislang nichts zuwege gebracht hatte, außer zu stehlen und mit seinen Fäusten um sich zu schlagen. Doch Trevisan erkannte auch, dass er in Angela keine Verbündete finden würde. Also wechselte er das Thema. »Wann kommst du denn zurück, weißt du schon den genauen Termin?«

Aus Angelas Timbre erkannte er, dass sie sein Spiel durchschaut hatte. »Ich denke, wir werden noch zwei bis drei Wochen brauchen. Wir schießen noch ein paar gute Aufnahmen aus der Wüste und vom Strand. Außerdem arbeite ich an einem Feature über einen Aborigine, den ich kennengelernt habe. Das wird bestimmt lustig. Der Mann ist schon steinalt. Niemand kennt sein genaues Alter, aber es heißt, er wäre an die hundert.

Martin, sei mir nicht böse. Ich muss jetzt Schluss machen. Wir fahren in fünf Minuten los.«

»Dann pass gut auf dich auf«, sagte er. »Ich wünsche dir noch viel Erfolg mit deinen Geschichten, aber ich bin sicher, du hast ein gutes Händchen dafür. Ich warte auf dich.«

»Ich rufe dich am Sonntag wieder an. Bis dahin sind wir hoffentlich aus diesem Glutofen wieder zurück«, antwortete Angela, bevor sie das Gespräch beendete.

Trevisan steckte das Telefon zurück ins Ladegerät und blieb noch eine Weile gedankenverloren neben dem Apparat sitzen. Angela fehlte ihm. Seit drei Wochen befand sie sich mitten in Australien, um für das neu aufgelegte Reise- und Adventure-Magazin ihres Verlages Berichte, Reportagen und Features zu schreiben. Fotoreporter und Auslandsjournalisten begleiteten sie. Das neue Magazin war ihre Chance. Sie sollte die Redaktionsleitung übernehmen. Eine einmalige Gelegenheit, hatte sie gesagt, bevor sie aufgebrochen war. Trevisan hatte sie noch nach Hamburg zum Flughafen gefahren. Eigentlich hatte er gehofft, dass sie schnell wieder zurückkommen würde, doch nun musste er noch weitere drei Wochen warten. Was blieb ihm übrig? Er wusste, wie wichtig die Arbeit für Angela war.

Mike Landers hatte schlecht geschlafen. Er ging nicht in die Schule. Er blieb zu Hause, um weiter an seinem Plan zu arbeiten. Er würde den Weg, den er eingeschlagen hatte, unbeirrt weitergehen. Egal, was die anderen darüber dachten. Er war es Sven schuldig. Warum sollte Frau Jonas etwas verraten? Schließlich hatten mehrere Briefe im Briefkasten gelegen.

Er fühlte sich alleine und von seinen Freunden im Stich gelassen. Mit Sven Halbermann hatte er seinen besten Freund verloren. Nach dem gestrigen Treffen mit der Clique am Banter See wusste er, dass er ganz auf sich alleine gestellt war. Er atmete tief ein und sagte sich, dass er niemanden brauchte.

Er würde den heutigen Tag nutzen, um das zweite Schreiben an Svens Vater zu überbringen. Die Halbermanns waren in Dänemark. Dort sollte Sven bestattet werden. Sobald sie zurückkamen, sollten sie die zweite Nachricht im Briefkasten vorfinden. Diesmal mit der genauen Forderung und den ersten Geldübergabemodalitäten.

Tommy irrte sich, wenn er glaubte, dass Simon Halbermann die Polizei einschalten würde. Wenn er es getan hätte, wären schon längst Polizisten aufgetaucht.

Im Schutze des Vorhanges warf er einen Blick aus dem Fenster. Unter ihm lag die Straße. Dort war nichts Verdächtiges zu sehen. Kein Polizeiwagen in Zivil, kein Streifenwagen, keine verdächtigen Gestalten in beigen Regenmänteln, die verstohlen ihre Blicke auf das Haus richteten. Tommy Wolff hatte keine Ahnung. Er hatte eine große Klappe, doch wenn es darauf ankam, dann kniff er meist. Bestimmt dachte Simon Halbermann bereits darüber nach, wie er das viele Geld so schnell beschaffen konnte. Er würde zahlen, dessen war sich Mike Landers sicher. Simon Halbermann hatte etwas zu verbergen.

Er überlegte einen Moment. Eines war klar: Wenn Simon Halbermann zahlte, dann räumte der damit auch seine Schuld an Marias Verschwinden ein. Wenn Mike mit dem Geld und seiner Aussage zur Polizei ging und dort auch noch die Beweise und Svens Abschiedsbrief vorlegte, dann musste ihm die Polizei einfach glauben.

Er ordnete die Zeitungen auf dem Schreibtisch. Dann öffnete er eine Schublade, zog ein weißes Blatt Papier, eine Schere und einen Klebestift hervor. Er blickte auf die Uhr. Es war kurz nach zehn. Heute würde er den Brief in der Firma abgeben. Er würde ihn einfach in den Briefkasten an der Pforte werfen. Nach Betriebsschluss war dort kein Mensch mehr.

Langsam machte er sich an seine Arbeit und suchte die geeigneten Buchstaben heraus. Sorgfältig schnitt er sie aus. Dann fiel ihm ein, dass er auf dem Kuvert den Empfänger angeben musste. Niemand anders als Simon Halbermann durfte ihn in die Hände bekommen und lesen. Ausgeschnittene Klebebuchstaben waren dafür natürlich nicht geeignet. Er suchte in seinem Schreibtisch, bis er die Tuscheschablone und das Zubehör fand. Er fluchte, als er das Tuschefässchen aufschraubte. Der Inhalt war eingetrocknet und nicht mehr zu gebrauchen.

»Egal«, sagte er schließlich. Ein spitzer Bleistift würde auch seinen Zweck erfüllen. Niemand würde ihn anhand des Schriftbildes verdächtigen können. Jedenfalls durfte er nicht vergessen, auf dem Adressfeld zu vermerken, dass der Brief für Simon Halbermann persönlich bestimmt war. Am Ende würde eine übereifrige Sekretärin noch seinen Plan gefährden. Das durfte auf keinen Fall geschehen.

*

Es war elf Uhr und der Junge war immer noch nicht aufgetaucht. Dabei hatte die Schule längst schon begonnen. Wo war er nur?

Noch immer lehnte das rote Rennrad an der Hauswand. Es konnte nicht sein, dass er das Haus auf anderem Wege verlassen hatte. Noch nie war ihnen jemand durch die Maschen geschlüpft. Dazu nahmen sie ihren Auftrag viel zu ernst.

»Wo bleibt er?«, fragte der Mann mit dem dunklen Schnauzbart seinen blonden Beifahrer. Sein östlicher Akzent war nicht zu überhören.

Der Blonde zuckte mit den Schultern. »Egal, wir warten!«, antwortete er bestimmt, ehe er den Blick wieder zur Haustür wandte.

»Und wenn er schon weg ist?«

»Kann nicht sein«, erwiderte der Blonde. Der Dunkelhaarige nickte und schwieg.

Der Blonde widmete sich wieder seinem Romanheft. Sie arbeiteten schon lange zusammen und waren ein eingespieltes

Team. Er kam gerade mal drei Seiten weit, ehe ihn sein Begleiter anstupste. Der Blonde ließ das Heft sinken und blickte auf die gegenüberliegende Straßenseite.

»Was will die denn schon da?«, fragte der Dunkelhaarige in die Stille. Eine Frau in einem hellen Kostüm ging auf das Haus Nummer 6 zu.

»Verdammt!« stieß der Blonde aus. »Sie kommt zu früh. Ich glaube, wir müssen unseren Plan ändern.«

Der Dunkelhaarige nickte.

»Wir müssen ihn uns schnappen, sobald wir die Gelegenheit haben«, resümierte der Blonde. »Wenn wir zu lange warten, dann macht er noch Dummheiten.«

»Aber wie kriegen wir das Bild?«

»Er wird es uns geben, sobald wir mit ihm gesprochen haben«, entgegnete der Blonde siegessicher.

*

Trevisan hatte die Dienststelle kurz nach neun Uhr betreten. Nach der Frühbesprechung war er in sein Büro gegangen. Er stand am Fenster und goss seine Pelargonie, die ihm seine gute Pflege mit einer wunderschönen hellroten Blüte dankte. Nachdenklich schaute er aus dem Fenster.

War tatsächlich seine Eifersucht die Triebfeder allen Übels? Lag er in Bezug auf Paula und ihren neuen Freund wirklich so daneben?

Sicher, den Ferienbeginn in der nächsten Woche hatte er glatt übersehen. Wie kam er jetzt elegant aus dieser Nummer, ohne einen Verlust seiner Autorität befürchten zu müssen?

Die Tür wurde geöffnet und Kriminaloberrat Beck betrat den Raum. »Entschuldige, aber du bist ja doch da.«

»Wieso? Natürlich!«, sagte Trevisan verdutzt.

»Na, hör mal, ich habe mindestens dreimal angeklopft. Warum antwortest du denn nicht?«

Trevisan wandte sich um und setzte sich auf seinen Bürostuhl. »Ich war Gedanken.«

Kriminaloberrat Beck reichte ihm einen Aktenordner. Trevisan blickte ihn fragend an.

»Das sind deine Anträge für die Verwaltung«, sagte Beck bedeutungsvoll. »Leider mussten wir sie ablehnen. Zurzeit sieht es mit unserem Budget nicht gerade rosig aus.«

»Aber wir brauchen den zweiten Internet-Computer und neue Funkgeräte«, entgegnete Trevisan ärgerlich. »Wie sollen wir Internet-Kriminalität bekämpfen, wenn wir uns zu sechst einen einzigen Rechner und noch dazu einen veralteten Anschluss teilen. Und raus auf die Straße brauchen wir mit den alten Klapperkisten von Funkgeräten auch nicht mehr. Die taugen ja nicht einmal mehr dazu, sich vom Flur bis ins Nachbarbüro zu unterhalten.«

Beck schmunzelte. »Ihr habt doch alle Handys.«

»Ja, haben wir. Private. Die beiden dienstlichen kannst du gleich mitnehmen. Geräte von der Größe eines Holzscheits, damit telefoniert doch heute keiner mehr. Dafür muss man sich ja sogar extra eine Plastiktüte mitnehmen, weil sie in keine Jackentasche passen.«

Trevisan war wütend. Die ganze Zeit über hieß es, dass kein Geld zur Verfügung stand. Was erwarteten die Politiker eigentlich noch alles von einem Polizisten, der versuchte, wenigstens einigermaßen seinen Job zu machen?

»Die Rauschgiftabteilung hat das Budget mit ihrer Telefonüberwachungsaktion stark strapaziert«, erklärte Beck. »47 000 Euro, das geht ganz schön an die Substanz. Und der Fall ist noch nicht einmal abgeschlossen.«

»Wir telefonieren mit unseren Handys schon auf eigene Kosten, und bald verlangt man von uns, dass wir mit unseren eigenen Wagen an die Tatorte fahren. Gute Nacht, Deutschland. Wenn das so weitergeht, ist bald Ende mit Sicherheit und Ordnung.«

Beck schüttelte den Kopf. »Wir haben nun mal jetzt das eigenverantwortliche Haushaltsmanagement. Da müssen wir schauen, wie wir mit unserer Zuweisung hinkommen. Wir haben ja erst Mitte des Jahres und schon mehr als die Hälfte verbraucht.«

Trevisan schlug den Ordner zu und warf ihn auf den Tisch. »Wissen das auch die Leute da draußen auf der Straße?«

»Wie meinst du das?«

»Wenn ihr euch in eurer Elefantenrunde trefft, verkauft ihr dann immer noch den Sonnenschein an unseren Präsidenten oder hat einer von euch schon einmal gesagt, dass es so nicht weitergeht?«

Beck blickte verlegen auf den roten Ordner.

»Wenn sich wegen des Besuchs des Wirtschaftsministers dreihundert Polizisten acht Stunden lang die Beine in den Bauch stehen, dann hat noch keiner gefragt, was es kostet«, sagte Trevisan ärgerlich. »Eines Tages werden wir nur noch Morde an Politikern, Industriellen, gehobenen Beamten und Bürgern aus der Oberschicht bearbeiten. Für die kleinen und unteren lohnt es sich nicht mehr. Die lassen wir einfach liegen und rufen den Bestatter – oder besser noch, wir siedeln die Aasgeier wieder an. Das wird dann noch billiger.«

»Du hast aber eine ganz schön miese Laune«, sagte Beck.

»Kein Wunder. Wie soll man hier noch arbeiten? Veraltete Computer, die zehn Minuten brauchen, bis man daran schreiben kann, Funkgeräte, die nur noch die Bezeichnung ›Elektroschrott‹ verdienen, und Autos mit weit über zweihunderttausend Kilometern und rostigen Türen.«

Beck wandte sich ab und ging zur Tür. »Du kannst ja deine Anforderung im Herbst noch einmal vorlegen, vielleicht …«

»… vielleicht haben wir bis dahin im Lotto gewonnen«, vervollständigte Trevisan Becks angefangenen Satz. Doch die Tür war bereits geschlossen.

*

Mike Landers verließ gegen halb eins das Haus. Als seine Mutter überraschend zurückgekommen war, hatte er in aller Eile die zerschnittenen Zeitungen und die Papierschnipsel in seine Schreibtischschublade geräumt. Er hatte nicht mit ihr gerechnet, doch sie wurde von heftigen Kopfschmerzen geplagt und hatte sich den Rest des Tages freigenommen. Auch sie war überrascht gewesen, ihn zu Hause anzutreffen. Noch waren keine Ferien. Mike hatte ihr erklärt, dass die letzten beiden Stunden ausgefallen waren. Sie glaubte ihm, schließlich war Mike ein guter Schüler. Nur einmal, in ihrem Scheidungskrieg mit seinem Vater vor vier Jahren, hatten seine schulischen Leistungen nachgelassen. Obwohl der Vater, der zur See fuhr, eigentlich nie richtig für seine Familie dagewesen war und Mike ihn eher wie einen Onkel ansah, der von Zeit zu Zeit einmal kurz hereingeblickt hatte, um dann wieder hinter dem Horizont zu verschwinden.

Nun war auch sein bester Freund Sven für immer hinter einer Horizontlinie verschwunden.

Mutter hatte ihn gefragt, ob er darüber reden wolle, doch er war aufgestanden und in sein Zimmer gegangen. Eine halbe Stunde später war er in die Küche zurückgekehrt und hatte ihr gesagt, dass er zum Hafen gehe, um sich dort mit seinen Freunden zu treffen.

Mike Landers schwang sich auf sein Fahrrad und fuhr über die Schillerstraße hinunter nach Bant. Den Brief hatte er dabei. Ihm war mulmig zumute. Noch über vier Stunden musste er warten, bis er ihn in den Briefkasten am Firmentor werfen konnte. Gott sei Dank hatte seine Mutter nichts bemerkt. Er hatte sie rechtzeitig gehört, um alle Spuren zu beseitigen. Vorerst zumindest. Er hatte die Schublade abgeschlossen. Schließlich musste er vorsichtig sein. Sie benahm sich in den letzten Tagen genauso fürsorglich, wie er es damals nach der Scheidung empfunden hatte. Am Ende kam sie auch noch auf die Idee, ihm nachzuschnüffeln.

Er folgte der Weserstraße und fuhr über den Banter Weg zum Banter See. Er wollte am Clubhaus vorbeischauen, glaubte aber nicht, dass es Sinn hatte, mit Tommy und den anderen zu reden. Er musste die Sache alleine durchziehen. Vielleicht war es sogar besser, wenn er den anderen nicht zu viel erzählte.

Als er über die Bunsenstraße in die Industriestraße einbog, wurde er von einem dunklen Wagen überholt. Er bremste sein Fahrrad ab und hielt vor dem alten Lagerschuppen. Der Schuppen war verschlossen. Er schaute auf die Uhr. Es war kurz nach halb zwei. Er holte den Schlüssel aus der Tasche und schloss das Bügelschloss auf. Er hatte Zeit und würde dort warten, bis es dunkel genug war, um den nächsten Schritt zu gehen.

Mike blickte sich noch einmal um, bevor er in den Schuppen ging. Weit und breit war keine Menschenseele zu sehen. Nur der dunkle Wagen, der ihn zuvor überholt hatte, hielt an der Einmündung zur Benzstraße.

8

Sie behielten ihn im Visier. Ruhig und bewegungslos wie Raubtiere vor dem Sprung saßen sie in ihrem Versteck. Er machte es ihnen aber auch leicht. Ganz von selbst hatte er sich in ihre Fänge begeben. Ganz alleine war er gekommen. Kein Mensch weit und breit. Optimale Voraussetzungen. Jetzt durften sie keinen Fehler machen. Sie hatten einen klaren Auftrag. Der Junge, das Bild, der Brief und das Amulett. Vier Dinge, um die sie sich beinahe gleichzeitig kümmern mussten. Den Jungen würden sie bestimmt beeindrucken können. Aber würde die Mutter vielleicht Verdacht schöpfen?

Sie dachten darüber nach, wie sie weiter vorgehen sollten. Die Situation hatte sich verändert. Die neue Sachlage erforderte Improvisationstalent. Aber sie wären nicht bis in den innersten Kreis vorgedrungen, wenn sie nicht über diese Gabe verfügt hätten. Der Alte wusste genau, wie wertvoll sie für ihn und die ganze Organisation waren. Deshalb zahlte er auch gut. Der ganze andere Quatsch interessierte sie nicht. Das war alleine das Spiel der anderen.

»Gehen wir rüber?«, fragte der Dunkelhaarige. Das gerollte »R« überlagerte die anderen Buchstaben.

»Wir warten noch!«, entschied der Blonde. »Und vergiss nicht, du wirst keinen Ton sagen. Du bleibst draußen stehen.«

Der Dunkelhaarige nickte.

*

Drei Stunden waren vergangen. Mike hatte sich auf die Couch in der Ecke gelegt und wartete auf seine Freunde.

Doch offenbar wartete er vergeblich. Weder Tommy noch Jochen und Luisa würden heute noch hier herauskommen. Es war bereits spät geworden. Doch das war nun auch egal. Er hatte den Brief ein weiteres Mal gelesen. Die Formulierungen waren gut gewählt. Die aufgeklebten Buchstaben wirkten bedrohlich. Niemand würde denken, dass ein Junge in seinem Alter dahintersteckte. Er malte sich aus, wie Simon Halbermann reagieren würde. Eine Million war eine Menge Geld. Konnte der eine solche Summe überhaupt innerhalb einer Woche beschaffen?

Sobald Halbermann das Geld hatte, sollte er einen Geburtstagsgruß an den neunzigjährigen Heiner in den *Wilhelmshavener Boten* setzen.

Mike lächelte. Ein Film hatte ihn auf die Idee gebracht. Ein Krimi mit Gene Hackmann und Harrison Ford, oder war es Michael Douglas gewesen? Er wusste es nicht mehr. Aber damals hatte es funktioniert. Nachdem die Anzeige in der Zeitung gestanden hatte, erhielt Gene Hackmann den Anruf, wohin er das Geld bringen sollte. Aber genau in der Geldübergabe lag das Problem. Mike musste mit Bedacht vorgehen.

Was, wenn nun in einer Woche der geforderte Geburtstagsgruß in der Zeitung stand? Sollte er dann zur Polizei gehen? Würde das für eine Untersuchung ausreichen?

Er schüttelte den Kopf. Nein, das war zu wenig. Das Geld in der Hand wäre der Beweis. Nur wenn er bei der Polizei erscheinen, die Indizien, Svens Brief und eine Million Euro auf den Tisch legen würde, käme es zu einer Untersuchung. Also blieb ihm keine andere Wahl, er musste den eingeschlagenen Weg bis zum bitteren Ende gehen. Nur auf diese Weise konnte er Svens letzten Wunsch erfüllen.

Und was folgte danach?

Weder Sven noch Maria wurden davon wieder lebendig. Und was wurde aus ihm? Wäre er im Nachhinein der Held, der einen Mörder zur Strecke gebracht hatte, ein strahlender Kreuzritter voller Edelmut, der den letzten Wunsch seines besten Freundes erfüllt hatte, egal was es kostete und was er dabei riskierte? Die meisten in seinem Umfeld würden sagen, er hätte das Geld nehmen und sich damit ein schönes Leben aufbauen sollen. Mit einer Million Euro hätte er ausgesorgt. Er könnte die Schule schmeißen, sich ein schönes Segelboot kaufen und dann, wie es schon lange sein Traum war, in die Südsee aufbrechen. Alles hinter sich lassen. Wilhelmshaven, die falschen Freunde, die nur an sich dachten, Mathe, Physik, Latein und Mutter.

Nein, nicht Mutter. Dazu liebte er sie zu sehr. Vor zwei Jahren hatte Mike von seinem Vater das letzte Mal etwas gehört. Damals hatte er auf der *Princess* angeheuert. Einem englischen Luxusdampfer, auf dem sich die Reichen und Schönen bequem und mit allem Komfort durch die Wellentäler schaukeln ließen.

Eine Million. Ein Lächeln huschte über seine Lippen. Er blickte auf seine Armbanduhr. Es war kurz nach fünf. Langsam wurde es Zeit für die nächste Stufe in seinem gefährlichen Plan.

*

»Mensch, Alex, ausgerechnet jetzt!«, sagte Trevisan. »Die Urlaubszeit steht vor der Tür. Übernächste Woche gehen Monika und Till und in drei Wochen Dietmar und ich. Das war doch so abgesprochen.«

»Ich weiß, aber ich konnte ja auch nicht ahnen, dass so etwas dazwischenkommt«, entgegnete Alex Uhlenbruch bekümmert.

»Und an wie lange hast du gedacht?«

Alex zog die Stirne kraus. »Eine Woche«, sagte er.

»Eine Woche in der Haupturlaubszeit«, seufzte Trevisan. »Und wenn etwas passiert, dann sind wir nur noch zu dritt. Das ist zu wenig. Du kennst die Urlaubsvorschriften.«

Alex nickte. »Ich meinte doch nur … Ich muss unbedingt mit ihm reden. Es kann so nicht weitergehen. Ich wusste, dass er Probleme hat, eine neue Arbeit zu finden. Aber, dass er sie jetzt auch noch schlägt und den ganzen Tag säuft, da muss ich doch etwas unternehmen!«

Trevisan verstand nur zu gut, was Alex Uhlenbruch meinte. Am letzten Samstag hatte dessen Schwester Hanna mit ihrer vierjährigen Tochter bei ihm Unterschlupf gesucht. Alex' Schwager hatte Hanna im Alkoholrausch übel zugerichtet.

Der Mann hatte vor sechs Monaten seine Arbeitsstelle verloren, weil der Betrieb pleite gegangen war, und suchte nun vergeblich einen neuen Job als Schiffsbautechniker.

Alex war nicht zu beneiden.

»Also gut, ich gebe dir drei Tage«, willigte Trevisan schließlich ein. »Aber keinen Urlaub. Du wirst deine Überstunden abfeiern müssen. Notfalls meldest du dich krank. Ich weiß dann Bescheid.«

Alex nickte erleichtert. »Danke«, sagte er und reichte Trevisan die Hand.

»Schon gut, es gibt manchmal Dinge, die sind wichtiger als der Beruf«, murmelte er. Wieder huschte der Gedanke an Paula durch seinen Kopf.

Er griff zu dem Aktenordner, der vor ihm auf dem Tisch lag. Neue Vorschriften in Sachen Ermittlungskosten. Seit einer Woche verfolgte ihn nur noch dieses Thema. Auf mehr als zweihundert Seiten ließen sich Betriebswirte über neue Einsparmöglichkeiten, Betriebsoptimierung und Erhöhung der Effektivität im Bereich der Kriminalitätsbekämpfung aus. Trevisan war sich sicher, dass die beiden naseweisen Verfasser des Erlasses niemals in ihrem Leben Polizeiarbeit verrichtet hatten. Die Vorschläge waren völlig weltfremd. Er gähnte. Wieder einmal sollte das Rad neu erfunden werden. Und das Schlimme daran war, dass es Führungskräfte innerhalb der Polizei gab, die das Pamphlet behandelten wie die Heilige Schrift. Er war nun bald dreißig Jahre bei der Polizei und es hatte schon sehr viele Konzepte und Reformen in seiner bisherigen Dienstzeit gegeben, doch nichts hatte die Situation der Beschäftigten verbessert. Alles war nur noch schlechter geworden und so mancher vernünftige Vorschlag war schnell wieder in einer Schublade verschwunden.

Er klappte den Ordner zu und blickte aus dem Fenster. Was Angela jetzt wohl tat? Wie spät war es jetzt in Australien? Er blickte auf seine Armbanduhr. Dort musste es bald zehn Uhr sein. Bestimmt war es jetzt schon dunkel in Perth und Angela war von ihrer Expedition wieder zurückgekehrt und nahm noch einen Drink an der Hotelbar, bevor sie zu Bett ging. Er sehnte sich nach ihr.

*

Mike Landers zuckte zusammen. Es klopfte an der Tür. Er schaute auf die Uhr. Wer konnte das nur sein? Tommy und Jochen wohl nicht. Sie wären einfach hereingekommen. Auch Luisa hätte nicht derart gegen die Tür gepoltert. Das Klopfen wiederholte sich. Ängstlich sprang Mike Landers auf.

»Mike Landers, machen Sie auf!«, hörte er eine dumpfe Stimme. »Ich weiß, dass Sie da drinnen sind. Wir müssen mit Ihnen reden. Hier ist die Polizei.«

Mike wurde es heiß. Schweiß stand auf seiner Stirn. Es war das unbestreitbare Gefühl, erwischt worden zu sein.

»Sollen wir Sie lieber zu Hause aufsuchen? Wir können Sie auch aufs Revier vorladen, wenn es Ihnen lieber ist!«

Fieberhaft überlegte er, was er tun sollte. Noch einmal klopfte es. Eindringlicher als zuvor. Seine Knie zitterten. Er wischte sich die Schweißperlen von der Stirn.

»Gut, wenn Sie nicht wollen, wir haben auch andere Mittel!«

Ihm wurde langsam klar, dass es kein Entkommen gab. Aber wodurch hatte er sich verraten?

Es klopfte erneut. Er atmete tief ein. Schließlich öffnete er die Tür.

Ein Mann mit wasserblauen Augen und kurzen blonden Haaren stand vor ihm. Er trug einen dunklen Anzug, einen weißen Rollkragenpullover und braune Schuhe dazu. Es fehlte nur der Trenchcoat, den die Kommissare im Fernsehen im trugen.

»Was … was wollen … was wollen Sie von mir?«, stotterte Mike.

»Es wird das Beste sein, wenn wir hier miteinander reden.« Der Mann präsentierte einen grünen Ausweis. *Polizei* stand groß und auffällig, fast bedrohlich auf der grünen Karte. »Ich glaube, wir sollten gleich zur Sache kommen«, sagte der Blonde und steckte den Ausweis wieder ein. Ein dunkelhaariger Mann folgte ihm in den Raum und postierte sich vor der Tür, während der andere näher kam und sich lässig auf einen Sessel setzte.

»Das ist mein Kollege.« Der Blonde wies mit der Hand auf die Couch. Mike Landers setzte sich. Er wusste, dass die Geste keine höfliche Aufforderung war, sondern einem Befehl gleichkam.

»Bin … äh … bin ich verhaftet?«, fragte Mike schüchtern.

»Reden wir nicht lange um den heißen Brei, Sie wissen, um was es geht, aber Sie haben Glück«, antwortete der Blonde mit den wässrigen Augen. »Das war eine ganz schöne Dummheit von Ihnen. Simon Halbermann ist kein Unmensch. Wenn Sie uns Ihre vermeintlichen Beweise übergeben und sich bei ihm entschuldigen, dann wird er von einer offiziellen Anzeige absehen. Ich denke, das ist eine faire Chance.«

Mike störte, wie der Blonde das Wort »Beweise« ausgesprochen hatte, doch der Schreck steckte noch in seinen Gliedern. Mehr als ein kleinlautes »Ja« bekam er nicht heraus.

»Ach, bevor ich es vergesse, haben Ihre Freunde auch an diesem Komplott mitgewirkt oder war das alleine Ihre Idee?«

»Ich alleine«, beeilte sich Mike Landers zu versichern. »Niemand weiß davon. Ich …«

»Das hoffe ich, schließlich liegt Ihr Leben und das Ihrer Freunde noch vor Ihnen. Was, glauben Sie, werden später einmal die Personalchefs der Firmen zu einem wegen Erpressung vorbestraften Bewerber sagen?«

Der letzte Satz war keine Frage, er klang eher nach einer nüchternen Feststellung.

»Also, wir werden jetzt zu Ihnen nach Hause fahren und Sie werden uns das gesamte Material herausgeben«, sagte der Blonde kalt. »Natürlich mit sämtlichen Kopien und Daten. Das ist doch klar.«

»Aber meine Mutter … sie weiß nichts …«, stammelte Mike erneut.

Der Blonde wandte sich zu dem Dunkelhaarigen um und blickte ihn vielsagend an.

»Sie muss nichts mitbekommen, wir werden draußen warten«, fuhr er fort. »Sie fahren mit uns und holen das Material und alles, was Sie an Kopien erstellt haben. Vertrauen gegen Vertrauen. Ist das ein Angebot?«

Mike Landers schluckte. Etwas störte ihn am Verlauf des Gespräches, und warum war der Dunkle so schweigsam? Würde die Polizei sich wirklich auf einen solchen Deal einlassen? Hatte Tommy nicht gesagt, dass sie auf alle Fälle einer Anzeige nachgehen mussten? Hier stimmte etwas nicht. Dennoch nickte er, als ihn die kalten, eisblauen Augen des Blonden anblickten.

Der Mann erhob sich und ging zur Tür. Er wartete, bis auch Mike sich in Bewegung setzte.

»Und wenn Sie hier warten, und ich Ihnen die Sachen hier herausbringe?«, unternahm Mike mit krächzender Stimme einen Vorstoß.

Der Blonde schüttelte den Kopf und wies auf die Tür. »Gehen wir.«

Mike saß in der Falle. Die beiden Männer waren groß und kräftig und sie schienen sich auf keine Kompromisse einlassen zu wollen. Ihm war zum Schreien zumute. Sein Herz klopfte bis zum Hals, als er zwischen den beiden zum Wagen ging. Es war ein dunkelgrauer Wagen mit Wilhelmshavener Kennzeichen. Der Blonde öffnete ihm die Fondtür auf der Beifahrerseite.

»Steigen Sie bitte ein!« Aus seiner Stimme war alle Freundlichkeit gewichen. Der Dunkle stand schweigend hinter Mike und beobachtete ihn misstrauisch.

Mike fühlte sich den beiden auf Gedeih und Verderb ausgeliefert.

Hatte er wirklich Polizisten vor sich? Mike Landers blickte sich nervös um. Keine Menschenseele war zu sehen. Er war hier draußen alleine mit den zwei Männern, die sich als Polizeibeamte ausgaben. Warum wollten sie die Disketten und all diese Dinge von ihm, wenn die doch überhaupt keinen Beweiswert hatten? Warum reichte nicht einfach die Entschuldigung bei Halbermann?

Er seufzte. Waren die Männer vielleicht von Halbermann geschickt? Reichte sein Einfluss sogar bis in das Gefüge der Polizei? Er fühlte sich wie in einem Film und ihm wurde langsam klar, dass er sich mit dem Falschen angelegt hatte. In seinem Kopf pochte das Blut wie eine stürmische Brandung gegen die Schläfen.

»Mein Rad«, unternahm er einen allerletzten Versuch, der Situation zu entkommen. »Ich brauche es morgen für die Schule. Hier kann ich es nicht stehen lassen. Es ist nicht abgeschlossen.«

»Schluss jetzt, steigen Sie schon ein!«, zischte der Blonde.

Mike schossen die Tränen in die Augen. Jetzt hatte er keine Zweifel mehr daran. Svens Brief und das Bild waren zweitrangig. Er selbst war das Ziel.

»Ich habe den Brief von Sven nicht zu Hause«, sagte Mike laut. Er war überrascht, dass seine Worte so klar und deutlich klangen.

Der Dunkelhaarige hatte seine Hände auf Mikes Schultern gelegt, um ihn mit sanftem Druck in den Wagen zu bugsieren. Doch plötzlich hielt er inne.

»Das ist ja interessant«, sagte der Blonde. »So, wo haben wir die Sachen denn versteckt?«

Mike deutete mit dem Kopf in Richtung des Schuppens.

»Na dann«, sagte der Blonde und wies ihm mit ausgestrecktem Arm die neue Richtung.

»Was werden Sie mit mir machen?«, fragte Mike hölzern.

Der Blonde schaute ihn unverblümt an. »Darüber haben wir schon gesprochen. Los jetzt, und keine Spielchen mehr!«

Für einen Augenblick achtete der Dunkelhaarige nur auf die Wagentür. Der Blonde stand neben ihm. Plötzlich schnellte Mike vorwärts wie ein Pfeil, der von einem stramm gespannten Bogen abgeschossen wurde. Die beiden Männer waren so überrascht, dass sie ihm erst folgten, als er bereits am Schuppen angekommen war. Mike riss die Tür auf. Aus den Augenwinkeln sah er, dass die beiden stehen geblieben waren. Der Dunkle hielt eine silbrig glänzende Pistole in der Hand und zielte auf ihn. Doch der Blonde schlug die Waffenhand nach oben und warf seinem Begleiter einen bösen Blick zu. Dann hatte Mike es geschafft. Er tauchte in den dunklen Schuppen ein, zog die Tür hinter sich zu und schob den rostigen Riegel vor. Jetzt war er sich sicher, dass er in großer Gefahr schwebte. Kein Polizist würde auf einen Teenager schießen.

*

Trevisan war nach Dienstschluss sofort nach Hause gefahren, um nach Paula zu schauen. Sie lag wie gestern auf dem Bett, hörte Musik und blätterte in einem Mädchenmagazin. Diesmal bemerkte sie ihn, als er ihr Zimmer betrat.

»Kann ich wenigstens noch in meinem Zimmer ungestört bleiben?«, fragte sie bissig. Trevisan wandte sich wortlos um und ging zur Tür.

»Wie lange soll das noch so weitergehen?«, rief ihm Paula hinterher.

Trevisan schaute zurück. »So lange, bis ich glaube, dass du begriffen hast, was ich von dir erwarte.« Er zog die Tür leise hinter sich zu und ging die Treppe hinunter. Vielleicht war es das Beste, Paula mit der gleichen Ignoranz zu begegnen, die sie an den Tag legte, wenn sie böse auf ihn war. Er zog seine Jacke über und verließ das Haus.

Wenige Minuten später parkte er seinen Wagen vor dem *Forty-Niners*, seiner Stammkneipe. Seit einigen Monaten hatte es sich eingebürgert, dass er sich mittwochs mit Peter Koch traf, um ein Bier zu trinken.

Peter saß schon am Tresen und beobachtete ihn, bis er den Stuhl neben ihm erreicht hatte. »Oho, du bringst eine gehörige Portion Ärger mit.«

Trevisan blickte ihn verwundert an. »Sieht man das?«

»Na, zumindest kann *ich* es sehen.«

Trevisan setzte sich und bestellte ein Bier.

»Nun sag schon, was ist los?«, fragte Peter. »Ärger im Geschäft?«

Trevisan schüttelte den Kopf. »Paula«, antwortete er.

Piet, der Wirt, stellte ein schlankes Pilsglas vor Trevisan auf den Tresen. Dankbar griff Trevisan danach und trank einen kräftigen Schluck.

Schließlich wischte er den Schaum vom Mund und stellte das Glas geräuschvoll zurück.

»Es muss eine gewaltige Portion Ärger sein, die du hinunterzuspülen versuchst«, sagte Peter und schaute auf das Glas. Es war zur Hälfte geleert.

»Ich weiß bald nicht mehr, was ich tun soll«, antwortete Trevisan, bevor er Peter von seinem Problem berichtete.

9

Er rannte um sein Leben und die Verfolger waren ihm dicht auf den Fersen. Doch er hatte einen Vorteil: Er kannte sich hier aus. Der Banter See und das angrenzende Hafenviertel bargen keine Geheimnisse für ihn. Er wusste, dass er schnell sein musste. Bestimmt würde die hölzerne Tür bald unter der Wucht ihrer Schläge nachgeben.

Mike Landers rannte den langen Gang entlang und kletterte durch das mannsgroße Loch im Boden. Eine Stiege mit eisernen Sprossen führte hinab in die Dunkelheit. Noch bevor er unten angekommen war, hörte er, wie die Tür splitterte. Sie waren drinnen!

Noch hatten sie ihn nicht. Er selbst hatte das Abflussrohr erst vor einer Woche entdeckt. Und das, obwohl sie seit Monaten fast Tag für Tag in diesem Schuppen zugebracht hatten, um das ehemalige Büro zu einem gemütlichen Zimmer umzubauen. Das Rohr führte direkt ans Wasser und bot genügend Platz, dass ein Mensch – gebückt zwar, aber dennoch einigermaßen bequem – das Seeufer erreichen konnte.

Mike Landers hastete weiter. Geräusche drangen zu ihm herunter, doch er konnte sie nicht zuordnen. War es ein Schrei, ein Rufen gewesen? Er hatte keine Zeit, darüber nachzudenken. Er rannte weiter, bis er den Einstieg zum Abflussrohr erreichte. Vorsichtig ließ er sich hinuntergleiten. Für einen Augenblick baumelten seine Beine in der Luft. Mit den Händen klammerte er sich fest und holte Schwung. Er hatte es mehr als einmal getan. Es war, als liefe ein Programm in ihm ab, jede Bewegung war automatisiert. Dann ließ er los.

Er landete auf seinen Beinen und war froh, wieder festen Boden unter seinen Füßen zu haben. Hierher würden sie ihm bestimmt nicht folgen. Sie würden den Einstieg niemals finden. Sein Herz raste und das Blut pochte in den Schläfen. Trotz keimte in ihm auf. Er lehnte sich gegen sein Schicksal auf. So leicht würde er sich nicht geschlagen geben. Vielleicht steckte doch mehr von seinem Vater in ihm, als er geglaubt hatte. Vater war immer ein Draufgänger gewesen, hatte ihm seine Mutter oft erzählt, wenn er nach ihm fragte. Aber er hatte immer geglaubt, er käme mehr nach seiner Mutter.

Seine Lunge schmerzte, als er im Entengang durch den Tunnel hastete. Es stank entsetzlich und die Dunkelheit setzte ihm zu. Er mochte gar nicht daran denken, durch welchen Unrat er sich hier nach draußen ins Freie kämpfte. Bestimmt wurde er bereits von Rattenhorden begleitet. Sonderbar, auf welche Gedanken er kam, angesichts der Situation. Doch eines wusste er genau: Er rannte um sein Leben.

Tageslicht empfing ihn, als er sich mit den Händen auf dem feuchten und schmierigen Stein um eine Biegung tastete. Er sank nieder und atmete tief durch.

*

Der Motor der Cessna 152R surrte in einem gleichmäßig hellen Ton. Der Tower von Mariensiel hatte die Starterlaubnis erteilt und Simon Halbermann schaute auf die grünlich schimmernden Instrumente seines Cockpits.

Neben Pilot und Copilot fanden noch zwei Passagiere im schlanken Leib der Maschine Platz, doch dort, wo sich sonst die Fluggäste in ihre engen Sitze zwängten, war eine silbrig glänzende Urne festgezurrt: die sterblichen Überreste von Sven Halbermann.

Die Formalitäten waren erledigt. Es war nicht leicht gewesen, eine Genehmigung für eine Überführung nach Dänemark zu erhalten, doch Simon Halbermann hatte all seinen Einfluss geltend gemacht. Und er hatte einen beträchtlichen Einfluss in der Stadt. Schließlich beschäftigte er in seiner Firma über vierhundert Menschen.

Elisabeth Halbermann saß auf dem Sitz des Copiloten und blickte mit versteinerter Miene auf die hell erleuchtete Startbahn. Ihre Augen waren noch immer gerötet. Die Beruhigungsmittel taten das ihrige, um sie vor einem erneuten Ausbruch ihrer Gefühle zu bewahren. Mit stoischer Ruhe wartete sie, bis Simon Halbermann den Schubregler langsam in Richtung Volllast schob und gleichzeitig die Bremsen löste. Die Maschine rollte vorwärts. Das Brummen des Motors wurde lauter und immer schneller drehten sich die Reifen auf dem feuchten Asphalt.

Eine Stunde vor dem Abflug hatte es zu regnen begonnen. Irgendwie passte es zur Situation. Auch Elisabeth war seit Tagen nur noch zum Weinen zumute. Der Schmerz saß tief und fraß sich tief in ihr Gehirn. Doch noch ein anderes Gefühl bahnte sich seinen Weg. Hass. Hass gegenüber ihrem eigenen Mann, der so gefühllos und eiskalt mit dem Tod seines einzigen Kindes umgehen konnte. Der seinen Sohn auch jetzt im Tod noch kaltherzig behandelte. Sie wusste, dass er Sven für einen Versager hielt, doch er selbst hatte ihn in den Tod getrieben.

»Wir sollten ihn hier in unserer Nähe beerdigen«, sagte Elisabeth Halbermann kraftlos, als sich der schlanke Körper der Cessna in den Himmel aufschwang.

»Wir haben darüber geredet. Fang nicht schon wieder damit an«, entgegnete Simon Halbermann schroff und zog das Handrad zu sich heran.

Elisabeth Halbermann entspannte sich. Sie hatte keine Kraft mehr für einen erneuten Streit.

*

Sie hatten alles abgesucht. Zweimal hatten sie den Schuppen durchkämmt, doch sie hatten keine Spur von ihm gefunden. Gleichwohl spürte der Blonde, dass der Junge nicht weit gekommen sein konnte. Er musste irgendwo in der Nähe sitzen. Wahrscheinlich hielt er sich versteckt, bis er die beginnende Dunkelheit als Deckung zum Entkommen nutzen konnte. Doch darauf würde der Blonde sich nicht einlassen. Ein Versagen konnte er sich nicht leisten. Er war das Schwert, und er wusste, was einem Versager drohte.

Sie saßen in ihrem Wagen und beobachteten den Schuppen und die einsame Straße, die zur Rüstringer Brücke führte. Nichts entging ihren aufmerksamen Blicken. Langsam breitete die Dunkelheit ihre Schwingen über der Stadt aus. Regen setzte ein.

Der Junge saß in der Falle. Nur zwei Wege gab es, daraus zu entkommen. Zwei Brücken, die hinüber in die Stadt führten, zwei Wege, die er gehen konnte, doch eigentlich nur einen einzigen Ausweg. Noch nie war ihnen jemand entkommen, den sie ins Visier genommen hatten.

Die Straßenlaternen erglühten und verströmten ein warmes, gelbes Licht. Sie erhellten den Hafendamm entlang der Straße.

»Wir lassen den Wagen hier«, sagte der Blonde in die Stille des Abends. »Ich gehe vor zum Handelshafen und beziehe Posten zwischen den beiden Brücken. Du bleibst hier beim Wagen. Aber stell dich draußen auf. Er soll dich ruhig sehen.«

Der Dunkelhaarige nickte stumm, griff in seine Jackentasche und holte eine Packung Zigaretten hervor.

Lautlos verließ der Blonde den Wagen und schlich sich entlang der Industriestraße bis zur Telefonzelle an der Rüstringer Brücke. Er trug einen dunklen Anzug und hatte sich eine Wollmütze über seine hellen Haare gezogen, die ihn vor den Regentropfen schützte. Bevor ihn die Dunkelheit verschluckte, drehte er sich noch einmal zu dem Schuppen um. Er war überzeugt davon, dass der Junge sich noch immer darin versteckt hielt, in irgendeiner Nische, die sie übersehen hatten. Doch irgendwann würde er auftauchen. Keiner hielt auf Dauer diesem Druck stand.

*

Mike Landers zitterte am ganzen Körper. Seine Zähne schlugen unkontrolliert aufeinander. Seine Kleidung war durchnässt und die feuchten Haare hingen ihm wirr in die Stirn. Mit dem Regen war die Kälte vom Wasser aus über das Land gezogen. Die Temperaturen waren rasch gesunken. Doch es war nicht die Kälte, die langsam in seinem Körper von den Beinen bis tief in seinen Kopf kroch. Es war die nackte Angst. Ihm war klar: Wenn sie ihn erwischten, dann wäre sein Leben keinen Pfifferling mehr wert.

Draußen war es bereits dunkel geworden. Der Regen hatte aufgehört. Der Temperatursturz ließ milchige Schwaden über das Wasser der See gleiten. Langsam schwebten sie auf das Land zu. Er würde noch warten. Es war noch zu früh. Auch wenn er bereits seine Zehen nicht mehr spürte. Bis zu den Knöcheln stand er im kalten Wasser.

Wo waren sie nur? Saßen sie noch immer im Schuppen? Warteten sie nur darauf, dass er sich aus seinem Versteck an die Oberfläche tastete? Bestimmt hatten sie vor dem Schuppen Posten bezogen. Oder standen sie an den Brücken, um ihm den Fluchtweg abzuschneiden, bis Verstärkung kam? Halbermann war reich. Multimillionär, wie es hieß. Er konnte sich bestimmt eine ganze Horde von Helfershelfern leisten.

Mike Landers fuhr sich mit der Hand durch die feuchten Haare. Er saß in einem Loch und war gefangen. Wie eine Ratte in der Falle. Was sollte er tun? Und wie sollte es danach weitergehen? Er konnte nicht zurück nach Hause. Dort war er nicht sicher. Diese Kerle waren eiskalt und bewaffnet. Zur Polizei konnte er ebenfalls nicht. Erpressung ist ein schweres Verbrechen, hatte Tommy gesagt, als Mike seine Freunde mit dem letzten Wunsch von Sven Halbermann konfrontiert hatte.

Er überlegte fieberhaft. Langsam reifte ein Plan in ihm, wie er zumindest für heute Nacht diesem Alptraum entkommen konnte. Tommy musste ihm dabei helfen. Er war der Einzige mit einem Führerschein und einem eigenen Wagen. Bei ihm konnte er sicher auch unterkommen. Innerlich fluchte er, weil er sein Handy nicht mitgenommen hatte. Es hing zu Hause an der Ladestation. Hier im Hafengebiet gab es drei Telefonzellen. Die Zelle an der Rüstringer Brücke schied aus. Die hätten sie bestimmt im Blick. Die zweite Zelle in Klein Wangerooge funktionierte nicht mit Münzen. Aber von der am Grodendamm konnten sie nur wissen, wenn sie sich zuvor im Hafen genau umgeschaut hatten. Das war seine Chance.

Mike Landers kramte in seinen Hosentaschen. Er hatte immer ein paar Münzen einstecken. Das Geld klimperte leise. Es war zu dunkel, um etwas zu erkennen, doch er fühlte genügend Münzen, um ein Ortsgespräch führen zu können. Doch damit alleine war ihm immer noch nicht geholfen. Er durfte Tom nicht in die gleiche Gefahr bringen, in der er selbst schwebte. Er brauchte ein Ablenkungsmanöver. Etwas, das die Männer aus dem Hafengebiet vertreiben würde oder zumindest kurze Zeit in Deckung zwang.

*

Trevisan hatte sein zweites Bier bestellt und ebenso rasch geleert wie das erste. Peter Koch hatte ihm aufmerksam zugehört und nur ab und zu den Kopf geschüttelt. Guter Rat war teuer.

»Ich kann dir eigentlich nur empfehlen, noch einmal mit deiner Paula zu reden«, sagte er, während er mit seinem Glas spielte. »Die Kids halten sich doch heute schon mit zwölf für erwachsen. Und nun kommst du, und versuchst sie mit deiner väterlichen Autorität in ihre Schranken zu weisen. Da ist doch klar, dass sie ausflippt. Vielleicht hast du alles ganz falsch angefangen.«

Trevisan stellte geräuschvoll sein Bierglas auf den Tisch und blickte auf. »Jetzt mach aber mal 'nen Punkt«, antwortete er barsch. »Der Kerl ist ein Knacki. Da kann ich doch nicht seelenruhig zuschauen.«

Peter Koch zuckte mit den Schultern. »Dann hättest du es gar nicht so weit kommen lassen dürfen. Ich meine, wenn sie sich heimlich mit jemandem trifft, dann liegt es vielleicht auch daran, dass sie genau weiß, wie du reagieren wirst.«

»Du meinst, ich bin zu nachlässig?«

»Zu nachlässig …«, wiederholte Peter Koch. »Ich meine: Du gehst deiner Arbeit nach und sie ist den ganzen Tag allein. Sie ist es gewohnt, ein selbständiges Leben zu führen. Sie geht ihren eigenen Weg und will sich dabei nicht von ihrem Vater gängeln lassen. Hast du dir das schon einmal überlegt?«

»Ich habe nun mal diesen Beruf und meine Frau ist mir davongelaufen und hat unsere Tochter bei mir zurückgelassen«, antwortete Trevisan verschnupft. »Ich alleine trage für sie die Verantwortung. Ich musste mein Leben vollkommen neu organisieren und Paula darin integrieren. Das war nicht immer leicht. Würde Tante Klara nicht in unserer Straße wohnen, dann wäre es noch schwieriger. Es blieb mir überhaupt keine andere Möglichkeit, als Paula zur Selbständigkeit zu erziehen. Was hätte ich tun sollen? Ich liebe meine Tochter.«

Trevisan nahm einen großen Schluck und hob das leere Glas in die Höhe. Piet, der Wirt, nickte Trevisan zu.

»Weißt du«, fuhr Trevisan fort, »es ist eine Zwickmühle. Ich muss Paula zur Einsicht bringen, ohne meine Autorität als Vater auszuspielen. Ich seh doch in meinem Beruf, wohin so was führt. Erst letzten Samstag hab ich einen Jungen vom Gebälk abgeschnitten, der mit der Autorität seines Vaters nicht zurechtgekommen ist.«

»Du meinst den jungen Halbermann? War das der Grund für den Selbstmord?«, fragte Peter Koch neugierig.

Trevisan beugte sich verschwörerisch nach vorne. »Ich denke schon, wenngleich mir der Vater darauf keine Antwort gab. Aber allem Anschein nach war der junge Halbermann in eine Ausländerin verliebt und sein Vater hatte etwas gegen die Beziehung und hat sie kurzerhand unterbunden.«

»Ach so, und jetzt meinst du Paula könnte ähnlich reagieren?«

Trevisan nickte. »Wie viel weißt du über deine Kinder?«

Peter Koch griff zu seinem Glas. Nachdenklich führte er es an seine Lippen.

»Ich glaube, du hast zu viel getrunken«, sagte er, bevor er einen kräftigen Schluck nahm.

Mike Landers hatte noch eine Weile gewartet, bis er aus dem Abflussrohr gekrochen war. Im Schutze einer Mauer hatte er sich bis zur Benzstraße geschlichen und in geduckter Haltung die Straße überquert. Zuvor hatte er sich vorsichtig umgeschaut. Dabei hatte er ihren Wagen entdeckt. Er stand noch immer in der Nähe des Schuppens.

Dann hatte er das Glimmen einer Zigarette bemerkt. Das Glutauge war unmittelbar neben dem Schuppen aufgeleuchtet. Er hatte sich tief auf den kalten Boden geduckt, bevor er auf allen vieren über die Straße gekrochen war.

Einer von ihnen hielt also Wache am Schuppen. Damit war ihm der Weg nach Westen verwehrt. Ihm blieb nur der Südstrand. An der Ecke zur Weserstraße, nach der Kaiser-Wilhelm-Brücke, sollte Tommy ihn abholen. So weit würde er schon kommen, wenn sein Plan aufging. Doch wo war der zweite Verfolger? Egal, es blieb keine andere Möglichkeit.

Und eines war klar, sie konnten nicht alle Brücken gleichzeitig unter Kontrolle halten. Mike hoffte darauf, dass irgendjemand im Hafengebiet auftauchte. Ein Spaziergänger oder ein paar Arbeiter oder irgendjemand eben. Schließlich war es Sommer und der belebte Fliegerdeich mit seinen riesigen Touristenklötzen lag in der Nähe. Trotzdem war bislang keine Menschenseele war weit und breit zu sehen.

Mike Landers hastete weiter. Gebückt rannte er auf den Anton-Dohrn-Weg zu, dann erkletterte er den Damm. Dort oben war es sicherer. Nur wenige Lampen erhellten die regnerische Nacht. Im Schutze der Dunkelheit lief er den schmalen Weg entlang. Niemand begegnete ihm, obwohl sich im Sommer tagsüber die Spaziergänger, Radfahrer und Skater hier fast über den Haufen fuhren. Vielleicht, so dachte er, lag es aber auch an dem verdammten Regen, der ihm ins Gesicht peitschte.

Sein Weg führte ihn an der Schrebergartensiedlung vorbei. Für einen Augenblick dachte er daran, sich einfach in einem Gartenhaus zu verstecken und den nächsten Tag abzuwarten. Aber wer konnte ihm dann garantieren, dass die Kerle verschwinden würden? Nein, er musste weg hier, in ein sicheres Versteck. Seine Kleider waren durchnässt und er fror entsetzlich.

Er atmete auf, als er endlich die Telefonzelle am Grodendamm erkannte. Sie war hell erleuchtet.

Mike Landers fluchte. Daran hatte er nicht gedacht. Wenn der zweite Verfolger hier in der Nähe war, dann würde der ihn im hellen Telefonhäuschen entdecken. Argwöhnisch spähte er in die Dunkelheit. Niemand war zu sehen. Er zögerte, aber er hatte keine andere Wahl. Er musste einfach nur schnell genug sein.

Vorsichtig kroch Mike Landers über den Damm hinunter zur Straße. Von Zeit zu Zeit verharrte er und lauschte in die Nacht. Keine verdächtigen Geräusche, keine verborgenen Bewegungen waren auszumachen, einfach nichts. Die Luft war rein.

Mike Landers brauchte fast zwei Minuten, bis er die wenigen Meter zur Telefonzelle zurückgelegt hatte. Vorsichtig öffnete er die Tür. In seiner Hand lagen die Münzen. Noch duckte er sich auf den Boden, doch der Apparat hing zu hoch und die Telefonschnur war viel zu kurz. Er musste aufstehen. Eilends warf er zwanzig Cent in den kleinen Münzschlitz. Mit fahrigen Fingern wählte er die Handynummer von Tommy Wolff.

Hoffentlich meldete sich Tommy auch sofort. Bestimmt war es bereits Mitternacht. In dem engen und stinkenden Abwasserkanal hatte Mike das Gefühl für die Zeit verloren.

Es klingelte. Er hörte den eintönigen Summton und hoffte, bald durch Tommys Stimme erlöst zu werden. Dann knackte es in der Leitung. Tommy war am Apparat. Seine Stimme klang verschlafen.

»Tommy, du musst mir jetzt genau zuhören«, sagte Mike Landers atemlos. »Sie sind hinter mir her. Ich bin am Großen Hafen. Du musst mich unbedingt hier abholen. Sie haben Pistolen. Ich warte auf dich an der Weserstraße hinter der Kaiser-Wilhelm-Brücke. Bitte, komm und hilf mir!«

Noch bevor er geendet hatte, sah er die Scheinwerfer des Wagens, der sich auf der Jadestraße in seine Richtung bewegte. Ihm wurde siedendheiß. Er hatte zu viel riskiert. Sie hatten ihn entdeckt.

»Schnell, komm!«, schrie er noch einmal ins Telefon, dann unterbrach er das Gespräch. Mit zitternden Fingern wählte er die Notrufnummer der Polizei. Die Sekunden schienen endlos, bis sich die dunkle Stimme eines Mannes meldete.

»Schnell, kommen Sie an den Banter See bei Klein Wangerooge«, schrie er. »Dort ist geschossen worden. Schnell, bevor jemand stirbt.«

Er ließ den Hörer fallen und rannte los. Der Wagen beschleunigte. Fast zwei Kilometer trennten Mike von der Kaiser-Wilhelm-Brücke. Mit all seiner verbliebenen Kraft und dem Mut der Verzweiflung hetzte er dem Südstrand entgegen. Er hörte das Aufheulen des Motors.

Mike Landers war der Erschöpfung nahe. Dennoch trieb ihn sein unbändiger Lebenswille voran. Aus den Augenwinkeln erkannte er, dass der Wagen stetig näher kam. Noch hatten ihn die Scheinwerfer nicht erfasst.

Er verließ den Weg und rannte durch das feuchte Gras über das Gelände eines Parkplatzes hinweg.

Dann sah er im Zwielicht der wenigen Laternen das alte Feuerschiff, das seit mehreren Wochen vor dem Parkplatz an der Südstrandstraße lag. Das war seine letzte Chance.

Mike Landers hetzte auf das Schiff zu. Nur einmal wäre er beinahe zu Boden gegangen, als er auf dem feuchten Schotter ins Rutschen kam. Doch er fing sich und hastete weiter. Er wusste genau, wohin er sich wenden musste. In der letzten Woche hatten Mike und seine Freunde das Schiff inspiziert. Niemand hatte sich in der vergangenen Zeit mehr für den alten Kahn interessiert, doch nun konnte er zu seiner rettenden Zuflucht werden. Eine schmale Leiter führte an Bord. Mike fand sie sofort wieder und krallte sich an dem nassen Holzstück fest. Auf allen vieren robbte er hinüber auf das Schiff. Hinter sich hörte er, wie der Wagen anhielt. Scheinwerfer tasteten durch die Nacht. Er hörte einen Pfiff, doch er wusste nicht, woher.

Die Leiter führte steil nach oben. Mindestens zwei Meter waren an Höhenunterschied zu überwinden. Mit letzter Kraft schob er sich Stück um Stück voran, bis er endlich die Reling erreichte. Mit einem letzten kräftigen Stoß stürzte er über das Geländer auf den stählernen Boden. Ein heftiger Schmerz durchzuckte seinen Körper, als er mit dem Ellenbogen aufschlug. Für einen Moment blieb er liegen. Sein Herz raste und das Atmen schmerzte in seinen Lungen. Als er einen lauten Ruf hörte, raffte er sich wieder auf. Noch war er nicht in Sicherheit.

Eilends blickte er sich um. Es war ungewöhnlich hell an Bord. Dann sah er, dass die Scheinwerfer des Wagens direkt auf das Schiff gerichtet waren. Wie hatten sie ihn nur entdeckt? Mit schreckensstarren Augen suchte er nach einem Versteck. Dann fiel sein Blick auf den hohen Laternenmast in der Mitte des Schiffes. Eine stählerne Stiege führte hinauf. Er lief geduckt darauf zu und ergriff die kalten Sprossen. Mike blickte nach oben. Fünf, sechs Meter trennten ihn vor dem hohen Korb. Dorthin würden sie ihm nicht folgen können. Er mobilisierte seine letzten Kräfte und stieg hinauf.

»Dort, er ist dort oben!«, hörte er den lauten Ruf eines Mannes. Der Strahl eines Scheinwerfers erfasste ihn.

»Verdammt, sie haben einen Suchscheinwerfer«, dachte er und kletterte unbeirrt weiter. Nur noch wenige Sprossen trennten ihn von dem Metallkorb am Ende des Mastes. Plötzlich fiel ein Schuss. Er hörte ein hohes Brausen, als das Projektil nur knapp an seinem Kopf vorbeizischte. Er drückte seinen Körper gegen die Leiter und griff nach der nächsten Sprosse. Erneut zerbrach ein Schuss die Stille der Nacht. Ein Rufen folgte. Seine Hand fuhr nach oben, doch sie griff ins Leere, mitten ins Nichts. Mit einer letzten Anstrengung versuchte er seinen Körper zu stabilisieren, doch seine Finger rutschten an der feuchten Sprosse ab. Der gebündelte Strahl des Suchscheinwerfers war das Letzte, was er sah, dann stürzte er in die kalte und endlose Dunkelheit.

Der Blonde hatte den Jungen entdeckt, als der die Telefonzelle auf der anderen Seite des Grodendamms betreten hatte. Er hatte seinen Komplizen sofort mit dem Wagen dorthin beordert. Er selbst war indessen über die Jadestraße gelaufen, um dem Jungen den Weg abzuschneiden. Doch dann war ihr Opfer plötzlich verschwunden. Einfach von der Dunkelheit verschluckt.

Im Scheinwerferlicht hatten sie schließlich den Kahn entdeckt. Nur dorthin konnte er sich gewandt haben, denn ansonsten war entlang der Südstrandstraße das Gelände eingezäunt.

Der Dunkelhaarige hatte ihn zuerst entdeckt und auf ihn geschossen, als er den Mast des alten Schiffes erklimmen wollte.

»Hör auf, oder willst du, dass es hier bald von Bullen nur so wimmelt!«, hatte der Blonde noch gerufen, doch der Dunkelhaarige hatte ein weiteres Mal abgedrückt. Kurz darauf war der Junge in die Tiefe gestürzt. Fünf Meter mindestens, schätzte der Blonde.

Noch bevor sie sich überzeugen konnten, ob der Junge wirklich tot war, hatte sich ein Wagen von der Emsstraße genähert. Sie waren sofort zu ihrem Auto gerannt und in Richtung Kaiser-Wilhelm-Brücke davongebraust. Dabei hatten sie noch Glück gehabt, denn kurz darauf war ein weiterer Wagen mit Blaulicht über die Schleusenstraße herangefahren. Doch da hatten sie die Brücke bereits hinter sich gelassen.

10

Es gab zwei Notrufe wegen einer Schießerei am Banter See in der Einsatzzentrale der Polizei. Genau elf Minuten nach dem anonymen Anruf eines jungen Mannes rief eine Frau an und meldete Schüsse am Grodendamm. Auch sie nannte ihren Namen nicht. Der Einsatzleiter vom Dienst hatte bereits den ersten Anruf ernst genommen und zwei Streifen in das Hafengebiet beordert.

Die erste Streife war über die Emsstraße in Richtung Südstrand gefahren. Die Beamten fuhren langsam und lauschten durch die geöffneten Seitenscheiben hinaus in die Nacht. Leichter Nebel kräuselte sich über dem Boden und weit und breit war keine Menschenseele zu entdecken. Als sie in die Jadestraße einbogen, sahen sie die Rücklichter eines Wagens im Bereich des Jadestegs. Der Fahrer des Streifenwagens beschleunigte, doch schon brauste der andere Wagen in Richtung Südstrand davon. Zu diesem Zeitpunkt näherte sich die zweite Streife über den Anton-Dohrn-Weg aus westlicher Richtung. Noch bevor sie über Funk die Nachricht ihrer Kollegen vom flüchtenden Fahrzeug erreichte, bog der unbekannte PKW in den Südstrand ein. Wenig später überquerte er die Kaiser-Wilhelm-Brücke und verschwand in Richtung Ebertstraße.

Die Jagd war zu Ende, bevor sie überhaupt begonnen hatte.

»Halt mal an«, sagte der bärtige Beamte der ersten Streife zu seinem Kollegen. »Ich will mal nachsehen, was die Kerle hier getrieben haben.«

Der Fahrer stoppte den Streifenwagen. »Bestimmt Jugendliche, die sich einen Spaß erlaubt haben«, bemerkte er, als er die Handbremse festzog. »Die haben wohl mit einer Schreckschusspistole hier herumgeballert.«

Der Beifahrer öffnete die Tür und griff nach seiner Taschenlampe. »Trotzdem«, erwiderte er trocken.

Die beiden Polizisten suchten den gesamten Bereich in der Nähe des Damms ab, doch alles schien ruhig und friedlich. Als sie an der Telefonzelle vorübergingen, sahen sie, dass der Hörer nicht aufgelegt war.

»Sonderbar, was?«, fragte der Bärtige.

Der andere zuckte die Schulter. »Ich sag doch, da hat sich einer einen Spaß erlaubt.«

Sie gingen weiter, überquerten die Straße und leuchteten mit ihren Taschenlampen in die Umgebung. Der gebündelte Lichtstrahl streifte über den Parkplatz, auf dem ein einsamer Anhänger stand, dann erfasste das Licht den Rumpf eines Schiffes, das an der Kaimauer festgemacht worden war. Der Bärtige ging darauf zu.

»Da ist nichts, lass uns zurück…«

»Psst, sei mal leise«, fiel der Bärtige seinem jüngeren Kollegen ins Wort. Das Wasser plätscherte und gluckste leise. Dumpf drangen die Geräusche der nahen Stadt zu ihnen herüber.

Das leise Stöhnen war kaum lauter als die übrigen Geräusche, nur mit ausgesprochen gutem Gehör zu erahnen. Der junge Kollege schien diese Fähigkeit nicht zu besitzen, doch der Bärtige hatte es gehört, hatte es aus der Vielzahl von überlagerten Frequenzen herausgefiltert.

Unbeirrt hielt er auf das Schiff zu. Es war nicht sonderlich groß. Ein ehemaliges Feuerschiff, vom Ausmaß eines Kreuzers. Je näher sie kamen, desto deutlicher wurde das Stöhnen.

Der junge Beamte verharrte. Jetzt hatte er es auch gehört. »Es kommt von dem Pott, da ist jemand«, flüsterte er und zog die Dienstwaffe.

Der Bärtige lief zum Schiff und suchte nach einer Möglichkeit, an Bord zu gelangen, denn das schwache Stöhnen klang nach jemandem, der dringend Hilfe brauchte. Er suchte mit der Taschenlampe das Ufer ab. Schließlich entdeckte er eine kleine Leiter, die in der Wiese lag. Der Bärtige steckte die Lampe ins Holster.

»Leuchte, bitte!«, sagte er und schwang sich auf die Planke.

»Pass auf, das ist gefährlich«, warnte ihn sein jüngerer Kollege.

»Das weiß ich selbst«, antwortete der Bärtige. Stück um Stück tastete er sich voran. Schließlich erreichte er das Deck.

Als er erneut die Taschenlampe hervorzog und den Schiffsboden ableuchtete, erstarrte er. Ein menschlicher Körper lag vor ihm. Eine große, dunkle Lache erstreckte sich vom Kopf bis hinüber zur Reling.

»Schnell, hole Hilfe!«, rief er Bärtige seinem Kollegen zu. »Da oben liegt einer. Ich glaube, der stirbt.«

*

»Und was machen wir jetzt?«, fragte der Dunkelhaarige seinen Begleiter.

Sie waren entkommen. Niemand folgte ihnen. Sie hatten es gerade noch rechtzeitig geschafft. Über die Ebertstraße waren sie bis hinauf zum Rüstersiel gefahren. Dort waren sie auf einen Parkplatz abgebogen und hatten den Wagen abgestellt. Anschließend waren sie zu Fuß bis nach Altengroden gelaufen.

Der Blonde blickte auf seine Digitaluhr. Es war kurz vor ein Uhr.

»Ich glaube nicht, dass uns jemand gesehen hat«, sagte der Dunkelhaarige. »Die Streifenwagen waren zu weit entfernt.«

»Warum hast du geschossen, es war doch abgemacht, dass …«

»Ich habe ihn nicht getroffen, ich habe vorbeigezielt«, antwortete der Dunkle. »Wie hätten wir ihn sonst von dort oben wieder herunterbekommen?«

Der Blonde holte eine Zigarettenschachtel aus der Jackentasche. Er bot seinem Begleiter eine Zigarette an. Dann setzten sie sich auf eine Parkbank in der Nähe des Sportplatzes. Der Blonde nahm einen kräftigen Zug.

»Na ja, egal«, sagte er. »Den Sturz hat er sicher nicht überlebt.«

»Und was ist mit den Briefen und dem Bild?«

Der Blonde schwieg.

»Die hat er bestimmt zu Hause«, sagte der Dunkle nach einer Weile.

»Willst du bei ihm einbrechen und das Zimmer auf den Kopf stellen?« Die Frage des Blonden klang bissig.

»Wieso nicht?«, erwiderte sein Begleiter. »Es ist doch nur die Mutter zu Hause. Mit der werden wir schon fertig.«

Der Blonde schnippte den glimmenden Filter in ein Gebüsch.

»Das ist zu gefährlich, die Bullen werden sicher bald dort auftauchen«, entschied er nach einer kurzen Denkpause. »Wir werden verschwinden. Ich werde es ihm morgen erklären. Halbermann muss untertauchen. Es gibt keine andere Möglichkeit.«

Der Dunkelhaarige hatte seine Zigarette ebenfalls fertig geraucht und ließ sie vor sich auf den Boden fallen. »Er wird nicht begeistert sein.«

»Und wenn schon«, sagte der Blonde. »Er wird es akzeptieren. Schließlich führen viele Wege nach Rom.«

*

Tommy Wolff hatte sich über Mikes Anruf gewundert. Er hatte die Angst gefühlt, die in den Worten seines Freundes mitschwang. Und dabei hatte er ihn noch gewarnt. Zuerst hatte er gezögert, dann war er aber doch zum Hafen gefahren. Er konnte Mike nicht einfach hängen lassen.

Als er von der Ebertstraße in die Virchowstraße abbog, wurde er von einem Krankenwagen überholt. Er maß der Sache zunächst keine Bedeutung bei. Als er in die Jadestraße einbog, bremste er seinen Wagen ab. Blaue Lichter rotierten wild am südlichen Ufer. Er hielt an und stieg aus, jetzt voller Panik. Was war Mike nur zugestoßen? Ein riesiges Polizeiaufgebot hatte sich am Ostende des Banter Sees eingefunden. Dort musste etwas Schreckliches passiert sein.

Er beobachtete die Szenerie aus sicherer Entfernung. Ein paar Minuten später stieg er mit weichen Knien in seinen Wagen. Langsam setzte er seine Fahrt fort. Er hoffte, dass Mike doch noch zum vereinbarten Treffpunkt kommen würde. Fast eine Stunde wartete er dort vergebens und zermarterte sich das Hirn. Was sollte er nur tun?

*

Trevisan war bereits im Bett, als das Telefon klingelte. Der nervtötende Ton riss ihn aus einem traumlosen Schlaf. Er hatte einen schalen Geschmack im Mund. Es dauerte eine Weile, bis er den Lichtschalter fand. Das Telefon klingelte unaufhörlich weiter.

Gereizt nahm er den Hörer ab. Mit krächzender Stimme meldete er sich.

»Hallo, Martin«, begrüßte ihn Till Schreier. »Es tut mir leid, dich zu stören, aber wir haben eine Leiche im Hafengebiet.«

Trevisan richtete sich auf. Sofort war er hellwach. »Was ist passiert?«

»Die Sache ist reichlich mysteriös«, erklärte Till. »Offenbar gab es eine Schießerei am Banter See. Die Kollegen haben einen jungen Mann gefunden. Er liegt auf einem alten Kahn und ist wohl von einem Mast in den Tod gestürzt.«

Trevisan atmete tief ein. Sein Blick streifte den Radiowecker. Es war zwei Uhr fünfzehn. »Was soll das heißen? Wurde er erschossen oder war es ein Unfall? Und was für einen Mast überhaupt?«

»Der Kahn ist ein altes Feuerschiff mit einem hohen Mast in der Mitte«, stellte Till klar. »Der Junge ist vermutlich aus großer Höhe vom Mast gefallen. Warum, ist noch unklar. Aber zumindest wurden etwa zu gleicher Zeit Schüsse im Hafengebiet gehört. Ich denke, es ist am besten, wenn du kommst.«

»Wo bist du jetzt?«

»Auf der Dienststelle.«

»Gut, dann warte dort, ich komme.«

Trevisan duschte erst heiß, dann kalt, um das bohrende Gefühl in seinem Kopf zu vertreiben. Wie viel Bier hatte er getrunken? Vier, fünf oder gar mehr? Er wusste es nicht mehr. Nachdem er fertig war und sich angezogen hatte, legte er einen Zettel für seine Tochter auf den Küchentisch. Paula würde bestimmt tief und fest schlafen. Schließlich verließ er das Haus.

Verwundert stand er vor der offenen Garage. Sein Wagen fehlte. Erst jetzt fiel ihm wieder ein, dass Peter ihn nach Hause gefahren hatte. Er fluchte laut, als er zurück ins Haus ging, um Till Schreier anzurufen.

*

Till fuhr mit dem alten, grauen Audi vor. Trevisan rümpfte die Nase. Der Wagen hätte längst schon ausgemustert werden müssen – über zweihunderttausend Kilometer, ein notdürftig geflickter Auspuff und durchgesessene Sitze.

»Hast du nichts Besseres gefunden?«, sagte er mürrisch, als er auf dem Beifahrersitz Platz nahm.

Im Schein der verschmutzten Innenbeleuchtung sah er das

Lächeln auf Tills Gesicht. »Der Wagen ist uns von der Fahrbereitschaft zugeteilt.«

Ein gurgelndes Knurren war alles, was Trevisan erwiderte.

»Wer ist noch unterwegs?«, sagte er, nachdem er sich angeschnallt hatte.

»Monika und Tina sind mit Dietmar gefahren«, antwortete Till. »Alex hat ja frei.«

»Kleinschmidt?«

»Er trommelt gerade sein Team zusammen.«

»Dann ist ja gut«, sagte Trevisan und ließ sich in seinen unförmigen Sitz sinken.

11

Sanft kräuselte sich das Wasser der Nordsee im milchigen Schein der Bootslampen. Die Nebelbank voraus war schier undurchdringlich und der leichte Wind führte Kälte aus dem Norden heran. Es war frostig geworden, hier draußen am Süderhever. Der Leuchtturm vor Pellworm hatte sich längst hinter der weißen Wand versteckt und nur die Nadel des Kreiselkompasses verriet dem Steuermann, in welcher Richtung sich die Landzunge von Eiderstedt verbarg.

Dennoch hatten die Männer der *Nordstrand* beschlossen, einen weiteren Versuch zu wagen. Noch einmal hatten sie in dieser Nacht die Schleppnetze ausgeworfen. Tiefer diesmal als zuvor, denn noch immer waren die Laderäume des Trawlers nur bis zur Hälfte gefüllt. Und dabei hatte die Nacht so vielversprechend begonnen.

Gleichmäßig liefen die Kurrleinen von der Winsch und das Netz breitete sich aus wie ein Fächer, als der Steuermann auf halbe Fahrt ging.

Die Schiffsdiesel brummten monoton. Die beiden Fischereigehilfen standen am Heck und achteten darauf, dass sich die Seile gleichmäßig spannten.

Alles verlief nach Plan. Die Seile waren abgespult und die Scherbretter hatten sich ausgerichtet, damit sich die Öffnung des Netzes wie das Maul eines Wals auffalten konnte. Der Steuermann blickte zufrieden auf die Instrumente. Plötzlich lief ein Ruck durch das Schiff. Das Ruder zerrte heftig an seinen Händen. Die Kurrleinen sprangen unter großer Spannung aus dem Wasser und der Trawler neigte sich bedrohlich zur Seite. Einer der Fischereigehilfen stürzte und schlug mit dem Kopf auf den Planken auf. Es schien, als hätte eine eiserne Faust das Schiff ergriffen, um es hinab zum Meeresgrund zu ziehen. Dann riss das Grundtau aus der Verankerung und schnellte unter lautem Surren durch die Luft davon.

Sofort drosselte der Steuermann die Maschine. Erschrocken blickte er auf das Ruder, das er noch immer fest umklammert in seinen Händen hielt. Der Vortrieb des Trawlers erlahmte und das Schiff richtete sich unter lautem Ächzen und Stöhnen wieder aus. Dann kehrte Ruhe ein, bis auf das monotone Tuckern des Diesels.

Der Steuermann verließ das Ruderhaus und hastete zum Heck des Schiffes. »Was ist passiert?«, fragte er atemlos, als er auf seine beiden Gehilfen traf. Der eine saß am Boden und hielt sich seinen Kopf, während der andere mit einem Tuch das Blut stillte.

»Ich weiß nicht, wir haben irgendetwas erwischt«, erhielt

er von dem Unverletzten zur Antwort. »Die Grundleine ist gerissen.«

Ratlos blickte der Steuermann hinaus auf das Wasser. Noch immer saßen die Kurrleinen unter Spannung. Der Steuermann griff an den Hebel der Winsch und zog ihn kraftvoll nach hinten. Der Elektromotor setzte die Winde in Bewegung, doch die Spannung der Leinen nahm zu. Sofort riss er den Hebel zurück. »Das Netz hängt fest, da ist nichts zu machen«, knurrte er ratlos.

*

Trevisan quälte sich am Banter Hafen wie ein alter Mann aus dem Audi. Drei Streifenwagen parkten mit eingeschaltetem Blaulicht auf der Jadestraße. Ohrenbetäubender Motorenlärm dröhnte durch die Nacht. Ein Lichtmastwagen der Feuerwehr stand auf dem Parkplatz, dahinter hielt der Notarztwagen. Die grellen Scheinwerfer erhellten das Schiff, das vor dem Südufer des Großen Hafens vor Anker lag. Trevisan entdeckte Dietmar Petermann, der sich vor dem Schiff mit einem jungen Mann in weißem Kittel unterhielt. Ohne auf Till zu warten, ging er zu den beiden Männern hinüber.

»Hallo, Dietmar, habt ihr schon etwas?«

»Ah, Martin, gut, dass du endlich da bist.« Dietmar Petermann reichte ihm die Hand.

Der junge Mann im weißen Kittel, er mochte Ende zwanzig sein, grüßte ebenfalls freundlich und musterte Trevisan aufmerksam. »Er ist wohl von dort oben herabgestürzt«, sagte er vorlaut und zeigte auf den hohen Mast des Schiffes.

»So!«, erwiderte Trevisan verwundert.

»Keine Fremdeinwirkung, keine Kampfspuren, keine Wunden, die nicht vom Sturz stammen«, fuhr der Arzt unbeirrt fort. »Wahrscheinlich ist er abgerutscht. Es hat schließlich geregnet. Vielleicht ist er betrunken, wer weiß. Aber das wird die Obduktion schon erweisen.«

Trevisan warf Dietmar einen fragenden Blick zu.

»Oh, das ist Doktor Grothe, der Notarzt«, beeilte sich Dietmar zu erklären.

Trevisan nickte. »Ah, ja. Sie waren wohl schon häufig bei … Fällen dieser Art?«

»Alles Routine«, erwiderte Grothe wichtig.

»Gut, dann danke ich Ihnen einstweilen«, entgegnete Trevisan und wandte sich seinem Kollegen zu.

»Alles klar«, antwortete der junge Arzt. »Hier noch meine Karte, wegen der Zeugenaussage und so.«

Trevisan griff nach der ausgestreckten Hand. Grothe hatte wohl gerne das letzte Wort. Der Arzt ging hinüber zu seinem Wagen.

»Was ist denn das für ein Spinner?«, fragte Till Schreier.

Dietmar zuckte die Achseln. »Notarzt. Seit drei Wochen im Dienst. Ich glaube, wir werden noch öfters mit ihm zu tun haben.«

»Gott behüte«, seufzte Trevisan. »Also, was liegt an?«

»Ein Jugendlicher. Hat sich vermutlich das Genick gebrochen, als er von dem Mast gefallen ist. Ansonsten kennst du ja schon Grothes These.«

Trevisan musterte den hohen Mittelmast des Feuerschiffes. Er maß wohl an die sechs Meter. »Ist der Name des Toten bekannt?«

»Er heißt Mike Landers«, erwiderte Dietmar. »Er stammt aus Wilhelmshaven, ist sechzehn Jahre alt und besucht das Cäcilien-Gymnasium. Wir haben einen Schülerausweis in seiner Tasche gefunden. Ansonsten wissen wir noch nichts über ihn. Wir warten mit der Durchsuchung seiner Kleider noch auf Kleinschmidt.«

Trevisan nickte. »Ich hörte, es sollen Schüsse gefallen sein. Weißt du schon mehr darüber?«

»Nur das, was die Streifenpolizisten darüber berichten.«

Trevisan verdrehte die Augen. Er fragte sich, wann Dietmar

endlich einmal von sich mit allen Einzelheiten herausrücken würde. »Und was berichten sie?«, fragte er barsch.

»Dass zwei anonyme Anrufe in der Einsatzzentrale eingingen. Jemand hatte Schüsse hier im Hafen gehört. Als die Streife eintraf, sahen sie, wie ein Wagen in Richtung Kaiser-Wilhelm-Brücke davonraste. Sie haben noch versucht, den Wagen zu stellen, aber der war zu schnell. Sie können nicht sagen, um welchen Typ es sich handelte. Dann sind sie an die Stelle gefahren, wo sie den Wagen zum ersten Mal gesehen haben, und sind ausgestiegen. Dann fanden sie den Jungen auf dem Schiff. Aber da war er wohl schon tot.«

Trevisan ging zum Schiff. Dietmar folgte. Mittlerweile führte eine stählerne Leiter an Bord. Eine glitschige Holzplanke lag neben dem Vorschiff im feuchten Gras. Trevisan kletterte auf die Leiter und schaute über die Reling. Der Körper des toten Jungen lag mit einer Plane abgedeckt direkt unterhalb des Mastes. Eine Blutlache hatte sich neben der Decke ausgebreitet.

Trevisan kletterte zurück nach unten. »Wo sind Monika und Tina?«

»Die sprechen gerade mit den Streifenpolizisten, die den Toten fanden«, erwiderte Dietmar.

Ein schwarzer Transporter kam auf den Parkplatz gefahren. Trevisan beobachtete den Wagen, bis er unmittelbar hinter dem Lichtmastwagen der Feuerwehr parkte. Männer in dunklen Anzügen stiegen aus und unterhielten sich mit einem uniformierten Polizisten.

»Hast du schon eine Theorie?«, fragte Trevisan.

Dietmar blickte ihn mit großen Augen an. Dann zuckte er die Schultern »Zumindest ist er nicht erschossen worden. Vielleicht haben sich nur ein paar Jungs einen Spaß erlaubt und mit Schreckschusspistolen herumgealbert. Hier wird immer mal wieder von Jugendlichen gefeiert.«

Wenig später traf die Spurensicherung ein. Kleinschmidt ließ sich von Dietmar über den Sachstand informieren und machte sich mit seinem Team an die Arbeit. Trevisan hatte sich unterdessen mit Monika Sander unterhalten, die inzwischen das zeitliche Ablaufprotokoll bei der Einsatzleitung erfragt hatte. Demnach hatte um 23.47 Uhr ein junger Mann angerufen und Schüsse am Banter See gemeldet. Elf Minuten später war erneut von Schüssen am Großen Hafen berichtet worden. Die Anruferin hatte ihren Namen ebenfalls nicht genannt.

Trevisan überlegte. Hatte Dietmar recht? Hatten sich hier ein paar junge Leute einen Spaß gemacht, etwas getrunken, ein bisschen gefeiert und dabei vielleicht mit Schreckschusspistolen herumhantiert? War dabei ein schrecklicher Unfall passiert?

Mittlerweile war es weit nach drei Uhr. Zwei Stunden würde es wohl noch dunkel bleiben, jetzt hatte es nur wenig Sinn, sich im Hafengelände umzusehen. Dennoch hatte Trevisan Tina und Till beauftragt, sich die nähere Umgebung vorzunehmen. Vielleicht gab es etwas Augenfälliges. Jugendliche hinterließen oft genug Spuren ihrer ausschweifenden Feste. Flaschen, Bierdosen, Chipstüten.

Monika war inzwischen zur Einsatzzentrale gefahren, um auf Trevisans Geheiß die Aufzeichnungen der Notrufanlage zu kopieren. Vielleicht brachten die Aufnahmen neue Erkenntnisse. Hintergrundgeräusche, Stimmen, vielleicht sogar ein Name. Die neue digitale Aufzeichnungsanlage war sehr empfindlich und nahm alles auf, was vom Mikrophon übertragen wurde. Manchmal besser und gründlicher als ein menschliches Gehör.

Mittlerweile war es empfindlich kalt geworden. Nebelschwaden hüllten den Hafen in einen milchig trüben Schimmer und krochen langsam auf die nahe Stadt zu.

Trevisan und Dietmar Petermann warteten geduldig im Wagen, während Kleinschmidt sein Team über das Schiff dirigierte.

Schweigend beobachtete Trevisan die wabernden Nebelfetzen. Er hing seinen Gedanken nach. Schon wieder war ein Jugendlicher zu Tode gekommen. Nur wenige Jahre älter als Paula.

Dietmar hatte sich im Sitz zurückgelegt und blickte schläfrig auf die Innenverkleidung des Autodaches.

»Ein harter Schlag für die Familie«, sagte Trevisan.

»Was hast du gesagt?«, fragte Dietmar müde.

»Ich meine, stell dir einmal vor, eines Tages klingelt die Polizei an deiner Tür und überbringt dir die Nachricht vom Tod deines Sohnes. Was ginge dann in dir vor?«

»Wie kommst du auf so eine blöde Idee?«, entgegnete Dietmar genervt. »Stimmt etwas nicht?«

»Ich denke doch nur darüber nach, wie sich die Eltern fühlen müssen, wenn sie ein Kind auf so eine schreckliche Weise verlieren. Er geht in dieselbe Schule wie Paula, wahrscheinlich zwei Klassen höher.«

Dietmar verzog das Gesicht. »In der letzten Zeit bist du ganz schön komisch geworden. Ich habe das schon am letzten Samstag bei dem Selbstmörder bemerkt. Was ist denn los mit dir?«

Trevisan wandte sich ab und blickte durch die verschmutzte Seitenscheibe. Das Licht brach sich in den Schlieren und bildete kleine gelbliche Kreise.

»Über so etwas denke ich überhaupt nicht nach«, sagte Dietmar nach einem Moment des Schweigens. »Warum denn auch? Johannes würde niemals etwas tun, das mir gegen den Strich geht. Da brauche ich mir überhaupt keine Sorgen zu machen.«

Trevisan seufzte. »Und was macht dich so sicher?«

»Er ist mein Sohn. Er weiß, was sich gehört und was ich von ihm erwarte.«

Trevisan schaute Dietmar an. Sein Gesicht lag im Halbschatten. »Dein Sohn ist gerade mal zehn Jahre alt. Bist du sicher, dass du ihn immer im Griff haben wirst?«

»Ja, schließlich weiß ich, was eine gute Erziehung wert ist. Da bin ich mir mit Barbara einig.«

Trevisan schloss die Augen. Für Dietmar war alles immer schon recht einfach gewesen. Schwarz war Schwarz und Weiß blieb Weiß. Dazwischen gab es nichts, durfte es nichts geben. Es hatte keinen Sinn, mit ihm über solche Dinge zu reden. Trevisan schwieg. Doch eines hoffte er inständig: dass Dietmars Sohn ein anderes Gefühl für Mode und Kleidung entwickeln würde als sein Vater. Die weiß-schwarzen Lackschuhe, die Dietmar heute wieder trug, passten auf jedes Tanzparkett, nur nicht zu seinem hellbraunen Anzug und schon gar nicht zu einem Tatort, an dem die Leiche eines jungen Mannes lag.

Horst Kleinschmidt kam mit rauchender Pfeife auf den Zivilwagen zu. Er hatte seinen Papieranzug abgestreift und in den weißen Kleinbus gelegt. Er klopfte gegen das Seitenfenster. Trevisan erschrak.

»Hey, wenn andere arbeiten müssen, dann wird hier nicht geschlafen«, rief Kleinschmidt durch die geschlossene Scheibe und nahm die Pfeife aus dem Mund.

Trevisan stieg aus dem Wagen. »Habt ihr etwas gefunden, das uns weiterbringt?«

Kleinschmidt steckte die Pfeife wieder in den Mund. »Es sieht tatsächlich so aus, als ob der Junge ohne Fremdeinwirkung vom Schiffsmast gestürzt ist. Wir fanden weder einen Einschuss noch Patronenhülsen an der Stelle, an der dieser ominöse Wagen gestanden hat. Es führen Schuhspuren von der Reling bis zum Mast. Zweifellos die Spuren des Jungen. Er ist wohl über die schmale Leiter an Bord geklettert und direkt auf den Mast zugelaufen. Weitere Spuren gibt es nicht.«

»Na also«, rief Dietmar aus dem Wageninneren. »Hab ich mir gleich gedacht. Damit ist ja alles klar.«

»Was ist klar?«, fragte Kleinschmidt.

»Bestimmt wird die Blutprobe positiv ausfallen«, antwortete Dietmar selbstsicher. »Der Junge hat mit seinen Kumpels hier herumgealbert, dann kam er auf die blödsinnige Idee, auf den Mast zu steigen. Dabei ist er abgerutscht. Seine Freunde sind dann in Panik einfach abgehauen. Wahrscheinlich waren sie genauso besoffen wie er.«

Trevisan blickte Kleinschmidt fragend an.

Kleinschmidt nickte. »Könnte durchaus so gewesen sein. Komisch ist nur seine verdreckte Kleidung. Die Schuhe und die Hose sind von einem üblen grünlichen Schlamm überzogen. Fast, als wäre er zuvor durch die Kanalisation gewatet. Ich habe die Kleider sichergestellt.«

Trevisan horchte auf. »Habt ihr sonst noch etwas in seinen Taschen gefunden?«

»Nichts außer einem verschlossenen Briefkuvert in der Hosentasche. Papiere oder so etwas – Fehlanzeige. Nur der Schülerausweis.«

»Wo ist der Brief?«

»Ich habe alles im Wagen verstaut«, erwiderte Kleinschmidt. Gemeinsam gingen sie zum Transporter der Spurensicherung.

Unterwegs kam ihm ein uniformierter Polizist entgegen. »Kann die Leiche jetzt abtransportiert werden?«, fragte er. »Der Bestatter ist schon ungeduldig.«

»Er soll sie in die Rechtsmedizin bringen«, antwortete Trevisan. »Wir beantragen eine Obduktion. Aber vorher will ich mir die Leiche erst noch einmal bei gutem Licht anschauen.«

Der junge Polizist nickte und ging davon.

»Willst du wirklich eine Leichenöffnung anregen?«, fragte Kleinschmidt überrascht.

»Immerhin haben wir einen bislang ungeklärten Todesfall, die Meldungen, wonach Schüsse gefallen sein sollen, und einen flüchtigen Wagen«, entgegnete Trevisan. »Wenn Dietmars Theorie auch plausibel erscheint, so ist sie noch lange nicht bewiesen. Irgendetwas stört mich an dieser Darstellung.«

Am Transporter holte Kleinschmidt eine Klarsichthülle aus einer roten Plastikkiste und reichte sie Trevisan. Sie enthielt ein weißes Briefkuvert. Trevisan hielt die Plastikhülle ins Licht.

Die Buchstaben auf dem Kuvert waren akkurat und symmetrisch mit blassem Bleistift aufgemalt. Wahrscheinlich mit einer Schablone. Doch weitaus interessanter war der Empfänger. *An Direktor Simon Halbermann – persönlich*.

Trevisans Kopfhaut begann zu kribbeln. »Gib mir mal Handschuhe«, sagte er zu Horst Kleinschmidt.

»Willst du ihn öffnen?«

»Ja!«

»Hier und jetzt?«, fragte Kleinschmidt.

»Nun gib schon her. Und eine Schere noch. Ich glaube, du wirst keine weiteren Fingerabdrücke darauf finden außer denen des Jungen«, entgegnete Trevisan ungeduldig. Horst Kleinschmidt beeilte sich.

Vorsichtig, mit Latex-Handschuhen geschützt und einer spitzen Schere bewaffnet, schlitzte Trevisan das Kuvert auf. So behutsam wie möglich, um keine Spuren zu vernichten, zog er den Brief hervor und entfaltete ihn.

»Eine Million bis nächste Woche«, las Trevisan laut. *»Wenn das Geld zusammen ist, dann werden Sie eine Anzeige in der Wilhelmshavener Zeitung veröffentlichen. Der Text wird lauten: Heiner, alles Gute zum 90. Geburtstag – Simon.«* Die Worte waren aus Zeitungsbuchstaben zusammengesetzt.

Horst Kleinschmidt pfiff durch die Zähne. »Sieh an, ein kleiner Erpresser.«

Trevisan schob den Brief zurück in die Plastikhülle. »Ich möchte wissen, ob noch andere Fingerspuren darauf zu sehen sind«, sagte er bestimmt.

Wortlos ging er an den Feuerwehrmännern, den Polizisten und den beiden Männern vom Bestattungsunternehmen vorbei. Er kletterte an Bord des alten Feuerschiffes und kniete sich vor den Toten. Trevisan hob die Decke an und blickte in das bleiche und vom Schrecken verzerrte Gesicht des Jungen. Es schien so, als habe der Tod den ganzen Schmerz im Bruchteil einer Sekunde in den Zügen des Toten eingefroren.

Trevisan amtete durch und ließ das Tuch sinken. Seine Gedanken kreisten um Sven Halbermann, der vor nicht einmal einer Woche mit einem Seil um seinen Hals vor ihm gelegen hatte. Trevisan richtete sich auf und blickte sich um. In der Ferne stand die hell erleuchtete Telefonzelle.

»Brauchst du uns noch?«, rief ihm Horst Kleinschmidt zu, der ihm bis zum Schiff gefolgt war.

Trevisan deutete in Richtung der Telefonzelle. »Ich brauche die Fingerabdrücke vom Hörer.«

Kurz darauf setzte sich der weiße Transporter der Spurensicherung in Bewegung.

»Oftmals ist die Routine das Gefährliche an unserem Beruf«, sagte Trevisan zu Dietmar Petermann, als die beiden Bestatter den Zinksarg an ihnen vorbei in den Leichenwagen trugen.

Dietmar blickte Trevisan verwundert an. Inzwischen wusste auch er von dem Inhalt des Briefes. Dennoch war er bei seiner anfänglichen Theorie geblieben.

*

Die Farben blieben dunkel. Auch wenn das Grün anfangs noch hoffnungsvoll und erfrischend gewirkt hatte, so waren nun bedrohliche schwarze Schlieren darin zu sehen. Die Dunkelheit bahnte sich ihren Weg, je mehr die Oberfläche trocknete.

»Nichts ist, wie es wirklich ist«, sagte der Grauhaarige. »Es ist vielmehr nur der Schein, den wir erblicken. Doch was ist darunter verborgen? Welche Gefahren lauern dahinter?«

Der Mann im dunklen Anzug beobachtete, wie der Alte den Pinsel in die Farbe tauchte und einen Kreis auf die Leinwand zeichnete. Tiefrot. Rot wie Blut.

»Es ist der rote Weg, der bleibt«, fuhr der Grauhaarige fort. »Das purpurne Mysterium, das unendliche Martyrium. Das letzte Opfer, das einem Bruder abverlangt werden kann. Das Feuer des Himmels hat uns verschont, der Pesthauch der Erde ist über uns hinweggezogen, ganz so wie es in der Prophezeiung stand. Doch die Feinde werden langsam übermächtig. Ich weiß nicht, warum. Wir haben doch getan, was uns von Garth aufgetragen wurde, dennoch bleiben uns diese Schritte nicht erspart. Er wird gehen und alles hinter sich lassen, das unsere Spur verrät.«

Der dunkel gekleidete Mann nickte. »Er wird den Weg gehen.«

»Bedenkt, achtet auf den Schein!«, mahnte der Alte, als sich der Mann im Anzug zum Gehen wandte. »Nichts ist, wie es wirklich ist. Sieh, was darunter verborgen ist, denn es darf nicht an die Oberfläche gelangen!« Die Stimme des Grauhaarigen klang hart wie ein Befehl.

»Ich werde darauf achten«, erwiderte der Mann und verließ das sonnendurchflutete Zimmer.

*

Die Fischer hatten drei Stunden gewartet, ehe ein Kreuzer der Seenotrettung ihre Position erreicht hatte. Der verletzte Matrose war von einem Sanitäter versorgt worden. Unterdessen hatten sich zwei Taucher in die kalten Fluten gewagt. Auf der Seekarte waren keine Hindernisse, keine Untiefen und keine Riffe hier draußen am Süderhever verzeichnet. Trotzdem hatte sich das Schleppnetz der *Nordstrand* verheddert und den Trawler aus seiner Bahn geworfen. Es musste etwas Großes, etwas Gewaltiges dort unten auf dem Grund liegen. Dreißig Meter war das Wasser hier tief. Auf knapp fünfundzwanzig Meter hatten die Fischer die Kurrleinen ausgerollt. Nun standen sie am Heck ihres Schiffes und warteten, bis die Taucher wieder an die Oberfläche kamen.

Der Seenotrettungskreuzer dümpelte nur wenige Meter neben ihrem Kutter. Scheinwerfer waren auf das Wasser gerichtet und erhellten die milchige Nacht. Auch an Bord des Kreuzers schien sich alles in das träge Warten ergeben zu haben. Plötzlich kam Bewegung in die Szenerie. Eine Seilwinde wurde in Gang gesetzt und eine Metallleiter in das Wasser gelassen. Dann durchbrach der erste Taucher die ruhige Oberfläche. Sofort griffen die Hände seiner Kollegen nach dem Mann im nassen Gummianzug. Nur wenig später tauchte auch der zweite Taucher aus den dunklen Fluten auf und schwamm auf den Kreuzer zu. Dann erstarb der gleichmäßige Ton der Seilwinde und es kehrte wieder Ruhe am Süderhever ein.

»Was liegt denn nun dort unten?«, rief der Steuermann des Trawlers einem der Männer auf dem Kreuzer über das Wasser zu.

Einer der Beamten wandte sich ihm zu. »Dort unten liegt eine große Yacht. Ihr müsst eure Leinen kappen. Die Flügel haben sich bis zum Stert um den Rumpf gewickelt. Es ist unmöglich, das Netz freizubekommen.«

Ratlos blickten sich die Fischer an. »Was für eine Yacht?«, rief der Steuermann zurück.

»Ein Däne. *Linda* ist der Name. Sie liegt noch nicht lange dort. Ist möglicherweise in schwere See geraten.«

12

Der stahlgraue Morgen schlich auf leisen Sohlen über das Wasser auf das Festland zu. Der aufkommende Wind blies die Wolken weiter nach Süden und führte kühle Luft heran. Es war kurz nach fünf Uhr. Trevisan hatte sich mit seinen Mitarbeitern am Tatort versammelt. Till und Tina hatten die Umgebung abgesucht, doch sie hatten nichts Ungewöhnliches festgestellt. Keine zerborstenen Flaschen, keine weggeworfenen Bierdosen, keinerlei Hinweise auf eine ausschweifende Feier unter Jugendlichen. Weder am Südstrand noch am Fliegerdeich noch bis hinüber nach Klein Wangerooge.

Mittlerweile war Monika Sander wieder in den Hafen zurückgekehrt. Über das Melderegister hatte sie in Erfahrung gebracht, dass Mike Landers zusammen mit seiner Mutter in einem Mehrfamilienhaus in der Edenburgstraße wohnte. Trevisan stand ein schwerer Gang bevor. Dennoch war es ungewöhnlich, dass sich die Mutter bislang noch nicht bei der Polizei gemeldet hatte. Schließlich war der Junge erst sechzehn und bis zu den Ferien waren es noch ein paar Tage. Ginge es um Paula, so hätte Trevisan längst Himmel und Hölle in Bewegung gesetzt, um nach ihr zu suchen. Aus welchem Milieu stammte der Junge?

Trevisan amtete tief ein und wühlte mit seiner Schuhspitze im feuchten Sand. »Nach allem, was wir jetzt wissen, können wir nicht ausschließen, dass der Junge unfreiwillig auf den Mast des Schiffes gestiegen ist. Es könnte immerhin sein, dass er verfolgt wurde. Durch die gemeldeten Schüsse und den Brief an Halbermann ist zumindest wahrscheinlich, dass ein Tötungsdelikt dahintersteckt.«

»Womit könnte der Junge Simon Halbermann erpresst haben?«, fragte Monika Sander.

Trevisan zuckte mit den Schultern. »Das werden wir Halbermann fragen. Zuerst aber müssen wir die Mutter des Jungen informieren. Dietmar und ich werden das übernehmen …«

»Ich kann nicht, ich habe noch einen wichtigen Termin«, fiel ihm Dietmar ins Wort.

Trevisan zog die Stirn kraus.

»Ich werde dich begleiten«, sagte Monika Sander rasch.

»Also gut, dann kümmern sich Till und Tina um das Umfeld des Jungen«, fuhr Trevisan fort. »Schule, Freunde, alles was ihr in Erfahrung bringen könnt. Und Dietmar trifft sich um elf Uhr mit Doktor Mühlbauer. Mal sehen, ob die Obduktion noch etwas ergibt.«

Dietmar verdrehte die Augen. »Nicht schon wieder, ich war erst das letzte Mal in der Pathologie. Ich kann doch zusammen mit Tina in der Schule …«

»Mensch, Dietmar, was ist los?«, erwiderte Trevisan scharf. »Wir ermitteln hier in einem Tötungsdelikt und du hast einen wichtigen Termin. Was soll denn das?«

Dietmar blickte verlegen zu Boden. »Du weißt doch, dass ich es hasse, Todesnachrichten überbringen zu müssen. Und das Zerlegen von Leichen ist auch nicht meine Sache. Warum kann ich nicht …«

»Falls du es noch nicht ganz vergessen hast, du bist bei der Mordkommission«, sagte Trevisan grimmig und wandte sich um. Langsam ging er zu Monikas Wagen.

Monika Sander schaute in Dietmars verlegenes Gesicht.

»Irgendwann wirst du es ihm sagen müssen«, sagte sie, ehe sie Trevisan folgte.

*

Monika Sander parkte den Wagen gegenüber der angegebenen Adresse in der Edenburgstraße. Mittlerweile war die Sonne aufgegangen und tauchte die Stadt in einen rötlichen Schimmer. Das Haus mit der Nummer 6 war ein gepflegtes Vierfamilienhaus mit einem ockerfarbenen Anstrich und einer kleinen Wiese vor dem Zugang. Trevisan wartete, bis Monika Sander den Wagen verschlossen hatte, dann überquerten sie die Straße.

Sie gingen über bleichrote Klinkerplatten zur weißen Haustür. Trevisan atmete tief ein. *Landers* stand auf dem rechten oberen Klingelknopf. Trevisan trat einen Schritt zurück und musterte die Fenster, der rechten Wohnung des Obergeschosses. Noch waren die Rollläden geschlossen.

Ein mulmiges Gefühl beschlich ihn, als er klingelte. Wie würde Mike Landers' Mutter reagieren?

Nichts geschah. Trevisan drückte noch einmal auf den kleinen schwarzen Knopf. Länger diesmal als zuvor.

»Sie schläft wohl noch«, sagte Monika.

»Vielleicht arbeitet sie Schicht«, erwiderte Trevisan.

Die Sprechanlage knackte, und er hörte ein krächzendes »Ja, bitte«.

Trevisan schluckte. »Frau Landers?«

»Ja, wer sind Sie?«

»Ähm, mein Name ist Trevisan. Ich müsste dringend mit Ihnen sprechen«, erwiderte er mit brüchiger Stimme.

»Weshalb? Ich wüsste nicht, dass wir uns kennen.«

»Ich bin von der Polizei. Würden Sie bitte öffnen?« Trevisan hasste es, wenn er sich über ein kleines Mikrofon mit jemandem unterhalten musste, dem er nicht ins Gesicht blicken konnte.

»Einen Augenblick bitte.« Ein erneutes Knacken verriet, dass die Frau den Hörer aufgelegt hatte. Wenige Sekunden später schnarrte der elektrische Türöffner.

Trevisan zählte die Stufen. Fünf bis zu den Wohnungen im Erdgeschoss. Weitere sieben Treppenstufen bis zur Kehre und noch mal sieben bis in den zweiten Stock. Monika Sander folgte ihm. Als Trevisan um die Ecke bog, sah er die Frau, die bleich und mit wirren, langen Haaren am Geländer stand und ihn mit großen Augen musterte. Sie trug einen dunkelblauen Morgenmantel und hatte die Hände auf das Geländer gelegt. Sie war barfuß.

»Was … was ist passiert?«, fragte sie unsicher.

Sie mochte wohl Mitte dreißig sein und hatte ein schönes Gesicht. Obwohl ihr die Müdigkeit deutlich anzusehen war, wirkte sie gepflegt.

Trevisan trat vor sie hin und zeigte seinen Dienstausweis. »Das ist meine Kollegin Monika Sander.«

Die Frau hatte keinen Blick für Trevisans Begleiterin. Ihre Augen hafteten auf Trevisan.

»Ist etwas … passiert?«, wiederholte sie schüchtern.

»Es tut mir leid«, erwiderte Trevisan.

Plötzlich fuhr die Frau herum und rannte in ihre Wohnung. »Mike … Mike, wo bist du …«

Trevisan hörte das Knallen von Türen. Dann folgte ein herzzerreißender Schrei. Er war sich einen Augenblick lang nicht sicher, was er tun sollte, dann folgte er der Frau in die Wohnung. Monika Sander ging hinter ihm her.

Teresa Landers kniete vor dem Jugendzimmer auf dem Boden und hatte die Hände vor das Gesicht geschlagen. Sie schluchzte laut.

Trevisan kniete sich daneben und legte den Arm um sie. »Sollen wir einen Arzt rufen?«

Die Frau schüttelte den Kopf. »Ich hab es gewusst. Ich wusste es …«

Es dauerte eine ganze Weile, bis sich die Frau beruhigte. Als sie sich aufrichtete, strauchelte sie. Geistesgegenwärtig griff Trevisan zu. Schließlich führte er sie in das Wohnzimmer. Sie ließ sich auf die Couch sinken und wischte sich die Tränen aus dem Gesicht.

»Was ist passiert?«, fragte Teresa Landers mit tränenerstickter Stimme.

»Es tut mir leid, Ihr Sohn ist in der vergangenen Nacht verunglückt.« Trevisan versuchte, seine Stimme fest und sicher wirken zu lassen, doch es gelang ihm nur mäßig.

Teresa Landers brach von Weinkrämpfen geschüttelt zusammen.

»Es ist besser, wir rufen einen Arzt«, sagte Monika heiser.

*

Es war fünf nach acht, als Till Schreier und Tina Harloff ihren Dienstwagen auf dem Parkplatz des Cäcilien-Gymnasiums parkten. Unzählige Schüler liefen über den großen Platz und strebten auf die dunkle Öffnung im tristen Grau des Gebäudes zu. Einer nach dem anderen tauchte darin ein und wurde von der Finsternis verschlungen. Der Platz leerte sich schnell.

Sie verschlossen den Wagen und folgten dem Strom der Schüler. Die Neonröhren erleuchteten das Haus nur leidlich und es roch nach abgestandener Luft und Putzmittel.

»Es ist noch gar nicht so lange her, dass ich hier zur Schule ging«, sagte Tina gedankenverloren. »Es hat sich nicht viel verändert.«

»Das ist gut, dann weißt du ja, wo wir hinmüssen.«

Zielstrebig hielt Tina auf die Treppe zu. »Das Büro des Rektors ist im ersten Stock.«

Sekretariat stand in weißen Buchstaben auf der geschlossenen Tür. Till klopfte an und öffnete. Eine ältliche blonde Frau saß hinter einen Schreibtisch und blickte verwundert auf. »Ich kann mich nicht erinnern, ›Herein‹ gesagt zu haben«, sagte sie spitz.

»Oh, Entschuldigung, da habe ich mich wohl verhört«, antwortete Till mit gespielter Freundlichkeit.

»Nun kommen Sie schon rein«, entgegnete die Sekretärin. Till warf Tina einen genervten Blick zu und trat ein.

»Was gibt es denn so Dringendes?«

Till präsentierte seinen Dienstausweis. »Wir kommen wegen eines Schülers. Mike Landers ist sein Name. Er ist sechzehn und geht hier zur Schule.«

»So, welche Klasse?«

»Das weiß ich nicht. Er ist sechzehn.«

»Ja, das sagten Sie schon, aber wenn Sie die Klasse nicht kennen, dann muss ich zuerst einmal in der Klassenverwaltung nachsehen. Wie ist noch mal der Name?« Die Frau zog die Tastatur ihres Computers zu sich heran.

»Mike Landers«, wiederholte Till.

Die Sekretärin tippte den Namen ein und starrte auf den Bildschirm. »Ah, da ist er ja, in der Zehnten. Und, was wollen Sie von ihm?«

»Ich möchte bitte mit seinem Klassenlehrer sprechen. Mike Landers verstarb in der vergangenen Nacht.«

Till beobachtete, wie sich die gelangweilten Gesichtszüge der Frau veränderten.

»Oh Gott, das ist ja schrecklich«, sagte sie entgeistert. »Was ist denn passiert?«

»Darüber würde ich gerne mit dem Klassenlehrer sprechen«, antwortete Till trocken.

*

Trevisan stand im Wohnzimmer und schaute sich um. Das Zimmer erschien geordnet und sauber. Die Möbel wirkten hell und freundlich. Drucke von Miró zierten die Wand. Ein Setzkasten hing neben der Tür, in dem allerlei Glasfiguren standen. Auf der Kommode standen Bilder. Sie zeigten immer nur zwei Personen. Teresa Landers und ihren Sohn Mike. Kein Bild des Vaters, kein Bild eines anderen Mannes. Offenbar war ihr Sohn der einzige Mann im Leben von Teresa Landers.

Eine Nachbarin, offenbar die beste Freundin der Frau, hatte an der Wohnungstür geklingelt, nachdem sie die Schreie und das laute Weinen aus der Wohnung vernommen hatte. Teresa Landers hatte sich an ihr festgehalten und sie umklammert, als wäre sie der einzig verbliebene Rettungsanker, der sie vor dem endgültigen Untergang bewahren konnte.

Inzwischen war der Arzt bei ihr. Sie lag im Schlafzimmer und wurde mit Beruhigungsmitteln behandelt. Trevisan ergriff die Gelegenheit und befragte die Nachbarin, um ein paar Hintergründe zu erfahren. Sie erzählte, dass sich Frau Landers vor vier Jahren nach der Scheidung von ihrem Mann mehr und mehr zurückgezogen hatte. Sie arbeitete als Verkäuferin in einem Juweliergeschäft in der Nähe der Nordseepassage.

Mike sei stets ein guter Junge gewesen. Nett, freundlich und vor allem stets hilfsbereit. Vielleicht manchmal ein bisschen introvertiert. Zwischen ihm und seiner Mutter herrsche ein sehr freundschaftliches Verhältnis. Sie hingen zusammen wie Kletten, hatte die Frau von gegenüber berichtet.

Auch im Gesicht der Nachbarin lagen Trauer und Schmerz, als sie von Mike Landers erzählte. Er war kein Herumtreiber gewesen. Er war ein guter Schüler, ehrgeizig, wollte es weiter bringen als sein Vater. Johnny Landers hatte sich schon vor vielen Jahren aus dem Leben der Familie gestohlen und war zur See gefahren. Von Affären, Liebschaften und Alkoholexzessen berichtete die Nachbarin. Er war Maschinist und habe vor Jahren auf dem britischen Passagierdampfer *Princess* angeheuert. Seit mindestens einem Jahr habe Teresa Landers nichts mehr von ihrem Exmann gehört. Der letzte Brief von ihm war aus der Karibik gekommen.

Monika Sanders schaute sich inzwischen im Zimmer des Jungen um. Als der Arzt dann der Nachbarin erlaubte, nach Frau Landers zu sehen, erhob sich Trevisan und inspizierte den Rest der Wohnung. Auch die Küche und das Badezimmer entsprachen dem ersten Eindruck, den Trevisan von der Familie gewonnen hatte. Es gab nichts Auffälliges. Die Verhältnisse wirkten nicht ärmlich, wenngleich Teresa Landers dafür auch hart arbeiten musste, wie die Nachbarin erzählt hatte. Warum also hatte Mike Landers den Erpresserbrief geschrieben? Um gemeinsam mit seiner Mutter ein sorgenfreies Leben führen zu können?

Monika riss Trevisan aus seinen Gedanken. Sie stand in der Tür zum Jugendzimmer und hielt eine Zeitung in der Hand. »Ich glaube, das solltest du dir einmal anschauen.«

Trevisan betrat das Zimmer von Mike Landers. Ihm fiel sofort auf, dass es sehr ordentlich aussah. Das Bett war unberührt. Entgegen den sonstigen Gewohnheiten der Jugend, ihre Stars und Idole an die Wand zu pinnen, waren die Wände voller Poster von Segelschiffen und Yachten. Dreimaster, Viermaster, eine alte Brigg, natürlich durfte auch ein Hochglanzposter der *Gorch Fock* nicht fehlen.

Offenbar liebte er die See. Hatte er das Geld gewollt, um seinen Traum in die Realität umsetzen zu können?

Monika Sander hatte den Schreibtisch durchsucht. Auf der grünen Schreibunterlage lagen neben einer Schere und Klebstoff allerlei Papierschnipsel, ausgeschnittene Buchstaben und die Reste der übrigen Seiten.

»Er hat den Brief hier verfasst«, folgerte Trevisan seufzend.

Monika Sander nickte. »Ich packe die Sachen schon mal ein.«

»Sie können jetzt mit Frau Landers sprechen.« Der Arzt stand in der Tür und warf Trevisan einen neugierigen Blick zu. »Aber machen Sie es kurz. Die Frau ist ganz schön mitgenommen. Ich werde sie in das Krankenhaus einweisen. Ich befürchte, sie tut sich sonst etwas an, wenn sie alleine ist.«

Trevisan nickte.

Teresa Landers lag auf ihrem Bett und blickte mit starren Augen an die Decke. Die Nachbarin hielt ihre Hand eng umschlungen und streichelte ihr tröstend den Arm.

»Frau Landers«, begann Trevisan mit klangloser Stimme. »Ich weiß, wie schwer es Ihnen fallen muss, meine Fragen zu beantworten. Aber es ist meine traurige Pflicht. Wir müssen wissen …«

»Wie ist es passiert?«, unterbrach ihn die Frau.

»Wir wissen es nicht genau«, erklärte er. »Wir fanden ihn auf einem alten Feuerschiff im Großen Hafen. Offenbar ist er von einem Mast gestürzt. Er wurde …«

»Hat er leiden müssen?«

Trevisan atmete tief ein. »Ich weiß es nicht.«

Er wartete einen Augenblick, bis er die nächste Frage stellte. Er haderte mit sich. Auf der einen Seite war es wichtig, so viel wie möglich über den Toten und die näheren Umstände zu erfahren, auf der anderen Seite wusste er, dass seine Fragen die Frau quälten.

»Wissen Sie, was Ihr Sohn gestern im Hafen wollte?«

Er bekam keine Antwort.

Monika Sander trat an das Bett. »Ich weiß, wie Sie sich fühlen, aber Sie können uns glauben, wir wären nicht hier, wenn es nicht wirklich wichtig wäre.«

Die starren Gesichtzüge der Frau wurden weich und ihre Augen flackerten bittend. »Hat er sich umgebracht?«

Trevisan stutzte. »Gab es einen Grund dafür?«

»Ich weiß nicht, er war so anders in der letzten Zeit. Er hat sich verändert, seit …« Sie schluckte.

»Seit?«, wiederholte Monika Sander.

»… seit dem Tod seines Freundes.«

»Welchen Freund, wen meinen Sie damit?«, fragte Trevisan.

»Sven Halbermann«, sagte die Frau. »Sven hat sich umgebracht. Vergangenen Samstag. Seitdem haben Mike und ich nicht mehr miteinander geredet. Ich habe gesehen, wie er leidet. Ich habe mir fest vorgenommen, mit ihm darüber zu reden. Ich wollte es, aber er ging mir aus dem Weg. Ich spürte, dass er es nicht wollte. Und nun ist es zu spät.« Ein neuer Weinkrampf schüttelte sie.

Trevisan zog die Stirn kraus. Sven Halbermann. Er hatte

von Anfang an vermutet, dass sich hinter dem Selbstmord des Industriellensohns ein Geheimnis verbarg. Er wartete, bis sich die Frau wieder beruhigt hatte. »Wann hat Ihr Sohn denn gestern das Haus verlassen?«

»Ich bin gestern wegen meiner Migräne schon um die Mittagszeit nach Hause gekommen und habe ein paar Tabletten genommen. Ich glaube, er ging kurz nach Mittag. Er war seit Montag nicht mehr in der Schule. Der Selbstmord hat ihn schwer mitgenommen. Dann bin ich eingeschlafen und erst wieder aufgewacht, als Sie heute früh bei mir klingelten. Ich wusste überhaupt nicht, dass er die Nacht über weg war.«

Das erklärte natürlich, warum Frau Landers ihren Sohn nicht vermisst gemeldet hatte. Trevisan überlegte, ob er sie mit dem Erpresserbrief an Halbermann konfrontieren sollte, doch damit würde er ihren Schmerz nur noch zu vertiefen.

»Frau Landers«, sagte er, als die Sanitäter mit dem Arzt im Schlafzimmer auftauchten. »Ich würde mich gerne noch etwas im Zimmer Ihres Sohnes umsehen. Vielleicht stoßen wir auf etwas, das uns weiterbringt. Ich hoffe, Sie haben nichts dagegen. Ich gebe den Wohnungsschlüssel an Ihre Nachbarin weiter. Sie kann ja hierbleiben, wenn es Sie nicht stört?«

Teresa Landers nickte nur.

*

Sie hatten sich um den runden Tisch im Zimmer des Direktors versammelt: der Direktor selbst, Mikes Klassenlehrer und die schnippische Sekretärin. Mittlerweile hatte Till das anwesende Lehrerkollegium über die näheren Umstände des Todes von Mike Landers informiert. Mit betretenen Mienen hatten sie den Worten des Polizisten gelauscht.

»Es ist furchtbar. Sie müssen wissen, dass sich erst am letzten Wochenende ein Schüler aus der gleichen Klasse das Leben genommen hat«, erklärte der Direktor. »Sven Halbermann, Sie haben bestimmt davon gehört. Soviel ich weiß, waren Mike und Sven gute Freunde. Meinen Sie, dass ihr Tod vielleicht zusammenhängt?«

Till Schreier warf Tina einen vielsagenden Blick zu.

»Wie kommen Sie darauf, dass der Tod der beiden Jungen zusammenhängen könnte?«, fragte Tina den Direktor.

»Ich selbst unterrichte Latein und Englisch in der Klasse und kenne die Jungs. Die beiden saßen zusammen in einer Bank und waren dicke Freunde. Da liegt der Verdacht doch nahe.«

»Haben Sie in der letzten Zeit eine Veränderung bei den Jungs bemerkt?«, schob Till seine Frage nach.

Der Direktor schaute den schweigenden Klassenlehrer fragend an. Der räusperte sich und stupste mit dem Finger seine Goldrandbrille zurück auf die Nase. »Natürlich hingen die beiden ständig zusammen. Mike ist seit Montag dem Unterricht ferngeblieben. Ihn hat Svens Tod stark mitgenommen. Seine Mutter hatte ihn für den Tag entschuldigt, aber ich dachte, er käme heute wieder zum Unterricht.«

»Gab es denn bei Sven Halbermann eine ungewöhnliche Veränderung?«

»Na, also, wissen Sie«, erwiderte der Klassenlehrer zögernd. »Wenn ich es mir recht überlege, dann war Sven in den letzten Tagen schon anders, aber ich konnte doch nicht ahnen, dass er sich etwas antut. Sven war immer ein recht lustiger und lebensbejahender Mensch. Er nahm rege am Unterricht teil und seine schulischen Leistungen waren herausragend. Mike Landers hat oftmals davon profitiert. Die letzten Wochen erschien der junge Halbermann allerdings recht nervös und unkonzentriert. Er kam mir teilweise auch übernächtigt vor. Was vor gut einem halben Jahr schon einmal der Fall war. Drastischer damals. Ich habe dann mit seinem Vater gesprochen. Danach hatte sich sein Verhalten wieder stabilisiert. Aber bei Gott, ich habe der Sache keine große Bedeutung beigemessen. Es hielt sich im Rahmen. Bei jungen Menschen gibt es oft solche Phasen. Ich hätte nie damit gerechnet, dass sich Sven Halbermann umbringt. Meinen Sie, dass sich Mike Landers ebenfalls selbst getötet hat?«

Till Schreier wunderte sich über den langen Vortrag des anfangs so wortkargen Mannes. Er machte sich ein paar Notizen. Dann blickte er wieder auf. »Gibt es noch andere enge Freunde in der Klasse, die vielleicht etwas über Mike Landers sagen können?«

Der Klassenlehrer überlegte kurz. »Ja, da sind noch Jochen und Luisa. Sie waren sozusagen eine Clique und hingen eigentlich immer irgendwie zusammen. Ich glaube sogar, dass Mike und Luisa eine enge Freundschaft verband. Aber das ist, wie gesagt, meine persönliche Einschätzung.«

Till fragte nach den Nachnamen der beiden und ob er mit ihnen sprechen könne.

»Wenn Sie bis zur Pause warten, wären wir sehr dankbar«, mischte sich der Direktor ein. »Wir bringen die beiden dann hier in das Konferenzzimmer. Dort können Sie ungestört mit ihnen reden.«

Till Schreier stimmte zu. Es war kurz nach neun Uhr.

*

Trevisan hatte mit Monika Sander das Zimmer von Mike Landers noch einmal gründlich unter die Lupe genommen. Sie hatten den Schreibtisch durchsucht, in der Kommode und dem Kleiderschrank nachgeschaut und sogar die leeren CD-Hüllen überprüft, die neben dem Schreibtisch auf dem Computer lagen.

Das Einzige, was sie im Schrank zwischen der Unterwäsche versteckt auffanden, war ein kleiner Schlüssel mit einer Registriernummer. Zweifellos gehörte er zu einem Wertfach. Einen Hinweis darauf, woher er stammte, gab es nicht.

Trevisan schob ihn in die Jackentasche, während sich Monika Sander mit der Nachbarin unterhielt.

Dann schaltete er den Computer ein. Nachdem sich der Startschirm aufgebaut hatte, erschien ein blauer Hintergrund. Trevisan zog sich den Bürostuhl heran, doch noch bevor er sich setzte, öffnete sich ein Dialogfeld, das nach einem Passwort verlangte.

Trevisan fluchte leise.

13

Kaltes Neonlicht durchflutete den nüchternen Raum und brach sich in den weißen Kacheln der deckenhoch gefliesten Wand. Ein süßlicher Hauch durchzog die Luft, doch es war kein angenehmer Duft. Penetrant wirkte er auf die Geruchsrezeptoren. Dietmar Petermann schluckte, als er über die Schultern des Pathologen Doktor Mühlbauer einen flüchtigen Blick auf den blutigen Körper auf dem Seziertisch warf. Die Kopfhaut des Toten war in der Mitte geteilt und vom Schädel gezogen. Mit einer feingliedrigen Säge machte sich Doktor Mühlbauers Gehilfe am Schädelknochen zu schaffen. Das Geräusch verstärkte das bedrückende Gefühl, das Dietmar empfand. Aus seinem Gesicht war bereits alle Farbe gewichen.

»Es wird sich wohl nicht viel mehr ergeben als das, was wir bereits bei der oberflächlichen Untersuchung festgestellt hatten«, murmelte Doktor Mühlbauer. »Der Junge war kerngesund. Keine Verletzungen, außer den bereits diagnostizierten, keine Operationsnarben, keine weiteren Brüche oder ähnliches. Er starb infolge eines Sturzes aus großer Höhe. Trümmerbruch der Schädeldecke, linksseitig, Genickbruch, und offene Fraktur am rechten Bein. Er ist offensichtlich kopfüber in die Tiefe gestürzt.«

Das schabende Geräusch endete, dann nahm der Obduktionsgehilfe die Schädeldecke ab. Doktor Mühlbauer trat einen Schritt zur Seite.

»Na also. Da haben wir ja den Beweis«, sagte er, als er sich nach vorne beugte und das Gehirn betrachtete. »Schon alleine der Schädelbruch mit deutlicher Einblutung im Okzipitalbereich hätte den Tod zur Folge gehabt. Dem Jungen war nicht mehr zu helfen. Schauen Sie sich das an, Herr Petermann.«

Ein lauter Schlag hallte durch den Sezierraum. Erschrocken fuhr Doktor Mühlbauer herum. Dietmar Petermann lag hinter ihm auf dem Boden, alle viere von sich gestreckt. Doktor Mühlbauer und sein Gehilfe streiften ihre blutigen Handschuhe von den Händen und eilten ihm zu Hilfe. Er lag auf dem Rücken, seine geschlossenen Augenlider vibrierten leicht. Sofort hob Doktor Mühlbauer seinen Kopf an und tastete mit flinken Händen den Hinterkopf ab.

»Keine Platzwunde, scheint auch nichts gebrochen«, sagte er zu seinem Gehilfen. Dann tätschelte er Dietmar Petermann auf die Backe, bis dieser seine Augen wieder öffnete.

»Was … was ist passiert?«, stammelte Dietmar.

»Sie sind uns aus den Latschen gekippt, guter Mann«, erwiderte der Pathologe. »Das wird eine schöne Beule geben.«

Dietmar wollte sich aufrichten, doch Doktor Mühlbauer hinderte ihn daran. »Das lassen wir mal schön bleiben«, sagte er. »Wissen Sie, wo Sie sind?«

»Ja, natürlich.«

»So, wo denn?«

»In der Gerichtsmedizin«, antwortete Dietmar Petermann wie selbstverständlich.

»Gut, keine Anzeichen einer Amnesie«, entgegnete der Arzt. »Aber trotzdem bleiben Sie erst einmal so liegen. Wir legen Sie auf eine Trage. Ich will mir noch einmal Ihren Hinterkopf ansehen.« Mit einer eindeutigen Geste forderte er seinen Gehilfen auf, die rollfähige Krankenliege aus der Ecke zu holen. »Ist Ihnen noch immer schlecht?«, fragte er den Kriminalbeamten.

»Ich weiß nicht«, entgegnete Dietmar. »Mir ist schon etwas komisch im Magen. Ich verstehe gar nicht, wie mir das passieren konnte. Ich habe doch schon unzählige Tote …«

»Haben Sie diese Symptome beim Anblick von Leichen in der letzten Zeit öfters?«

Dietmar überlegte einen Augenblick, dann nickte er.

»Und früher hat Ihnen so etwas nichts ausgemacht?«

Wiederum nickte Dietmar.

»Dann sollten Sie sich schnellstmöglichst in Behandlung begeben. Das klingt mir ganz nach einer aufkeimenden Störung psychosomatischer Natur.«

Dietmar versuchte ein Lächeln, doch es misslang. »Ich arbeite doch schon seit Jahren bei der Kripo«, erwiderte er.

»Es ist nicht ungewöhnlich, dass nach einiger Zeit normale und gewohnte Dinge, wie zum Beispiel der Anblick von Blut, zu einer solchen Erkrankung führen. Suchen Sie sich schnellstens Hilfe. Ein Psychologe ist in solchen Sachen geschult, glauben Sie mir ruhig. Ich habe da meine Erfahrungen«, versicherte der Pathologe eindringlich. Dann half er Dietmar auf die Liege.

Nachdem er Dietmars Beule mit einer übel riechenden Salbe versorgt und einen Verband um den Kopf des Kriminalbeamten gebunden hatte, warf er dem Verletzten einen strengen Blick zu. »Denken Sie an meinen Rat und nehmen Sie die Sache nicht auf die leichte Schulter.«

Eine halbe Stunde später verließ Dietmar Petermann die Rechtsmedizin. Die Obduktion hatte keine Neuigkeiten ergeben und die Auswertung der Blutprobe würde noch ein paar Tage auf sich warten lassen.

*

Große, rotgeweinte Augen schauten misstrauisch aus alabasterfarbenen Gesichtern. Sie saßen schüchtern und verängstigt auf den grün gepolsterten Stühlen. Das Mädchen spielte unruhig mit ihren Fingern, während der Junge apathisch auf Till Schreier starrte, der gegenüber Platz genommen hatte und die beiden Jugendlichen aufmerksam musterte.

Tina hatte versucht, ihnen den Tod ihres Freundes Mike Landers so schonend wie möglich beizubringen. Sie hatte von einem tragischen Unglück gesprochen. Dennoch waren beide in sich zusammengesunken, hatten hemmungslos geschluchzt und geweint. Der Junge ebenso wie das Mädchen.

Till war sich sicher, dass sie der Tod ihres Freundes aus heiterem Himmel getroffen hatte. Sie waren ahnungslos gewesen.

Auf die Fragen der Polizisten hatten sie nicht reagiert. Erst nach einer Weile betretenen Schweigens kam ein Gespräch zustande.

Jochen Eickelmann und Luisa Schöneberg hatten dennoch keine Antworten parat, die die Ermittlungen weitergebracht hätten. Sie hatten Mike Landers seit letztem Montag nicht mehr gesehen. Sie wussten nicht, wo er sich in der letzten Zeit herumgetrieben hatte, mit wem er zusammen gewesen war und welche Reaktionen der Selbstmord seines Freundes Sven Halbermann in ihm ausgelöst hatte. Die Ermittler erfuhren, dass der junge Halbermann ebenfalls Mitglied ihrer Clique gewesen war, dass sie sich am Banter See eine Art Clubhaus eingerichtet und die meiste Zeit miteinander verbracht hatten. Auch von Tommy Wolff, der nicht hier zur Schule ging, aber dennoch ihrer Clique angehörte, erfuhren Till und Tina. Mehr jedoch erzählten die Jugendlichen nicht.

»Und wo genau befindet sich dieses Clubhaus?«, fragte Tina. Vielleicht erklärte das, warum sich Mike Landers so spät noch im Hafenviertel herumgetrieben hatte. Luisa beschrieb den Weg, ehe sie wieder gedankenverloren zu Boden blickte.

»Und wem gehört das Gebäude?«

»Es gehört zur Firma von Svens Vater, aber wir haben alle einen Schlüssel«, antwortete Jochen Eickelmann.

»Können wir uns dort einmal umschauen?«, setzte Till Schreier nach.

»Warum?«, fragte der Junge wie aus der Pistole geschossen.

»Wir müssen herausfinden, was Mike Landers so spät in den Hafen führte«, erklärte Till.

»Aber ich denke, es war ein Unfall?«, mischte sich Luisa ein.

»Das müssen wir erst noch genau abklären«, erwiderte Tina. »Habt ihr einen Schlüssel hier?«

Luisa nickte.

»Dann ist es wohl das Beste, wenn wir jetzt alle gemeinsam dort hinausfahren«, beschloss Till Schreier und erhob sich. Die beiden Jugendlichen blickten ihn mit großen Augen an.

»Jetzt!«, bestätigte Till trocken. »Wir geben dem Direktor Bescheid und fahren euch wieder hierher.«

Zögernd erhoben sich die beiden.

Zwanzig Minuten später bog Till Schreier mit dem Dienstwagen in die Jadestraße ein.

*

Als Trevisan gegen zehn Uhr sein Büro in der Peterstraße betrat, war er müde und abgespannt. Monika Sander hatte sich auf dem Flur von ihm verabschiedet und war mit den sichergestellten Zeitungen zur Spurensicherung gegangen. Monika und auch Trevisan waren überzeugt, dass die Buchstaben des Erpresserschreibens von genau diesen Zeitungen stammen mussten. Dennoch brauchten sie Gewissheit.

Trevisan ließ sich in seinen Bürostuhl fallen und atmete erst einmal tief durch. Er schaute auf seine Armbanduhr. Die Zeiger standen auf acht. Trevisan hob die Uhr an sein Ohr, doch kein Ticken war zu vernehmen. Bestimmt waren wieder einmal die Batterien leer. Er zog die Uhr vom Handgelenk und warf sie achtlos auf den Schreibtisch. Zu Hause in der Schublade seiner Kommode im Gang lag eine neue, teure Uhr. Ein Geburtstagsgeschenk von Angela. Er hatte sie geschont, weil er befürchtete, er könne sie bei seiner Arbeit beschädigen. Doch jetzt konnte er sie gut brauchen. Er hasste es, wenn er die genaue Uhrzeit nicht wusste, denn Zeit war ein wichtiger Faktor bei seinen Ermittlungstätigkeiten.

Er dachte gerade daran, Paula anzurufen und ihr mitzuteilen, dass es heute spät werden konnte, da klingelte das Telefon.

Kriminaloberrat Beck war in der Leitung. »Ich hörte, es gab einen toten Jugendlichen im Hafen. Habt ihr schon Details?«

Trevisan verzog sein Gesicht. Typisch Beck, dachte er, fällt immer gleich mit der Tür ins Haus. »Wir sind am Ball.«

»Wir sind am Ball, was heißt das?«, wiederholte Beck spitz.

»Das heißt, dass wir noch mitten in den Ermittlungen stecken. Der Tod des Jungen war wahrscheinlich ein Unfall, aber die Umstände liegen noch im Dunkeln.«

»Mord, Totschlag, Selbstmord oder Unfall, das sind die Alternativen«, erklärte Beck bürokratisch.

»Na, ja, dann würde ich sagen, zwischen Totschlag und Unfall liegt unser Problem«, erwiderte Trevisan.

»Wann kannst du mehr darüber sagen?«

»Wir treffen uns alle heute Mittag. Du kannst dazukommen.«

»Ich bin heute Mittag nicht im Haus«, entgegnete Beck knapp. »Ich brauche zumindest ein paar Details, falls mich die Chefin fragt.«

»Dann kannst du ihr sagen, dass wir an der Sache arbeiten, aber noch nichts Konkretes haben. Wir müssen aber vom Schlimmsten ausgehen.«

»Also von Mord?«, kam erneut Becks Frage.

Trevisan schaute genervt auf das Telefon. »Ich sagte Totschlag.«

Trevisan beendete das Gespräch und rief zu Hause an. Es dauerte eine Weile, bis Paula sich mit mürrischer Stimme meldete.

»Paula, ich werde wahrscheinlich erst spät kommen«, sagte er mit weicher Stimme.

»Und?«, klang es schneidend aus dem kleinen Lautsprecher.

»Ich will nur, dass du Bescheid weißt«, erklärte Trevisan.

»Gut, jetzt weiß ich Bescheid, tschüss.«

Fassungslos starrte Trevisan auf den Telefonhörer. Paula hatte einfach aufgelegt. Seufzend schob er den Hörer zurück auf die Gabel. Dann erhob er sich. Sein Magen knurrte. Er brauchte dringend etwas zu essen.

*

Tina hatte die beiden Jugendlichen auf dem Weg zum Hafen mit weiteren Fragen konfrontiert. Doch die Antworten waren nur oberflächlich geblieben. Keine Details, die die Ermittlungen weitergebracht hätten. Trotzdem erschien es Tina, als ob der Junge und das Mädchen nicht alles erzählten, was sie wussten. Vielleicht wäre es sinnvoll, sie mit dem Erpresserbrief zu konfrontieren. Jetzt, unter dem Eindruck des Todes ihres Freundes, wäre es leichter, ihr Schweigen mit den richtigen Argumenten zu brechen. Schließlich bestand immerhin die Möglichkeit, dass die Erpressung eine gemeinsame Idee aller gewesen war. Mike Landers hatte bereits mit seinem Leben dafür bezahlt.

Doch alles zu seiner Zeit. Zumindest hatten sich die beiden offenbar noch nicht mit Tommy Wolff unterhalten. Tina hatte die Adresse des Jungen notiert. Vielleicht war er gesprächiger.

Till lenkte den Wagen über den Jadesteg und bog in die Emsstraße ein. Jochen Eickelmann dirigierte ihn zu einem großen Lagerschuppen am Banter See.

Das Bild hatte sich seit dem Morgen gewandelt. Die Nebelschwaden hatten sich verzogen und mittlerweile blinzelte die Sonne durch die aufgerissene Wolkendecke. Die Kühle der Nacht war einer angenehmen Wärme gewichen und das Innere des Wagens heizte sich auf. Tina kam die Wärme nicht ungelegen. Sie fror leicht und hatte ständig kalte Hände.

Till stoppte den Wagen direkt gegenüber dem weiß angestrichenen Holzgebäude. Ein altes, vergilbtes Firmenschild hing neben der Tür. *DePA*, stand in großen, roten Buchstaben darauf. Der darunter stehende Text war nicht mehr richtig zu entziffern. Es hatte sich wohl lange niemand mehr um diese Lagerhalle gekümmert. Direkt neben der kleinen Zugangstür war ein großes Rolltor, durch das selbst große Lastwagen problemlos ein- und ausfahren konnten.

»Was war das früher einmal?«, fragte Till, als er ausgestiegen war.

»Eine Lagerhalle«, antwortete Jochen Eickelmann.

»Das sehe ich, aber was für eine Firma war darin einquartiert?«

»Sven hat erzählt, dass hier früher ein Frachtdienst untergebracht war«, sagte Jochen. »Der ging pleite, dann hat Svens Vater die Halle als Lager gekauft. Irgendwann hat Halbermann eine größere Halle gebaut, seitdem stand sie leer. Svens Vater hatte nichts dagegen, dass wir unser Clubhaus darin eingerichtet haben.«

Till Schreier nickte und wandte sich um. Tina saß noch immer im Wagen. Sie telefonierte. Die Jugendlichen gingen zum Eingang. Till folgte. Plötzlich blieben sie stehen. Ihre Gesichter zeigten Verwunderung.

»Was ist los?«, fragte Till.

»Es … es ist nicht abgeschlossen«, antwortete Jochen Eickelmann entgeistert.

Der Riegel war zwar vorgeschoben, aber das Bügelschloss hing offen in der Öse. Jochen wollte die Tür öffnen, doch Till

Schreier hielt ihn zurück. Inzwischen war auch Tina Harloff aus dem Wagen gestiegen.

»Was ist?«, fragte sie, als sie bemerkte, dass ihr Kollege und die Jugendlichen stehen geblieben waren.

»Die Tür ist nicht zugesperrt«, erklärte Till.

»Ist das ungewöhnlich?«, wandte sich Tina an die Jugendlichen.

Luisa nickte. »Es war ausgemacht, dass wir immer abschließen. Wir haben eine Stereoanlage da drinnen.«

Till betrachtete sich das Bügelschloss. »Es sieht nicht aus, als ob es aufgebrochen wurde.« Vorsichtig schob er mit spitzen Fingern den Riegel zurück. Dann öffnete er die Tür. Drinnen war es dunkel. Es roch modrig.

»Ihr wartet hier!«, befahl Tina Harloff und griff unter ihre Jacke. Sie holte ihre Pistole hervor und trat an die Seite ihres Kollegen. »Glaubst du, da ist noch jemand drinnen?«

»Eigenlich nicht, aber es schadet nicht, wenn wir vorsichtig sind«, antwortete Till. Auch er hielt mittlerweile seine Dienstwaffe in der Hand. Dann drangen sie vorsichtig in die Dunkelheit ein.

Till kam nicht weit, da stieß er gegen einen metallischen Gegenstand. Beinahe wäre er gestolpert. Im Halbdunkel erkannte er ein Fahrrad.

»Gibt es hier Licht?«, flüsterte Tina. Till wusste es nicht. Doch solange nicht klar war, dass sie sich alleine in der Lagerhalle befanden, durften sie die beiden Jugendlichen nicht in Gefahr bringen. Langsam schlichen sie sich den Gang entlang. Der Boden war staubig. Dann kamen sie an eine Tür. Vorsichtig drückte Till die Klinke herab. Die Tür war unverschlossen. Mit Wucht drückte er sie auf. Grelles Sonnenlicht durchflutete den Gang, als das Türblatt gegen die Wand schlug. Winzige Staubkörner tanzten in den gleißenden Sonnenstrahlen.

Wachsam betraten Till und Tina den Raum. Ohne Zweifel handelte es sich um den Clubraum der Jugendlichen. Eine grüne Couch stand unter dem Fenster und ein alter Teppich bedeckte den Boden. Doch die Schränke in der anderen Ecke standen offen. Die Schubladen waren herausgezogen und der Inhalt auf dem Boden verstreut. Die Trümmer einer Stereoanlage lagen neben der Couch. Der dazugehörige Phonoschrank war umgeworfen worden. Zweifellos hatte jemand das Zimmer gründlich durchsucht. Sogar die Couch war aufgeschlitzt worden, bemerkte Tina, als sie näher kam.

Eines der beiden großen Fenster, die nach Süden zeigten, war geöffnet. Till warf einen Blick hinaus. Hier war wohl niemand eingestiegen, denn bis zum Boden, der zum Wasser hin absank, waren es fast vier Meter. Aber vielleicht war hier jemand geflüchtet. Das hohe Gras unterhalb des Fensters hätte einen Sprung wohl ausreichend abgefedert. War Mike Landers geflohen, als er das Unheil kommen sah, als er seine mysteriösen Verfolger bemerkte? Hatten sie ihn durch den Hafen gejagt, bis er schließlich entkräftet und voller Angst vom Mast des alten Feuerschiffs gestürzt war?

»Wir brauchen die Spurensicherung«, sagte Tina und steckte ihre Waffe zurück in das Holster.

Till nickte grimmig. »Aber zuerst zeige ich den beiden da draußen, wie es hier aussieht. Es wird Zeit, dass wir unsere Freunde aus der Reserve locken.«

»Ich glaube auch, dass sie mehr wissen, als sie uns sagen«, bestätigte Tina. »Ich habe auf der Dienststelle angerufen. Dietmar ist auf dem Weg zu diesem Tommy Wolff. Ich glaube, wir nehmen alle erst einmal mit.«

*

Tommy Wolff saß auf einem unbequemen Holzstuhl und blickte gelassen drein. Dietmar hatte ihn aus der Firma seines Vaters geholt. Er war davon offensichtlich nicht begeistert gewesen. Auch die beiden anderen Jugendlichen waren von

Tina und Till mittlerweile zur Dienststelle gebracht worden. Nun saßen sie in getrennten Zimmern. Jochen und Luisa waren nervös, knabberten an ihren Fingernägel, rutschten unruhig auf ihren Stühlen herum oder blickten schuldbewusst zu Boden.

Mittlerweile waren sich Till und Tina sicher, dass die Jungs und das Mädchen von Mike Landers' Erpressungsversuch gewusst hatten. Vielleicht waren sie sogar daran beteiligt und befürchteten nun, dass Justitia die Finger nach ihnen ausstreckte.

Mittlerweile durchsuchte ein Team der Spurensicherung den Schuppen am Banter See. Das aufgefundene Fahrrad hatte Mike Landers gehört. Dort hatte offenbar Mikes glücklose Flucht ihren Ursprung genommen. Nicht durch das Fenster, wie Tina zunächst angenommen hatte, sondern durch ein Abflussrohr. Es reichte fast bis zum Hafenwasser und war mit grünlichem Algenschleim überzogen. Deshalb waren die Schuhe und die Hosenbeine des Toten von dieser Schlammschicht durchtränkt gewesen.

Luisa Schöneberg hatte Tina den Fluchttunnel offenbart. Anscheinend wurde sie langsam gesprächiger. Das Chaos in ihrem Clubhaus hatte sie so bestürzt, dass sie laut geweint hatte. Nun saß sie im Vernehmungszimmer der Wilhelmshavener Mordkommission und starrte wortlos auf die weiß getünchte Wand. Nur ein Tisch, drei Stühle und der Computer für die Sekretärin füllten den Raum, ansonsten wirkte das Zimmer kalt und abstoßend. Dies war gewollt, denn niemand sollte sich hier wohlfühlen.

Ein venezianischer Spiegel hing gegenüber ihrem Sitzplatz. Für ihre Blicke undurchdringlich, eröffnete er Trevisan die Möglichkeit, sich unbemerkt von dem Mädchen einen ersten Eindruck zu verschaffen. Tina Harloff hatte Trevisan berichtet, was sie in der Kürze der Zeit in Erfahrung gebracht hatten. Nun stand er vor dem Spiegel und lauschte gespannt der Vernehmung, die Tina mit Luisa führte. Nur noch die Sekretärin des K 1 befand sich mit den beiden im Raum und ließ ihre flinken Finger über die Computertastatur gleiten.

»Also, Mädchen«, eröffnete Tina die Unterhaltung auf freundschaftliche Art. »Dir ist doch hoffentlich klar, in welcher Gefahr ihr alle schwebt?«

Luisa schaute zu Boden und schlug ihre Hände vor das Gesicht.

»Ich weiß, ihr habt beschlossen, niemandem etwas von der Erpressung zu erzählen, aber jetzt gilt diese Abmachung nicht mehr. Mike ist nicht einfach vom Mast des Feuerschiffs gestürzt. Er wurde verfolgt.«

Tina Harloff beobachtete die Wirkung ihrer Worte, doch Luisa zeigte keine Regung. Schließlich griff Tina Harloff zu dem kleinen Diktiergerät und betätigte den Wiedergabeschalter.

»Schnell, kommen Sie an den Banter See«, erklang eine jugendliche Stimme atemlos und in unüberhörbarer Panik aus dem Lautsprecher. »Dort ist geschossen worden. Schnell, bevor jemand stirbt.«

Tina schaltete das Band ab. »Das war Mike, oder?«

Fast unmerklich nickte Luisa.

»Das war kurz vor seinem Tod. Keine zwanzig Minuten später lag er mit zerschmettertem Schädel auf dem Schiffsdeck.«

»Wir haben ihn gewarnt«, schluchzte das Mädchen. »Er hat nicht auf uns gehört.«

Tina warf einen Blick in den venezianischen Spiegel. »Womit hat er Halbermann erpresst?«

Das Mädchen atmete tief ein und wischte sich die Tränen aus den Augen. »Es war doch Svens letzter Wille. Es stand alles in dem Brief, den er Mike geschickt hat. Den Brief, das Amulett und das Foto!« Mit tränenerstickter Stimme schleuderte sie Tina die Worte entgegen.

»Das musst du mir genau erklären.«

»Fragt doch Tommy, der weiß alles«, erwiderte Luisa zornig. »Er hat Mike gesagt, dass er es einfach vergessen soll, dass es ein Verbrechen ist und sich Halbermann so etwas nie gefallen lassen wird. Aber Mike hat nicht auf ihn gehört. Nun ist er tot.«

Erneut wurde das Mädchen von einem Weinkrampf geschüttelt.

Trevisan trat in den Vernehmungsraum. »Lass gut sein, Tina. Es hat keinen Zweck. Wir werden uns jetzt diesen Tommy vornehmen.«

14

»… und eine große Dunkelheit kam über die Erde und erstickte die Herzen der Menschen im dämonischen Eis. Der wahre Glaube erstarrte unter dem dunklen und kalten Schleier und die Finsternis bahnte sich ihren Weg mitten hinein in die Seelen der Menschen. Noch ist die Rettung fern, doch bald schon werden die Mächte des Bösen ihren Schrecken verlieren. Der Kreis erstrahlt in einem neuen, helleren und durchdringenden Licht und die Schwärze verwandelt sich in eine strahlende, heilbringende Klarheit. Es ist an uns, die Welt von dem Joch des Irrglaubens zu befreien.«

Der Grauhaarige schloss das Buch und legte es vor sich auf den Tisch.

Abwesend blickten die leeren Augen des dunkel gekleideten Mannes hinaus zum blauen Horizont, wo die Grenze zwischen dem Himmel und dem Ozean verschwamm.

»Nun sprich, sage mir, was du fühlst«, sagte der Grauhaarige nach einer Weile des gemeinsamen und andächtigen Schweigens.

Die Augen seines Begleiters füllten sich mit Leben. Er erwachte aus seiner Trance.

Draußen senkte sich der Abend über das Meer. Eine einsame flackernde Petroleumlampe verströmte ihre wohlige und safranfarbene Helligkeit. Im Raum war es angenehm warm. Es roch nach Holz. Der Grauhaarige erhob sich von seinem Stuhl, der mit den Schnitzereien wirkte wie der Thron eines altertümlichen Herrschers, und trat an das Fenster. Seine weißen Haare glänzten in der purpurnen Abendsonne wie seidene Fäden.

»Die Zeit wird kommen«, sagte der Grauhaarige in die Stille. »Unsere Zeit wird kommen.«

Der Mann im dunklen Anzug blickte auf. »Es ist alles vorbereitet. Diesmal wird es keine Komplikationen geben. Sie werden uns nicht finden.«

Der Alte schlug die Hände vor die Brust und wandte sich um. »Unsere Gegner sind mächtig geworden. Aldhibah hat sich verdunkelt. Dem Stein folgt das Feuer der Verdammnis. Irgendetwas ist geschehen. Eine unheilvolle Macht hält sich hinter dem düsteren Schleier verborgen. Auch Garth konnte sie nicht erkennen. Der Stein hat unsere Opfergaben verweigert.«

»Es gibt nichts, was deine Treuen fürchten«, erwiderte der Dunkle.

»Die dritte Gefahr, es ist die dritte Gefahr«, erklärte der Grauhaarige barsch. »Und nun geh, es ist Zeit zu handeln.«

Der Mann im schwarzen Anzug erhob sich und eilte zur Tür, während der Alte am Fenster zurückblieb und mit Argwohn die dunklen Boten der Nacht beobachtete, die sich langsam über das Wasser senkten. Sehnsüchtig wartete er auf den Mond.

*

Der lange Gang zwischen dem Vernehmungsraum und Dietmars Büro wurde vom grellen Neonlicht erhellt, obwohl es mitten im Tag war. Über der Stadt hatten sich dunkle Wolken zusammengebraut. Trevisan bog um die Ecke und ging eilig zur Tür am Ende des Ganges. Nun wollte er die ganze Wahrheit wissen. Was steckte hinter der Erpressung? Was brachte junge Menschen wie Mike Landers oder auch Luisa dazu, sich auf eine Erpressung einzulassen? Sie erschienen ihm ganz und gar nicht wie Gesetzesbrecher. Er hatte seine Erfahrungen gemacht und meinte zu wissen, welche Faktoren dazu führten, dass sich die kriminelle Energie in einem Menschen ausbreitete wie ein Krebsgeschwür. Mike Landers war ein anderer Typ. Er hatte die Trennung seiner Eltern verkraftet, hatte ein gutes Umfeld, eine gute Erziehung genossen und ein partnerschaftliches Verhältnis zu seiner Mutter, besuchte das Gymnasium und bekam gute Zensuren. Die Zukunft hätte rosig sein können. Doch er hatte all dies über Bord geworfen wie lästigen Ballast, hatte sich der anderen Seite des Lebens zugewandt und an den Vater seines besten Freundes einen Erpresserbrief geschrieben. Allerdings erst, nachdem sein Freund sich selbst getötet hatte. Gab er dem Vater die Schuld? War das ein ausreichender Grund? Was hatte das Mädchen mit dem Brief, dem Amulett und dem Foto gemeint? Ergab das alles einen Sinn? Trevisan wollte endlich Klarheit.

Er klopfte an Dietmars Tür und öffnete. Dietmar saß mit einem weißen Verband um seinen Kopf hinter seinem Schreibtisch Ein großgewachsener junger Mann mit dunklen Haaren saß ihm gegenüber auf einem ungepolsterten Stuhl. Trevisan winkte Dietmar heran. Dietmar ächzte, als er sich erhob. Es fiel ihm sichtlich schwer. Er trat nach draußen auf den Gang und schloss die Tür.

»Was ist denn mit dir passiert?«, flüsterte Trevisan entgeistert und befürchtete schon, dass es zwischen Dietmar und dem jungen Mann zu einer Auseinandersetzung gekommen war.

»Ich bin gestolpert«, antwortete Dietmar und verzog das Gesicht.

»Was … wie … gestolpert?«

»Auf der Treppe in der Rechtsmedizin. Ich habe nicht aufgepasst.«

»Warst du schon beim Arzt?«, fragte Trevisan.

Dietmar wies auf den Verband. »Glaubst du, den hab ich selbst gemacht? Ich bin dem Arzt quasi in die Hände gefallen.« Seine Stimme klang gereizt. »Der da drin ist eine harte Nuss«, wechselte er das Thema. »Dem traue ich alles zu. Er hat bislang keinen Ton gesagt. Ich werde das Gefühl nicht los, dass er sogar etwas mit dem Tod von Landers zu tun hat.«

»Wie kommst du darauf?«

»Na ja. Möglicherweise steckten sie gemeinsam hinter der Erpressung und sind in Streit geraten. Könnte ja immerhin sein, es ging schließlich um sehr viel Geld.

»Ich werde ihn mir mal vornehmen«, beschloss Trevisan. »Von dem Mädchen haben wir mittlerweile ein paar vage Andeutungen erfahren. Aber mehr ist zurzeit nicht herauszubekommen. Sie weint nur noch.«

»Und der andere?«

»Ich weiß nicht, wie weit Till mittlerweile ist. Vielleicht gehst du mal rüber. Ich kann doch dein Büro benutzen?«

Dietmar Petermann nickte und wandte sich ab.

Leise betrat Trevisan Dietmars Büro. Tommy Wolff hockte noch immer teilnahmslos auf dem Stuhl. Er blickte nicht einmal auf, als sich Trevisan hinter den Schreibtisch setzte.

Trevisan hob den Ausweis auf, der auf dem Schreibtisch lag, und las laut vor. »Thomas Wolff, geboren am 17. April 1983 in Wilhelmshaven. Du bist schon achtzehn, dann hast du bestimmt schon einen Führerschein?«

Tommy Wolff nickte.

»Einen eigenen Wagen?«

Wiederum nickte der Junge wortlos.

»Was hast du gestern Nacht im Hafen gemacht?«

Der junge Mann lächelte. »Nicht mit mir, der andere hat auch schon die ganze Zeit versucht, mir etwas anzuhängen«, antwortete er lässig.

»Du weißt, was mit Mike Landers passiert ist?« Trevisan ließ nicht locker.

Wiederum nickte Tommy Wolff.

»Was kannst du darüber sagen?«

Tommy Landers zuckte die Schulter. »Ich war zu Hause. Ich habe keine Ahnung.«

Trevisan ließ den Ausweis auf den Schreibtisch fallen und erhob sich. »Wie war das mit dem Bild und dem Amulett?« Er beobachtete die Reaktion des jungen Mannes und meinte für einen Moment ein leichtes Zittern in den Augenwinkeln wahrgenommen zu haben. Doch der Junge zuckte wiederum nur mit den Schultern und schwieg.

»Sven Halbermann, Mike Landers, wer ist der Nächste?«, fragte Trevisan und ging im Zimmer auf und ab.

»Was soll das? Ich habe nichts damit zu tun«, antwortete Tommy laut.

Trevisan blieb stehen. »Du kapierst es immer noch nicht richtig«, sagte er und baute sich vor dem Jungen auf. »Wir wissen längst von der Erpressung. Wir wissen auch, dass die Sache im Zusammenhang mit dem Selbstmord von Sven Halbermann steht. Außerdem ist Mike Landers nicht ganz freiwillig auf den Mast des Feuerschiffes im Hafen geklettert. Er wurde verfolgt, gejagt, wahrscheinlich wurde sogar auf ihn geschossen. Euer Clubhaus wurde durchsucht und verwüstet und das waren keine Stümper. Offenbar haben sie etwas Bestimmtes gesucht. Wahrscheinlich haben sie es noch nicht gefunden. Was glaubst du, denken die jetzt? Meinst du, die gehen einfach wieder nach Hause, schauen Fernsehen und legen sich ins Bett?« Trevisans Stimme klang eindringlich.

Der Junge blickte zu Boden. Trevisan konnte seine Angst

förmlich riechen. Tommys ganze anfängliche Coolness stürzte in sich zusammen wie ein Kartenhaus.

»Ich habe ihn gewarnt. Wir haben ihn alle gewarnt. Wir haben nicht mitgemacht, da hat er es einfach alleine durchgezogen. Wir können nichts dafür!«

Der Damm hatte Risse bekommen, Trevisan musste ihn nur noch einmal kräftig erschüttern. Er ging zurück zu seinem Stuhl. »Habt ihr Halbermann gesagt, dass ihr mit der Sache nichts zu tun habt?«, sagte er, bevor er sich wieder setzte.

Tommy Wolff schaute ihn mit großen Augen an.

»Womit habt ihr ihn in der Hand? Warum diese Erpressung?«

»Das war alleine Mikes Sache.«

»Hoffentlich weiß Halbermann das auch, dann habt ihr ja nichts mehr zu befürchten, wenn Mike jetzt nichts mehr sagen kann, oder?«

Tommy Wolf überlegte.

Trevisan ging zur Tür und öffnete. Schweigend und erstaunt folgten ihm die Augen des Jungen. »Du kannst gehen«, sagte Trevisan. »Ich habe Besseres zu tun, als meine Zeit mit dir zu vergeuden.«

»Wieso … wieso gehen … ich …«, stammelte Tommy unsicher.

»Wenn du mit Halbermann einig bist und die Kerle, die hinter Mike her waren, Bescheid wissen, dass ihr mit der Sache nichts zu schaffen habt, dann kannst du sicherlich ruhig schlafen. Aber nimm dich vielleicht doch in der nächsten Zeit vor einsamen Plätzen, hohen Türmen und Masten und vor dunklen Tunneln in Acht. Vielleicht traut dir Halbermann nicht.«

»Mike hat Halbermann erpresst, weil Sven ihm einen Abschiedsbrief geschrieben hat«, flüsterte Tommy kaum hörbar. »Darin lagen ein Foto und ein Amulett, das Sven vor ein paar Monaten Maria geschenkt hat. Sven hat geglaubt, dass sein Vater für den Tod von Maria verantwortlich war. Mit der Erpressung sollte ihm nur Angst gemacht werden. Mehr nicht.«

Trevisan horchte auf. »Das musst du mir noch einmal von ganz vorne erzählen. Und wer ist Maria?«

*

Sie hatten sich alle im Konferenzraum versammelt. Auch Kriminaloberrat Beck saß überraschenderweise auf einem Stuhl und blickte neugierig auf Trevisan, der an der Stirnseite Platz genommen hatte.

»Ich habe euch zusammengerufen, weil wir unsere Vorgehensweise in diesem Fall abstimmen müssen«, sagte Trevisan und blickte in die Gesichter seiner Kollegen. »Wir müssen in Betracht ziehen, dass Mike Landers einer Art Auftragsmord zum Opfer gefallen sein könnte. Zumindest sollte er eingeschüchtert werden und einige Beweismittel herausgegeben, mit denen er den Industriellen Simon Halbermann erpresste.«

Kriminaloberrat Beck horchte auf. »Wie kommst du darauf? Gibt es denn Beweise dafür?«

»Vor etwa zwei Jahren holten sich die Halbermanns ein Au-pair-Mädchen ins Haus. Eine gewisse Maria Souza da Marques. Sie stammte aus Brasilien, genauer gesagt, aus einem Vorort von Rio, und war etwa im gleichen Alter wie Sven. Und wie es der Teufel wollte, funkte es zwischen Sven Halbermann und dem Mädchen. Die beiden verheimlichten ihre Liaison, weil sie genau wussten, dass Svens Vater gegen eine solche Beziehung sein würde. Doch irgendwie muss er es im letzten Herbst herausgefunden haben. Dann war das Mädchen plötzlich verschwunden. Svens Freunde und vermutlich auch Sven selbst gingen davon aus, dass Simon Halbermann das Mädchen einfach nach Brasilien abgeschoben hatte. Doch irgendetwas stimmte nicht. Sven schrieb unzählige Briefe nach Brasilien, die alle unbeantwortet blieben. Dann muss er irgendwann, kurz vor seinem Selbstmord, im Schreibtisch seines Vaters auf ein Kuvert gestoßen sein. Darin befanden sich der Schmuck, den er Maria geschenkt hatte, und ein Foto von dem Mädchen. Sie sah darauf aus, als wäre sie tot. Sie trug auf dem Bild die Kette mit dem Anhänger, den er im Schreibtisch gefunden hatte. Deshalb ging Sven davon aus, dass sein Vater Maria umbringen ließ. Er hat seinen Vater mehr als einmal zur Rede gestellt, aber der alte Halbermann hat ihm nur die kalte Schulter gezeigt und ihm mit einem Internat gedroht. Sven ist mit dieser Situation offenbar nicht fertig geworden und hat sich das Leben genommen. Wahrscheinlich wollte er damit ein Zeichen setzen.«

»Das hat der Junge alles behauptet?«, wandte Kriminaloberrat Beck ein.

»Es geht noch weiter«, sagte Trevisan. »Sven hat einen Abschiedsbrief an seine besten Freunde gerichtet. Insbesondere an Mike Landers. Darin hat er seinen Verdacht geäußert und sogar das Bild und das Amulett als Beweise hinzugefügt. Er ersann den Plan, seinen eigenen Vater zu erpressen. Denn würde Simon Halbermann die geforderte Summe bezahlen, so käme dies einem Schuldeingeständnis gleich. Mike Landers, Svens bester Freund, ging darauf ein, während die anderen in der Gruppe die Erpressung ablehnten. Zwar hat Mike den anderen Svens Brief zu lesen gegeben und die Beweise vorgelegt, aber weder Tommy Wolff noch Luisa und Jochen Eickelmann wollten sich an dem Plan beteiligen. Zumal Tommy meinte, dass das Bild überhaupt keine Beweiskraft besitzt. Er denkt, dass das Mädchen auf dem Bild nicht tot ist, sondern sich nur ›vollgedröhnt‹ hat.«

»Eine Erpressung ist doch kein Beweis für einen Mord«, warf Beck erneut ein. »Selbst wenn Simon Halbermann gezahlt hätte, wäre das vor Gericht nicht von Bedeutung. Es wäre vielleicht allenthalben ein schwaches Indiz.«

»Das mag ja alles im juristischen Sinne korrekt sein, aber das sind Teenager. Was wissen die von juristischen Spitzfindigkeiten und schlüssigen Beweisketten«, entgegnete Trevisan. »Es ist zumindest so, dass sich Mike Landers auf die Geschichte einließ und die Erpressung ohne seine Freunde durchzog. Er schnitt Buchstaben aus Zeitungen aus und fertigte einen Erpresserbrief. Er forderte eine Million Euro für sein Schweigen. Er hat den ersten Erpresserbrief offenbar am letzten Montag oder Dienstag überbracht. Er selbst hat ihn in den Briefkasten bei den Halbermanns gesteckt.«

»Damit war klar, dass die Erpresser aus der Stadt sein müssen«, dachte Dietmar Petermann laut. »Unverfänglicher wäre es gewesen, er hätte ihn von außerhalb per Post geschickt, aus Hamburg oder Bremen.«

Von draußen drangen die Glockenschläge der Kirche am Kurpark in das Zimmer. Trevisan warf ein Blick auf sein leeres Handgelenk. »Dietmar, auch für dich: Die Jungs sind keine Profis, sondern noch halbe Kinder. Da ist es doch nur natürlich, dass ihre Handlungen nicht rational erscheinen«, erwiderte er. »Auf alle Fälle haben sich die Jungs und das Mädchen seither nicht mehr gesehen. Mike Landers ist zunächst dem Clubhaus und auch der Schule ferngeblieben. Er wusste, dass die Halbermanns Sven in Dänemark beerdigen wollten und nicht zu Hause waren. Bei seinem Tod hatte er den zweiten Erpresserbrief mit einer konkreten Geldforderung in der Tasche. An diesem Tag war er im Hafengebiet und im Clubhaus. Er hat kurz vor seinem Tod Tommy Wolff angerufen und ihn gebeten, ihn vom Hafen abzuholen. Sie hatten einen Treffpunkt in der Weserstraße vereinbart. Als Tommy Wolff mit seinem Wagen etwa zwanzig Minuten nach dem Telefonat in Richtung Jadesteg fuhr, sah er bereits die Blaulichter der Streifenwagen. Er hat dann über eine Stunde am vereinbarten Treffpunkt gewartet, aber Mike ist nicht aufgetaucht.«

Monika Sander räusperte sich. »Dann hat Halbermann also ein paar Killer auf Mike Landers angesetzt. Aber wie ist er gleich auf ihn gekommen?«

»Ich weiß nicht, ob es Killer waren und wie er so schnell auf Mike gekommen ist«, entgegnete Trevisan. »Vielleicht die enge Freundschaft zu Sven. Oder Mike hat sich selbst verraten. Das müssen wir noch klären. Zudem ist es auch gar nicht sicher, dass Mike sterben sollte. Vielleicht wollte Halbermann ihn nur einschüchtern, damit er sein Vorhaben aufgibt.«

Till Schreier meldete sich zu Wort. »Sollte er von ein paar Männern verfolgt worden sein, die auf ihn oder auch nur in die Luft geschossen haben, damit er Angst bekommt, so haben wir zumindest ein Totschlagsdelikt, für das Halbermann als Anstifter geradestehen muss.«

Trevisan nickte.

»Weißt du, wo sich diese vermeintlichen Beweismittel befinden könnten, von denen im Abschiedsbrief die Rede ist?«, fragte Tina.

Trevisan griff in seine Jackentasche und holte einen kleinen Schlüssel hervor. »Ich habe von Tommy erfahren, dass sich Mike eine gebrauchte Segelyacht kaufen wollte. Er hatte deswegen jeden Cent gespart. Er hatte sogar ein Bankschließfach. Nur weiß Tommy nicht genau, bei welcher Bank.«

»Hier in Wilhelmshaven?«, kam die Frage von Dietmar Petermann, der sich über seinen Kopfverband strich.

Trevisan zuckte die Schulter. »Davon gehe ich aus.«

Monika Sander erhob sich. »Also gut, worauf warten wir?«

Trevisan hob beschwichtigend die Hände. »Nicht so eilig, wir müssen jetzt erst einmal die Aufgaben verteilen. Außerdem dürfen wir nicht außer Acht lassen, dass die Kerle, die hinter Mike Landers her waren, noch einmal auftauchen könnten. Schließlich suchen sie noch immer den Brief und die anderen Beweise.«

»Also brauchen wir Personenschutz für die Jungs und das Mädel«, folgerte Till Schreier.

Trevisan nickte. »Wir werden vor jedem Haus einen Streifenwagen postieren. Ich habe das bereits mit dem Streifendienstleiter besprochen. Tina, du wirst dich um das Mädchen kümmern. Till wird bei Tommy Wolff bleiben und ein Kollege von der Fahndung geht mit Eickelmann nach Hause …«

»Wäre es nicht besser, wir überwachen sie zivil?«, wandte Till Schreier ein. »Vielleicht laufen uns die Kerle in eine Falle.«

Trevisan schüttelte den Kopf. »Erinnere dich an unseren Wangerlandmörder im letzten Jahr. So etwas will ich nicht mehr erleben. Der Schutz der Jugendlichen hat absolute Priorität. Ich will sie nicht als Köder missbrauchen. Auch das Haus von Mike stellen wir unter Beobachtung, das übernimmt die Zivilfahndung, vielleicht tauchen die Kerle dort noch einmal auf.«

Till Schreier nickte. Trevisan hatte recht.

»Dietmar«, sagte Trevisan, »du wirst dich hinter Halbermann klemmen. Ich will alles über ihn wissen. Welche Vorlieben er hat, welche Schwächen und was er den lieben langen Tag so treibt. Ich weiß nicht, ob er schon wieder aus Dänemark zurück ist, aber das lässt sich bestimmt leicht herausfinden.«

»Okay, ich werde mich bemühen«, antwortete Dietmar.

»Monika, du kümmerst dich um die Banken«, fuhr Trevisan fort. »Wilhelmshaven und Vorstädte. Vielleicht weiß Mikes Mutter darüber Bescheid. Also, wenn dann alles klar ist, an die Arbeit.«

Die Angesprochenen erhoben sich und verließen den Konferenzraum. Kriminaloberrat Beck wartete, bis alle den Raum verlassen und die Tür geschlossen wurde. Er schaute Trevisan von der Seite an. »Was hast du vor?«, fragte er mit einem Stirnrunzeln.

»Ich rede mit Brenner. Ich will einen Durchsuchungsbeschluss. Wir werden Halbermann morgen mit einem Team auf die Pelle rücken.«

»Das ist ein heißes Eisen. Halbermann ist kein dahergelaufener …«

»Es geht mir um die Sache und nicht um die Person«, antwortete Trevisan barsch.

Beck zupfte sich seine Krawatte zurecht. »Martin, Halbermann gehört zur gehobenen Gesellschaft in unserer Stadt. Er hat mächtige Freunde. Da brauchst du gute Argumente, wenn du ihm auf die Pelle rücken willst. Ich wäre da vorsichtiger. Er hat sich schon einmal über dich beschwert.«

»Ohne Ansehen der Person und des Standes, vor dem Gesetz sind alle gleich. Jeder Bahnhofspenner wäre bei dieser Beweislage bereits in U-Haft.«

»Er hat gute Anwälte«, erwiderte Beck besorgt. »Was erhoffst du dir eigentlich von einer Durchsuchung?«

»Verbindungen, Kontakte, Beweismittel«, sagte Trevisan und zog seine Jacke aus.

»Die Geschichte hört sich abenteuerlich an«, entgegnete Beck. »Aber nehmen wir einmal an, er hat ein paar Kerle angeheuert, die die Jungs ein bisschen erschrecken sollen, damit sie mit dieser blödsinnigen Erpressung aufhören. Dabei ist Mike Landers durchgedreht und es gab diesen schrecklichen Unfall. Da bleibt nicht viel mehr als Anstiftung zur Nötigung übrig. Das macht fünfhundert Euro Geldbuße an das Müttergenesungswerk und ein reines Gewissen.«

»Ich wusste gar nicht, dass du dir mittlerweile als Hobbyjurist ein zweites Standbein geschaffen hast«, erwiderte Trevisan mit einem Lächeln.

»Hör auf«, sagte Beck ernst. »Das gibt einen Riesenskandal. Polizeiwillkür, Presserummel. Das alles ist doch vollkommen unnötig und bringt nur Ärger. Warte, bis er zurück ist und rede einfach mit ihm. Der Junge wird durch dich auch nicht mehr lebendig.«

»Und was ist mit dem verschwundenen Mädchen?«, entgegnete Trevisan aufgebracht. »Sollen wir dafür auch gleich fünfhundert Euro kassieren?« Er griff zum Telefon und nahm den Hörer ab.

Beck warf ihm noch einen grimmigen Blick zu, ehe er sich erhob. »Ich habe dich gewarnt. Wenn du über das Ziel hinausschießt, dann kann ich dir auch nicht mehr helfen.«

»Ich denke, ich habe alles im Griff«, zitierte Trevisan brummig und wählte die Nummer der Staatsanwaltschaft.

15

»Das klingt sehr interessant«, sagte Oberstaatsanwalt Brenner am Telefon. »Aber worauf stützt sich bislang Ihre These?«

»Auf die Angaben der Jugendlichen und die daraus resultierenden Indizien«, erklärte Trevisan.

»Erklären Sie es mir im Detail!«

»Die Erpressung, der nächtliche Notruf des toten Jungen, der verwüstete Clubraum im Hafen, das alles zusammen unterstützt das Gesamtbild und untermauert die Aussagen der jungen Leute.« Trevisans Stimme klang beinahe flehend.

»Die Jungs haben die Erpressung gemeinsam durchgezogen, dann gerieten sie in Streit und einer von ihnen starb dabei«, sagte Brenner leise. »Nun versuchen sie von ihrer Tat abzulenken, indem sie den Verdacht auf das Opfer lenken. Wir fallen darauf herein und springen mit beiden Beinen voraus ins kalte Wasser. Am Ende zerreißt uns Halbermanns Anwalt in der Luft und die Presse lacht sich eins. Wie gefällt Ihnen diese Version?«

Trevisan trommelte mit seinen Fingern auf die Tischplatte. »Ich bilde mir ein, zumindest etwas Menschenkenntnis zu besitzen.«

»Das ist eine verdammt heiße Sache, bei dieser dürftigen Beweislage mit einem Haufen Männern bei Halbermann aufzukreuzen und seine Villa auf den Kopf zu stellen. Ich möchte mir nicht vorstellen, was passiert, wenn wir daneben liegen.«

»Ach, kommen Sie, Herr Brenner«, erwiderte Trevisan. »Was soll schon passieren? Sie kümmern sich wieder um Hühnerdiebe und prügelnde Ehemänner und ich verteile Knöllchen in der Stadt. Mehr passiert uns nicht.«

Eine Weile des Schweigens folgte. Trevisan verdrehte die Augen.

»Ich kann nicht … es … wir sollten noch warten«, klang die unsichere Stimme des Oberstaatsanwaltes schließlich aus dem Hörer.

»Ist da nicht ein klein wenig feige, schließlich sagten Sie selbst einmal, dass es nur auf die Argumentationslinie ankommt?«

»Trevisan!«, kam es mahnend zurück. »Es geht um Beweise.«

»Also gut, sagen wir, der Fall dreht sich nicht um Halbermann. Beschuldigt wird ein fünfzigjähriger, arbeitsloser Penner, der ständig die Kollegen von der Streife beschäftigt und darüber hinaus auch noch unberechtigt Sozialhilfe kassiert. Können wir dann?«

»Mensch, Trevisan. Sie krummer Hund. Ich bin der Letzte, der vor Namen und Titeln kneift.«

»Also gut, was machen wir jetzt?«

Ein zögerliches »Hm« erklang. Trevisan runzelte erwartungsvoll die Stirn.

»Bringen Sie mir den Abschiedsbrief von Halbermanns Sohn, das Bild des toten Mädchens und die Halskette, dann unterschreibe ich den Antrag.«

Trevisan lächelte zufrieden. »Das ist ein Wort«, sagte er und hängte den Hörer ein. Er warf einen Blick auf sein linkes Handgelenk. Das gleichmäßige Goldbraun seiner Haut wurde durch ein hässliches bleiches Band unterbrochen. Verdammt, wie spät war es jetzt? Er brauchte unbedingt die neue Armbanduhr aus seiner Kommode.

*

Monika Sander stieg enttäuscht in ihren Dienstwagen. Der Arzt der Nieter-Klinik hatte ihr unmissverständlich erklärt, dass sie auf keinen Fall mit Mike Landers' Mutter reden konnte. Der Tod ihres Sohnes hatte ihren Lebenswillen gebrochen. Den ganzen gestrigen Tag über hatte sie über nichts anderes geredet, als dass sie sich etwas antun wolle. Deshalb hatte ihre Freundin noch einmal den Arzt verständigt.

Nun lag sie auf der geschlossenen Station für psychische Notfälle und war vollgepumpt mit einem Medikamentenmix, der jeglichen Antrieb im Keim erstickte. Monika musste also auf andere Weise in Erfahrung bringen, bei welcher Bank Mike Landers ein Schließfach unterhalten hatte.

Sie hatte daraufhin alle Banken und Geldinstitute aus dem Branchentelefonbuch herauskopiert und sich hinter das Telefon geklemmt. Nach dem zehnten Anruf und dem zehnten Hinweis auf die Vertraulichkeit solcherlei Informationen im Hinblick auf das Bankgeheimnis irrte sie nun durch die Stadt. Sie hatte in unmittelbarer Nähe zur Wohnung von Mike Landers mit ihren Recherchen begonnen und bereits das sechste Bankhaus erfolglos überprüft. Der Kreis weitete sich. Sie setzte sich hinter das Steuer ihres Wagens und blätterte in ihrem Notizblock. Die *Wilhelmshavener Bank* lag am anderen Ende der Fußgängerzone. Ein Blick auf die kleine Uhr im Armaturenbrett zeigte ihr, dass es kurz vor drei war. Bald wurde der Berufsverkehr einsetzten. Sie beschloss, den Wagen stehen zu lassen und sich zu Fuß auf den Weg zu machen.

Eine massive Glasfassade erwartete sie, als sie in die Marktstraße einbog. *Wilhelmshavener Bank* stand in großen blauen Lettern über der Drehtür. Buchstaben, die auch in der Nacht unmissverständlich verkündeten, welche Institution hinter dieser Konstruktion aus Glas, Stahl und Beton zu finden war, aber jetzt spiegelte sich das Licht der Sommersonne im hellen Blau. Monika Sanders sah nur wenige Menschen in der großen Halle und ging an den Schalter, der dem Eingangsportal am nächsten war. Eine Frau mit langen blonden Haaren lächelte ihr freundlich zu.

»Einen wunderschönen guten Tag«, säuselte die junge Frau. »Womit kann ich Ihnen dienen?«

Monika lächelte freundlich. Sie beneidete die Jüngere wegen ihrer Haare. Sie fielen fast bis zum Po hinab.

»Guten Tag.« Monika holte den kleinen Schlüssel aus ihrer Handtasche. »Passt dieser Schlüssel zu den Schließfächern hier?« Sie legte ihn auf den Tresen.

Zögernd griff die Bankangestellte danach und warf einen langen und abschätzenden Blick darauf. »Also ja, solche Schlüssel passen schon zu uns. Gehört er Ihnen?« Die junge Frau wirkte verunsichert.

Monika Sander schüttelte den Kopf. »Nein, nicht wirklich.«

»Ach, Sie haben ihn gefunden!« Es war mehr eine Feststellung als eine Frage.

»Gefunden ist auch fast richtig«, bestätigte Monika.

Erleichtert legte die Angestellte den Schlüssel zur Seite und widmete sich dem Computer. Einen Moment später blickte die Frau mit breitem Lächeln auf. »Er gehört tatsächlich zu unserem Bankhaus. Wir werden dafür sorgen, dass der Besitzer des Schließfaches den Schlüssel wieder zurückerhält. Einstweilig notiere ich mir Ihren Namen. Wegen eines etwaigen Finderlohns, Sie verstehen?«

»Der Besitzer wird ihn nicht mehr abholen können.«

Das Lächeln erfror. »Wie … was … wie meinen Sie …?«

»Er gehört doch Mike Landers, richtig?«

Die junge Frau nickte.

»Mike Landers ist tot«, sagte Monika und zeigte ihren Dienstausweis vor.

Jetzt war die Unsicherheit blankem Entsetzen gewichen.

»Moment, ich hole den Abteilungsleiter.« Die Blonde eilte davon. Monika schüttelte den Kopf. Schade, dass ihr Beruf es mit sich brachte, dass sie ihre Haare lediglich bis zu den Schultern wachsen lassen konnte.

Wenig später kehrte die junge Frau mit einem älteren, dicklichen Herrn in grauem Anzug und Stirnglatze zurück. Schweiß glitzerte auf seiner breiten Stirn.

»Sie sind von der Polizei?«, fragte er.

Monika zeigte erneut ihren Ausweis vor. »Mike Landers

war hier Kunde und unterhielt ein Bankschließfach. Da wir in diesem Todesfall ermitteln, hätte ich gerne einen Blick in das Schließfach geworfen.«

»Tot? Davon wissen wir nichts«, stammelte der Mann.

»Er fiel möglicherweise einem Kapitalverbrechen zum Opfer«, erklärte Monika.

Die Augen der blonden Frau wirkten wie zwei riesige Kraterseen. Ihr Mund stand offen.

Der Bankangestellte überlegte. »Brauchen Sie da nicht einen Durchsuchungsbeschluss?«

Monika Sander hatte diese Antwort befürchtet. Unnütze Formalien, die nur die Sache verkomplizierten. »Aber ich hatte doch den Schlüssel«, konterte sie selbstsicher.

»Ach so, ja. Aber ändert das etwas? Brauchen Sie dann keinen?«, fragte der untersetzte Mann. Er warf seiner Kollegin einen unsicheren Blick zu. Die junge Frau zuckte fast unmerklich die Schulter.

»Es geht um eine dringende Ermittlungssache. Weitere Menschenleben sind in Gefahr. Ich weiß, dass Mike Landers hier ein Schließfach hat, ich habe den Schlüssel und außerdem habe ich mich als Polizeibeamtin legitimiert. Also, wo ist Ihr Problem?«

Die Schweißperlen auf der breiten Stirn des Mannes rannen über seine Schläfe. Nachdenklich kratzte er sich am Kopf. »Entschuldigen Sie, da muss ich erst einmal telefonieren.«

»Tun Sie das, aber wenn es geht, schnell.«

Der Bankangestellte wählte mit zittrigen Fingern eine dreistellige Nummer. Nervös trommelte er mit den Fingern auf den Hörer. Niemand meldete sich.

»Haben Sie schon etwas von Gefahr in Verzug gehört?«, fragte Monika nach einer Weile.

Noch immer blieb das Telefon stumm. Entnervt legte der Mann den Hörer zurück auf die Gabel. »Wenn man die mal braucht …«, grummelte er leise.

»Gibt es hier einen Direktor?«

»Sie sind sich wirklich sicher, dass Sie das Schließfach öffnen dürfen?«, fragte der Bankangestellte erneut.

»Wenn ich es Ihnen doch sage. Trauen Sie nicht einmal der Polizei?«

Zwei Minuten später standen Monika, der Untersetzte und die blonde Frau im Keller der Bank vor einer Reihe chromblitzender Fächer. Mit unsicheren Bewegungen steckte der Mann den Schlüssel in das Fach 478 und öffnete. Er zog eine lange Schatulle hervor und legte sie auf den Metalltisch an der gegenüberliegenden Wand.

»Wir müssen aber hierbleiben. Wissen Sie, mir ist so etwas noch nie passiert«, sagte der Mann und öffnete die Schatulle.

Monika Sander trat an den Tisch und warf einen Blick hinein. Mehrere große Kuverts befanden sich darin. Sie entnahm das erste und leerte den Inhalt auf den Tisch. Aktien kamen zum Vorschein. Das zweite Kuvert enthielt Pfandbriefe und einen Sparvertrag.

»Schauen Sie bitte, was das Ganze hier wert ist«, bat Monika, als sie das dritte Kuvert öffnete. Sie zog drei Din-A4-Seiten hervor. Handgeschrieben, mit blauer Tinte. Monika überflog die ersten Zeilen. Es waren ohne Zweifel die letzten Worte von Sven Halbermann. Monika las den Brief zu Ende. Tommy Wolff hatte die Wahrheit erzählt. Der Brief enthielt die klare Anschuldigung, dass Simon Halbermann für den Tod von Maria Souza da Marques verantwortlich war.

»13 357 Euro«, sagte der Mann, der einen Taschenrechner in seiner Hand hielt.

»Wie bitte?«

»Die Aktien und die Anleihen haben einen Wert von 13 357 Euro. Sie wollten es doch wissen.«

Monika nickte. Erneut griff sie in das Kuvert. Ein goldener Anhänger mit feingliedriger Kette kam zum Vorschein, ein gezackter Halbmond. Monika kannte diese Art Schmuck. Es gab ein entsprechendes Gegenstück, das oft vom Partner oder der Partnerin getragen wurde, um die Zusammengehörigkeit zu symbolisieren. Doch noch etwas fesselte ihren Blick. Es war ein blasses Polaroidfoto aus einer Sofortbildkamera. Es zeigte das Gesicht eines Mädchens, das ausgestreckt auf dem Boden lag. Monika war sich sicher, dass dieses Mädchen Maria Souza da Marques sein musste, denn dieses Mädchen trug die Kette, die vor ihr lag. Eingehend studierte Monika das Bild. Das Mädchen schien mit offenen Augen zu schlafen. Nicht aufgerissen, wie im Todeskampf, nicht starr und schmerzverzerrt. Eher friedlich, glücklich, lächelnd. Waren es die Augen einer Toten?

*

Monikas Anruf erreichte Trevisan gegen halb vier. Er rief umgehend Oberstaatsanwalt Brenner wieder an. Doch der würde erst in einer Stunde in sein Büro zurückkehren. Trevisan wies die Frau an, Brenner auszurichten, dass er noch auf ihn warten solle. Dann rief er Monika zurück. Unterdessen wollte er die Zeit nutzen und zu Hause vorbeifahren, um sich endlich seine Armbanduhr zu holen.

Als er in die Cäcilienstraße einbog, kam ihm ein langsam fahrender Wagen entgegen. Er blickte gedankenverloren die Straße hinab, bis seine unbewusste Wahrnehmung wie ein Blitz in sein Bewusstsein schlug. Ein schwarzer Golf, ein junger Mann am Steuer.

»Diese elende Göre«, fluchte er und wandte sich um, doch der dunkle Wagen war bereits abgebogen.

Trevisan stoppte seinen Dienstwagen in der Hofeinfahrt seines Reihenhauses. Entrüstet stieg er aus und stürmte zur Haustür. Was sollte er tun, was sollte er sagen? Hatte sich seine Tochter wieder mit dem Kerl getroffen? Trotz seines Verbotes? War der Kerl am Ende sogar in seinem Haus gewesen?

Er schloss die Tür auf und trat ungestüm ein. Leise Musik dudelte aus dem Radio in der Küche. Paula war nicht da. Zwei Gläser standen auf der Anrichte.

»Paula!« Er erhielt keine Antwort. »Paula!«, brüllte er.

»Was ist denn?«, kam müde eine Antwort aus dem Bad.

»Mach die Tür auf, wir haben zu reden!«, befahl Trevisan.

Er hörte das Knacken des Schlosses und baute sich vor der Badezimmertür auf. Die Arme hatte er in die Hüften gestemmt. Paula öffnete. Sie trug ein knappes schwarzes Top und einen engen schwarzen Tanga. Der Anblick machte Trevisan nur noch wütender.

»Du bist wohl verrückt geworden. Du bist fünfzehn. Ich habe dir gesagt, dass ich den Kerl nicht mehr in deiner Nähe sehen will. Was habt ihr getrieben? Wie tief lässt du dich herab? Er ist doch nur an deinem Körper interessiert. Das macht ihn geil. Sobald er genug von dir hat, ist er verschwunden.« Trevisans Stimme überschlug sich.

Paulas Gesicht wurde rot. »Sag mal, spinnst du? Was denkst du eigentlich von mir?«, erwiderte sie laut. »Ich lass mir nicht vorschreiben, mit wem ich mich treffe. Du kennst ihn überhaupt nicht!«

Trevisan atmete tief durch. »Weißt du eigentlich, dass dein sauberer Freund sein Geld mit Diebereien verdient? Ich kenne ihn, meine Kollegen kennen ihn und ich weiß genau, was er von dir will.«

»Du hast keine Ahnung …« Paulas Augen füllten sich mit Tränen.

»Was glaubst du, wie toll er bei seinen Kumpels dasteht, wenn er ihnen erzählt, dass er es mit der Tochter eines Bullen getrieben hat?«

Paula liefen die Tränen in Strömen herab.

»Habt ihr es … ich meine habt ihr …?

»Es getrieben, und wenn schon«, erwiderte sie bissig, schwankend zwischen Ohnmacht und Zorn.

»Das hört auf, das sage ich dir. Ich werde mir den Burschen kaufen. Ich schlage ihm …«

»Papa, hör auf! Hör auf, lass mich in Ruhe! Ich gehöre nicht dir. Ich bin nicht dein Eigentum.«

Trevisan trat auf sie zu. Seine Hand zuckte vor, doch dann hielt er inne. Er blickte in ihre weinenden Augen. Er hatte Paula noch nie geschlagen.

Er atmete tief durch. »Solange du unter meinem Dach lebst, tust du, was ich sage!«, sagte Trevisan nüchtern.

»Wenn du zu ihm gehst, dann hau ich ab, dann verschwinde ich, du findest mich nie wieder.« Paula schlug die Badezimmertür zu und verschloss sie. Trevisan war perplex. Er rüttelte an der Türklinke, doch sie bewegte sich nicht.

Das Telefon klingelte.

»Wir sprechen uns noch«, sagte er laut, dann ging er an den Apparat. Als er sich mit Namen meldete, wurde einfach eingehängt. Bestimmt dieser Kerl, dachte sich Trevisan. Für einen kurzen Moment überlegte er, ob er noch einmal mit Paula reden, ihr in aller Ruhe seine Ansichten erklären sollte. Doch ein Blick auf die Standuhr auf dem Sideboard verriet ihm, dass er sich beeilen musste, wollte er seinen Termin bei Brenner nicht verpassen. Er ging zur Haustür. Plötzlich fiel ihm wieder ein, weswegen er eigentlich gekommen war. Er ging zur Kommode und öffnete die erste Schublade. Nur ein paar Hosenträger, ein paar Kniestrümpfe und eine leere Plastiktüte befanden sich darin. In der zweiten Schublade fand er die Plastiktüte, in der sich die Uhr samt Schatulle befunden hatte. Doch die Tüte war leer. Trevisan schüttelte nachdenklich den Kopf. Die Zeit drängte.

*

»Na endlich, das wird jetzt auch Zeit«, sagte Monika Sander, als Trevisan atemlos durch die Hintertür des Amtgerichtes stürzte und beinahe an ihr vorbeigerannt wäre. Er blieb stehen und wandte sich um. Monika saß auf einem der Plastikstühle vor dem Rechnungsbüro.

»Mein Gott, was ist dir denn passiert?«, fragte sie erstaunt.

Sein Gesicht war kalkweiß und seine Augen verrieten noch immer den ganzen Ärger und die Aufregung, die er mit sich herumtrug.

»Entschuldige, ich dachte schon, ich komme zu spät«, entgegnete Trevisan nach Atem ringend.

»Brenner wartet auf uns. Er hat in zwanzig Minuten einen Termin. Wir müssen uns beeilen.«

Trevisan griff nach dem Kuvert, das Monika in den Händen hielt, und überflog den Inhalt. Als er das Bild betrachtete, trat er an ein Fenster. »Was hältst du von dem Foto?«

»Der Brief enthält genau das, was wir erwartet haben«, erklärte Monika. »Allerdings keine Details, nur Anschuldigungen. Das Amulett ist das gleiche wie auf dem Bild, aber ich kann nicht sagen, ob das Mädchen tot ist oder einfach nur voller Drogen steckt.«

Trevisan seufzte. »Ich hoffe, zusammen mit dem anderen Material reicht es für den Durchsuchungsbeschluss.«

Wenig später klopfte Trevisan gegen die schwere Holztür im zweiten Stock, das vom Amtgericht der Staatsanwaltschaft als Büro überlassen worden war. Die Tür wurde aufgerissen und Oberstaatsanwalt Brenner stand vor ihnen. »Mensch, Trevisan, auf die letzte Minute. Ich habe meinen Termin schon um zwanzig Minuten verschoben. Wissen Sie, wann ich heute in den Feierabend komme?«

Trevisan lächelte entwaffnend.

Oberstaatanwalt Brenner verschob seinen Termin mit einem Rechtsanwalt um eine weitere Stunde. Trevisans Geschichte klang abenteuerlich, aber die Indizien wirkten schlüssig. Als Trevisan dann auch noch die Beweisstücke – Sven Halbermanns Brief, das Amulett und das Bild des Mädchens – präsentierte, kam auch Brenner zu der Ansicht, dass weitere Ermittlungen geführt werden mussten.

Lediglich der Richter, der später den Durchsuchungsbefehl ausfertigte, reduzierte den Durchsuchungsantrag auf das Wohnhaus und die Privaträume von Simon Halbermann.

»Dieser Fall hat keinerlei geschäftlichen Bezug und es ist nicht anzunehmen, dass der Beschuldigte auch Beweismittel innerhalb seiner Firma verborgen hält«, begründete der Richter amtlich seine Entscheidung. »Und gehen Sie behutsam vor. Halbermann ist ein ehrwürdiger Name in dieser Stadt. Das verlangt natürlich Fingerspitzengefühl.«

Trevisan lächelte. Er hatte erreicht, was er erhofft hatte.

*

Wie eine weiße Winterlandschaft lagen die geheimnisvollen Wolkenfelder vor ihm. Undurchdringlich und still. Nur der rötliche Glanz der untergehenden Sonne verdrängte langsam diesen Eindruck.

Die Motoren brummten ruhig und zuverlässig. Mit annähernd 100 Knoten brauste der stählerne Vogel durch die anbrechende Nacht. Dänemark lag weit hinter ihnen.

Die Frau auf dem Copilotensitz schlief. Sie hatten zusammen getrauert, die ganze Gemeinde. Gute Worte hatte der Ehrwürdige gefunden, Worte, die ihn nachdenklich gemacht hatten, die aber schließlich von seiner harten Schale abgeprallt waren. Bei ihr war es anders gewesen, sie hatte nur geweint und getrauert, doch er hatte an diesem Tag nichts anderes als seine bitterste Enttäuschung zu Grabe getragen. Kälte hatte sich in seinem Herzen ausgebreitet und jegliches Mitgefühl erstickt. Nun war der verlorene Sohn dort, wo er hingehörte. Zurück im Kreis, von wo er einst gekommen war.

Er blickte auf den künstlichen Horizont. Waagerecht brausten sie dahin, die unsichtbare ruhige See lag unter ihnen. Der funkgesteuerte Kompass offenbarte ihm, dass es an der Zeit war, in den Sinkflug überzugehen. Helgoland lag weitab. Bald würde das Küstenradar in Bremen die Luftraumüberwachung übernehmen. Die Nordergründe breiteten sich vor ihm aus. Der richtige Kurs lag an. Das rote Signallicht des Funkempfängers flackerte auf. Nur noch wenige Minuten blieben ihm. Für sie war es endlich die Erlösung von diesem unsagbaren Schmerz, der tief in ihr bohrte und sie wohl nie mehr in Frieden gelassen hätte. Sie hatte ihn so sehr geliebt. Er hatte ebenfalls versucht, seinen Sohn zu lieben, doch Sven hatte das in ihn gesetzte Vertrauen schamlos missbraucht. Der Junge hatte gegen die einzige Regel verstoßen, die es zu achten galt. Der Junge hatte berührt, was unberührbar gewesen war, hatte Verrat an seinem Wort und damit auch an ihm selbst, seinem Vater, verübt. Doch er hatte es zu spät erkannt. Nun hasste er Sven dafür. Er war schuld an allem, was nun über sie hereingebrochen war. Der Junge hatte nicht einmal geahnt, welches schreckliche Schicksal er damit heraufbeschworen hatte.

Knapp 300 Fuß oberhalb der schweren Wolkendecke raste die Cessna dahin. Er warf einen Blick auf seine Frau. Sie schlief noch immer, die Beruhigungsmittel zeigten Wirkung.

Er drosselte das Gas und strich sich mit der Hand über die schweren Augen. Der Fahrtmesser zeigte jetzt konstant 80 Knoten.

Wieso hatte der Junge das getan? An allem war nur dieses Mädchen schuld. Er hätte sie nie zu sich in sein Haus nehmen sollen. Das war ein Fehler gewesen. Er atmete tief ein. Keine Gedanken mehr an den Tod, keine Gedanken an ein Versagen. Schluss damit, der Kreis war geschlossen, das Kapitel zu Ende gelesen. Jetzt sollte er das Buch zur Seite legen. Endgültig. Er brauchte jetzt all seine Kraft und Konzentration.

Er wandte den Kopf und blickte auf das graue Paket hinter ihm auf dem Passagiersitz. Es hätte seine Sammlung bereichert. Der Erhabene hatte es ihm überreicht. Das edelsteinbesetzte Trinkhorn war über eintausend Jahre alt. Es war von unermesslichem Wert. Was hätten wohl die Zollbeamten dazu gesagt, wenn sie so etwas im Gepäck gefunden hätten? Vielleicht hätten sie nicht einmal bemerkt, welcher Schatz vor ihnen lag. Er lächelte und fuhr sich erneut über seine Augen. Draußen hatte sich die Dunkelheit über das Wasser gelegt. Nur über den Wolken sorgte das helle Band der untergehenden Sonne noch immer für eine schillernde Reinheit.

Erneut schaute er auf seine Frau. Die Anspannung der letzten Tage war aus ihrem Gesicht gewichen. Ihre Züge wirkten harmonisch und entspannt. Er beneidete sie um ihre Ruhe, die er jetzt so dringend brauchte. Er blickte auf seine Uhr. Die Zeit verstrich.

Vor dem Abflug hatten sie eine Messe gefeiert. Der Ehrwürdige hatte den Kelch gefüllt und ihm gereicht. Er hatte die Schale mit einem kräftigen Schluck geleert, so wie seine Frau die ihre. Den Trank der Seelenstärke und der Macht. Nun würde er all seine Konzentration brauchen. Ein lautes Pfeifen signalisierte ihm, dass er das Zielgebiet erreicht hatte. Es war ein guter Ort für die Rückkehr in den Kreis. Das Ende würde nicht verborgen bleiben, dafür war gesorgt. Langsam schob er den Gashebel vor. Dann zog er fest an dem kleinen Metallbügel, der an einem Kabel am Fenster herabhing, und richtete seinen Blick nach vorne.

Ein leichtes Zittern durchlief den schlanken Körper der Cessna. In diesem Augenblick erwachte die Frau. Ein Stöhnen kam über ihre Lippen. Ihre Haare flatterten im Wind. Sie schaute sich um, dann streifte ihr trüber Blick die Anzeigeinstrumente. Ihre Augen wurden groß. Wie eine Sichel zerschnitt das kleine Flugzeugmodell das *fluoreszierende* Grün. Sie spürte das instabile Rollen der Maschine. Ihre Hände umklammerten die Lehne, doch ihre Kräfte schwanden. Erschlafft sank sie auf dem Sitz zusammen.

16

Trevisan parkte den Wagen nahe der Telefonzelle am Ölhafendamm. Er hatte trotz der bleiernen Müdigkeit, die ihn am Freitagabend befallen hatte, schlecht geschlafen. Seine Gedanken waren stetig um Paula und die toten Jugendlichen gekreist.

Zu Fuß ging er die Müllerstraße entlang. Eigentlich hatte er hier heruntergekommene und verwahrloste Häuser erwartet, doch anscheinend hatte erst vor kurzem der Fassadenreiniger in diesem Viertel gearbeitet. Trevisan kramte einen Notizzettel aus seiner Jackentasche. Er suchte die Hausnummer 7 b.

Gleichförmige Mehrfamilienhäuser mit kleinen Vorgärten und Autostellplätzen reihten sich aneinander. Einzige Unterscheidungspunkte waren die Hausnummern und hier und da ein von der hellroten Norm abweichender Anstrich.

Trevisan ging weiter. Schon von weitem sah er den schwarzen Golf, der vor einem der Häuser parkte. Er hatte lange überlegt, ob er wirklich zu Paulas Freund fahren und ihn zur Rede stellen sollte. Immer wieder verfingen sich seine Gedanken in Paulas Widerspenstigkeit. Er wusste, dass er sie nicht zur Vernunft bringen konnte. Zumindest nicht, indem er ihr gut zuredete. Außerdem war da noch die fehlende Armbanduhr aus der Kommode. Einmal Knacki, immer Knacki, dachte Trevisan. Wer anders als dieser kleine, miese Lump sollte sie an sich genommen haben? Gelegenheit macht Diebe, doch Paula würde der Kerl ganz bestimmt nicht bekommen. Er würde ihm weitere Nachstellungen schon austreiben.

Nummer 7 b war ein unscheinbares Haus. Der einzige Unterschied zu den anderen Gebäuden war die offen stehende Eingangstür. Trevisan betrat den gepflasterten Zugangsweg.

Acht Klingelschilder prangten rechts der Tür. Trevisan suchte vergeblich nach dem Nachnamen des Jungen.

Verdutzt schaute er sich um. Die Adresse stimmte. Zumindest laut Melderegister. Trevisan wollte sich schon abwenden, da kam ein junger Mann den Flur entlang. Trevisan räusperte sich. »Entschuldigung, ich suche Nikolas Ricken. Er soll hier wohnen. Können Sie mir sagen, in welchem Stock?«

Der Blondgelockte blieb stehen und musterte Trevisan argwöhnisch. »Und wer will das wissen?«, fragte er schließlich.

»Ich, wer sonst!«, antwortete Trevisan energisch. Die freche Art, in der der Junge geantwortet hatte, brachte ihn noch mehr in Wallung.

»Der ist nicht da«, sagte der junge Mann gelangweilt und drängte sich an Trevisan vorbei.

Trevisan ergriff ihn an der Schulter und hielt ihn fest. »Jetzt pass mal auf, ich bin nicht zum Scherzen aufgelegt. Ich weiß, dass er hier ist.«

Einen Moment überlegt der Blonde. »Schon gut, bleib cool, Alter.« In seiner Stimme schwang eine deutliche Spur Unsicherheit. Der Junge wandte sich um. »Nik, komm mal runter!«, rief er laut in den Hausflur.

Schritte waren zu hören. Ein weiterer junger Mann tauchte auf. »Was ist los?« Als er Trevisan sah, blieb er stehen.

»Da will ein Alter mit dir sprechen«, sagte der Blonde und wandte sich Trevisan zu. »Jetzt kann ich wohl gehen, oder?«

Trevisan nickte und trat einen Schritt zur Seite. Der Blonde verschwand um die Hausecke.

»Was wollen Sie?«, fragte Nikolas Ricken. Er trug eine Jeans, ein schwarzes Muskelshirt und war barfuß. Seine kurzen, dunklen Haare wirkten gepflegt. Er hielt ein Buch in der Hand. Zu Trevisans Erstaunen ein Lehrbuch der Physik.

Trevisan atmete tief ein. Einen Augenblick zögerte er. Der Junge wirkte überhaupt nicht, wie er ihn sich vorgestellt hatte. Im Gegenteil, er erschien auf den ersten Blick freundlich und intelligent. Aber Trevisan wusste nur zu gut, wie oft der Schein trügen konnte.

Trevisan räusperte sich. »Ich bin Martin Trevisan, der Vater von Paula.«

Der Junge nickte freundlich und streckte ihm die Hand zum Gruß entgegen.

Trevisan ignorierte die Geste. »Ich will es kurz machen. Ich will nicht, dass du dich noch einmal mit meiner Tochter triffst. Sie ist fünfzehn. Noch trage ich für sie die Verantwortung.«

Die Miene des Jungen verfinsterte sich. »Ich habe doch …«

»Ich kenne euch Typen«, fiel ihm Trevisan ins Wort. »Ich bin Polizist. Ich weiß genau, was du damit beabsichtigst. Du warst heute bei ihr und das war das letzte Mal. Ich hoffe, du hast mich verstanden!«

»Aber wieso, was hab ich denn getan?«, antwortete Nikolas.

»Es reicht schon, dass du bei ihr warst. Das hat ein Ende. Wenn ich dich noch einmal in ihrer Nähe sehe, dann wird es sehr unangenehm für dich. Hast du mich verstanden?« Drohend baute sich Trevisan vor dem jungen Mann auf. Nikolas Ricken trat einen Schritt zurück.

»Die Uhr kannst du behalten, aber ich warne dich«, sagte Trevisan eindringlich. »Noch einmal …! Wenn du meiner Tochter zu nahe kommst, dann …« Trevisan ließ den Rest des Satzes offen und wandte sich um.

»Was soll das, welche Uhr, zum Teufel?«, fragte der Junge empört.

Trevisan fuhr herum. »Stell dich nicht blöde. Es ist schließlich nicht das erste Mal, dass du geklaut hast. Aber ich warne dich, wenn du noch einmal meiner Tochter zu nahe kommst, dann wirst du sehen, was du davon hast!« Trevisans tiefe und kalte Stimme verfehlte seine Wirkung nicht. Eingeschüchtert blieb Nikolas Ricken im Hausflur zurück.

Trevisan ließ sich hinters Steuer fallen und schlug mit den

Händen auf das Lenkrad. Er wusste nicht, ob es besonders schlau gewesen war, was er gerade getan hatte, doch irgendwie fühlte er sich befreit.

Mit gemischten Gefühlen fuhr er hinaus nach Sande.

*

Trevisan saß im Wohnzimmer, hatte die Füße auf den Tisch gelegt und blätterte lustlos in der Tageszeitung. Er war schlecht gelaunt und unkonzentriert. Meist überflog er nur die Überschriften. Die Aktienkurse hatten schon wieder nachgegeben, einem renommierten und bekannten Betrieb in Aurich drohte die Pleite und am Süderhever hatten sie eine gesunkene Yacht geborgen, von den Passagieren fehlte noch jede Spur.

Paula war in ihrem Zimmer. Sie war nicht einmal heruntergekommen, als er zweimal nach ihr gerufen hatte. Es würde Wochen dauern, bis der Ärger verflogen war. Doch dieser kleine Gauner würde von nun an die Finger von ihr lassen, dessen war sich Trevisan sicher.

Trevisan überflog einen weiteren Artikel. Die Fremdenverkehrsämter klagten über leere Fremdenzimmer und ausbleibende Feriengäste. Kein Wunder. Der Euro hatte alles verteuert. Wer konnte sich heute noch einen Urlaub in Deutschland leisten? Es war mittlerweile billiger, für zwei Wochen in die Türkei oder in die Karibik zu fliegen, als die Ferien hier an der Nordseeküste zu verbringen. Er wurde das Gefühl nicht los, dass es in den letzten beiden Jahren nur noch bergab ging.

Das Telefon riss Trevisan aus seinen Gedanken. Er legte die Zeitung beiseite und ging hinaus in den Flur.

Angela war am Apparat. Er war froh, ihre Stimme zu hören. »Weißt du, wann du endlich zurückkommst?«, fragte Trevisan. »Hier geht mittlerweile alles drunter und drüber.«

»Ende nächster Woche, hoffe ich«, antwortete Angela. »Du klingst heute aber gar nicht gut.«

»Das ist kein Wunder. Paula macht mir das Leben ganz schön schwer. Zudem habe ich einen schwierigen Fall zu bearbeiten. Ich weiß manchmal gar nicht, wo mir der Kopf steht.«

»Ich habe dir aber gesagt, dass es bei meinem Job vorkommt, dass ich längere Zeit unterwegs bin«, erwiderte Angela.

Trevisan seufzte. »Ich weiß. Und wie ist das Wetter in Australien?«

»Es ist unheimlich heiß hier«, erhielt er zur Antwort.

Trevisan sprach noch eine ganze Weile mit Angela, erzählte ihr von dem Tod der beiden Jugendlichen, von dem Fall, den er bearbeitete, und sagte ihr, dass sie ihm fehlte. Doch davon, dass er heute mit Paulas Freund gesprochen hatte, erzählte er ihr nichts. Er wusste, was sie ihm darauf geantwortet hätte.

Es war kurz vor elf, als er zu Bett ging. Von Paula hatte er nichts mehr gehört.

Der Sonntag begann, wie der Samstag geendet hatte. Paula hatte sich den ganzen Tag über nicht gerührt. Nur ab und zu hörte er das Knacken ihrer Tür, wenn sie ihr Zimmer verließ, um auf die Toilette zu gehen. Seine Versuche, mit ihr ins Gespräch zu kommen, waren nicht von Erfolg gekrönt. Ihre Tür blieb ihm verschlossen. Schließlich stellte er seine Bemühungen ein. Vielleicht brauchte sie einfach nur Zeit. Dennoch dachte er mit Grauen an die bevorstehenden Ferientage. Er würde sie nicht überwachen können.

Gegen Mittag hatte er in der Dienststelle angerufen. Er hatte ganz vergessen, dass Tina und Till noch immer mit der Überwachung der drei Jugendlichen beschäftigt waren. Doch die beiden hatten ihr Problem bereits selbst in den Griff bekommen. Inzwischen hatten Kollegen des Streifendienstes die Aufgabe übernommen. Dennoch rief Trevisan Tina und Till an, um sich für seine Nachlässigkeit zu entschuldigen. Mit Sicherheit lag es an seinem Ärger mit Paula, da war es kein Wunder, dass andere wichtige Dinge auf der Strecke blieben.

Am Nachmittag sah sich Trevisan die Live-Übertragung des Formel-I-Rennens an, bis er sich schließlich auf die Terrasse zurückzog und in seinem Buch weiterlas. Irgendwann gegen Abend hörte er, dass sich Paula in der Küche zu schaffen machte, doch ehe er sich erhob, war sie schon wieder verschwunden. Wie lange würde sie dieses Spiel durchhalten? Trevisan dachte an Grit. Bei seiner Exfrau hatten solchen Phasen wochenlang angehalten. Und Paula hatte verdammt viel von Grit abbekommen.

*

Montag, kurz nach acht Uhr. Trevisan hatte sich mit seinem Team im Besprechungszimmer eingefunden. Er war müde und griesgrämig. In der Nacht zuvor hatte er vor lauter Ärger wieder keinen Schlaf gefunden.

Die Luft im Konferenzzimmer war erfüllt von würzigem Kaffeearoma. Monika Sander stand vor der Kaffeemaschine und schenkte sich eine Tasse ein. »Willst du auch?«, fragte sie.

Trevisan nickte dankbar.

Dietmar Petermann hatte an der Stirnseite des langen Konferenztisches Platz genommen. Ein Schnellhefter lag vor ihm. Sein grotesker Kopfverband war inzwischen einem großflächigen Pflaster gewichen.

Till Schreier saß neben Trevisan und blätterte in der Morgenzeitung, während Tina Harloff ein Marmeladenbrötchen aß.

Die Tür wurde geöffnet und Horst Kleinschmidt betrat den Raum. Eine kalte Pfeife steckte in seinem Mundwinkel. »Entschuldigt, ich wurde noch aufgehalten.« Er nahm neben Trevisan Platz.

»Schon gut, ist ja noch Zeit«, erwiderte Trevisan. »Also, Dietmar, was hast du alles über Halbermann herausgefunden?«

»Moment«, unterbrach Horst Kleinschmidt. »Ich weiß ehrlich gesagt noch gar nicht, was sich bei euren Ermittlungen ergeben hat. Vielleicht gibst du mir erst einmal einen Überblick.«

Trevisan griff in das Kuvert, das vor ihm auf dem Schreibtisch lag und reichte Horst Kleinschmidt das Bild des vermeintlich toten Mädchens. Während Kleinschmidt es betrachtete, erzählte ihm Trevisan von der plötzlichen Wendung im Fall Mike Landers. Nachdem Trevisan seinen Bericht geendet hatte, saß Kleinschmidt noch immer auf seinem Stuhl und hielt das Bild in seinen Händen.

»Was meinst du, ist das Mädchen auf dem Bild tot?«, fragte Trevisan.

Kleinschmidt schob seine Brille auf der Nasenspitze hin und her. »Wenn du so fragst … Sie wirkt irgendwie entspannt und glücklich. Abgesehen von den eher leblosen und geöffneten Augen könnte sie auch schlafen. Dagegen sprechen die Mundwinkel. Die ganze Gesichtsmuskulatur scheint erschlafft. Es spricht einiges für eine Überdosis an Barbituraten. Ich habe ähnliche Bilder von Selbstmördern in meinem Archiv.«

»Das ist auch meine Meinung«, erwiderte Trevisan. »Nach dem jetzigen Stand der Ermittlungen müssen wir davon ausgehen, dass Mike Landers und Sven Halbermann nicht die einzigen Opfer in diesem Fall sind. Wir müssen herausfinden, wo das Mädchen abgeblieben ist, woher sie genau stammt und welches Au-pair-Institut für die Vermittlung verantwortlich war. Die Verwicklung von Simon Halbermann ist offensichtlich.«

»Deswegen die Durchsuchung«, folgerte Kleinschmidt. »Ich fragte mich schon, nach was wir überhaupt suchen.«

Trevisan nickte. »Wir brauchen Verbindungen, Hinweise auf Komplizen, Hintergründe. Ich bin Halbermann begegnet, ich glaube nicht, dass er sich kooperativ verhalten wird.«

Dietmar Petermann räusperte sich. »Wusstet ihr eigentlich, dass Halbermann seinen Sohn in Dänemark beerdigt hat? Dort verbringt er sowieso mehr als die Hälfte des Jahres. Übrigens war er schon nicht mehr hier, als Mike Landers zu Tode stürzte.«

»Ich gehe davon aus, dass er der Drahtzieher in der Sache ist«, sagte Trevisan. »Er ist ein Typ, der selbst keine Hand anlegt. Was hast du in der kurzen Zeit über ihn in Erfahrung gebracht?«

Dietmar griff nach seinem Dossier und schlug die erste Seite auf. »Simon Halbermann, 46 Jahre, verheiratet, ein Kind, den Sven«, berichtete er trocken. »Halbermann ist mehrfacher Millionär, er hat zwei dicke Autos in der Garage, eine Segelyacht und sogar ein Privatflugzeug in Mariensiel. Er bewohnt eine mondäne Villa draußen in Neuengroden, hat ein Ferienhaus in Horumersiel und noch diverse Grundstücke um Wilhelmshaven herum. Alles Bauerwartungsland, bares Geld also. Er ist Hauptgesellschafter der Maschinenfabrik Halbermann, die er von seinem Vater geerbt hat. Er war das einzige Kind. Studierte Betriebswirtschaft in Oldenburg und machte dort seinen Abschluss. Allerdings ist er mittlerweile nur noch sporadisch in der Firma. Er hat einen Geschäftsführer eingesetzt, der das Unternehmen leitet.«

Trevisan richtete sich auf. »Gibt es sonst irgendwelche Aktivitäten? Vereine, Kirchen, Clubs, denen er angehört?«

Dietmar Petermann blätterte in seinem Dossier. »Das ist es gerade, was mich stutzig gemacht hat«, sagte er. »Halbermann tritt hier in der Gegend überhaupt nicht auf. Er ist kein Mitglied der Kirche, engagiert sich weder sozial noch politisch noch sonst in irgendeiner Weise. Er jettet auch nicht um die Welt und feiert rauschende Partys mit der High Society. Das Einzige, was ich in Erfahrung bringen konnte, ist, dass er Kunstsammler ist. Bilder, Skulpturen und altertümliche Gegenstände.«

Trevisan dachte an seinen ersten Besuch in der Villa Halbermann. Schon damals waren ihm die vielen Bilder an den Wänden aufgefallen. »Wie verbringt er seine Tage, gibt es etwas über seine Frau zu berichten?«

»Mit ihr verhält es sich nicht viel anders«, berichtete Dietmar. »Sie heißt Elisabeth, ist 42 Jahre alt und in Nordfriesland geboren. Auch sie ist nirgends organisiert.«

»Moment mal«, warf Monika Sander ein. »Ist er vielleicht immer noch in Dänemark?«

»Bislang wurde er hier noch nicht gesehen«, antwortete Dietmar. »Seine Maschine ist auch noch nicht wieder in Mariensiel angekommen.«

Trevisan atmete tief ein. »Mensch, Dietmar, warum sagst du das nicht gleich? Am Ende stehen wir vor verschlossener Tür.«

Dietmar lächelte. »Er hat eine Haushälterin, die vormittags bei ihm arbeitet. Sie hat heute dort ihren Putztag und ist auf alle Fälle in der Wohnung. Ich wusste ja nicht, dass du gleich mit Halbermann sprechen wolltest.«

Trevisan warf ihm einen missbilligenden Blick zu. Er hasste es, wenn Dietmar seine Spielchen trieb. »Wie viel Uhr ist es jetzt?«, fragte er, nach dem er wieder einmal vergeblich einen Blick auf sein Handgelenk geworfen hatte.

»Kurz nach neun«, antwortete Tina.

»Also gut, dann treffen wir uns in einer halben Stunde. Horst wird uns mit drei Mann unterstützen«, schloss Trevisan die Besprechung.

*

Kurz nach zehn Uhr rückte Trevisan mit seinem Durchsuchungskommando vor der Halbermann-Villa in der Eichendorffstraße in Neuengroden an. Sie fuhren mit drei neutralen Dienstwagen vor. Beck hatte Trevisan vor dem Aufbruch noch einmal eindringlich gebeten, behutsam und vorsichtig vorzugehen. Er befürchtete noch immer, in einen Skandal verwickelt zu werden.

Trevisan trat an das schmiedeeiserne Tor heran und betätigte die Türglocke. Es dauerte eine Weile, bis sich die Stimme einer Frau im Lautsprecher der kleinen Sprechanlage meldete.

»Guten Morgen, hier ist Trevisan von der Kripo Wilhelmshaven. Öffnen Sie bitte das Tor!«, sagte er energisch.

»Aber … ich bin alleine«, erklang es zögernd. »Die Halbermanns sind verreist.«

Trevisan wandte sich zu Dietmar Petermann um. »Wie heißt die Frau?«, flüsterte er leise.

»Jonas«, bekam er zur Antwort.

»Frau Jonas?«, fragte Trevisan. »Ich möchte auch mit Ihnen reden.«

Einen Augenblick herrschte Schweigen. Plötzlich war ein Knacken zu hören. Das Tor öffnete sich.

Die Frau vor der Eingangtür wirkte verstört, als sie die vielen Polizisten sah. Sie trug eine weiße Schürze und hatte ihre Haare hochgesteckt. Trevisan schätzte sie auf etwa sechzig. Sie machte einen sympathischen Eindruck. Trevisan ging voran und hielt seine Dienstmarke in der Hand.

»Ich weiß nicht … was ist denn los?«, stammelte die überraschte Frau. »Ist etwas passiert?«

Trevisan zeigte ihr den Durchsuchungsbefehl. »Ich habe auch noch ein paar Fragen an Sie«, sagte er. »Es wäre schön, wenn Sie uns unterstützen würden.«

»Aber Sie können doch nicht so einfach … Warten Sie bitte, bis Herr Halbermann wieder zurück ist. Ich verstehe das alles nicht.«

Trevisan schüttelte den Kopf und nahm die Frau beiseite. »Wir müssen jetzt und heute das Haus durchsuchen«, sagte er in einfühlsamen Ton. »Eine richterliche Anordnung, Sie verstehen?«

Die Frau nickte und schaute auf die Polizisten, die an ihr vorbeigingen und das Haus betraten. »Was ist denn überhaupt passiert?«

Trevisan nahm ihren Arm und führte sie in das Haus. »Kennen Sie eine Maria Souza da Marques?«

Die Frau schaute Trevisan verständnislos an. »Maria? Ist ihr etwas zugestoßen?«

»Das frage ich Sie«, entgegnete Trevisan. »Wissen Sie, wo das Mädchen geblieben ist?«

»Sie ist zurück nach Rio«, behauptete die Frau bestimmt.

Noch immer standen sie im Flur. Die Augen der Frau folgten den Beamten, die jeweils zu zweit in verschiedenen Zimmern verschwanden.

»Können wir uns irgendwo ungestört unterhalten?«, fragte Trevisan.

Die Frau nickte und führte ihn in die Küche. Die Schränke und der Fußboden blitzten vor Sauberkeit. Die Einrichtung ließ keine Wünsche übrig. Ein moderner Backofen, eine Spülmaschine, eine Mikrowelle. Es fehlte an nichts. Trevisan wartete, bis sich die Frau auf einen Küchenstuhl gesetzt hatte, dann nahm er auf der Eckbank Platz.

»Sind Sie sicher, dass Maria nach Rio zurückgekehrt ist?«, hakte Trevisan noch einmal nach.

Die Frau runzelte die Stirn. »Was heißt sicher. Zumindest hat es Frau Halbermann erzählt. Maria war auf einmal nicht mehr da.«

Trevisan lächelte. »Können Sie sich noch erinnern, unter welchen Umständen das Mädchen verschwand?«

Die Frau überlegte. »Ach, wissen Sie, ich arbeite seit vier Jahren für die Halbermanns«, begann sie zu erzählen, und es erschien Trevisan fast, als ob sie darüber froh war, endlich mit jemanden reden zu können. »Meist vormittags. Ich koche und halte die Wohnung sauber. Mein Mann ist vor ein paar Jahren gestorben. Er war Fischer. Sie können sich wohl vorstellen, mit welch karger Rente ich auskommen muss. Da war diese Anstellung hier ein echter Glücksfall für mich.«

Trevisan nickte verständnisvoll.

»Herr Halbermann ist oft auf Reisen. Auch die arme Frau muss ihn hin und wieder begleiten. Auch wenn ihr nicht danach ist. Ich glaube sogar, sie hasst diese Reisen nach Dänemark.«

Trevisan horchte auf, doch er unterließ Zwischenfragen, um den Erzählfluss nicht zu stoppen. Die Frau sollte sich zuerst einmal alles von der Seele reden, was sie bedrückte. Er machte sich Notizen.

»Simon Halbermann ist schon ein sonderbarer Mensch«, erzählte Frau Jonas weiter. »Er ist ein echter Pascha. Die Frau und der Sohn hatten nicht viel zu melden. Alle mussten nach seiner Pfeife tanzen. Eines Tages kam Maria ins Haus. Es müsste jetzt ungefähr zwei Jahre her sein. Frau Halbermann war zu dieser Zeit oft alleine. Ich glaube, genau deshalb hat Simon Halbermann das Mädchen hier hergeholt. Sie stammte aus den Armengebieten in Rio. Sie sprach kaum Deutsch, aber der Sven konnte Spanisch und Portugiesisch.«

»Wissen Sie, unter welchen Umständen Maria nach Deutschland kam?«, fragte Trevisan.

»Als Au-pair-Mädchen«, antwortete Frau Jonas. »Ich weiß aber nichts Näheres. Simon Halbermann redet nicht viel mit mir. Überhaupt waren die Frau und der arme Sven die Einzigen, die mit mir ab und zu sprachen. Ich glaube, Halbermann hat seiner Frau verboten, allzu viel Kontakt mit mir zu haben. Er hält sich wohl für etwas Besseres. Und die arme Frau ist ihm ja so hörig. Manchmal glaube ich, sie hat überhaupt keinen eigenen Willen.«

»Warum sind Sie dann überhaupt geblieben?«

Frau Jonas' Erzählung geriet ins Stocken.

Trevisan bemerkte, wie es in ihrem Gehirn arbeitete.

»Sie können es mir ruhig erzählen. Wenn es nichts mit unseren Ermittlungen zu tun hat, dann bleibt es unter uns«, ermunterte er die Frau.

»Na ja, wie soll ich sagen«, begann sie zögernd. »Er bezahlt mich fürstlich. Es gab auch hier und da mal eine großzügige Sonderzuwendung. Wissen Sie, eine alte Frau wie ich hat es in der heutigen Zeit nicht einfach. Alles wird teurer.«

Trevisan verstand.

»Aber dafür musste ich ihm versprechen, dass ich nichts aus dem Hause hinaustrug. Er bat mich nicht nur darum, es klang eigentlich für mich schon eher nach einer Drohung.«

»Was hat er so oft in Dänemark gemacht?«

»Er hat sich dort mit Gleichgesinnten getroffen«, antwortete Frau Jonas. »Ich weiß auch nicht genau, aber er gehört zu so einem Verein. Da geht es um Brauchtum und Kultur. Ich dachte mir nichts dabei. Simon Halbermann hat Bilder und Skulpturen hier im Haus, die sind alleine ein kleines Vermögen wert. Ich glaube, es ist so ein Kunstfanatikerclub, in dem nur Reiche verkehren.«

Trevisan horchte auf. Also pflegte Halbermann doch eine Verbindung. »Wie war das nun mit dem Verschwinden von Maria?«

»Es war Anfang November letzten Jahres. Plötzlich war sie einfach weg.«

»Wissen Sie, warum?«, fragte Trevisan nach.

»Ich weiß nicht, ob es stimmt«, antwortete die Frau zögernd. »Aber ich glaube, Sven und Maria hatten etwas miteinander. Der Junge hat sich offenbar in das Mädchen verliebt. Sie war ja auch wunderschön. Simon Halbermann muss aber etwas gemerkt haben. Er war ganz und gar gegen diese Beziehung. Ich glaube, dieser Unmensch hat sie deshalb einfach zurückgeschickt. Dabei war es so ein liebes Mädchen.«

»Wie hat der Rest der Familie darauf reagiert?«

Frau Jonas überlegte. »Aber bitte, das bleibt unter uns«, sagte sie. »Ich glaube, Sven hätte seinen Vater dafür am liebsten umgebracht. Auch Frau Halbermann hat sich so sehr aufgeregt, dass sie tagelang nicht mehr aus ihrem Schlafzimmer kam.«

»Martin!«, hallte es durch den Flur. Trevisan entschuldigte sich bei Frau Jonas. Er bat sie, auf ihn zu warten und ging in den Flur.

Horst Kleinschmidt erwartete ihn auf der Treppe.

»Was ist, habt ihr etwas gefunden?«, fragte Trevisan.

»Nicht viel«, antwortete Horst Kleinschmidt und trat an Trevisan Seite. »Offenbar ist Halbermann ein sehr ordentlicher Mensch. Alles ist bestens aufgeräumt. Er gehört einer Organisation an, die sich *Gesellschaft zur Förderung und zum Erhalt der nordischen Kultur und des Brauchtums,* kurz *GEB* nennt. Hauptsitz ist in Dänemark, eine deutsche Niederlassung ist auf Norderney eingetragen. Ansonsten haben wir nichts.«

Trevisan seufzte. »Ich befrage gerade die Haushälterin. Offenbar ist Simon Halbermann ein absoluter Patriarch. Er hält alle Fäden in seiner Hand.«

»Wohl alte Schule«, antwortete Kleinschmidt. »Aber der Reichtum hängt hier förmlich an den Wänden. Mirós, Gauguins oder auch astreine Kujau-Fälschungen.«

»Gut, sucht weiter. Vielleicht stoßt ihr auf eine Verbindung zu dem Vermittlungsinstitut, das Maria nach Deutschland brachte«, sagte Trevisan und ging in die Küche zurück.

Frau Jonas stand vor der Spüle und ließ Wasser in einen Teekessel laufen.

»Wollen Sie auch einen Tee?«, fragte sie.

Trevisan schüttelte den Kopf. »Hatte Halbermann in der letzten Zeit Besuch?«

»Was meinen Sie damit?«

»Irgendwelche Männer, die ihn besuchten?«

Frau Jonas überlegte. »Er hat so gut wie nie Besuch. Der letzte Fremde, der dieses Haus betreten hat, war vor etwa vier Wochen unser Landtagsabgeordneter. Aber das muss geschäftlich gewesen sein. Ansonsten kamen ab und zu ein paar Freunde zu Sven.«

»Mike Landers?«

»Ach, der Mike, ja, der war verhältnismäßig oft hier«, antwortete die Frau und setzte den Teekessel auf den Herd. »Svens Tod muss ihn schwer getroffen haben. Er war letzte Woche in aller Frühe draußen vor dem Haus. Ich glaube, er hat eine Beileidskarte in den Briefkasten geworfen. Ich habe ihn gesehen und angesprochen, aber er wirkte total verstört. Kein Wunder. Sven und Mike waren dicke Freunde.«

»Sie haben ihn gesehen?«

»Ja.«

»Mike Landers war hier am Briefkasten?«, wiederholte Trevisan.

»Ja, letzten Montag oder Dienstag. Ich weiß es nicht mehr genau. Ich kam gerade zur Arbeit. Es war um sechs Uhr. Ich habe ihn angesprochen, aber er ist davongelaufen.«

Trevisan amtete durch. Ein weiteres Verbindungsglied. Würde sich der Kreis doch noch schließen? »Haben Sie mit Halbermann darüber gesprochen?«

»Ja selbstverständlich, er hat mich ja danach gefragt«, antwortete Frau Jonas. »Er wollte wissen, ob ich jemanden am Briefkasten gesehen hätte, da erzählte ich es ihm. Aber warum wollen Sie das wissen?«

»Mike Landers ist tot«, sagte Trevisan, während er die Frau genau beobachtete.

»Oh Gott, nein!«, stammelte die Frau. Die Tasse fiel ihr aus der Hand. »Der arme Junge. Was ist passiert?«

»Er stürzte im Hafen von einem Schiffsmast«, erklärte Trevisan. »Wir glauben, er hat Simon Halbermann erpresst.«

»Der Junge, wie kommen Sie bloß darauf? Mike ist ein lieber …«

»Wir haben bei ihm einen Erpresserbrief an Simon Halbermann gefunden«, sagte Trevisan. »Es muss dem Wortlaut nach der zweite Brief gewesen sein. Wir gehen davon aus, dass sich der erste Brief bereits im Besitz von Simon Halbermann befand.«

Frau Jonas blickte nachdenklich drein. »Und Sie meinen, es war der Brief, den Mike an diesem Montagmorgen überbracht hat?«

Trevisan nickte.

»Ich fragte mich schon, weshalb sich Herr Halbermann für den Briefkasten interessierte. Es war irgendwie sonderbar. Ich hatte ihm am Vortag alle Briefe auf den Schreibtisch gelegt. Eine Kondolenzkarte enthält doch auch eine Unterschrift, warum fragt er also nach dem Briefkasten und ob ich dort jemanden gesehen habe.«

Trevisan teilte die Überlegung der Frau.

»Glauben Sie, Simon Halbermann hat etwas mit dem Tod von Mike Landers zu tun?«, fragte sie nach einer Weile des Nachdenkens.

»Wir ermitteln in alle Richtungen«, antwortete Trevisan.

»Oh Gott, ist das schrecklich …« Frau Jonas setzte sich wieder auf den Stuhl und vergaß den Tee, den sie sich aufbrühen wollte.

»Das ist noch nicht alles«, sagte Trevisan und blickte der Frau in die Augen. »Sven Halbermann hat sich umgebracht, weil er der Meinung ist, dass Maria von seinem Vater getötet wurde. Er ist auf ein Bild von Maria gestoßen. Es zeigt das Gesicht des Mädchens. Wir sind der Meinung, dass das Bild eine Tote zeigt.«

Das Gesicht von Frau Jonas wurde leichenblass.

»Wir suchen nach weiteren Hinweisen«, sagte Trevisan.

Die Frau schwieg. Es fiel ihr schwer, die Tatsachen zu verkraften.

»Geht es Ihnen gut?«, fragte Trevisan besorgt.

Die Frau nickte. »Wenn Sie nach Hinweisen suchen, dann werden Sie hier im Haus keine finden. Er würde hier nie etwas aufbewahren, was ihm wirklich wichtig ist.«

»So, wo denn sonst?«

»Im Keller des Nebenhauses«, antwortete Frau Jonas. »Alles, was von persönlichem Wert für ihn ist, befindet sich dort. Der Keller ist mit einer schweren Stahltür gesichert. Nur er hat einen Schlüssel. Es gab vor ein paar Wochen einen Riesenärger, weil sich Sven offenbar des Schlüssels bemächtigt hatte.«

Trevisan wurde hellhörig. »Was ist in dem Keller zu finden?«

»Ich weiß es nicht. Ich hatte keinen Zugang. Er hat mir verboten, die Räume zu betreten.«

17

Das Nebengebäude lag dem L-förmig gebauten Haupthaus gegenüber. Dazwischen war ein nierenförmiger Swimmingpool angelegt. Doch obwohl es Sommer war und die Temperaturen an manchen Tagen zum Baden einluden, war eine schmutzige weiße Plane über das Schwimmbecken gespannt.

Die marmorierten Terrassenplatten waren blitzsauber und der angrenzende Rasen frisch geschnitten. Trevisans Eindruck von Simon Halbermann fand sich auch hier im Garten bestätigt. Er schaute auf die drei weißen Birken, die neben dem Haus standen. Im Rasen darunter war nirgends auch nur ein Laubblatt zu entdecken. Trevisan wurde das Gefühl nicht los, dass hier nichts wirklich lebte. Er empfand eine unerklärliche Kälte in dieser Umgebung, die langsam von ihm Besitz ergriff. Das Gefühl verstärkte sich, je näher Trevisan und seine Begleiter unter Führung von Frau Jonas dem weiß getünchten Nebengebäude kamen.

»Was ist da drinnen?«, fragte Trevisan die Frau.

»Ich sagte, doch, er hat sich im Keller …«

»Nein, ich meine oben«, erwiderte Trevisan.

Die Haushälterin zog einen Schlüssel aus ihrer Tasche und öffnete die Tür. »Das war einmal als Wohnung für Angestellte oder Gäste geplant«, antwortete Frau Jonas. »Den ersten Stock habe ich sauber gehalten, aber was sich darunter im Keller befindet, das weiß ich nicht.«

»Hat hier jemand gewohnt?«

»Nicht, solange ich hier arbeite.«

Gemeinsam betraten sie den kleinen Flur. Geradeaus befand sich eine Glastür. Der Gang führte direkt in eine kleine Wohnung, die für Angestellte vorgesehen war. Rechts des Eingangs gab es eine Garderobe und eine einfache Toilette. Nach links zweigte eine weitere, massive Holztür ab.

»Direkt dahinter ist noch eine Stahltür«, erklärte Frau Jonas. »Er hat einmal vergessen, die Holztür hier zu verschließen, da habe ich sie gesehen.«

Trevisan betrachtete das Schloss der massiven Tür. Es war ein modernes Sicherheitsschloss. »Haben Sie wenigstens dafür einen Schlüssel?«

Frau Jonas schüttelte den Kopf. »Normalerweise darf ich nur mit ausdrücklicher Erlaubnis von Herrn Halbermann in dieses Nebengebäude. Und dann auch nur, um einmal im Monat die Gästewohnung zu reinigen. Obwohl es hier, wie gesagt, nie Gäste gab.«

Trevisan rief Horst Kleinschmidt heran. »Glaubst du, du kannst das Schloss aufbrechen?«

»Mal sehen«, sagte er. »Ich glaube, ich habe einen Schlüsselsatz der Firma in meinem Koffer.«

Es dauerte eine Weile, bis Kleinschmidt seinen Spurensicherungskoffer geholt hatte. In der Zwischenzeit schaute sich Trevisan in der Gästewohnung um. Sie bestand aus einem geräumigen Wohn-Esszimmer, einem Duschbad und einem kleinen Schlafzimmer. In einer Nische im Gang befand sich eine kleine Koch- und Kühlkombination mit einer Spüle. Trevisan fasste an das Holz der Möbel. Die hellen Oberflächen glänzten im Licht des hereinfallenden Sonnenlichtes wie Perlmutt. Obwohl hier offenbar niemand wohnte, war sich Trevisan sicher, dass die Möbel ein Vermögen gekostet hatten.

Im Wohnzimmer über der Ledercouch hing ein riesiges Ölgemälde. Ein abstraktes Spiel der düsteren Farben. Trevisan hatte bereits ein ähnliches Bild im Wohnhaus gesehen. Weitere, kleinere Bilder, meist Drucke und Repros, schmückten die weiß und goldgelb gemusterte Tapete und verliehen der Wohnung einen gewissen Charme, ähnlich dem der goldenen zwanziger Jahre. Trevisan öffnete eine Schublade des stilvollen Wohnzimmerschranks. Sie war leer. Trevisan durchsuchte den gesamten Schrank. Lediglich in der Glasvitrine des Unikums standen Porzellanteller und Tassen. Eine Vase vervollständigte das Arrangement. Trevisan widmete sich dem kleinen Sekretär, der neben dem Schrank in der Ecke stand. Ein goldener Schlüssel steckte im Schloss. Trevisan öffnete. Bis auf einen Notizblock und einen danebenliegenden Bleistift enthielt der Sekretär keine weiteren Utensilien. Keine Briefe, keine Schriftstücke, nichts, das darauf hindeutete, dass hier jemand gelebt hatte.

Trevisan griff nach dem Notizblock und sah tiefe Strukturen in dem Papier. Er hob den Block dicht vor seine Augen. Einzelne Buchstaben waren zu erkennen. Ein O oder eine Null, ein C erkannte er ganz deutlich. Schließlich griff er nach dem Bleistift und fuhr vorsichtig mit der Mine über die Vertiefungen. Eine Reihe von Buchstaben und Zahlen wurden durch das Grafit sichtbar. Druckbuchstaben. Ein M, ein E und ein nachfolgendes T, dann folgte ein Lücke und schließlich ein C, die Zahl 2000 und die Buchstaben S und V. Die nachfolgende Vertiefung war undeutlich ausgeprägt, selbst der Bleistift taugte nicht dazu, den Text kenntlich zu machen. Unter dem Text stand etwas kleiner als die obere Buchstaben-Zahlenkombination das Wort ART, wobei nicht auszuschließen war, dass auch hier Teile des vollständigen Wortes fehlten. Nachdenklich musterte Trevisan das Papier. Wohl irgendeine Art Code, dachte er, als er den Notizzettel abriss und in einer kleinen Tüte verstaute.

»Martin!«, erklang Kleinschmidts Stimme im Flur.

Trevisan schob die Schublade wieder zu und verließ die kleine Wohnung. Die Holztür stand offen. Ratlos standen seine Kollegen vor dem Zugang. Eine schwere, rotbraune Stahltür mit wuchtigem Riegelschloss versperrte den Weg in den Keller.

*

Der Fischer saß auf einem einfachen Holzstuhl vor dem Schreibtisch in der nüchternen Amtsstube, trug ein blau-weiß gestreiftes Baumwollhemd, eine weiße Leinenhose und hatte seine Schirmmütze lässig in den Nacken geschoben.

»Ich hätte es mir denken können«, sagte er entmutigt und kratzte sich an der Stirn. »Die anderen haben mir schon gesagt, dass du mich für einen Spinner halten wirst.«

Der Polizist lehnte sich in seinen Stuhl zurück. »Mensch, Thomson, wenn das wirklich wahr wäre, dann würde es jetzt da draußen von Booten nur so wimmeln. Es gibt eine Luftüberwachung. Jedes Flugzeug meldet sich an und wieder ab. Es erscheint auf dem Radarschirm und wird bis zur Landung von einem Fluglotsen beobachtet. Du musst dich verhört haben.«

Der Fischer verzog keine Miene. »Ich weiß, was ich hör«, sagte er trotzig.

»Vielleicht war es eine Fehlzündung eines Kutters in der Nähe?«, versuchte der Polizist die Situation zu entschärfen.

»Meister, ich fahr nun schon zwanzig Jahre zur See. Ich weiß genau, wie ein Diesel klingt. Ich kann das sehr gut unterscheiden.«

Der Polizist seufzte. »Du bleibst also dabei. Es war ein Flugzeug?«

»Sonst wäre ich jetzt nicht hier.«

Der Polizist griff in eine Schublade seines Schreibtisches

und holte ein Blatt Papier hervor. Umständlich spannte er es in seine Schreibmaschine.

»Fietje Thomson, Wangerooge, Süddeich 2a«, murmelte er. Rhythmisch erklangen die Tasten der alten Schreibmaschine. »Zeugenanhörung.«

Der Fischer wartete geduldig, bis der Polizist den Anhörbogen mit den Personalien ausgefüllt hatte.

»Nun erzähl mal!«, sagte der Uniformierte.

»Hab ich doch schon.«

»Noch mal von vorne, zum Mitschreiben. Ich mache jetzt ein Protokoll«, erklärte der Beamte.

Der Fischer kratzte sich erneut an der Stirn. »Es war gegen elf in der Nacht, draußen am Roten Sand. Ich hörte die Maschine kommen. Ich schätze, aus Nordost. Sie muss tief geflogen sein. Dann hat es auf einmal furchtbar gerummst und geplatscht. Der Vogel ist einfach in den Teich gefallen. Ich schätze, zwei, drei Meilen westlich vom Leuchtturm. Dann war alles wieder ruhig. Das ist alles.«

Der Polizist hatte den Kopf gesenkt und suchte nach den richtigen Buchstaben. Als er geendet hatte, schaute er Thomson fragend an. »Warum hast du eigentlich nicht gleich gefunkt?«

»Ach, du weißt doch, mein Kahn ist nicht mehr der jüngste. Ich warte nun schon zwei Wochen auf einen neuen Hörer. Aber die Firma hat mir gesagt, ich soll gleich ein neues Gerät kaufen. Jetzt ist das Ding gerade mal siebzehn Jahre alt und wird gar nicht mehr gebaut.«

Der Polizist nickte verständnisvoll.

»Was passiert jetzt?«, fragte der Fischer neugierig.

»Ich werde jetzt die Küstenwache verständigen. Die sollen da draußen mal nachschauen. Außerdem rufe ich die Luftüberwachung in Bremerhaven an und frage nach, ob die ein Flugzeug vermissen. Den Bericht schicke ich nach Wilhelmshaven.«

Der Fischer erhob sich von seinem Stuhl. »Dann kann ich jetzt gehen?«

»Ja, Thomson«, bestätigte der Beamte. »Und wenn dir wieder einmal ein Flugzeug vor den Bug fällt, dann warte nicht bis zum nächsten Tag.«

*

Die Zeiger auf dem Wecker im Nebenraum wanderten unaufhaltsam auf Mittag zu. Horst Kleinschmidt stopfte sich eine Pfeife und beobachtete Trevisan, der am Tisch saß und ein paar sichergestellte Schriftstücke sichtete. Das laute Zischen und Brausen des Schweißbrenners machte jegliche Unterhaltung unmöglich. Mittlerweile hatte Trevisan über die Dienststelle einen Schlosser angefordert, nachdem der Mann vom Schlüsseldienst entnervt sein Werkzeug eingepackt und lauthals fluchend eingestanden hatte, dass die Stahltür zum Keller von Halbermanns Nebengebäude eine Nummer zu groß für ihn war.

Trevisan überflog mit wachen Augen die Papiere, die allesamt von einem Kulturverein stammten, in dem Simon Halbermann offensichtlich ein führendes Mitglied war. Die *Gesellschaft zur Förderung und zum Erhalt der nordischen Kultur und des Brauchtums – GEB e. V.* hatte als Geschäftsadresse und Sitz die Kaiserstraße 24 auf Norderney eingetragen. Die übrigen Papiere bestanden aus nichtssagenden Werbesendungen und Versicherungsinformationen. Keine Hinweise auf Halbermanns Verbindungen, keine Hinweise auf Halbermanns Aktivitäten, keine Hinweise auf Maria Souza da Marques. Es fehlte selbst an den üblichen Telefonrechnungen und Versicherungsunterlagen. Fast so, als ob Simon Halbermann in diesem Haus überhaupt nicht wirklich lebte. Die meisten Schränke waren leer gewesen. Einen Tresor gab es im Haus nicht.

Trevisan erhob sich und schloss die Tür zum Flur. Das Zischen des Schweißbrenners wurde gedämpft. »Ich weiß nicht, was wir dort unten finden werden, aber jeder Sozialhilfeempfänger hat mehr persönliche Unterlagen im Haus als Simon Halbermann.«

Kleinschmidt nahm seine Pfeife aus dem Mund. »Vielleicht läuft alles über die Firma.«

Trevisan legte die Papiere zurück auf den Tisch. »Er ist wie ein Schatten. Wenn ich ihm nicht schon einmal begegnet wäre, dann würde ich glauben, dass er gar nicht existiert. Wer bezahlt seine Rechnungen, wohin gehen seine Telefonbelege? Hat er vielleicht schon alle Spuren beseitigt?«

»Mal sehen, was für eine Überraschung der Keller für uns bereithält«, antwortete Horst Kleinschmidt. »Ich denke, hinter so einer Tür lagern keine Altreifen.«

Trevisan nickte. Das Zischen im Flur war verstummt und wich einem rhythmischen Hämmern. Ein lautes, metallisches Poltern folgte.

»Wir sind drinnen«, rief Dietmar Petermann. Trevisan hastete hinaus in der Flur. Dietmar, Monika und Tina standen neben Halbermanns Haushälterin. Vor ihnen kniete der Schlosser und wischte sich den Schweiß von der Stirn. Trevisan hielt inne und schaute hinab in den dunklen Schlund. Eine frostige Kühle wehte aus dem Kellergang zu ihm herauf.

»Das ist ja unheimlich, wie in einer Gruft«, sagte Tina Harloff und verschränkte die Arme vor ihrer Brust.

»Wartet hier. Dietmar, du kommst mit«, sagte Trevisan und tastete im Dämmerlicht nach einem Schalter. Ein warmes, wohliges Licht erstrahlte und tauchte den Gang in einen rötlichen Schimmer. Die Decke und die Wand waren mit Terrakotta-Fliesen verkleidet. Dunkler Marmor bedeckte die Treppe.

Trevisan stieg langsam hinab. Die Kälte nahm zu. Es roch nach frischem Wasser. Nach sieben Stufen beschrieb die Treppe einen Rechtsbogen.

»Ich habe schon Gänsehaut«, sagte Dietmar und griff an sein Schulterhalfter.

»Psst«, antwortete Trevisan und verharrte. Ein leises Rauschen drang an sein Ohr. Nach weiteren vier Stufen endete die Treppe in einem kleinen Treppenhaus. Auch hier beherrschten die düsteren Farben das Licht. Eine schwere Holztür versperrte den Blick in den dahinter liegenden Raum. Trevisan fluchte, aber entgegen seiner Erwartung war diese Tür nicht verschlossen. Er drückte die Klinke herab und öffnete einen Spalt. Das Rauschen und Plätschern wurde lauter.

»Meinst du, hier ist jemand?«, fragte Dietmar und hielt seine Waffe im Anschlag. Trevisan zuckte mit den Schultern und stieß die Tür vollends auf. Ein blendender Lichtstrahl erfasste seine Augen. Trevisan blinzelte, dann wanderte das gleißende Licht weiter. Ein kleiner Saal lag vor ihm, jetzt im glanzlosen Schein eines schwachen Lichtes. Inmitten des Raumes stand ein hoher, grob behauener Stein, aus dem Wasser in ein darunterliegendes Becken floss. Decken, Wand und Boden waren in ein zartes Rot getaucht. Eine lang gestreckte Holzbank bildete das einzige Mobiliar und stand gegenüber an der Wand. Die frische Kühle des Raumes war nicht unangenehm. Trevisan schaute an die Decke. Eine große Glaskugel drehte sich und zerstäubte das Licht eines Strahlers in tausend bunte Funken. Goldene Sterne glitzerten von der Decke. Unregelmäßig angeordnet, willkürlich für den Betrachter.

»Das ist aber ein seltsamer Partykeller«, unkte Dietmar. »Was soll der Hinkelstein dort in der Mitte?«

»Das ist ein Menhir«, erklärte Horst Kleinschmidt, der mittlerweile den beiden gefolgt war.

»Für was hältst du das, Horst?«, fragte Trevisan, ohne den Blick von dem faszinierenden Farbenspiel abzuwenden.

Horst Kleinschmidt trat näher. »Es wirkt auf mich wie eine Kultstätte.«

Trevisan betrat den Raum und schaute zur Decke. Er zählte vierzehn Sterne, die in die geflieste Decke eingelassen waren.

»Schon wieder so eine Tür«, hörte er Dietmar Petermann

sagen, der nun ebenfalls im Saal stand. Eine weitere schwere Eisentür war in die Wand eingelassen.

»Diese Räume müssen Halbermann sehr viel bedeuten, wenn er sie so gut absichert.« Horst Kleinschmidt und klopfte mit den Fingern gegen die Sicherheitstür.

»Das alles hier scheint ihm irgendwie heilig«, folgerte Trevisan. Seine Finger tasteten die feuchte Wand ab.

»Was für ein Spinner ist dieser Kerl«, sagte Dietmar. »Das ist wohl der teuerste Relaxraum, den ich bisher gesehen habe. Edle Fliesen, und die Sternchen da oben scheinen mir irgendwelche Edelsteine zu sein.«

»Dieser Raum hat eine besondere Bedeutung«, sagte Trevisan und suchte mit seinen Fingern weiter nach einem versteckten Hohlraum oder einer eingelassenen Tür. Das Einzige, was er fand, war ein massiver Haken, der an der Stirnseite des Raumes etwa zwei Meter über dem Boden aus der Wand ragte. Trevisan schaute sich suchend um. An der Decke entdeckte er zwei weitere Strahler, die genau auf die Stelle an der Wand gerichtet waren. Er suchte nach dem Schalter für das Licht, doch er konnte ihn nicht finden.

»Jetzt bin ich aber erst richtig gespannt, was uns dahinter erwartet«, murmelte Kleinschmidt und deutete auf die zweite Stahltür.

»Ich auch«, bestätigte Dietmar. »Das ist ja wie eine Schatzsuche und wir sind die Grabräuber.«

Trevisan wandte sich um. »Es hilft nichts. Der Schlosser muss noch einmal ran.«

Eine weitere Stunde zog ins Land. Die Luft im Saal war inzwischen geschwängert von dem Geruch des Schweißgases und schmelzenden Metalls. In der Zwischenzeit hatte Trevisan zusammen mit Kleinschmidt den Raum gründlich nach versteckten Türen oder Hohlräumen durchsucht. Das Einzige, was sie gefunden hatten, war der Lichtschalter für die beiden Strahler.

Frau Jonas, Halbermanns Haushälterin, hatte auf den Raum mit deutlicher Überraschung reagiert. Trevisan glaubte ihr, dass sie nicht gewusst hatte, was sich hier im Keller verbarg. Auch Tina und Monika hatten nicht schlecht gestaunt, nachdem sie Halbermanns Heiligtum besichtigt hatten.

Nun standen sie vor dem Gebäude und warteten ungeduldig darauf, dass der Schlosser endlich das hoffentlich letzte Geheimnis dieser Villa lüftete.

»Wahrscheinlich feiert er da unten schwarze Messen«, sagte Dietmar Petermann, der sich locker an die Hauswand gelehnt hatte und den kleinen weißen Wolken nachschaute.

»Ich habe so etwas noch nie in meinem Leben gesehen«, erwiderte Tina Harloff. »Mir läuft es eiskalt den Rücken hinunter. Mit fällt da immer nur diese Filmszene aus einem alten Römerschinken ein, bei dem ein Psychopath Menschenopfer in seiner Schreckenskammer darbrachte.«

»So schlimm wird es schon nicht sein«, entgegnete Monika. »Vielleicht hat er im Keller wirklich nur relaxt. Ich wäre froh, ich hätte ein Zimmer, wo ich ungestört sein könnte.«

Horst Kleinschmidt zog an seiner Pfeife und blies den Rauch in den Himmel. »Bestimmt finden wir hinter der nächsten Tür eine ganz simple Erklärung.«

»Dein Wort in Gottes Ohr«, sagte Trevisan. »Hoffentlich hast du recht und wir stoßen nicht schon wieder auf die Leichen eines Psychopathen.«

Er dachte an das vergangene Jahr und an den Wangerlandmörder.

»Ich bin so weit«, rief ihnen der Schlosser aus dem Eingang zu.

»Dann bin ich jetzt aber mal gespannt«, erwiderte Dietmar Petermann.

»Sesam, öffne dich«, sagte Dietmar Petermann und stieß mit dem Fuß gegen die Tür. Die Tür schwang auf und gab den

Blick in eine Art Lagerraum frei. Regale standen an der einen Wand und große Kisten gegenüber. Inzwischen war auch Till Schreier, der zuvor noch den Speicher des Hauses vergeblich durchsucht hatte, im Keller angekommen.

Der geöffnete Lagerraum war ebenfalls mit rötlichen Fliesen ausgestattet, doch diesmal erhellte ein kaltes und unnatürliches Neonlicht die Dunkelheit. In der Decke waren Schlitze einer Klimaanlage eingelassen. Direkt neben der Tür befand sich ein kleines Steuergerät mit mehreren Knöpfen. Ein grünes Licht zeigte die Betriebbereitschaft an.

Till Schreier betrat den Raum. Auf den Regalen stapelten sich allerlei Kunstwerke und Skulpturen. Neben einer Vase stand eine goldene Standuhr, die gediegen und teuer wirkte. Doch auch andere Schätze waren zu bestaunen. Ein langes Schwert mit breiter Klinge und abgestumpfter Spitze hing an der Wand, daneben eine Sichel mit goldener Schneide und darunter ein gebogener Dolch nach Sarazenenart. Der Griff war reich verziert und mit dunkelroten Steinen besetzt. Trevisan hatte keine Zweifel daran, dass es sich bei den Steinen um echte Rubine handelte. Das Schwert und die Sichel wirkten wie aus uralten Zeiten. Seltsame Zeichen und Symbole befanden sich auf der Klinge.

Unterdessen hatte sich Horst Kleinschmidt an den großen, braunen Kisten gegenüber dem Regal zu schaffen gemacht. Er zog ein Gemälde hervor und hielt es in das Licht. Es war fast quadratisch, mit einer Kantenlänge von etwa dreißig Zentimetern. »Sieh an, sieh an«, murmelte er.

»Das gibt's doch gar nicht«, sagte Monika Sander, als ihr Blick auf das Bild in Kleinschmidt Händen fiel. »Wenn mich nicht alles täuscht, dann ist dieses Gemälde auf dem Fahndungsplakat mit den zehn meistgesuchten Kunstwerken abgebildet.«

Trevisan schaute auf das Bild. »Bist du sicher?«

»Zu neunundneunzig Prozent.«

Ein spitzer Schrei unterbrach die Unterhaltung. Trevisan wandte sich um und blickte in das schreckensstarre Gesicht von Tina Harloff.

»Was hast du?«, fragte er.

Tina wies auf den kleinen Schrein aus dunklem Ebenholz, der im Regal stand. Die beiden Flügeltüren waren geöffnet. Trevisan kam näher und traute seinen Augen kaum. Ein menschlicher Kopf mit weit aufgerissenem Mund schwamm in einer trüben Flüssigkeit. Die Augenlider waren geschlossen und die Haut schimmerte bleich und grünlich. Der Schädel wirkte wie aus Wachs geformt.

»Was ist denn das für eine Schweinerei?«, stammelte er.

»Ich würde sagen, der Kopf eines etwa sechzigjährigen Mannes. Eingelegt in Formaldehyd«, bemerkte Kleinschmidt trocken.

Alle hatten sich mittlerweile hinter Trevisan versammelt. Tina hatte ihre Fassung wiedergefunden und rang nach Atem.

»Wahrscheinlich irgendein berühmter König aus alten Zeiten«, sagte Dietmar. Ein Grinsen überzog sein Gesicht. »Der tut euch nichts mehr.«

Trevisan warf Horst Kleinschmidt einen fragenden Blick zu.

»Ich glaube nicht, dass der so alt ist«, sagte Kleinschmidt. »Da müsste er bereits mumifiziert sein. Kein bekanntes Konservierungsmittel hält so lange.«

»Wer sollte es sonst sein?«, widersprach Dietmar und beugte sich zu dem Schrein hinab.

»Das werden wir herausfinden müssen«, sagte Trevisan und schloss die Flügeltüren.

18

Die *Alfried Krupp* kämpfte sich durch die heftig wogende See. Mittlerweile türmten sich gewaltige Wolkenberge am Himmel und ein kräftiger Wind aus Nordwest schob die dunkle Wolkenwand auf das Festland zu. Schwere See hatte der Wetterdienst gemeldet und die Sonnenstrahlen wurden längst von dem kräftigen Dunkelblau aufgesogen und hatten ihre wärmende Wirkung verloren. Der Seenotrettungskreuzer schaukelte. Bereits dreimal hatte der Steuermann in einer immer enger werdenden *elliptischen* Bahn den Roten Sand umrundet. Aufmerksame Augen suchten in der Gischt nach einer Spur.

Ein Kleinflugzeug sei unmittelbar in der Nähe der Untiefe nordöstlich der Wangerooger Fahrrinne niedergegangen, hatte das Schifffahrtsamt in Cuxhaven gemeldet. Doch bislang hatten die Männer der *Alfried Krupp* vergeblich gegen Wind und Wetter gekämpft. Nicht der geringste Hinweis war entdeckt worden. Die aufgewühlte See machte es den Männern nicht leicht. Das Wasser war hier bis zu zwanzig Meter tief. Nachdem der Absturz bereits gestern in der Nacht gewesen sein sollte und weder die zivile Luftüberwachung in Bremerhaven noch die Radarstationen der Marinestützpunkte in Emden und Bremen den Absturz bestätigen konnten, war es fraglich, ob es überhaupt eine Spur von einer Notwasserung gab. Zwar war gegen elf Uhr die kurzzeitige Ortung eines Flugobjekts auf internationalem Hoheitsgebiet erfolgt, doch war weder ein Flug angemeldet noch hatte eine Maschine mit der Bodenkontrolle Kontakt aufgenommen. Das Flugobjekt war nicht viel höher als 800 Fuß gestiegen und hatte den Sichtschirm nach knapp drei Minuten wieder verlassen. Der zuständige Fluglotse in Bremerhaven hatte der Sache keine weitere Bedeutung beigemessen. Solche

Sichtungen außerhalb der Dreißigmeilenzone waren keine Seltenheit. Heißluftballons, Wetterbeobachtungssonden und militärische Überwachungsdrohnen – es gab so manches, was sich unterhalb der Tausend-Fuß-Grenze herumtrieb.

Lediglich ein Fischer, der mit seinem Boot am Roten Sand seine Netze ausgebracht hatte, war Zeuge des Absturzes geworden. Selbst wenn seine Beobachtungen richtig sein sollten, so hätte die wilde See mittlerweile alle Spuren beseitigt. Der Ölfleck wäre längst fortgespült und das Wrack gesunken. Es wäre schon ein verdammtes Glück, noch ein paar treibende Wrackteile nach all der verstrichenen Zeit aufzufinden.

»Spätestens in einer halben Stunde haben wir Sturmböen«, sagte der Steuermann und drehte kräftig am Ruder.

Der Kapitän der *Alfried Krupp* nickte und suchte mit seinem Fernglas die Horizontlinie ab. »Wir drehen noch eine Runde, dann brechen wir ab«, beschloss er, ohne das Fernglas auch nur einen Zentimeter zu senken.

»Ist sowieso 'ne komische Sache«, erwiderte der Steuermann. »Kein Hilferuf, keine eindeutige Ortung. Ich meine, wenn man kurz vor einem Absturz steht, da ruft man doch um Hilfe, oder?«

Der elektronische Kompass wanderte der Nordmarkierung zu und der Steuermann schob den Fahrregler auf volle Kraft. Der alte Leuchtturm lag direkt vor ihnen. Die *Alfried Krupp* beschleunigte und das Summen der Schiffsdiesel schwoll zu einem heftigen Getöse an. Der Steuermann drehte den Kreuzer in die Wellen. Der Bug zerschnitt das tosende Wasser und das Schiff nahm wieder Fahrt auf.

»Sowieso umsonst«, murmelte der Steuermann und beobachtete den Kompass.

»Sichtung … Sichtung, drei Strich steuerbord voraus«, drang es durch den kleinen Lautsprecher.

»Maschine halbe Kraft«, befahl der Kapitän und schaute durch das Fernglas in die angegebene Richtung. Er kniff die

Augen zusammen. Wenige Meter entfernt entdeckte er ein undefinierbares Objekt, das auf einer Wellenkrone tanzte, um dann gleich darauf wieder vom Wasser verschluckt zu werden. »Langsam voraus. Drei Strich backbord.«

»Aye«, erklang die Stimme des Steuermannes, der noch immer suchend aus dem Fenster blickte, bis auch er das Teil im Wasser erkannte. Zielsicher manövrierte er das Schiff auf das helle Ding zu. Zwei Männer mit langen Enterstangen standen mittschiffs im gelben Ölzeug an der Reling.

»Das ist Metall, wenn du mich fragst«, erklärte der Kapitän. Mit dem Fernglas fixierte er das weiße Stück. »Könnte tatsächlich von einem Flieger stammen. Muss Luft drinnen sein, dass es schwimmt.«

Der Steuermann kurbelte vorsichtig am Ruder. Dann stießen die Seeleute mit ihren Stangen zu. Zweimal mussten sie nachgreifen, bis sie es endlich am Haken hatten und an Bord zerren konnten. Mittlerweile hatte der Kapitän die trockene Brücke verlassen und stand neben seinen beiden Männern. Polternd fiel das helle Metallstück zu Boden. Es maß knapp einen halben Meter, lief nach oben dreieckig zu und war an der Unterseite knapp zehn Zentimeter breit. Am Rand war es mit weiß gestrichenen Nieten besetzt. An der Unterseite standen scharfe Kanten hervor.

»Ich glaube es nicht«, sagte der Kapitän. »Der Fischer hat sich offenbar nicht getäuscht. Das ist ein Bruchstück von einem Heckleitwerk. Wir bringen eine Tonne aus«, beschloss er, ehe er zurück auf die Brücke ging.

*

Regentropfen rannen langsam an der Glasscheibe herab. Der Wind beugte die beiden Birken draußen vor dem Dienstgebäude. Es war dunkel geworden, kaltes Neonlicht erfüllte den Raum.

»*Bäuerliches Interieur* von Augustinus Stom«, las Trevisan laut. »Gemälde aus dem 17. Jahrhundert. Gestohlen am 21. März 1999 in München. Befand sich im Privatbesitz und wurde bei einem Einbruch in einer Villa in Garching gestohlen. Professionelle Arbeit. Alarmanlage ausgeschaltet, Glasschneider eingesetzt, die Täter haben keine Spuren hinterlassen.«

Trevisan warf einen kurzen Blick aus dem Fenster, dann legte er das Fahndungsplakat zurück auf den Tisch.

»Das ist nicht alles«, sagte Monika Sander. »*Zwei Damen im Boot* von Eduard Cucuel, gestohlen im Mai 1998 in Nordrhein-Westfalen, das *Blumengebinde mit Korn* von August Mahler, gestohlen im August 2000 in Berlin und die Madonna aus Rheinland-Pfalz, ebenfalls 1999 gestohlen, alles Kunstwerke, nach denen weltweit gefahndet wird.«

Dietmar Petermann lehnte sich im Stuhl zurück und verschränkte die Arme vor der Brust. »Er hat sich extra seinen Keller ausgebaut, um sich an den Bildern zu ergötzen. Wenn ihr mich fragt, dann hat Halbermann eine ganz gewaltige Klatsche.«

Trevisan zog einen Stuhl zu sich heran und setzte sich rittlings darauf. »Also verfügt er mit Sicherheit auch über gute Kontakte zur Unterwelt. Es dürfte für ihn kein Problem gewesen sein, ein paar Kerle anzuheuern, die dem Jungen eine gehörige Portion Angst einjagen, damit er seine Erpressung aufgibt.«

»Vielleicht sogar mehr«, murmelte Monika nachdenklich.

Dietmar kratzte sich am Kinn. »Es wird nicht leicht werden, ihm einen Mordauftrag nachzuweisen. Solange wir die Kerle nicht haben, sehe ich schwarz. Er wird alles abstreiten.«

Trevisan nickte. »Wir müssen unsere Vorgehensweise abstimmen. Zumindest hatte ich gehofft, einen Hinweis auf die verschwundene Maria zu finden. Es gilt herausfinden, wie sie nach Deutschland kam, welches Institut sie an Halbermann vermittelt hat. Es muss doch Aufzeichnungen geben.«

»Er hat wahrscheinlich schon längst alles verschwinden lassen«, warf Dietmar ein.

»Maria muss beim Ausländeramt angemeldet worden sein«, erklärte Monika. »Die Einreise wurde vielleicht dokumentiert.«

»Du hast recht, das ist eine Chance«, antwortete Trevisan. »Die Anmeldung bei der Stadt, das Ausländeramt, die Versicherungsanstalt. Wir müssen nur die richtigen Leute fragen.«

»Ich übernehme das.« Monika Sander warf einen Blick auf die Uhr über der Tür. »Gleich morgen früh. Jetzt ist es schon zu spät.«

Trevisan erhob sich. »Vielleicht findet Till etwas über diesen sonderbaren Verein heraus.«

»Der Schädel geht mir einfach nicht aus dem Kopf«, sagte Dietmar und zupfte seine Krawatte zurecht.

Der angekündigte Sturm wurde stärker und der Wind heulte um das Gebäude in der Peterstraße. Mittlerweile leuchteten sogar die Straßenlaternen in der Stadt. Trevisan stand wieder vor dem Fenster und schaute den Blättern zu, die der Wind von den Bäumen riss und durch die Luft wirbelte. »Es sieht fast so aus, als ob die Welt untergeht.«

»Bestimmt irgendein Heiliger«, sagte Dietmar. »Ein Relikt. Ist Halbermann eigentlich katholisch oder evangelisch?«

»Weder noch. Er gehört irgendeiner Freikirche an«, erklärte Trevisan. »Deshalb hat er seinen Sohn auch in Dänemark beerdigt.«

»Er wird sich schwer wundern, wenn er aus Dänemark zurückkommt«, entgegnete Dietmar. »Wie lange willst du seine Villa überwachen?«

Trevisan wandte sich um. »Wenn er bis Ende der Woche nicht zurück ist, dann müssen wir intensiv nach ihm fahnden. Die Geschichte mit den Gemälden reicht zumindest für einen Haftbefehl.«

Dietmar lächelte bitter. »Wenn er überhaupt noch einmal zurückkommt.«

»Wieso denn nicht?«, fragte Monika.

»Na, diese Putzfrau wird ihm schon stecken, dass wir seinem Haus einen Besuch abgestattet haben.«

Trevisan schüttelte den Kopf. »Das glaube ich nicht. Sie weiß selbst nicht, wo er sich in Dänemark aufhält. Ich glaube auch nicht, dass er sich bei ihr meldet. Sie scheint ihn nicht sehr zu mögen.«

Die Tür wurde aufgestoßen. Till Schreier hielt ein Blatt Papier in der Hand. »Ich habe im Internet etwas über diesen Kulturverein gefunden. Vorsitzender ist kein Geringerer als Gunther Behrends, unser Landtagsabgeordneter.«

»Und was ist das für ein Verein?«, fragte Trevisan.

»Er beschäftigt sich mit der nordischen Kultur und Bräuchen«, erwiderte Till. »Ein paar Reiche aus der Gegend, die sich für den Erhalt von Bauwerken einsetzen. Kirchen, Statuen, Kunstwerke. Sie finanzieren Restaurierungen, organisieren Konzerte von Mundartgruppen, halten Kurse und Seminare über die Geschichte der nordischen Länder. Nichts Aufregendes. Mehr so eine Art Finanzhilfe für Kulturbegeisterte. Es gibt offenbar auch in Dänemark, England, Irland, Schottland und in ganz Skandinavien solche Gruppierungen. Behrends leitet die deutsche Sektion.«

»Also eher eine Sackgasse«, folgerte Dietmar. »Da geht es doch bestimmt in erster Linie um Steuerermäßigungen und Spendenabschreibungen.«

Trevisan seufzte. »Vielleicht hat Dietmar recht. Trotzdem möchte ich, dass du in dieser Sache am Ball bleibst.«

Till nickte. »Wisst ihr schon was über den Schädel?«

»Kleinschmidt hat ihn in die Rechtsmedizin gebracht« berichtete Trevisan. »Vor morgen früh werden die Untersuchungen nicht abgeschlossen sein.«

Trevisan warf einen Blick zur Uhr. Es war kurz nach fünf. Draußen tobte der Sturm mit unverminderter Intensität weiter.

»Ich denke, wir machen morgen weiter«, sagte Trevisan.

»Dietmar nimmt sich der Kunstwerke an, Monika telefoniert mit dem Ausländeramt und den Behörden, Till macht mit dem Verein weiter und Tina kümmert sich um die Flugreisen Halbermanns. Möglicherweise bringt uns irgendwas weiter. Wenn nicht, dann können wir nur hoffen, dass Halbermann bald zurückkehrt.«

»Aber du sagst doch, dass er eine harte Nuss ist«, wandte Dietmar ein.

»Ich denke auch mehr an seine Frau«, erwiderte Trevisan.

Sie erhoben sich. Als Monika Sander an ihm vorbeilief, hielt er sie am Arm fest. »Warte mal.« Er zog den Notizzettel aus dem Sekretär in Halbermanns Nebenwohnung hervor und reichte ihn ihr. Sie warf einen langen Blick darauf.

»Habe ich bei Halbermann gefunden«, erklärte er. »Ich weiß nicht, was es bedeuten soll. Muss wohl irgendein Code sein. Vielleicht kannst du etwas in Erfahrung bringen?

»Art … Art«, murmelte Monika. »Art heißt doch eigentlich Kunst. Nur was die Buchstaben und Zahlen darüber bedeuten, das ist mir ein Rätsel.«

»Na ja, vielleicht ist es ja auch gar nicht wichtig.«

*

Trevisan ging den dunklen Flur entlang. Locker hatte er seine leichte Windjacke über seinen Arm gelegt. In der Rechten trug er eine schwarze Aktenmappe. Mit Schaudern dachte er daran, dass er seinen Wagen am Ende der Straße geparkt hatte. Draußen tobte ein heftiges Gewitter. Tiefe, schwarze Regenwolken streiften das Land und das Regenwasser sammelte sich am Straßenrand und bildete bereits einen hektisch fließenden Bach, bis die Flut in einen Kanalschacht gurgelte.

Trevisan wollte gerade die Glastür zum Treppenhaus aufstoßen, als er Becks Stimme hinter sich hörte. Draußen grollte der Donner.

»Trevisan, komm mal in mein Büro, wir müssen reden«, rief Beck durch das Tosen und Krachen.

Trevisan wandte sich um. »Ich wollte gerade nach Hause. Wir haben morgen einen schweren Tag.«

»Es ist dringend«, erwiderte Beck. »Ich habe gehört, du wurdest bei Halbermann fündig?«

»Wie man's nimmt.«

»Ich war heute in Hannover«, erklärte Beck. »Führungsbesprechung. Zukunftsplanung, du verstehst.«

Trevisan zuckte mit den Schultern.

»Das Geld wird knapp«, erklärte Beck. »Die neue Computeranlage und die dazugehörigen Programmlizenzen kosten eine Menge Geld. Dazu noch der Dienstunfall im letzten Jahr. Ich habe eine Budgeterhöhung aus dem Ausgleichstopf gefordert, aber es sieht nicht rosig aus.«

Trevisan kratzte sich gelangweilt am Kinn.

»Ich weiß, das alles interessiert euch Vollzugspolizisten wenig, aber wir von der Verwaltung müssen das alles ausbaden.«

»Dann sollten wir für den Rest des Jahres alle in Urlaub gehen«, erwiderte Trevisan spöttisch. »Keine Anzeigen, keine Ermittlungen, keine Streifen, keine Kosten, so einfach ist das.«

Beck verzog das Gesicht. »Jetzt mal Spaß beiseite, wir müssen alle den Riemen enger schnallen. Aber genug davon. Wie ist das mit Halbermanns Kunstwerken?«

Trevisan berichtete von ihrem Fund in Halbermanns klimatisiertem Keller.

»Na ja, dann hat es sich wenigstens gelohnt«, entgegnete Beck. »Ich möchte mir gar nicht ausdenken, was geschehen würde, wenn die Durchsuchung ein Schlag ins Wasser gewesen wäre. Wenn ich nur an ein Regressverfahren denke …«

Trevisan atmete tief ein. »Ich bin mit dem Durchsuchungsergebnis nicht zufrieden. Wir fanden überhaupt nichts, was uns in dem Fall des Jungen und des Mädchens weiterbringt.«

»Welcher Fall überhaupt?«, entgegnete Beck. »Du reimst dir da etwas zusammen. Der Junge vom Hafen hat mit dem Feuer gespielt. Seine Komplizen haben jetzt die Hosen voll und versuchen, mit heiler Haut aus der Sache herauszukommen.«

»Und das Mädchen?«

»Welches Mädchen?«

»Die Kleine aus Brasilien?«

Beck winkte ab. »Sie ist doch längst wieder zu Hause.«

Trevisan schüttelte den Kopf. »Brenner und der Richter waren anderer Ansicht.«

Beck lächelte. »Das kommt immer darauf an, wie man seine Argumentationslinie aufbaut.«

Langsam wurde Trevisan ärgerlich. Dennoch versuchte er, sich zu beherrschen. »Wir werden sehen. Ich muss nach Hause. Paula hat Ferien.«

Das Klingeln des Telefons ließ die Unterhaltung verstummen. Beck nahm den Hörer ab.

Trevisan ging zur Tür.

»Warte mal!«, sagte Beck. »Das ist etwas für euch.« Er hielt mit der linken Hand die Sprechmuschel des Hörers zu. »Offenbar ein Flugzeugabsturz. Vor Wangerooge. Im Roten Sand.«

Trevisan kratzte sich am Kopf.

»Ein Kleinflugzeug«, fuhr Beck fort. »Ist offenbar letzte Nacht in die See gestürzt. Ein Fischer hat es beobachtet.«

»Wieso so spät?«, fragte Trevisan. »Schläft unsere Luftüberwachung?«

Beck zuckte mit den Schultern.

19

Der dunkel gekleidete Mann warf sein Jackett über einen Stuhl und öffnete das Fenster. Es war heiß und stickig in der kleinen düsteren Kammer. Viel zu heiß für diese Gegend.

»Er hat die Reise angetreten«, sagte der Dunkle.

Der Grauhaarige schlug mit gleichmütiger Miene das in Leder gebundene Buch auf.

»Das kalte Meer gibt ihm das letzte Geleit«, fuhr der Dunkle fort.

Der Grauhaarige blätterte die nächste Seite um.

»Wenn die Schwärze der Nacht dem unendlichen Licht weicht, werden die Ströme der Weisheit in das Tal des Ahnungslosigkeit fließen und die Unwissenden mit ihrer Kraft erfüllen«, zitierte der Grauhaarige eine Zeile aus dem dicken Buch, das auf einem hölzernen Ständer in der Ecke der Kammer stand.

»Es gibt keine Verbindungen mehr«, versicherte der Dunkle.

»... und als Pendragon, der Mächtigste unter den Mächtigen, unter großem Wehklagen seiner Getreuen in sein kühles Grab gebettet ward, vergingen die Tage und der Frost breitete sich in den Herzen der Menschen aus. Viele trachteten nach dem Stab der Macht und die Lüge ging einher mit dem Tod. Und bald schon zerbrach der starke Bund, der unter den Menschen geschlossen ward. Doch die Söhne Uthers lebten weiter in seinem Geiste. Arthemis aber, aus dem Hause Vicongerix, mit Igantor dem Schwarzen im Bunde, trachtete nach dem güldenen Stab und so kam es, dass Jeoffroy, der Erbe des Hauses Pendragon, von einem meuchlings abgeschossenen Pfeil durchbohrt in die Erde sank und sein Blut ergoss sich in den Staub. So waren die Getreuen des Drachenkopfes von nun an vogelfrei und erduldeten scheinbar teilnahmslos die schwere Bürde. In der Stille der Nacht, in der Abgeschiedenheit der Wälder scharten sie sich jedoch um die drei Brüder. Midir, Morrigan und Badhold waren ihre Hoffnung. Und eines schönen Tages brachen sie auf. Sie verließen die heimischen Gestade und segelten nach Westen, dem Sonnenuntergang entgegen. Aber die Häscher waren bereits auf dem Weg. Arthemis und Igantor trachteten ihnen nach dem Leben. Sie kamen zu spät und nur noch die bleichen Segel ihrer Schiffe, sieben an der Zahl, füllten den Horizont. Igantor der Schwarze hob seinen hölzernen Stab und sprach den Fluch über sie und verdammte sie bis in alle Ewigkeit.«

Der Dunkle schwieg und wartete geduldig, bis der Alte das Buch zugeschlagen hatte. »Wir alle kennen die Offenbarung«, sagte er. »Doch die Geschichte wird sich nicht wiederholen.«

Der Alte wandte sich um. »Seit zwei Jahren wissen wir, dass der Schwarze Stein Igantors unser Haus in den Sternen durchqueren wird. Er ist zurückgekehrt, um zu vollenden, was er vor mehr als 1500 Jahren begonnen hat. Seine Boten sind schon auf dem Weg und seinen Schweif erinnert uns an das Blut Jeoffroys, der dem Verrat zum Opfer fiel.«

»Wir sind auf der Hut«, versicherte der Dunkle. »Garth der Wahrhaftige hat uns gelehrt, dem Feuer und dem Pesthauch der Hölle zu widerstehen.«

»Und doch sind uns die Feinde so nah wie noch nie.«

*

Trevisan hatte hinter seinem Schreibtisch Platz genommen und wählte seine Privatnummer. Sein Blick streifte das leere Handgelenk. Es klingelte mehrmals, bevor Paula endlich abnahm. Ungeduldig trommelte Trevisan mit den Fingern auf die Schreibtischplatte. »Hallo, Paula. Ich werde heute erst spät nach Hause kommen.«

»Wie immer. Ich frage mich, warum du überhaupt noch anrufst.«

»Ich wollte dir Bescheid geben. Was hast du heute unternommen?«

»Ich habe Hausarrest, hast du das vergessen?«, antwortete Paula bissig.

Trevisan erkannte den feindseligen Ausdruck in Paulas Stimme. »Hattest du Besuch?«

»Ich weiß, was du denkst«, erklang Paulas Stimme nun noch ein wenig gereizter.

»Mensch, Paula«, versuchte Trevisan zu beschwichtigen. »Sei doch vernünftig.«

»Er war nicht hier!«

Es knackte in der Leitung. Sie hatte aufgelegt. Trevisan schüttelte den Kopf. Er fragte sich, ob sie wohl wusste, dass er am vergangenen Samstag bei ihrem Freund gewesen war. Nachdenklich schob er den Hörer zurück auf die Gabel. Mit einem Seufzer griff er nach dem Blatt Papier, das vor ihm auf dem Schreibtisch lag. Es hatte keinen Sinn, sich jetzt weitere Gedanken über Paula und ihren Freund zu machen. Eine Aufgabe lag vor ihm. Trevisan wählte die Nummer des Seenotrettungsdienstes und lehnte sich in seinem Sessel zurück. Er warf einen kurzen Blick durch das Fenster. Noch immer prasselten die Regentropfen gegen die Scheibe.

Es dauerte eine geraume Weile, bis sich die krächzende Stimme eines Mannes meldete und undeutlich einen Namen murmelte, den wohl niemand auf Anhieb verstehen konnte. Trevisan stellte sich vor und bat um nähere Informationen zu dem aufgefundenen Teil des Kleinflugzeuges.

»Es ist wohl vom Höhenleitwerk abgerissen worden, als die Maschine auf dem Wasser aufschlug«, erklärte der Beamte.

»Haben Sie eine Suchmannschaft draußen?«, fragte Trevisan.

»Wo denken Sie hin«, antwortete der Mann vom Seenotrettungsdienst. »Draußen tobt ein heftiger Sturm. Die Meteorologen haben ein weiteres Sturmtief angekündigt. Schwere See, verstehen Sie. Alle unsere Schiffe haben den Hafen angesteuert. Da ist nichts zu machen. Vor morgen früh können wir nichts unternehmen.«

»Und wann fahren Sie morgen früh raus zum Unglücksort?«, fragte Trevisan.

»Herr Kommissar, Sie verstehen wohl nicht viel von der Nordsee«, kam es spöttisch zurück. »Das ist natürlich vom Wetter abhängig. Wir haben das Teil beim Roten Sand aus dem Wasser gefischt. Das heißt aber noch lange nicht, dass wir die Maschine schon geortet haben. Die Drift am Roten Sand ist so gewaltig, dass es fraglich ist, ob wir die Maschine jemals finden werden. Ich habe die Marine mit ihren Spezialeinheiten um Unterstützung gebeten.«

Trevisan überlegte. Für morgen brauchte er unbedingt jemanden, der auf Abruf für die Suchaktion zur Verfügung stand, doch er konnte niemanden entbehren. Die Ermittlungen im Fall Halbermann mussten vorangetrieben werden. Ihm blieb nichts weiter übrig: Alex musste auf seine freien Tage verzichten. Mit Schaudern dachte er daran, dass ab der nächsten Woche weitere zwei Kollegen aus dem K1 ihren Sommerurlaub antreten wollten.

Trevisan wählte die Privatnummer von Alex Uhlenbruch, aber niemand meldete sich. Schließlich suchte Trevisan in seinem Notizbuch nach Alex' Handynummer.

Als Trevisan eine Stunde später seinen Wagen in der Hofeinfahrt seines Reihenhauses in der Cäcilienstraße parkte und den Hausflur betrat, war er trotz seiner leichten Windjacke durchnässt bis auf die Haut. Nachdem er die nasse Kleidung gewechselt und die Haare getrocknet hatte, ging er in die Küche. Er hatte Hunger. Im Kühlschrank fand er einen Magerquark und im Brotkasten zwei altbackene Brötchen. Als er sich an den Tisch setzte, fiel sein Blick auf die schwarze Schatulle, die unscheinbar auf dem blauen Deckchen lag. Trevisan stutzte. Die Schatulle gehörte zu der Uhr, die er vor einem halben Jahr von Angela geschenkt bekommen hatte. Vorsichtig öffnete er das kleine Kästchen. Beinahe wäre ihm die darin befindliche Armbanduhr zu Boden gefallen. Er nahm die Uhr in die Hand und hob sie an sein Ohr. Sie funktionierte und zeigte sogar die richtige Zeit. Als er sie umdrehte, entdecke er die kleine Gravur auf dem Deckel. *Für einen ganz besonderen Menschen, Angela,* las er. Die Gravur war neu. Trevisan schluckte. Er hatte dem Jungen unrecht getan. Noch bis vor einer Minute hätte er felsenfest behauptet, dass Paulas nichtsnutziger Freund bei seinem Besuch die Uhr hatte mitgehen lassen. Nun schämte er sich dafür.

Trevisan erhob sich und ging die Treppen hinauf. Als er an Paulas Zimmertür klopfte, erhielt er keine Antwort. Er drückte die Türklinke herunter, doch der Raum war verschlossen. Trevisan klopfte noch einmal. Diesmal etwas lauter. Nichts rührte sich. Er rüttelte an der Tür.

»Was ist denn los?«, rief Paula laut.

»Was machst du, warum sagst du nichts?«, rief er durch die geschlossene Tür.

Sekunden später öffnete Paula. »Was soll denn das? Glaubst du, ich habe hier jemand versteckt?«

Trevisan schluckte. »Ich dachte schon …«

»Was?«

Trevisan atmete tief ein. »Nichts«, antwortete er. »Die Uhr. Ich habe nach ihr gesucht. Wo war sie denn?« Trevisan präsentierte sein Handgelenk.

»Angela wollte, dass ich sie gravieren lasse«, antwortete Paula. »Und jetzt lass mich in Ruhe.«

»Paula, komm, lass …«

Noch bevor Trevisan seinen Satz beendet hatte, warf sie die Tür wieder zu. Er griff nach der Türklinke und zögerte. Wortlos wandte er sich um und ging zurück in die Küche.

*

Es war gerade mal halb acht, als Trevisan seinen Wagen vor dem Dienstgebäude parkte. Der Blick in den Himmel versprach einen schönen und warmen Tag. Das Sturmtief war in der Nacht vorübergezogen. Für den heutigen Tag hatte er sich viel vorgenommen. Vielleicht würde es ihm gelingen, etwas Licht in das Dunkel des Landers-Falles zu bringen. Bislang war Simon Halbermann noch immer nicht wieder nach Deutschland zurückgekehrt, sonst hätten ihn die Männer von der Fahndung, die mittlerweile das Haus beobachteten, längst informiert. Außerdem bereitete ihm der Flugzeugabsturz Kopfzerbrechen. Er betrat das Dienstgebäude und ging den Flur entlang. Alex Uhlenbruch saß bei offener Tür hinter seinem Schreibtisch und kaute an einem Käsebrötchen.

»Moin, Alex. Ich hoffe, du konntest die Sache mit deiner Schwester in Ordnung bringen.«

»Es wird nicht leicht, aber sie werden es schaffen«, antwortete Alex. »Ich hoffe es zumindest. Aber was gibt es denn so Wichtiges, dass du mich aus der Freischicht holst?«

Trevisan berichtete von dem Flugzeugabsturz.

»Treffpunkt ist Wangerooge?«

»Von dort aus wird die Suchaktion koordiniert«, erklärte Trevisan. »Die Marine unterstützt die Aktion, aber wir sind nun mal zuständig für die polizeilichen Maßnahmen bei Flugunfällen.«

»Dann soll ich also die polizeiliche Einsatzleitung dort übernehmen? Alleine ist das aber sehr schwierig.«

Trevisan überlegte. »Wenn es notwendig ist, nimm Tina zur Unterstützung mit. Die Notizen liegen auf meinem Schreibtisch. Ich habe keine Zeit mehr, ich will in einer halben Stunde noch einmal mit Halbermanns Haushälterin reden.«

Trevisan setzte seinen Weg fort. Monika Sander war bereits aufgebrochen, um beim Ausländeramt Erkundigungen über Maria Souza da Marques einzuziehen. Auch Till hatte sich einen Dienstwagen genommen und war schon gestartet, um neue

Details über den seltsamen Kulturverein in Erfahrung zu bringen, in dem Halbermann Mitglied war.

Nur Dietmar Petermann saß noch in seinem Büro und nahm ebenfalls ein karges Frühstück zu sich. Er winkte Trevisan heran und bot ihm ein Brötchen an. Im ganzen Raum roch es nach Minze. »Ich habe einen Tee gekocht. Wenn du willst …?«

Trevisan lehnte dankend ab. »Ich will noch einmal mit Halbermanns Haushälterin sprechen. Vielleicht lässt sich noch etwas über Halbermann und das Mädchen herausfinden.«

Dietmar Petermann biss in das Brötchen. »Ich habe um neun einen Termin beim Finanzamt. Mal sehen, was die dort über Halbermann wissen.«

Trevisan stutzte. »Hast du einen Beschluss?«

Lächelnd schüttelte Dietmar den Kopf.

»Aber wie willst du dann … Es gibt ein Steuergeheimnis.«

Dietmar stellte seine Teetasse zurück auf den Tisch. Verschwörerisch beugte er sich vor. »Es gibt viele Geheimnisse auf der Welt, aber trotzdem bleibt nichts wirklich im Verborgenen.«

*

Trevisan hatte seinen Wagen im Parkverbot abgestellt. In der ganzen Bremer Straße war kein einziger freier Parkplatz zu finden. Als er auf das graue Mehrfamilienhaus zuging, schaute er gewohnheitsmäßig auf die Uhr. Kurz nach neun zeigte seine neue Armbanduhr an. Vor dem Eingang suchte er nach der Klingel von Frau Jonas. Acht Familien wohnten in dem grauen Haus mit den neuen Kunststofffenstern. Trotz der unpersönlichen Gegend, mitten in der Stadt, erschien dieses Haus gepflegt. Frau Jonas wohnte im dritten Stock. Trevisan klingelte und musste nicht lange warten, bis sich die alte Frau über die Sprechanlage meldete und ihn einließ.

Trevisans erster Eindruck bestätigte sich. Auch das Treppenhaus war blank geputzt und wohl erst vor kurzem renoviert worden. Vor den Wohnungen standen kleine Schränkchen und hier und da ein Blumengebinde oder ein Topf mit einer Pflanze. Vor der Wohnung von Frau Jonas war es ein Gummibaum.

Frau Jonas hatte die Tür einen Spalt geöffnet und erwartete ihn. Obwohl ihre Haare frisch gewaschen waren und einen blumigen Duft verströmten, wirkte sie müde und übernächtigt.

Sie führte Trevisan in die kleine Küche und bot ihm einen Kaffee an. Trevisan nickte dankbar und blickte sich um. Eine Einbauküche mit hölzerner Oberfläche fügte sich in eine breite Nische. Auf dem runden Tisch mit drei Stühlen stand eine Vase mit frischen Sommerblumen. Klatschmohn gehörte dazu. Eine Blume, die in Trevisan ein behagliches Gefühl auslöste. Mehrere kleine Bilder an der Wand zeigten Winterlandschaften. Allesamt wohl Fotografien aus einem Kalender oder großformatige Postkarten.

»Ich habe die ganze Nacht kein Auge zugetan«, sagte Frau Jonas und stellte eine dampfende Tasse vor Trevisan auf den Tisch. Schnell schob sie Milch und Zucker dazu, ehe sie sich ebenfalls setzte. »Wenn ich nur an gestern denke, dann läuft es mir noch eiskalt über den Rücken. Egal wie die Sache ausgeht, ich werde auf alle Fälle kündigen. Für kein Geld der Welt gehe ich in dieses Haus zurück.«

Trevisan hörte interessiert zu und schüttete einen kleinen Schuss Milch in seinen Kaffee. »Vielleicht sind Ihnen in der Nacht noch ein paar Details eingefallen, die uns weiterhelfen können. Ich hätte noch ein paar Fragen …«

»Fragen Sie ruhig. Was ich weiß, werde ich sagen.«

»Mir geht es vor allem um das Mädchen. Wir müssen herausfinden, wo sie geblieben ist. Vielleicht ist Ihnen noch etwas eingefallen?«

Die Frau überlegte. »Maria war ein Engel. Sie war stets freundlich zu mir und hat mir geholfen, wo es nur ging.«

»Wie stand Halbermann zu ihr?«

»Halbermann? Halbermann ist ein kalter Mensch. Verstehen Sie, er ist immer korrekt, aber Herzlichkeit und Humor sind ihm fremd. Er regiert. Auch Maria empfand es so. Sie wollte anfangs sogar wieder zurück nach Hause. Ich glaube, wären Frau Halbermann und Sven nicht gewesen, dann hätte sie auch niemand zurückhalten können.«

Trevisan nippte an seinem Kaffee. Offenbar war die Zuneigung für Simon Halbermann nicht besonders groß, doch wenn sie von Elisabeth Halbermann, Sven und Maria sprach, dann schwang so etwas wie Wärme und Verbundenheit in ihrer Stimme. »Haben Sie eigentlich viel mit Frau Halbermann gesprochen?«

Frau Jonas lächelte bitter. »Wir verstanden uns gut. Aber der Kontakt ließ schnell nach. Ich bin aber überzeugt davon, dass es nicht an ihr lag. Er war dafür verantwortlich. Wissen Sie, ich bin für ihn Personal. Nicht mehr und nicht weniger. Ich halte das Haus und das Grundstück sauber. Er bestand auf diesen Abstand. Schließlich ist er etwas Besseres. Er macht auch nie einen Hehl daraus.«

Frau Jonas erhob sich und nahm ein Bild von der Wand. Es zeigte eine verschneite Winterlandschaft am Meer.

»Diese Karte hat mir Frau Halbermann aus Dänemark geschickt«, erklärte Frau Jonas. »Zu Weihnachten vor drei Jahren. Es blieb die einzige Karte, die ich jemals von ihr erhalten habe. Ich weiß nicht, warum. Es gab aber deswegen ein großes Theater.«

»Wie meinen Sie das?«

»Als die Halbermanns wieder aus Dänemark zurückkamen, bedankte ich mich bei ihr für den freundlichen Gruß. Als Simon Halbermann das mitbekam, gab es deswegen einen Riesenkrach. Er fragte mich ein paar Tage später, ob ich die Karte noch hätte. Aber ich sagte ihm, ich hätte sie weggeworfen.«

»Kann ich die Karte einmal lesen?«

Wortlos öffnete Frau Jonas den Rahmen und reichte sie Trevisan. Interessiert studierte Trevisan die Fotografie. Es war nicht viel mehr darauf zu erkennen als eine verschneite Dünenlandschaft mit dem Meer im Hintergrund. Kein Gebäude, keine Schilder, das Bild hätte von überall stammen können. Trevisan drehte die Karte um. In schwungvoller und schöner Schrift stand ein einfacher Weihnachtsgruß auf dem Nachrichtenfeld. Unterschrieben war die Karte mit *Fam. Halbermann*.

Die Briefmarke fehlte und der Poststempel war unleserlich. Über dem Anschriftenfeld war ein kleiner rotweißer Punkt. *1998-Denmark-Card 143, Varde, Mariannengade,* stand darüber. So sehr sich Trevisan auch bemühte, der Poststempel war nicht zu entziffern.

»Die Briefmarke fehlt«, bemerkte Trevisan.

»Ach ja, die habe ich meinem Neffen geschenkt. Der sammelt Marken.«

»Wissen Sie, ob er die Marke noch hat?«

»Oh, das kann ich nicht sagen«, antwortete Frau Jonas. »Er wohnt und studiert mittlerweile in München. Ich habe ihn schon seit Monaten nicht mehr gesehen.«

Trevisan nickte. Er überlegte, ob er die Frau bitten sollte, den Neffen nach der Marke zu fragen, doch er verwarf den Gedanken. Vielleicht ließ sich über den Postkartenverlag erfahren, wo das Kartenmotiv aufgenommen worden war und die Postkarte verkauft wurde. Schließlich wurde es langsam Zeit, nach Halbermann zu suchen.

»Und Sie sind sich wirklich sicher, dass Sie nicht wissen, wo sich Halbermann in Dänemark aufhalten könnte?«, hakte Trevisan noch einmal nach.

Frau Jonas schüttelte den Kopf. »Ich bin mir absolut sicher, dass wir darüber nie geredet haben«, antwortete sie bestimmt.

Trevisan leerte seine Tasse und stellte sie zurück auf den Tisch.

»Noch einen Kaffee?«, fragte die Frau.

Trevisan lehnte dankend ab. »Wissen Sie eigentlich, wann Maria geboren ist?«

Frau Jonas schenkte sich noch eine weitere Tasse ein, dann stellte sie die Kanne wieder zurück auf den Tisch. Sie kratzte sich am Kinn. »Das Jahr weiß ich nicht genau, entweder 1984 oder 1985. Aber ihr Geburtstag wurde am vierten Juni gefeiert.«

Trevisan nahm seinen Notizblock heraus und schrieb das Datum auf. Dann griff er noch einmal zur Postkarte. »Kann ich die mitnehmen? Sie erhalten sie auf alle Fälle wieder zurück.«

»Sicher«, entgegnete die Frau.

»Sie erzählten mir, dass der Abgeordnete Behrends der einzige Besuch im Hause Halbermann war, an den Sie sich erinnern«, wechselte Trevisan das Thema. »War er oft zu Gast?«

»Gelegentlich.«

»Wissen Sie, worüber sich Halbermann und Behrends unterhielten?«

»Was glauben Sie!«, sagte Frau Jonas empört. »Ich lausche doch nicht.«

Trevisans Gesicht verzog sich zu einem entschuldigenden Lächeln. »Ich meinte ja nur, vielleicht haben Sie ja etwas aufgeschnappt, das für uns wichtig sein könnte.«

»Na ja, das kam schon mal vor, wenn ich in der Stube wischte«, antwortete Frau Jonas zögernd. »Ich hatte den Eindruck, es ging fast immer nur um Geschäfte. Beim letzten Besuch des Landtagsabgeordneten vor etwa vier Wochen unterhielten sie sich über ein Projekt, das offenbar sehr viel Geld verschlang. Es muss eine Sternwarte oder etwas Ähnliches gewesen sein. Aber genau weiß ich das nicht mehr, ich habe den Raum verlassen, nachdem mir Herr Halbermann einen missbilligenden Blick zugeworfen hatte. Er hat ja ständig mit seinem Verein irgendwelche Projekte von kulturellem Wert unterstützt.«

»Sind Orte oder Städte erwähnt worden?«

»Ich kann mich beim besten Willen nicht mehr an die Einzelheiten erinnern. Es ist schon zu lange her.«

Trevisan nickte verständnisvoll und erhob sich. »Darf ich noch einmal bei Ihnen vorbeischauen, falls ich noch Fragen habe?«

Frau Jonas zögerte. Ihr schien noch etwas auf der Seele zu brennen. Trevisan warf ihr einen fragenden Blick zu.

»Es ist … mir ist da noch etwas eingefallen«, sagte die Frau. »Es ist vielleicht nicht bedeutend, aber nachdem ich den Keller im Nebenhaus sah, dachte ich, es könnte wichtig sein. Etwa zehn Tage, bevor Maria weggeschickte wurde, hatte Halbermann mit ihr einen gehörigen Streit. Das Mädchen tat mir leid. Sie war Halbermann in das Nebengebäude gefolgt. Sie hatte die Nacht zuvor drüben geschlafen, weil in ihrem Zimmer der Handwerker tätig war. Es hatte einen Wasserschaden gegeben. Sie wollte doch nur ihre Sachen holen.«

»Wissen Sie, um was es bei dem Streit ging, haben Sie zugehört?«, fragte Trevisan hellhörig.

»Nein, natürlich nicht. Aber schon damals hatte sich das Verhältnis zwischen Halbermann und Maria verschlechtert. Ich dachte mir, es geht in erster Linie um Sven. Doch jetzt, nach dem ich den Kellerraum sah, dachte ich mir, dass auch Marias Besuch im Nebengebäude damit zusammenhängen könnte. Ich habe Ihnen ja schon erzählt, wie pingelig Halbermann ist, wenn es um das Haus drüben geht.«

Als Trevisan wenige Minuten später seinen Wagen startete, hing er noch immer seinen Gedanken nach. Mit dem Geburtsdatum von Maria war es zumindest ein bisschen leichter geworden, ihre Spur aufzunehmen.

20

Trevisan schaute auf seine neue Armbanduhr. Es war kurz nach elf. Früher hätte er niemals geglaubt, wie wichtig die Zeit für ihn werden würde. Er hatte lernen müssen, sein Leben zu organisieren. Schließlich war er ein alleinerziehender Vater. Paula zur Schule fahren, Paulas Abholung organisieren, sie rechtzeitig zu Tante Klara bringen. Der Schwimmverein, die Turnergilde und dann auch noch der Chor. Es war nicht immer leicht gewesen, alles auf die Reihe zu bringen, doch nun war Paula beinahe erwachsen. Selbständig, wie man so schön sagte. Ein bisschen zu selbständig, wie er meinte. Er seufzte und fuhr sich mit der Hand über die Augen. Diese pubertäre Phase würde irgendwann auch wieder vorübergehen. Was konnte er schon dagegen tun. Er konnte sie nicht zu Hause einsperren.

Trevisan öffnete die Wagentür und stieg aus. Nachdenklich blickte er in den stahlblauen Himmel. Keine einzige Wolke war zu sehen. Dabei war gestern ein schweres Unwetter über Friesland niedergegangen. Sogar Bäume hatte es umgedrückt und Hausdächer abgedeckt, hatte der Nachrichtensprecher im Radio gemeldet. Doch so war das Leben nun einmal an der Küste.

Als er die Dienststelle betrat, schaute der junge Beamte hinter der Panzerglasscheibe auf. Noch bevor Trevisan den vierstelligen Code in den Öffnungsautomaten getippt hatte, stand der Kollege bereits an der Tür und öffnete.

»Herr Trevisan, es wurde bereits nach Ihnen gefragt.« Der junge Kollege reichte ihm einen Notizzettel. »Eine Dame war hier. Sie hat ihren Namen und ihre Telefonnummer hinterlassen.«

Trevisan griff nach dem Zettel. »Hat sie gesagt, weswegen sie mich sprechen will?«

Der junge Polizist schüttelte den Kopf. Trevisan überflog die kleine Notiz. Mit dem Namen und der Telefonnummer konnte er allerdings nichts anfangen. Er steckte den Zettel in die Hosentasche und begab sich in den zweiten Stock.

Noch bevor er sein Büro erreicht hatte, lief ihm Monika Sander über den Weg. Sie lächelte.

»Du bist schon zurück?«, fragte Trevisan.

»Ich musste gar nicht lange suchen«, erwiderte sie. »Maria Souza da Marques wurde am 4. Juni 1984 in einem kleinen Dorf in der Nähe von Manaus geboren, das liegt am Amazonas, habe ich mir sagen lassen. Sie ist am 5. Februar 1999 über die dänische Grenze nach Deutschland eingereist. Zunächst erhielt sie ein Visum für drei Monate. Sie ist im Ausländerzentralregister gespeichert. Eine einfache Anfrage hat genügt.«

»Das alles bringt uns aber noch nicht bedeutend weiter«, murmelte Trevisan gedankenverloren.

»Das ist noch nicht alles«, entgegnete Monika. »Ich habe mir mittlerweile den Antrag und eine Ablichtung ihres Passes zufaxen lassen. Zuerst war das Ausländeramt in Norden für sie zuständig. Weil sie minderjährig war, musste sie im Vorfeld eine Einverständniserklärung und eine Geburtsurkunde vorlegen. Sie war natürlich im Besitz aller erforderlichen Papiere. Außerdem war gesetzlich vorgeschrieben, eine Bezugsperson zu benennen.«

»Halbermann?«

Monika schüttelte den Kopf. »Eine gewisse Vesna Glasic aus Norderney hat für sie gebürgt.«

Trevisan kratzte sich am Kopf. »Hast du die Adresse?«

Monika lächelte. »Vesna Glasic betreibt ein Heiratsinstitut und einen Au-pair-Vermittlungsservice. Sie hat sogar eine eigene Homepage im Internet. Und jetzt halte dich fest. Die Adresse lautet Norderney, Kaiserstraße 24.«

Laut sog Trevisan Luft in seine Lungen. »Das könnte eine Verbindung sein. Zumindest ein Ansatzpunkt. Ist Dietmar schon zurück?«

Monika zuckte mit den Schultern. »Und wie lief's bei dir?«

Trevisan griff in seine Jacke und präsentierte die Postkarte, die er bei Frau Jonas mitgenommen hatte. »Leider fehlt die Marke und damit der Teil des Stempels, auf dem das Postamt abgedruckt ist, auf dem die Karte aufgegeben wurde«, bedauerte er. »Aber vielleicht lässt sich über den Hersteller etwas herausfinden. Halbermanns Frau hat sie heimlich als Weihnachtsgruß geschickt. Halbermann war sehr erbost, als er davon erfuhr, und wollte die Karte zurück.«

Nachdenklich warf Monika einen Blick auf die Postkarte. »Was ist das bloß für ein Spinner.«

»Ich glaube, Halbermann will, dass niemand seinen Zufluchtsort in Dänemark kennt.«

»Aber warum?«, entgegnete Monika Sander. »Außerdem kann ich beim besten Willen nichts Besonderes darauf erkennen. Außer Schnee und Wasser gibt's überhaupt nichts zu sehen.«

Trevisan nickte. »Wir müssen den Kartenhersteller fragen, in welchem Landstrich die Karte verkauft wurde.«

Monika gab sie ihm zurück. »Eigentlich müssen wir dazu nur am Flughafen nachfragen.«

Trevisan warf ihr einen fragenden Blick zu.

»Na ja, er flog doch mit seinem Privatflugzeug«, erklärte Monika. »Er muss dem Zoll seinen Flug anmelden. Abflugort und Zielort. Wir haben zwar eine EU, aber es gibt immer noch Grenzen in Europa.«

Trevisan schnippte mit dem Finger. »Verdammt, dass ich nicht gleich darauf gekommen bin.«

*

Alex Uhlenbruch hatte sich an die Reling des kleinen Polizeibootes gelehnt und schaute hinaus auf das unruhige Wasser der See. Tina Harloff stand daneben und hielt eine Tasse Tee in ihrer Hand. Hier draußen auf der Nordsee wehte ein böiger Wind aus Nordwest. Trotz der vorherrschenden 23 Grad hatte sich Tina eine Strickjacke locker über die Schultern gelegt.

Ein Aufgebot von Schiffen und Flugzeugen durchkämmte den Roten Sand nach dem abgestürzten Flugzeugwrack. Zwei Suchflugzeuge des 3. Marinefluggeschwaders Nordholz, mit Sonargeräten und Wärmebildkamera ausgestattet, kreisten zusammen mit einem Hubschrauber der Seenotrettung aus Borkum über dem Gebiet der vermeintlichen Absturzstelle. Zwei Marineboote, ein Schnellboot und ein Minensucher des 6. Fregattengeschwaders aus Wilhelmshaven durchpflügten zusammen mit einem *Patrouillenboot* des Bundesgrenzschutzes aus Cuxhaven und einem Rettungskreuzer aus Bremerhaven die unruhige See. Abseits warteten Alex und Tina zusammen mit dem Wangerooger Kollegen und dem Fischer Thomson auf dem Polizeiboot auf neue Meldungen. Seit annähernd zwei Stunden suchten sie nun schon nach dem Flugzeugwrack, bislang vergebens.

Das kleine Polizeiboot wirkte angesichts der übermächtigen Marineschiffe wie eine Nussschale.

Zweimal war bereits Sonarkontakt gemeldet worden, doch beide Male hatten die eingesetzten Taucher nur wertlosen Schrott im trüben Wasser entdeckt, sogar eine verbogene Autokarosserie lag dort auf dem Grund.

Experten hatten mittlerweile das geborgene Fragment untersucht und es war klar, dass der alte Thomson tatsächlich Zeuge eines Flugzeugabsturzes geworden war. Das aufgefischte Teil stammte vom Leitwerk einer einmotorigen Cessna 152, einem kleinen Passagierflugzeug. Maximal vier Personen konnten sich an Bord befunden haben. Allerdings war keine Maschine dieses Typs vermisst gemeldet worden. Sämtliche Flughäfen in der Region und im benachbarten Ausland waren von der zentralen Überwachung Bremerhaven per Telefax über den Absturz informiert worden. Eine Rückmeldung hatte es nicht gegeben. Das ließ nur den Schluss zu, dass der Flug nicht angemeldet gewesen war.

»Wenn das hier noch lange dauert, dann bin ich bald ein Eisklumpen.« Tina Harloff zitterte und zog ihre Jacke enger. Der Tee war mittlerweile genauso kalt wie der frische Wind.

»Waren es vielleicht Rauschgiftschmuggler?«, fragte Alex Uhlenbruch, ohne den Blick von dem großen Minensuchboot abzuwenden, das in wenigen hundert Metern Entfernung vorüberschipperte, um erneut seine vorgegebene Runde über die Untiefen der Sandbank zu drehen.

»Vier Passagiere, vier Leichen«, sinnierte Tina.

»Zuerst mal müssen wir das Ding finden«, entgegnete Alex. »Und dann ist noch immer nicht gesagt, dass die Maschine voll besetzt war. Vielleicht befand sich der Pilot alleine an Bord.«

»Wenn wir da drinnen überhaupt noch jemanden finden«, warf der Kapitän des Polizeibootes ein. Er hatte sich unbemerkt den beiden genähert und nahm sein Fernglas vor die Augen.

Der Minensucher hatte seine Fahrt deutlich verringert, er schien fast still zu stehen. Wie zwei wilde Hornissen kreisten die beiden Suchflugzeuge über dem Schiff. Dann setzte sich das BGS-Boot in Marsch und fuhr hinüber zu der Stelle, an der das Bundeswehrschiff zu ankern schien. An Bord waren einige Männer zu sehen, die eine gelbe Markierungstonne über die Reling in das Wasser warfen. Alex Uhlenbruch richtete sich auf.

»Was machen die da?«, fragte er.

»Neue Ortung, bestätigt durch die Flieger«, erwiderte der Kapitän wortkarg. Das BGS-Boot stoppte die Maschinen und setzte ein weit sichtbares Flaggensignal an den Masten. Zwei Taucher machten sich bereit, in die kalten Fluten zu steigen.

»Wie meinen Sie das, wenn wir überhaupt noch jemanden finden?«, fragte Alex inmitten des Treibens.

»Kommt darauf an«, erklärte der Kapitän. »Dort unten gibt es gemeine Strömungen. Wenn die Kabine aufgerissen ist, kann es sein, dass die Besatzung bereits fortgespült wurde. Wäre nicht das erste Mal.« Der Kapitän sprach die Worte, ohne das Fernglas auch nur einen Zentimeter zu bewegen. Dabei hätte Alex auch gerne einen Blick hindurchgeworfen.

Mittlerweile waren drei Taucher in den Fluten verschwunden.

»Wie tief ist es dort drüben?«, fragte Tina.

Der Kapitän nahm das Fernglas herunter. »Schätze, fünfzehn bis zwanzig Meter.«

Plötzlich tauchte der schwarze Kopf eines Menschen aus den Fluten auf. Der Taucher gab den Männern an Bord des BGS-Bootes ein Zeichen.

»Scheint, die haben was«, sagte der Kapitän. Nur einen kurzen Augenblick später stürzte der Steuermann aus dem Ruderhaus und rief: »Sie haben das Wrack gefunden. Einmotorig. Liegt bäuchlings. Der Bug und die linke Seite sind komplett aufgerissen. Aber es ist anscheinend noch eine Leiche an Bord. Die Kennung des Fliegers lautet; D-SAHM. Ich habe es gleich an die Zentrale durchgegeben.«

Der Kapitän nickte. »Dann werden wir ja bald wissen, wer da unten liegt.«

*

Monika Sander hatte zweimal geklopft und bislang keine Antwort erhalten.

»Ist er nicht da?«, fragte Dietmar Petermann leise. Monika schüttelte den Kopf. Vorsichtig drückte sie die Türklinke herunter und öffnete die Tür einen Spalt. Martin Trevisan saß hinter seinem Schreibtisch und hatte die Hände vor das Gesicht geschlagen.

»Martin, ist dir nicht gut?«, fragte Monika.

Trevisan seufzte und richtete sich auf. »Kommt rein. Das nimmt überhaupt kein Ende. Es ist, als wenn man in einem Wespennest herumstochert.«

Monika und Dietmar warfen sich einen fragenden Blick zu. Trevisan erhob sich und ging ans Fenster. Seine Pelargonie verlor bereits die ersten Blätter. Er griff zur kleinen Alugießkanne und schüttete etwas Wasser in den Blumentopf.

»Wir haben ein neues Problem«, erklärte Trevisan. »Mühlbauer hat mich angerufen. Er hat den Schädel untersucht. Der Kopf ist keine sechs Monate alt.«

Monika ließ sich in den Bürostuhl fallen und Dietmar zupfte an seiner schlecht sitzenden und aufdringlichen Krawatte herum. Er war der Erste, der sich wieder fasste. »Das würde ja bedeuten, dass Halbermann seine Finger da drinnen hat. Weiß man schon, zu wem der Kopf ...?«

»Woher denn?«, fiel ihm Trevisan ins Wort. »Wir gingen doch zunächst davon aus, dass der Kopf Bestandteil einer Reliquie ist. Oder hast du dich in der Zwischenzeit um seine Identität gekümmert?« fragte er bissig.

Dietmar zog sich einen Stuhl heran. »Entschuldige, ich dachte ja nur. Heute in den Zeiten der Körperweltenausstellung ist es doch nicht mehr ungewöhnlich, sich neben die Vase im Wohnzimmer eine Hand in Acryl zu stellen.«

Trevisan überging Dietmars Bemerkung und erzählte den beiden, was er von Doktor Mühlbauer erfahren hatte. Den Untersuchungen zufolge handelte es sich um den Kopf eines etwa sechzigjährigen Mitteleuropäers. Als Konservierungsstoff war ein Mix aus leichtem Alkohol und Zedernöl verwendet worden. Offenbar war der Kopf mit einem Beil sauber oberhalb des zweiten Halswirbels abgetrennt worden. Anschließend hatte man den Schädel entsprechend präpariert. Kleinhirn und Großhirn fehlten und waren durch Watte ersetzt. Der Präparator hatte sich große Mühe gegeben.

»Dann wird es langsam Zeit, intensiver nach Halbermann zu fahnden«, sagte Monika Sander.

»Noch ist Interpol nicht verständigt. Wir müssen herausfinden, wo sich Halbermann in Dänemark aufhält.« Trevisan nahm wieder hinter seinem Schreibtisch Platz. Er musterte Dietmar Petermann. »Du weißt, auf welchem Flughafen seine Maschine steht?«

Dietmar nickte. »Mariensiel, ganz in deiner Nähe.«

»Gut, dann werden wir dort hinfahren«, beschloss Trevisan. »Monika, an dir bleibt dann die Sache mit der Rechtsmedizin hängen. Vielleicht wird irgendwo jemand vermisst oder ein kopfloser Torso wurde aufgefunden, der zu unserem Toten passt. Aber vergiss nicht, auch die internationale Suchliste zu überprüfen.«

»Du denkst an Dänemark?«, entgegnete Monika.

Ein schwaches Lächeln huschte über Trevisans Gesicht.

Dietmar hatte sich hinter das Steuer gesetzt. Er fuhr lieber selbst, Trevisans fahrerische Qualitäten waren im Kollegenkreis mittlerweile hinlänglich bekannt. Nachdem sie sich durch den Stadtverkehr gekämpft hatten und in Richtung Sande abgebogen waren, beschleunigte Dietmar den Wagen. Das Wageninnere erhitzte sich in der strahlenden Sonne schnell.

»Was hast du eigentlich beim Finanzamt herausgefunden«, übertönte Trevisan das Brummen des Motors.

Dietmar schaltete in den vierten Gang. »Regelmäßige Steuererklärungen. Alles in Ordnung. Er hat einen Steuerberater.«

»Sonst nichts?«

Dietmar musste bremsen, weil ein Lastwagen vor ihm abbog. »Vor drei Jahren hat er eine ganze Million an den Kulturverein in Norderney gespendet. Es gab Vorermittlungen in dieser Sache, weil der Sachbearbeiter die Spende für ein bisschen hoch hielt. Doch das Ganze wurde schnell wieder eingestellt, nachdem eine Ehrenerklärung des Vereines erfolgte. Das Geld war für die Restaurierung einer kleinen Kirche bei Buschhaus gedacht. Nachdem ein Kostenvoranschlag über eineinhalb Millionen vorgelegt wurde, war die Sache gegessen.«

»Halbermann scheint sehr viel an der Geschichte unseres Landes zu liegen.«

Dietmar nickte. »Eine Million ist ein ganz schöner Batzen. Das würde mir schon reichen, um mich zur Ruhe zu setzen.«

»Wie groß ist denn sein Vermögen?«, fragte Trevisan.

»Man schätzt es auf etwa vierzig Millionen, wenn wir alles zusammennehmen. Die Firmenanteile natürlich nicht gerechnet.«

Trevisan stieß einen Pfiff aus. »Ich frage mich oft, wie ein einzelner Mensch nur so viel Geld haben kann.«

»Das ist einfach, er hat geerbt. Dafür kann er nichts. Und wenn du einmal einen schönen Batzen zusammenhast, dann wird da fast automatisch mehr daraus.«

Trevisan nickte. Vor ihnen lag die Zufahrtstraße zum Flughafen Mariensiel. Ehemals nur ein kleiner Regionalflughafen für Segler und kleine einmotorige Flugzeuge, der es mittlerweile doch zu einer beachtlichen Größe gebracht hatte. In dem verglasten Abfertigungsgebäude spiegelten sich die Sonnenstrahlen. Trevisan klappte die Sonnenblende herunter. »Gibt es hier auch eine Zollabfertigung?«, fragte er, als Dietmar den Wagen auf dem Parkplatz abstellte. Dietmar runzelte die Stirn.

Sie fragten sich durch. Nachdem Trevisan dem dritten Mann, dem sie begegneten und der offensichtlich zum Flughafen gehörte, sein Anliegen geschildert hatte, wurden sie endlich in den stickigen Tower geführt. Ein junger Mann in taubenblauem T-Shirt und kurzer Hose saß hinter einem Computerbildschirm und starrte in das grünlich flimmernde Dunkel. Der zweite Mann, nahe fünfzig und mit einer Glatze, erhob sich und kam auf Trevisan zu. Er wischte sich seine Hände an der grauen Stoffhose ab und reichte sie Trevisan zum Gruß. »Sie sind die Herren von der Polizei?«

Trevisan holte seine Dienstmarke aus der Hosentasche und nickte.

»Ich wurde bereits telefonisch vorgewarnt«, sagte der Mann und grinste dabei. »Was genau wollen Sie von mir?«

»Es geht um Simon Halbermann«, sagte Trevisan. »Er hat hier ein Flugzeug stehen.«

Der Mann bot den Beamten mit einer Geste einen Platz an und zog sich seinen bequemen Schreibtischstuhl heran. »Das stimmt. Er hat eine 152R. Sie steht hinter dem Runway 2 in der Parking Area. Stellplatz F 5. Aber sie ist nicht da.«

»Ich weiß«, antwortete Trevisan. »Können Sie feststellen, wohin er von hier aus geflogen ist?«

Der Mann mit der Glatze tupfte sich mit einem Taschentuch den Schweiß von der Stirn. Er rollte mit seinem Stuhl an seinen Arbeitsplatz und drückte auf eine Taste seines Computers. »Die Klimaanlage hier drinnen ist ausgefallen, ich glaube, wir haben fast vierzig Grad«, murmelte er. Auf seinem Bildschirm entstand Bewegung. Eine lange Liste kam zum Vorschein. Der Mann beugte sich vor, um die kleinen Buchstaben lesen zu können.

»Langsam werde ich zu alt für den Job«, sagte er lächelnd. »Diese verdammte Computerschrift.« Mit dem Cursor fuhr er auf dem Bildschirm herum. »Simon startete am letzten Donnerstagabend. Sein Ziel war Esbjerg in Dänemark. Dahin fliegt er immer.«

Dietmar Petermann öffnete seine Krawatte. »So, ist er oft dorthin geflogen?«

»Halbermann? Der ist mehr dort oben als hier in Deutschland.«

Trevisan zog die Augenbrauen hoch. »Sie kennen ihn wohl recht gut. Wissen Sie, was er dort machte?«

Der Mann schüttelte den Kopf. »Er hat es mir nie gesagt, so gut kennen wir uns auch nicht. Wir sind beide Flieger, insofern haben wir die gleichen Interessen.«

»Am letzten Donnerstag hatte Simon Halbermann eine besondere Fracht an Bord«, sagte Dietmar. »Er brachte seinen Sohn zur letzten Ruhestätte. Wissen Sie, wo die Asche des Jungen beerdigt wurde?«

»Davon weiß ich nichts.«

»Aber Sie wissen vom Tod seines Sohnes?«, fragte Trevisan.

Der Mann nickte. »Eine schreckliche Sache, das mit Sven. Ich kannte ihn schon, als er noch in die Windeln machte. Und nun das. Es muss ein schwerer Schlag für Simon Halbermann und vor allem für seine Frau gewesen sein.«

»Ist er eigentlich immer alleine geflogen oder war er auch manchmal in Begleitung?«

Trevisans Frage wurde vom Klingeln des Telefons unterbrochen. Er wartete geduldig, bis der Glatzköpfige das Gespräch beendet hatte und sich wieder seinen Gästen zuwandte. »Wie war Ihre Frage noch?«

»War Halbermann immer alleine …«

»Ach so, ja«, fiel ihm der Kahlköpfige ins Wort. »Meist begleitete ihn seine Frau und manchmal auch sein Sohn.«

»Sonst niemand?«

»Nein, eigentlich nicht. Aber Moment, da fällt mir etwas ein. Ich habe mich noch gewundert. Ende letzten Jahres war ein dunkelhaariges Mädchen bei ihm. Ich sah, wie sie zusammen über das Rollfeld gingen.«

Trevisan wurde hellhörig. »Es ist sehr wichtig für uns. Ich muss dringend wissen, ob es bei seinen Flügen nach Dänemark Passagiere an Bord seiner Maschine gab.«

Der alte Mann runzelte die Stirn. »Das wird nicht einfach. Wir heben die Passagierlisten nur so lange auf, bis die Maschine wieder gelandet ist. Meist werden halbjährlich die Schredder mit dem Papier gefüttert.«

»Und was ist mit dem Zoll, wenn es Flüge ins Ausland sind?«, schob Dietmar ein.

Der Mann lachte. »Es gibt hier zwei Mann. Wenn jemand

einen Auslandsflug anmeldet, dann wird der Zoll von uns verständigt. Solche Flüge sind hier Routine. Unser Passagierservice steuert England und Skandinavien an. Wenn der Pilot die Grenze überfliegt, dann meldet er sich einfach beim nächsten Tower des Einreiselandes an, nennt Zielflughafen und Ankunftszeit und schon ist er eingereist. Er wird dann bis zur Landung überwacht und am Zielflughafen warten meistens schon die Zöllner und die Grenzkontrolle auf ihn. Das ist mittlerweile eine ganz normale Routineprozedur.«

»Und wenn er abtaucht, ich meine, wenn er vom Radarschirm verschwindet und im Tiefflug weiterfliegt?«, schob Trevisan ein.

»Ein guter Pilot könnte das«, antwortete der Mann. »Aber er müsste kilometerweit unter Radar fliegen. Wobei es ein Ammenmärchen ist, dass die Radarstrahlen einen Tiefflieger nicht erfassen. Wenn es sein muss, erfasst unsere Landing Control alle Reflektionen bis zum Erdboden. Aber Sie können sich vorstellen, welche Störsignale sich dann auf Ihrem Bildschirm tummeln. Häuser, Türme, Windräder, sogar größere Drachen. Sie würden komplett den Überblick verlieren. Die Normüberwachung liegt oberhalb von 600 Fuß, also bei etwa zweihundert Metern.«

Trevisan tupfte sich den Schweiß von der Stirn. »Was meinen Sie mit gutem Piloten?«

Der Mann überlegte. »Sind Sie schon einmal selbst geflogen?«

Trevisan schüttelte den Kopf.

»Ein Kleinflieger macht etwa an die 200 Stundenkilometer. Er müsste schon deutlich unter Radargrenze fliegen, wenn er sichergehen will, nicht entdeckt zu werden. Etwas unter hundert Meter, bevor noch irgendein Fluglotse die Einstellung seines Filters verändert. Bei einhundert Metern Flughöhe und der normalen Fluggeschwindigkeit braucht er äußerste Konzentration. Der kleinste Fehler und er landet auf dem Bauch oder prallt gegen ein Hindernis. Es wäre genauso, als würden Sie in einem Wagen mit 300 Stundenkilometern über eine Landstraße brettern. Deswegen üben unsere Jetpiloten der Marineflieger ja auch fast jeden Tag den Tiefflug.«

Trevisan verstand. Er dachte an Alex und das abgestürzte Flugzeug vor Wangerooge. Blauäugig war er davon ausgegangen, dass der Tiefflug auch nur zu einer Routineprozedur eines Piloten gehört hatte.

Draußen auf dem Vorfeld startete gerade ein Motordrachen. Der schrille Lärm drang in den Tower.

Dietmar wartete, bis der Flugdrachen an Höhe gewann und nach Westen abdrehte. Der Lärm ebbte ab. »Sie schicken Ihre Fluganmeldungen also an den Zoll weiter«, lenkte er das Gespräch wieder auf das Thema Halbermann. »Bewahrt der Zoll die Ausreiselisten auf?«

»Ich glaube nicht, dass der Zoll unsere Anmeldungslisten sammelt. Denen geht es doch nur darum, dass niemand zu viele Zigaretten mitbringt. Die Ausreise interessiert die so gut wie nie. Außerdem hängt das auch irgendwie mit dem Datenschutz zusammen.«

Trevisan lächelte. Er hatte sich mehr von seinem Besuch in Mariensiel versprochen. Doch immerhin wusste er nun, welchen Zielflughafen Halbermann in Dänemark ansteuerte.

»Es wäre aber trotzdem nett, wenn Sie uns wenigstens die vorliegenden Listen von Halbermanns Flügen zukommen lassen könnten«, bat Trevisan, ehe er sich erhob. Seine Hose klebte an seinen Beinen. Die Hitze im gläsernen Tower wurde langsam unerträglich.

»Die kann ich Ihnen gleich ausdrucken, wofür haben wir denn modernste EDV«, sagte der Mann und wandte sich um. Flinke Finger flogen über die Tastatur. Dann drückte er die Entertaste. Sekunden später begann der Drucker unter lautem Getöse das linierte Endlospapier einzuziehen.

Insgesamt spuckte der Computer siebzehn Flüge aus. Sechzehn davon hatten als Zielort Esbjerg eingetragen. Ein Flug führte nach Norderney.

Dietmar studierte die Liste. »Das ist ja interessant«, sagte er laut.

Trevisan warf ihm einen fragenden Blick zu.

»Sieh mal!« Dietmar präsentierte Trevisan den Ausdruck. »Als Halbermann im Januar nach Esbjerg flog, wurde er von Gunther Behrends begleitet. Na, wenn das kein Zufall ist.«

Trevisan warf ihm einen missbilligenden Blick zu. Er wollte nicht vor den beiden Männern im Tower über die Sache reden und bedankte sich bei dem Fluglotsen.

»Ich hoffe, ich konnte helfen«, sagte der Mann grinsend. »Was liegt eigentlich gegen Simon Halbermann vor?«

Trevisan zuckte bedauernd die Schulter. »Darüber kann ich nicht sprechen.«

Der Mann grinste verschwörerisch. »Sie sind bestimmt von der Steuerfahndung, stimmt's?«

»Wie kommen Sie darauf?«, erwiderte Trevisan.

»Na ja, unsere Reichen und das liebe Geld. Ist doch meistens so, dass die ihr Schäfchen ins Trockene bringen und unser Gemeinwohl in die Röhre schaut.«

»Wir sind von der Mordkommission«, beantwortete Dietmar die Frage des Towerbediensteten. Das Lächeln des Mannes gefror.

Trevisan war froh, der Gluthitze in dem kleinen Glasquadrat entkommen zu sein. Er ging neben Dietmar auf den Wagen zu. »Das war vollkommen überflüssig«, sagte er vorwurfsvoll.

»Was denn?«

»Das mit der Mordkommission«, erwiderte Trevisan.

»Wieso, wenn wir Halbermann zur Fahndung ausschreiben, dann erfährt sowieso jedermann davon«, erklärte Dietmar und schloss den Wagen auf. Bei geöffneten Türen warteten sie, bis sich der Hitzestau im Inneren langsam verlor. Dietmar warf einen weiteren Blick auf die Flugliste. »Behrends scheint ein sehr guter Freund zu sein«, murmelte er.

»Wie meinst du das?«

Dietmar faltete den Ausdruck zusammen. »Behrends ist Präsident des Kulturvereins auf Norderney, er hat Halbermann öfters zu Hause besucht, außerdem hat er ihm bei Steuerermittlungen geholfen und eine Ehrenerklärung für Halbermann abgegeben. Und laut der Liste ist er der Einzige, der mit nach Dänemark mitfliegen durfte. Wenn das nicht zusammenhängt …!«

Trevisan nickte. »Dann finde doch einmal heraus, wo sich die beiden kennengelernt haben. Vielleicht verbindet sie eine alte Freundschaft.«

Dietmar blickte in den wolkenlosen Himmel. »Vielleicht sollten wir mit Behrends einfach mal reden?«

»Das werden wir zu gegebener Zeit auch tun, aber ich möchte nicht unvorbereitet in das Gespräch gehen«, erwiderte Trevisan.

»Gut, dann werde ich mich gleich darum kümmern«, antwortete Dietmar.

Sie setzten sich in den Wagen. Noch immer war es unerträglich heiß im Inneren.

»Ich bin überzeugt, dass es Maria war«, sagte Trevisan, nachdem Dietmar den Wagen startete.

»Was?«

»Das Mädchen, von dem der Mann im Tower gesprochen hat.«

Dietmar nickte. »Schade, dass wir nicht feststellen können, wann genau der Flug stattgefunden hat.«

21

Der erste Versuch war fehlgeschlagen. Zwar war es den Tauchern gelungen, das Stahlseil am Ende des Rumpfes zu befestigen, doch brach beim Anheben eine Verstrebung an den Flügeln, so dass das Flugzeug lediglich aufgerichtet wurde und auf dem Dach wieder zum Liegen kam.

»Wir werden einen zweiten Versuch wagen«, entschied der Einsatzleiter der Marine. Das Militär hatte die technische Führung übernommen und ein Bergeschiff des Trossgeschwaders Wilhelmshaven angefordert. Mittlerweile wusste jedermann, dass sich noch immer die Leiche einer Frau im Cockpit des Fliegers befand. Trotz mehrerer Versuche der Taucher war es bislang nicht gelungen, sie zu bergen. Sie war in dem verbeulten Blech und Kunststoff eingeklemmt. Den Piloten hatte offenbar die Strömung mitgerissen. Der vordere Teil des Cockpits fehlte und eine Tragfläche war nur noch als Stummel zu erkennen.

»Die Maschine muss in einem flachen Winkel mit sehr hoher Geschwindigkeit auf dem Wasser aufgeschlagen sein«, erklärte der Kapitänleutnant der Marine. »Der Vorderbau wurde komplett zerfetzt.«

Alex Uhlenbruch hatte seinen Block gezückt und machte sich Notizen. Alles erschien ihm wichtig. Es war, abgesehen vom Absturz eines Gleitschirmfliegers vor einem Jahr in Moorsum, der erste Flugunfall, den er zu bearbeiten hatte.

Tina unterstützte ihn, so gut es ging. Mittlerweile hatte der Wind etwas nachgelassen. Dennoch hing ihre Strickjacke noch immer um ihre Schultern. »Kann es nicht sein, dass sich der Pilot mit einem Fallschirm retten konnte?«

Das breite Lächeln des Marineoffiziers verriet ihr, dass ihre Frage wohl weit an der Realität vorbeigegangen war.

Der Offizier zog die Nase hoch und wischte sich mit der flachen Hand über den Schnurrbart. »Die Maschine flog in geringer Höhe und wie es aussieht mit hoher Geschwindigkeit. Erstens ist es ein großes Risiko, aus einem Flugzeug bei geringer Höhe auszusteigen. Ein kleiner Fehler und Sie stoßen gegen den Rumpf der Maschine oder das Heckleitwerk rasiert Ihren Schädel ab. Öffnen Sie den Schirm zu spät, dann schlagen Sie ungebremst auf dem Boden auf. Wasser, Beton oder Wiese, das ist bei dieser Geschwindigkeit nahezu egal. Zweitens müssen Sie die Kabinentür gegen den Fahrtwind öffnen. Haben Sie schon einmal im Auto bei zweihundert Stundenkilometern versucht, die Wagentür zu öffnen? Es wird Ihnen nur schwerlich gelingen!«

Tina lächelte den Offizier entwaffnend an. Das Funkgerät beendete die Unterhaltung. Der Einsatzleiter meldete sich. Das Gespräch war kurz. Tina und Alex verstanden kein Wort.

»Wir werden jetzt einen zweiten Versuch unternehmen«, erklärte der Marineoffizier. »Wir heben den Rumpf etwas an und schieben dann ein Luftkissen darunter. Ich kann nur hoffen, dass der Vogel nicht ganz auseinanderbricht.«

»Ein Luftkissen?«, fragte Alex verwundert.

»Wie ein riesiger Plastiksack«, erklärte der Kapitänleutnant. »Leer natürlich. Sobald er richtig fixiert ist, pumpen wir ihn auf. Dann schwebt der Vogel wie auf einem sanften Ruhekissen nach oben.«

»Und das funktioniert?«

»Ich kenne keine bessere Methode.«

Alex blickte ungeduldig in das schäumende Wasser. »Ich dachte, wir ziehen es einfach an den Tauen nach oben. Geht das nicht schneller?«

Ein verächtliches Lächeln umspielte die Mundwinkel des Offiziers. »Laienhaft gesehen wohl schon, aber ich gehe davon aus, dass Sie die Maschine gerne als ganzes Stück vor sich liegen haben. Bei Ihrer Methode, dem Sog und der starken Strömung, die in einer Untiefe wie dieser herrschen, geht das nur häppchenweise. Wir müssten damit rechnen, dass die Maschine in ihre Einzelteile zerfällt.«

Alex nickte und war froh, als sich der Steuermann des Seenotrettungskreuzers näherte und ihn aus der Fachdiskussion erlöste. »Gibt es schon etwas Neues?«, fragte Alex.

Der Seemann schüttelte den Kopf. »Bislang nicht, der Beamte vom Luftfahrtbundesamt ist auf dem Weg.«

Tina zog die verrutschte Jacke ein Stück höher. Alex legte freundschaftlich den Arm um ihre Schultern. »Noch immer kalt?«

»Es geht«, antwortete Tina Harloff.

*

»Die Sache wird immer verwirrender«, sagte Trevisan und malte mit einem Stift große Kreise auf ein Blatt. »Zuerst der Selbstmord, dann der Tod von Mike Landers. Das verschwundene Mädchen und jetzt auch noch der Kopf eines Toten. Dazu die gestohlenen Bilder und Halbermanns Geheimniskrämerei. Was steckt dahinter und wer ist Halbermann wirklich?«

Monika Sander trank einen Schluck Mineralwasser aus ihrem Glas. »Ein Kerl, der über Leichen geht?«

Till Schreier schüttelte den Kopf. »Wenn ihr mich fragt, der verzogene Abkömmling einer reichen Familie, der niemals um etwas kämpfen musste. Er hat in seiner Jugend alles bekommen, was es für Geld zu kaufen gab und so ist er heute noch. Wenn er etwas will, dann nimmt er es sich einfach. Koste es, was es wolle.«

»Aber Mord«, wandte Monika ein. »Das ist doch etwas ganz anderes als Bilderdiebstahl und Hehlerei.«

Trevisans Kreise wurden kleiner. »Manchmal ist es wie ein Strudel. Man wird einfach hineingezogen.«

Till schenkte sich ebenfalls Mineralwasser ein. »Du meinst,

mit den Bildern fing es an, dann kam ihm der unbekannte Tote auf die Schliche und er räumte ihn aus dem Weg, genauso wie das Mädchen, das ihn ebenfalls zufällig überraschte, als er wieder einmal seiner Leidenschaft frönte, und am Ende der junge Landers, weil sich ein Halbermann nicht erpressen lässt?«

Trevisan legte den Kugelschreiber beiseite. »Nein, ganz so einfach ist es wohl nicht. Warum hebt er den Kopf des Toten auf? Normalerweise versucht man Beweismittel zu beseitigen. Es muss ein Geheimnis hinter der Sache stecken. Da liegt der Hund begraben.«

»Und an was denkst du?«, fragte Monika.

Trevisan erhob sich. Er konnte am besten reden, wenn er dabei auf und ab ging. »Wir müssen erst einmal in Erfahrung bringen, was sich hinter Halbermanns biederer Maske verbirgt. Er ist auf der einen Seite kontaktscheu und ein Einzelgänger ohne jegliches Engagement in unserer Stadt, trotzdem hat er eine Familie. Ich bin ihm begegnet, er ist ein sonderbarer Kauz. Ihn umgibt eine Aura des Ungewissen. Kontakte gibt es so gut wie keine, er lebt zurückgezogen. Er hat noch nicht einmal Versicherungspolicen zu Hause. Lebt er wirklich hier oder längst schon in Dänemark?«

»Worauf willst du hinaus?«, fragte Till.

»Deine Theorie bezüglich des Mädchens hinkt ebenfalls. Wie hätte eine Siebzehnjährige aus einem Armenviertel Brasiliens erkennen können, dass die Bilder gestohlen sind, die Halbermann in seinem Keller sammelt? Mit dem jungen Landers stimme ich dir allerdings zu.«

»Vielleicht hat jemand Halbermann geleimt«, warf Monika ein, »und ihm den Kopf als Reliquie untergeschoben.«

Trevisan nickte. »Dagegen sprich Doktor Mühlbauers Befund und ich glaube nicht, dass Halbermann die Katze im Sack kauft. Habt ihr inzwischen Neuigkeiten über diesen Kulturverein?«

Till nickte. »Eine ganz eherne Sache, wie es aussieht. Im Vordergrund steht der Erhalt alter Bauwerke. Sie sammeln Beiträge und Spenden, um Restaurationen oder Umbauten zu bezahlen. Halbermann ist ein ganz dicker Sponsor. Vor drei Jahren hat er über eine Million für den Erhalt einer Kirche gespendet. Er bekam sogar Probleme deswegen mit der Steuerfahndung.«

Trevisan lächelte. »Hast du etwa auch einen Bekannten beim Finanzamt?«

Till schaute verwundert. »Wie kommst du darauf?«

»Ach nichts«, erwiderte Trevisan.

»Alles, was dieser Verein macht, hat Hand und Fuß. Die Abrechnungen stimmen, die geförderten Projekte kommen der Region zugute und der Chef des Clans ist auch noch Abgeordneter im Landtag. Wenngleich ich auch vermute, dass er diesen Titel gerne als Aushängeschild benutzt.«

»Also ist da nichts zu machen?«

»Soviel ich in Erfahrung bringen konnte, nein.«

Trevisan nahm wieder Platz. Erneut griff er nach dem Kugelschreiber. »Was gibt es über diese Glasic zu berichten?«

Monika hob bedauernd die Hände. »Nicht viel. Sie hat eine saubere Weste. Sie zahlt pünktlich ihre Steuern und hat ihr Gewerbe ganz ordnungsgemäß angemeldet. Ihr Hauptbroterwerb ist natürlich das Heiratsinstitut. Sie vermittelt Frauen aus aller Herren Länder. Aber vor allem aus Russland und der Ukraine. Die Sache mit den Au-pair-Mädchen läuft so nebenbei mit. Aber das *Institut Birgit* hat einen sehr guten Ruf in der Heiratsbranche. Die Verträge sind fair, die Frauen werden zu nichts gezwungen und die Bezahlung liegt innerhalb der Norm. Mit der Frau konnte ich bislang jedoch nicht reden, sie ist derzeit verreist. Sie sucht offenbar neue Schnäppchen für ihre Kunden.«

Trevisan fiel der Kugelschreiber aus den Händen und landete auf dem Boden. »Trotzdem ist es schon komisch, dass der

Kulturverein und die Heiratsschwindlerin im gleichen Haus residieren. Wo liegt da die Verbindung?«

»Ich weiß nur, dass die Glasic zuerst dort wohnte«, erwiderte Monika. »Sie hat das komplette Haus gemietet. Der Kulturverein kam später.«

»Wohnt sie eigentlich alleine dort?«, fragte Trevisan.

»Nein, ein gewisser Mats Persson ist noch dort gemeldet. Er scheint der Lebensgefährte von der Glasic zu sein.«

Trevisan warf einen Blick auf seine Uhr. »Hat sich eigentlich Alex schon gemeldet?«

Monika schüttelte den Kopf.

»Also gut, dann werden wir unsere Aufgaben koordinieren«, beschloss Trevisan. »Du kümmerst dich mit Till weiter um diese Glasic und Dietmar muss mehr über Simon Halbermann herausfinden. Tina und Alex kümmern sich um den Flugzeugabsturz, das kann noch dauern.«

»Und der Kopf?«

»Hast du schon was Neues?«

»Nichts. Ich bin alle Vermissten durchgegangen. Auf keinen passt die Beschreibung. Er ist nicht aus unserer Gegend.«

»Was bleibt noch?«

»BKA-Blatt, Interpol, der übliche Weg«, erwiderte Monika. »Kleinschmidt hat mir heute ein paar gestochen scharfe Bilder vom Kopf gemacht. Ich habe sie gleich mitgeschickt.«

Trevisan erhob sich. »Hat Kleinschmidt schon weitere Gemälde zuordnen können?«

Monika Sander schüttelte den Kopf. »Er arbeitet gerade an einer Brandstiftung und hat keine Zeit.«

»Da fällt mir ein, hast du dich schon um diesen Notizzettel aus Halbermanns Haus gekümmert?«

»Wann denn?«, antwortete Monika vorwurfsvoll. »Die Zeit reicht einfach nicht aus, alles gleichzeitig zu erledigen. Außerdem ergeben die Buchstaben und Zahlen überhaupt keinen Sinn. Es muss irgendeine Registriernummer oder so etwas sein. Vielleicht der Registriercode eines Kunstwerkes irgendeiner Galerie oder eines Museums. Aber ich kümmere mich darum, sobald ich etwas Luft habe.«

Nachdem sie sich getrennt hatten, setzte sich Trevisan hinter seinen Schreibtisch. Die Fahndung nach Halbermann lief auf vollen Touren. Die dänischen Behörden waren informiert, dass sich Halbermann in der Nähe von Esbjerg aufhalten musste. Er nahm seinen Straßenatlas aus der Schublade und schaltete die kleine Schreibtischlampe ein. Seine Finger fuhren suchend über die Landkarte. Varde, endlich hatte er die Stadt gefunden. Sie lag nur wenig entfernt von Esbjerg. Er markierte den Ort mit einem kleinen grünen Punkt. Er nahm die Postkarte zur Hand, die er bei Frau Jonas mitgenommen hatte und warf er einen Blick darauf. Die Karte war in Varde produziert worden. Hielt sich Halbermann in der Nähe dieser Stadt auf?

Er zuckte zusammen, als es an seiner Tür klopfte.

»Herein!«, rief er genervt.

Die Tür wurde geöffnet und das Gesicht einer jungen, unbekannten Frau erschien im Türspalt.

»Guten Tag, wollen Sie zu mir?«, fragte Trevisan freundlich.

»Ich nehme an, Sie sind Herr Trevisan?«, antwortete die Frau.

Trevisan nickte.

Die Frau betrat das Büro. Sie trug eine verwaschene Jeans und eine gelbe Bluse. Ihre tiefschwarzen Haare waren burschikos geschnitten. Ihr Gesicht wirkte etwas blass.

»Kennen wir uns?«, fragte Trevisan und wies auf den leeren Stuhl vor seinem Schreibtisch.

Die Frau nickte dankbar und setzte sich. »Ich glaube nicht, dass wir uns schon einmal begegnet sind«, sagte sie mit dunkler Stimme. »Mein Name ist Anette Seligmann und Sie sind also Paulas Vater. Ich habe Sie mir ganz anders vorgestellt.«

Trevisan griff in die Hosentasche. Er spürte den durchweichten Fetzen Papier, die Nachricht, die ihm ein junger Kollege gegeben hatte: Namen und Telefonnummer einer Frau, die nach Trevisan gefragt hatte. »Woher kennen Sie Paula?«, fragte er erstaunt.

»Von Nikolas. Er hat sie schon zweimal mit zu uns gebracht.«

Trevisan zog es die Kehle zusammen.

»Sie haben uns am Samstag besucht?«

In Trevisans Magengegend breitete sich ein ungutes Gefühl in seinem Magen aus. »Wer sind Sie?«

»Das sagte ich doch schon«, entgegnete die Frau resolut.

»Und was haben Sie mit dem Jungen zu tun?«

»Ich betreue ihn. Ich bin sozusagen seine Ersatzmutter«, antwortet sie.

Das Gefühl im Magen wich einem unangenehmen Druck. »Und was wollen Sie von mir?«

»Sie haben Nikolas verboten, sich weiter mit Ihrer Tochter zu treffen«, sagte die Frau und griff in ihre Umhängetasche.

»Richtig, aber ich wüsste nicht, was Sie das angeht. Der Junge ist doch schon alt genug.«

Frau Seligmann holte eine Schachtel Zigaretten hervor. »Darf ich?«

Trevisan nickte, dann blickte er sich suchend um. Irgendwo hatte er einen Aschenbecher abgestellt. Er fand ihn nicht. Schließlich ging er zum Fenster, nahm den kleinen Untertopf seiner Pelargonie und stellte ihn vor der Frau auf den Schreibtisch.

Sie wartete, bis sich Trevisan wieder gesetzt hatte.

»Es geht mich etwas an, schließlich haben Nikolas und ich ein vertrauensvolles Verhältnis zueinander. Er erzählt mir alles«, fuhr die Frau fort. »Zum Beispiel auch, dass Sie von einer Uhr sprachen, die Sie vermissen.«

»Das ist erledigt«, antwortete Trevisan knapp.

»Ich nehme an, Sie haben sich ausreichend über Nikolas informiert?«

Trevisan nickte verlegen.

»Aha, alte Polizistenphilosophie. Einmal Knacki, immer Knacki, oder?«

Trevisan schwieg.

»Dabei sollten gerade Sie als Polizist eine Ahnung von den Resozialisierungsprojekten haben, die unsere Stadt durchführt.«

»Aber darum geht es doch gar nicht«, unternahm Trevisan einen schwachen Verteidigungsversuch.

»So, worum geht es Ihnen denn?«

»Paula ist fünfzehn«, erklärte Trevisan. Er spürte, dass sein Gesicht von einer Röte überzogen war. Er fühlte sich nicht wohl in seiner Haut.

»Wissen Sie eigentlich, wie viel Arbeit wir in unsere Projekte stecken?«

»Das hat doch gar nichts ...«

»Nikolas ist zum letzten Mal vor drei Jahren straffällig geworden«, fiel ihm die Frau ins Wort. »Er hat seine Schule nachgemacht und steht kurz vor dem Fachabitur. Wir setzen große Hoffnungen in ihn. Er will Schiffsbauingenieur werden, und ich bin überzeugt, dass er seinen Weg machen wird.«

»Das hat überhaupt nichts mit meiner Tochter zu tun. Sie ist erst fünfzehn.«

Die Frau lachte. »Würden Sie auch den lieben Nachbarsjungen nach Hause schicken, wenn er sich mit Ihrer Tochter trifft?«

»Was soll das heißen?«

»Fünfzehn ist doch nur ein schwaches Argument. Es geht Ihnen um Nikolas' Vergangenheit, nicht wahr?«

Trevisan explodierte. »Wissen Sie eigentlich, dass er sich strafbar macht, wenn er sich mit einer Minderjährigen einlässt?«

»Sagen Sie, wo leben Sie eigentlich?«, entgegnete die Frau gelassen. »Wenn Sie alle Achtzehnjährigen einsperren wollen, die mit einer Minderjährigen zusammen sind, dann würden alle freien Zellen in Deutschland nicht ausreichen. Oder gibt es doch noch einen anderen Grund?«

Trevisan wünschte sich, diese unverschämte Person würde endlich sein Büro verlassen.

»Sie erziehen Ihre Tochter alleine?«, fuhr die Frau fort.

»Und was geht das Sie an?«

»Also doch, das dachte ich mir gleich. Die Eifersucht. Es ist schon schwer, wenn man als Vater erkennen muss, dass die einzige Tochter bemerkt hat, dass es noch andere Männer gibt als den eigenen Vater.«

»Werden Sie jetzt nicht unverschämt, sonst schmeiße ich Sie eigenhändig raus!« Trevisan glühte. Seine letzten Worte waren bestimmt bis in den letzten Winkel des Stockwerkes zu hören gewesen.

»Sie vergessen sich«, antwortete die Frau.

»Woher nehmen Sie nur Ihre Abgebrühtheit …«, Trevisan bemerkte, dass er mit seinem Tonfall über das Ziel hinausgeschossen war. »Entschuldigen Sie, ich wollte Sie nicht anschreien.«

»Schauen Sie, Sie tun sich wirklich keinen Gefallen, wenn Sie diese Beziehung auf diese Art beenden wollen. Sie werden sich trotzdem treffen. Heimlich natürlich. Und in den allermeisten Fällen passiert dann mehr, als die beiden unter normalen Umständen zu tun bereit wären.«

Trevisan war fassungslos. »Was meinen Sie damit?«

Die Frau drückte ihre Zigarette im Aschenbecher aus. Ein Lächeln überzog ihr Gesicht. »Ein reifes Mädchen trifft ihren Traumtyp. Die erste große Liebe. Doch sie stehen unter Druck. Unter Zeitdruck, besser gesagt. Es kann schnell jemand hinter die Verbindung kommen, dann wäre alles zu Ende. Also geht das Mädchen weiter, als sie normalerweise gehen würde.«

»Meine Paula?«

»Mein Gott, Sie waren doch auch einmal jung«, erwiderte sie. »Dann wissen Sie doch auch über das erste Mal Bescheid.«

Trevisan seufzte. »Und was sollte ich Ihrer Meinung nach tun? Das Bett richten?«

Die Frau steckte sich eine weitere Zigarette an. »Lassen Sie die beiden einfach in Ruhe.«

»Und dann?«

»Ich kenne Nikolas. Er ist ein lieber und zurückhaltender Junge.«

Trevisan schüttelte den Kopf. »Das ist doch nicht Ihr Ernst, oder etwa doch?«

»Ich mache Ihnen einen Vorschlag: Sie reden einfach einmal mit Nikolas. Ohne Vorbehalte. Lernen Sie ihn kennen. Er ist ein ganz dufter Kerl. Und haben Sie bitte keine Vorurteile. Er steht zu dem, was er mal gemacht hat. Aber was hatte er für eine Chance? Vater und Mutter Alkoholiker, ohne jegliche Perspektive. Jetzt hat er eine Zukunft vor sich.«

Trevisan war sprachlos.

Die Frau drückte ihre Zigarette aus und erhob sich. »Lassen Sie sich meine Worte einmal durch den Kopf gehen«, sagte sie. »Vielleicht besuchen Sie uns einfach mal, Sie wissen ja, wo wir zu finden sind.«

Noch bevor Trevisan antworten konnte, hatte die Frau das Zimmer verlassen. Er wartete vergeblich darauf, endlich aus diesem bösen Traum zu erwachen. Noch immer lag der kalte Rauch in der Luft.

*

Es war spät geworden. Trevisan dachte noch immer über das Gespräch mit dieser seltsamen Frau nach. Welch absurde Ansichten diese Sozialarbeiterinnen hatten. Kopfschüttelnd griff Trevisan zu seiner Windjacke, die er neben dem Waschbecken über den Handtuchhalter gehängt hatte, weil der Kleiderhaken am Aktenschrank wieder einmal abgebrochen war.

Locker legte er die Jacke über den Arm und wandte sich zum Gehen. Plötzlich wurde die Bürotür aufgerissen. Dietmar Petermann stürmte in das Zimmer. Ein breites Grinsen lag auf seinem Gesicht. »Gut, dass du noch da bist. Ich habe Neuigkeiten.«

»Wie wär's das nächste Mal mit anklopfen?«, entgegnete Trevisan gereizt.

Dietmar überging den Einwand und ließ sich auf Trevisans Stuhl fallen. »Mir flimmern noch die Augen«, sagte er. »Aber es ist kein Wunder, dass sich Halbermann und unser Abgeordneter kennen. Schließlich studierten sie zur gleichen Zeit in Oldenburg an der Hochschule. Behrends Recht und Halbermann Betriebswirtschaftslehre.«

Dietmar blickte Trevisan erwartungsvoll an. Offenbar erwartete er eine überraschte Reaktion.

»Das ist interessant«, antwortete Trevisan gelassen. Er kannte Dietmars rhetorische Pausen, wenn er Neuigkeiten überbrachte. Dietmar ließ sich gerne alles aus der Nase ziehen, obwohl er innerlich vor Rededrang fast zu platzen drohte.

»Es kommt noch besser«, fuhr Dietmar fort. »Sie bewohnten sogar gemeinsam ein Zimmer. Zusammen mit zwei weiteren Studenten hatten sie eine Zwei-Zimmer-Wohnung angemietet. Sie stehen anscheinend allesamt noch immer in Kontakt.«

Jetzt war Trevisan doch neugierig geworden. »Wie kommst du darauf?«

Dietmar lächelte und nahm ein Sahnebonbon aus der Schatulle auf Trevisans Schreibtisch. Umständlich packte er es aus.

»Der eine, Elbers heißt er, ist sein Steuerberater und der andere, Kranewitt, ist mittlerweile ebenfalls Inhaber einer Firma in Emden. Ein Zulieferbetrieb der Halbermann-Werke.«

Wiederum schwieg Dietmar.

»Gut, ich muss jetzt nach Hause. Wir reden morgen darüber«, sagte Trevisan und ging zur Tür.

»Elbers und Kranewitt sind auch Mitglieder in diesem Kulturverein.«

Trevisan blieb stehen.

»Und beide, sowie auch Behrends, verbringen viel Zeit im Ausland. Vor allem am Wochenende. Sie haben alle Privatflugzeuge und fliegen ausgesprochen gerne nach Dänemark.«

Trevisan fuhr herum. »Das ist interessant, gibt es sonst noch etwas?«

Dietmar hatte mittlerweile die Hände vor der Brust verschränkt. »Es muss damals während des Studiums einen Vorfall mit Halbermann gegeben haben«, sagte er. »Er wäre beinahe von der Uni geflogen.«

Trevisan hatte seine Jacke wieder über den Stuhl gehängt und setzte sich. »Was für einen Vorfall?«

»Ich werde nicht ganz schlau daraus«, erwiderte Dietmar. »Offenbar hat er einen Dozenten geohrfeigt. Die Sache wurde unter den Teppich gekehrt. Aber ich habe die Adresse des Dozenten. Er ist mittlerweile pensioniert und wohnt hier ganz in der Nähe.«

»Mensch, Dietmar, woher weißt du das alles?«

»Melderegister, die Abschlusslisten, Diplomarbeiten und ein paar vergilbte Studentenzeitungen aus der guten alten Zeit.«

Trevisan lächelte. »Manchmal bist du einfach unbezahlbar.«

22

Sie hatten es geschafft. Mehrerer Versuche hatte es bedurft, doch dann hatte sich der Leib des Flugzeuges auf einem Teppich aus luftgeflutetem Kunststoff in die Höhe erhoben und war aus den Fluten aufgetaucht, die ihn Stunden zuvor verschlungen hatten. Der Bug war eine einzige gezackte und riesige Wunde. Die linke Hälfte fehlte. Die Tür, der Pilotensessel, Teile der Bordinstrumente und des Chassis waren einfach herausgerissen und von der See verschlungen worden, auf immer und ewig. Der harte Aufschlag auf dem Wasser hatte seine untrüglichen Spuren hinterlassen.

»Es hat keinen Sinn, nach dem Piloten zu suchen«, sagte der Einsatzleiter des Bergeteams. »Der Rote Sand wird von zwei gegensätzlichen Strömungen umspült. Die starke Sogwirkung nimmt alles mit sich. Unsere Taucher sind nun schon vier Stunden im Einsatz, es wird langsam Zeit, die Operation zu beenden.«

Alex Uhlenbruch nickte. »Kann die Frau noch identifiziert werden?«

Der Einsatzleiter der Marine schüttelte den Kopf. »Das Gesicht ist nicht mehr vorhanden, falls Sie das meinen. Sie hat sich ganz schöne Blessuren am Kopf zugezogen, und ein paar Fische werden wohl auch schon dran gewesen sein.«

»Wie lange wird es noch dauern, bis sie aus dem Wrack befreit ist?«, fragte Tina.

»Das kommt darauf an, wann wir an die Maschine ran dürfen«, antwortete der Marineoffizier. »Die Ingenieure vom Luftfahrtbundesamt untersuchen das Flugzeug. Sie wollen den Originalzustand erst einmal sichern, bevor sich unser Bergeteam an die Arbeit machen kann.«

»Also gut«, beschloss Alex. »Dann beenden wir die weitere Suche jetzt und schauen, dass wir noch vor Anbruch der Dunkelheit in den Hafen kommen.«

»Oh, machen Sie sich keine falsche Vorstellungen, das kann noch ein Weilchen dauern«, erwiderte der Offizier. »Der schwierigste Teil kommt erst noch. Wir müssen versuchen, das Wrack an Bord unseres Bergeschiffs zu ziehen. Das braucht Geduld und Spucke. So 'n Flieger ist ein recht sensibles Ding, vor allem, wenn die Verstrebungen schon mal ihren Knacks weghaben.«

»Wie lange?« Alex schaute auf seine Uhr. Es war kurz nach sechs.

»Wenn's gut läuft, drei bis vier Stunden«, erhielt er zur Antwort.

Der Kapitän des Polizeibootes trat an ihre Seite. Er hielt ein Telex in der Hand. »Die Antwort der Flugsicherung«, sagte er und wedelte mit dem Papier.

»Wem gehört der Vogel?«, fragte Tina erwartungsvoll.

Der Kapitän faltete das Telex auf und las: »HMP-Services, Wilhelmshaven-Deutschland. ICAO-Code EDWI.«

»Was bedeutet das?«, fragte Tina.

»Das ist die Kennung des Standortes«, entgegnete der Kapitän.

»Wohl irgendeine Chartergesellschaft«, sagte der Offizier. »Die müssten am Flughafen Passagierlisten haben.«

Ein undefinierbares Rauschen erklang aus dem Funkgerät des Marineoffiziers. Er hob das Gerät an sein Ohr, lächelte entschuldigend und trat einen Schritt beiseite.

Alex wandte sich wieder dem Wasser zu. Das Flugzeug lag neben dem Bergeschiff vertäut auf den schwarzen Bergekissen und schaukelte friedlich in den Wellen. Eigentlich wollte er längst wieder zu Hause sein. Er hatte mit seiner Schwester vereinbart, dass sie sich jeden Tag bei ihm meldete und ihm von den Fortschritten in ihrer Beziehung Bericht erstattete. Er wusste, wie schwer es für seinen Schwager werden würde, von diesem verdammten Alkohol wegzukommen. Er würde durch die Hölle gehen müssen.

»Sie haben etwas an Bord des Fliegers gefunden«, unterbrach der Offizier die Gedanken von Alex. »Anscheinend etwas sehr Wertvolles. Ein Wikingertrinkhorn. Mit schillernden bunten Steinen besetzt. Es ist ein bisschen ramponiert, aber offenbar ein echtes Sammlerstück.«

Alex zog die Augenbrauen hoch.

»Dann scheint der Pilot einen guten Grund gehabt zu haben, dem Zoll aus dem Weg zu gehen«, bemerkte der Kapitän beiläufig.

»Also doch ein Schmuggler«, mutmaßte der Offizier.

*

Trevisan war froh, sich endlich zu Hause in seinen Sessel fallen lassen zu können. Es war ein langer Tag gewesen. Diese ganzen abstrusen Verbindungen Halbermanns. Dieser Berg an unbeantworteten Fragen.

Der Fund der gestohlenen Kunstwerke war ein Glücksfall gewesen, sonst hätte er sich mächtigen Ärger einhandeln können. Im Fall Mike Landers und auch im Fall der verschwundenen Maria hatte die Durchsuchung keinen Erfolg erbracht. Der aufgefundene Schädel im Schrein war nicht älter als sechs Monate, doch statt der erhofften Antworten tauchten nur weitere Fragen auf. Trevisan war sich sicher, dass Simon Halbermann zu den Vorwürfen schweigen würde. Aber Elisabeth Halbermann würde reden, wenn er bei ihr den richtigen Ton finden konnte.

Paula war in ihrem Zimmer. Trevisan registrierte, dass im Gegensatz zu gestern das Geschirr aufgeräumt und der Boden gesaugt worden war. Anscheinend hatte Paula den Zettel auf dem Küchentisch gefunden, auf dem Trevisan ihren Hausarrest aufgehoben hatte. Den Freispruch zweiter Klasse.

Er überlegte, ob er noch kurz bei ihr im Zimmer vorbeischauen sollte, doch er ließ es bleiben, er hatte kein Interesse an einem weiteren Streitgespräch. Er war müde und abgespannt – und hungrig. Er erhob sich und ging zum Kühlschrank. Als er öffnete, war er überrascht. Paula hatte eingekauft und sogar an seinen Lieblingspudding gedacht. Offenbar war ihre Beziehung wieder auf dem Weg der Normalisierung. Er schaltete den Fernseher ein, als das Telefon klingelte. Angela war am Apparat.

»Schon lange nichts mehr vor dir gehört, aber es muss doch jetzt mitten in der Nacht sein«, sagte Trevisan.

»Wir haben bald wieder Tag und sind gerade draußen im Busch«, erwiderte Angela. »Außenaufnahmen im Outback. In zwei Stunden brennt die Sonne wieder herunter und du wirst hier bei lebendigem Leib gegrillt.«

Trevisan nahm das Telefon und ging zurück ins Wohnzimmer. »Du weißt, nicht ohne ausreichenden Sonnenschutz, also nimm ordentlich Sonnencreme.«

»Ich glaube nicht, dass mir das bei knapp sechzig Grad noch etwas hilft«, erwiderte Angela. »Wie geht es euch?«

»Mir geht es gut und ich denke, Paula auch.«

»Noch immer Funkstille?«

»Ja, aber mittlerweile wieder Pudding mit Sahne«, entgegnete Trevisan.

»Dann scheint es ja noch Hoffnung zu geben.«

Trevisan hatte zwischenzeitlich den Ton des Fernseher abgeschaltet und sich wieder in seinen Sessel fallen lassen. Er legte die Füße auf den Tisch und erzählte Angela von dem Gespräch mit der Sozialarbeiterin.

»Die hat aber deine kleinbürgerliche Welt ganz schön erschüttert«, flachste Angela.

»Du findest das auch noch gut?«

»Na, ja, in manchem hat sie sogar recht«, sagte Angela. »Wenn ich an meine erste große Liebe denke, da hatten meine Eltern auch nichts zu melden.«

Trevisan schaute ratlos drein. »Liege ich wirklich so falsch? Paula ist fünfzehn!«

»Bald ist sie sechzehn, dann dauert es nicht mehr lange und sie macht was sie will.«

»Aber bis dahin werde ich dafür sorgen, dass sie sich die Voraussetzungen für eine sichere Zukunft schafft. Ich habe ja nichts dagegen, wenn sie sich mit Freunden trifft. Aber der Kerl ist achtzehn. Außerdem ist er polizeibekannt.«

»War.«

»Was?«

»*War* polizeibekannt. Jetzt liegt doch nichts mehr gegen ihn vor, oder?«

Trevisan zögerte. »Wer weiß?« Das Gespräch nahm eine ungute Entwicklung. »Wann kommst du wieder?«, lenkte er ab.

»Deswegen rufe ich an«, sagte Angela. »Es wird noch dauern. Wir müssen die Serie am Barrier-Reef wiederholen. Die Bilder sind nicht gut geworden«

Trevisan schwieg. Die Enttäuschung wog schwer.

»Hat es dir die Sprache verschlagen?«

Er seufzte. »Ich dachte, nächste Woche …«

»Hallo, mein Kommissar, ein Mord ist passiert. Ich muss den Mörder fangen, dann habe ich Zeit«, erwiderte Angela in Anspielung auf Trevisans Arbeit, die ihnen oft genug einen Strich durch ihre Planungen gemacht hatte.

»Schon gut«, antwortete Trevisan. »Ich habe ja verstanden.«

»Du, ich muss jetzt Schluss machen«, sagte Angela. »Die Arbeit ruft. Ich melde mich bald wieder bei dir.«

»Hoffentlich«, entgegnete Trevisan.

»Und rede ruhig mit dem Jungen, vielleicht ist das der bessere Weg«, schloss Angela das Telefonat.

Es summte noch eine ganze Weile in der Leitung, ehe Trevisan den roten Knopf an seinem Mobiltelefon drückte. Die schlechten Nachrichten waren zu viel für ihn. Auf Fernsehen hatte er nun keine Lust mehr. Er stellte das Telefon zurück ins Ladegerät und ging zu Bett.

*

Es war kurz nach sieben. Als Trevisan aus dem Badezimmer kam, zog sanfter Kaffeeduft durch den Flur. In der Küche stand frischer Kaffee, daneben lag eine Toastscheibe mit Marmelade auf dem Teller. Überrascht blickte sich Trevisan um, aber Paula war nirgends zu sehen. Leise schlich er nach oben. Die Tür zu Paulas Zimmer war geschlossen. Vorsichtig drückte er die Klinke herunter und spähte durch den engen Spalt. Paula lag wieder im Bett.

Offenbar ist sie noch nicht zu einem Gespräch bereit, dachte er sich und schloss wieder leise die Tür. Hastig verschlang er sein Frühstück. Dann verließ er das Haus, aber nicht ohne vorher einen weiteren Notizzettel zu hinterlassen. Nur ein Wort stand darauf: Danke.

Dreißig Minuten später hatte ihn die kalte Wirklichkeit wieder eingeholt. Er wurde von Dietmar ungeduldig erwartet. Als Trevisan ihn bat, zu warten, weil er zuerst mit Alex und Tina sprechen wollte, winkte Dietmar Petermann ab.

»Die sind erst um vier zurückgekommen«, erklärte er. »Anscheinend ist da ein Schmuggler abgestürzt. Die Maschine gehört einer Chartergesellschaft. An Bord war nur die Leiche einer Frau. Der Pilot fehlt noch. Ist und bleibt wohl Fischfutter. Die Strömung hat ihn mitgenommen. Die beiden arbeiten heute Mittag am Fall weiter.«

Trevisan nickte. »Woher hast du die Information?«

»Vom Bereitschaftsdienst, und nun komm, Professor Dahmann erwartet uns. Er schätzt Pünktlichkeit. Um elf Uhr hat er einen Termin. Er ist mit seinem Freund, dem ehemaligen Personaldirektor von Sanderbusch, zum Golf verabredet. Du weißt schon, Handicap 6.«

Trevisan folgte Dietmar in die Tiefgarage.

Eine halbe Stunde später stoppte Dietmar den Wagen in Westerhausen. Dahmann bewohnte ein kleines Haus im Grünen. Ein gepflegter Rasen umgab das Gebäude. Zwei riesige Fliederbüsche umsäumten den Eingang. Der alte Professor schien sich viel Mühe bei der Pflege seines Gartens zu geben.

»Ist er alleinstehend?«, fragte Trevisan, als sie an die Tür traten.

Dietmar nickte. »Er war Historiker und Politologe und hat etliche Fachbücher veröffentlicht. Da hatte er wohl keine Zeit für eine Frau.«

»Wie bist du eigentlich auf ihn gekommen?«

Dietmar klingelte. »Stand in einer Studentenzeitschrift aus dem Jahr 1978.«

»Das ist lange her …«

»Es gibt inzwischen Internet-Archive.«

Die Tür wurde geöffnet und ein alter Mann mit hoher Stirn erschien. Obwohl es schon reichlich warm war, trug er eine graue Strickjacke über seinem weißen Hemd. Schlohweißes Haar umgab eine Stirnglatze. Viel hatten die Jahre von seiner Frisur nicht übrig gelassen. Die Zeit hatte sich tief in sein helles Gesicht eingekerbt. Eine Brille mit Goldrand saß auf seiner Nase.

»Sie sind die Polizisten!« Es war mehr eine Feststellung als eine Frage.

Dietmar zeigte seinen Ausweis. »Das ist mein Kollege Trevisan.«

Der Mann bat sie in das Haus. Schwere Teppiche lagen auf dem Boden und dämpften die Schritte. Rustikale Eiche, dunkle Hölzer. Das Innere des Hauses stand ganz im Gegensatz zum einladenden Äußeren. Es wirkte düster, wie aus dem vorigen Jahrhundert, und roch sogar ein wenig modrig.

Der Professor führte sie in die Bibliothek. Die hohen Regale an den Wänden standen voller Bücher. Einige davon waren wohl schon sehr alt. Der Mann bot den Kriminalbeamten Platz an, dann setzte er sich in einen Schaukelstuhl und blickte Dietmar Petermann über den Brillenrand an.

»Wir haben ein paar Fragen an Sie«, sagte Dietmar übertrieben laut.

Der Mann lehnte sich zurück. »Ich kenne das«, sagte er.

Dietmar blickte ihn fragend an.

»Junge Menschen pflegen in Gegenwart von Älteren einfach etwas lauter zu sprechen«, erklärte der Professor. »Aber keine Angst, außer meinen Augen und dem lichten Haar habe ich keine weiteren Gebrechen.«

Verschämt blickte Dietmar zu Boden.

»Also fragen Sie!«, fuhr der Alte fort. »Ich bin gespannt, was die Polizei von mir will.«

Trevisan räusperte sich. »Kennen Sie Simon Halbermann?«

»Halbermann, dieses Früchtchen«, erwiderte der Professor. »Natürlich kenne ich den. Es gibt nur drei Menschen, von denen ich jemals im Leben geschlagen wurde. Das waren meine Mutter und mein Vater, wenn ich es verdiente, und dieser Schnösel.«

Trevisan horchte auf. »Wie kam es dazu?«

Der alte Mann schwang im Sessel hin und her. »Das ist eine sehr lange Geschichte, wollen Sie die wirklich hören?«

»Deswegen sind wir hier«, sagte Dietmar, der sich wieder gefasst hatte.

»Also gut, es war … Moment …« Der Professor überlegte. »Es muss 1978 oder 1979 gewesen sein. Es gab einen Zwischenfall mit einem unserer Dozenten. Ich vertrat damals den Dekan, der erkrankt war. Einer unserer Professoren war etwas über das Ziel hinausgeschossen. Er unterrichtete Sozialkunde und Geschichte und hatte mit einigen Studenten einen Arbeitskreis gebildet. Halbermann gehörte dazu.« Der alte Mann überlegte. »Es gab einige Beschwerden, denn dieser Professor, Gehlers war sein Name … wie soll ich es sagen … wir hatten den Eindruck, dass er nationalsozialistische Ideen verbreitete.«

Professor Dahmann erhob sich und ging im Zimmer auf und ab. »Es kam irgendwie an die Öffentlichkeit, so dass wir den Dozenten von der Schule verweisen mussten, was eigentlich längst schon überfällig war. Wir leben schließlich in einer Demokratie, die uns viele Freiräume geschaffen hat. Gehlers' Ideen waren das reinste Gift. Natürlich haben wir mit ihm geredet. Wir dachten, wir könnten ihn zur Vernunft bringen, doch stellen Sie sich vor, er redete vor dem Gremium den gleichen Stuss, den er auch vor den Studenten verzapfte. Uns blieb keine andere Wahl. Der Mann wurde zunächst beurlaubt und, soviel ich weiß, ein paar Monate später aus gesundheitlichen Gründen pensioniert.«

»Und wie kam es zu der Ohrfeige?«, fragte Dietmar.

Der Professor blieb stehen. »Gut, es war vielleicht auch mein Fehler. Ich habe zuerst zugeschlagen. Halbermann wurde derart unverschämt, dass ich mir das nicht bieten lassen konnte. Ich schlug zu, mit der flachen Hand, und er schlug zurück.«

Dietmar warf Trevisan einen vielsagenden Blick zu.

»Wissen Sie«, fuhr der Professor fort. »Halbermann und seine Freunde verteilten trotz unseres Verbotes an unserer Schule weiterhin Werbematerial für Professor Gehlers' Verbindung. Die Leitung unserer Anstalt hatte strengstens untersagt, den Arbeitskreis weiter zu betreiben. Vor allem nicht auf dem Hochschulgelände. Aber Halbermann und seine Freunde schien das nicht zu stören. So lange, bis ich sie erwischte.«

»Und dann gab es die Auseinandersetzung zwischen Ihnen und Halbermann«, führte Trevisan Dahmanns Gedanken fort.

Der Professor nickte.

»Soviel ich weiß, hat Halbermann aber dennoch den Abschluss an der Uni gemacht«, sagte Trevisan. »Hatte der Vorfall keine Konsequenzen?«

»Es waren viele Schüler um uns herum. Alle hatten gesehen, dass ich zuerst geschlagen hatte. Außerdem hat Halbermanns Vater kräftig mitgemischt und einen Verweis verhindert. Er hat uns sogar einen Anwalt auf den Hals gehetzt. Der Anwalt sprach von Meinungsfreiheit, von Grundrechten und von Reflexhandlungen. Mir war das Ganze zu dumm. Wir einigten uns schließlich auf einen zeitlich begrenzten Ausschluss aus den Lesungen als Konsequenz und als Zeichen für die anderen Studenten.«

Dietmar Petermann hatte seinen Block gezückt. »Sagen Ihnen die Namen Behrends, Kranewitt und Elbers etwas?«

Der Professor überlegte. »Also der Behrends, wenn Sie unseren Landtagsabgeordneten meinen, der war sowieso überall zu finden, wo auch Halbermann war. Wir nannten die beiden schon die siamesischen Zwillinge. Sie wohnten sogar zusammen. Und Kranewitt kommt mir auch bekannt vor, aber daran erinnere ich nicht mehr so genau.«

Trevisan beobachtete den alten Mann. »Wissen Sie noch, um welche Art der Vereinigung es bei den Studenten ging?«

»Ich sagte doch, es waren teilweise rechtsradikale Gedanken. Rassenreinheit, reine nordische Kultur. Aber Moment, ich habe den Handzettel von damals sogar aufgehoben.« Professor Dahmann ging murmelnd zur Tür.

»Das klingt ja höchst interessant«, sagte Dietmar. »Eine Studentenverbindung also. Und Halbermann mittendrin.«

»Und Behrends war auch dabei«, erwiderte Trevisan. »Das wirft ein ganz neues Licht auf die Sache.«

Der Professor kehrte zurück und reichte Trevisan einen gelben Handzettel. »Ich habe ihn aufgehoben. Ich weiß nicht, warum.«

Trevisan musterte das Blatt. »*Uthers Söhne treffen sich am Montag, dem 17. Mai, in der Zwiebel. 20.00 Uhr. Komm, wenn dir das Leben wichtig erscheint*«, las er laut vor. In die Ecken des Blattes waren zwei Symbole gemalt, ein Drachenkopf und eine wirre Anhäufung von Punkten. Trevisan stutzte. Irgendwie kamen ihm diese scheinbar wahllos aneinandergefügten und mit einer Linie verbundenen Punkte bekannt vor. Er reichte Dietmar den Zettel.

»Haben Sie eine Ahnung, was das bedeuten soll?«, fragte Trevisan.

Der Professor schüttelte den Kopf. »Nicht genau, wenn ich ehrlich bin. Nur mit Uther kann ich natürlich etwas anfangen. Er war ein großer Keltenkrieger, der etwa 400 Jahre nach Christus gelebt haben soll. Er wurde als Held bei den alten Kelten verehrt. Die Überlieferung sagt, dass er sein Volk aus der großen Dunkelheit ins Licht führte. Das war zu der Zeit, als die Kelten in Italien einfielen und die dortigen Völker, die Etrusker und die Ligurer, in blutigen Kämpfen aus ihren Ländern vertrieben. Die Kelten jagten den anderen Völkern Angst und Schrecken ein. Sie kamen aus dem hohen Norden und waren grausame Kämpfer. Sie schlugen ihren Feinden die Köpfe ab und konservierten sie in Zedernöl. Sie glaubten, dass die Kraft des Feindes durch diesen Akt auf sie selbst überging. Aber genau das passte zu Gehlers, diesem sonderbaren Kauz.«

Trevisan war sprachlos.

»Der entlassene Professor, wissen Sie noch seinen vollständigen Namen?«, ergriff Dietmar das Wort.

»Natürlich«, entgegnete Dahmann. »Er hieß Lars Uwe Gehlers.«

»Wissen Sie, wo er abgeblieben ist?«, fragte Trevisan.

»Ich habe nie mehr etwas von ihm gehört. Er wohnte damals in Neuengroden. Aber ich weiß nicht einmal, ob er noch lebt. Ich hörte mal davon, dass er in die Psychiatrie eingeliefert worden sein soll. Da gehörte er meiner Meinung nach auch hin.«

»Wegen seiner Ideen?«, fragte Trevisan.

»Nicht nur das, er war überhaupt ein ganz sonderbarer Mensch«, erklärte Dahmann. »Es gab Zeiten, da blieb er einfach den Vorlesungen fern und ließ sich mit fadenscheinigen Begründungen entschuldigen. Einmal fehlte er sogar ein halbes Jahr. Er hat sich einfach krank gemeldet. Hinterher erfuhren wir, dass er eine Art Expedition in den hohen Norden unternommen hatte. An der Grönländischen Ostküste soll er sich herumgetrieben haben. Aber es war nur ein Gerücht, deswegen konnten wir keine Disziplinarmaßnahmen einleiten.«

»Wissen Sie, was er dort getan hat?«

Der Professor lehnte sich in seinem Stuhl zurück. »Ich habe ihn einmal auf einer privaten Veranstaltung eines Kollegen erlebt. Schon damals machte ich mir meine Gedanken. Gehlers war ein glühender Anhänger der Geschichte des Nordens. Er hat darüber auch seine Dissertation geschrieben. Die Entdeckungsreisen der Wikinger und so. Damals redete er so einen Blödsinn zusammen, dass ich mir dachte, der wird irgendwann noch überschnappen. Mit Inbrunst berichtete er von einem vergessenen Volk, das vor seinen Feinden flüchtete und dabei mit einfachen Schiffen das Nordmeer überquerte und schließlich in Grönland landete. Er redete so ergriffen davon, dass sein Kopf sich ganz rot verfärbte und sein Feuermal auf der Stirn glitzerte und funkelte wie ein Stern. Offenbar fühlte er sich berufen, die Geschichte dieses Volkes, das in Vergessenheit geraten war, zu erforschen. Er sprach von einem Gelehrten der damaligen Zeit, einem Auguren, der die Geschichte in einem Buch niedergeschrieben haben soll. Dieses Buch wollte er suchen.«

»Hat er es denn gefunden?«, mischte sich Dietmar Petermann ein.

Der Professor lächelte. »Die Geschichte trug sich vor mehr als 1500 Jahren zu. Wenn Sie mich fragen, waren das nur weitere abstruse Theorien eines hirnkranken Mannes.«

»Wie alt könnte Gehlers heute sein?«, fragte Trevisan.

Der Professor überlegte. »Ich glaube, er war Jahrgang 1930.«

»Das heißt, er wäre jetzt über siebzig«, überlegte Trevisan laut.

»Ja, das ist die ganze Geschichte, die ich Ihnen über diesen Gehlers und seine Gefolgsleute erzählen kann«, sagte der Professor und blickte auf die große Standuhr in der Ecke. »Ich hoffe, ich konnte Ihnen helfen. Aber ich habe in einer Stunde einen Termin.«

Trevisan nickte und erhob sich. »Sie wissen gar nicht, wie sehr Sie uns geholfen haben. Den Zettel, kann ich den mitnehmen?«

Dahmann seufzte. »Ungern. Im Alter hängt man an den Erinnerungen, auch wenn es negative sind.«

»Und wenn ich ihn wieder zurückbringe, nachdem er kopiert wurde?«

»Selbstverständlich«, entgegnete der Professor.

Als Dietmar und Trevisan im Wagen Platz genommen hatten, atmete Trevisan tief durch. »Hinter der Sache steckt viel mehr, als wir bislang angenommen hatten. Wir haben gerade mal die Spitze des Eisberges entdeckt.«

Dietmar blickte Trevisan fragend an. »Du glaubst doch nicht, dass Halbermann noch heute zu den Söhnen dieses Ursers oder Uthus gehört. Das waren doch Kindereien von Halbstarken.«

»Und wie erklärst du dir den Kopf im Schrein?«

»Ich sage doch, irgendeine wertvolle Heiligenimitation, auf die Halbermann in seinem Sammlerwahn hereingefallen ist.«

Dietmars Schwerfälligkeit war manchmal unbegreiflich.

»Wusstest du, dass der Kopf in einem Gemisch aus Alkohol und Zedernöl eingelegt war?«

Dietmar schluckte. »Du meinst …«

»Es ist an der Zeit, sich intensiv mit Behrends zu unterhalten. Ich bin mal gespannt, was der zu erzählen hat«, sagte Trevisan und zog die Gurtschnalle über seinen Bauch.

23

Nach fünf Stunden unruhigem und viel zu kurzem Schlaf, einer eiligen Morgentoilette und einem hastigen Frühstück trafen sich Alex Uhlenbruch und Tina Harloff auf der Dienststelle, um an ihrem Fall weiterzuarbeiten. Alex hatte vor seinem überhasteten Aufbruch seine Schwester noch erreichen können. Der Schwager hatte in die Therapie eingewilligt, die Alex von ihm gefordert hatte. Wenn es ihm auch schwergefallen war. Doch er hielt sich tapfer. Seit Alex mit ihm ein ernstes Wort gesprochen hatte, war er nicht mehr betrunken gewesen.

Alex hatte aufgeatmet und war mit einem guten Gefühl zur Arbeit gefahren. Er hoffte, dass er heute mit der Identifizierung der Frauenleiche aus dem Flugzeug vorankommen würde. Mittlerweile lag das Flugzeugwrack in einem Hangar des Marinestützpunktes in Wilhelmshaven und wurde von Technikern des Luftfahrtbundesamtes untersucht.

»Bei Abstürzen von Kleinflugzeugen liegt es meist an der schlechten Wartung, dem Wetter oder an einem Pilotfehler«, hatte gestern noch der Beamte der Flugsicherheit gesagt, ehe sich ihre Wege in der beginnenden Morgendämmerung getrennt hatten.

Die Leiche der Frau war inzwischen in die Rechtsmedizin gebracht worden. Tina würde heute mit der Staatsanwaltschaft darüber sprechen, wann die Leiche obduziert werden sollte. Schließlich lagen nicht nur die Identität der Frau, sondern auch die ganzen Umstände des Absturzes im Dunkeln.

Ein ganz mysteriöser Aspekt war der Fund des seltsamen Artefakts an Bord der Maschine. Ein goldenes Trinkhorn, besetzt mit wertvollen Steinen. Alex und Tina waren sich einig, dass der Zoll angesichts des Kunstwerks wohl eine Menge Fragen an den Piloten gestellt hätte. War das der Grund dafür, dass die Maschine im Tiefflug in das deutsche Hoheitsgebiet eingedrungen war?

Die Ermittlung des Heimatflughafens der Cessna war Routine. Die Kennung der Maschine war bekannt, deswegen würde er sich darum als Erstes kümmern.

Als Alex seinen Wagen auf dem Parkplatz vor dem Dienstgebäude abstellte, war es fünf nach zehn. Tinas kleiner Sportflitzer stand bereits in der eingezeichneten Parkbucht. Die Sonnenstrahlen brachen sich in den Fensterscheiben der Büros. Auch heute sollte es wieder einen heißen und ungetrübten Tag geben. Für das Wochenende hatten die Meteorologen schlechtes Wetter gemeldet. Ein Tiefdruckausläufer würde für mächtigen Wind, Regen und Abkühlung sorgen. Alex war es egal, er hatte sich sowieso für das Wochenende nichts vorgenommen.

Als er durch die verwaisten und dunklen Gänge des zweiten Stockwerkes ging, lauschte er verwundert in die Stille. Anscheinend waren alle anderen bereits ausgeflogen, ihre Privatwagen hatten jedenfalls ausnahmslos auf dem Parkplatz gestanden. Trotzdem blieb er vor Trevisans Büro stehen und klopfte vergebens, die Tür war verschlossen. Wo mochten sie bloß alle stecken? Im Groben wusste er, dass Trevisan sich noch immer mit dem Fall des Jungen beschäftigte, der am Banter See von Mast eines Schiffes gestürzt war, doch den genauen Hintergrund kannte er nicht. Auch Tina hatte ihm nicht viel darüber erzählen können, außer, dass vermutlich ein reicher Industrieller aus Wilhelmshaven mit dem Tod in Verbindung stand.

Alex verzog die Mundwinkel und ging weiter. Sein Büro, das er sich mit Tina teilte, lag gegenüber.

Tina saß bereits hinter ihrem Schreibtisch und telefonierte. Sie nickte kurz, als Alex eintrat und sich mit einem Seufzer auf seinen Stuhl fallen ließ. Schweigend wartete Alex, bis sie das Gespräch beendet hatte.

»Weißt du, wo sich Trevisan schon wieder herumtreibt?«, fragte er mit einem tadelnden Unterton.

Sie zuckte die Schulter. »Waren alle schon weg«, erwiderte sie. »Ich war bereits bei Doktor Mühlbauer von der Rechtsmedizin. Brauchst dich gar nicht groß zu setzen, wir müssen gleich los. Du hast hoffentlich schon gefrühstückt?«

»Warum?«, fragte Alex misstrauisch.

»Der Staatsanwalt hat die Obduktion für heute Morgen angeordnet«, erklärte Tina. »Wir müssen uns beeilen.«

Alex erhob sich. »Also dann, auf geht's!«

Tina und griff nach ihrer Handtasche. Sie überzeugte sich davon, dass sie das Diktiergerät eingesteckt hatte, und ging zur Tür.

Alex zögerte kurz und schaute zur Uhr, die über der Tür hing. »Ich wollte doch noch draußen in Sande den Flughafen anrufen«, sagte er.

»Keine Zeit. Wir fahren auf dem Rückweg dort vorbei«, entschied Tina und verließ das Büro.

Alex folgte ihr. Vor Trevisans Büro stand Kriminaloberrat Beck und schaute sich ratlos um.

»Ah, sind doch nicht alle auf Betriebsausflug«, sagte er knurrig, als er Tina und Alex erblickte. »Wo treibt sich Trevisan herum?«

»Keine Ahnung«, antwortete Tina und lief einfach an ihm vorüber.

Alex wollte ihr folgen, doch da legte ihm der Kriminaloberrat die Hand auf die Schulter. »Nicht so eilig, nicht so eilig. An welchen Fall arbeitet ihr gerade?«

»Dem Absturz«, antwortete Alex knapp.

»Was hat sich ergeben? Ich habe noch keinen Bericht erhalten.«

»Wir stecken noch mitten in den Ermittlungen«, erwiderte Alex und wandte sich zum Gehen.

»Davon gehe ich aus, aber Sie können mir doch sicher bereits etwas darüber erzählen«, drängte Beck.

Alex schilderte kurz, was sie draußen in der Nordsee vorgefunden hatten.

»Alex, kommst du endlich, wir haben einen Termin«, rief Tina ungeduldig. Sie stand im Treppenhaus und warf ihm einen gereizten Blick zu.

»Sie müssen entschuldigen, aber Doktor Mühlbauer erwartet uns«, sagte Alex.

»Dann gehen Sie, aber bis heute Nachmittag erwarte ich eine schriftliche Zusammenfassung. Ich muss doch etwas in der Hand haben, das ich der Presse erzählen kann«, erwiderte Beck, ehe er Alex von dannen ziehen ließ.

*

Dietmar Petermann steuerte den Wagen mit sicherer Hand in die enge Parklücke in der Werftstraße. Gegenüber im unteren Stockwerk eines Wohn- und Geschäftshauses lag das Büro des Landtagsabgeordneten Gunther Behrends. Es war kurz vor Mittag und der Verkehr in der Stadt nahm deutlich zu.

Behrends' Sekretärin hatte zunächst sehr abweisend geklungen, als Trevisan sie angerufen und um einen Gesprächstermin mit dem Abgeordneten gebeten hatte. Herr Behrends habe einen vollen Terminkalender, hatte sie geantwortet. Um ein Uhr habe er ein Mittagessen mit Vertretern der Werftvereinigung und zwei Stunden später sei er bereits wieder auf dem Weg nach Hannover, wo er an der Arbeitstagung des Finanzausschusses für die Beschränkungen der öffentlichen Ausgaben teilnehmen müsse. Heute Morgen habe er einen Betrieb in Bremerhaven besichtigt und jetzt müsse er erst einmal seine Post erledigen. Doch Trevisan hatte sich nicht abweisen lassen. Schließlich war die Frau bereit, zehn Minuten Abweichung von ihrem akribisch ausgearbeiteten Zeitplan zu tolerieren. Unverbindlich natürlich, denn es konnte ja durchaus sein, dass ihr Chef noch andere Pläne hatte. Ihre Stimme klang am Ende sogar noch freundlich. Trevisan bedankte sich für die eingeräumte Möglichkeit zur Audienz.

Eine halbe Stunde später parkte Trevisan den Wagen gegenüber der Geschäftsstelle des Abgeordneten. Die Geschäftsräume waren in einem Wohnhaus untergebracht. Die Atmosphäre im Inneren des Gemäuers hatte etwas Kaltes und Unpersönliches an sich. Werbeplakate von Behrends' Partei zierten die Wände des Flurs. Auf einem Regal lagen Parteibroschüren. Eine Holzbank und zwei schwarze Plastikstühle standen zwischen den grau gestrichenen Türen. Wenigstens war das blaue Sitzpolster auf der Bank weich und gemütlich. Die Sekretärin mit der strengen Frisur und der altmodischen Hornbrille hatte die beiden Kripobeamten zum Warten verurteilt. Die unterschwellige Freundlichkeit, die sie am Ende des Telefonats gezeigt hatte, war wieder einer steifen Geschäftsmäßigkeit gewichen. Offenbar musste man sich ihre Zuneigung jedes Mal neu erarbeiten.

Zwanzig Minuten waren schon vergangen und Trevisan hatte genug von den Konzepten gelesen, mit denen Behrends' politische Gruppierung dem Land neue Impulse geben wollte. Nur Dietmar schien sich in der Umgebung wohlzufühlen. Er verschlang förmlich jedes Wort auf den Hochglanzbroschüren.

Endlich wurde die Tür aufgestoßen und die Sekretärin erschien. »Sie können nun zu Herrn Behrends.« Sie klang wie ein Zeremonienmeister. »Aber wie gesagt, halten Sie sich kurz, der Terminkalender ist eng.«

Dann werden wir die Zeit nutzen, dachte sich Trevisan. Er nickte freundlich und erhob sich. Dietmar las noch immer im farbigen Prospekt. Trevisan rüttelte ihn an der Schulter.

»Kann ich die Broschüre mitnehmen?«, fragte Dietmar schließlich.

»Dazu sind sie ja da«, entgegnete die Frau und forderte die beiden Kriminalbeamten mit einer knappen Geste auf, ihr zu folgen.

Der Raum war düster und wirkte drückend. Es lag an den dunklen Hölzern der Möbel und dem grünen Teppich, die das Interieur beherrschten. Behrends saß an einem langen Tisch und hatte ein paar Briefe vor sich liegen. An der Wand hingen riesige Ölgemälde, die allesamt die Nordsee als Hauptmotiv zeigten. Schiffe auf See, Dünen und ein Leuchtturm, Sturmflut und der gebrochene Deich und ein alter Segler, der das blaue Wasser durchpflügte. Nur ein Bild fiel aus der Art. Es war ein abstraktes Gemälde aus kreisförmig ineinander verlaufenden düsteren Farblinien. Trevisans Blick blieb kurz daran haften. So etwas Ähnliches hatte er auch schon bei Halbermann gesehen.

»Guten Tag, meine Herren.« Der Abgeordnete erhob sich, umrundete die Tafel und reichte zuerst Trevisan und dann Dietmar Petermann die Hand. Der Händedruck war weich. Die Hand war kalt. »Mein Name ist Gunther Behrends. Sie sind von der Polizei, wie ich hörte. Was kann ich für Sie tun?«

Trevisan musterte den Mann. Behrends war etwa so groß wie er, hatte dunkle, gescheitelte Haare und wirkte in seinem schwarzen Anzug wie der Kundenberater einer Privatbank. Seine tiefdunklen Augen hatten etwas Lebloses an sich. Trevisan fühlte sich ein wenig unbehaglich.

»Ich hätte ein paar Fragen bezüglich eines Ihrer Bekannten«, entgegnete Trevisan. »Sie kennen doch Simon Halbermann?«

Für einen Augenblick huschte eine Spur Unsicherheit über das Gesicht des Abgeordneten. »Sicherlich«, antwortete Behrends. »Setzen Sie sich, es redet sich leichter.« Der Abgeordnete schob zwei Stühle heran, und wartete, bis seine Gäste Platz genommen hatten, dann setzte er sich an die Stirnseite des Tisches. »Was darf ich Ihnen anbieten?«

»Danke.« Trevisan schüttelte den Kopf. Dietmar hob abwehrend die Hände.

»Warum interessieren Sie sich für Simon Halbermann?« Behrends musterte sie prüfend.

Trevisan ergriff die Initiative. »Sie haben doch bestimmt schon von dem Selbstmord seines Sohnes gehört?«

Behrends nickte. »Ich verstehe nicht, was ich Ihnen dazu sagen könnte. Es war für uns alle ein Schock.«

»Unterhalten Sie einen intensiven Kontakt zu Herrn Halbermann?«, meldete sich Dietmar zu Wort.

»Wie darf ich das verstehen?«

»Ich meine, Sie kennen sich seit der Zeit an der Uni. Kann man davon ausgehen, dass Sie diese Freundschaft weiterhin pflegen?«

Behrends überlegte. »Es stimmt, dass Simon Halbermann und ich zusammen studiert haben. Wir sind auch nach wie vor in Kontakt. Schließlich gehören wir beide einem Verein an, der es sich zur Aufgabe gemacht hat, unsere Kulturschätze zu bewahren und zu pflegen. Aber intensiv, das ist zu viel gesagt. Ich habe seinen Jungen ein paarmal gesehen. Aber mehr auch nicht.«

Trevisan hatte den Eindruck, dass Behrends wenig begeistert von dem Thema war. Seine Antworten wirkten ausweichend. Er beobachtete den Mann genau, doch weder Gesicht noch Haltung ließen Unsicherheit erkennen. Es mochte wohl auch daran liegen, dass Behrends gelernt hatte, wie man sich in der Öffentlichkeit verhielt. Er saß locker auf seinem Stuhl und hatte die Arme vor seiner Brust verschränkt.

Es hatte keinen Zweck, um den heißen Brei zu reden und ihre wertvolle Zeit zu vergeuden. Trevisan entschloss sich, die Gangart etwas zu verschärfen. »Wussten Sie, dass Simon Halbermann erpresst wurde? Hat er mit Ihnen darüber geredet?«

Behrends schien erstaunt. War es Theater oder wusste er wirklich nichts davon? »Ich, nein, woher auch? So nah stehen wir uns nicht.«

»Aber Sie haben sich während Ihrer Studienzeit doch eine Wohnung geteilt. Schweißt das nicht zusammen?«, setzte Dietmar nach.

»Also hören Sie, meine Herren, das alles ist lange her. Ich kenne ihn, er ist ein Bekannter und ein Vereinskollege. Nicht mehr und nicht weniger. Außerdem, muss ich schon sagen, kommt es mir vor, als wollen Sie mich verhören.«

Trevisan räusperte sich. »Wir benötigen dringend Informationen über Herrn Halbermann …«

»Was liegt denn überhaupt gegen ihn vor?«, fiel ihm der Abgeordnete ins Wort.

»Simon Halbermann wurde – wie gesagt – erpresst«, erklärte Trevisan. »Der Erpresser war ein Freund seines Sohnes. Ein gewisser Mike Landers. Wir fanden Landers' Leiche vor ein paar Tagen draußen am Banter See.«

»Und Sie glauben, Simon Halbermann könnte damit etwas zu tun haben?«, sagte Behrends lächelnd. »Simon Halbermann ist ein redlicher und achtbarer Mensch. Er gibt große Summen dafür aus, dass uns Kirchen und Denkmäler unserer Väter und Vorväter erhalten bleiben. Sie glauben doch nicht allen Ernstes, dass ein solcher Mann dazu fähig wäre, einen Jungen umzubringen, Das ist doch lächerlich.«

»Wir haben in Simon Halbermanns Villa gestohlene Bilder sichergestellt«, schob Trevisan nach.

»*Was* haben Sie?«

»Wir haben sein Haus durchsucht und dabei Kunstwerke von hohem Wert sichergestellt. Gestohlene Kunstwerke, nach denen weltweit gefahndet wurde.«

Behrends überlegte einen Augenblick. »Dazu kann ich nichts sagen«, erklärte er schließlich wesentlich leiser als zuvor.

»Wussten Sie, dass er Kunstwerke sammelt?«

»Simon war immer schon an Kunst und der Kultur interessiert. Über gestohlene Kunstwerke weiß ich nichts. Aber warum reden Sie nicht mit ihm selbst?«

»Wir wissen nicht, wo er sich derzeit aufhält«, erklärte Dietmar Petermann. »Er soll in Dänemark sein. Mit seinem Flugzeug. Wissen Sie, wo er dort sein könnte?«

Behrends schüttelte den Kopf. »Ich habe keine Ahnung.«

Es klopfte an der Tür. Behrends rief ein lautes, fast befreites »Herein«. Die Sekretärin schaute in das Zimmer. »Herr Behrends, der Fahrer wartet schon vor dem Haus. Es ist nun wirklich Zeit.«

Behrends richtete sich auf. »Meine Herrn, Sie müssen entschuldigen. Ich habe einen wichtigen Termin.«

Dietmar und Trevisan erhoben sich. »Ach, eine Frage noch«, sagte Trevisan. »Sind Sie mit Halbermann auch schon einmal in Dänemark gewesen?«

Der Abgeordnete stand vor seinem Stuhl und richtete seine Krawatte. »Dazu kann ich nichts sagen«, erwiderte er. »Sie müssen mich jetzt entschuldigen. War nett, Ihre Bekanntschaft zu machen. Meine Sekretärin führt Sie hinaus.«

»Können wir uns später noch einmal unterhalten?«, fragte Trevisan unverblümt.

»Wie war noch einmal Ihr Name?«

»Trevisan, Hauptkommissar Trevisan von der Mordkommission in Wilhelmshaven.«

»Also, Herr Trevisan«, antwortete Behrends. »Ich bin sehr viel unterwegs und ich fürchte, dass ich Ihnen nur wenig weiterhelfen kann. Simon Halbermann und ich waren gut miteinander bekannt, aber Freunde … nur weil wir einmal vor über zwanzig Jahren zusammen wohnten? Das wäre zu viel gesagt. Ich schlage vor, wenn Sie noch fundierte Fragen haben, wenden Sie sich am besten schriftlich an meine Sekretärin. Ich werde sie dann, so ich kann, gerne beantworten. Mehr kann ich nicht für Sie tun.«

»Was hältst du davon?«, fragte Dietmar, als sie wieder im Wagen saßen.

Trevisan rüttelte am Gurt. »Ich werde nicht schlau aus ihm. Natürlich hat er gelogen. Ich glaube, er weiß ganz genau, wo Simon Halbermann steckt. Aber sagt er es uns nicht, weil er ihn schützen will. Oder er hat selbst keine weiße Weste.«

Dietmar nickte. »Wenn ich überlege, dass ich den gewählt habe …« Er öffnete die Scheibe des Wagens und warf den Hochglanzprospekt hinaus, den er zuvor im Büro eingesteckt hatte.

*

Monika Sander stand vor dem Haus in der Kaiserstraße auf Norderney und betrachtete das goldfarbene Messingschild. *Institut Birgit, Eheanbahnung, Au-pair-Service, Vermittlung, Inhaberin: Vesna Glasic* stand in schwarzen Lettern darauf geschrieben. Darunter befand sich ein weiteres, in dunklem Silber gehaltenes Türschild, das auf die *Gesellschaft zur Förderung und zum Erhalt nordischer Kultur und Brauchtum e. V.* hinwies.

»Das ist aber nicht sehr geräumig für zwei solche Institutionen«, sagte Till Schreier und beugte sich hinunter, um den widerspenstigen Schnürsenkel seines Turnschuhes zu binden.

»Da hast du recht«, bestätigte Monika Sander. »Dafür, dass der Verein Millionenbeträge in den Erhalt von Kirchendenkmälern steckt, ist ihre Residenz eher bescheiden. Vielleicht teilen sie sich die Räume.«

Till richtete sich wieder auf. »Es hilft nichts, niemand zu Hause. Wir werden ein anderes Mal kommen müssen.« Er wandte sich zum Gehen.

Monika Sander wollte ihm schon folgen, da sah sie eine alte Frau, die auf dem Nachbargrundstück ihre Blumen goss. »Warte mal!«, sagte Monika. »Vielleicht war unser Weg doch nicht ganz umsonst.«

Sie blieb am Zaun stehen rief er Frau ein freundliches »Hallo« zu. Die alte Dame richtet sich auf und musterte Monika mit einem misstrauischen Blick.

»Ist wohl niemand zu Hause bei den Nachbarn?«, fragte Monika.

»Sind schon ’ne ganze Weile weg«, erhielt sie zur Antwort.

»Wissen Sie, wann die wiederkommen?«

Die Frau schüttelte den Kopf und stellte ihre Gießkanne auf den Boden. Dann kam sie näher. »Sind oft wochenlang weg. Geschäftsreisen, wissen Sie. Sie wollen wohl zu der Glasic?«

Monika Sander nickte.

Verschwörerisch beugte sich die Frau vor. »So 'n schönes Mädchen findet doch selbst einen guten Mann«, flüsterte sie.

Monika lächelte. »Sie sagen, sie sind schon lange fort, meinen sie damit Frau Glasic und ihren Mann?«

»Er ist nicht ihr Mann. Er lebt nur bei ihr. Er ist Däne, wissen Sie.«

»Ist denn auch niemand von dem Kulturverein hier?«, fragte Monika.

»Nee, da hab ich schon lange niemanden mehr gesehen«, erwiderte die Frau. »Ab und zu kommt da einer in einem feinen Anzug und mit einem großen Wagen. Aber der war auch schon Monate nicht mehr da. Mein Mann sagt, das sind Reiche, die sich ihre Steuern sparen wollen. Soll sogar ein Politiker darunter sein. Aber ich will nichts gesagt haben.« Die Frau zwinkerte.

Monika lächelte. »Waren denn überhaupt Leute in der letzten Zeit hier?«

Die Frau blickte sich konspirativ um, ehe sie antwortete. »Manchmal sieht man wochenlang niemanden, dann wimmelt es auf einmal wieder da drüben. Dann und wann wohnen allerlei Menschen hier. Vor allem junge Mädchen in unterschiedlichen Hautfarben. Ist so 'ne Vermittlung für Haushaltshilfen oder so ähnlich. Die kommen aus Afrika und Amerika und von überall auf der Welt, aber genau weiß ich das nicht.«

»Kennen Sie Frau Glasic gut?«

Die Frau schüttelte vehement den Kopf. »Nee, da will ich nichts mit zu tun haben. Albert, das ist mein Mann, sagt, dass das Ganze dort nicht mit rechten Dingen zugeht. Aber ich will nichts gesagt haben.«

»Was meinen Sie damit?«

»Man liest doch so viel in den Zeitungen. Albert meint, dass die auch den Schweinkram da mitmachen. Die jungen Mädchen werden meist von älteren Männern abgeholt. Noble Männer, keine armen Schlucker. Ich weiß nicht, aber mir kommt das auch nicht ganz geheuer vor.«

»Sie meinen so eine Art Prostituiertenservice?«, fragte Monika Sander.

»Junge Mädchen aus dem Ausland. Meistens aus den armen Ländern. Das ist doch nicht normal. Die haben doch auch Vater und Mutter. Ich weiß nicht, aber würden Sie ganz alleine in ein fremdes Land gehen, zu wildfremden Menschen, und dort leben wollen?«

Monika Sander lächelte verständnisvoll. Offenbar stammten die Weisheiten der Frau weniger von eigenen Beobachtungen als von Erzählungen und Gerüchten. »Haben Sie denn schon selbst einmal so etwas mitbekommen?«

»Was meinen Sie?«

»Sie erzählten mir doch von Prostitution und dergleichen.«

»Gott behüte, ich will nichts gesagt haben«, erklärte die Frau noch einmal, dann wandte sie sich um und ging zurück zu ihrer Gießkanne.

»Na, was halten wir jetzt davon?«, sagte Monika Sander zu Till.

»Ich weiß nicht, ob uns die Gerüchteküche besonders viel weiterhelfen kann«, erwiderte er.

»Auf der anderen Seite erfährt man manchmal auf diese Art mehr Wissenswertes, als wenn man offizielle Stellen fragt«, entgegnete Monika. »Wir sollten auch die Nachbarschaft auf der anderen Seite anhören.«

Sie ging den Fußweg entlang und steuerte auf das Nachbarhaus zur Rechten zu. Die grauen Fensterläden waren geschlossen. Das Grundstück war ungepflegt und wirkte leblos. Monika öffnete die kleine Gartentür. Ein ohrenbetäubendes Quietschen erklang.

»Da wohnt schon lange niemand mehr«, rief die alte Frau aus dem anderen Garten herüber. »Der alte Mann und seine junge Frau sind vor etwa zwei Jahren weggezogen. Das waren ganz sonderbare Leute. Sie haben jeden Kontakt vermieden.«

»Und was machen wir jetzt?«, fragte Till.

»Jetzt gehen wir zum Rathaus«, entschied Monika. »Und fragen dort, was die uns über die Glasic und ihren Lebensgefährten sagen können.«

24

Tina und Alex hatten sich am Getränkeautomaten einen Kaffee geholt und sich im langen Gang auf einen der Stühle gesetzt. Doktor Mühlbauer hatte die Obduktion vor wenigen Minuten beendet. Die tote Frau aus dem Flugzeug war bei dem Absturz grausam entstellt worden. Neben tiefen Schnittwunden im Gesicht hatte Doktor Mühlbauer mehrere Knochenbrüche und Quetschungen festgestellt. Typische Verletzungen eines Absturzopfers. Schwer, aber nicht unbedingt tödlich. Doch das alleine war es nicht gewesen, das die beiden Fahnder beunruhigt hatte. Viel wichtiger war die Erkenntnis, dass sich in den Lungen der Frau kein Wasser befunden hatte. Sie war definitiv nicht ertrunken. Sicher gab es noch andere Möglichkeiten für ihren Tod, ein multiples Organversagen aufgrund des Absturzes

zes, doch für all dies hatte Doktor Mühlbauer keine Anhaltspunkte gefunden. Die Gewebsanalyse und die Blutuntersuchungen im Labor dauerten noch an und Doktor Mühlbauer ließ auf sich warten.

»Wir hätten die Suche nach dem Piloten nicht so schnell abbrechen dürfen«, sagte Alex Uhlenbruch in die Stille des langen und aseptischen Ganges. Er nahm einen Schluck aus dem Pappbecher und verzog das Gesicht. Der Kaffee schmeckte genauso schlecht, wie er sich gerade fühlte.

»Du hast den Marineoffizier doch gehört«, beschwichtigte Tina. »Wir hätten keine Chancen, ihn zu finden. Die Strömung ist dort zu stark.«

»Oder der sitzt in einem warmen Zimmer und feiert seine Wiedergeburt«, murmelte Alex Uhlenbruch.

»Du meinst, er ist vorher ausgestiegen?«

»Ach, ich weiß nicht, was ich denken soll.«

Tina strich sich über die Haare. »Der Marineoffizier meinte, es ist unmöglich, dass jemand aus dem Flugzeug entkommen konnte. Und hätte er dann den Schatz im Flugzeug zurückgelassen?«

»Das Trinkhorn?«

»Also, ich wäre nicht abgesprungen und hätte das Ding zurückgelassen«, sagte Tina. »Das ist unter Freunden bestimmt weit mehr als hunderttausend Euro wert.«

Alex nickte. Vielleicht hatte Tina recht. Schließlich konnte man alles und jeden in Frage stellen, wenn man keine Fakten vorzuweisen hatte. Die Frau wäre bestimmt auch von der Strömung aus dem Flugzeug gezogen worden, wenn sich ihre Beine nicht in einem Knäuel von Blech und Kunststoff verhakt hätten. »Also gut, was haben wir bis jetzt? Ein abgestürztes Flugzeug, von dem wir noch nicht genau wissen, wem es gehört und wer darin saß, die unansehnliche und bislang noch unbekannte Leiche einer etwa vierzigjährigen Mitteleuropäerin, ein nach wie vor vermisster Pilot und dazu noch ein teures Artefakt, das wir bislang noch nicht zuordnen können. Möglicherweise sogar einen Mord. Das ist nicht sehr ermunternd.«

»Oder einen Selbstmord«, fügte Tina hinzu.

Alex nickte. »Eine weitere Möglichkeit, das erleichtert unsere Ermittlungen nicht gerade.«

Schritte hallten durch den Gang. Aus dem Halbdunkel näherte sich Doktor Mühlbauer. Die Neonröhren legten ein Netz aus Licht und Schatten über sein Gesicht. Vor den beiden Kripobeamten blieb er stehen. Seine Miene wirkte finster und nachdenklich.

»Es ist so, wie ich es mir dachte«, sagte der Doktor. »Ich habe Spuren von Barbituraten im Gewebe sowie auch im Blut gefunden. Die Frau war möglicherweise schon tot, als die Maschine ins Wasser stürzte.«

»Barbiturate?«

Doktor Mühlbauer nickte. »Ja, deutliche Spuren von Succinylcholin, Psylocibin und Narcobarbital. Wirkstoffe, die vor allem in der Anästhesie und in der Psychiatrie eingesetzt werden. Beruhigungsmittel und Halluzinogene. Nach erster Analyse und der festgestellten Menge möglicherweise sogar ein tödlicher Mix.«

Alex pfiff durch die Zähne. »Da wollte wohl jemand ganz sichergehen.«

»Ja, ein sicherer und sanfter Tod. Ich kenne diese Wirkstoffe aus der Euthanasie.«

»Sterbehilfe?«

»Ich sagte doch, ein sanfter Tod. Nach einer Injektion schlafen Sie ein, alle Muskeln entspannen sich, und Sie wachen nie mehr auf.«

»Wie lange dauert so etwas?«

Doktor Mühlbauer überlegte. »Das hängt natürlich von der Dosierung ab, aber ein bis zwei Stunden dauert es schon. Doch das ist egal, Sie kriegen davon überhaupt nichts mehr mit. Sie schlummern mit herrlichen Träumen hinüber in die andere Welt.«

Alex erhob sich und wartete, bis Tina ihren Kaffee getrunken hatte. »Also gut, dann lass uns zum Flughafen fahren. Vielleicht erfahren wir dort wenigstens eine erfreuliche Neuigkeit. Übrigens, die Leiche ist noch nicht identifiziert.«

Doktor Mühlbauer lächelte. »Zahnschema ist erstellt und die DNA-Probe bereits unterwegs ins Labor.«

»Wann erhalten wir den Bericht?«, fragte Tina.

»In zwei bis drei Tagen.«

Alex und Tina bedankten sich und wandten sich zum Gehen.

»Übrigens, richten Sie Trevisan einen schönen Gruß von mir aus«, rief ihnen der Pathologe hinterher. »Ich habe das Ergebnis der DNA-Probe des Kopfes vorliegen. Ich werde es ihm gleich morgen früh schicken.«

Tina nickte.

»Was für einen Kopf?«, fragte Alex überrascht.

»Den wir bei Halbermann in dem komischen Kellerraum gefunden haben«, erwiderte Tina.

Alex blieb stehen und warf ihr einen verwunderten Blick zu. »Davon weiß ich ja gar nichts.«

»Du hattest doch frei«, entgegnete Tina und erzählte ihm von der Durchsuchung bei Halbermann. Als sie ihm von den aufgefundenen Kunstschätzen berichtete, stutzte Alex.

»Ein Schwert und eine Sichel«, murmelte er nachdenklich. »Und in dem Flugzeug lag ein keltisches Trinkhorn. Bestimmt auch schon ein paar Jahrhunderte alt. Weißt du, was ich glaube?«

Tinas Gesicht färbte sich rot. »Verdammt, ich weiß, was du meinst. Komm schnell, zum Flughafen!«

*

Die junge Frau von der Stadtverwaltung saß vor ihrem Computer und las die Daten vom Bildschirm des Einwohnermelderegisters ab. »Die Glasic kam vor acht Jahren nach Norderney. Sie ist aus Osnabrück zugezogen. Sie hat schon damals ihr Gewerbe ausgeübt. Mats Persson zog vor drei Jahren bei ihr ein. Er stammt aus Dänemark, genauer gesagt aus Hjørring in Nordjütland. Er hat eine unbefristete Aufenthaltserlaubnis nach dem EU-Recht.«

»Was ist er von Beruf?«, fragte Till Schreier und beugte sich über den Tisch.

»Gärtner. Aber soviel ich weiß, ist er mittlerweile bei Frau Glasic angestellt«, berichtete die Frau, ohne auf den Bildschirm zu sehen. Sie mochte um die dreißig sein und hatte ihre blonden, schulterlangen Haare zu einem Pferdeschwanz zusammengebunden.

Monika Sander machte sich Notizen.

»Könnten wir einen Auszug von den beiden haben?«, sagte Till und lächelte entwaffnend.

»Für die Polizei mache ich fast alles.« Sie drückte auf die Entertaste. Der Drucker setzte sich mit lautem Getöse in Gang und wenig später hielt Till den Ausdruck aus dem Einwohnermelderegister in der Hand.

»Darf ich fragen, weshalb Sie sich nach dem Heiratsinstitut erkundigen?«, fragte die Angestellte.

»Kennen Sie Frau Glasic persönlich?«, fragte Monika.

Die junge Frau nickte.

»Was ist sie für eine Frau?«

Sichtlich rang die Angestellte mit sich, offenbar fiel ihr die Antwort nicht leicht. Schließlich sagte sie mit gedämpfter Stimme: »Sie müssen mir versprechen, dass Sie niemandem etwas erzählen.«

»Mein Wort darauf«, versicherte Monika.

»Näher kenne ich Frau Glasic natürlich nicht. Aber ich war schon einmal bei ihr. Wissen Sie, es gibt hier auf der Insel nicht gerade einen Männerüberschuss. Viele wandern ab und suchen sich Arbeit in den Städten, solange sie noch konkurrenzfähig sind. Ich bin hier geboren und aufgewachsen und werde wohl hier auch beerdigt. Es ist für eine Frau nicht leicht, alleine zu sein.«

Monika Sander verstand. »Sie waren also bei ihr?«

»Ich habe es mit Zeitungsanzeigen versucht«, erklärte die Angestellte. »Aber das bringt nicht viel. Ja, ich bin zu ihr hingegangen. Doch es war irgendwie komisch.«

»Komisch?«

Der Bildschirmschoner aktivierte sich. Ein Bild der *Chippendales mit nackten Oberkörpern erschien*. Till zog die Augenbraue nach oben.

Schnell tippte die Frau auf die Leertaste, bevor sie weitererzählte. »Ich hatte zuvor im Internet nachgeschaut, was ich alles brauche, Also steckte ich ein Bild von mir in meine Tasche und schrieb einen Lebenslauf. Doch Frau Glasic ließ mich einfach abblitzen.«

»Abblitzen, wie meinen Sie das?«

»Eine Vermittlung kostet an die 2000 Euro«, berichtete die Frau. »Das steht auf der Homepage. Außerdem steht da noch, dass sie Menschen jeden Alters und jedes Geschlechts vermitteln. Aber das stimmt alles nicht. Frau Glasic sagte mir, dass sich ihr Institut nur um einen speziellen Personenkreis kümmere. Deswegen könne sie mir nicht helfen. Ich hatte sogar die Anzahlung von 1000 Euro auf den Tisch gelegt. Aber die Frau schickte mich einfach weg.«

»Das ist sehr ungewöhnlich«, bestätigte Monika. »Ich meine, Sie sind eine junge Frau, sehen gut aus, das wäre doch leicht verdientes Geld.«

Die Angestellte lächelte verlegen.

»Hat Frau Glasic gesagt, um welchen Personenkreis sie sich vorwiegend kümmert?«, fragte Monika.

»Nein, aber ich glaube, sie arbeitet nur noch mit Frauen aus dem Osten«, entgegnete die städtische Angestellte. »Manche sagen, dass sie Frauen in das Rotlichtmilieu vermittelt. Es waren auch junge Mädchen darunter. Alles Ausländerinnen.«

»Gibt es dafür irgendwelche Beweise?«, mischte sich Till Schreier ein.

»Beweise nicht direkt, aber Gerüchte.«

»Entschuldigen Sie, aber Gerüchte alleine reichen nicht«, sagte Monika.

»Ich weiß, aber der alte Helmers hat einmal erzählt, dass er eine Frau in Bremen wiedergetroffen hätte, die drei Monate bei der Glasic gewohnt hatte.«

Monika Sander horchte auf. »Helmers, wer ist das?«

»Das ist ein alter, kauziger Kerl. Er spielt in der Hautklinik den Hausmeister. Er sagt auch, dass der Persson niemals Gärtner sein kann.«

»So, wie kommt er denn darauf?«, fragte Monika.

»Vor zweieinhalb Jahren wurde die Außenanlage des renovierten Anbaus der Klinik neu gestaltet. Helmers stand ganz schön unter Stress. Er fragte mich, ob ich denn niemanden wüsste, der ihm bei der Arbeit helfen könne. Gegen Bezahlung natürlich. Ich schickte ihn zu Persson, der hing damals eigentlich nur herum, deshalb dachte ich mir, er würde ein kleines Zubrot nicht ablehnen. Er half auch ein paar Tage, aber dann schickte ihn Helmers nach Hause. Später beschwerte er sich bei mir, der könne noch nicht einmal einen Flieder von einem Rosenbusch unterscheiden.«

»Wo können wir Herrn Helmers jetzt finden?«, fragte Monika.

»Bestimmt in der Klinik. Er wohnt auch dort.«

Till warf einen Blick auf seine Armbanduhr. »Dann müssen wir uns beeilen, wenn wir die Fähre noch erreichen wollen.«

Monika nickte, packte ihr Notizbuch wieder ein und erhob sich. »Sie haben uns sehr geholfen«, sagte sie.

»Aber bitte, das mit dem Heiratsinstitut muss unter uns bleiben«, bekräftigte die junge Frau.

»Das ist doch selbstverständlich«, entgegnete Monika und reichte ihr die Hand.

*

Tina hatte es eilig. Sie hatte den Dienstwagen direkt vor der kleinen Abfertigungshalle im Halteverbot abgestellt und hetzte in das rotverklinkerte Gebäude. Alex hatte Mühe, ihr zu folgen. Den ganzen Weg über hatte sie geschwiegen, nur hin und wieder ein paar sudelige Flüche von sich gegeben. Sie sprach den erstbesten Mann an, der ihnen begegnete und seinem ölverschmierten Overall nach zu urteilen wohl zum Flughafenpersonal gehörte, und fragte ihn nach einem Ansprechpartner, der ihr über die hiesigen Flugzeuge und Flugbewegungen Auskunft erteilen konnte. Der Mechaniker erklärte ihr den Weg in den Tower.

Tina hörte nur mit einem Ohr zu und hätte sich unterwegs zweimal verlaufen, wenn Alex nicht bei ihr gewesen wäre. Endlich erreichten sie den hohen Turm mit der verglasten Aussichtsplattform. Tina stürmte die eiserne Treppe hinauf, und Alex brach der Schweiß aus den Poren. Je höher sie kamen, desto wärmer wurde es. »Die haben hier wohl keine Klimaanlage?«

Tina hatte das Ende der Treppe erreicht und klopfte gegen die Metalltür. Sekunden später klopfte sie erneut, diesmal lauter.

»Du musst ihnen schon Zeit geben, die können nicht fliegen, das tun nur die draußen mit den Flugzeugen«, witzelte Alex. Tinas scharfer Blick ließ ihn verstummen.

Vehement pochte sie gegen die metallene Tür. Endlich ging die Tür auf und ein alter, untersetzter Mann mit Glatze musterte mit strengem Blick. »Was ist denn hier los?«, fragte er schroff. »Hier dürfen Sie nicht herauf.«

Tina zückte ihren Dienstausweis. Der Mann ließ sie herein. Tina ging voraus, Alex folgte. Die Hitze im Turm traf ihn wie eine Keule.

»Schau mal an«, sagte der Alte, »schon wieder die Polizei. Das wird ja langsam zur Gewohnheit.«

Tina überhörte die Bemerkung. »Stimmt es, dass Ihre IACO-Kennung EDWI lautet?«

»Ja, das ist richtig, das ist Mariensiel«, bestätigte der Mann.

»Dann kennen Sie sicher den HMP-Flugservice aus Wilhelmshaven? Steht eine Maschine dieser Gesellschaft hier auf dem Flugplatz?«

»Das stimmt. Eine Cessna 152R. Sie steht normalerweise hinter dem Runway 2 in der Parking Area. Stellplatz F 5. Aber sie ist nicht da, das sagte ich gestern schon ein paar Kollegen von Ihnen.«

»Hieß einer dieser Kollegen zufällig Trevisan?«, fragte Alex dazwischen.

Der Kahlköpfige nickte.

»Gehört die Maschine Simon Halbermann?«, setzte Tina Harloff nach.

»Ja, das ist sein Flugzeug«, bestätigte der Mann. »Es ist auf seine Firma eingetragen.«

»Bevor wir aneinander vorbeireden, wie ist die Kennung von Halbermanns Maschine?«

»Moment, da muss ich nachsehen.« Er setzte sich an seinen Arbeitsplatz und aktivierte den Computer. Tina wippte ungeduldig mit der Fußspitze. »D-SAHM«, sagte er, nachdem er eine Liste aufgerufen hatte.

»Wann haben Sie Halbermanns Maschine das letzte Mal gesehen?«, fragte Tina.

»Vor einer Woche«, entgegnete der Kahlköpfige. »Ich sagte das schon Ihrem Kollegen. Er ist mit seiner Frau nach Dänemark geflogen.«

»Und zwischenzeitlich haben Sie nichts mehr von ihm gehört? Er sagte auch nicht, wann er zurückkommen würde?«

Der Mann schüttelte den Kopf.

»Danke.« Tina machte auf dem Absatz kehrt und rannte

zur Tür. Alex war von ihrer Reaktion vollkommen überrascht. Er stand noch immer neben dem Kahlköpfigen, der ihm einen verblüfften Blick zuwarf.

»Es ist sehr wichtig«, sagte Alex beschwichtigend.

»Ist was passiert?«

»Wir haben Halbermanns Cessna aus der Nordsee gefischt«, erklärte Alex. »Eine tote Frau war an Bord. Etwa vierzig Jahre, dunkelblonde Haare. Vom Piloten fehlt jede Spur.«

Der kahlköpfige Mann sah Alex fassungslos an. »Aber warum haben wir davon keine Nachricht erhalten?«, stammelte er. »Bremen hätte uns von dem Absturz informieren müssen. Wann war denn das?«

»Vor zwei Tagen, aber die Maschine hat sich nicht bei der Luftüberwachung angemeldet. Sie flog sehr tief. Niemand hätte etwas bemerkt, wenn nicht zufällig ein Fischer mitten in der Nacht Zeuge des Vorfalles geworden wäre.«

Dem Kahlköpfigen standen der Schrecken und die Betroffenheit noch immer in das Gesicht geschrieben. »Sehr tief, sagen Sie?«

»Können Sie mir sagen, ob die Beschreibung auf Frau Halbermann passt?«

»Wie … welche … die Beschreibung … Moment, ja, jaja, das könnte sie sein«, stotterte der alte Mann.

»Warum bist du da oben einfach so davongerannt?«, sagte Alex verärgert. Tina stand vor dem Wagen.

»Ich musste unbedingt Trevisan anrufen. Er fahndet nach Halbermann.«

»Hast du ihn erreicht?«

Tina nickte. »Wir treffen uns um vier im Büro.«

Alex legte ihr den Arm um die Schulter. Sie wirkte aufgelöst und fahrig. Eine Träne lief über ihre Wange. »Was ist denn los mit dir?«

Sie schlug ihre Hände vor das Gesicht. »Ich habe es vermasselt. Wir haben durch meine Dummheit zwei ganze Tage verloren. Ich wusste doch, dass Halbermann Kunstgegenstände sammelt. Außerdem wusste ich, dass er ein Flugzeug besitzt und nach Dänemark geflogen ist. Ich habe den Zusammenhang einfach nicht erkannt. Ich habe es vermasselt.« Sie schluchzte.

Alex nahm sie in den Arm. »Du hast überhaupt nichts vermasselt. Wir waren gestern sechzehn Stunden unterwegs. Wir waren beide todmüde. Das ist doch ganz normal.«

»Aber es wäre doch so naheliegend gewesen!«, klagte sie. »Wenn ich nur richtig überlegt hätte …«

»Dann stünden wir kein bisschen besser da, oder? Was glaubst du, wie viele Flugzeuge täglich über die Nordsee fliegen. Ich hätte wahrscheinlich genauso reagiert wie du. Wir sind alle keine Supermenschen und das hier ist kein Spielfilm.«

»Aber …«

»Ach was, du hast dir überhaupt nichts vorzuwerfen«, bekräftigte Alex und streichelte ihr sanft über die Haare.

*

Trevisan stand in der Asservatenkammer und fuhr mit der flachen Hand über die Schneide des Schwertes. Tinas Anruf hatte ihn erreicht. Die Fahndung war mittlerweile eingestellt. Trevisan dachte an den ersten Besuch bei den Halbermanns, als er die Nachricht vom Tod ihres Sohnes überbracht hatte. Wie sollte es jetzt weitergehen? Halbermann und dessen Frau waren tot, doch die Ermittlungen in Sachen Mike Landers und Maria Souza da Marques waren noch nicht abgeschlossen. Außerdem war da der Kopf des immer noch unbekannten Toten. Noch gab es also einige Rätsel zu lösen, doch die einzige Zeugin, die Licht ins Dunkle hätte bringen können, war beim Absturz des Flugzeuges gestorben. Trevisan war sich sicher, dass Elisabeth Halbermann ihr Schweigen gebrochen hätte, wenn er ihr die Fakten unter vier Augen dargelegt hätte.

»Pass auf, die Schneide ist scharf«, sagte Horst Kleinschmidt und kletterte von seiner Leiter. Aus dem oberen Regal hatte er einen Karton geholt. Er enthielt eine Vase, die aus Halbermanns Villa stammte. Offenbar war sie ebenfalls gestohlen und gehörte zu einer privaten Kunstsammlung in der Schweiz.

Trevisan legte das Schwert zur Seite und half Kleinschmidt, den Karton zu öffnen. Gemeinsam verglichen sie die Fotografie mit dem Original.

»Bingo«, sagte Kleinschmidt. »Wieder einen Artikel verkauft.«

Trevisan nickte und griff erneut nach dem langen Schwert. »Hast du das eigentlich schon an den Mann gebracht?«

Kleinschmidt lächelte. »Museum of Celtic Art in Arhus.«

Trevisan hielt den Griff in beiden Händen. »Das ist verdammt schwer, meinst du, damit könnte man einen Kopf abschlagen?«

»Scherzbold«, entgegnete Kleinschmidt. »Was glaubst du eigentlich, wofür dieses Ding geschmiedet wurde? Das ist ein restauriertes keltisches Richtschwert. Die Grundsubstanz stammt noch aus den guten alten Tagen. Damit wurden reihenweise Köpfe abgeschlagen. Die kannten früher noch keine Bewährung«, witzelte Kleinschmidt.

Trevisan war wie vom Donner gerührt. »Hast du es schon auf Blutspuren untersucht?«

»Willst du mich verarschen?«

»Nein, ich meine es ernst«, erwiderte Trevisan. »Wir haben ja schließlich auch einen Kopf gefunden.«

25

Die warme Luft lag wie ein Schleier über der Stadt und heizte den Konferenzraum im zweiten Stock des Polizeigebäudes auf. Die Fenster waren geöffnet, doch nichts bewegte sich. Die Blätter der Birke vor dem Fenster hingen schlaff und leblos herab. Manche hatten schon den bräunlichen Ton des bevorstehenden Herbstes angenommen. Der Lärm des Feierabendverkehrs drang von draußen herein.

Während seine Mitarbeiter sich erschöpft auf ihren Stühlen lümmelten, stand Trevisan am Fenster. Die Menschen in den Straßen hasteten nach Hause, um endlich ihren Büros und Fabriken zu entkommen. Seit zwei Tagen war es für den Norden Deutschlands ungewöhnlich heiß. Sogar der sonst so verlässliche Wind, der fast immer über die Küste strich, war ausgeblieben. Trevisan strich sich über die Stirn, hinter der sein Gehirn fieberhaft arbeitete. Alle Gedanken kreisten um Simon Halbermann, der vor zwei Tagen mit seinem Flugzeug abgestürzt war. Gemeinsam hatten Trevisans Mitarbeiter und er versucht, das Rätsel um den Tod des jungen Mike Landers zu lösen, doch kaum hatten sie sich ein kleines Stück der Wahrheit genähert, waren schon wieder neue Fragen aufgetaucht. Sie hatten ihre Erkenntnisse und Neuigkeiten ausgetauscht und waren keineswegs schlauer als zuvor. Im Gegenteil, alles schien nur noch verwirrender.

Wer war Simon Halbermann wirklich gewesen? Was war er gewesen? Ein Mensch mit einem unstillbaren Heißhunger auf Kunstgegenstände und wertvolle Artefakte. Ein Ungeheuer, das für die Erfüllung seiner Pläne über Leichen ging?

Ein überfüllter Bus hielt gegenüber an der Bushaltestelle. Noch mehr Menschen strömten in die blecherne Enge. Trevisan wandte den Blick ab und trat an die Stirnseite des Konferenztisches. »Der Absturz ändert nichts, es sind noch zu viele Fragen offen und Halbermann hat den jungen Landers nicht selbst umgebracht. Er hat den Auftrag gegeben, aber die Täter laufen noch immer frei herum.«

Monika legte den Schnellhefter zu Seite. »Wir wissen ja nicht einmal, ob er wirklich tot ist. Wer weiß, vielleicht war er gar nicht an Bord.«

Tina nickte. »Der Marineoffizier und der Kapitän des Seenotrettungskreuzers sind sich darüber einig, dass eine weitere Suche keinen Sinn hat. Niemand konnte vor dem Absturz entkommen, dazu flog die Maschine zu tief und zu schnell.«

»Zu tief und zu schnell?«, wiederholte Dietmar.

»Ein Fallschirmspringer hätte knapp zehn Sekunden Zeit gehabt, bis er am Boden gewesen wäre. Aber er hätte bei der Geschwindigkeit nicht einmal die Kabinentüre öffnen können. Der Gegendruck wäre zu stark«, erklärte Tina. »Hat mir der Kapitänleutnant der Marine erklärt«, fügte sie selbstsicher hinzu, als sie Dietmars ungläubigen Gesichtsausdruck bemerkte.

»Selbst wenn wir davon ausgehen, dass er tot ist, haben wir noch sehr viel Arbeit vor uns«, mischte sich Trevisan ein. »Wo ist das Au-pair-Mädchen abgeblieben? Wer ist am Tod von Mike Landers schuld? Wer ist der unbekannte Tote, dessen Kopf in der Pathologie liegt, wie, wann und wo starb er, und wer hat seinen Tod zu verantworten?«

»Wenn wir davon ausgehen, dass die kleine Maria über die Glasic zu Halbermann kam, dann muss sie uns auch sagen können, wo das Mädchen geblieben ist«, warf Monika Sander ein. »Obwohl dort offenbar auch nicht alles mit rechten Dingen zugeht. Zumindest ist sich dieser Hausmeister auf Norderney sicher, im Bremer Rotlichtviertel auf eine Russin getroffen zu sein, die ein paar Monate lang bei der Glasic wohnte. Er hat sogar ein paar Worte mit ihr gewechselt.«

Till seufzte. »Wobei das aber nichts mit der Sache zu tun haben muss. Vielleicht ist ihre Heirat geplatzt und sie hat sich entschlossen, in Deutschland zu bleiben. Jetzt geht sie anschaffen, um hier leben zu können.«

»Das ist natürlich auch möglich, aber das muss sich doch feststellen lassen«, sagte Trevisan.

»Für mich ist Persson eigentlich viel interessanter«, fuhr Till fort. »Ein Gärtner, der einen Flieder nicht von einem Rosenbusch unterscheiden kann. Da ist doch etwas faul.«

Trevisan verzog seine Mundwinkel. »Ausgerechnet jetzt, wo euer Urlaub vor der Tür steht.«

»Also, ich könnte meinen um eine Woche verschieben«, sagte Monika. »Wir fliegen erst Anfang übernächster Woche.«

Till schüttelte den Kopf. »Bei mir geht es nicht, ich habe gebucht. Am Dienstag geht es los.«

»Gut, da kann man nichts machen, aber Monika, ich nehme dein Angebot gerne an«, sagte Trevisan. »Bleib in Sachen Glasic am Ball. Ich kümmere mich mit Dietmar um Behrends und Halbermann und Alex übernimmt Tills Part an deiner Seite. Schau dir diesen Persson mal genauer an. Vielleicht ist das sogar unser Mann im Fall Landers.«

»Ich muss mich aber erst noch um die Identifizierung der Frauenleiche aus dem Flugzeug kümmern«, gab Alex zu bedenken. »Eine einfache Identifizierung durch Angehörige ist wegen der Gesichtsverletzungen nicht möglich. Ich muss es auf anderem Weg versuchen.«

»Okay, das ist klar, aber das kannst du alleine, oder?«, entgegnete Trevisan.

»Ich dachte an das Zahnschema, ich muss herausfinden, wer der Zahnarzt war.«

»Frag die Haushälterin. Monika hat die Adresse«, entgegnete Trevisan und wandte sich Tina zu.

Sie sank auf ihrem Stuhl zusammen. Es hatte fast den Anschein, als ob sie sich verstecken wollte. Noch immer knabberte sie hart an ihrem vermeintlichen Fehler, den Zusammenhang zwischen den Ermittlungen in Sachen Halbermann und dem Flugzeugabsturz zu spät erkannt zu haben. Und jetzt kam auch noch der Zeitfaktor ins Spiel. Sie wollte am liebsten im Erdboden versinken.

Alex warf Trevisan einen vielsagenden Blick zu. Er hatte ihm unter vier Augen von Tinas Reaktion auf dem Flughafen erzählt.

»Tina, für dich habe ich einen Spezialauftrag«, sagte Trevisan.

Sie richtete sich auf. Eine zarte Röte überzog ihr Gesicht.

»Du übernimmst die Koordination«, sagte Trevisan. »Ich habe eine Interpolanfrage nach Maria Souza da Marques laufen, außerdem hat Monika über das BKA Ermittlungen wegen des Kopfes angeleiert und dann ist da noch die Sache mit dem sonderbaren Notizzettel aus dem Hause Halbermann.« Er reichte ihr den Zettel, den er von Monika Sander zurückerhalten hatte. »Vielleicht kannst du den Code sogar knacken. Suche in unserem Computern, im Internet oder sonst wo, aber diese Buchstaben und Zahlen müssen einen tieferen Sinn haben, sonst hätte sie Halbermann nicht aufgeschrieben.«

Tina seufzte enttäuscht.

»Dann noch etwas.« Trevisan griff in seine Jackentasche und zeigte ihr die Postkarte, die er von Halbermanns Haushälterin erhalten hatte. »Ich will wissen, wo dieses Bild aufgenommen wurde.«

Noch bevor Trevisan die Karte an Tina weitergegeben hatte, wurde die Tür aufgestoßen. Kriminaloberrat Beck kam herein. »Aha, das ganze K 1 auf einem Haufen. Ich dachte, ihr seid schon wieder alle ausgeflogen.« Er umrundete den Tisch und nahm Trevisan die Postkarte aus der Hand. »Schöne Gegend, planst du deinen Urlaub?«

Trevisan nahm die Karte wieder an sich. »Wir stecken noch mitten in den Ermittlungen. Was gibt's?«

»Was es gibt?«, polterte Beck. »Das frage ich dich. Ich habe seit letzter Woche keinen Bericht mehr erhalten. Ich weiß nicht einmal, was ihr tut und wie der Stand der Dinge ist. Nicht nur, dass ich der Pressestelle keine Neuigkeiten aus euerer Abteilung berichten kann, obwohl laufend Anfragen wegen des abgestürzten Flugzeugs eingehen, ich kann am Montag unserer Chefin nicht einmal sagen, an was genau ihr arbeitet. Sie wird nach ihrem Urlaub nicht gerade erbaut darüber sein. Ihr kennt sie ja.«

»Du weißt doch, dass wir an der Halbermann-Sache arbeiten«, erwiderte Trevisan.

»Ich wüsste noch nicht einmal, dass ihr in Halbermanns Villa gestohlene Kunstwerke sichergestellt habt, wenn mir Kleinschmidt nicht davon erzählt hätte«, beschwerte sich Beck verärgert.

Trevisan zog Beck einen Stuhl heran. »Dann setz dich und hör gut zu!«

*

Tina saß an ihrem Schreibtisch. Sie hatte sich Kaffee gekocht. In der Nacht hatte sie schlecht geschlafen. Es nagte an ihr, dass sie die Zusammenhänge zwischen dem Absturz und den Ermittlungen in Sachen Halbermann nicht gleich erkannt hatte. Nun war sie von Trevisan zu diesem Schreibtischjob verdonnert worden – für sie kam das einer Bestrafung gleich und das trug nicht gerade zu Besserung ihrer Laune bei. Sie erwartete ein Fax von Interpol. Gelangweilt drehte sie die Postkarte an die Haushälterin der Halbermanns zwischen ihren Fingern.

Eine Winterlandschaft am Meer. Kein Gebäude, keine Auffälligkeit im Hintergrund. Trevisan hatte sie beauftragt, festzustellen, woher die Karte stammte. Wie stellte er sich das vor, ohne geringsten Hinweis? Sie legte die Karte zur Seite und blickte auf die Adresse des Kartenherstellers. Dann griff sie zum Telefon und wählte die Nummer der Auslandsauskunft.

Das Gespräch war nur kurz und wenig fruchtbar. Auf den Postkartenverlag war keine Telefonnummer eingetragen. Das war ungewöhnlich. Wie sollte jemand eine Bestellung durchgeben? Am Ende gab es die Firma gar nicht mehr. Schließlich war die Karte schon über drei Jahre alt und die Welt war kurzlebig geworden.

»Ist denn hier überhaupt niemand mehr?«, dröhnte eine tiefe Stimme durch den Flur. Tina erhob sich und ging nach draußen. Kleinschmidt stand vor Trevisans Büro. Er hielt einen Aktenordner in der Hand.

»Die sind alle weg«, antwortete Tina.

»Stallwache?« Kleinschmidt nahm seine Pfeife aus dem Mund.

»Na ja, wenn man so will.«

Kleinschmidt betrat Tinas Büro und setzte sich erschöpft auf einen Stuhl. »Ich bin urlaubsreif«, seufzte er. »Ich bin in letzter Zeit nur noch im Büro, das hält doch kein Mensch auf Dauer aus.«

Tina zog eine Grimasse. Genau das war ja heute auch ihr Problem.

»Seit heute früh um sechs bin ich schon auf den Beinen«, fuhr Kleinschmidt fort. »Jetzt komme ich gerade von Mühlbauer. Wann kommt Trevisan zurück?«

»Ich weiß nicht, aber heute Nachmittag gegen vier Uhr treffen wir uns zur Besprechung.«

»Da bin ich schon längst unterwegs nach Holland, ich habe mir nämlich das Wochenende freigenommen«, erklärte er. »Aber du kannst Trevisan ausrichten, dass ich mich gestern Abend noch an das Schwert rangemacht habe. Tatsächlich fand ich mikroskopisch kleine Anhaftungen auf der Schneide. Menschenblut. Und nach vorläufiger Analyse identisch mit dem Blut, das einmal im fehlenden Leib des Schädels floss.«

Tina bekam große Augen. »Das heißt, dass der Kopf mit Halbermanns Schwert abgeschlagen wurde?«

»Ja, genau das«, bestätigte Kleinschmidt. »Das heißt, wenn die DNA-Auswertung meine vorläufige Analyse bestätigt.«

»Tut sie das nicht immer?«, flachste Tina.

»Ich muss zugeben, mein Fehlerquotient liegt unter 0,1 Prozent«, erwiderte Kleinschmidt mit einem breiten Lächeln. »Übrigens habe ich die Dänen informiert, dass sie auf das Schwert noch eine Weile verzichten müssen.«

Tina stutzte. »Was haben die Dänen mit der Sache zu tun?«

Kleinschmidt schlug den Aktenordner auf und zeigte ihr ein Bild des Schwertes, das an einer gelben Wand hing. »Museum of Celtic Art, Arhus. Dort wurde das Schwert vor sechs Monaten gestohlen. Zusammen mit weiteren Artefakten keltischer Herkunft.«

Tina dachte an das, was Alex über das Trinkhorn gesagte hatte. »Gibt es dort auch wertvolle Trinkhörner?«

»Alles, was in keltischen Haushalten zu finden war, wieso?«

»Wir haben eins in Halbermanns Flugzeug sichergestellt. Alex meint, es ist keltisch.«

Kleinschmidt zündete umständlich seine Pfeife an. »Überprüfe das, es könnte auch aus dem Museum stammen. Es fehlt nämlich noch mehr.«

Über Tinas Gesicht huschte ein Lächeln. »Ich rufe sofort beim BKA an.«

Kleinschmidt schüttelte den Kopf. »Das BKA, Interpol, Verbindungsstellen, das bringt doch nichts. Was glaubst du, wie viele Anfragen da täglich durch den Fernschreiber laufen. Endlose Schlangen an Papier, die von Schreibtisch zu Schreibtisch wandern, bis sie nach Jahren wieder den Absender erreichen. Das jüngste Gericht ist da sogar schneller.«

Tina schaute verwirrt.

»Du musst das direkt machen«, erklärte Kleinschmidt. »Ruf die Polizei in Arhus an. Kommissar Wiland. Die Nummer steht in meiner Akte.«

»Aber ich spreche doch kein dänisch.«

»Glaubst du vielleicht, ich?«, entgegnete Kleinschmidt. »Aber in Jütland spricht jeder Zweite deutsch.«

Kleinschmidt war gegangen und hatte den Aktenordner für Trevisan zurückgelassen. Tina blätterte darin. Er umfasste nicht nur Kleinschmidts Aufzeichnungen, sondern enthielt auch Doktor Mühlbauers Bericht über die Untersuchung des aufgefundenen Schädels. Mehrere Bilder des Kopfes waren darin enthalten. Tina erschauderte.

Schließlich klappte sie die Akte zu und erhob sich, um sich eine weitere Tasse Kaffe zu holen. Als sie einschenkte, klingelte das Telefon. Der Beamte des Luftfahrtbundesamtes war am Apparat und teilte ihr mit, dass die Untersuchungen am Flugzeugwrack der Halbermanns abgeschlossen waren. Es lagen keine Hinweise auf einen technischen Defekt vor. Das Flugzeug war intakt gewesen. Als Absturzursache kam ein Pilotenfehler in Betracht. Das Flugzeug war inzwischen freigegeben worden. Der umfassende Bericht würde bald folgen. Tina bedankte sich und blätterte wieder in Kleinschmidts Akte. Auf dem Blatt neben dem Bild aus dem Museum stand die Telefonnummer des zuständigen Kommissars in Arhus.

Sie wählte die Nummer. Ein Knacken war in der Leitung zu hören. Zweimal ertönte ein Klingelsignal, dann knackte es erneut und ein Dauerton folgte. Tina wollte schon auflegen, da meldete sich eine weibliche Stimme am anderen Ende.

Sie verstand die Worte nicht, doch als die Dame eine Pause einlegte, sagte sie: »Guten Tag, mein Name ist Tina Harloff von der Polizei in Wilhelmshaven in Deutschland.«

»Was kann ich für Sie tun?«, erklang es mit leichtem Akzent im kleinen Lautsprecher.

Tina atmete auf. »Ich möchte bitte mit Kommissar Wiland sprechen.«

»Der ist in Urlaub. Mein Name ist Kareen Holt. Ich bin seine Kollegin. Um was geht es?«

Tina berichtete von Kleinschmidts Anruf und von dem gestohlenen Schwert aus dem Museum in Arhus. Die Frau wusste sofort, wovon Tina sprach. Dann erzählte Tina von dem mysteriösen Fund an Bord von Halbermanns Maschine.

»Ein Trinkhorn«, ertönte es im Telefon. »Ja, ich meine mich zu erinnern. Ein Trinkhorn aus Gold mit Edelsteinen besetzt. Das stimmt. Geben Sie mir bitte ihre E-Mail-Adresse, ich werde Ihnen unverzüglich ein Bild übersenden.«

Tina lächelte. Ihr Blick fiel auf die Postkarte. »Ich hätte da noch ein Problem.«

»Ich helfe gerne, wenn ich es kann«, entgegnete die Kommissarin.

Tina atmete auf. »Ich wollte die Telefonnummer eines Postkartenproduzenten erfragen, aber unsere Auslandsauskunft findet keinen Eintrag. Es geht um wichtige Ermittlungen in einem Mordfall.«

»Welche Firma betrifft das?«

»Es ist eine Firma in Varde, Mariannengade. Sie hat eine Postkarte hergestellt, von der ich wissen muss, wo das Bild aufgenommen wurde. Auf der Kartenrückseite steht *1998-Denmark-Card 142, 347 Varde, Mariannengade.«*

»Wissen Sie was, wenn ich Ihnen das Bild von dem Trinkhorn zusende, dann schicken Sie mir doch einfach eine Kopie der Postkarte«, schlug die dänische Polizistin vor. »Ich werde sehen, was ich tun kann.«

Das war eine ausgezeichnete Idee. Tina zog ihre Schublade auf, um den Notizzettel mit ihrer dienstlichen E-Mail-Adresse hervorzukramen. Sie hatte die Anschrift erst einmal benutzt und längst schon wieder vergessen. Nachdem sie Kommissarin Holt ihre Adresse genannt hatte, verabschiedete sie sich freundlich. Sie atmete noch einmal durch. Das war leichter, als sie gedacht hatte. Als sie ihren Notizzettel zurück ins Schubfach legte, fiel Kleinschmidts Ordner vom Tisch und blieb verkehrt herum liegen. Zwei Bilder waren aus den Klarsichthüllen gerutscht und lagen daneben. Tina hob den Ordner auf und dann die Bilder. Eins zeigte das Schwert, das andere Bild den Kopf des unbekannten Toten.

Sie wusste nicht, wie lange sie regungslos auf ihrem Stuhl gesessen und schweigend auf die beiden Bilder gestarrt hatte. Die Idee, die ihr durch den Kopf gegangen war, ging ihr nicht mehr aus dem Sinn. Selbst als erneut das Telefon klingelte und Doktor Mühlbauer sich meldete, um das gestrige vorläufige Untersuchungsergebnis der Todesursache der Frau aus dem Flugzeug zu bestätigen, ließ sie der Gedanke nicht in Ruhe. Sie hörte Mühlbauer nur mit halbem Ohr zu.

Was hatte er zum Schluss gesagt, die Identifikation der Frau empfehle sich anhand des Zahnschemas, da die Leiche übel zugerichtet sei …?

Tina zögerte einen Augenblick, doch dann drückte sie die Taste für die Wahlwiederholung.

Erneut meldete sich Kommissarin Holt.

»Entschuldigung, dass ich Sie noch einmal störe«, sagte Tina. Sie erzählte von dem Schädel des Unbekannten und berichtete, dass der Kopf vermutlich mit dem in Arhus gestohlenen Schwert vom Körper des Mannes abgetrennt worden war. »Bislang ist es uns noch nicht gelungen, den Toten zu identifizieren. Zwar haben wir Interpol eingeschaltet …«

»… aber Sie wollen das Ergebnis nach Möglichkeit noch in diesem Jahrzehnt«, fiel ihr die dänische Kommissarin ins Wort.

Tina lächelte. »Da der Tote bei uns unbekannt ist und er mit dem Schwert aus Arhus umgebracht wurde, wäre es doch möglich, dass …«

»… dass das Opfer ebenfalls aus Dänemark stammt«, vollendete Kommissarin Holt den Satz. »Schicken Sie das Bild und eine Beschreibung doch einfach mit. Ich werde es mit unseren Vermissten vergleichen.«

»Ich weiß gar nicht, wie ich Ihnen danken soll«, erwiderte Tina. »Ich will Ihnen auf keinen Fall die Zeit stehlen.«

»Wir sind beide von der Polizei«, erwiderte Kommissarin Holt. »Wir wissen beide, dass das Verbrechen längst vor keiner Grenze mehr halt macht. Ich helfe gerne, schließlich dienen wir der gleichen Sache.«

*

Der grauhaarige Alte saß regungslos in seinem Stuhl und hielt seine Augen geschlossen. Draußen wehte nicht der Hauch eines Lüftchens. Es war heiß, mindestens dreißig Grad. Trotz seines dunklen und hochgeschlossenen Gewandes machte ihm die Hitze nichts aus. Der Mann im dunklen Anzug hingegen schwitzte fürchterlich. Die ganze Zeit über wischte er sich mit seinem schmutzigen Taschentuch über die Stirn.

Der Alte schlief, doch der Mann wagte nicht, ihn zu wecken. Er wartete bereits seit einer halben Stunde. Bald wäre es Mittag, dabei hatte er sich am heutigen Tage noch so viel vorgenommen.

Plötzlich schlug der Alte die Augen auf. »Er hat Rastaban erreicht. Es ist noch lange nicht vorüber.«

Der Dunkle erschrak. »Es tut mir leid, wenn ich dich geweckt habe«, sagte er entschuldigend. »Es lag nicht in meiner Absicht.«

»Du hast mich nicht geweckt«, erwiderte der Alte mit sonorer Stimme. »Ich habe es gesehen. Das Ende ist nah, wir müssen stark sein.«

Auf dem Gesicht des dunkel gekleideten Mannes hinterließen die Angst und der Schrecken ihre Spuren. Er fasste sich an den Kragen. »Wir sind das Ziel. Sie geben nicht auf. Sie forschen weiter. Unbeirrt.«

Der Alte nickte. »Sie lassen uns keine Wahl.«

26

Als Trevisan am gestrigen Abend nach Hause gekommen war, hatte Paula im Wohnzimmer gesessen und Fernsehen geschaut. Sie war alleine gewesen.

Die Begrüßung fiel zwar nicht überschwänglich aus, aber auch nicht gerade abweisend. Gleichgültig, normal, emotionslos vielleicht, aber nicht kühl oder sogar frostig, wie die Tage zuvor.

Trevisan hatte sich zu ihr gesetzt. Zusammen hatten sie eine Weile geschwiegen, bis Paula ihm sagte, dass in der Küche eine Mahlzeit für ihn bereitstand. Sie hatte gekocht, Spaghetti in Napoli-Sauce. Eine Fertiggerichtpackung zwar, aber immerhin eine Portion für zwei Personen. Das Eis schien langsam zu tauen.

Trevisan hatte Hunger, er hatte den Topf ganz und gar leer gegessen. Anschließend hatte er seinen Bauch betrachtet. Noch sah man nicht, dass er sich bemühte, einige Kilo abzunehmen. In den letzten Tagen hatte der Fall Halbermann seinen ganzen Fitnessplan durcheinander gebracht. Von wegen Jogging, von wegen Squash und Badminton. Ihm fiel ein, dass er am Samstag mit seinem Freund Peter Koch eine Verabredung im Fitness-Center hatte. Aber daraus würde nichts werden. Er rief ihn an und sagte ab.

Den Rest des Abends hatte er dann weiterhin schweigend neben Paula verbracht. Ein alter Spielfilm war auf dem Kabelkanal gelaufen, ein Film um Herz, Schmerz und Schmalz. Eigentlich hasste er diese amerikanische Schinken, aber Paula zuliebe hatte er den Film über sich ergehen lassen. Ein paarmal hatte er daran gedacht, mit ihr zu reden. Ihr zu erzählen, dass er mit dem Jungen gesprochen hatte, dass er ihn zu Unrecht verdächtigt hatte, seine Armbanduhr an sich genommen zu haben, dass eine Sozialarbeiterin bei ihm aufgekreuzt war und mit ihm über Nikolas gesprochen hatte, dass er sich vielleicht geirrt hatte und über das Ziel hinausgeschossen war. Aber er hatte geschwiegen. Dann war Paula zu Bett gegangen. Beiläufig hatte er sie gefragt, was sie am nächsten Tag vorhatte. Sie würden wieder baden gehen. Anja, Nadine, Sandra, die ganze Clique.

Hatte sie Nikolas Ricken vergessen? Traf sie sich heimlich mit ihm, draußen am Sander See?

Er fragte nicht danach. Eines nur hatte er ihr noch gesagt, bevor sie zu Bett ging. Er sagte ihr, dass er sie liebte. Eine Antwort war ausgeblieben.

Er ging zu Bett und schlief unruhig. Halbermann hatte sich in seinen Traum geschlichen, er hielt Paula fest im Arm. Er hatte sie umklammert und drückte sie an sich. Im Hintergrund stand ein alter, grauhaariger Mann mit wehender Mähne und lachte hämisch dazu. Trevisan erwachte. Schweiß rann ihm über die Stirn. Der Traum war erloschen. Doch die Konturen blieben zurück, wie eingemeißelt im Gehirn. Er lag noch wach, als ihn der Wecker um halb sieben aus seiner Qual erlöste.

Später im Büro hatte er dann mit Dietmar darüber geredet.

Die Aussage Professor Dahmanns, des ehemaligen Kollegen von Professor Gehlers, hatte zwar einige interessante Neuigkeiten erbracht, aber es waren nur Ansatzpunkte, Fragmente. Sie mit Leben zu füllen, war ihr weiteres Ziel. Wer war dieser komische und senile Professor, von dem Dahmann gesprochen hatte?

War Halbermann damals in die Fänge neofaschistischer Ideen geraten, hatte er sich darin verirrt, bis ihm das eigene Denkvermögen endgültig abhanden gekommen war? Hatte er von einer längst vergangenen und dunklen Zeit geträumt?

Alles war von diesem Professor Gehlers ausgegangen. Halbermann, Behrends und die anderen hatten ihn umkreist wie Planeten ihre Sonne.

Trevisan betrachtete die Kopie des Flugblatts. *Die Söhne Uthers.* Ein Keltenkrieger, der wahre Heldentaten vollbracht hatte. Vor 1500 Jahren, irgendwo im hohen Norden. Sie hatten eine Art Sekte gegründet und verehrten diesen Keltenkrieger wie einen Gott. Konnte ein normal denkender Mensch, dem Geist und Intelligenz in die Wiege gelegt worden waren, auf so einen Schwachsinn hereinfallen? Und intelligent musste Halbermann gewesen sein, schließlich hatte er studiert und einen ausgezeichneten Abschluss gemacht.

Dietmars Anruf in der Außenstelle der Landesverwaltung hätte Aufschluss bringen sollen, was aus Professor Lars Uwe Gehlers geworden war, doch telefonische Auskünfte waren verweigert worden. Der Verwaltungsbeamte hatte auf das Datenschutzgesetz hingewiesen. Schriftlich oder persönlich, diese beiden Alternativen standen zur Auswahl. Also setzten sich Trevisan und Dietmar in den Wagen und fuhren nach Oldenburg.

Es war die typische Amtsstubenatmosphäre, die Trevisan und Dietmar Petermann empfing. Ein schmuckloses Bürogebäude mitten in der Stadt. Lange Flure in einfallslosen und düsteren Farben. Unzählige Türen, hinter denen die Bürokratie ihre reißfesten Maschen wob, denen niemand entkommen konnte. Im zweiten Stockwerk traf Trevisan unerwartet auf ein anderes Farbspiel: Im Treppenhaus hing ein zu groß geratenes Ölgemälde. Mindestens zwei mal zwei Meter groß. Pastellfarbene Kleckse, wirres Übereinander und Ineinander, verwoben durch die Pinselstruktur des unbekannten Künstlers. »Kindermalen«, hatte Trevisan diese Art der Malerei einmal genannt, als er vor ein paar Monaten mit Angela die Vernissage einer Freundin besucht hatte. Die hatte im ähnlichen Stil gemalt und bestimmt viel Geld für die Farben ausgegeben.

Angela hatte ihn unsanft gestupst. »Du musst einfach den Zugang finden«, hatte sie ihn belehrt.

Diesmal fand er den Zugang gleich. Eine Glastür, direkt neben der Bild, die Dietmar und ihn wiederum in einen dunklen Gang entführte, in dem spärliches Neonlicht vergeblich versuchte, einen düsteren Tag zu imitieren. *Versorgungsamt* stand in weißen Buchstaben auf der kalten Oberfläche aus Glas.

Es war das dritte Zimmer auf der rechten Seite. *Zimmer 203, Sachbearbeitung für Versorgungsfragen, Herr Heinrich* hieß es auf dem Türschild. Trevisan klopfte und erwartete, auf einen typisch deutschen Verwaltungsbeamten zu treffen. Mittelalt, mittelgroß, Mittelscheitel und ein Dutzendgesicht in hellem Hemd und Cordhose.

Doch Trevisan irrte. Heinrich war etwa dreißig Jahre alt, trug eine verwaschene Jeans, ein schwarzes T-Shirt mit der Aufschrift *Bullshit* und hatte seine langen, pechschwarzen Haare zu einem Zopf gebunden. In seinem linken Ohr steckten mehr Ohrringe, als in Paulas Schmuckschatulle lagen.

»Die Kriminalbeamten aus Wilhelmshaven, nehme ich an«, sagte der junge Mann und deutete auf die beiden Stühle neben seinem Schreibtisch.

»Stimmt, wie haben Sie uns erkannt?«, antwortete Trevisan.

Der junge Mann lächelte. »Genau so habe ich mir Polizisten eben vorgestellt.«

Trevisan betrachtete sich. Er trug eine hellgraue Leinenhose, ein weißes T-Shirt und darüber ein hellgraues Jackett und fand sich gut und sportlich gekleidet.

»Ich habe die Akte Gehlers bereits herausgesucht«, fuhr Heinrich fort, nachdem sich Dietmar und Trevisan gesetzt hatten. »Ich musste ins Archiv. So alte Fälle stehen nicht mehr in unserer EDV. Lediglich die Zahlungsanweisungen und die Konten sind dort registriert, damit die Pension auch pünktlich auf dem Konto eingeht.« Er schlug die dicke Akte auf. Ihr Umschlag war braun und zerschlissen.

»Dann lebt Gehlers noch?«, fragte Dietmar.

Heinrich nickte. »Jedenfalls erhält er immer noch monatlich seine Pension.«

»Wohin wird der Betrag überwiesen?«, schaltete sich Trevisan ein.

Heinrich blätterte in der Akte. »Sparkasse Friesland, Filialstelle Norderney. Er lebt offenbar auch dort. Kaiserstraße 22.«

Dietmar pfiff durch die Zähne. »Na, wenn das kein Zufall ist. Haben Sie seine vollständigen Personalien?«

»Lars Uwe Gehlers, geboren am 18. März 1933 in Braunschweig. Professor, Politologe und Historiker«, las Heinrich vor.

Dietmar machte sich Notizen.

»Steht in ihrer Akte auch etwas über die Umstände seiner Frühpensionierung«, fragte Trevisan. »Er wurde doch frühpensioniert?«

Heinrich schlug erneut ein paar Seiten um. »Er wurde 1980 nach einem langen Aufenthalt in der psychiatrischen Klinik Oldenburg pensioniert. Der Amtsarzt kam zur Diagnose: Unheilbare Schizophrenie. Ein Opfer seiner Arbeit? Hoffen wir, dass es uns nicht einmal genauso ergeht.«

»Und er lebt tatsächlich noch auf Norderney?«

»Die Post geht jedenfalls dorthin«, erwiderte der junge Verwaltungsbeamte. »Bislang wurde sie immer zugestellt. Aber wir überprüfen die Adressen nicht ständig. Die Pensionäre werden sich schon melden, wenn das Geld nicht rechtzeitig auf dem richtigen Konto eingeht.«

Dietmar runzelte die Stirn. »Aber wenn er stirbt, dann zahlen Sie ja umsonst?«

Der junge Mann schüttelte den Kopf. »Dafür gibt es doch die Standesämter. Die melden uns, wenn er verstirbt.«

»Und wenn so etwas im Ausland passiert?«, warf Trevisan ein.

»Dann läuft das Verfahren eben über die Botschaften oder über das Auswärtige Amt. Wir haben viele Pensionäre, die ihren Lebensabend in Spanien, Italien oder sogar den USA verbringen. Das System ist so verzahnt, dass uns nichts entgeht.«

Trevisan hatte es geahnt. Also doch Bürokratie bis ins Detail. »Haben Sie Gehlers' Wohnsitz in der letzten Zeit überprüft?«

Heinrich schüttelte den Kopf. »Er wohnt meinen Akten nach seit fünfzehn Jahren auf der Insel. Die letzte Überprüfung war vor sieben Jahren. Seither hat sich nichts geändert, weshalb hätten wir das tun sollen?«

Trevisan gab sich mit der Antwort zufrieden. Der junge Mann hatte recht, wäre Gehlers inzwischen verstorben oder wäre er umgezogen, dann hätte die Post die Pensionsabrechnungen bestimmt an den Absender zurückgesandt.

Er erhob sich, während Dietmar noch immer mit seinem Kugelschreiber spielte. »Vielen Dank, Sie haben uns sehr geholfen«, sagte Trevisan und gab Dietmar mit einem Wink zu verstehen, dass es hier keine weiteren Neuigkeiten mehr zu erfahren gab.

Vor dem Büro schaute ihn Dietmar verwirrt an. »Hätten wir nicht noch …«

»Der Tag ist noch jung. Wir besuchen jetzt die Psychiatrie. Vielleicht kommen wir dort weiter.«

*

Ein Anruf bei Frau Jonas, der Haushälterin der Halbermanns, hatte genügt, um zu erfahren, bei welchem Zahnarzt Frau Halbermann in Behandlung gewesen war. Die Haushälterin hatte ihn ihr selbst empfohlen, nachdem sie vor ein paar Monaten unter heftigen Zahnschmerzen gelitten hatte.

Frau Jonas reagierte mit Erschütterung, als Alex von dem Fund der Frauenleiche in dem Flugzeugwrack vor Wangerooge erzählte. »Oh Gott, die arme Frau …«

Eine arme Frau – genau das war sie wohl gewesen, nach alldem, was Alex seit seinem Gespräch mit Trevisan über Elisabeth Halbermann, ihre Familie und ihr Leben erfahren hatte.

Der Zahnarzt hatte ihm mit bleicher Miene gegenübergesessen, als Alex eine Stunde später bei ihm vorgesprochen und den Grund seines Besuches erklärt hatte. Die Arzthelferin hatte sich beeilt, die Unterlagen über Frau Halbermann aus dem Archiv zu suchen. Ihr anfängliches Lächeln war erfroren, nachdem auch sie erfahren hatte, weshalb dieser dunkelhaarige, gutaussehende junge Mann in der Praxis aufgetaucht war.

Es lag immer der gleiche stumpfe Glanz in den Gesichtern der Menschen, wenn der Tod erbarmungslos zugeschlagen hatte. Menschen, mit denen man sich unterhalten hatte, zu denen man eine Beziehung unterhalten hatte, auch wenn es nur eine entfernte Bekanntschaft gewesen war – gleichgültig ließ es niemanden.

Anschließend fuhren sie in die Gerichtsmedizin, wo Doktor Mühlbauer auf die beiden wartete. »Es bestehen keine Zweifel«, erklärte er. »Exakt das gleiche Schema, hundertprozentige Übereinstimmung.«

Alex fuhr sich mit der Hand über das Kinn. »Damit ist es nur noch reine Formsache«, sagte er.

»Formsache ist gut«, erwiderte Doktor Mühlbauer. »Ich denke, eure Arbeit beginnt jetzt erst richtig. Bei der hohen Dosierung und der Zusammensetzung an Gift in der Gewebeprobe hätte man die Frau gleich dreimal umbringen können.«

Alex griff nach den Unterlagen. »Ein todsicherer Cocktail also. Vielleicht wollte sie einfach nicht mehr. Nach allem, was passiert ist.«

Doktor Mühlbauer zuckte mit den Schultern. »Mord oder Selbstmord. Das Zeug ist allerdings nicht leicht zu bekommen. Da muss man schon Beziehungen zu irgendwelchen Spezialisten haben.«

»Und wo findet man die?«, fragte Alex.

»Ärzte, Apotheker, Chemiker. Vor allem im Ausland. Holland, England, Dänemark und die skandinavischen Länder sind schon sehr weit, was die aktive Sterbehilfe betrifft.« Doktor Mühlbauer wandte sich zum Gehen.

Noch immer stand Alex regungslos neben dem Schreibtisch. Seine Stirn lag in Falten.

»Ist noch was?«, fragte Doktor Mühlbauer.

»Nicht direkt«, antwortete Alex nachdenklich. »Ich frage mich nur, was es für einen Sinn hat, eine Leiche auf dem Copilotensitz im Flugzeug zu transportieren.«

»Das müssen Sie schon selbst herausfinden«, antwortete Doktor Mühlbauer.

*

Die Hitze des Tages wurde schier unerträglich. Kein Luftzug wehte durch die Straßen. Es mochte wohl der heißeste Tag in den letzten Jahren hier oben im Norden werden. Die Menschen saßen zu Hause oder schwitzten in ihren Büros und Fabriken. Die Straße war menschenleer.

Ein überforderter Ventilator verteilte die warme Luft bis in jeden Winkel des kleinen und stickigen Büros in Bremen. Die Rollos waren geschlossen, um das Sonnenlicht draußen zu halten.

Oberkommissar Michalek tupfte sich den Schweiß aus dem Gesicht. »Vor Jahren waren es die Thais, dann kamen die Afrikanerinnen, jetzt sind die Russinnen und der Ostblock dran. Die Albaner machen das Geschäft. Es ist brutaler geworden. Schlägereien, Körperverletzung, Raubüberfälle. Die ganze Romantik ist dahin.«

Monika Sander lächelte. Michalek hatte eine hohe Stirn und den Rest seiner öligen, schwarzen Haare am Hinterkopf zu einem Zopf gebunden. Ein großer Ohrring zierte das linke Ohrläppchen. Mit dem ungepflegten Dreitagesbart und der

Zahnlücke in seinen gelben Schneidezähnen erschien er selbst wie ein Zuhälter. Der riesengroße Anker auf seinem muskulösen Oberarm verstärkte diesen Eindruck noch.

Monika saß neben Till auf einem Stuhl und dachte daran, wie schön beschaulich es vergleichsweise in Wilhelmshaven zuging. Kriminaloberrat Beck hätte Michalek bestimmt schon zu einem Friseurtermin verholfen oder ihn notfalls selbst rasiert.

»Aha, da ist sie ja«, sagte Michalek. »Ich sagte schon, wenn sie im *Club 19* tanzt, dann ist mit ihr bestimmt alles in Ordnung. Die achten schon darauf, dass ihr Visum gültig ist.«

»Es war ein Glücksfall, dass der alte Hausmeister von Norderney bei seinem Ausflug mit dem Werder-Fanclub ausgerechnet im *Club 19* versumpfte«, flüsterte Till. Monika nickte.

Michalek war aufgestanden und hatte die junge blonde Frau in dem kurzen schwarzen Kleid in Empfang genommen. Er führte sie in sein Büro und redete mit ihr, als würde er sie schon eine Ewigkeit kennen.

Monika warf Till einen Blick zu. »Der kennt wohl jede hier in der Stadt?«

»Das ist auch sein Job«, antwortete Till lächelnd.

Michalek bot der jungen Russin einen Platz an. »Das ist Nadja«, erklärte er. »Sie spricht nur sehr schlecht deutsch. Aber das kriegen wir schon hin. Ich werde ein bisschen dolmetschen.«

»Sie sprechen russisch?«, fragte Till erstaunt.

»Klar doch, ich muss schließlich wissen, was hier läuft.«

Nadja hatte sich inzwischen auf einen Stuhl gesetzt und ihr knappes Kleid geglättet. Ihr Gesicht wirkte etwas bleich. Sie war ungeschminkt und mochte wohl Mitte zwanzig sein. Sie warf Monika einen unsicheren Blick zu. Monika erhob sich und zog ihren Stuhl etwas näher an die Frau heran. Dann stellte sie sich als Polizistin aus Wilhelmshaven vor.

»Ich habe ein paar Fragen an Sie«, sagte Monika und wartete auf die Reaktion der jungen Frau. Deren nervöser Blick wanderte zwischen Till und Michalek hin und her. Eine gewisse Verunsicherung war nichts Ungewöhnliches, wenn man zur Vernehmung zur Polizei gebeten wurde, doch in Nadjas Miene lag die pure Angst.

»Kennen Sie eine gewisse Vesna Glasic?«, fragte Monika.

Die junge Russin nickte.

»Sind Sie von ihr nach Deutschland gebracht worden?«

Plötzlich brach Nadja in Tränen aus. Sie schlug die Hände vor das Gesicht und kreischte unverständliche Worte. Monika, überrascht von der Reaktion der Frau, hob beschwichtigend die Hände. »Was ist los mit ihr?«, fragte sie Michalek.

Er zuckte mit den Schultern und wartete, bis sie sich einigermaßen beruhigt hatte. Dann sprach er in Russisch auf die Frau ein, bis sie zu reden begann. Die Unterhaltung dauerte eine ganze Weile. Michalek ließ sie erzählen und schob nur ab und an eine Aufmunterung dazwischen. Die ganze anfängliche Heiterkeit auf seinem Gesicht war einem Ausdruck von Abscheu gewichen.

Monika und Till verstanden zwar kein Wort, aber aus der hysterischen Stimme der jungen Frau, aus ihren Gesten, aus dem zeitweiligen Stocken und dem erneuten Tränenausbruch konnten sie entnehmen, dass es eine schlimme Geschichte war, die Nadja erzählte.

Oberkommissar Michalek hörte aufmerksam zu. Ab und an legte er Nadja tröstend die Hand auf die Schulter. Am Ende der Erzählung sank sie zusammen. Ihre Augen waren rotgeweint. Michalek rief eine junge Kollegin hinzu, die sich Nadjas annahm und nach draußen führte. Erst als die Tür geschlossen war, erzählte er, was er von der jungen Frau erfahren hatte.

Nadja stammte aus einem Vorort von Kalinin, einer Stadt in der Nähe Moskaus. Glasic hatte sie nach Deutschland gelockt, um sie mit einem deutschen Mann zu verheiraten. Sie hatte für ein Visum gesorgt und ihr die kühnsten Versprechungen gemacht. Vesna Glasic hatte ihr in höchsten Tönen von der schillernden Welt der Konsumgesellschaft erzählt. Nadja lebte in einer Stadt, wo sich auch heute noch lange Schlangen vor den Lebensmittelläden bildeten und die Waren bereits ausverkauft waren, bevor der letzte Kunde das Geschäft betrat. Arbeitslos, hungrig und zu einem kargen Leben im Elend verdammt. Also waren Vesna Glasics Worte auf fruchtbaren Boden gefallen. Nadja war nach Deutschland gekommen. Eine Woche später hatte sie ihren zukünftigen Mann kennengelernt. Von einem jungen, zärtlichen Deutschen hatte sie geträumt. Ein alter, fast sechzigjähriger, ungepflegter und fetter Mann hatte sie erwartet. Ein Mann, der sie sofort als Eigentum betrachtet hatte.

Nadja war in ihr Zimmer geflüchtet und hatte sich eingeschlossen. Der Mann war gegangen, doch dann hatte ihr Martyrium begonnen. Drei Monate hatte sie auf Norderney verbracht. Es waren drei Monate des Leids, der Erniedrigung und des Schmerzes geworden. Man hatte sie geschlagen, sie gefesselt, mehrfach vergewaltigt und in einen Kellerraum gesperrt. Vor allem der Lebensgefährte der Glasic hatte sich bei den Misshandlungen besonders hervorgetan. Doch auch der Freund des Dänen, ein Russe mit dem Vornamen Fjodor, hatte sich an der Tat beteiligt. Eines Tages habe man sie dann in den Kofferraum eines Wagens gesteckt, ihre wenigen Habseligkeiten dazu geworfen und sei mit ihr losgefahren. Sie habe Todesängste ausgestanden. Doch dann habe der Wagen gehalten. Sie habe gehört, wie die beiden Männer, der Däne und der Russe, ausstiegen waren und davongingen. Mit einem Schraubenzieher war es ihr schließlich gelungen, den Kofferraum zu öffnen. Auf irgendeinem Rasthof hatten sie gestanden. Nadja hatte ihre Sachen geschnappt und sich hinter den Büschen versteckt, bis die beiden lachend und feixend wieder zurückgekehrt und einfach – ohne zuvor in den Kofferraum zu schauen – davongebraust waren.

Zwei Tage lang habe sie sich durchgeschlagen und sei schließlich in Bremen gelandet. Bei einer Russin, die sie getroffen hatte, sei sie untergekommen. Sie wollte wieder zurück nach Hause, nach Kalinin. Doch wie sollte sie das anstellen, vollkommen ohne Geld? Dann habe ihre Bekannte ihr den Job als Tänzerin im *Club 19* vermittelt. Die einzige Möglichkeit für sie, an eine Fahrkarte nach Russland zu kommen.

»Und warum hat sie keine Anzeige erstattet?«, fragte Till.

»Wie denn, sie war alleine und außerdem hatte sie Angst. Sie war sich sicher, dass die beiden Männer vorhatten, sie zu töten.«

»Wir brauchen eine offizielle Vernehmung von ihr«, sagte Monika Sander.

»Ich werde sehen, ob ich sie dazu bringen kann«, antwortete Michalek. »Auf der anderen Seite glaube ich nicht, dass sie zurück nach Russland fährt. Das sagen zwar alle, die von uns hopsgenommen werden. In ein paar Wochen läuft ihr Visum ab und dann taucht sie unter. Das ist nun einmal so. Wenn sie irgendwann bei einer Kontrolle entdeckt wird, nimmt man sie fest und schiebt sie über Polen nach Russland zurück. Aber bis dahin bleibt es nicht nur beim Tabledance. Bis dahin verdient sie ihren Unterhalt auf dem Strich, wie alle.«

Monika lief ein kalter Schauder über den Rücken. »Trotzdem. Wir brauchen ihre Aussage mit Brief und Siegel.«

»Ich werde sehen, was ich tun kann, aber bis es zur Anklageerhebung gegen eure Kunden kommt, ist sie längst schon über alle Berge«, sagte Michalek.

»Das ist egal, aber wir haben dann endlich etwas gegen die Glasic in der Hand und können uns bei ihr einmal genau umsehen«, entgegnete Till Schreier.

27

Es waren die gleichen grünlich getünchten Gebäude, der gleiche leblose Rasen und die gleiche bedrückende Stimmung wie damals, vor einem Jahr, als Trevisan schon einmal den kleinen Fußweg zwischen dem lang gestreckten Wohnheim und der Kapelle entlanggegangen war. Im letzten Jahr hatte er den Wangerland-Mörder gejagt. Kaum ein Jahr später war er nun wieder hier in der Psychiatrischen Landesklinik in Oldenburg, und wieder hatte ihn ein Kriminalfall hergeführt.

Diesmal war alles menschenleer. Wie ausgestorben wirkten die weiten Flächen. Er schaute auf seine Uhr. Ein paar Minuten nach zehn. Doktor Dremel würde bestimmt schon auf ihn warten.

Dietmar Petermann stapfte voran. Er schien keinen Blick für seine Umgebung zu haben und wirkte von der beengenden Atmosphäre unbeeindruckt.

Gemeinsam betraten sie das Verwaltungsgebäude. Trevisan ging voraus. Er kannte den Weg. Diesmal säumten bunte und fröhliche Bilder an den Wänden ihren Weg durch die langen und hellen Flure. Mit Wasserfarben gemalt. Von den Patienten, mutmaßte Trevisan.

Doktor Dremel warf einen ungeduldigen Blick auf die große Wanduhr, als Dietmar und Trevisan sein Büro betraten. Offenbar schätze er Pünktlichkeit. Doch seiner freundlich distanzierten Begrüßung war keine Spur Missfallen zu entnehmen. »Ich habe fast schon den Eindruck, dass es Ihnen bei uns gefällt, Herr Trevisan«, spielte er auf den letzten Besuch des Kriminalbeamten an, und bot beiden einen Platz auf der Couch in der Ecke des Büros an.

Trevisan zuckte mit den Schultern. »Offenbar gibt es in unserer Arbeit sehr viele Berührungspunkte.«

»Ich habe mir die Akte Gehlers bringen lassen und mich diesmal gut auf Ihren Besuch vorbereitet«, sagte Doktor Dremel. »Ein sehr interessanter Fall, las sich fast wie ein Krimi. Die Angelegenheit ist allerdings schon lange her. Diesmal werden wir uns mit den Einträgen daraus begnügen müssen. Es gibt keinen Kollegen mehr, der ihn noch persönlich kannte.«

Trevisan war es recht, dass Dremel rasch zum Punkt kam.

»Wie ich erfuhr, war Professor Gehlers über ein Jahr bei uns in der Klinik«, berichtete Dremel. »Vom 26. Mai 1978 bis zum 7. September 1979. Es war ein typischer Fall von Fanatismus, der sich in einer schweren Psychose äußerte. Der Patient war manchmal vollkommen von Sinnen.«

»Worin äußerte sich seine psychische Störung genau?«, fragte Trevisan.

Doktor Dremel blätterte in den Akten. »Den einhelligen Diagnosen und Beurteilungen meiner Vorgänger nach war der Realitätsverlust das größte Problem. Er lebte zeitweise in seiner eigenen Welt, war dann aggressiv und verletzend anderen gegenüber. Ich meine, wir müssen zwanzig Jahre zurückdenken. Damals waren wir in der Forschung noch nicht so weit. Aber die beschriebenen Symptome sind eindeutig.«

»Das heißt, er war auch gefährlich für andere?«, fragte Trevisan.

»Idololatrie und Realitätsverlust implizieren das nicht automatisch. Es liegt am Typus und am Ego des Patienten. Die Krankheit war bereits weit fortgeschritten, die Heilungschancen gering. Er benötigte eine entsprechende *Medikamentierung.«*

»Was war der Auslöser?«, warf Dietmar Petermann ein.

Doktor Dremel lächelte. »Es hatte mit seinem Beruf zu tun. Er konnte die Vergangenheit nicht mehr von der Gegenwart unterscheiden. Er war Historiker und offenbar sehr engagiert, schon fanatisch, würde ich sagen. Er sprach ständig von einer Mission, die er zu erfüllen hatte. Einem Auftrag, den er von einem gewissen Garth erhalten hatte. Doch niemand kannte diesen absonderlichen Mann, von dem er ständig sprach. Außerdem sei er der letzte Überlebende einer großen Katastrophe. Er trage den Stern des Midir auf seiner Stirn. Was immer das auch sein soll. Nur er könne die Gefahren abwenden, die seinem Volk drohen, ansonsten werde der Kummerstein ihn selbst und seine Getreuen vernichten. Das geht aus den Protokollen der behandelnden Kollegen hervor.«

»Das klingt vollkommen durchgeknallt«, bemerkte Trevisan.

»Meine Kollegen haben es sogar mit einer Hypnosetherapie versucht. Dabei hat er allerhand wirres Zeug von sich gegeben. Es wurde alles auf Band aufgenommen und protokolliert.«

»Sprach er von einem Buch, von irgendwelchen Schriften?«

»Nachdem Ihrem Anruf habe ich die Protokolle überflogen. In den Aufzeichnungen erwähnte er tatsächlich alte Schriften, die er wiedergefunden haben will.«

»Gibt es diese Tonbandprotokolle noch?«, schob Dietmar ein.

Doktor Dremel schüttelte den Kopf. »Wir hatten vor einigen Jahren einen Brand im Archiv.«

»Wodurch werden solche Wahnvorstellungen ausgelöst?«, fragte Trevisan.

Doktor Dremel richtete sich auf. »Ich denke, er hat sich tagtäglich mit der gleichen Sache befasst, und schließlich hat sie Besitz von ihm ergriffen. Er war jedenfalls felsenfest davon überzeugt, dass er die Menschheit erretten muss. Er hielt sich für einen irgendeinen Auserwählten aus der grauen Vorzeit.«

Trevisan erinnerte sich an Professor Dahmanns Worte. Im Grunde genommen hatte der Ähnliches bereits angedeutet. »Können Sie mir sagen, weshalb er entlassen wurde?«

»Er war zunächst nur zur Beobachtung hier. Anfänglich war es ganz schlimm mit ihm. Er saß apathisch in der Ecke und schaute mit trüben Augen umher. Erst mit der Zeit taute er auf. Er begann zu malen. Zu Anfang malte er meist abstrakte

Kreise in düsteren Farben. Später hellten sich die Farben auf, wurden bunt, und manchmal war sogar ein Reh oder ein Vogel zu erkennen. Aber ansonsten erzielten wir nur wenige Fortschritte. Aufgrund seines Krankheitsbildes war es deshalb nicht einfach, ihn zu entlassen, doch das zuständige Amtgericht erließ keinen Einweisungsbeschluss. Wir konnten ihn nicht hierbehalten, obwohl es unseres Erachtens notwendig gewesen wäre. Schließlich holte ihn seine Verlobte ab.«

Trevisan runzelte die Stirn. »Ich wusste nicht, dass er verheiratet ist.«

»Ich sagte ja auch, seine Verlobte«, erwiderte Doktor Dremel. »Ich kann nicht sagen, ob die beiden geheiratet haben. Auf alle Fälle unterschrieb sie die Entlassungserklärung …«

»… und damit war die Klinik aus dem Schneider«, bemerkte Dietmar Petermann.

Dremels missbilligender Blick streifte ihn. »Ich gehe davon aus, dass sich die damalige Klinikleitung von der Glaubhaftigkeit der Erklärung überzeugt hat. Schließlich hatten wir keine Handhabe, ihn hierzubehalten.«

»Haben Sie ihre Personalien?«, fragte Trevisan.

Doktor Dremel blätterte in dem Ordner. »Sie heißt Namo Silivlis.«

Dietmar pfiff durch die Zähne. »Jetzt wundert mich gar nichts mehr. Bestimmt ist als Adresse Norderney, Kaiserstraße 24 eingetragen.«

»Nein, Kaiserstraße 22«, stellte Doktor Dremel richtig.

Trevisan staunte.«Du kennst sie?«, fragte er Dietmar.

»Ich bin auf ihren Namen gestoßen, als ich wegen der Glasic recherchierte«, erklärte Dietmar. »Den Namen vergisst man nicht so leicht. Auf alle Fälle gehört ihr das Haus, in dem die Glasic lebt und der Kulturverein untergekommen ist. Anscheinend besitzt sie noch mehr Häuser auf Norderney.«

Trevisan hatte es die Sprache verschlagen. Er sah Dietmar vorwurfsvoll an.

»Ich konnte ja nicht ahnen, dass diese Frau etwas mit der Sache zu tun hat«, sagte Dietmar entschuldigend. »Viele Leute vermieten ihre Häuser.«

»Klar, du hast recht«, erwiderte Trevisan. »Aber der Name der Frau ist ungewöhnlich, woher stammte sie?«

»Meinen Akten nach ist sie am 25. November 1951 in Thule geboren«, mischte sich Doktor Dremel ein.

»Thule, liegt das nicht in Grönland?«, fragte Trevisan.

»Ja, und es gehört zum dänischen Staatsgebiet«, erwiderte Dietmar Petermann.

Trevisan kratzte sich nachdenklich am Kinn. Alles drehte sich immer um Dänemark. Welche Verbindungen gab es dorthin? »Gab es noch andere Personen, die Gehlers während seines Aufenthalts hier in Oldenburg besuchten?«

»Wissen Sie, es ist nicht unsere Art, die Besucher zu notieren, aber in gewissen Fällen, so wie in diesem, war es wichtig, den Erfolg der Therapie nicht zu gefährden. Es könnte ja immerhin vorkommen, dass der Patient einen bestimmten Besucher oder auch eine Besucherin nicht sehen will – oder ihn die Unterhaltung mit einem Gast zurück in sein schwarzes Loch stößt, nachdem wir ihn in mühseligen Therapien daraus hervorgeholt haben. Deshalb macht der behandelnde Arzt Notizen.«

»Und gibt es eine Notiz im Falle Gehlers?«, hakte Trevisan nach, um den ausschweifenden Erklärungen des Arztes ein Ende zu machen.

»Ich habe hier nur Nachnamen«, erwiderte Dremel. »Halbermann, Behrends und Elbers. Vornamen oder Adressen sind nicht notiert.«

Trevisan nickte. »Vielen Dank, Sie haben uns sehr geholfen.«

Es war kurz vor zwölf, als Trevisan zusammen mit Dietmar Petermann Dremels Büro verließ.

Trevisan saß schweigend im Wagen. Wie in einem Labyrinth kreisten seine Gedanken um Simon Halbermann, den Abgeordneten Behrends und den verrückten Professor. Doch über all dem stand ein einziger Begriff: Dänemark. Dort musste der Schlüssel zur Lösung des Rätsels liegen.

Simon Halbermann war vermutlich tot. Ums Leben gekommen bei einem Flugzeugabsturz, den er selbst zu verantworten hatte. Weil, so vermutete Trevisan, die Habgier in ihm stärker gewesen war als seine Trauer. Er hatte sich ein neues Souvenir für seine Sammlung besorgt, obwohl er nur Stunden zuvor seinen Sohn zu Grabe getragen hatte. Und seine Frau war durch einen tödlichen Medikamentenmix gestorben. Hatte sie nicht mehr leben wollen, weil sie das Wertvollste verloren hatte, das ihr das Leben jemals geschenkt hatte, ihren einzigen Sohn? Konnte sie sich ein weiteres Leben mit ihrem despotisch veranlagten Mann einfach nicht mehr vorstellen?

Hatte Simon Halbermann die gerechte Strafe vom höchsten Gericht erhalten, hatte ihn die Strömung in die dunkle Tiefe gerissen, damit er für immer und ewig im salzigen Wasser vermoderte und keiner seiner Bekannten und Freunde je zu einer Grabstätte pilgern konnte? Weder Behrends noch Gehlers noch dieser Steueranwalt Elbers, dessen Name in der letzten Zeit auch oft genug aufgetaucht war?

Doch irgendetwas stimmte nicht. Einige Teile fügten sich noch immer nicht ineinander.

Wer war für den Tod von Mike Landers verantwortlich? Wer waren Halbermanns Helfer? Würde Trevisan die Täter jemals zu fassen kriegen? Wo war Maria Souza da Marques und wer war der unbekannte Tote, dessen Kopf sie bei Halbermann gefunden hatten? Würde es ihm gelingen, für dieses letzte Überbleibsel eines menschlichen Daseins eine ordentliche Gedenkstätte zu schaffen, auf der Name und Sterbetag vermerkt werden konnte?

Trevisan war zwar in Oldenburg geboren, aber in Wilhelmshaven aufgewachsen. Hier an der Nordsee war man es seit Jahrhunderten gewohnt, dass leere Särge beerdigt wurden. So mancher Tote war draußen in der kalten Flut geblieben.

»Glaubst du, Gehlers hat dieses Buch gefunden, von dem er andauernd gesprochen hat?«, fragte Dietmar.

Trevisan blickte auf. »Das wäre doch längst schon vermodert.«

»In Grönland ist es verdammt kalt«, entgegnete Dietmar. »Es gibt dort Eisregionen, die selbst im Sommer nicht abtauen. Vielleicht hat dieser Seher es eingefroren, damit es erhalten bleibt?«

Trevisan schaute Dietmar ungläubig an. »Das glaubst du doch selbst nicht, oder?«

»Nichts ist unmöglich, habe ich bei der Polizei gelernt.«

Dietmar hatte inzwischen die Autobahn verlassen und fuhr auf der gut ausgebauten Landstraße in Richtung Wilhelmshaven. Kleine Ortschaften lagen am Wegesrand.

Später auf der Dienststelle erfuhr Trevisan von Tina Harloff, dass das Trinkhorn aus Halbermanns Flugzeug offenbar von einem Wohnhauseinbruch in Viborg stammte. Wieder einmal Dänemark. Er war nicht sonderlich überrascht, nur die schnelle Antwort der dänischen Behörden fand er ungewöhnlich. Ansonsten passte das Ergebnis ins Bild. Halbermann verscharrte seinen Sohn und brachte sich ein kleines Andenken an diesen herrlichen Tag aus Dänemark mit. Ein keltisches Trinkhorn. Was für ein kalter Mensch musste Simon Halbermann gewesen sein …

Trevisan schlug die Augen nieder. »Ruf die anderen für heute Mittag zusammen«, sagte er zu Dietmar Petermann, bevor er in seinem Büro verschwand.

*

Trevisan hatte das Fenster im Konferenzraum geöffnet. Eine erfrischende Brise wehte über die Stadt. Die Luft roch nach salzigem Wasser. So roch es meist, wenn sich das Wetter änderte. Tiefausläufer zogen über den Atlantik auf das Festland zu, hatten die Meteorologen gemeldet. Sturm und Regen hatten sie für das anstehende Wochenende vorausgesagt.

»Und ihr seid euch absolut sicher?«, fragte Trevisan.

Monika Sander nickte. »Er hat sich viel Mühe gegeben, um seine Spur zu verwischen. Aber er war nicht gründlich genug.«

Till Schreier stand locker an die Tür gelehnt und rieb sich seine Handflächen. »Siebenmal ist er in den letzten Jahren umgezogen«, fügte er hinzu. »Es gibt keine Rückmeldungen bei den Meldebehörden anderer Bundesländer.«

Trevisan nickte. Die Neuigkeiten, die Monika und Till mitgebracht hatten, brachten eine überraschende Wendung in den Fall. Demnach war Mats Persson vor vier Jahren bei einem Autounfall im Westerwald ums Leben gekommen. Nur der Vergleich der Melderegister der Gemeinden, in denen er gewohnt hatte, mit den Aufzeichnungen des Ausländeramtes hatte dieses unvorhersehbare Ergebnis erbracht. Bei einer oberflächlichen Überprüfung hätte niemand etwas bemerkt. Doch Monika und Till waren beharrlich der Spur des Dänen gefolgt, die er in den Computern der Behörden hinterlassen hatte. Eine Spur, die vor vier Jahren mit seinem Tod endete.

Sieben Monate später war Mats Persson plötzlich in Essen aufgetaucht und hatte dort den Job eines Türstehers in einer Bar angenommen. Ein Jahr später war der Wiederauferstandene nach Hamburg umgezogen. Offenbar arbeitete er immer noch in der gleichen Branche. Kaum ein halbes Jahr später war er nach Osnabrück gezogen und 1999 dann nach Norderney. Seine polizeiliche Akte war über all die Jahre sauber geblieben. Weder die Fahndungscomputer noch das Melderegister über Straftaten und die Haftdateien wussten etwas über ihn zu berichten.

Wer also lebte bei Vesna Glasic unter den Personalien eines Toten?

Nachdenklich beobachtete Trevisan den dunklen Himmel. »Wir werden das Haus der Glasic überwachen«, entschied er. »Wir werden sie zusammen mit Persson festnehmen, wenn die beiden wieder auf Norderney eintreffen.«

Dietmar nestelte an seiner Krawatte. »Was versprichst du dir davon? Wir haben nichts gegen sie in der Hand. Und nur, weil sie mit einem Mann zusammenlebt, der eine falsche Identität angenommen hat, wird kein Richter einen Haftbefehl ausstellen.«

»Aber der Verdacht auf Menschenraub, Freiheitsberaubung und Förderung der Prostitution rechtfertigt eine vorläufige Festnahme und eine Durchsuchung ihres Hauses«, erwiderte Trevisan. »Und ich wette einhundert Euro, dass dieser Persson unser Mann im Falle Mike Landers ist.«

»Was macht dich da so sicher?«, fragte Dietmar skeptisch.

Trevisan stützte seine Hände auf den Konferenztisch und schaute ihm ins Gesicht. »Persson muss einen guten Grund haben, wenn er unter falschen Personalien lebt. Und ich glaube nicht, dass es ehrbare Gründe sind. Simon Halbermanns einzige nachweisbare Aktivitäten in Deutschland erstrecken sich auf diesen Kulturverein, der, wie ich glaube, nicht zufällig im gleichen Haus untergebracht ist, in dem auch die Glasic und Persson wohnen. Und ganz zufällig ist auch noch der verrückte Professor in der Nachbarschaft gemeldet. Auf Norderney laufen alle Fäden zusammen. Deswegen werden wir genau dort den Hebel ansetzen.«

»Zuerst müssen wir herausfinden, wo der alte Professor jetzt lebt«, sagte Dietmar Petermann. Monika Sander hatte erzählt, was sie über die merkwürdigen Bewohner des Nachbarhauses der Glasic erfahren hatte. Ein kurzer Anruf bei der blonden Angestellten der Stadtverwaltung auf Norderney hatte bestätigt, dass in der Kaiserstraße 22 niemand mehr wohnte, obwohl der alte Professor und seine grönländische Lebensgefährtin dort noch immer mit Hauptwohnsitz gemeldet waren.

Trevisan lächelte. »Ich wette, wir finden ihn in Dänemark. Die dänischen Kollegen sind unterrichtet.«

Draußen hatte der Wind zugenommen. Trevisan schloss das Fenster. »Also gut, dann brauche ich zwei Freiwillige für die erste Schicht. Sofern man heute überhaupt noch auf die Insel kommt.«

Die Anwesenden blickten sich fragend an.

»Also ich kann heute nicht«, meldete sich Dietmar zu Wort. »Ich habe heute Abend Probe für den Kirchenchor. Das ist wichtig. Ich habe am Sonntag einen Soloeinsatz.«

Trevisan nickte.

»Ich mache es«, sagte Tina Harloff.

Trevisan lächelte.

»Dann gehe ich mit«, meldete sich Till. »Vorausgesetzt, ich werde morgen abgelöst und habe den Rest des Tages frei.«

»Gut, morgen seid ihr beide dann dran«, beschloss Trevisan und deutete auf Dietmar und Alex. »Und abends trifft uns beide dann das Los«, sagte er zu Monika. »Aber ich hoffe, dass ich für das weitere Wochenende die Bereitschaft mobilisieren kann. Wenn nicht, dann bleibt es an uns hängen.«

Monika nickte. »Und was machen wir jetzt?«

Trevisan warf einen Blick auf seine Armbanduhr. Es war kurz nach vier. »Viel bleibt uns nicht mehr übrig. Ich hätte mir gerne noch einmal Behrends vorgeknöpft.«

»Da wirst du Pech haben«, schaltete sich Dietmar ein. »Soviel ich weiß, hält er in gut einer Stunde eine Rede vor den hiesigen Wirtschaftsvertretern. Anschließend gibt es natürlich ein Bankett.«

»Weißt du, wo?«, fragte Trevisan.

»Im *City-Hotel* am Valoisplatz«, antwortete Dietmar.

28

Die Hitze der vergangenen Tage war durch die frische Brise hinweggefegt worden. Dunkle Wolken türmten sich bedrohlich am Himmel. Die hellen und leuchtenden Farben waren einem düsteren Licht gewichen.

In dem großen, weißen Haus gegenüber dem Parkplatz am Valoisplatz erleuchtete ein heimeliger gelber Lichtglanz die zahllosen Fenster. An den vielen weißen Fahnenstangen vor dem Eingangsportal flatterten die Banner verschiedener Nationen im langsam stärker werdenden Wind. Noble Wagen parkten auf dem weitläufigen Platz vor dem Gebäude.

Zwei Männer in grauen Anzügen standen vor der gläsernen Drehtür, rauchten und unterhielten sich. Grußlos ging Trevisan an ihnen vorüber und betrat das Foyer. Ein schwerer grüner Teppich dämpfte seine Schritte. Goldschimmernde Kronleuchter hingen an langen Ketten von den Decken und verbreiteten ein angenehmes Licht. In den Sitzecken neben dem Empfang saßen Menschen auf bequemen Sesseln und führten angeregte Gespräche. Trevisan ging zum Empfangspult, dessen dunkles Holz ins gelbe Licht der Kronleuchter getaucht war. Zwei junge Frauen standen dahinter, in weißen Blusen mit kleiner, roter Fliege um ihre Kragen. Sie musterten Trevisan mit aufmerksamem Lächeln.

»Guten Tag, mein Herr«, sagte die Blonde mit rauchiger Stimme. »Willkommen im *City-Hotel.* Wie können wir Ihnen helfen?« Die Worte klangen einstudiert.

»Hier findet eine Tagung der Wirtschaftsgemeinschaft Wilhelmshaven statt«, sagte Trevisan. »Der Abgeordnete Behrends soll dort sprechen.«

Die Frau nickte. »Oh, die Tagung ist bereits seit einer Stunde im Gange. Mittlerer Durchgang, Tagungsraum 2. Sind Sie gemeldet?«

Trevisan schüttelte den Kopf. »Ich muss mit dem Abgeordneten sprechen.«

Das Lächeln verschwand aus dem Gesicht der jungen Hotelangestellten. »Das ist aber nicht möglich«, erwiderte sie streng. »Die Veranstaltung ist nur für geladene Gäste.«

Trevisan zückte seinen Dienstausweis. »Es lässt sich trotzdem nicht vermeiden. Herr Behrends wird schon ein paar Minuten für mich Zeit haben.«

Die Gesichtszüge der Frau entspannten sich. Das Lächeln kehrte zurück.

»Wenn das so ist, soll ich …«

»Keine Umstände«, fiel ihr Trevisan ins Wort. »Ich werde ihn schon finden.«

Er wandte sich um. Der Tagungsraum war nicht zu verfehlen. Eine Hinweistafel stand direkt vor der Tür. Die Aufschrift *Nur für geladene Gäste,* hinderte Trevisan nicht, vorsichtig die goldene Klinke der Zugangstür herunterzudrücken. Leise betrat er den Raum.

An U-förmig angeordneten Tischen saßen gediegen gekleidete Damen und Herren vor einer aufwändig gedeckten Tafel. Kein einziger Platz war leer geblieben. Die weißen Tischdecken strahlten vor Reinheit. Neben der Tür war ein Buffet aufgebaut. Zwei Hotelangestellte in blauer Dienstkleidung standen daneben und beobachteten aufmerksam die Szenerie, allzeit bereit, geleerte Gläser sofort wieder aufzufüllen.

Gunther Behrends stand hinter einem Pult inmitten der unteren Tischreihe und hielt mit Feuereifer eine Rede über die wirtschaftlichen Möglichkeiten und Perspektiven, die den anwesenden Industriellen durch die Politik seiner Partei in der Region geboten wurden.

Behrends wirkte in seinem dunklen Anzug mit weißem Hemd und schwarzer Krawatte wie aus dem Ei gepellt. Seine

Haare wurden perfekt von dem Seitenscheitel in zwei Lager getrennt und sein Gesicht wirkte so frisch wie nach der Morgentoilette.

Trevisan blieb neben der Tür stehen. Ein Hotelangestellter in Uniform blickte ihn argwöhnisch an. Trevisan nickte ihm freundlich zu und der Angestellte widmete sich wieder seiner Arbeit.

Behrends sprach von ehrlicher Politik, von den zahlreichen Förderungsmöglichkeiten, welche die Unternehmen in der Region um Wilhelmshaven in Anspruch nehmen konnten, und von den Errungenschaften der letzten Monate, die sich seine Partei auf die Fahnen schreiben durfte. Hier und da erntete er zarten Applaus, obwohl die anwesenden Herrschaften ansonsten eher ruhig und distinguiert wirkten.

Als Behrends über die derzeitige wirtschaftliche Situation innerhalb Europas sprach, streifte sein Blick durch den Raum, bis er auf Trevisan haften blieb. Ein kleiner Moment der Verunsicherung war zu erkennen, ein kurzes Stocken seiner Rede, bis er sich wieder routiniert seinem Vortrag widmete.

Trevisan musste noch zwanzig Minuten warten, bis Behrends zum Schluss kam. Zwischendurch suchten die Augen des Abgeordneten immer wieder nach ihm. Nachdem der spärliche Schlussapplaus verklungen war, erhob sich Behrends' Tischnachbar, bedankte sich bei dem Politiker für seine Ansprache und wies das Auditorium darauf hin, dass nach einer viertelstündigen Pause das Programm fortgesetzt werde. Stimmengemurmel erhob sich. Einige der Anwesenden traten ans Fenster oder bildeten kleine Gruppen abseits der Tische. Behrends unterhielt sich noch kurz mit seinem Tischnachbarn, bevor er wieder aufstand. Sein Blick hatte sich an Trevisan gehaftet und ließ ihn nicht mehr los. Zielstrebig ging er auf den Kriminalbeamten zu, der noch immer neben der Tür an der hölzernen Wandverkleidung lehnte.

»Verfolgen Sie mich?«, zischte der Politiker leise.

»Ich glaube, wir sollten noch einmal miteinander sprechen«, entgegnete Trevisan.

Behrends öffnete die Tür. »Nicht hier, kommen Sie mit!« Es klang wie ein Befehl.

Trevisan folgte ihm. Behrends bog im Flur nach links ab und steuerte eine Sitzecke am Ende des Ganges an. Er setzte sich auf einen Sessel und bedeutete Trevisan mit einer Geste, ebenfalls Platz zu nehmen. »Was wollen Sie noch von mir?« Sein Ärger über Trevisans Anwesenheit stand ihm ins Gesicht geschrieben.

»Was haben Sie mit Halbermann in Dänemark gemacht?«, erwiderte Trevisan.

Die Augen des Abgeordneten flogen nervös hin und her. »Ich weiß nicht, was Sie meinen?«

»Sie sind am 14. Januar dieses Jahres mit Halbermann in dessen Maschine nach Dänemark geflogen«, sagte Trevisan. »Wohin genau?«

Der braune Teint verschob sich eine Nuance ins Rötliche. »Ich wüsste nicht, was Sie das angeht!«, antwortete Behrends bissig.

»Ich sagte bereits, wir ermitteln gegen Simon Halbermann«, setzte Trevisan nach, während er dem Abgeordneten genau beobachtete.

»Simon Halbermann ist tot. Endet damit nicht die Ermittlungsarbeit, wenn der Verdächtige stirbt?«

Trevisan lächelte. »Sie kennen sich gut in der Gesetzeslage aus. Aber das Verfahren ist noch nicht abgeschlossen. Übrigens, kennen Sie Frau Vesna Glasic?«

Der Abgeordnete schüttelte bockig den Kopf. »Was hat das denn damit zu tun? Natürlich kenne ich Frau Glasic. Aber das wissen Sie doch sicherlich schon.«

»Wo hält sich derzeit Professor Gehlers auf?«

Behrends sprang auf. Seine Haare fielen ihm in die Stirn. »Das ist ja unerhört! Sie fragen mich hier aus wie einen Verbrecher. So lasse ich nicht mit mir umspringen. Sie wissen wohl nicht, wen Sie vor sich haben.«

Trevisan blieb gelassen. »Ich weiß es sehr wohl, aber ich ermittle in einem Mordfall. Und da gehört es dazu, dass ich Fragen stelle.«

Behrends lächelte zynisch. »So ein Blödsinn. Simon Halbermann hat niemanden ermordet. Ist es nicht schon schlimm genug, dass er seinen Jungen auf solch tragische Weise verloren hat? Nun sind seine Frau und er selbst ums Leben gekommen und Sie geben sich noch immer alle Mühe, seinen unbescholtenen Ruf zu ruinieren. So etwas Perfides kann sich doch nur eine kranke Beamtenseele ausdenken.«

Trevisan verzog keine Miene. »Es besteht der dringende Verdacht, dass Simon Halbermann mit dem Tod eines Jungen am Banter See in Verbindung steht. Außerdem ist ein Au-pair-Mädchen spurlos verschwunden, das bis zum Ende des letzten Jahres in seinem Haus lebte. Und in seiner Schatzkammer im Nebengebäude fanden wir einen menschlichen Kopf. Daneben hing ein Schwert. Ein Richtschwert aus der Keltenzeit. Zweifellos wurde der Kopf mit diesem Schwert vom Körper eines bislang noch Unbekannten abgetrennt. Und da glauben Sie, dass ich Hirngespinsten nachjage? Ich weiß genau, was ich tue und ich bin mir auch sicher, dass Sie mehr wissen, als Sie hier zugeben. Wir können uns auch auf der Dienststelle unterhalten, wenn Ihnen das lieber ist.«

»Was erlauben Sie sich!«, erwiderte Behrends. Einige Männer, die sich ebenfalls in den Flur begeben hatten und vor der Tür des Tagungszimmers rauchten, blickten überrascht herüber. »Ich genieße Immunität, vergessen Sie das nicht«, flüsterte Behrends.

»Ich rede nur mit Ihnen, wie mit jedem Zeugen«, erwiderte Trevisan. »Und ich gehe natürlich davon aus, dass Sie als Abgeordneter Ihre staatsbürgerlichen Pflichten erfüllen. Schließlich sollten Sie Vorbild sein. Im Übrigen werden Sie es zuerst erfahren, wenn ich auch gegen Sie ermittle. Sie wären nicht der erste Abgeordnete, dessen Immunität aufgehoben wird.«

Obwohl Trevisan noch immer ruhig und leise sprach, spürte Behrends die Drohung in seinen Worten. Der Abgeordnete überlegte einen Moment, schließlich ließ er sich wieder auf den Sessel sinken. »Also gut, fragen Sie«, sagte er gedämpft.

»Mich interessiert noch immer, wohin ihr Flug mit Halbermann im Januar ging.«

»Wir sind nach Esbjerg geflogen«, antwortete Behrends.

»Was haben Sie dort gemacht?«

»Wir haben gemeinsam eine Kunstausstellung besucht. Wir waren eingeladen.«

»Wo dort?«

»Die Ausstellung fand im Rathaus statt. Das Thema waren die Wikinger. Das können Sie ruhig überprüfen.« Behrends hatte sich offenbar beruhigt.

»Und was ist mit Frau Glasic?«

»Frau Glasic hat unserem Kulturverein ein paar Räume untervermietet«, antwortete Behrends. »Außerdem macht sie für uns ein wenig Verwaltungsarbeit. Sie selbst unterhält ein Heiratsinstitut.«

»Vermittelt sie nicht auch Au-pair-Mädchen aus Südamerika?«, setzte Trevisan nach.

»Das ist mir nicht bekannt«, antwortete Behrends. »Mein Gott, die Frau hilft uns bei der Verwaltung und der Bewältigung der Post. Wir bezahlen sie dafür. Ich sehe sie vielleicht drei- oder viermal im Jahr. Schließlich habe ich noch anderes zu tun.«

»Kennen Sie Mats Persson?«

»Mats Persson«, wiederholte Behrends. Dann schüttelte er den Kopf. »Der Name sagt mir nichts.«

»Es ist der Lebensgefährte von Frau Glasic«, half ihm Trevisan auf die Sprünge.

Behrends überlegte. »Ja, ich kann mich erinnern«, sagte er zögernd. »Sie wohnt mit einem jungen Mann zusammen. Aber wie der heißt, das weiß ich nicht. Wir hatten keinen Kontakt. Weswegen interessiert er sie?«

Trevisan überging Behrends' Frage. »Wann haben Sie Simon Halbermann das letzte Mal gesehen?«

»Mein Gott, ich sagte doch ... Wir trafen uns von Zeit zu Zeit. Wegen unserer gemeinsamen Interessen. Aber wir hatten keinen ständigen Kontakt.«

Trevisan nickte. »Wie war das damals in Oldenburg?«

»Was meinen Sie damit?«

»Professor Gehlers und die Söhne Uthers, sagt Ihnen das noch etwas?«

Der Abgeordnete wirkte verlegen. Zögernd antwortete er auf die Frage. »Das war eine Spinnerei, mehr nicht. Eine Phase der Orientierungslosigkeit im Leichtsinn der Jugend. Das kennen Sie doch sicherlich.«

»Wissen Sie, wo Professor Gehlers abgeblieben ist?«

»Nein, keine Ahnung«, antwortete Behrends. »Warum interessieren Sie sich für den alten Mann?«

»Finden Sie es nicht sonderbar, dass sich die Zentrale Ihres Kulturvereins ausgerechnet in einem seiner Häuser befindet und er sogar in der Nachbarschaft gewohnt hat?«

Der Abgeordnete schaute entgeistert. »Davon weiß ich nichts!«

»Sie haben also keine Ahnung davon? Wer hat die Räume denn angemietet?«

Behrends blickte sich um. Die Männer vor der Tür hatten sich längst wieder in den Raum begeben. Er erhob sich. »Sie müssen entschuldigen, aber ich habe jetzt wirklich keine Zeit mehr. Ich bin der Ehrengast bei diesem Festbankett. Da ist es nicht schicklich, zu spät zu kommen.« Behrends wandte sich um, ohne auf eine Antwort zu warten.

»Wann kann ich noch einmal mit Ihnen reden?«, rief ihm Trevisan nach.

»Wenden Sie sich an meine Sekretärin«, antwortete Behrends. »Sie haben ja die Nummer.«

*

Sie hatten die letzte Fähre genommen und waren kurz nach 21 Uhr in der Kaiserstraße angekommen. Das Haus mit der Nummer 24 war dunkel. Auch das Nachbarhaus zur Linken stand nach wie vor verlassen in der anbrechenden Dunkelheit. Der Wind hatte nachgelassen und ein leichter Sprühregen ging auf der Insel nieder.

Till Schreier hatte den dunkelgrünen Audi am gegenüberliegenden Straßenrand geparkt. Tina Harloff schaute den Wassertropfen zu, die langsam an der kalten Frontscheibe hinabliefen.

»Wir stehen hier wie auf dem Präsentierteller«, murmelte Till und schaute sich um.

Tina richtete sich auf. »Hast du eine bessere Stelle?«

Till zeigte die Straße hinunter. In Höhe des Sanatoriums zweigte eine kleine Einfahrt ab. »Wie wäre es da vorne? Wir hätten dann die Straße im Blick und würden sehen, wenn jemand vor dem Haus stehen bleibt.«

»Gute Idee«, erwiderte Tina.

»Ist sowieso ein Blödsinn«, murmelte Till.

»Wie meinst du das?«

Till Schreier ließ den Wagen an und fuhr langsam auf die Einfahrt zu. »Wie sollen die jetzt noch rüber auf die Insel kommen? Der Fährbetrieb ist eingestellt und über den Schlick werden sie schon nicht rutschen.«

»Sie brauchen vielleicht gar keine Fähre, wer weiß, wo die herkommen.«

Till parkte den Wagen hinter einem kleinen Fliederstrauch und stellte den Motor ab. Dann kurbelte er die Rückenlehne zurück und machte es sich bequem. »Glaubst du, die werden heute auftauchen?«

Tina hatte sich ebenfalls entspannt niedergelassen und die Füße auf das Armaturenbrett gelegt. »Wieso nicht. Sie sind jetzt lange genug weg gewesen.«

»Ich weiß überhaupt nicht, was das hier bringen soll«, entgegnete Till. »Halbermanns Tod hat die ganze Sache verändert – oder glaubst du, er hat den Absturz überlebt?«

»Auf keinen Fall«, sagte Tina. »Er wäre überhaupt nicht aus dem Flieger gekommen. Die Tür einer Cessna geht genauso auf wie eine Autotür. Die kannst du bei der hohen Geschwindigkeit nicht so weit öffnen, dass du herauskommst.«

Eine Weile schwieg Till. Dann sagte er: »Und wenn überhaupt keine Tür vorhanden war?«

Tina lächelte. »Ohne Tür, das glaube ich nicht. Gegenwind, Kälte, Druck. Das kann nicht sein.«

»Habt ihr die Tür denn gefunden?«

»Nein, das nicht«, antwortete Tina. »Es ging aber noch viel mehr verloren, als es den Rumpf der Maschine aufriss.«

Till schaltete den Radio ein. Leise Musik erklang. »Na ja, war ja auch nur so ein Gedanke.«

*

»Er lässt einfach nicht locker«, sagte der Mann mit dem dunklen Anzug. »Er hat bald alle Verbindungen aufgedeckt. Sogar in Oldenburg hat er herumgeschnüffelt.«

Der alte Mann mit den weißen Haaren saß auf seinem Stuhl und blickte wortlos an die Decke.

»Er ist wie ein Bluthund«, fuhr der Dunkle fort. »Er folgt der Fährte, die er aufgenommen hat, bis sie bei uns endet.«

Der Alte seufzte. »Er ist der schwarze Stein in unserem Haus«, sagte er mit brüchiger Stimme. »Ich spüre, wie uns die Macht aus den Händen gleitet.«

Stille legte sich über den dunklen Raum. Nur das Rauschen der weit entfernten Brandung drang durch das kleine Fenster von draußen herein.

»Was sollen wir tun?«, fragte der Dunkle.

Der Weißhaarige richtet sich auf. »Es ist nun die Stunde des Schwertes, nicht der Worte«, dröhnte er mit Donnerstimme.

»Rufe unsere Männer zusammen, die Zeit drängt. Die Ausgeburt des schwarzen Steins der Verdammnis muss vernichtet werden, sonst werden wir ihm alle in die ewige Finsternis folgen.«

Ein greller Blitz zerriss den dunklen Vorhang der Nacht. Der Gewittersturm war zurückgekehrt.

*

Trevisan war müde, als er gegen zehn Uhr seinen Wagen in der Garage in der Cäcilienstraße abstellte. Langsam ging er über den Fußweg zwischen den Büschen hindurch zur Haustür. Noch immer kreisten seine Gedanken um das Gespräch mit Gunther Behrends. Trevisan wusste, dass der Abgeordnete gelogen hatte. Behrends wusste viel mehr als das, was er gesagt hatte. Trevisan hätte nach der ersten Unterhaltung nicht gedacht, dass der Politiker so tief in der Sache steckte. Behrends war eine harte Nuss, doch trotz seiner Immunität als Abgeordneter würde Trevisan nicht aufgeben.

Die Außenlampe neben der Haustür erhellte den Eingang nur spärlich. »Guten Abend, Herr Trevisan«, tönte es plötzlich aus der Dunkelheit.

Trevisan fuhr erschrocken zusammen. Reflexartig krümmte er sich und fasste an sein Schulterholster, das unter der Jacke verborgen war. »Wer ist da?«, rief er scharf.

Der Körper eines jungen Mannes schält sich aus der Dunkelheit. Er hatte im Schatten der Birke hinter der Gartentür gestanden.

»Entschuldigung«, sagte der Junge. »Ich wollte Sie nicht erschrecken.«

Die Konturen eines Gesichtes offenbarten sich im fahlen Licht: Nikolas Ricken, Paulas verbotene Liebe.

»Was fällt dir ein, mir aufzulauern wie ein Dieb?«, entgegnete Trevisan wütend. Sein Körper entspannte sich.

»Ich wollte mit Ihnen reden«, sagte der Junge.

Trevisan setzte seinen Weg fort. »Ich wüsste nicht, worüber wir noch reden sollten.«

»Ich liebe Paula.«

Trevisan blieb stehen und drehte sich um. »Du weißt doch gar nicht, was Liebe ist. Du bist doch nur …«

»Ich denke den ganzen Tag nur noch an sie«, fiel er Trevisan ins Wort. »Und wenn ich an sie denke, dann kribbelt es in meinem Bauch, als würden tausende von Ameisen darüber laufen. Und nachts kann ich nicht mehr schlafen.«

»Sie ist noch viel zu jung für dich.«

»Sie ist sechzehn.«

»Fünfzehn.«

»Aber sie wird sechzehn. In drei Monaten.«

Trevisan seufzte. »Wie stellst du dir das Ganze vor? Ich kann euch doch nicht erlauben, dass ihr zusammen … Ich meine, sie ist noch ein Kind.«

Der Junge trat einen Schritt vor. Seine Augen glänzten im matten Licht. »Ich kann verstehen, dass Sie mich nicht mögen«, sagte Nikolas. »Ich habe gestohlen, ich habe jemanden zusammengeschlagen und ich habe gelogen und schon mit sechzehn mehr Alkohol getrunken als mancher Erwachsene. Ich weiß heute, dass es falsch war. Aber ich kann es nicht mehr rückgängig machen. Jeder begegnet mir mit Misstrauen. Die Sache mit Ihrer Uhr zum Beispiel … Mit meinem schlechten Ruf werde ich leben müssen. Aber ich bin sicher, Sie hätten nichts gegen die Freundschaft, wenn ich jemand anderes wäre.«

Trevisan sah die Tränen im Gesicht des jungen Mannes. »Es ist doch nur … du bist schon neunzehn«, sagte er unsicher.

»Wie viele Jahre Unterschied waren zwischen Ihnen und Ihrer Frau?«

»Das hat doch gar nichts damit zu tun«, erwiderte Trevisan.

»Ja, das war wohl etwas ganz anderes.«

»Hat sie dich geschickt?«

»Wer?«

»Na, deine Betreuerin«, hakte Trevisan nach.

»Sie weiß überhaupt nicht, dass ich hier bin«, sagte Nikolas. »Sie hat mir geraten, Paula zu vergessen. Sie sagte, der Kerl ist so borniert, das hat keinen Sinn, mit dem zu reden. Der weicht keinen Millimeter von seinen Vorurteilen ab.«

Trevisan lächelte. »Du scheinst zumindest die Wahrheit zu sagen. Und was erwartest du jetzt von mir?«

Zögernd ging der Junge einen weiteren Schritt auf Trevisan zu. »Ich gebe Ihnen mein Wort, das ich Paula niemals wehtun werde. Ich will nur mit ihr zusammen sein.«

Trevisan atmete tief ein. Anfänglich hatte er den Jungen nur für unverschämt gehalten, doch mittlerweile – musste er sich eingestehen – war er sogar beeindruckt. Er überlegte, was er tun sollte. Konnte er überhaupt etwas tun? Was machte Paula den ganzen Tag, wenn er in seinem Büro saß und Mörder jagte? Wenn sie wirklich mit Nikolas zusammen sein wollte, konnte er sie nicht aufhalten. Auch Angela hatte ihm am Telefon gesagt, dass Eltern in solchen Situationen fast immer den Kürzeren ziehen. Hatte er, wenn er jetzt nachgab, nicht sogar mehr erreicht als andere Eltern mit all ihren Verboten und Maßregelungen?

»Gut, ihr könnt euch treffen. Aber ich warne dich, gehe nicht zu weit. Paula ist noch zu jung … Du weißt schon, was ich meine.« Trevisan erschrak. Hatte er es wirklich gesagt …?

Der Junge streckte ihm seine Hand entgegen. »Mein Wort drauf.«

Trevisan ergriff die Hand und war überrascht über den festen Händedruck des jungen Mannes.

»Darf ich Paula morgen früh abholen?«

Trevisan zuckte mit den Schultern. »Ich weiß nicht … du wirst sie selbst fragen müssen.«

Der Junge lächelte. »Vielleicht sind Sie gar nicht so borniert.«

Paula lag auf ihrem Bett und hörte Musik. Sie hatte wieder ihren Kopfhörer aufgesetzt. Trevisan öffnete leise die Tür. Er setzte sich auf den Bettrand. Paula wandte sich um und nahm den Kopfhörer ab.

Zärtlich strich er ihr über den Kopf. »Hattest du einen schönen Tag?«

Sie legte den Kopfhörer zur Seite und richtete sich auf. »Ich war baden und als es zu regnen begann, bin ich mit zu Anja gegangen.«

»Hast du morgen schon etwas vor?«

Sie zuckte mit den Schultern.

»Es soll morgen kühl bleiben und regnen«, sagte Trevisan.

»Dann wird das mit dem Badengehen nichts?«

»Falls du bummeln gehen willst, dann habe ich nichts dagegen.«

Paula schaute Trevisan überrascht an.

»Ich meine, wenn dich Nikolas abholt«, fügte Trevisan hinzu.

»Was soll das jetzt?«, fragte sie mit aufkommender Wut in der Stimme. »Ich habe ihn …«

Trevisan richtete sich auf. »Ich habe einfach falsch reagiert«, unterbrach er sie. »Mir ist klar geworden, dass du langsam erwachsen wirst. Und in Nikolas habe ich mich wohl gründlich geirrt. Es tut mir leid. Ich wollte dich nicht kränken. Manchmal tut man Dinge, die falsch sind, einfach nur aus dem Glauben heraus, es gut mit jemandem zu meinen. Verstehst du das?«

Er nahm Paula in den Arm. Sie wehrte sich nicht dagegen.

29

Zum ersten Mal nach langer Zeit hatte Trevisan wieder tief und fest geschlafen. Als er gegen acht Uhr aufgestanden war und geduscht hatte, stand das Frühstück bereits auf dem Tisch. Paula hatte Kaffee aufgebrüht, Toast gebuttert und Eier für ihn gekocht. Sie saß am Frühstückstisch im geräumigen Wohn- und Esszimmer und wartete. Sogar die Zeitung hatte sie hereingeholt und neben seinem Platz auf den Tisch gelegt.

»Du hast dir ganz schön Mühe gegeben«, witzelte Trevisan.

Paula lächelte und goss ihm Kaffee ein. »Es muss viel Kraft kosten, wenn man über seinen eigenen Schatten springt.«

Trevisan tat, als habe er ihre Bemerkung überhört, und griff zur Zeitung. Er überflog die Seiten. Im Lokalteil stieß er auf einen Artikel, der sich mit dem Flugzeugabsturz von Simon Halbermann befasste. Der Journalist schrieb, welchen schmerzlichen Verlust der Tod des Industriellen für die Region und speziell für Wilhelmshaven bedeutete. Die Zeilen klangen wie der Nachruf auf einen guten und liebevollen Menschen. Trevisan schüttelte den Kopf. Wenn der Reporter wüsste, welche Grausamkeiten sich hinter der Fassade des Geschäftsmannes verborgen hielten … Welches Leben Halbermann geführt hatte … Aber wie sollte er, die Informationen waren nicht an die Öffentlichkeit gelangt. Die Öffentlichkeitsfahndung hatte sich erübrigt. Simon Halbermann ruhte auf dem kalten Grund der Nordsee. Trevisan blätterte angewidert um und überflog die weiteren Artikel.

An der Anzahl der Seiten und der Belanglosigkeit mancher Meldungen war unschwer zu bemerken, dass der Sommer Einzug gehalten hatte. Der Kaninchenzüchterverein in Accum feierte vierzigjähriges Bestehen, der Segelclub Horum veranstaltete am Wochenende ein kleines Sommernachtsfest und die DLRG in Hohenstiefersiel bemängelte das sorglose Verhalten so mancher Urlauber, die ohne Führung hinaus ins Watt wanderten und sich dadurch unnötig in Gefahr brachten.

Auch in der weiten Welt schien sich der Lauf des Lebens verlangsamt zu haben. Wären nicht da und dort die kleinen Affären der Stars und Sternchen, so hätten die Journalisten wohl gar nichts mehr zu berichten gehabt. In Bremerhaven waren bei einem schweren Verkehrsunfall drei Menschen ums Leben gekommen und in Hamburg war ein Base Jumper abgestürzt. Trevisan stutzte. Die deutsche Sprache wurde immer mehr von Anglizismen durchsetzt. Er las den Artikel, um zu erfahren, was dieser Ausdruck bedeutete. Hinterher schüttelte er nur den Kopf. Wieder einmal wurde ihm klar, dass diese Gesellschaft immer mehr ins Abseits trudelte. Nun stürzten sich schon Halbwüchsige an Fallschirmen von den Dächern der Hochhäuser, um wenigstens noch ein bisschen Abenteuerlust und Spannung in ihr fades Leben zu bringen. Für den »Kick«, wie die jungen Menschen von heute zu sagen pflegten. Nach S-Bahn-Surfen und Bungeejumping wohl die neueste Errungenschaft an Freizeitbeschäftigungen. Diesmal hatte es einer von ihnen nicht geschafft, war mit seinem Fallschirm abgeschmiert und auf dem Asphalt aufgeschlagen.

Trevisan hatten damals in seiner Jugendzeit noch der nahe Wald und der Wanderverein genügt, um seine freie Zeit sinnvoll anzufüllen. Es war schwer, in der heutigen Zeit jung zu sein. Er legte die Zeitung beiseite und schälte das Ei. Es war genauso, wie er es gerne hatte. Das Eigelb war noch flüssig.

Paula aß mit Heißhunger ihr Marmeladenbrötchen. Ihr Gesicht wirkte fröhlich. Die kleinen Grübchen unterhalb ihrer Wangen strahlten all die Freude aus, die in ihr steckte. Und er durfte Anteil daran haben.

Trevisans Blick fiel nach draußen. Die Unwetter von gestern hatten sich verzogen. Frische, klare Luft drang durch die gekippten Fenster in den Raum. Auch Trevisan fühlte sich von einer schweren Last befreit.

Dann zerstörte das Telefon mit seinem schrillen Ton die Idylle. Trevisan legte seinen Löffel beiseite, doch noch bevor er sich erheben konnte, war Paula aufgesprungen und in den Flur hinausgelaufen. An ihrer munteren Stimme konnte er erkennen, wer anrief. Nikolas war am Apparat.

Als Trevisan eine Stunde später hinter seinem Schreibtisch im zweiten Stock des Polizeigebäudes Platz genommen hatte, grübelte er immer noch darüber nach, ob er gestern Abend alles richtig gemacht hatte. Konnte er seiner fünfzehnjährigen Tochter wirklich erlauben, mit einem neunzehnjährigen Jungen zusammen zu sein? War es verantwortungslos von ihm? Verdammt, er wusste noch nicht einmal, ob Paula regelmäßig die Pille nahm. Oder war sie auch dafür noch zu jung? Zumindest wusste er, dass Angela mit ihr darüber geredet hatte. Im letzten Jahr. Und er war froh darüber, dass sie es getan hatte.

Vor ihm auf dem Schreibtisch lag ein kleiner Notizzettel von Till. Tina und er waren heute Morgen kurz nach sechs Uhr von Alex und Dietmar abgelöst worden. In der Nacht war nichts passiert. Niemand hatte sich blicken lassen.

Trevisan schaute auf die große weiße Uhr, die über der Tür hing. Es war kurz vor halb zehn. Zeit, um mit der Fahndungsabteilung wegen der Glasic-Überwachung zu sprechen. Er griff zum Telefon. Als er wieder auflegte, stand die Einteilung für das Wochenende. Die Fahndungsabteilung würde ab dem nächsten Morgen die weitere Überwachung übernehmen.

Zufrieden lehnte er sich zurück. Damit hatte er sein dezimiertes Kommissariat wenigstens ein klein wenig entlastet. Auf Till würde er in den nächsten Wochen verzichten müssen und auch Monika sollte nächste Woche ihren Urlaub antreten können. Sie hatte ihn ohnehin schon um eine Woche verschoben.

Vesna Glasic – vielleicht war sie der Schlüssel zum Fall. Zumindest schien es, als würden bei ihr einige Fäden zusammenlaufen. Das Verschwinden von Maria Souza da Marques war immer noch ein Rätsel. Trevisan griff in die Schublade seines Schreibtisches und zog das Bild hervor, das der junge Sven Halbermann als Beweis für ihren Tod an seinen Freund Mike Landers geschickt hatte. Er betrachtete das Foto noch einmal lange und eingehend. War sie wirklich tot, oder war sie irgendwelchen perversen Menschen in die Hände gefallen, die sie unter Drogen gesetzt hatten?

Er legte das Bild zu Seite und dachte an den Wangerlandmörder. Trevisan blätterte in seinem Notizbuch und fand die Telefonnummer von Margot Martinson, der Profilerin aus Hamburg, die ihm damals wertvolle Ratschläge gegeben hatte. Nachdenklich wählte er die Nummer des Hamburger Kriminalamtes. Nach zweimaligem Klingeln meldete sich eine zarte Frauenstimme.

»Guten Tag, mein Name ist Trevisan«, sagte er. »Ist das nicht die Nummer von Margot Martinson?«

»Frau Martinson arbeitet nicht mehr hier«, erwiderte die Frau. »Da müssen Sie es privat versuchen.«

»Danke.« Überrascht legte er den Hörer auf die Gabel.

*

Um 6.30 Uhr war die *Frisia*-Fähre zum Riffgat gestartet. Dietmar Petermann und Alex Uhlenbruch saßen in ihrem Wagen. Sie bezogen an der gleichen Stelle Position, an der auch Till und Tina gestanden hatten. Von dort aus hatten sie einen wunderbaren Einblick in die Straße, ohne gleich selbst gesehen zu werden. Ein Gebüsch verbarg sie. Das Nachbarhaus, in dem der verrückte Professor gemeldet war, lag ebenfalls in ihrem Sichtfeld. Doch dort waren alle brüchigen und farblosen Fensterläden geschlossen. Der Garten war verwildert und ungepflegt und auf den Ziegeln hatte sich ein grünlicher Moosbelag gebildet.

Alex war mittlerweile umfassend in den Fall eingeweiht. Dietmar hatte ihm bis ins Detail erzählt, was sie über den alten Professor in Oldenburg erfahren hatten.

»Das Haus sieht wirklich schon ein bisschen verfallen aus. Es scheint sich niemand darum zu kümmern«, sagte Alex und hielt Dietmar das Fernglas vor die Nase.

»Vielleicht irren alle und er lebt nur sehr zurückgezogen«, erwiderte Dietmar. »Er ist schließlich sehr alt. Vielleicht hat ihm die kleine Eskimofrau den Laufpass gegeben.«

»Oder er liegt dort drüben im Bett und ist längst schon verwest.«

»Meinst du wirklich?«, fragte Dietmar entgeistert.

»Na ja, wäre doch möglich«, sagte Alex. »Die Frau davongelaufen und er hilflos im Bett. Das liest man doch immer wieder.«

»Aber die Nachbarn?«

»Nachbarn, wer kümmert sich schon heute um die Nachbarn«, erwiderte Alex.

Dietmar hob das Fernglas an die Augen. Etwas tat sich im Garten. Schweigend spähten die beiden Kriminalbeamten aus dem Wagen.

Dann entspannten sich ihre Körper.

»Es ist die Nachbarin aus 26«, erklärte Dietmar und reichte Alex das Fernglas. Leise öffnete er die Fahrertür.

»Was machst du?«, fragte Alex überrascht.

»Ich geh mal rüber zu ihr«, entgegnete Dietmar. »Das mit dem Alten lässt mir keine Ruhe.«

»Sei bloß vorsichtig«, rief ihm Alex nach, doch Dietmar hatte die Tür bereits geschlossen.

*

Sie saßen in einem dunklen BMW. Ein unauffälliger Wagen mit FRI-Kennzeichen. Sie hatten beobachtet, wie der blaue Ford aus der Hofausfahrt in die Cäcilienstraße eingebogen und in

Richtung Hauptstraße davongefahren war. Es war kurz nach acht Uhr. Bestimmt fuhr er in sein Büro. Schließlich war heute Freitag, ein ganz normaler Arbeitstag.

Kurze Zeit später hatte ein dunkler VW Golf vor dem Haus gehalten. Ein rotblondes Mädchen in Jeans und einem bauchfreien Top war aus dem Haus gekommen und in den Golf gestiegen. Dann war auch der davongefahren.

Sie hatten einfach nur gewartet.

»Was machen wir jetzt?«, fragte der Dunkelhaarige seinen blonden Begleiter.

»Wir fahren in die Stadt. Heute Nacht kommen wir zurück«, erwiderte der Blonde.

*

»Seit zwei Jahren hat ihn die Nachbarin nicht mehr hier gesehen«, berichtete Dietmar Petermann. »Schon zuvor war er nur ein paar Wochen im Jahr in seinem Haus. Sie meint, dass er mit seiner jungen Frau im Ausland lebt. Das Haus steht seitdem leer.«

Alex nickte. »Also kein Skelett im Bett.«

»Sicher nicht«, erwiderte Dietmar. »Die Frau hat den Auszug beobachtet. Aber die Glasic und ihr Freund müssen das genau wissen. Sie haben beim Umzug geholfen.«

Alex griff erneut zum Fernglas. Ein Wagen näherte sich. Ein roter Mini-Cooper. »Ich hoffe, du hast uns nicht verraten«, sagte Alex.

»Guten Tag, Günter Wiedemann, Allianz-Lebensversicherungen«, antwortete Dietmar Petermann mit einem süffisanten Lächeln.

Der rote Mini-Cooper fuhr an dem Haus vorbei. Dietmar schaute ihm nach. Umständlich griff er nach seiner Tasche auf dem Rücksitz und zog eine gelbe Brotdose hervor. Alex schüttelte den Kopf.

»Was ist, ich habe Hunger«, sagte Dietmar entrüstet. Es war kurz vor Mittag.

»Du hast doch erst vorhin gegessen.«

»Ein kleines Brötchen, mehr nicht. Glaubst du, das reicht einem erwachsenen Menschen?« Dietmar biss herzhaft in sein Brot.

»Psst, schau mal!«, zischte Alex.

Dietmar hätte sich beinahe verschluckt. Ein grüner Kombi hatte direkt vor dem Haus der Glasic angehalten. Eine Frau stieg aus dem Wagen.

Alex presste das Fernglas an seine Augen.

Die Frau hatte kurze schwarze Haare und eine Figur wie ein Fotomodell.

»Das ist sie«, stieß Alex hervor.

»Und er?«

»Siehst du ihn?«

»Nein.«

»Ich auch nicht, was sollen wir machen?«

Die Frau war mittlerweile an das Heck des Wagens getreten und lud einen Koffer und zwei Reisetaschen aus.

»Trevisan hat gesagt, wir nehmen sie fest«, sagte Dietmar. »Also, worauf warten wir noch.«

Alex nickte und Dietmar ließ den Wagen an. Er fuhr direkt auf den Kombi zu. Als er auf gleicher Höhe war, bremste er. Alex und Dietmar sprangen aus ihrem Wagen.

»Vesna Glasic?«, fragte Dietmar.

»Was wollen Sie?«, antwortete die Frau verdutzt.

Dietmar zückte seine Polizeimarke. »Sie sind verhaftet«, antwortete er kalt.

*

Trevisan hatte die Nummer aus dem Telefonbuch herausgesucht. Er hatte lange überlegt, ob er wirklich anrufen sollte, schließlich kannten sie sich nur oberflächlich. Obwohl Margot Martinson im letzten Jahr zu seinem Team gehört hatte, waren sie einander fremd geblieben. Warum hatte sie ihren Beruf an den Nagel gehängt? Damals hatte sie noch mit so viel Enthusiasmus und Engagement über ihre Aufgabe geredet.

Sie meldete sich nach dreimaligem Klingeln, und sie freute sich offenbar über Trevisans Anruf.

»Und, wie geht es dir?«, fragte er vorsichtig.

Margot Martinsons Antwort kam verzögert. »Ich stehe voll im Stress.«

»Ich hörte, du bist nicht mehr bei der Polizei? Ich wollte dich heute früh im Büro anrufen, da hieß es, du arbeitest nicht mehr dort. Du hast wohl was Besseres gefunden?«

»Wie man es nimmt«, antwortete Margot Martinson. »Ich bereite mich gerade auf mein Examen vor. Ich habe unbezahlten Urlaub genommen.«

Trevisan wunderte sich. »Ich denke du bist längst schon fertig mit deinem Studium?«

»Ja, als Psychologin. Aber es gibt noch reichhaltige Themenfelder. Schließlich will ich mich weiterentwickeln und nicht auf der Stelle stehen bleiben. Oder hast du geglaubt, ich hätte alles hingeschmissen?«

Trevisan überlegte. »Ich weiß nicht, was ich gedacht habe. Aber damals, als wir zusammen etwas getrunken haben, da hast du mir von deinem Leben erzählt. Es klang …«

»Ach so, die unzufriedene und frigide Psychologin, die sich später zu ihrer besten Kundin entwickelt«, fiel ihm Margot lachend ins Wort.

Trevisan war ein klein wenig beschämt.

»Warum hast du eigentlich angerufen?«, fragte sie nach einem Moment des Schweigens.

Er erzählte ihr von Simon Halbermann, von dem Selbstmord des jungen Sven und dem mysteriösen Tod des jungen Landers. Er berichtete ihr von Halbermanns Leidenschaft, seinem eigentümlichen und kriminellen Hang zur Kunstsammlerei. Von dem sonderbaren Raum im Keller des Halbermannschen Anwesens und von dem absonderlichen Kulturverein. Er erzählt die gesamte Geschichte, selbst die kleinen Nuancen vergaß er nicht, sogar die seltsamen Bildnisse an der Decke von Halbermanns Heiligtum erwähnte er. Margot hörte aufmerksam zu. Hier und da stellte sie eine Zwischenfrage und als Trevisan am Ende seiner Erzählung ankam, schwieg sie eine Weile.

»Und, was hältst du von der Geschichte?«, fragte Trevisan neugierig.

»Das klingt fast nach einem Lehrbeispiel«, erwiderte sie. »Ich denke, dass hier eine Gruppe am Werk ist. Eine Gruppe, die schon länger existiert. Aber ich denke auch, dass du hier in Deutschland nicht weiterkommen wirst. Du musst nach Dänemark.«

Trevisan runzelte die Stirn. »Das ist nicht so einfach.«

»Dann musst du enger mit der dänischen Polizei zusammenarbeiten«, riet Margot Martinson.

»Daran habe ich auch schon gedacht, aber ich glaube, Beck wird etwas dagegen haben.«

»Bist du Anfang nächster Woche im Büro?«, fragte Margot.

»Klar«, erwiderte Trevisan.

»Also, ich selbst steckte mitten in den Prüfungsvorbereitungen, aber ich kenn jemanden, der dir vielleicht weiterhelfen kann. Ich kann aber nichts versprechen.«

Es klopfte an der Tür. Monika Sander kam herein. »Mensch, wo steckst du. Dietmar hat angerufen. Sie haben die Glasic verhaftet.«

Trevisan fuhr auf. »Ich komme«, sagte er und nahm den Hörer wieder ans Ohr. »Entschuldige, ich muss Schluss machen. Ich melde mich wieder.« Als er den Hörer aufgelegt hatte, sah er den Zettel, der auf seinem Schreibtisch lag. Er war von Tina und bezog sich auf die Schriftzeichen, die Trevisan auf dem Notizblock im Nebengebäude von Halbermanns Villa gefunden hatte.

Habe in unseren Computern nach C 2000 SV recherchiert, verlief negativ. Außer einer Fahrradrahmennummer war nichts Derartiges gespeichert. Aber um ein Fahrrad geht es wohl nicht. Im Internet fand ich über zweihundert Seiten. Es kamen dabei eine moderne Buchdruckmaschine einer niederländischen Firma, ein Lautsprechersystem der Firma Sony, ein Komet, der Anfang November des letzten Jahres am Sternhimmel entdeckt wurde, und eine gusseiserne Pfanne einer Nobelfirma, die mit einer Speziallegierung beschichtet ist und fast 1000 Euro kostet, zum Vorschein.

Trevisan legte den Notizzettel zur Seite. Er überlegte fieberhaft. Hatte Frau Jonas nicht von einer Sternwarte gesprochen?

30

Vesna Glasic saß stumm auf dem Stuhl im Vernehmungszimmer. Ihr ausdrucksloser Blick war zu Boden gerichtet.

Sie war eine attraktive Frau. Ihre pechschwarzen kurzen Haare ließen sie auf den ersten Blick burschikos wirken, doch ihre zarten Gesichtszüge, die leicht hervorstehenden Wangenknochen und die roten Lippen erschienen fraulich und schön. Dazu hatte sie trotz ihres Alters die Figur eines Fotomodells.

Sie trug ein eng anliegendes schwarzes Trägershirt und eine darauf abgestimmte beige Hose, die sich ebenfalls eng anschmiegte und ihre Figur betonte. Trevisan betrachtete sie nachdenklich.

»Sie hat noch nicht kapiert, worum es geht«, sagte Tina, die zusammen mit Trevisan vor dem venezianischen Spiegel stand und die Frau eingehend musterte.

Seit einer halben Stunde stellte Monika Sander im Vernehmungszimmer Fragen, doch die Antworten blieben aus. Nur zur Beginn hatte Vesna Glasic etwas gesagt. Sie hatte nach einem Anwalt verlangt. Nach Elbers hatte sie gefragt. Dietmar Elbers aus Aurich, dem Steueranwalt, dessen Name in den Ermittlungen schon des Öfteren aufgetaucht war. Dann hatte sie nur noch beharrlich geschwiegen.

Trevisan wandte sich um. »Das hat keinen Zweck. Ich hoffe, die Durchsuchung bringt etwas, sonst können wir sie bald wieder laufen lassen.«

»Fährst du rüber nach Norderney?«, fragte Tina.

»Ich denke, das tun wir jetzt alle«, erwiderte Trevisan. »Solange Persson noch frei herumläuft, müssen wir damit rechnen, dass er Beweismittel verschwinden lässt. Wir müssen schnell und gründlich sein. Übrigens, noch vielen Dank für deine Nachricht. Du musst mir alles über den Kometen heraussuchen.«

»Glaubst du, das hat etwas mit unserem Fall zu tun?«

»Ich weiß es nicht genau«, erwiderte Trevisan. »Jetzt lass uns erst einmal ihr Haus durchsuchen.«

»Und was machen wir mit ihr?«

»Eine Nacht in der Zelle hat schon oft geholfen«, beschloss Trevisan. »Die Staatsanwaltschaft ist informiert.«

Das kleine Haus mit der verklinkerten Fassade lag im glänzenden Licht der heißen Sommersonne. Trevisan war mit Monika Sander und Tina Harloff auf der Fähre nach Norderney übergesetzt. Jetzt hatten sie knapp sechs Stunden Zeit, bis die letzte

Fähre Norderney in Richtung Küste verlassen würde. Sechs Stunden, um Hinweise zu finden, Spuren von Verbindungen zwischen Simon Halbermann und dem verrückten Professor Gehlers, Spuren von Verbindungen Halbermanns mit Persson und der Glasic, Spuren der vermissten Maria Souza da Marques und Hinweise auf Halbermanns heimlichen Zufluchtsort in Dänemark.

Trevisan hatte es im Gefühl: Es steckte mehr hinter dem ganzen Fall als der Spleen und die eigenartigen Launen eines reichen Industriellen. Doch wonach sollte er suchen? Papiere, Dokumente, Notizen, Protokolle und Computerdateien? Überall konnten Hinweise verborgen sein.

Der düstere Flur empfing ihn mit einer erfrischenden Kühle. Die Fensterläden am Haus waren geschlossen und sperrten das Sonnenlicht und die Hitze aus. Trevisan ging den langen Gang entlang. Rechts und links zweigten Türen ab und am Ende des Flures führte eine Treppe in den zweiten Stock. An den gelblich getünchten Wänden hingen viele Bilder. Radierungen meist, die epische Szenen aus der nordischen Mythologie zeigten. Götter, Nornen, Elfen und Trolle. An der Wand gegenüber hing ein riesiges Ölgemälde, das mit seinen düsteren Farben und den abstrakten Formen und Linien bedrückend auf Trevisan wirkte. Ein bedrohlicher Sturm der geheimnisvollen Farben. Wieder eine Gemeinsamkeit mit Halbermann.

Dietmar Petermann und Alex Uhlenbruch hatten sich bereits die ersten beiden Räume im Erdgeschoss vorgenommen. Das Büro des Heiratsinstituts. Es wirkte kalt und steril. Alex saß vor dem Computer und rief Datei um Datei auf, während Dietmar in den Aktenordnern stöberte, die in dem kleinen Wandschrank neben der Zugangstür standen.

»Habt ihr schon was?«, fragte Trevisan.

Dietmar stellte einen Ordner zurück in den Schrank. »Bislang nichts, außer harmlosen Anschreiben und Fotos von Heiratswilligen.«

Trevisan nickte. »Tina und ich nehmen uns das obere Stockwerk vor, Monika unterstützt euch hier unten. Und denkt daran, wenn ihr nicht bis morgen früh hierbleiben wollt, dann müsst ihr euch beeilen.«

Im oberen Stockwerk gab es insgesamt vier Räume. Neben einem Badezimmer und einem WC führten die weiteren Türen in ein Schlafzimmer, in dem ein normales Ehebett und ein Kleiderschrank standen. Ein weiterer, großer Raum wurde offenbar als Wohnzimmer genutzt. Tina verschwand im Schlafzimmer, während sich Trevisan dem Wohnzimmer widmete.

Außer einer roten Couch, einem Sessel und einem kleinen runden Glastisch standen noch eine Kommode und eine Phonobar an der Wand, in die eine Stereoanlage eingebaut war, darauf thronte ein kleiner Fernseher. Die ganz normalen Habseligkeiten einer durchschnittlichen deutschen Familie, dachte Trevisan. Helles Fichtenholz, eine pastellfarbene Tapete, hellrot marmoriert. Auch in diesem Zimmer hingen Zeichnungen und Bilder, die sich allesamt mit Szenen aus der nordischen Geschichte beschäftigten. Trevisan zog eine Schublade der Kommode auf. Darin lag ein Berg von Tarotkartensätzen. Alle noch originalverpackt. In der zweiten Schublade lagen Fotografien und Fotoalben. Trevisan nahm eines davon heraus und blätterte darin. Es enthielt Bilder von Vesna Glasic. Am Strand, bei einer Wanderung, bei einer Feier mit lachenden Gesichtern. Er legte das Album auf die Kommode und griff nach dem nächsten. Die gleiche Art Bilder, nur ein wenig älter noch. Trevisan schätzte, dass die Aufnahmen vor etwa zehn Jahren gemacht worden waren. Die Personen darauf kannte er nicht.

Das dritte und letzte Album war da schon viel interessanter. Es zeigte Hochzeiten. Brautpaare in Weiß vor der Kirche oder in Kostümen und Anzügen vor den Standesämtern. Hochzeitsfeiern in Gaststätten, Sälen oder auch im Freien. Trevisan blätterte Seite für Seite um. Auf manchen Bildern war Vesna Glasic zu sehen. Wohl ein Album mit ihren Erfolgen. Trevisan drehte die nächste Seite um. Ein weiteres Brautpaar stand vor einer kleinen Kapelle. Das Bild war älteren Datums. Zwanzig Jahre wohl, der Mode nach zu urteilen. Doch als Trevisan die Gesichter des Paares musterte, atmete er tief ein. Simon Halbermann und seine Frau Elisabeth. Daneben standen Vesna Glasic mit langen dunklen Locken und ein unbekannter Mann, wohl um die sechzig, mit langen schlohweißen Haaren.

Wer mochte dieser Mann sein? Trevisan zerrte an dem Bild, um es aus den Fotoecken zu lösen. Er drehte das Foto um. *Atelier Svedman, Esbjerg, Danmark,* war darauf zu lesen. Offenbar hatte Halbermann schon damals eine Vorliebe für das Land im Norden empfunden.

»Martin, komm mal her, das ist sehr interessant!«, hallte Dietmars Stimme durch das Treppenhaus. Trevisan steckte das Bild in seine Gesäßtasche und ging die Treppe hinab.

»Hast du gewusst, dass Halbermann mit der Glasic als Lotsen in den Hafen der Ehe geschippert ist?«, fragte Dietmar und rückte seine grellrote Krawatte zurecht.

Trevisan griff in die Gesäßtasche und reichte Dietmar das Foto.

»Aber nicht nur sie, auch Behrends, Elbers und Kranewitt haben sich über das *Institut Birgit* vermitteln lassen«, fuhr Dietmar nach einem Blick auf das Bild fort. »Außerdem finden sich hier in den Schränken genügend Abrechnungen der Heimatfreunde. Ich glaube, hier laufen alle Fäden zusammen.«

»Ich dachte, der Kulturverein hat hier eine eigene, abgeschlossene Zentrale«, entgegnete Trevisan. »Vielleicht unterm Dach?«

»Das sehen wir gleich«, antwortete Dietmar und war schon aus dem Zimmer verschwunden. Trevisan folgte ihm in das Dachgeschoss. Die Treppe führte zu einer einzigen Tür.

Dietmar umfasste die Türklinke. »Mal sehen, was uns erwartet«, sagte er und drückte sie hinunter.

Trevisan hatte damit gerechnet, dass die Tür verschlossen war, doch unerwartet schwang sie auf. Dahinter lag ein Dachgeschoss, leer bis auf ein paar alte Koffer und eine alte Hollywood-Schaukel. Ansonsten nur grauer Fußboden, das Dachgebälk und die Ziegel, mehr gab es hier nicht zu sehen.

»Dann ist die Sache doch klar. Die Glasic ist die Anlaufstelle«, folgerte Dietmar.

Trevisan hatte denselben Gedanken.

Eine Stunde später hatten Tina Harloff und Trevisan das Obergeschoss durchsucht. Sie hatten nichts gefunden, das von Interesse für den Fall gewesen wäre. Nicht einmal ein Foto des Dänen, obwohl die Schränke und Schubläden vor Bilder fast überquollen. Nur die Kleider eines Mannes und die typisch maskulinen Utensilien im Bad deuteten auf die Existenz von Mats Persson hin.

Dietmar war auf einige Abrechungen im Zusammenhang mit der Förderung von Kulturgütern gestoßen, doch beweisen ließ sich damit ebenfalls nichts. Alex saß noch immer vor dem Computer und versuchte hartnäckig, in passwortgeschützte Dateien einzudringen.

»Wenn ich nur wüsste …«, murmelte er.

Trevisan stand in seinem Rücken und beobachtete, wie er immer wieder aufs Neue aus dem Programm flog.

»Ich habe jetzt schon unzählige Möglichkeiten ausprobiert«, klagte Alex. »Nordische Götter, ein paar Namen der Schicksalsgöttinnen, die ich aus den Kreuzworträtseln kenne, Namen und Städte, aber nichts funktioniert.«

»Ist es möglich, den Passwortschutz zu umgehen?«, fragte Trevisan.

»Ich kenne da einen Freund, einen Informatiker, der sich ab und an als Hacker betätigt, aber dazu müssten wir hier alles einpacken«, erwiderte Alex.

Trevisan überlegte. »Versuch's mal mit *Uthers Söhne*.«

»Wie schreibt man das?«, fragte Alex.

Trevisan buchstabierte. Dann drückte Alex die Entertaste. Das graue Passwortfeld verschwand und eine Excel-Datei öffnete sich.

»Woher hast du das gewusst?«, fragte Alex verwundert.

»Intuition«, antwortete Trevisan.

*

Seit über eine Stunde standen sie in der Cäcilienstraße und beobachteten das kleine Reihenhaus. Bislang hatte sich nichts getan. Weder der dunkle Golf noch der blaue Ford waren wieder aufgetaucht.

»Er macht wohl Überstunden«, sagte der Blonde.

»Heute ist Freitag, Wochenende«, entgegnete der Dunkelhaarige mit dem östlichen Akzent.

»Er wird schon noch kommen«, antwortete der Blonde und legte sich zurück.

Ein Golf kam die Straße heruntergefahren. Vor dem Reihenhaus blieb der Wagen stehen. Ein rotblondes Mädchen stieg aus und ging zum Haus.

»Schön schnuckelig, die Kleine«, sagte der Dunkelhaarige.

»Die ist tabu für dich!«, erwiderte der andere Mann. »Wir sollen nur unsere Augen und Ohren offen halten.«

Der Dunkle nickte.

*

Kaffeeduft und Essensgerüche schwängerten die Luft im ausladenden Konferenzzimmer im zweiten Stock. Das K 1 hatte sich um den langen Tisch versammelt und betrachtete stolz seine Beute.

Zwar gab es noch immer keinen offensichtlichen Hinweis auf den Verbleib der verschwundenen Maria, aber mittlerweile war klar, dass sie in einen geheimen Ring eingedrungen waren, hinter dem mehr steckte als nur der Erhalt von Kulturgütern. Reiche Industrielle, deren Vereinigung den Sinn hatte, Steuerschuldverschreibungen für irgendwelche abenteuerlichen Unternehmungen zu ergattern, um ihren eigenen Steuersatz gegen Null zu drücken. Auf sechsunddreißig Namen waren sie gestoßen. Im In- und Ausland. In Dänemark, in Schweden, in England und in der Russischen Republik, wohin das meiste Geld verschwunden war.

»Das ist noch nicht alles«, sagte Alex. »Sie haben sich auch gegenseitig Aufträge zugeschustert und eigentlich die Summe immer nur weiter verschoben. Nach außen hatte es den Anschein der Seriosität, aber die Zielrichtung ist klar. Sie haben die Steuer beschissen.«

»Da zeigt sich wieder einmal, wie gut die Ausbildung beim LKA ist«, bemerkte Dietmar schnippisch. »Ohne die Jahre beim Betrugsdezernat in Hannover hätte Alex den Sinn der Buchungen niemals durchschaut.«

Alex lächelte. »Das stimmt, es war nicht einfach. Sie haben ihre Kontobewegungen gut verschlüsselt. Wenn mir nicht zufällig die Verwaltungsdatei der Mitglieder des Kulturvereins in die Hände gefallen wäre, hätte ich die Fäden niemals miteinander verknüpfen können. Die hat nämlich die gleichen Schlüsselzahlen und Namenskürzel enthalten. Da war es dann nicht mehr schwer, die beiden Dateien miteinander zu verbinden. Aber dazu mussten wir zuerst ein paar gelöschte Dateien wiederherstellen.«

»Ich verstehe das noch immer nicht«, warf Tina Harloff ein.

»Es ist recht einfach, wenn man es durchschaut hat«, erklärte Alex. »Sie haben mit Schuldverschreibungen ihre Steuerlast gemindert und sich gegenseitig geholfen.«

»Und das geht aus den Dateien hervor?«, fragte Tina.

Alex stellte der Kaffeetasse zurück auf den Tisch. »Ja, und ich bin sicher, wenn das Finanzamt die Konten der beteiligten Firmen überprüft, stellen sie die gleichen Geldbewegungen fest wie in unserer Datei.«

»Und die Glasic hat das alles koordiniert?«, entgegnete Trevisan. »Das kann ich nicht glauben.«

»Elbers ist Steueranwalt und Behrends sitzt als Abgeordneter im Finanzausschuss und kommt an sämtliche Interna heran, die man braucht, um so ein Unternehmen aufzuziehen.«

»Und wie hoch ist die Summe, die sie an der Steuer vorbeischafften?«, fragte Trevisan.

»Das sind mehrstellige Millionenbeträge, wenn man alles zusammennimmt«, erklärte Alex.

Trevisan überlegte. Er hatte eigentlich gehofft, Hinweise bezüglich Halbermann im Computer zu finden, doch durch den Zufallsfund war es zumindest möglich, Haftbefehl gegen Vesna Glasic zu beantragen.

»Tja«, seufzte Dietmar. »Dann sind die Söhne Uthers nichts anderes als eine organisierte Bande von Steuerschwindlern.«

»Das mag auf Behrends und die anderen zutreffen, aber nicht auf Halbermann«, widersprach Trevisan. »Da steckt noch mehr dahinter. Wir sind noch lange nicht am Ziel.«

»Was können wir sonst noch tun?«, resignierte Tina.

»Wir geben auf alle Fälle nicht auf«, sagte Trevisan entschlossen.

*

Es war spät geworden. Trevisan gönnte Dietmar und Monika ein freies Wochenende. Sie sollten sich ihren Familien widmen. Er hingegen würde am heutigen Samstag zusammen mit Alex und Tina weiter an dem Fall arbeiten. Alex hatte noch bis spät in die Nacht die komplexen Dateien ausgewertet und zu einem Bericht zusammengefasst, Tina hatte ihn dabei unterstützt und zuvor alles über den Kometen C 2000 SV 74 ausgedruckt, was das Internet hergab. Trevisan bedankte sich, als er den Schwung Papier in Empfang genommen hatte. Dann waren beide nach Hause gegangen. Erst gegen Mittag wollten sie sich wieder im Büro treffen, zusammen mit Spezialisten der Steuerfahndung aus Köln.

Trevisan hatte sich vorgenommen, noch einmal mit Vesna Glasic zu sprechen. Er war gespannt, wie sie reagieren würde, wenn er ihr von dem Fund im Computer erzählte.

Die Frau sah übernächtigt aus. Sie hatte wohl nicht viel geschlafen. Die dunklen Ringe um ihre Augen sprachen Bände. Trevisan wartete, bis sich die Frau gesetzt hatte. Dann bot er ihr eine Zigarette an, die er kurz zuvor aus dem Automaten gezogen hatte. Mit zitternden Fingern griff die Frau danach. Trevisan gab ihr Feuer. Vesna Glasic nickte nur.

»Ich bin Hauptkommissar Trevisan von der Mordkommission«, stellte sich Trevisan vor. Die Frau schwieg.

»Ich möchte, dass Sie mir ein paar Fragen beantworten. Sie können auch schweigen, wenn Sie wollen, dann werde ich reden und Ihnen erzählen, was ich weiß.«

»Ich möchte meinen Anwalt sprechen«, sagte die Frau. Sie hatte eine rauchige und tiefe Stimme.

»Wer ist Ihr Anwalt?«

»Er heißt Elbers und hat seine Kanzlei in Aurich. Ich habe die Telefonnummer«, entgegnete Vesna Glasic.

»Elbers ist Steueranwalt«, stellte Trevisan klar. »Sie brauchen einen Strafverteidiger.«

»Das ist egal, er wird schon wissen, wen er zu mir schickt.«

»Wollen Sie ihn und die anderen warnen?«, fragte Trevisan unverblümt.

Die Frau blickte betreten zu Boden.

»Wir haben Ihr Haus durchsucht.«

Jetzt richtete sich Vesna Glasic auf. »Mit welchem Recht«, schrie sie auf.

Trevisan blieb unbeeindruckt sitzen.

»Das dürfen Sie nicht, das wird Sie Ihren Job kosten«, schimpfte sie.

»Das bringt Ihnen mindestens zehn Jahre Haft wegen

Steuerhinterziehung«, antwortete er. »Und wenn wir die Förderung der Prostitution, den Menschenhandel und die Beihilfe zum Mord dazurechnen, dann werden wir uns vielleicht in zwanzig Jahren noch einmal sprechen. Das wird eine harte Zeit.«

Vesna Glasic blickte ungläubig drein. »Das müssen Sie mir erst beweisen.«

Trevisan schmunzelte. »Uthers Söhne«, sagte er leise.

Vesna Glasic sank in sich zusammen wie eine Gummipuppe, aus der langsam die Luft entwich.

»Elbers wird Ihnen bald ganz nahe sein«, fuhr Trevisan fort. »So nahe wie Kranewitt und Behrends. Und wenn die Dänen ebenso schnell reagieren, dann wird Ihnen niemand mehr helfen können, weil sich alle Söhne und Töchter des Keltenkriegers hinter eisernen Stäben versammeln, um von dort aus ihre Geschäfte zu führen. Und Sie stehen mittendrin. Sie waren die Zentrale, der innere Punkt, Sie kannten alle Interna, der Richter wird das nicht übersehen.«

Vesna Glasic schlug die Hände vor das Gesicht. »Ich halte das nicht aus. Noch eine Nacht halte ich nicht aus. Ich will hier raus!«, schluchzte sie. Tränen rannen über ihre Wangen.

Trevisan verbarg seine Zufriedenheit. Sein Gesicht strahlte Mitgefühl aus, obwohl er keines für die Frau empfand.

»Wo ist Mats Persson?«, fragte er nach einer Weile.

»Ich weiß nicht!«

»Wer ist Mats Persson?«

Vesna Glasic schwieg.

»Sie verspielen Ihren letzten Kredit«, antwortete Trevisan. Innerlich kochte er, doch er behielt die Kontrolle und strahlte eine überlegene Gelassenheit aus.

Noch immer rang Vesna Glasic um ihre Fassung.

»Wenn Sie nicht mit uns zusammenarbeiten, dann werden Sie für eine lange Zeit in irgendeiner Zelle schmoren, dafür werde ich sorgen«, sagte Trevisan kalt.

»Ich weiß nichts«, antwortete die Frau.

»Wo ist Maria Souza da Marques?«, schoss Trevisan seine letzte Frage ab.

Die Frau blickte auf und wischte sich die Tränen aus dem Gesicht. »Damit habe ich nichts zu tun«, entgegnete sie energisch.

Trevisan griff in seine Jackentasche, holte das Bild der Brasilianerin hervor und warf es auf den kleinen Tisch. »Wer ist dafür verantwortlich?«

Vesna Glasic ergriff das Bild und warf einen langen Blick darauf. »Ich habe nichts damit zu tun«, wiederholte sie.

»Und Halbermann?«

»Ich sage doch, ich weiß nichts. Ich habe das Mädchen nur nach Deutschland geholt. Als Au-pair-Mädchen. Das ist ein ganz normales Vermittlungsgeschäft. Die Mädchen bleiben zwei Jahre, dann reisen sie wieder ab.«

Trevisan schlug mit der Faust auf den Tisch. »Und Maria, warum ist sie jetzt tot?«

Die Frau schluckte. »Fragen Sie Halbermann.«

Trevisan zögerte. Wusste sie vielleicht gar nichts von dem Flugzeugabsturz? Hatte sie noch nichts von Simon Halbermanns Tod erfahren? Sie war eine lange Zeit weg gewesen. Es konnte durchaus sein.

»Warum haben Sie ihn nicht gefragt, Frau Glasic, Sie überprüfen doch die Ausreise ihrer Mädchen, oder?«

»Halbermann hat selbst dafür gesorgt.«

»Gut, dann werde ich Halbermann eben selbst fragen«, schwindelte Trevisan und wechselte das Thema. »Aber Sie können mir sicher sagen, wo sich der verrückte Professor aufhält. Gehlers, wo ist er?«

Die Frau zögerte. »Ich kenne keinen Gehlers.«

»Er war Ihr Nachbar«, sagte Trevisan. »Außerdem gehört das Haus, in dem Sie leben, seiner Bekannten.«

»Ich hatte keinen Kontakt zu den Nachbarn«, wehrte sich

Vesna Glasic. »Das Haus habe ich über eine Vermittlungsgesellschaft angemietet.«

»Wie heißt diese Vermittlungsgesellschaft?«, setzte Trevisan nach.

»Ich weiß es nicht mehr.«

»Sie wissen nicht mehr, von wem Sie das Haus haben und Sie wissen auch nicht, wohin Sie ihre Miete überweisen? Aber wir wissen, dass Sie und Persson vor zwei Jahren Ihrem unbekannten Nachbarn beim Umzug halfen.«

»Schleiff, die Immobiliengesellschaft heißt Schleiff«, antwortete sie schnell.

Trevisan ging in Gedanken die Namensliste durch, die Alex am gestrigen Tag noch erstellt hatte. Er erinnerte sich, es war der vorletzte Namen der Liste. »Die Schleiff Immo GmbH in Leer?«

»Ja.«

»Gut, dann werde ich bei Herrn Schleiff anfragen, wenn er neben Ihnen in einer Zelle sitzt«, antwortete Trevisan. »Ich gebe Ihnen noch eine Chance. Morgen ist Sonntag. Wenn Sie das Bedürfnis haben, mit mir zu reden, dann können Sie mich anrufen lassen. Aber wenn Sie mir dann auch wieder nur Lügen und Halbwahrheiten auftischen, werde ich der Staatsanwaltschaft berichten, dass Sie noch immer wenig kooperativ sind. Das wirkt sich nicht besonders gut auf Ihre Strafe aus und wird auch später bei der Zweidrittel-Regelung nachteilig ausgelegt.«

Die Frau blickte auf. »Heißt das, dass ich noch länger hierbleiben muss?«

»Gewöhnen Sie sich schon mal an die Umgebung«, antwortete Trevisan ungerührt. »So ähnlich wird ihr Zuhause für die nächsten Jahre aussehen.«

*

Die Steuerfahnder kamen pünktlich. Nachdem sie das Material gesichtet hatten, ließen sie sich zur Beratung am Konferenztisch nieder. Alex hatte ihnen alle Dateien kopiert und einen ausführlichen Bericht verfasst.

»Das wird nicht einfach«, sagte der Steuerinspektor der Fahndungsabteilung. »Wir müssen das Material erst einmal richtig sondieren. Da stecken viele prominente Bürger mittendrin. Auch ein Abgeordneter ist darunter. Wir müssen da erst einmal den Antrag stellen, dass seine Immunität aufgehoben wird.«

»Ich dachte, Sie würden das Wochenende nutzen«, warf Trevisan ein.

»Wir müssen überall zur gleichen Zeit zuschlagen«, erklärte der Finanzbeamte. »Bei dieser ungeheuren Summe geht es um hohe Haftstrafen. Fluchtgefahr ist auf alle Fälle zu bejahen. Wir brauchen noch ein paar Tage, bis wir alles beisammen haben. Ich denke, bis Ende der Woche sind wir so weit.«

»So lange noch?«, erwiderte Trevisan. »Aber ich muss meiner Gefangenen spätestens am Montag einen Anwalt genehmigen. Dann kann es schon zu spät sein.«

»Wir übernehmen die Frau. Sie wird, so wie es aussieht, doch in erster Linie nach den Steuergesetzen angezeigt. Die Gesetze in diesem Bereich geben uns noch etwas Luft.«

»Sie wollen Sie mitnehmen?«

»Nein, aber wir werden die Haftprüfung durchführen und den Haftbefehl beantragen. Morgen früh in Hannover. Dann können Sie sie wiederhaben. Schließlich sind wir Ihnen das schuldig.«

Trevisan atmete auf.

»Ich biete Ihnen in diesem Fall unsere Zusammenarbeit an«, sagte der Steuerbeamte noch, ehe er sich erhob. »Vielleicht können wir uns sogar gegenseitig helfen.«

Trevisan erhob sich und reichte dem großgewachsenen Mann die Hand. Er hoffte, der Steuerbeamte würde mit seiner Annahme recht behalten und er hätte auf diesen Weg endlich etwas gegen die Söhne Uthers in der Hand.

31

Der Himmel war von solch einem reinen und tiefen Blau, dass sich Trevisan gar nicht daran sattsehen konnte. Kleine, weiße Wattebäusche schwebten, getragen von einer leichten Brise, nach Nordosten. Der Tag war heiß geworden und der leichte Wind strich über Trevisans nackte Haut. Die leichte Kühle tat gut. Entspannt lag er auf seinem Liegestuhl auf der Veranda und schaute in den Himmel. Er versuchte, die wenigen freien Momente zu genießen, die ihm trotz seiner Arbeit blieben. Leise, angenehme Musik, nicht so hektisch und bassbetont wie sonst, drang aus Paulas Zimmer in den Garten.

Trevisan lächelte. Das kleine Wölkchen über ihm hatte die Form eines Pferdes angenommen. Mit wehender Mähne galoppierte es über den Himmel, bevor es mit einer großen Wolke zusammenstieß und einfach aufgesaugt wurde.

Trevisan liebte diese Momente der Ruhe. In diesen Augenblicken konnte er alles um sich vergessen. Den Beruf, die vielen Toten, die er in seinem Leben hatte ansehen müssen, die Gesichter der Verbrecher, die er hinter Schloss und Riegel gebracht hatte und die Sehnsucht, die er nach Angela empfand, die noch immer durch den australischen Busch zog, um geeignete Plätze für ihre Fotosafari zu finden.

Angela hatte vor einer Stunde angerufen. Es war nur ein kurzes Gespräch gewesen, doch er hatte sich gefreut, ihre Stimme zu hören. Noch vierzehn Tage, dann konnte er sie endlich wieder in seine Arme schließen.

Paula hatte einen Gast, Nikolas war bei ihr. Er war am späten Nachmittag gekommen. Trevisan musste sich an den Gedanken gewöhnen, dass in die gewohnte Zweisamkeit mit Paula eine dritte Person eingedrungen war. Er wusste nicht, ob er mit

Paula alles richtig gemacht hatte, ob der neue Weg der Toleranz, den er nun eingeschlagen hatte, der richtige war. Letztlich würde die Zeit entscheiden, was richtig und was falsch war. Hinterher war man immer klüger.

Trevisan schaute auf die Uhr, es war kurz nach sieben. Zeit, um den Grill anzuheizen. Er hatte Steaks und Würstchen gekauft. Auch für Nikolas würde es reichen.

*

Sie beobachteten den Eingang aus sicherer Entfernung. Nichts entging ihren Blicken. Der schwarze Golf stand seit ein paar Stunden vor dem Haus. Hier in der Gegend mit den kleinen, verklinkerten Häusern mussten sie auf der Hut sein. Sie durften nicht auffallen, deswegen hatten sie sich in den letzten Winkel eines Parkplatzes zurückgezogen. Er hatte dem Alten versprochen, dass nun nichts mehr schiefgehen würde.

Der alte Mann war immer gut zu ihm gewesen. Er hatte ihm viel zu verdanken. Ohne ihn würde er wohl schon längst in irgendeiner Gefängniszelle in Jütland verfaulen. Er würde ihn nicht enttäuschen.

*

Der Raum war fast quadratisch, drei Meter lang und knappe drei Meter breit. Weiße Kacheln am Boden, an den Wänden und sogar an der Decke. Zwei kleine Fenster befanden sich an der Westseite, doch sie waren in einer solchen Höhe in die Wand eingelassen, dass man sich auf den Stuhl stellen musste, um hinauszublicken. Die Scheiben waren aus bruchsicherem Glas und zudem noch vergittert. In der linken Ecke befand sich eine gemauerte Liege, ebenfalls mit weißen Kacheln gefliest und mit einer hölzernen Liegefläche versehen. Eine grüne Matratze lag darauf. Die Matratze roch muffig und faulig. Die Toilette befand sich neben der Tür. Einen Toilettendeckel gab es nicht, so etwas hätte als Waffe missbraucht werden können. Doch das Bedrückendste an dem Raum war die giftgrün gestrichene Stahltür mit dem kleinen Spion in Augenhöhe.

Hier saß Vesna Glasic seit über zweiundvierzig Stunden in Haft. Es war ein abstoßender und unwirtlicher Raum, in dem in erster Linie Betrunkene ausgenüchtert oder prügelnde Ehemänner verwahrt wurden, bis sie tags drauf die Zelle nüchtern wieder verlassen durften. Niemand sollte sich hier wohlfühlen. Dabei war die kleine Zelle in der Gewahrsamseinrichtung der Polizei – wie die offizielle Bezeichnung für diesen Gebäudekomplex hieß – sogar speziell für Frauen eingerichtet. In den anderen vier Zellen gab es statt einer Toilette einfach nur ein Loch im Boden.

Vorgänger der Glasic hatten ihre Spuren hinterlassen. Mit spitzen Gegenständen, die die Polizisten bei der Durchsuchung wohl übersehen hatten, waren Namen, Daten und einige Kraftausdrücke in einzelne Kacheln geritzt.

In all den langen Stunden hatte sie kaum ein Auge zugetan. Zuerst hatte sie sich still in eine Ecke gesetzt, schließlich hatte sie ihre Tränen nicht mehr zurückhalten können. Sie war aufgestanden und wie ein Tiger in einem Käfig hin und her gegangen. Das mulmige Gefühl in der Magengegend hatte sich zu einem Schmerz gesteigert. Dann hatte sie auf den kleinen Knopf neben der Tür gedrückt. »Nur im Notfall«, hatte die Beamtin gesagt, doch es war ein Notfall gewesen.

Nachdem ihr die junge Polizistin Wasser in einem Pappbecher gereicht hatte, konnte sie ihre aufkeimende Panik wieder besänftigen.

Schon wenige Minuten später ergriff das beengende Angstgefühl langsam Besitz von ihr. Sie zitterte am ganzen Körper. Zur Ablenkung zählte sie die Kacheln an den Wänden. Doch es nutzte nichts. Erneut klingelte sie. Die Beamtin brachte ihr eine zweite Decke.

Nach dem fünften Klingeln erschien ein großer, bärtiger Polizist und machte ihr unmissverständlich klar, dass sie sich zusammenreißen müsse. Sie nickte verständig und versuchte sich zu beruhigen. Eine Reihe Kacheln umfasste insgesamt 14 Fliesen. Das waren 196 Fliesen pro Wand. Dazu die Decke mit der gleichen Anzahl, das waren schon 980 dieser quadratischen und kalt wirkenden Keramikkacheln. Dazu noch der Boden und das gemauerte Bett ergaben insgesamt 1168 Stück. Oder waren es 1188? Sie wusste es nicht mehr, die Angst kehrte zurück. Wiederum lief sie ruhelos auf und ab.

Draußen war es bereits dunkel. Schreie dröhnten durch den Flur. Ein Mann kreischte laut und stieß grobe Beleidigungen aus. Sie hörte ein lautes Klatschen, zweimal, dann herrschte Ruhe. Kurzzeitig, bis der Mann erneut zu grölen und lamentieren begann. Sie war sich sicher, dass er direkt neben ihr in einer Zelle saß. Sie klingelte erneut. Ihr Hals war trocken.

Ein dicker Beamter mit lockigen, dunklen Haaren erschien. Barsch fragte er, was sie denn nun schon wieder wolle. Er erklärte ihr noch einmal, diesmal mehr als eindringlich, dass sie sich endlich hinlegen sollte, denn sonst müsse er sie mit Handschellen fesseln. Schließlich habe man noch anderes zu tun, als für sie Kindermädchen zu spielen. Sie wäre sowieso selbst daran schuld, dass sie hier in diesem Loch sitzen müsse.

Erneut liefen Vesna Glasic dicke Tränen über die bleichen Wangen. Doch von nun an traute sie sich nicht mehr zu klingeln. Mitten in der Nacht musste sie die Toilette benutzen. Sie fühlte sich erniedrigt und schmutzig. Endlich schlief sie ein. Der Morgen graute bereits. Doch sie schwor sich, nicht noch eine Nacht in diesem Verlies hier zu verbringen.

Als sie erwachte, fielen Sonnenstrahlen durch die Fenster. Einen Augenblick dauerte es, bis ihre Erinnerung zurückkam. Sie hatte Durst. Sie klingelte.

*

Das Klingeln riss Trevisan aus einem unruhigen Schlaf. Er hatte von Angela geträumt, von ihrer samtweichen Haut, ihren roten Lippen und dem langen schwarzen Haar. Er vermisste sie.

Trevisan griff zum Telefon. Ein Kollege vom Polizeiarrest war am Apparat. Er entschuldigte sich für die sonntägliche Störung, doch eine Inhaftierte des K 1 wolle unbedingt mit dem ermittelnden Kommissar sprechen. Was sie zu sagen hatte, erschien dem Kollegen wichtig genug, um trotz des Sonntags Trevisan in aller Frühe anzurufen.

Trevisan erledigte hastig seine Morgentoilette und machte sich auf den Weg ins Büro. Als er aus der Einfahrt seines Hauses fuhr, fiel ihm ein dunkler BMW mit FRI-Kennzeichen auf, der in einiger Entfernung an der gegenüberliegenden Straßenseite parkte. Einen Augenblick lang beschlich ihn ein komisches Gefühl, als er an dem Wagen vorbeifuhr. Doch schon war er mit seinen Gedanken wieder bei Vesna Glasic. Dann fiel ihm siedendheiß ein, dass er den Squashtermin mit Peter Koch auf den heutigen Sonntag verschoben hatte.

Als er auf dem Revier eintraf, telefonierte er zuerst einmal mit Peter und entschuldigte sich.

»Wieder einmal die Arbeit«, bemerkte Peter lakonisch.

»Ja, die Arbeit«, bestätigte Trevisan.

Vesna Glasic saß bereits im Vernehmungszimmer. Sie rauchte und zündete eine neue Zigarette am Stummel der verrauchten an. Ihre Augen flogen nervös hin und her. Trevisan bemerkte, dass sie am ganzen Körper zitterte. Sie war noch ein bisschen blasser als gestern und ihre Augenringe hatten eine lila Färbung angenommen.

Der uniformierte Polizist nickte Trevisan kurz zu, dann verließ er das Zimmer.

»Ich hoffe, es ist nicht ganz vergebens, dass ich meinen Sonntag opfere«, sagte Trevisan und setzte sich auf den Stuhl ihr gegenüber. »Ist Ihnen kalt?«

Die Frau schüttelte den Kopf und nahm einen kräftigen Zug

an der Zigarette. Blauer Rauch verschwand in ihrem Mund, um kurze Zeit später als dünne, hellgraue Schwaden wieder aufzutauchen.

»Also, hier bin ich«, sagte Trevisan fordernd.

»Ich gehe nicht mehr zurück in dieses Loch«, spie sie Trevisan ins Gesicht.

»Sie werden müssen.«

»Und wenn ich auspacke?«

»Das kommt darauf an, was Sie mir zu bieten haben«, entgegnete Trevisan.

Vesna Glasic drückte mit zitternden Fingern ihre Zigarette aus. »Alles, was ich weiß.«

Trevisan lächelte. Er schaltete das kleine Tonband ein, das neben dem Aschenbecher auf dem kleinen Holztisch stand. Sie schien nun weich genug, um alles zu erzählen, doch er musste vorsichtig sein. Sie war verschlagen, konnte er ihr überhaupt trauen? Er war gespannt, wie viel Wahrheit zwischen Unwissenheit und Lüge übrig bleiben würde. »Also erzählen Sie!«, sagte er. »Woher kennen Sie Halbermann und die anderen?«

»Ich kannte Dieter Elbers, er hat mir die anderen Spinner vorgestellt.«

»Woher kannten Sie ihn?«

»Mein Gott, ich lernte ihn irgendwo kennen. Das ist nun schon fast zwanzig Jahre her. Er sah gut aus und hatte Geld. Und er stand auf Dinge, nun ja, er war ein bisschen anders, verstehen Sie?«

Trevisan schüttelte den Kopf.

»Na ja, er stand auf diese kleinen Spielchen, Peitsche und so.« Sie griff nach einer neuen Zigarette.

Trevisan gab ihr Feuer. »Was arbeiteten Sie zu dieser Zeit?«

Sie zögerte einen Augenblick. »Na ja, Sie werden es ja sowieso schon wissen. Ich hieß damals noch Petrovic, nach meinem Ex-Mann. Ich hatte Probleme mit der Polizei in Hamburg. Auf der Reeperbahn, Sie verstehen?«

»Heißt das, dass Sie anschaffen gingen?«

»So kann man es sagen. Mein Mann hatte Kontakte und beschaffte Mädchen für die Clubs. Dann musste er untertauchen. Aber er versteckte sich nicht gut genug. Sie haben ihn erwischt.«

»Die Polizei?«

»Nein, die Albaner. Er wurde umgebracht. Ich saß zu der Zeit im Knast. Wegen Prostitution. Sechs Monate hatte der Richter mir aufgebrummt. Als ich wieder aus dem Gefängnis kam, musste ich verschwinden, bevor mir die Albaner ebenfalls ein Messer in den Rücken rammten. Ich nahm meinen Mädchennamen wieder an und verschwand. Zuerst einmal nach Frankfurt. Dort hatte ich eine Freundin. Irgendwie landete ich dann in Oldenburg. Dort lernte ich Elbers kennen.«

»In einem Club?«

»Nein, meine Freundin und ich inserierten. Es gibt da spezielle Magazine. Er hat angerufen und ich bin zu ihm gegangen. Zuerst einmal im Monat, dann jede Woche und schließlich kamen wir zusammen. Er war Anwalt und er schätzte unsere Diskretion.«

»Wie lernten Sie Halbermann kennen?«, fragte Trevisan.

»Über Elbers. Die hatten da so einen komischen Club. Ich weiß nicht. Lauter Psychopathen. Vor allem der Alte. Wenn ich in seine Augen sah, dann lief es mir eiskalt den Rücken runter. Der Mann war gefährlich.«

»Um was ging es bei diesen Treffen?«

»Es war irgend so ein eigenartiges Ritual. Es begann mit einem komischen Gebet. Ich dachte noch, die spinnen alle. Am Ende war es eine einzige Bumserei. Sogar der Alte hat da mitgemischt. Sie wurden plötzlich gewalttätig und schlugen meine Freundin fast bewusstlos. Ich wollte da nicht mehr hin. Nie mehr. Ich habe es Dieter gesagt.«

»Haben Sie sich noch öfters mit denen getroffen?«

Sie schüttelte den Kopf. »Nie mehr. Der Alte war irgendwann verschwunden. Nur Halbermann und Kranewitt. Sie waren sehr oft mit Dieter zusammen.«

»Und das Heiratsinstitut?«

»Dieter hat mir dabei geholfen. Ich hatte noch immer Kontakte nach Russland und nach Südamerika. Er half mir dabei, indem er Geld zahlte. Er richtete mir eine Wohnung ein und ließ mir freie Hand. Die Kontakte wurden weniger. Ab und zu kam er, um seine Gegenleistung abzuholen.«

»Wie ging es weiter?«

»Nachdem ich das Institut aufgebaut hatte, kam Elbers mit einer speziellen Kartei für seine Freunde. Angesehene Männer, die Frauen suchten, die ihrem gesellschaftlichen Stand gerecht wurden. Meist Frauen aus dem Norden, aus Deutschland, Dänemark und Schweden. Ich habe ihnen entsprechende Frauen vermittelt.«

»Was wurde aus dem Alten, er hieß Gehlers, oder?«

Sie schaute Trevisan fragend an. »Dem Alten bin ich Gott sei Dank nie mehr begegnet. Ich weiß nicht, wie er hieß.«

Trevisan runzelte die Stirn. Hatte Dietmar nicht gesagt, dass die Glasic vor acht Jahren nach Norderney kam? Zu dieser Zeit wohnte Gehlers doch noch im Nachbarhaus. War dies ihre erste Lüge? »Sie müssen Gehlers gekannt haben, er wohnte noch im Nachbarhaus.«

»Sie meinen den Alten, der neben uns im Haus dieser Eskimofrau wohnte. Der war schon mehr tot als lebendig. Es hieß, dass er schwer krank sei. Seine Frau hat ihn gepflegt. Ich habe ihn nie gesehen, ich hatte keinen Kontakt zu ihm.«

Trevisan überlegte. Konnten die Angaben der Frau stimmen oder war es eine Lüge? »Wie kamen Sie nach Norderney?«, fuhr er in der Vernehmung fort.

»Dieter hat das organisiert. Er hat mir sogar einen Freund besorgt, der mit mir zusammenleben sollte. Mats Persson, ein Däne. Wir spielten Mann und Frau. Das war Dieter ganz recht. Wenn er mich wollte, dann schickte er Mats einfach weg. Ich glaube, Mats hat irgendwie für ihn gearbeitet.«

»Waren Sie jemals in Dänemark?«, fragte Trevisan und richtete sich auf.

»Mehrmals«, antwortete Vesna Glasic, als ob diesem Land überhaupt keine besondere Bedeutung zukam.

»Und wo dort?«

»Überall. In Kopenhagen, in Esbjerg, Viborg, in Hjørring. Geschäftlich und privat. Manchmal nahm Dieter mich mit. Als Begleiterin, Sie verstehen.«

Enttäuscht sank Trevisan zurück. »Hat sich Elbers dort oben mit jemand getroffen? Mit Halbermann oder einem der anderen?«

»Das weiß ich nicht«, antwortete Vesna Glasic. »Er war oft unterwegs, manchmal sogar ziemlich lang. Ich hatte immer Geld in der Tasche und ich kann mich gut alleine beschäftigen. Verstehen Sie, ich habe Elbers nicht geliebt, unsere Beziehung war eher geschäftlicher Natur.«

»Und Mats Persson?«

Sie lächelte kalt. »Mit ihm war es ähnlich. Okay, wir teilten auch schon mal das Bett. Schließlich gehörte das zu meinem Job. Es ist verdammt einsam auf der Insel, verstehen Sie?«

Trevisan verstand und hoffte inständig, dass er privat nie auf eine solche Frau treffen würde. »Und wo ist Persson jetzt?«

Vesna Glasic hatte inzwischen ihre dritte Zigarette angezündet. »Das weiß ich nicht«, antwortete sie. »Wir gehen getrennte Wege. Er ist oft wochenlang unterwegs, ohne dass ich weiß, was er treibt. Ich will es auch nicht wissen, ehrlich gesagt.«

»Was wissen Sie über Persson?«, fragte Trevisan.

Doch viel mehr, als Trevisan bereits wusste, konnte Vesna Glasic auch nicht erzählen. »Es gehörte zu unserem Grundprinzip, dass niemand viel über den anderen weiß, und Fragen wurden nicht gestellt. Weshalb auch, ich führe ein gutes Leben und zu viel zu wissen, ist gefährlich. Ich kenne mich in dem Gewerbe aus, das können Sie mir ruhig glauben.«

Trevisan glaubte ihr. »Es gibt da einen Russen, der mit Persson befreundet ist. Was wissen Sie von dem?«

»Sie meinen bestimmt Fjodor aus Leningrad«, antwortete die Frau. »Mats hat ihn mitgebracht. Ein dunkler, kräftiger Kerl. Aber noch verrückter als die anderen. Und ganz schön gewalttätig. Aber mich hat er nie angerührt.«

»Dieser Fjodor, wo wohnt er?«

»Irgendwo in Dänemark«, sagte Vesna Glasic. »Mehr weiß ich nicht von ihm. Nicht einmal, ob es sein richtiger Name ist.«

»Waren die beiden auch Anfang des Monats unterwegs?«

Die Frau drückte die Zigarette aus. »Sie treiben sich die ganze Zeit über irgendwo herum. Seit Ende Juni habe ich die beiden allerdings nicht mehr richtig zu Gesicht bekommen.«

»Und wo waren Sie in der letzten Zeit?«

»Ich war geschäftlich unterwegs.«

»Was heißt geschäftlich?«

»Ich war in Minsk, in Weißrussland. Mittlerweile gibt es immer mehr deutsche Männer, die sich für eine schöne Frau aus dem Osten interessieren. Und die Frauen sind froh, wenn sie dem Elend entkommen können.«

»So wie Nadja?«

Vesna Glasic zuckte zusammen. »Woher kennen Sie …?«

»Wir haben mit ihr gesprochen«, erklärte Trevisan.

»Das war etwas anderes. Mats hat mich dazu gezwungen. Er hat irgendwie erfahren, was ich früher getan habe und wollte ein paar Scheine nebenher machen. Er kannte da ein paar Kerle aus dem Milieu. Aber es ging immer nur um Clubs und ums Tanzen. Nichts Ungesetzliches.«

»Ich nenne das Menschenhandel!«, entgegnete Trevisan.

»Mats steckte dahinter. Er ganz alleine. Ich musste nur meine Kontakte für ihn nutzen. Er hat mich dazu gezwungen.«

»Sie waren aber damals im Keller dabei«, entgegnete Trevisan.

»Sie hat mitgemacht, es hat ihr sogar gefallen«, antwortete Vesna Glasic trotzig.

»Aber in den Kofferraum ging sie nicht freiwillig.«

»Davon weiß ich nichts«, sagte die Frau. »Elbers kam Mats auf die Schliche. Das Geschäft war geplatzt. Die Polizei hatte den Club geschlossen und die Betreiber verhaftet. Deshalb wurde nichts daraus. Also musste Nadja bei uns bleiben. Elbers bekam etwas davon mit und hat Mats unter Druck gesetzt. Das ist alles, was ich weiß.«

Trevisan kratzte sich am Kinn. Er stellte fest, dass er sich noch nicht einmal rasiert hatte. Dann bot er der Glasic erneut eine Zigarette an. Es war die letzte aus ihrer Schachtel.

»Ich werde neue besorgen lassen«, sagte Trevisan. »Aber zuerst möchte ich noch wissen, was das Ganze mit den Computerdateien auf sich hat?«

»Davon weiß ich ebenfalls nichts. Der Computer gehört Dieter. Er kümmert sich ganz alleine darum. Er steht in meinem Büro, damit er nicht gleich mit Dieter in Verbindung gebracht wird. Aber von den Geschäften, die er machte, davon verstehe ich nichts. Das ist mir viel zu hoch.«

»Gut, dann wenden wir uns einmal Ihren weiteren Geschäften zu«, sagte Trevisan, »Der Vermittlung von Au-pair-Mädchen, die plötzlich spurlos verschwinden.«

»Das ist nicht meine Sache. Es lief über mein Institut. Ich kannte jemanden aus meiner Zeit in Hamburg, der Kontakte unterhielt. Ich habe es Elbers gesagt und Vorgespräche geführt. Nicht mehr. Elbers hat das ganz alleine organisiert. Er, Kranewitt und Halbermann. Drei Mädchen aus Südamerika. Eine davon Asiatin. Alle um die sechzehn. Es war ihm wichtig, dass es junge Mädchen waren. Sie verstehen?«

Trevisan hasste ihre zweideutigen Anspielungen. »Nein, sprechen Sie aus, was Sie sagen wollen«, antwortete er barsch.

»Es war wichtig, dass es noch Jungfrauen waren«, antwortete sie.

Trevisan sog Luft in seine Lungen. »Wo sind die Mädchen jetzt?«

»Ich weiß nicht. Alle wieder ausgereist«, entgegnete die Glasic.

»Sicher?«

»Ich weiß es wirklich nicht.«

Trevisan unterhielt sich noch über eine Stunde mit ihr. Behrends kannte sie nur von wenigen Besuchen, bei denen er meist mir Elbers zusammentraf. Sie selbst hatte immer nur die Räumlichkeiten zur Verfügung gestellt. Nachdem sie eine Beschreibung von Persson und dem Russen abgegeben hatte, schaltete Trevisan das Tonband wieder aus. Er versprach ihr, dafür zu sorgen, dass sie schnellst möglichst in ein normale Frauenhaftanstalt überführt wurde. Als sie von den uniformierten Polizisten abgeführt wurde, warf sie Trevisan einen ängstlichen Blick zu. Er zuckte mit der Schulter. Mitleid für sie empfand er immer noch nicht. Im Gegenteil.

*

... Sie kamen von allen Seiten. Unheimliche Gestalten in dicken Pelzen und mit Masken vor dem Gesicht. Grausame, unheilvolle Masken. Sie schwangen Schwerter und Äxte und erschlugen einen jeden, der sich ihnen in den Weg stellte. Getroffen von Pfeilen, Äxten und Schwerthieben stürzten ihre Brüder in den weißen Schnee und ihr Blut färbte das Weiß der Umgebung in ein bleiches Rot. Die ersten Hütten gingen in Feuer auf und der schwarze Qualm erfüllte die Luft und nahm ihr fast den Atem. Sie hastete aus ihrer Hütte, das Kind in ein weißes Bärenfell gewickelt. Sie sah, dass die Flucht aussichtslos war. Die Feinde waren übermächtig. Sie hatten das Dorf von vier Seiten aus angegriffen. Sie wusste, dass dies das Ende der Nachkommen Uthers bedeutete. Niemand sollte am Leben bleiben. So lange ihre Flucht auch gewährt hatte, das Ende war nun nah. Nun würde sich Igantors Fluch doch noch erfüllen. Ihr Blick fiel auf ihren Sohn, den Nachkommen Midirs, dessen Makel, das sternförmige Feuermal auf der Stirn, unter dem Fell verborgen war.

Ein Pfeil schlug neben ihr im Türpfosten ein und blieb mahnend darin stecken. Die Schreie der Kinder, Frauen und Sterbenden vermischten sich zu einer Symphonie des Todes. Doch sie würde den Untergang ihres Volkes verhindern. Es war die Kraft der Götter, die in ihr steckte. Halmir, der weiße Wolf, heulte und spie den Feinden seinen Hass entgegen. Eilends schlang sie das kleine Bündel auf ihrem Arm auf den Rücken des Wolfes und schnürte es mit ledernen Bändern um seinen Leib. Plötzlich erwuchs wie aus dem Nichts ein Angreifer direkt vor ihr aus dem Boden. Mit einer Axt schlug er nach ihr. Behände sprang sie zur Seite und sein Schlag ging fehl. Sie zog ihren Dolch aus ihrem Gewand und wirbelte herum. Die Klinge zerschnitt den Hals des Feindes und mit einem gurgelnden Laut sank der Mann zu Boden. Dann zerschnitt sie das Band, das den weißen Wolf an einen Pfahl fesselte, und schlug ihm mit der flachen Hand auf den Rücken.

»Lauf, Halmir, lauf und raste erst, wenn das Land sein Gesicht verändert und das sanfte Grün der Wiesen deine Pfoten berührt!«

Der Wolf schaute ihr ins Gesicht. Sein Blick verriet ihr, dass er sie verstanden hatte. Das Tier zögerte, doch noch bevor der feindliche Pfeil Isannas Brust ganz durchbohrt hatte, rannte der weiße Wolf los. Wie ein Blitz hetzte er durch das Morgengrauen. Und er wurde nie mehr an den Gestaden des kalten Meeres gesehen …

Schweißgebadet erwachte der Grauhaarige aus seinem Traum. Immer und immer wieder träumte er den gleichen Traum. Jahrzehnte schon. Selbst als Kind hatte er diese Szenen schon durchlebt. Der Traum der letzten Schlacht von Uthers Nachfahren wirkte so real, dass er längst wusste, dass es kein bloßer Traum sein konnte. Es war eine Vision. Doch Igantors Fluch hatte sich nicht erfüllt. Einer entkam dem großen Gemetzel. Ein Nachfahre überlebte das große Sterben. Midirs Sohn. Das Kind mit dem Feuermal. Er selbst. Und auch dieses Mal würde er überleben.

32

Trevisan hatte den Rest des Sonntags mit einem guten Buch auf seiner Terrasse verbracht. Aber so spannend der Roman auch war, es gelang ihm nicht, seine Konzentration auf das Buch zu richten. Zu viele Gedanken geisterten durch sein Hirn.

Er würde der verbrecherischen Clique den Garaus machen, egal was Beck dazu sagte. Halbermann war tot, doch Elbers, Behrends und all die anderen würden ihrer gerechten Strafe nicht entgehen. Reiche, barbarische Ungeheuer, die unter dem Deckmantel einer ehrenwerten, sogar noch als gemeinnützig eingestuften Gesellschaft einer menschenverachtenden und verbrecherischen Organisation angehörten, um ihren abartigen Neigungen zu frönen. Er würde sie nicht so einfach davonkommen lassen. Aber er brauchte Beweise. Die Aussage der Glasic war ein erster Schritt in die richtige Richtung, doch dies alleine würde für eine Anklage nicht ausreichen.

Sicherlich, die Steuervergehen waren ein Ansatzpunkt. Aber was waren falsche Bilanzen, getürkte Steuererklärungen und Finanzschwindeleien gegen Mord. Trevisan war überzeugt, dass Blut an ihren Händen klebte.

Nach einer unruhigen Nacht erwachte Trevisan schweißgebadet. Er schaute auf die Uhr, er musste sich beeilen. Paula schlief noch. Sie hatte Ferien.

In seinem Büro in der Peterstraße fand er eine Nachricht auf seinem Schreibtisch. Kriminalrat Beck wollte mit ihm sprechen. *Dringend*, stand in roter Farbe auf dem Notizzettel. Trevisan konnte sich denken, um was es bei diesem Gespräch ging. Mit einem Seufzer machte er sich auf den Weg, doch er kam nicht weit. Als er die Tür öffnete und mit Schwung in den Flur trat, wäre er beinahe mit einem Mann zusammengestoßen.

Dieser Mann trug trotz der heute wieder zu erwartenden Temperaturen einen schwarzen Anzug und hatte sein weißes Hemd bis zum Kragen zugeknöpft. Er war fast zwei Köpfe kleiner als Trevisan, hatte dunkle, mit Frisiercreme geglättete Haare und roch nach billigem Aftershave. Die hohen Wangenknochen und die weiße, faltige Haut seines Gesichtes ließen ihn wie einen vorzeitig gealterten Konfirmanden erscheinen.

»Guten Morgen, entschuldigen Sie«, murmelte Trevisan. »Suchen Sie jemanden?«

Die wachen Augen des Fremden flogen abschätzig über seine Gestalt. Er nickte. »Sind Sie Hauptkommissar Trevisan?«, fragte er mit piepsiger Stimme.

In Trevisans Büro klingelte das Telefon. Er entschuldigte sich und eilte an seinen Schreibtisch. Der alte Mann blieb verdutzt im Flur zurück. Kriminaloberrat Beck war am Apparat. Trevisan wurde bereits erwartet. Anke Schulte-Westerbeck, die Polizeidirektorin, wollte mit ihm reden, und die Sache duldete keinen Aufschub. Ärgerlich warf Trevisan den Hörer auf die Gabel.

»Probleme?«, fragte der Fremde, der in der Zwischenzeit vor der offenen Tür gewartet hatte.

»Wen suchen Sie eigentlich?«, fragte Trevisan irritiert.

»Ich sagte doch schon, ich suche Herrn Trevisan«, wiederholte der Mann.

»Ach so, ja, Sie haben ihn gefunden, aber ich habe gerade keine Zeit. Ein dringender Termin.«

»Gut, das macht nichts, dann werde ich warten«, bekam Trevisan zur Antwort.

Er eilte an dem Mann vorbei und schloss die Bürotür. »Wer sind Sie überhaupt?«, fragte er im Vorübergehen.

»Mein Name ist Bernhard Lesch.«

»Weswegen wollen Sie zu mir?«

»Ich möchte mit Ihnen über Simon Halbermann sprechen.«

Trevisan kratzte sich am Kinn. »Presse?«

»Nein, ich bin Pfarrer«, antwortete der Fremde.
»Tut mir wirklich leid, aber zurzeit …«
»Ich warte«, fiel ihm Lesch ins Wort.
»Es kann aber dauern.«
»Schon gut, ich habe Zeit«, antwortete Lesch und setzte sich auf einen der beiden gepolsterten Stühle im Flur. Trevisan zuckte die Schulter und machte sich auf den Weg in den dritten Stock.

Noch bevor er das Büro von Anke Schulte-Westerbeck erreicht hatte, wurde er schon von Beck mit vorwurfsvoller Miene in Empfang genommen.

»Mensch, Martin, was treibst du nur?«, flüsterte er. »Ausgerechnet, wenn ich für alles verantwortlich bin. Du bist weit über das Ziel hinausgeschossen und nun darf ich alles ausbaden.«

»Wovon sprichst du?«, fragte Trevisan.

»Norderney, deine Ermittlungen. Es liegt eine Beschwerde aus dem Innenministerium vor. Das ist doch wohl genug.«

»Ich verstehe nicht, was das soll.«

Wie ein Ankläger baute sich Beck vor Trevisan auf. »Bei Halbermann habe ich dich schon gewarnt, aber da hattest du Glück. Die gestohlenen Kunstwerke haben dir deinen Arsch gerettet. Aber jetzt hast du dich zu weit aus dem Fenster gelehnt. Behrends ist ein mächtiger Mann. Er ist der Vorsitzende im Kontrollausschuss und hat einflussreiche Freunde. Er gilt als aussichtsreichster Kandidat für den Posten des Staatssekretärs. Der lässt sich nicht einfach alles gefallen. Er hat eine Anfrage gestartet, wofür wir unser Budget verwenden, und außerdem hat er …«

»Das werde ich Herrn Trevisan selbst erklären«, erklang die Stimme von Anke Schulte-Westerbeck in Becks Rücken. Unbemerkt von den beiden hatte sie ihre Bürotür geöffnet.

Beck fuhr erschrocken herum. »Ich wollte nur …«

Abwehrend hob die Polizeidirektorin ihre Hand. »Schon gut. Herr Trevisan, gehen Sie schon mal rein und nehmen Sie

Platz. Herr Beck, ich werde das selbst regeln. Sie hatten ja genug Zeit dazu.« Die Missbilligung in ihren Worten war nicht zu überhören.

Trevisan nahm vor ihrem Schreibtisch Platz und harrte der Dinge, die da auf ihn zukommen sollten.

Anke Schulte-Westerbeck schritt wortlos vorüber und setzte sich. Eine dicke Postmappe lag vor ihr.

»Da kommt man nach ein paar Wochen zurück ins Büro und findet einen Haufen unerledigter Arbeit vor«, sagte sie beiläufig. »Erlasse über neue Dienstvereinbarungen, neue Leitfäden für den Eigenschutz, innerdienstliche Anweisungen über den Gebrauch des Internets als Kommunikationssystem, Instruktionen für die Neueinstufung von Privatgesprächen mit Dienstapparaten und Arbeitsblätter für die Ausbildung unserer jungen Kollegen im praktischen Jahr. Ich bin es gewohnt, dass Beck das meiste einfach liegen lässt. Ich erwarte es eigentlich auch gar nicht anders. Aber richtig erfreut ist man, wenn unter dem ganzen Stapel von blödsinnigen Papieren auch noch eine Anfrage des Ministeriums über gestiegene Ermittlungskosten liest. Noch dazu, wenn diese Anfrage mit einer Dienstaufsichtsbeschwerde über einen meiner Mitarbeiter verbunden ist. Trevisan, was ist da los?«

Trevisan richtete sich auf. Haarklein erzählte er der Direktorin von seinen Ermittlungen, vom Selbstmord Sven Halbermanns, vom anschließenden Tod des jungen Mike Landers, von der Durchsuchung bei Halbermann und dem Fund der gestohlenen Gemälde und des Kopfes. Von Vesna Glasic, von Elbers und Kranewitt und von seinem furchtbaren Verdacht im Zusammenhang mit dem Verschwinden der Au-pair-Mädchen. Trevisan ließ nichts aus. Auch von seinen Besuchen bei dem Abgeordneten Behrends erzählte er. Anke Schulte-Westerbeck hörte geduldig zu. Ab und zu stellte sie eine Zwischenfrage, damit sie sich ein umfassendes Bild machen konnte. Als Trevisan endete, lehnte sie sich in ihrem Sessel zurück.

»Gut, haben Sie bei der Sache auf Norderney die Kollegen aus Norden verständigt?«

Trevisan blickte die Direktorin mit großen Augen an. »Es ist unser Fall.«

»Sie hätten sich dort wenigstens melden können.«

»Ich habe es vergessen«, erwiderte Trevisan.

»Und wie soll es jetzt weitergehen?«

Trevisan strich sich nachdenklich über die Stirn. »Ich weiß, dass der Schlüssel zur Lösung des Falles in Dänemark liegt. Irgendwo in der Gegend um Esbjerg. Aber wo genau, das weiß ich nicht.«

Die Direktorin zuckte mit der Schulter. »Es würde ja nichts bringen, wenn Sie nach Dänemark fahren. Sie können dort nicht alles auf den Kopf stellen.«

»Ich hoffe, dass ich durch die Angaben der Glasic weiterkomme«, erklärte Trevisan. »Aber zunächst muss ich auf das Ergebnis der Steuerfahndung warten. Ich habe versprochen, dass wir unser Vorgehen abstimmen. Am Ende türmt uns sonst noch einer.«

Anke Schulte-Westerbeck lächelte. »Trevisan, ich schätze Sie und ich will, dass dieser Fall lückenlos aufgeklärt wird. Aber gehen Sie das nächste Mal behutsamer vor. Vor allem, wenn die Sache politische Dimensionen annimmt. Der Beschwerde muss ich natürlich nachgehen, dazu benötige ich eine Stellungnahme von Ihnen. Und wenn Sie das nächste Mal außerhalb unserer Zuständigkeit tätig werden, dann informieren Sie dortige Leitung. Das kann nicht so schwer sein.«

»Danke«, erwiderte Trevisan.

*

Der hagere Mann saß noch immer auf dem grün gepolsterten Stuhl neben der Glastür. Ein Buch lag in seinen Händen. Als Trevisan den Gang entlangkam, legte er es auf seine Knie und musterte ihn erwartungsvoll. Trevisan lächelte freundlich und ging auf ihn zu.

»Jetzt hätte ich Zeit für Sie«, sagte Trevisan. »Wie kann ich Ihnen helfen?«

Der schmächtige Mann biss sich verlegen auf die Lippen. »Ich hätte da ein paar Fragen, Ihre Ermittlungen in Sachen Halbermann betreffend«, antwortete er zögernd.

»Fragen?«

»Ich sagte schon, ich bin Pfarrer und an Ihrem Fall sehr interessiert.«

»Trevisan!«, hallte es auf einmal über den Gang. Monika Sander kam aufgelöst auf ihn zugerannt, Sorgenfalten im Gesicht. »Ich suche dich schon die ganze Zeit.«

»Ist etwas passiert?«, fragte Trevisan.

»Die Glasic ist tot«, kam es wie aus der Pistole geschossen.

Trevisan fasste sich an seine Stirn. Sein ganzes Kartenhaus fiel in sich zusammen. »Wie … ist das möglich, ich sagte doch …?«, stammelte er.

»Komm mit!«, antwortete Monika.

Trevisan nickte. »Entschuldigung, es ist dringend, vielleicht rufen Sie mich einfach an«, sagte er zu dem Pfarrer und folgte seiner Kollegin.

Im Konferenzzimmer herrschte eine drückende Schwüle. Trevisan eilte an das Fenster und riss es mit Schwung auf. Dann schlug er wütend auf das Fenstersims.

»Wie ist das passiert?«, fragte er, nachdem er ein paarmal kräftig durchgeatmet hatte.

»Die Kollegen von der Steuerfahndung haben sie gestern abgeholt und wie vereinbart dem Richter vorgeführt. Anschließend haben sie die Glasic noch einmal vernommen, dann wurde sie in Norden in der Arrestzelle untergebracht. Der Richter hat die Untersuchungshaft wegen Verdunklungsgefahr bestätigt. Heute sollte sie nach Bremerhaven in die Haftanstalt überführt werden. Sie haben sie tot in der Zelle gefunden. Selbstmord. Sie hat sich mit ihrer Hose am Fensterkreuz erhängt.«

»Verdammt!«, schimpfte Trevisan, noch einmal malträtierte er mit der Faust das Fenstersims. »Es ist wie verhext. Kaum kommt man einen kleinen Schritt voran, da platzt das Ganze wie eine Seifenblase und wir stehen wieder mit leeren Händen da.«

»Glaubst du, die hat mehr gewusst, als sie zugab?«

»Ich bin mir sicher«, antwortete Trevisan. »Ich war gestern noch einmal bei ihr. Ich glaube, in ein paar Tagen wäre sie bereit gewesen, alles zu erzählen. Jetzt können wir wieder von vorne anfangen. Wo sind Alex, Tina und Dietmar?«

Monika Sander zeigte mit dem Zeigefinger nach oben an die Decke. »Alex sitzt am Computer und Dietmar ist mit Tina losgezogen, um ein aktuelles Foto von Persson zu besorgen.«

Trevisan schaute nachdenklich aus dem Fenster. Draußen zog die strahlende Sommersonne ihre Bahn. Er konnte sich nicht mehr daran entsinnen, wann zuletzt ein so heißer Sommer über Ostfriesland gebrütet hatte. Vielleicht sollte er einen kleinen Spaziergang am Südstrand machen. Der frische Wind und der salzige Geschmack der Luft würden vielleicht die Leere in seinem Kopf vertreiben.

»Da ist noch etwas«, holten ihn Monikas Stimme wieder zurück. »Eine Kommissarin Holt aus Arhus hat angerufen. Offenbar hat Tina Ermittlungen auf dem kleinen Dienstweg angeleiert, sie hat ein Bild unseres Totenkopfes an die Dänen geschickt. Aber dort ist der Mann ebenfalls nicht bekannt. Kommissarin Holt hat alle Vermisstendateien überprüft.«

Trevisan schaute an die Decke. »Irgendwie ist heute nicht unser Tag«, murmelte er.

»Und wie geht es jetzt weiter?«

Trevisan zuckte mit der Schulter. »Ich weiß es selbst noch nicht.«

Trevisan verließ den Besprechungsraum. Die Stühle neben der Glastür am Eingang des Stockwerks waren leer. Offenbar hatte es dem Pfarrer zu lange gedauert. Trevisan verließ das Dienstgebäude und lief die Parkstraße entlang. Er hatte Hunger. Trevisan wandte sich in Richtung der Nordseepassage. Der Thermometer am Gebäude der *Wilhelmshavener Zeitung* zeigte 28 Grad und es war noch nicht einmal Mittag.

An einem kleinen Stand in der lichtdurchfluteten Passage kaufte sich Trevisan ein Wurstbrötchen. Er aß langsam und bedächtig. Dann wischte er sich den Senf von den Lippen und wandte sich in Richtung Ebertstraße. Er musste nachdenken. Er schlug den Weg zur Kaiser-Wilhelm-Brücke ein. Das Wasser glitzerte in der Ferne. An einem Eisstand am Badestrand hatte sich eine Menschentraube gebildet. Touristen schlenderten über die Strandpromenade. Der Leuchtturm von Arngast stand brav und geduldig Modell für die Erinnerungsfotos. Trevisan atmete tief durch.

*

»Bedenkt, wir haben es geschworen«, sagte der Grauhaarige heroisch. »Wir sind die Söhne Uthers und auf ewig an unseren Eid gebunden. Wir werden niemals weichen. Auch der Stein wird uns nichts anhaben können. Es sind die Tage des Kampfes, die Tage des Blutes. Handelt! Der Bote des Bösen muss ausgelöscht werden. Auf immer und ewig. Die Ausgeburten der Hölle sind erwacht.«

Der strenge Blick des Grauhaarigen wanderte über die Gesichter an der langen Tafel. Seine eindringliche Ansprache ließ keinen Widerspruch zu. Mit einem eleganten Schwung warf er seinen Umhang hinter sich und ließ sich auf seinem Thron nieder.

Feierliches Schweigen breitete sich aus. Die Männer wagten nicht, sich zu bewegen. Wie Puppen saßen sie in der Runde. Das einzige Geräusch war das Rauschen der wilden Wasser.

Elbers trug wie immer einen dunklen Anzug. Er war der Erste, der sich nach einer Weile aus seiner Erstarrung löste.

»Es ist nicht so einfach, wie es damals war«, sagte er. »Wir werden alles verlieren. Diesmal können wir nicht kämpfen. Wir sollten für eine Weile von der Bildfläche verschwinden. Ich habe alles in die Wege geleitet.«

»Flucht! Du sprichst von Flucht?«, donnerte der Grauhaarige ungestüm los.

»Keine Flucht – den weißen Weg sollten wir gehen, so wie unsere Vorfahren vor mehr als zweitausend Jahren.«

»Du hast dein Leben unserer Sache gewidmet«, herrschte ihn der Grauhaarige an. »Und nun willst du uns verraten und denkst nur daran, deine Pfründe zu retten.«

»Die deutschen Behörden arbeiten anders als die hier in Dänemark«, versuchte sich Elbers zu rechtfertigen. »Sie sind gründlich und drehen jeden Stein um …«

Der Grauhaarige erhob sich blitzschnell. Mit einer strengen Geste wischte er Elbers' Worte davon. »Dann schlagen wir dieser Schlange den Kopf von den Schultern.«

»Es gibt viele Köpfe, zu viele.«

»Nicht, wenn wir den richtigen Kopf treffen«, antwortete der Grauhaarige.

Schweigen breitete sich aus. Dann ergriff der Alte erneut das Wort: »Was weiß die Frau, was kann sie über uns sagen?«

Elbers überlegte. »Nicht viel, sie kennt nicht die Verbindung und die Daten sind sicher.«

»Dann soll es so sein«, beschloss der Grauhaarige.

Elbers schüttelte den Kopf. »Das ist nicht klug. Sie kennen die meisten von uns. Sie haben unsere Namen und werden weitermachen. Ich für meinen Teil ziehe es vor, für eine Weile zu verschwinden. Ich kann es euch auch nur empfehlen.«

Die Männer am Tisch schauten ihn mit großen Augen an. Unsicher erwiderte Elbers ihren Blick. Dann fuhr er herum.

Das glitzernde Schwert durchschnitt die Luft. Blut spritzte

in weitem Bogen auf den Boden und ein furchtbares Geräusch klang durch den Raum.

»Niemand verrät unsere heilige Sache und macht sich wie ein Feigling davon. Nicht solange ich der Bewahrer des Lichtes und des Schwertes bin.«

Elbers' kopfloser Körper stürzte zu Boden.

*

Der Regen prasselte gegen die Fensterscheiben. Wahre Sturzbäche ergossen sich draußen auf die Wege und Häuser, die Autos in den Straßen kämpften gegen dunkle Gischt. Das Gewitter entlud sich mit aller Macht. Ganz Wilhelmshaven lag unter der düsteren Wolkendecke begraben.

»Es ist wie verhext«, sagte Dietmar Petermann. »Nirgends ist ein Bild von dem Kerl aufzutreiben. Weder auf der Passstelle noch auf der ganzen Gemeinde. Das Einzige, was ich habe, ist eine oberflächliche Beschreibung.«

»Dann werden wir abwarten müssen, was die Fingerabdrücke erbringen, die wir in der Wohnung gesichert haben«, erwiderte Trevisan. »Einer der Prints wird ihm schon gehören und wenn er wirklich Dreck am Stecken hat, dann ist er auch irgendwo registriert.«

Dietmar nickte. »Ich hoffe, du hast recht. Was machen wir nun?«

Trevisan atmete tief ein. »Ich weiß es nicht. Nach allem, was mir die Glasic erzählt hat, müssen wir davon ausgehen, dass wir mitten in einem undurchdringlichen Sumpf stecken. Ich habe keine Ahnung, wie wir ihn austrocknen können. Eigentlich stehen wir wieder bei Null. Ich hoffe, dass die Jungs von der Steuerfahndung bis zum Ende der Woche alle Fakten zusammengetragen haben und mit den Verhaftungen beginnen. Ich habe ihnen versprochen, dass wir bis dahin die Kerle in Ruhe lassen. Aber ich sehe nur noch die Möglichkeit, über einen von ihnen in unseren Ermittlungen weiterzukommen.«

»Das klingt nicht vielversprechend«, sagte Dietmar.

»Das ist es auch nicht. Wir können überhaupt nichts beweisen, solange wir keine konkreten Fakten in den Händen halten.« Trevisan wandte sich vom Fenster ab und ging zu seinem Stuhl.

Dietmar Petermann erhob sich. »Ich werde erst einmal die Fahndung nach Persson mit der Personenbeschreibung ergänzen. Vielleicht bringt uns das wenigstens ein Stückchen weiter.«

»Tu das.« Trevisan ließ sich mit einem Seufzer auf seinem Stuhl nieder.

An der Tür wandte Dietmar sich noch einmal zu ihm um. »Ach übrigens, da draußen will jemand mit dir sprechen.«

Trevisan dachte an den Pfarrer, der sich am Morgen vorgestellt hatte. »Ist er noch da?«, entgegnete er und griff nach der Übersicht über die Kometen, die ihm Tina aus dem Internet besorgt hatte.

33

Artig saß der kleine und schmächtige Mann auf dem Stuhl neben der Glastür, mit wachen Augen und freundlichem Lächeln.

»Entschuldigen Sie, Herr … Ich hatte wirklich zu tun.« Trevisan reichte ihm die Hand.

»Lesch, Bernhard Lesch ist mein Name«, erwiderte der Mann. »Wie gesagt, ich bin Pfarrer. Ich würde gerne mit Ihnen über Simon Halbermann reden.«

Trevisan lächelte. »Es ist ein schwebendes Verfahren und wir haben unsere Vorschriften.«

Lesch bückte sich, griff in seine abgetragene Tasche und holte einen Bogen Papier hervor, den er Trevisan reichte. »Werfen Sie bitte einen Blick darauf.«

Trevisan faltete das Papier auseinander.

»Haben Sie so etwas schon einmal gesehen?«

Auf dem Papier prangten Punkte, die mit Linien verbunden waren. Die Anordnung der Punkte schien zufällig, dennoch kam dieses Bild Trevisan bekannt vor. »Woher haben Sie das?«, fragte er den alten Mann verwundert.

»Wir haben eine gemeinsame Bekannte«, antwortete der Pfarrer. »Frau Martinson aus Hamburg. Ich traf sie kürzlich auf dem Symposium für Sektenbeauftragten an der Katholischen Akademie in Trier und wir kamen ins Gespräch. Sie hat mich gebeten, mit Ihnen Verbindung aufzunehmen. Ich arbeite für das Erzbistum in Hamburg und bin dort Beauftragter für Weltanschauungsfragen.«

Trevisan deutete mit dem Kopf auf den Bogen Papier, den er in beiden Händen hielt. »Was stellt das dar?«

»Das Sternbild des Drachen, auch Draco genannt oder Pendragon«, erklärte Lesch und griff nach dem Bogen. »Sie haben Frau Martinson von einem geheimnisvollen Keller in Halbermanns Haus erzählt. An der Decke fanden Sie ein ähnliches Muster, stimmt's?«

Trevisan nickte entgeistert.

»Es ist das Zeichen eines keltischen Königs.«

»Uther?«

»Ja, Uther Pendragon«, stimmte Lesch zu. »Ein großer keltischer Krieger und König in Britannien. Der Vater von König Artus. Ein Zauberer und Magier, der später den schwarzen Künsten verfallen sein soll. Er soll sogar Merlins Vertrauter gewesen sein, sagen manche Historiker.«

»Was hat das mit Halbermann und meinem Fall zu tun?«, fragte Trevisan.

»Uthers Geist ist wieder zum Leben erwacht und er hat neue Krieger um sich geschart.«

Trevisan lächelte mitleidig. »Das ist doch nicht Ihr Ernst.« Ungläubig musterte er den alten Mann von Kopf bis Fuß.

Der Pfarrer lächelte. »Ich weiß, was Sie denken, aber ich meine es ernst. Vollkommen egal, für was Sie mich jetzt halten, aber ich weiß, wovon ich spreche. Wissen Sie, Glaube, Aberglaube, Wahrheit oder Spinnerei, eingebildete Phantasien oder Wahnvorstellungen – was ist der Unterschied? Eigentlich alles nur eine Frage der Perspektive. Es spielt sich nur in den Köpfen ab. Lebte Jesus wirklich vor 2000 Jahren in Nazareth oder entspringt er auch nur unseren Phantasien?«

»Ich dachte, Sie sind Pfarrer?«

»Ich bin Pfarrer, aber ich leite keine Gemeinde. Ich sagte doch, ich bin Beauftragter der katholischen Diözese Hamburg und beschäftigte mich seit Jahren schon mit Fragen der Weltanschauung. Und davon gibt es sehr viele, glauben Sie mir.«

Trevisan wusste nicht recht, was er von dem Mann halten sollte, auf alle Fälle konnte es nicht schaden, sich mit ihm zu unterhalten. Er bat Lesch ins Büro und bot ihm Platz an. »Also, erzählen Sie.«

»Die *Söhne Uthers,* wie sie sich selbst nennen, sind eine Gruppierung mit sektenhaftem Charakter«, berichtete Lesch. »Wir dachten zunächst, sie wären nur in Dänemark aktiv, doch mittlerweile wissen wir, dass ihre führenden Mitglieder von Deutschland aus operieren.«

»Sie meinen eine keltische Sekte?«, warf Trevisan ein. »Das klingt ein klein wenig abenteuerlich.«

Lesch lächelte mitleidig. »Ich glaube, Sie halten eine Sekte für ein paar weltfremde Verblendete, die sich ihre Schädel kahl rasieren, eine Kutte überstreifen und in Fußgängerzonen ihre kleinen Bücher und Hefte verkaufen. Da sind Sie aber schief gewickelt. Es gibt weltweit über 30 000 Sekten und sektenhafte Gruppierungen. Viele sind christlicher oder muslimischer Prägung, es gibt Satanisten, andere sind geprägt von asiatischen oder indischen Einflüssen. Viele schotten sich ab und sind nach innen gekehrt, leben zusammen in der Isolation und gehen ihren Irrlehren nach. Doch andere wiederum sind nach wie vor weltlicher Natur, ja versuchen sogar, die Mechanismen unserer Gesellschaft zu ihrem Vorteil zu nutzen. Dort gibt es nicht die Form der üblichen Isolation, sie treten gemeinsam auf und scheuen keineswegs die Öffentlichkeit. Denken Sie an Hubbards Scientologen. Aber sie sind vorsichtig und tarnen ihre Unternehmen, das macht es für einen Staat sehr schwierig, diese Aktivitäten einzudämmen.«

»Zu welcher Kategorie zählen Sie die Söhne Uthers?«

Lesch fuhr sich über die Stirn. »Sie haben sich der keltischen Mythologie verschrieben, doch das macht keinen großen Unterschied zu den anderen in der Grundstruktur. Aber in ihrer Gesinnung macht sie das gefährlich. Denn die Kelten gingen keineswegs zimperlich mit ihren Widersachern um. Der reine Mensch, das reine Blut. Es gibt Wissenschaftler in diesem Bereich, die behaupten sogar, dass damals Adolf Hitler durch die keltische Lehren beeinflusst worden ist und daraus sein Hass gegen das jüdische Volk resultierte. Das sind nur Thesen. Sicher ist zumindest, dass es die Söhne Uthers gibt. Ihre Zahl wird auf etwa 150 Anhänger geschätzt.«

Trevisan verschlug es die Sprache. Halbermann, Elbers und Behrends in einer keltischen Sekte.

»Sie zweifeln?«, fragte Lesch.

Trevisan suchte nach Worten. »Es klingt alles ein klein wenig befremdend für mich. Wissen Sie, Halbermann hielt sich sehr oft in Dänemark auf, ich habe mit ihm gesprochen. Er schien mir nicht weltfremd und schon gar nicht sensibel und einfältig genug, um auf so einen Schwachsinn hereinzufallen.«

»Ich sagte doch schon, diese Art der Gruppierung ist anders«, erwiderte Lesch. »Sie dürfen sie nicht mit den üblichen Hare-Krishna–Jüngern vergleichen oder mit den Zeugen Jehovas. Es gibt eine klare Führungsstruktur. Der Gründer oder auch Ehrwürdige hat einen Rat um sich geschart. So wie es zur damaligen Zeit eben auch war. Ein Kanzler, mehrere Berater, eine administrative Führungsstruktur auf verschiedenen Ebenen. Sie finden so etwas fast in jeder Sekte. Wir begegnen auf der Straße nur dem gemeinen, dem niederen Fußvolk, den kleinen Soldaten, die von ihren Herren losgeschickt werden, um neue Mitglieder anzuwerben und ihre Lehren zu verbreiten.«

»Ich dachte, Sektenangehörige werden von ihren Kollegen ständig überwacht«, warf Trevisan ein. »Man hört von Gehirnwäsche, von Manipulation bis ins Detail.«

»In der Anfangsphase haben Sie recht. Die Gruppe ist uns seit etwa drei Jahren bekannt. Wir halten es aber durchaus für wahrscheinlich, dass die Indoktrinationsphase bereits im Vorfeld stattgefunden hat und in ihren geheimen Niederlassungen mit neuen Interessenten immer noch stattfindet. Halbermann war aber Mitglied der Führungsebene. Natürlich lösen sich die Bindungen, wenn die Gruppe sich trennt. Wenn die Jünger von ihrem Guru in die Welt gesandt werden. Aber da haben sich die Ideen schon so weit manifestiert, dass es schwer ist, diese Menschen aus ihrer Scheinwelt zu befreien. Außerdem, sagte ich bereits, diese Gruppierung unterscheidet sich von der gemeinhin als *normal* eingestuften Sekte. Sie gingen gezielt wirtschaftlichen Interessen nach. Diese Interessen sind natürlich zum Vorteil des Ganzen, aber letztlich nützen sie auch dem Einzelnen. Ein weiterer Aspekt einer engen Bindung untereinander.«

Trevisan dachte an die Datei im Computer der Glasic. Die Steuermanipulation von Halbermann und Elbers. Dennoch, er konnte nicht mit offenen Karten spielen. Das Dienstgeheimnis und die Verschwiegenheitspflicht standen ihm im Weg. Er erhob sich und ging zur Kaffeemaschine.

»Einen Kaffee?«, fragte er.

Lesch stimmte zu.

»Vor knapp einem Jahr verzeichnete mein dänischer Kollege plötzlich heftige Aktivitäten dieser Gruppe«, fuhr der Pfarrer fort. »Häufige Treffen und hektisches Treiben. Anfang November fand die dänische Polizei dann die Leichen von drei jungen Mädchen. Offenbar ein ritueller Selbstmord. Die Mädchen lagen innerhalb eines weißen Kreises. Der Kreis ist in der keltischen Mythologie das Zeichen für die Überwindung des Todes und die Wiederkehr der Reinheit.«

Trevisan fiel der mit Kaffeepulver gefüllte Löffel aus der Hand. Das braune Pulver verteilte sich auf dem Boden und hinterließ einen dunklen Schleier.

»Wann war das?«, fragte er hastig.

»Im letzten Jahr, im November«, wiederholte Lesch. »Die Mädchen starben den Ermittlungen nach in der Nacht auf den 1. November. Das spricht ebenfalls für einen keltischen Hintergrund, denn die Nacht auf den 1. November ist nach keltischer Überlieferung der Tag des Samhain-Festes. Von Halloween haben Sie doch bestimmt schon gehört. Es soll auf diesen keltischen Brauch zurückgehen. Eine Art Gedenktag für die Toten, der jedoch auch den Neubeginn eines Jahres oder einer neuen Epoche symbolisiert. Das Fest, an dem sich die Welt der Lebenden mit der Welt der Toten vereint und die Grenze zwischen dem Diesseits und dem Jenseits verschwimmt.«

Trevisan hatte zwischenzeitlich in seiner Schublade gekramt und das Bild von Maria Souza da Marques hervorgeholt. Er reichte es dem Pfarrer.

»Wir suchen ein Mädchen, eine Brasilianerin«, sagte Trevisan. »Sie war sechzehn Jahre alt und verschwand im letzten

Herbst aus dem Hause Halbermann, wo sie als Au-pair-Mädchen untergekommen war.«

Lesch betrachtete das Bild. »Leider habe ich keine weiteren Informationen zu den Toten. Das Alter könnte schon hinkommen. Sie wurden in einem Gehöft bei Lønstrup an der Nordjütländischen Küste gefunden.«

»Wissen Sie, unter welchen Umständen die drei starben?«

Lesch fasste sich an die Nasenwurzel. »Es waren offenbar Drogen im Spiel. Mein Kollege sprach von einem Lächeln in den toten Augen der Mädchen, so als ob sie den Tod herbeigesehnt hätten. Der zuständige Ermittlungsrichter hat das Verfahren nach einiger Zeit eingestellt. Die Identitäten der Toten wurden nie festgestellt. Der ermittelnde Kommissar wurde kurz nach dem Fall pensioniert. Er machte noch ein paar Monate auf eigene Faust weiter. In dieser Sache kann Ihnen ein freier Mitarbeiter von mir namens Jan weiterhelfen. Der Kommissar ist übrigens ein paar Monate später unter mysteriösen Umständen verschwunden. Mittlerweile hat man ihn für tot erklärt. Er ist offenbar mit seinem Segler in der Nordsee gekentert.«

»Dieser Jan, Ihr Kollege, wo kann ich ihn treffen?«, fragte Trevisan hellhörig. Er war sich sicher, dass Maria unter den Toten von Lønstrup war.

»Jan Simac wohnt in Viborg im Rødevej. Wenn Sie wollen, kann ich ein Treffen arrangieren.«

»Ich wäre Ihnen sehr dankbar. Wo kann ich Sie erreichen?«

»Ich habe mir hier in der Nähe ein Zimmer genommen. Ich werde morgen gegen zehn Uhr noch einmal bei Ihnen hereinschauen.« Lesch packte seine Tasche und erhob sich.

»Dieser Kriminalbeamte aus Lønstrup, kannten Sie ihn?«, fragte Trevisan rasch.

Lesch verneinte.

Nachdem der Pfarrer gegangen war, kramte Trevisan noch einmal die ausgedruckten Internetseiten hervor. C 2000 SV 74 war ein Komet, der am 24. September 2000 von dem amerikanischen Astronomen Michael Tichy entdeckt worden war. Trevisan las weiter. Dann fand er die Zeilen, nach denen er gesucht hatte. Die vorausberechnete Bahn des Kometen verlief durch das Sternbild des Drachen. Am 1. November des letzten Jahres war er von Osten her in das Sternbild eingedrungen. Rastaban, den südlichen Stern des Bildes, würde er in wenigen Tagen erreichen. Weitere vier Wochen würde es dauern, bis der Komet endgültig Draco passiert hätte. Und noch etwas erweckte Trevisans Aufmerksamkeit: Auf einer Homepageseite der Uni Freiburg fand er den Hinweis, dass Kometen in der vergangenen Zeit häufig als Boten eines bevorstehenden großen Unheils betrachtet wurden. Die Menschen hatten damals einen Namen für dieses Himmelsphänomen: Sie nannten Kometen auch Kummersteine und brachten in der vorchristlichen Ära Opfer dar, um den Boten des Unheils zu besänftigen.

Trevisan legte die Seiten zurück auf den Tisch. Langsam begriff er den Zusammenhang. Maria Souza da Marques war keinem pädophilen Ring in die Hände gefallen. Sie war gestorben, weil C 2000 SV 74 seine Bahn am Himmel zog. Halbermann hatte gewusst, dass der Kummerstein auf dem Weg war. Halbermann ebenso wie Behrends, denn auch der war ein Mitglied dieser Sekte.

*

Trevisan klopfte leise an die Tür. Er wusste, dass Anke Schulte-Westerbeck noch im Hause war und zog es vor, direkt mit ihr zu sprechen.

»Herein!«, tönte es durch die geschlossene Tür.

Trevisan öffnete und steckte seinen Kopf durch den Türspalt. »Haben Sie fünf Minuten für mich Zeit?«

Mit einladender Geste bat ihn die Direktorin in ihr Zimmer.

»Ich bräuchte Ihre Genehmigung für einen Auslandseinsatz in Dänemark.« Trevisan erzählte ihr von seinem Besucher und den neuen Erkenntnissen im Fall Halbermann.

Aufmerksam verfolgte die Direktorin Trevisans Bericht. »Sind Sie sicher, dass es sich bei dem Mädchen in Lønstrup um die verschwundene Jugendliche aus dem Hause Halbermann handelt?«

»Ich verwette darauf Haus und Hof«, erwiderte Trevisan. »Außerdem glaube ich, dass wir auch die Sache mit dem Totenkopf aus Halbermanns Schatzkammer abschließen können.«

»Wie kommen Sie darauf?«, fragte die Direktorin erstaunt.

»Der ehemalige dänische Kripobeamte, der auf eigene Faust weiter ermittelte, wurde zwar für tot erklärt, aber seine Leiche wurde nie gefunden.«

Die Chefin überlegte. »Wäre er da nicht in den Vermisstendateien registriert?«

»Offiziell für tot erklärte Vermisste werden aus dem Register für vermisste Personen gelöscht. Das Verfahren ist abgeschlossen. Die Behörden gingen davon aus, dass er bei einem Bootsunglück ums Leben kam.«

»Okay, Trevisan, ich vertraue Ihrem Riecher«, stimmte die Direktorin zu. »Klären Sie die Sache mit den dänischen Kollegen ab, damit wir den Fall endlich beenden können. Wann wollen Sie los?«

»Es sollte schnell gehen«, erklärte Trevisan. »Ich möchte ein Flugzeug nehmen.«

»Auch das noch. Wer soll Sie begleiten?«

»Das weiß ich noch nicht, aber da finden wir schon jemanden.«

Anke Schulte-Westerbeck griff nach ihrem Telefon. »Gut, Trevisan. Ich übernehme die Verantwortung und lasse Ihnen von der Verwaltung ein Spesenbudget zuzuweisen. Aber ich hoffe, Sie haben recht mit Ihren Vermutungen – wenn nicht, dann werden wir beide sehr viel erklären müssen.«

»Sie können sich auf mich verlassen«, sagte er lächelnd.

Lesch hatte dem Fall endlich den entscheidenden Impuls gegeben. Nun würde Trevisan das Schicksal von Maria Souza da

Marques aufklären können. Und er würde die Männer, die dahintersteckten, zur Verantwortung ziehen. Elbers, Behrends, Kranewitt und diesen ominösen Gehlers.

Auf dem Flur zu seinem Büro begegnete ihm Tina Harloff. Er lächelte. »Hey, Tina, hast du den Rest der Woche Zeit für einen kleinen Trip nach Dänemark?«

Tina Harloff blickte ihn erstaunt an. Zögernd nickte sie.

»Also gut, dann bring morgen bitte ein paar Klamotten und deine Zahnbürste mit. Und vergiss deinen Personalausweis nicht.«

»Wann starten wir?«

»Wir nehmen die erste Maschine am Nachmittag.«

Ein paar Minuten später hatten sich alle vom K 1 im Konferenzraum versammelt, wo Trevisan sie über seine neuen Erkenntnisse informierte.

*

Das Handy klingelte. Der Blonde nahm ab und meldete sich. Seit Tagen lauerten sie in dem dunklen PKW unweit der Peterstraße in einer Parkbucht auf ihr Opfer. Am Vormittag hatte ihre Zielperson einen ausgedehnten Spaziergang durch die Stadt an den Fliegerdeich unternommen. Sie waren ihm gefolgt, doch er hatte sie nicht bemerkt. Sie verstanden ihr Handwerk.

Der Blonde beendete sein Telefongespräch.

»Was ist los?«, fragte der Dunkelhaarige mit östlichem Akzent.

»Sie haben Vesna, wir sollen uns bereithalten«, entgegnete der Blonde.

»Endlich, ich dachte schon, man hätte uns vergessen.«

34

Erneut lag eine schlaflose Nacht hinter Trevisan. Er fieberte dem nächsten Tag entgegen. Er war gespannt, welche Neuigkeiten er in Dänemark von Jan Simac erfahren würde, dem Kollegen von Pfarrer Lesch. Als er nach Hause gekommen war, hatte Paula schon auf ihn gewartet. Sie waren am Banter See gewesen und von dem Gewitter überrascht worden, das in der Mittagszeit mit heftigem Wind und Regen über das Land gezogen war. Aber dennoch hatte sie den Tag sinnvoll genutzt. Sie hatte eingekauft und für Trevisan ein Abendessen zubereitet. Scaloppina e Vino Bianco auf Spaghetti mit einem würzigen Insalata Mista. Trevisan aß zwei Portionen. Dann erzählte er ihr von der geplanten Reise nach Dänemark. Er würde wohl zumindest für eine Nacht dort bleiben, wahrscheinlich sogar länger.

»Ich komme schon klar«, hatte Paula geantwortet. Dann hatten sie gemeinsam einen Koffer für Trevisan gepackt und dabei über Nikolas und den vergangenen Tag geredet.

Trevisan war nach den Nachrichten ins Bett gegangen. Über eine Stunde hatte er versucht, in den Schlaf zu finden. Und als er schließlich eingeschlafen war, klingelte das Telefon. Angela meldete sich aus Australien. Sie war endlich fertig mit ihrem Fotoshooting für das Reisemagazin und hatte nun alle Bilder und Texte zusammen. Sie hatte ihm von der infernalischen Hitze im Outback und von den herrlichen Stränden im Nordosten mit ganz feinem weißem Sand und dem klaren blauen Wasser berichtet. Außerdem würde sie bereits morgen schon zurück nach Paris in die Redaktion fliegen und das Layout für den großen Reisebericht mit ihrem Team gestalten. Am Dienstag käme sie dann zurück. Über Frankfurt und den Rest des Weges mit dem Zug.

Trevisan freute sich, dass er Angela endlich wiedersehen würde, wenngleich ihm noch immer der Fall Halbermann keine Ruhe gönnte. Als er ihr von seinen Ermittlungen erzählen wollte, würgte Angela das Gespräch ab. Sie hatte noch viel zu tun und keine Zeit mehr. Das Taxi wartete bereits. Dann hatte sie aufgelegt. Zähneknirschend hatte Trevisan den Hörer auf den Nachttisch gelegt und das Licht gelöscht, trotzdem lag er noch eine ganze Weile wach.

Als er am nächsten Tag in die Dienststelle fuhr, war er voller Erwartungen. Gegen zehn Uhr klopfte es an seiner Tür. Der Pfarrer war pünktlich. Er trug den gleichen dunklen und zerknitterten Anzug wie tags zuvor.

»Jan holt Sie gegen fünf Uhr am Flughafen ab«, sagte Lesch. »Die Maschine ist gebucht?«

»Nach Viborg, wie besprochen«, entgegnete Trevisan. »Meine Kollegin begleitet mich.«

»Kein Problem, Jan hat Platz genug im Haus.«

»Wir haben in einer Pension zwei Zimmer …«

»Das wird nicht nötig sein«, antwortete Pfarrer Lesch. »Jan genießt mein vollstes Vertrauen. Wundern Sie sich nicht, er ist ein wenig eigenartig, aber Sie können sich absolut auf ihn verlassen.«

*

Diesmal standen sie in der Mozartstraße und beobachteten die Ausfahrt des Polizeigebäudes. Ein weiterer heißer Tag in der Nähe ihres Zieles. Der Blonde aß ein Brötchen, als das Handy klingelte. Es war kurz nach zehn Uhr. Hastig meldete er sich. Der Dunkelhaarige lümmelte lustlos im Beifahrersitz und schaute gelangweilt den Autos auf der Peterstraße hinterher.

Das Gespräch war nur kurz und der Blonde nahm eine fast ehrfürchtige Haltung ein, während er seinem Anrufer lauschte.

Dann legte er das Handy auf die Mittelkonsole und fuhr sich nervös über seinen Hemdkragen.

»Hat er gesagt, wie es weitergehen soll?«, fragte der Russe mit den pechschwarzen Haaren.

»Wir sollen ihn auslöschen«, antwortete der Blonde.

Der Russe richtete sich auf. »Er ist Polizist«, gab er zu bedenken.

»Wir sollen das Ziel auslöschen!«, bestätigte der Blonde. »Der Befehl ist von ihm selbst.«

»Er selbst?«, fragte der Russe.

»Klar, Mann!« Der Blonde beugte sich zum Beifahrersitz hinüber und zog aus dem Handschuhfach eine schwarze Luger mit Schalldämpfer. Mit sicherem Griff entriegelte er das Magazin.

Der Russe schaute ihn unverwandt an.

»Es ist besser, wenn du deine Waffe ebenfalls überprüfst«, zischte der Blonde.

Der Russe griff an sein Schulterhalfter. »Ich kenne den Zustand meiner Waffe«, erwiderte er kalt.

»Verdammt noch mal, ich habe noch nie einen Bullen direkt vor seinem Revier abserviert.« Der Blonde fuhr sich mit fahrigen Händen über die Haare.

»Willst du es hier machen?«, fragte der Russe.

»Er geht bestimmt wieder in die Stadt, wenn er Mittagspause hat.«

»Wir warten auf eine bessere Gelegenheit.«

»Wie lange willst du warten?«

»Solange es notwendig ist.«

*

Die Sonne schien. Ein leichter Wind schüttelte die Blätter der Bäume.

»Ich hoffe, es wird ein ruhiger Flug«, sagte Trevisan, als Alex ihm dabei half, die Koffer in dem geräumigen Opel zu verstauen. Trevisan nahm auf dem Beifahrersitz Platz und überprüfte noch einmal den Inhalt seiner Brieftasche. Sein Ausweis war noch gültig. »Hast du deinen Pass dabei, Tina?«

»Klar doch«, antwortete sie und warf Monika einen spöttischen Blick zu. Es war das vierte Mal, dass Trevisan ihr diese Frage stellte.

Sie fuhren über die Bunsenstraße hinaus nach Mariensiel. Es herrschte wenig Verkehr. Nur am Kanalhafen mussten sie kurz abbremsen, nachdem ein LKW in Höhe der Zufahrt zu einer Industriehalle angehalten hatte.

»Ich wünsche dir viel Glück in Dänemark«, sagte Alex und legte den ersten Gang ein.

»Ich bin auf diesen Simac gespannt«, sagte Trevisan. »Ich hoffe, dass sich Marias Schicksal aufklären lässt – ich bin mir sicher, dass sie eine der Toten ist, von denen Lesch gesprochen hat. Ich glaube sogar, dass wir die beiden anderen toten Mädchen anhand der Liste der Glasic identifizieren können.«

Alex hatte den Wagen beschleunigt und passierte die Planckstraße. »Du glaubst, sie wurden ermordet.«

»Ich bin davon überzeugt«, erwiderte Trevisan. »Nach allem, was wir über Maria erfahren haben, war sie ein ganz normales Mädchen. Sie hat sich offenbar in Halbermanns Sohn verliebt. So jemand begeht keinen rituellen Selbstmord. Da stecken Halbermann und seine Bundesgenossen dahinter.«

Alex bog in die Straße zum Flugplatz Mariensiel ein. »Halbermann ist tot, den können wir nicht mehr zur Verantwortung ziehen«, sagte er.

Trevisan nickte. »Aber Elbers und Behrends sind noch am Leben. Die beiden anderen toten Mädchen werden uns zu ihnen führen.«

Alex blickte nachdenklich drein. »Ich hoffe, wir können es beweisen.« Auf dem Vorplatz zum Flughafengebäude wendete er mit einem Schwung und parkte den Wagen direkt gegenüber dem langgestreckten Flughafenrestaurant.

»Das werden wir noch sehen.« Trevisan stieg aus und schaute sich um. Das Rollfeld lag unberührt im glänzenden Sonnenlicht. Keine Menschenseele war zu sehen. Vor dem verklinkerten Abfluggebäude parkten zwei verlassene Autos.

Auch die anderen waren ausgestiegen. Trevisan schaute sich suchend um, bevor sein fragender Blick auf Alex haften blieb. Ringsherum war es still. Nur der leichte Wind spielte mit den Blättern der Birken vor dem Restaurant. »Bist du dir sicher, dass wir richtig sind?«

Alex zeigte auf dem Hangar am Ende des Rollfeldes. Ein rot-weiß lackiertes Kleinflugzeug wartete dort mit hängenden Flügeln. »Eine Cessna, das gleiche Modell wie das von Halbermann. Der Flug ist bestätigt. Wartet hier, ich schau mal, wo ich jemand finde.«

Trevisan musterte skeptisch das kleine Flugzeug. Musste Alex ausgerechnet jetzt Halbermanns abgestürzte Maschine erwähnen? Es war ein Ammenmärchen, dass Menschen nahe der Küste alle see- und flugtauglich zur Welt kämen. Richtig wohl fühlte sich Trevisan nur mit festem Boden unter den Füßen.

Ein dunkler BMW mit FRI-Kennzeichen bog von der Straße in das Gelände ein und blieb vor dem Abfluggebäude mit laufendem Motor stehen.

Alex tauchte neben dem roten Backsteinbau wieder auf. »Wir werden schon erwartet. Wir sollen schon mal zur Maschine rübergehen.« Er öffnete die Fahrertür des Dienstwagens, um den Schlüssel abzuziehen.

Trevisan und Monika Sander luden währenddessen das Gepäck aus. Beinahe gleichzeitig griffen sie nach Tinas Reisetasche.

»Das lass mal besser«, sagte Trevisan und stellte die Tasche ab.

Ein lauter Knall, ein siedend heißer Luftzug an seinem Hals, jemand schrie auf. Einen Augenblick lang schien die Zeit stillzustehen. Wie in Zeitlupe richtete er sich auf. Auf Monikas weißer Bluse breitete sich ein roter Fleck aus. Ihr Gesicht war schmerzverzerrt. Sie taumelte. Trevisan griff nach ihr und konnte ihren Sturz gerade noch abfangen. Er kniete sich neben sie und ließ sie sanft zu Boden gleiten.

»Was ist passiert?«, stammelte Alex und riss seine Pistole aus dem Schulterhalfter.

Trevisan schaute sich um. In dem BMW mit FRI-Kennzeichen erkannte er den blonden Schopf des Fahrers. Langsam dämmerte es ihm, wo er den Wagen schon einmal gesehen hatte: in Sande, nicht weit von seinem Wohnhaus entfernt.

»Sie haben auf uns geschossen, schnell einen Krankenwagen«, brüllte er.

Mit quietschenden Reifen brauste der BMW los und verschwand mit schlingerndem Heck hinter den Büschen.

Alex sprang mit einem Satz hinters Steuer. Der Motor heulte auf und die Reifen drehten auf dem Schotter durch.

»Alex, was machst du?«, rief Trevisan, doch schon machte der Opel einen Satz und raste mit zunehmender Geschwindigkeit über das kleine Rasenstück neben dem Flughafenrestaurant, bis er schließlich ebenfalls hinter den Büschen und Bäumen verschwand. Tina hatte inzwischen ihr Handy aus ihrer Handtasche genommen und wählte mit zitternden Fingern die Notrufnummer.

Ein Mann mit dunklem Overall kam herbeigelaufen. »Was ist denn hier los?«

Trevisan hatte den Eindruck, dass die Zeit nur so dahinflog, dabei war vermutlich höchstens eine Minute vergangen. Er streichelte Monikas Kopf. Sie lag regungslos am Boden und blickte stumm in den Himmel. »Monika, hörst du mich?«

Sie suchte ihn mit den Augen. »Was … was ist denn überhaupt passiert?«, fragte sie mit brüchiger Stimme.

*

»Was ist los mit dir?«, schrie der Dunkelhaarige. »Das waren noch nicht einmal fünfundzwanzig Meter.«

Persson drückte auf das Gaspedal. »Er hat sich nach vorne gebeugt. Ich hatte ihn genau im Visier, er hat sich nach vorne gebeugt.«

Die Büsche flogen an ihnen vorbei. Der Tachometer zeigte 150 Stundenkilometer. Sie fuhren auf dem Schaardeich hinaus zum Kreisverkehr. Zwei langsam fahrende Wagen hatte Persson bereits halsbrecherisch überholt.

»Wohin fahren wir?«, schrie der Dunkle gegen den aufheulenden Motorenlärm an.

»Erst einmal weg hier«, entgegnete Persson. »Wir müssen den Wagen loswerden.«

Kurz vor dem Kreisverkehr fuhr ein schwerer Lastwagen voraus. Eine lange Schlange an Fahrzeugen kam ihnen entgegen. Persson musste scharf abbremsen und warf einen Blick in den Rückspiegel. »Verdammt!«

»Was ist los?«, fragte der Dunkelhaarige.

»Sie verfolgen uns«, rief Persson. Sein Komplize wandte sich um. Der rote Opel kam schnell näher. Persson beschleunigte wieder und als sich im Gegenverkehr eine kleine Lücke auftat, zwängte er sich an dem LKW vorbei. Ein entgegenkommender Autofahrer musste stark bremsen und aufs Bankett ausweichen. Der Mann hinter dem Steuer gestikulierte wild, doch dann war Persson schon vorbei. Er beschleunigte den Wagen und war froh, dass er genügend PS unter der Motorhaube hatte.

Alex brach der Schweiß aus den Poren. Er hatte den dunklen Wagen vor sich. Der BMW wurde von einem langsamen Lastwagen aufgehalten.

Alex bremste ab. In seinem Kopf arbeitete es fieberhaft. Was sollte er tun, wenn er den Wagen eingeholt hatte? Der Funkhörer lag auf der Mittelkonsole, doch es wäre Wahnsinn, jetzt eine

Hand vom Lenkrad zu nehmen. Der Kerl vor ihm war ein guter Fahrer. Mehr als einmal hatte der BMW trotz Gegenverkehrs überholt und war den entgegenkommenden Wagen gefährlich nahe gekommen. Auch Alex hatte schon mehr riskiert, als ihm lieb war. Sein Jagdinstinkt war erwacht. Er würde den Kerlen folgen, die auf seine Kollegin geschossen hatten. Der Blutfleck hatte sich auf der rechten Seite, unterhalb ihrer Brust ausgebreitet. Doch das hatte nichts zu heißen, jede Schusswunde war lebensgefährlich, weil sich die Kugel auch noch im Körper einen todbringenden Weg suchen konnte.

Als sich die kleine Lücke im Gegenverkehr auftat, überholte der dunkle Wagen und drängte einen Autofahrer aufs Seitenbankett. Alex drückte ebenfalls aufs Gaspedal. Mit hauchdünnem Abstand zwängte er sich an dem Lastwagen vorbei. Schweißperlen rannen über seine Stirn. Der BMW fuhr mit quietschenden Reifen in den Kreisverkehr ein. Das Heck schlingerte gefährlich, doch der Fahrer fing den Wagen ab und zog in Richtung Fedderwarden davon. Alex war angespannt bis in die Haarspitzen. Auch der Opel wankte bedrohlich, aber auch Alex fing seinen Wagen ab und beschleunigte. Schon raste er durch die enge Ausfahrt auf die Hooksieler Straße.

Der BMW war schon ein ganzes Stück entfernt. Kurz vor der Auffahrt zum Niedersachsendamm fuhr er wieder hinter einem langen Lastzug mit Anhänger her. Nur kurz flammten die Bremslichter an dem dunklen Wagen auf, dann zog der Fahrer auf die Gegenspur. Alex stockte der Atem, als zur gleichen Zeit ein großer Omnibus in die Hooksieler Straße einbog. Erneut leuchteten die Bremslichter des BMW auf, dann rutschte der Wagen quer in Richtung Straßengraben und wirbelte durch die Luft, bevor er endgültig im Graben verschwand.

Alex sah nur noch Qualm und Staub. Er bremste stark und ließ seinen Wagen ausrollen. Der Verkehr stand. Er stieg aus und griff nach seiner Dienstwaffe.

Splitter und allerlei Teile lagen auf der Straße. Der Omnibus war im Frontbereich massiv eingedrückt. Der Fahrer öffnete langsam die Tür und sprang ins Freie.

»Ich kann nichts dafür«, schrie er Alex zu. Fast so, als müsse er sich bei ihm und der ganzen Welt für den Unfall entschuldigen. Alex hetzte, die Waffe im Anschlag, auf den Straßengraben zu. Doch als er den BMW sah, ließ er seine Hände sinken.

Der dunkle Wagen lag auf dem eingedrückten Dach. Er war nur noch eine schwarz lackierte, unförmige Masse aus Metall. Alex kletterte die steile und beinahe vier Meter tiefe Böschung hinab. Ein Mann im roten T-Shirt überholte ihn.

»Ich bin Rettungssanitäter«, rief er Alex zu. Alex wollte ihn noch zurückhalten, da kniete der Mann schon vor dem verbeulten Wagen nieder. »Der eine ist bestimmt tot«, empfing er Alex. »Der hat die Augen offen. Aber der andere könnte noch leben. Wir brauchen die Feuerwehr und den Notarzt, die sind eingeklemmt.«

Kaum zehn Minuten später wimmelte es an der Unfallstelle von Blaulichtern. Der Rettungswagen, der Notarzt, die Feuerwehr und die Polizei.

Alex hatte weiche Knie. Er saß unweit des verunglückten BMW im Gras und beobachtete das hektische Treiben der Rettungskräfte.

Ein Polizist kam auf ihn zu. »Geht es Ihnen gut?«

Alex nickte und zeigte dem Kollegen seine Kripomarke. »Die Kerle haben auf meine Kollegin geschossen.«

*

Monika Sander hatte in Trevisans Armen gelegen. Der Pilot hatte einen Erste-Hilfe-Kasten besorgt. Tina hatte Monikas Bluse geöffnet und versucht, die Blutung zu stillen. Dann war der Rettungswagen mit den beiden orangerot gekleideten Männern vom Roten Kreuz vorgefahren, der Notarzt war nur wenig später eingetroffen. Sie hatten ihr einen Druckverband angelegt und sie auf die Trage gehoben.

»Ich spüre nichts mehr«, hatte Monika noch gestammelt, ehe sie im Rettungswagen verschwand und sich die Türen schlossen.

Trevisan und Tina warteten schweigend, bis endlich einer der Sanitäter wieder erschien.

»Wie geht es ihr?« Trevisan zeigte dem jungen Mann seine Dienstmarke.

»Ihr Zustand ist stabil«, entgegnete der Sanitäter. »Wir bringen sie ins Krankenhaus nach Sande.«

35

Tina und Trevisan saßen auf der gepolsterten Bank im nüchternen Gang. Es roch nach Desinfektionsmittel. An der weiß getünchten Wand hingen großflächige Luftaufnahmen des Krankenhauses. Trevisan starrte auf die graue Metallschiebetür mit dem trüben Bullauge. *OP 1* stand in schwarzer Schrift oberhalb der Glasscheibe.

Die Neonröhren an der Decke tauchten den Gang in ein helles, unnatürliches Licht, doch die Blässe in Trevisans Gesicht kam von innen. Seit drei Stunden arbeiteten die Ärzte daran, Monikas Leben zu retten.

»Dieses Warten, es gibt nichts Schlimmeres«, sagte Tina Harloff.

Trevisan schaute gebannt auf die Tür. Er schwieg.

Schritte hallten durch den Flur. Kriminaloberrat Beck und die Polizeidirektorin kamen den Gang entlang.

»Wie geht es ihr?«, fragte Antje Schulte-Westerbeck.

Trevisan blickte sie aus müden Augen an. »Ich habe keine Ahnung.«

»Wie ist das passiert?«

»Sie haben auf uns geschossen«, antwortete Trevisan. »Einfach aus dem Wagen heraus.«

»Mensch, Martin!«, mischte sich Beck ein. »Dir ist doch klar, dass die Kerle es auf dich abgesehen haben?«

Trevisan zuckte mit der Schulter.

»Alex hat dich erreicht?«

»Ja, ich weiß Bescheid«, antwortete Trevisan.

»Kleinschmidt hat die Fingerabdrücke verglichen«, erklärte der Kriminalrat. »Der Tote ist noch nicht identifiziert, aber der andere ist der gesuchte Persson.«

»Wird er durchkommen?«, fragte Tina.

»Persson liegt im Koma und wird die Nacht wahrscheinlich nicht überleben«, antwortete Beck. »Kleinschmidt untersucht gerade die sichergestellten Pistolen. Es ist fast sicher, dass Persson geschossen hat. Er hatte als Einziger Schmauchspuren an den Händen.«

Wiederum waren Schritte zu hören. Ein Mann in grauem Anzug eilte den Gang entlang. Trevisan erkannte Richard Sander, Monikas Ehemann, und erhob sich.

»Das habe ich kommen sehen«, polterte Richard Sander sofort los. »Jeden Tag, wenn sie ihre Tasche umhängt und ins Büro fährt, habe ich Angst, dass es passieren könnte.« Trevisan legte ihm die Hand auf die Schulter, doch Richard Sander schob sie weg. »Daran sind Sie schuld!«, schrie er. »Ich sagte ihr, sie solle zu Hause bleiben. Die paar Kröten, die sie verdient, sind es nicht wert, das Leben aufs Spiel zu setzen. Sie hat immer gesagt, ich bin Polizistin. Sie hat Kinder, sie ist meine Frau. Sie sollte nicht in diesem Dreck wühlen. Es hat alles keinen Sinn, Sie verhaften die Kerle und der Richter lässt sie wieder frei. Sie hält das für ein Spiel. Aber es wird immer brutaler in der Welt.«

»Monika ist Polizistin aus Überzeugung«, sagte Trevisan.

»Überzeugung … Überzeugung, so ein Blödsinn«, blaffte Richard Sander. »Und was kann sie sich jetzt dafür kaufen?«

Jeder Versuch, den Mann zu beruhigen, schlug fehl. Als Sander zum wiederholten Mal klagte, dass Monika in seiner Firma sogar mehr verdienen würde, platzte Trevisan der Kragen. »Geld, das ist die Sprache die wir heute sprechen«, donnerte er über den Flur. »Es muss sich lohnen. Am Ende muss man etwas in der Hand halten. Das ist aber nicht Monikas Einstellung! Sie ist gerne Polizistin. Sie machte es nicht, weil es lohnt, sie macht es, weil es ein Teil von ihr ist. Sie will helfen, es ist ihre Art, es steckt in ihr. Sie macht es weder für mich noch für die Menschheit oder für irgendeinen Richter. Sie macht es für sich selbst, aus einer tiefen inneren Überzeugung heraus. Das ist Monika, so gut sollten Sie Ihre Frau kennen.«

Beck ergriff Trevisan am Arm, um ihn zu zügeln, doch Trevisan riss sich einfach los.

»Es mag sein, dass unser Beruf gefährlich ist, es ist richtig, dass es Tage gibt, an denen man den ganzen Kram einfach hinschmeißen und nach Hause gehen will. Es stimmt, dass wir schlecht bezahlt werden, und dass, wenn es einmal hart auf hart kommt, niemand hinter uns steht. Kein Richter, kein Staatsanwalt und kein Politiker. Aber wir haben uns irgendwann einmal entschieden und wir stehen zu unserer Entscheidung. Wir machen weiter. Es ist nicht nur ein Job. Wie wäre es um diese Welt bestellt, wenn sich niemand mehr um den anderen schert, wenn alle nur noch dem Profit nachjagen und das Schicksal der anderen scheißegal wird.«

Richard Sander blickte betreten zu Boden.

Trevisan atmete tief durch. »Ich weiß, wie Sie empfinden. Und wenn ich könnte, dann würde ich mit Monika tauschen. Aber ich kann es nicht.«

Die gläserne Schiebtür wurde geöffnet. Ein Arzt mit Mundschutz und grünem Kittel erschien. »Geht es auch ein bisschen leiser?! Das hier ist ein Krankenhaus!«

Trevisan trat auf ihn zu. »Wie geht es ihr?«

Der Arzt nahm seinen Mundschutz ab und zog ihn über seinen Kopf. »Sie ist übern Berg. Sie hat viel Blut verloren, die Kugel hat kein lebenswichtiges Organ verletzt. Aber eine Rippe ist gebrochen. Das Projektil wurde von der Rippe abgewiesen und ist in den Oberbauch eingedrungen. Wir konnten es entfernen.«

Richard Sander ließ sich auf die Bank fallen und schlug die Hände vors Gesicht.

»Wir werden Frau Sander jetzt auf die Wachstation verlegen«, fuhr der Arzt fort. »Es ist besser, wenn Sie nach Hause gehen. Sie können derzeit nichts für sie tun.«

Trevisan saß im Besprechungszimmer vor einer Tasse Kaffee. Sein Blick war auf den leeren Stuhl gerichtet, auf dem normalerweise Monika Sander saß.

»Wir müssen denen ganz schön auf die Füße getreten sein, wenn sie sich zu einem solchen Schritt entschließen«, sagte Alex Uhlenbruch, der vor einer halben Stunde aus der Nieter-Klinik zurückgekehrt war.

Mats Persson war um 19.02 Uhr gestorben. Noch immer standen weder seine noch die Identität seines Komplizen hundertprozentig fest. Trevisan hoffte, dass sie mit den gesicherten Spuren bei der Identifizierung schnell vorwärtskämen. Der BMW und das Autokennzeichen würde sie nicht weiterbringen, es handelte sich um Dubletten eines Fahrzeuges, das auf eine Firma in Jever zugelassen war. Die Fahrgestellnummer war nicht existent.

Anke Schulte-Westerbeck hatte Trevisan empfohlen, sich aus den Ermittlungen zurückzuziehen, doch er hatte energisch abgelehnt. Persson stellte keine Gefahr mehr dar. Auch den Vorschlag auf Personenschutz hatte er sofort abgelehnt. Gerade jetzt musste er am Ball bleiben. Genau das war er Monika schuldig.

Alex hatte mit Kleinschmidt inzwischen Fotos der beiden Toten gefertigt. Persson und dessen bislang unbekannter Komplize mussten sich schon längere Zeit kennen, denn sie hatten beide die gleiche Tätowierung auf dem Rücken. Einen Drachenkopf mit zwei gekreuzten Schwertklingen. Auffällig daran war, dass es sich bei den Schwertklingen um keltische Richtschwerter handelte. Die vorderen Enden hatten keine Spitzen. Sie waren abgerundet und sahen genauso aus wie das Schwert aus Halbermanns Keller.

Kleinschmidt stopfte sich eine Pfeife. Das Schweigen im Zimmer wurde nur ab und zu vom Blubbern der Kaffeemaschine unterbrochen.

»Wie lange wird es dauern?«, durchbrach Trevisan die Stille.

»Was meinst du?«, fragte Dietmar Petermann.

»Die Fingerabdrücke und die DNA-Analyse.«

Kleinschmidt entzündete seine Pfeife. Alle Blicke ruhten auf ihm. Er schüttelte das Streichholz, bis die Flamme erlosch und warf es in den Aschenbecher. Nach einem kräftigen Zug richtete er sich auf. »Wenn die Daten der Fingerabdrücke gespeichert sind, haben wir das Ergebnis bis morgen früh. DNA dauert mindestens eine Woche. Ich habe ordentlich Dampf gemacht.«

»Mich interessiert, wie wir jetzt weitermachen«, sagte Alex.

Trevisan griff sich an die Stirn. »Ich würde mir am liebsten Behrends und Elbers kaufen, aber ich weiß nicht, ob wir uns damit nicht selbst schaden. Bislang haben wir keine ausreichenden Beweise. Wir müssen abwarten, bis die Steuerfahndung ihre Ermittlungen abgeschlossen hat.«

»Und Dänemark?«, fragte Tina.

»Wir fliegen am Donnerstag«, entgegnete Trevisan. »Ich habe Pastor Lesch angerufen. Aber morgen will ich zuerst ins Krankenhaus.«

»Kranewitt, der vierte im Bunde des Kulturvereins, ist noch ein heißer Kandidat«, warf Dietmar Petermann ein. »Ich habe mich etwas schlau gemacht. Er gehörte von Anfang an zu Halbermann und Behrends. Er ist aber bei seinen Mitarbeitern in der Firma als sehr sozialer Mensch bekannt. Vielleicht könnten wir ihn weichkochen.«

»Das lassen wir erst einmal sein«, entschied Trevisan. »Wenn bis zum nächsten Montag keine Entscheidung der Steuerfahnder vorliegt, dann müssen wir uns einen anderen Weg überlegen. Ich hoffe, dass ich genug Material aus Dänemark mitbringe und es für eine Festnahme reicht.«

»Das heißt, wir machen jetzt erst einmal gar nichts?«, fragte Alex.

Trevisan schüttelte den Kopf. »Bringt alles über Kranewitt, Elbers und Behrends in Erfahrung. Forscht noch einmal nach. Vielleicht gibt es noch etwas, von dem wir noch nichts wissen. Ach, und vergesst nicht den Vermittler des Gehlerschen Anwesens auf Norderney.«

»Schleiff?«, fragte Dietmar.

»Ja, diesen Schleiff«, entgegnete Trevisan. »Bislang hat sich gezeigt, dass es zwischen allen Personen um Halbermann und Vesna Glasic eine Verbindung gibt.«

*

»Sie sind uns auf den Fersen«, sagte Behrends. »Es ist nur noch eine Frage der Zeit, bis sie zuschlagen. Sogar die Steuerfahndung ermittelt bereits.«

»Unser Geld ist sicher«, erwiderte der große, hagere Mann. »Ich habe dafür gesorgt. Keiner wird der Spur folgen können.«

»Trotzdem wird es jetzt zu heiß«, erwiderte der Abgeordnete. »Sie müssen etwas in der Hand haben. Wahrscheinlich haben sie die Computerdateien entschlüsselt, als sie das Haus von Vesna auf den Kopf stellten.«

Der Hagere schüttelte den Kopf. »Das ist unmöglich. Die Daten sind verschlüsselt.«

»Sie haben Spezialisten …«

»Du willst uns verraten?«

»Das hat überhaupt nichts damit zu tun«, entgegnete Behrends bissig. »Aber ich merke noch immer, was draußen in der Welt vor sich geht, während du blind und taub durch die reale Welt stolperst. Wir ziehen uns zurück. Sogar hier sind wir nicht mehr sicher.«

Der Hagere schlug mit der Faust auf den Tisch. »Du verrätst unsere Ideale und unsere Bewegung. Denke an Elbers. Wir sind stark, stark genug, diese augenblickliche Krise zu überwinden. Wir gehen den einzigen und wahren Weg …«

»Und du hättest besser auf das Mädchen geachtet.«

»Was meinst du damit«, zischte der Hagere. »Ich hatte keine Ahnung …«

»Wir sind ein Teil dieser Welt«, unterbrach ihn Behrends. »Ein kleiner Teil. Und wir sind immer noch der alten Ordnung unterworfen. Auch die Liebe gehört dazu, das weißt du doch.«

»Du Bastard …«

»Still!« Der laute Ausruf des Grauhaarigen unterbrach die beiden Streitenden.

»Er hat recht«, sagte der Alte zu dem Hageren gewandt. »Wir dürfen die Sache nicht gefährden. Noch sind wir wenige und unsere weltliche Macht ist beschränkt. Wir werden im Stillen beten. Verliert nie unser Ziel aus den Augen.«

»Die Wellen werden sich glätten«, erwiderte der Hagere.

»Nichts wird sich glätten«, widersprach der Alte. »Erst wenn der Stein unser Haus verlassen hat und in den dunklen Welten verschwindet, erst dann werden wir aufatmen können.«

»Er ist die Wurzel allen Übels«, murmelte der Hagere leise. »Er hat mir alles genommen. Ich werde nicht eher ruhen …«

»Schweig!«, wies ihn der Alte zurecht. »Es ist allein der Hass, der aus dir spricht. Gerade jetzt gilt es, einen kühlen Kopf zu bewahren.«

Voller Wut wandte der Hagere sich ab und stürmte aus dem Zimmer.

»Er ist voller Hass und Ungeduld«, sagte der Alte. »Was glaubst du, sollten wir nun tun?«

Behrends zuckte mit der Schulter. »Wir sollten verschwinden. Dorthin, wo sie uns nicht suchen werden.«

Der Alte überlegte einen Augenblick. »Gut, ich werde darüber nachdenken. Du wirst meine Entscheidung erfahren.«

»Es eilt«, entgegnete Behrends eindringlich.

»Ich weiß«, antwortete der Alte.

*

Trevisan hatte Paula angerufen und ihr erzählt, was geschehen war. Er würde erst spät nach Hause zurückkommen. Doch als es auf Mitternacht zuging und noch immer keine neuen Nachrichten vom BKA oder aus dem Krankenhaus eingetroffen waren, verließ er das Dienstgebäude.

Es war ein Impuls, dem Trevisan folgte, als er am Schaardeich nach rechts in die Straße nach Accum einbog. Während er durch Schortens fuhr, suchten seine Augen in der Dunkelheit nach den Straßenschildern. Selbst im spärlichen Licht der Straßenlaternen erkannte Trevisan das Schild sofort. Akazienweg, jetzt musste er nur noch das Haus mit der Nummer 12 finden.

Eigentlich wusste er selbst nicht genau, was ihn trieb, dennoch fuhr er unbeirrt weiter. Es war unschwer zu erkennen, dass hier die Betuchten und Oberen der Gesellschaft ihre Villen im Grünen erbaut hatten. Das Haus mit der Nummer 12 setzte sich trotzdem deutlich ab. Es war nicht nur größer als die anderen, es lag auch daran, dass es weiß getüncht war, während die anderen Häuser aus rotem Backstein gemauert waren, und das Dach war mit Schindeln gedeckt im Gegensatz zu den hier üblichen Ziegeln.

Doch noch etwas war anders: Im Haus Nummer 12 brannte noch Licht. Trevisan parkte seinen Wagen direkt vor der Einfahrt.

Eine hüfthohe Hecke aus Thujapflanzen umsäumte das große Grundstück. Er drückte die Klinke des Gartentors und war überrascht, als es sich ohne weiteres öffnen ließ. Langsam ging er auf die weiße und hell erleuchtete Haustür zu. Trevisans Herz klopfte. Jeden Moment rechnete er damit, dass ein großer Hund hinter irgendeinem Gebüsch her auf ihn zugestürzt kam, doch nichts geschah. Nichts, außer dass die Außenbeleuchtung aktiviert wurde, als Trevisan die kleine Treppe vor der Tür betrat. Er blieb erschrocken stehen, fasste sich aber schnell wieder.

Er hatte kaum die letzte Stufe erklommen, da wurde die Tür aufgerissen. Trevisan fuhr zusammen.

Gunther Behrends stand vor ihm. In seiner Hand lag ein Messer. Sein Körper war angespannt und sein Gesicht wirkte entschlossen. Er trug einen dunklen Anzug und Straßenschuhe. Lediglich der Kragen seines weißen Hemdes war aufgeknöpft und die Krawatte fehlte. Ansonsten sah er aus, als wäre er gerade erst nach Hause gekommen.

»Was zum Teufel machen Sie hier!«, schrie er Trevisan an.

Trevisan war ein paar Schritte zurückgegangen und stand unterhalb der Treppe. Das Licht des Außenscheinwerfers stach ihm in die Augen.

Der Abgeordnete trat einen Schritt nach vorne, dann fiel alle Anspannung von ihm ab. »Ach, Sie sind's«, sagte Behrends überrascht und versuchte, das Messer hinter seinem Rücken zu verbergen. »Was machen Sie hier, es ist schon nach Mitternacht.«

Trevisans Mund war ausgetrocknet. Er schluckte. »Meine Kollegin wurde heute angeschossen«, sagte er, weil ihm gerade nichts Besseres einfiel.

»Und was habe ich damit zu tun?«, antwortete Behrends gleichgültig.

Trevisan überlegte fieberhaft. Was sollte er sagen? Haben Sie den Mordauftrag gegeben? Sind Sie Mitglied in einer kriminellen Sekte? »Warum behindern Sie unsere Ermittlungen?«, fragte er schließlich mit gedämpfter Stimme.

»Ich?!«

»Warum erzählen Sie mir nicht, was Sie über Halbermann wissen?«

»Da sind Sie bei mir aber an der falschen Adresse«, entgegnete Behrends. »Ich sagte Ihnen bereits, dass wir nur oberflächlich miteinander bekannt waren.«

Trevisan wurde langsam klar, welch blödsinnige Idee dieser Besuch bei Behrends gewesen war. Was hatte er sich dabei nur gedacht? Bestimmt würde die Steuerfahndung davon erfahren oder noch schlimmer, sein nächtlicher Besuch würde Behrends zur Flucht veranlassen. Er überlegte, wie er die Situation retten konnte, ohne dass Behrends Verdacht schöpfte.

»Herr Behrends, wir stehen auf der Stelle und kommen nicht voran. Worüber haben Sie gesprochen, wenn Sie ihn trafen? Hat er irgendetwas erwähnt, auch wenn es noch so nebensächlich erscheint? Sie müssen uns helfen, vielleicht fällt Ihnen noch etwas ein.«

»Zuerst verdächtigen Sie mich, an kriminellen Transaktionen beteiligt zu sein, und jetzt wollen Sie meine Hilfe«, sagte Behrends. »Ich weiß nicht, was ich davon halten soll. Wissen Sie eigentlich, wie spät es ist? Lassen Sie sich einen Termin geben und kommen Sie in mein Büro, dann werde ich sehen, was ich für Sie tun kann.«

Trevisan atmete auf. Das war die Möglichkeit für einen unverdächtigen Rückzug. »Gut, dann werde ich morgen in Ihrem Büro anrufen.«

Er wandte sich ab, um zu gehen, da hielten ihn die Worte des Abgeordneten zurück. »Was ist Ihrer Kollegin passiert?«, fragte Behrends neugierig.

Trevisan drehte sich um. Für einen kurzen Moment verlosch das Licht, doch bei der ersten leichten Bewegung flammten die Scheinwerfer wieder auf. »Sie wurde angeschossen. Ein feiger Anschlag.«

»Haben Sie die Kerle?«

Die Kerle. Nicht *den Kerl*, sondern *die Kerle*. Sofort war Trevisan klar, dass Behrends Bescheid wusste. Trevisan war ganz dicht davor, einen Fehler zu begehen, doch er riss sich zusammen und biss sich auf die Lippen. »Wir wissen noch nicht, was dahintersteckt«, antwortete er nach einem Augenblick des Schweigens.

»Rufen Sie gegen zehn Uhr an, da ist bestimmt jemand im Büro«, rief ihm Behrends nach. Trevisan hob die Hand zum Zeichen, dass er verstanden hatte. Und er hatte besser verstanden, als es Behrends lieb sein konnte.

*

Die Steuerfahnder hatten die Computerdateien durchforstet und ausgewertet. Es war keine leichte Aufgabe gewesen. Jedem Eintrag waren sie nachgegangen, hatten Bankauszüge überprüft und akribisch den Weg des Geldes verfolgt, bis es, endgültig unerreichbar für die deutschen Finanzämter, auf den Holländischen Antillen oder bei der Bank of Honduras verschwand. Über vierzehn Millionen. Das ganze Ausmaß war noch nicht überschaubar, dazu fehlten einige Details, außerdem waren offenbar ein paar Datensätze verloren gegangen. Dennoch würde das Material für eine Verhaftung des Steueranwaltes Elbers und des Industriellen Kranewitt reichen.

Dem Abgeordneten Behrends hingegen war keine direkte Beteiligung nachzuweisen. Vielleicht würde Elbers oder Kranewitt nach ihrer Verhaftung aussagen und damit Behrends mit ins Unglück reißen. Auch der Immobilienmakler aus Leer namens Enno Schleiff war tief in die Sache verstrickt. Der Durchsuchungsbefehl war eine reine Formsache.

Der Steueramtmann hatte nun schon zum zweiten Mal Trevisans Nummer angerufen, doch niemand meldete sich. Auch in der Zentrale wusste niemand, wo sich der Leiter der Wilhelmshavener Mordkommission im Augenblick aufhielt. Der Steuerfahnder blickte auf seine Uhr. Es wurde Zeit. Er nahm den Telefonhörer ab und rief die Nummer des Einsatzleiters an. »Also, legt los.«

Zwei Stunden später wusste er, dass alle Einsatzvorbereitungen vergebens gewesen waren. Weder Kranewitt noch Elbers waren angetroffen worden und in der Firma *Schleiff Immo* in Leer gab es nur harmlose Akten über Grundstücksverkäufe und Gebäudeverwaltungen. Ein Wandtresor im Büro des Chefs war leergeräumt worden. Und wo sich der Firmeninhaber Enno Schleiff aufhielt, wusste weder die Sekretärin noch die anderen Mitarbeiter. Am gestrigen Abend, als sie die Firma verlassen hatten, war ihr Chef noch im Büro geblieben, weil er noch etwas Wichtiges zu erledigen hatte.

Auch in seiner Wohnung war er nicht.

Der Chef der Steuerfahndung schlug mit der Faust auf seinen Schreibtisch und warf den Telefonhörer zurück auf die Gabel. Sie waren zu spät gekommen.

36

Trotz der späten Stunde war Paula noch wach und hatte auf ihren Vater gewartet. Er erzählte ihr, was sich am Flughafen ereignet hatte. Aus der Schilderung hatte Paula herausgehört, dass sich Trevisan schuldig fühlte. Die Kugel war für ihn bestimmt gewesen und hatte Monika getroffen, deswegen machte er sich Vorwürfe.

Paula hatte ihn umarmt. »Du trägst keine Schuld. Diese gemeinen Verbrecher waren es, die haben geschossen.« Wenngleich es Trevisan auch nur wenig half, so genoss er ihre Umarmung und ihren tröstenden Zuspruch.

Um acht Uhr war er dann wieder ins Krankenhaus gefahren. Die Nacht war gut verlaufen. Monika hatte friedlich geschlafen und ihr Zustand war stabil. Trevisan wartete vor der Intensivstation, als Monikas Ehemann auftauchte.

Richard Sander setzte sich neben Trevisan und streckte ihm die Hand entgegen. »Das gestern tut mir leid«, sagte er leise. »Ich war außer mir.«

Trevisan nickte. Schweigend saßen sie nebeneinander, bis schließlich eine Schwester erschien. Monika war erwacht.

»Nur fünf Minuten«, sagte die Schwester und ließ sie in den kleinen Vorraum des Aufwachzimmers. Dort mussten sie einen grünen Mantel überziehen und ihre Schuhe gegen Krankenhauspantoffeln tauschen.

Schläuche und Kabel führten zu den vielen Apparaturen, die neben und über Monikas Bett aufgebaut waren. Ein grüner Punkt sprang hektisch auf dem Display eines Monitors auf und ab. Jedes Mal, wenn er den höchsten Punkt erreichte, gab es einen melodischen Piepton.

Richard Sander beugte sich zu Monika hinab und ergriff ihre

Hand, während sich Trevisan im Hintergrund hielt. Er wollte die beiden nicht stören. Monikas trüber Blick strich über die Wand. Dann sah sie Trevisan. Für einen Augenblick schien es, als wolle sie sich aufrichten.

»Habt ihr den Kerl?«, fragte sie mit brüchiger Stimme.

Trevisan nickte.

Erleichtert ließ sie sich im Bett zurücksinken. »Ich habe Durst.«

Richard Sander griff nach einem Becher, der auf dem Nachttisch stand.

»Wie geht es dir?«, fragte Trevisan leise.

Monika trank einen Schluck. Dann griff sie sich an die rechte Seite. »Da drinnen hämmert und pocht es, aber sonst …«

»Hast du schlimme Schmerzen?«, fragte Richard Sander beunruhigt.

Monika Sander schüttelte den Kopf.

»Meine Herren, das reicht für heute«, meldete sich die Schwester zu Wort. »Sie braucht noch viel Ruhe. Morgen können Sie noch mal nach ihr schauen und nächste Woche, wenn alles ohne Komplikationen verläuft, verlegen wir sie schon auf die Station.«

Eine Stunde später, nachdem er ein längeres Gespräch mit dem behandelnden Arzt geführt hatte, fuhr Trevisan in die Dienststelle. Gespannte Gesichter erwarteten ihn. Dietmar, Alex, Tina, Kriminaloberrat Beck und selbst die Direktorin erkundigten sich nach Monikas Zustand.

Trevisan war froh, als er endlich die Tür seines Büros hinter sich schließen konnte. Mit einem Seufzer ließ er sich auf die Couch in der Ecke fallen. Doch kaum hatte er sich gesetzt, klopfte es erneut. Das entnervte »Herein« ging im Knarren der Tür unter. Kleinschmidt stürzte in das Zimmer. Verblüfft blieb er stehen, als er den verwaisten Schreibtisch sah. Gerade wollte er das Zimmer wieder verlassen, als er Trevisan auf der Couch in der Ecke sitzen sah.

»Es geht ihr gut«, sagte Trevisan. »Sie wird wieder ganz gesund.«

»Häh?«

»Monika«, erklärte Trevisan.

»Weiß ich doch«, erwiderte Kleinschmidt. »Ich habe schon auf dich gewartet. Das BKA hat uns einige interessante Neuigkeiten mitgeteilt. Zuerst einmal zum Russen. Er heißt Fjodor Romanow, stammt aus Omsk und ist ein Überbleibsel der Roten Armee. Eigentlich liegt eine gültige Ausweisung gegen ihn vor. Außerdem gibt es mehrere Haftbefehle aus Rostock, Berlin und Kiel. Er war ein Schläger und trieb sich vorwiegend im Rotlichtmilieu herum.«

Trevisan stand auf und umrundete seinen Schreibtisch. »Und der andere?«

»Der Däne ist da schon ein größeres Kaliber«, antwortete Kleinschmidt. »Er heißt in Wirklichkeit Sigurd Janson und stammt aus Roskilde. Die dänische Polizei sucht ihn wegen zweifachen Mordes. Aber auch bei uns liegen einige Fahndungsnotierungen gegen ihn vor. Er benutzte meist falsche Namen. Er wird gesucht wegen Menschenhandel, Förderung der Prostitution, Vergewaltigung, Raub, und so weiter. Er hatte ein ganz schönes Strafregister beieinander.«

»Wen hat er denn in Dänemark umgebracht?«, fragte Trevisan interessiert.

Kleinschmidt faltete den Bogen Papier auseinander, den er in den Händen hielt. »Die Kriminalpolizei in Kopenhagen sucht ihn wegen Mordes an einer Prostituierten und die Kripo in Hjørring bearbeitet einen Fall, bei dem ein Priester umgebracht wurde.«

Trevisan saß in seinem Büro und studierte die Fahndungsauszüge, die ihm Kleinschmidt mitgebracht hatte. Der Mordfall an dem Priester in Hjørring passte genau ins Bild, möglicherweise gelang es sogar, einen Bezug zu ihrem Fall herzustellen.

Auf dem Weg zu Tina begegnete ihm Dietmar Petermann auf dem Gang. »Die Steuerfahndung hat den ganzen Morgen versucht, dich zu erreichen«, sagte er vorwurfsvoll. »Aber du warst ja nicht da und das Handy war auch abgeschaltet.«

»Ich war bei Monika, wie du weißt«, erwiderte Trevisan verschnupft.

»Elbers und Kranewitt sind ausgeflogen. Die Büros wurden offensichtlich zuvor ausgeräumt. Wir kamen zu spät.«

»Und Behrends?«

»Da reichen die Beweise nicht aus«, erklärte Dietmar.

Trevisan dachte an die gestrige Nacht, an seinen Besuch bei Behrends. Er hatte einen Fehler gemacht.

*

Der Donnerstag hatte mit einem kräftigen Gewitter am frühen Morgen Einzug gehalten. Trevisan war gegen vier Uhr wach geworden und hatte aus dem Fenster geblickt. Draußen zuckten grelle Blitze am Himmel und der heftige Wind rüttelte an den Bäumen. Ihn befiel ein flaues Gefühl im Magen, als er an seinen Flug und die kleine, anfällige Maschine dachte. Mit Unbehagen legte er sich wieder in sein Bett. Als es hell wurde und er erwachte, hatte sich das Gewitter verzogen und die Sonne schien. Der Himmel war nahezu wolkenlos und ein lauer Wind blies über das Land. Trevisan atmete auf.

Sie fuhren gegen neun Uhr zum Flugfeld hinaus, der Pilot wartete bereits vor dem Abfertigungsgebäude. Trevisan stieg aus dem Wagen und blickte sich zuerst argwöhnisch um. Wiederum waren nicht mehr als drei Autos auf den Parkplätzen abgestellt.

»Das war eine Aufregung vor zwei Tagen«, begrüßte sie der Pilot. »Ich habe mich schon überall umgeschaut. Habt ihr die Kerle erwischt?«

Diesmal stand kein Flugzeug vor dem Hangar. »Wo ist die Maschine?«, fragte Trevisan.

»Ich habe sie hinter dem Gebäude abgestellt«, antwortete der Mann und wies mit dem Finger auf den großen Backsteinbau. »Ist vielleicht sicherer.«

Aber diesmal blieb es ruhig. Als sie auf das Vorfeld hinaustraten, blieb Trevisan überrascht stehen. Eine stromlinienförmige Maschine in Blau und Weiß, mit zwei Propellern und einem komfortablen Einstieg wartete auf sie.

»Was ist den mit der Cessna?«, fragte Trevisan.

»Wir fliegen heute erste Klasse«, antwortete der Pilot. »Die Beech ist ein bisschen besser ausgestattet.«

»Ich hoffe, das übersteigt nicht unser Budget«, witzelte Tina.

»Es kostet den gleichen Preis«, sagte der Pilot. »Die Cessna ist in Reparatur. Sie hat beim Start ihre Cockpittür verloren.«

Entsetzt starrte Trevisan den Piloten an.

Der lächelte. »Ach das macht gar nichts. Die Tür hängt nur an einem kleinen Sicherungsbolzen. Wenn man den verliert, dann fliegt sie eben weg. Es zieht danach ein bisschen im Inneren, aber mehr auch nicht.«

Trevisan war nur mäßig beruhigt, als die Beech eine Viertelstunde später dem Himmel entgegenschwebte. Er saß in einem komfortablen Sessel im Fond und bekämpfte das flaue Gefühl im Magen. Tina hatte er den Copilotensitz überlassen. Er wollte gar nicht sehen, in welche Höhen sich die Maschine schraubte.

*

Trevisan hatte einen distinguierten Herrn mittleren Alters mit kurzen Haaren und dunklem Anzug erwartet. Doch der Mann, der in der General Aviation auf ihn und seine Begleiterin wartete, trug eine abgerissene Jeans, ein helles T-Shirt mit einer bunten Blume auf der Brust und abgetragene weiße Turnschuhe. Seine langen blonden Haare hatte er zu einem Zopf zusammengebunden. Trevisan schätze ihn nicht älter als dreißig.

»Hi, ihr seid die Polizisten aus Wilhelmshaven?«, sagte er selbstsicher in akzentfreiem Deutsch. »Ich bin Jan Simac.«

Vor der kleinen Ankunftshalle des Viborger Flugplatzes stand ein alter, verbeulter Wagen. Der einstmals schwarz glänzende Lack war stumpf. Ein alter Volvo aus den späten Sechzigern. Trevisan zögerte.

Jan Simac lächelte. »Ich hoffe, Sie sind nicht enttäuscht, wahrscheinlich dachten Sie, ich würde eine Soutane tragen?«, fragte er, den Blick auf Tina gerichtet.

Trevisan räusperte sich. »Ehrlich gesagt, ja …«

»Gut, ich bin bestimmt nicht der Prototyp eines Kirchenmannes«, fiel ihm Simac ins Wort und setzte sich hinter das Steuer, »aber mein Aussehen hat mir schon mehr geholfen als geschadet. Und keine Angst, die Karre ist gut in Schuss.«

Simac steuerte den Wagen auf die schmale Landstraße. Die Fahrt führte durch Wälder, an Wiesen vorbei, immer weiter in die Einsamkeit. In einem Wäldchen bog Simac in einen schmalen Feldweg ein. *Borghold* stand auf einem hölzernen Schild.

»Wohin fahren wir?«, fragte Trevisan, nachdem der Wagen über den schlechten Weg durch tiefe Löcher geholpert war.

»Zu meinem Haus, da können wir reden«, antwortete Simac. Schließlich kamen sie auf eine breite Lichtung mitten im Tannen und Kiefernforst. Ein Blockhaus stand im grünen Gras. Auf Trevisan wirkte es wie eine Pionierfarm aus den Anfängen des Wilden Westens.

Zwei riesige, schwarze Hunde stürzten auf den Volvo zu. Trevisan blieb regungslos sitzen, während Simac ausstieg und seine vierbeinigen Freunde begrüßte. »Das sind Flic und Flac, sie sehen gefährlich aus, sind aber absolut harmlos.«

Schließlich öffnete Trevisan vorsichtig die Beifahrertür. Sofort sprang eine der Doggen auf den Wagen zu. Neugierig wartete der Hund, bis Trevisan langsam und bedächtig, einen Fuß nach dem anderen, wie in Zeitlupe ausgestiegen war. Dann kam der schwarze Riese näher und schnüffelte.

»Nur keine Angst«, sagte Simac. »Wenn er Ihren Duft erst einmal eingefangen hat und merkt, dass Sie ein Freund sind, dann trollt er sich wieder.«

»Und wenn nicht?«

»Ich habe Verbandszeug im Haus«, scherzte Simac.

Eine Viertelstunde später ließ sich Trevisan auf dem kleinen, roten Sofa nieder, das mitten in dem geräumigen Zimmer stand. Es war der einzige Raum im Untergeschoss. Eine steile Stiege führte nach oben.

»Sie müssen sich mit Ihrer schönen Begleiterin ein Bett teilen«, sagte Simac.

»Ich nehme die Couch, wenn es recht ist«, antwortete Trevisan.

»Dann werde ich wohl bei Ihrer Kollegin schlafen müssen«, konterte der Däne. »Ich habe nur zwei Zimmer, aber dafür ist es hier draußen schön ruhig und friedlich.«

Simac ging nach draußen, um selbst hergestellten Waldbeerensaft zu holen. Dann verschwand er in der Küche und bereitete einen Eintopf zu. Tina und Trevisan warteten ungeduldig auf ihn. Trevisan flüsterte ihr zu, dass er nicht viel von dem komischen Vogel erwartete. Doch Simac schien zu hören wie ein Luchs.

»Wir reden, wenn unsere Bäuche gefüllt sind«, rief er. »Da fällt es viel leichter. Sie werden sehen, dass sich Ihre Reise lohnt.«

»Sie sind wohl gerne in der Einsamkeit«, antwortete Trevisan. Doch Simac kochte unbeirrt weiter und pfiff ein fröhliches Liedchen vor sich hin.

Nach dem vorzüglichen Essen drehte sich der Däne fingerfertig eine Zigarette, nahm drei, vier tiefe Züge und lehnte sich gemütlich zurück. »Also, dann erzählen Sie mal.«

Trevisan holte ein paar Klarsichthüllen aus seiner Reisetasche und reichte sie Simac. Der Däne musterte jedes Papier mit solch einer Ruhe, dass Trevisan ungeduldig mit seinen Fingern auf dem Oberschenkel trommelte. Die Miene des jungen Mannes verriet nichts. Stoisch fixierte er die Unterlagen, als wolle er jede Einzelheit in sich aufsaugen.

Plötzlich warf Simac die Dokumente auf den Tisch und erhob sich. Aus einer Kommode, über der ein Ölgemälde vier Rosen in einer Vase gefangen hielt, zog er eine Dokumentenmappe hervor. Er reichte sie Trevisan.

Aufmerksam blätterte Trevisan in der Mappe. Sein Atem stockte, als er die Bilder der drei Mädchen fand, von denen Lesch damals gesprochen hatte. Maria Souza da Marques war das Mädchen auf der rechten Bildseite. Sie lag am Boden und starrte mit ihren weit geöffneten Augen in die Kamera. Trevisan erkannte sie sofort. Maria war tot. Trevisan reichte den Ordner an Tina weiter.

»Mats Lundgren aus Hjørring«, sagte Simac in die lastende Stille.

»Wie bitte?«, fragte Trevisan.

»Der Kopf. Es ist der Kopf von Mats Lundgren. Ein ehemaliger Kollege von Ihnen. Das Polizeiamt in Hjørring war seine Dienststelle. Er bearbeitete damals den Suizid der Mädchen – die Ermittlungen erbrachten keine Anhaltspunkte auf eine Fremdbeteiligung. Schließlich stellte der zuständige Ermittlungsrichter das Verfahren ein. Der Tod der drei wurde als ritueller Selbstmord eingestuft. Mats war aber überzeugt, dass jemand dafür verantwortlich war. Ein paar Monate später wurde er pensioniert und versuchte auf eigene Faust an dem Fall weiterzuarbeiten. Er ist damals zu unserer Organisation gekommen. Wir unterhalten eine Beratungsstelle für Sektenopfer in Viborg. Er und ich haben zusammengearbeitet. Im Frühjahr machte er Urlaub. Er war ein begeisterter Segler und machte einen Segeltörn. Seine Frau begleitete ihn. Er ist nie zurückgekommen.«

»Ich habe das Bild des Kopfes nach Esbjerg geschickt«, warf Tina ein. »Es gab offenbar keine Vermisstenmeldung.«

»Doch, es lag eine vor«, erklärte Simac. »Aber im Juli wurde die Yacht vor den Nordfriesischen Inseln geborgen. Sie war leckgeschlagen und wohl Wochen zuvor in schwerer See gesunken. Wer zur See fährt, weiß, was das bedeutet. Die Lundgrens wurden für tot erklärt und der Fall abgeschlossen.«

Trevisan nickte. »Was können Sie mir über die Machenschaften dieser ominösen Sekte berichten?«

Simac griff erneut zu seinem Tabak. »Wir waren ganz dicht an ihnen dran. Damals in Hjørring. Aber sie sind spurlos verschwunden. Sie haben alle Hinweise vernichtet. Wir vermuteten, dass sie nach Grönland gegangen sind.«

»Ermittelt die Polizei gegen die Leute?«

Simac lächelte kalt. »Man kann keinem trauen. Warum, glauben Sie, lebe ich hier draußen in dieser Abgeschiedenheit? Seit ich den Spuren Uthers folge, wurden bereits drei Anschläge auf mich verübt. Ein Kollege, ein Priester aus Hjørring, wurde vor einem Jahr ermordet. Vom Täter fehlt jede Spur. Obwohl wir wissen, dass die Sekte dahintersteckt.«

»Sigurd Janson«, bemerkte Trevisan.

Simac schaute entgeistert. »Woher …«

»Er war es, der das Attentat vor zwei Tagen auf uns verübte und meine Kollegin verletzte. Er hat auf der Flucht einen Unfall gebaut. Ein Russe hat ihn begleitet. Der Russe war sofort tot, Janson starb in der Nacht im Krankenhaus. Er lebte unter falschen Personalien auf Norderney.«

»Dann stimmt es doch?«, sagte Simac nachdenklich.

»Was meinen Sie?«

»Deutschland ist ihr Rückzugsgebiet«, erklärte Simac.

»Nicht nur ihr Rückzugsgebiet«, erwiderte Trevisan. »Sie waren bei uns ebenso aktiv. Sie haben sogar einen Club gegründet. Einen Verein zur Pflege des nordischen Brauchtums. Sie haben damit Geld gescheffelt.«

»Ich weiß, ich wusste nur nicht, dass sie ihre Helfershelfer in Deutschland parken.« Jan Simac erhob sich und ging zum

Fenster. Er warf einen skeptischen Blick nach draußen. »Haben Sie eine Waffe?«

Trevisan schüttelte den Kopf. »Sind wir in Gefahr?«

»Sie sind in Gefahr«, sagte Simac trocken. »Sie sind der Bote des Kummersteins.«

Trevisan blickte Simac ratlos an.

Tina hatte inzwischen die Akte durchgeblättert. »Wie stark schätzen sie die Gruppe?«

»Einhundertfünfzig, zweihundert«, antwortete Simac. »Ich weiß es nicht genau.«

»Kummerstein«, murmelte Trevisan. »Sie meinen den Kometen?«

Simac griff nach dem Aktenordner. Draußen bellten die Hunde. Sofort rannte Simac an einen Wandschrank in der Ecke und holte eine lange Flinte hervor. Er stürzte erneut zum Fenster.

Trevisan bekam eine Gänsehaut. Die Nacht legte sich langsam über den Wald und die Schatten wurden länger. Die Nadelbäume wiegten sich im sanften Wind. Sonst war nichts zu sehen.

»Wenn Sie nicht mehr sind, dann wird die Gruppe überleben«, flüsterte ihm Simac zu.

Trevisan spähte nach draußen. »Ich verstehe nicht …«

»Das Blutopfer der drei Jungfrauen diente nur dem Zweck, den Kummerstein zu besänftigen. Doch der schickte seinen Boten, um den Clan zu bekämpfen. Für die Gruppe stellen Sie eine große Bedrohung dar. Entweder müssen Sie sterben, oder es gelingt ihnen, Ihre Kraft zu erschüttern. Es gibt eine Überlieferung – vor mehr als 1500 Jahren wurden Uthers Gefolgsleute beinahe gänzlich vernichtet. Auch damals soll der Komet das Sternbild des Drachens gekreuzt und seinen Boten ausgesandt haben. Sie wurden vernichtet, weil sie nicht bereit waren, ihre Kinder zu opfern. Nur der feste Glaube und die Reinheit der Seele hätten das Unheil abgewehrt. Doch ihre Herzen waren nicht rein.«

»Der Bote des Kummersteins?«, wiederholte Trevisan nachdenklich. »Offenbar hat auch diesmal der Stein das Opfer verschmäht.«

»Ja, denn auch diesmal war das Opfer nicht rein. Eins der drei Mädchen war schwanger.«

»Maria?«

Jan Simac nickte. Die Hunde bellten erneut.

»Gehen Sie zum Schrank«, forderte Simac Trevisan auf. »Es steht ein Gewehr darin und ein Revolver liegt in der obersten Schublade. Ich glaube, wir sind hier draußen nicht mehr allein. Sie müssen bemerkt haben, dass Sie kommen.«

»Das ist doch Blödsinn«, antwortete Trevisan, dem das Herz bis zum Hals schlug.

Tina hatte sich nun ebenfalls erhoben und war zum Fenster gegangen.

»Sagt Ihnen der Name Lug etwas?«, fragte Simac.

Trevisan überlegte. Es kam ihm vor, als habe er diesen Namen schon einmal gehört. Doch er kam nicht darauf, in welchem Zusammenhang.

»Lug ist ihr geistiger Führer«, erklärte Simac. »Er soll der Legende nach die Wiedergeburt eines der Nachfahren Uthers sein. Sie wissen, wer Uther war?«

Trevisan nickte. »Ein keltischer Fürst.«

Jan Simac spähte erneut aus dem Fenster. »Nach seinem Tod trat sein Erstgeborener an seine Stelle, doch der wurde ermordet. Intrigen und Machtkämpfe waren damals an der Tagesordnung. Seine Nachfahren und Brüder wurden versklavt. Eines Tages gelang einigen die Flucht. Garth führte sie an, ein Druide und Vertrauter Midirs, Uthers Zweitältestem. Sie stahlen die Drachenboote ihrer Herren und machten sich davon. Über vierzig Tage fuhren sie über die eisige See. Viele starben, doch schließlich trafen sie auf Land. Dort ließen sie sich nieder.«

»Grönland?«, fragte Trevisan.

»Ja, Grönland. Sie siedelten dort, doch es heißt in der Legende, dass Igantor, ein mächtiger Zauberer und einstiger Widersacher Uthers, sie verfluchte. Er wünschte ihnen die drei Plagen an den Hals. Das Feuer, die Pestilenz und darüber hinaus erbarmungslose Feinde.«

»Hört sich ja wirklich blutrünstig an«, sagte Tina.

»Es geht noch weiter«, sagte Simac. »Nachdem sich die Söhne Uthers an den östlichen Gestaden des Eismeers niedergelassen hatten, war eines Tages ein feuriger Schweif am Himmel zu sehen.«

»Der Kummerstein, der Vorbote des Unheils«, fügte Trevisan hinzu.

»Richtig, ein Komet und auch noch im Haus des Drachen, dem Sternbild, das die Söhne Uthers als Haus des Pendragons kannten. Die Sterne dort waren die Geister der Ahnen.«

»Das sind Geschichten, nichts als Geschichten«, wandte Trevisan ein.

»Traurige Geschichten, Legenden«, entgegnete Simac. »In jeder Legende steckt ein wahrer Kern.«

»Das mag sein, aber für mich ist es unfassbar, dass erwachsene Menschen daran glauben.«

»In der Bibel stehen ebenfalls Geschichten. Sind Sie gläubig, Herr Kommissar?«

Trevisan zuckte mit den Schultern.

Jan Simac lächelte. »Auf alle Fälle deutete Garth, der Seher, den Kummerstein als Teil von Igantors Fluch. Und gegen jeden Fluch gibt es ein Mittel, doch dieses Mittel war grausam. Garth verlangte von den drei Brüdern, den Nachfahren Uthers, das Liebste, Reinste und Erhabenste zu opfern, das sie besaßen. Ihre Erstgeborenen.«

Tina verzog das Gesicht.

»Ja, so ungefähr müssen die Brüder auch reagiert haben. Sie lehnten die Opferung ab und so brach wenig später das Schicksal über sie herein. Zuerst kam ein großes Feuer über sie und zerstörte ihre Palisaden. Viele starben. Der Rest wurde durch eine unheilbare Krankheit dahingerafft und wer bis dahin noch lebte, der starb durch die Angriffe der Feinde, die nun Morgenluft gewittert hatten, nachdem sich die Zahl von Midirs Gefolgsleuten drastisch verringert hatte.«

»Und alles nur, weil sie ihre Kinder liebten«, kommentierte Trevisan.

»Nein, weil sie wider ihren Glauben handelten«, erklärte Simac. »Alle starben. Nur ein kleines Kind, der Sohn Midirs, überlebte. Es wurde der Legende nach auf wundersame Weise durch einen Wolf gerettet. Trotz der Suche nach ihm verlor sich die Spur des Kleinen.«

»Wahrscheinlich hat der Wolf ihn gefressen«, sagte Trevisan trocken.

»Das mag wohl so gewesen sein«, erwiderte Simac. »Der Junge hatte übrigens einen Makel oder besser gesagt, ein Zeichen. Er hatte eine Narbe auf der Stirn. Ein Mal in Form eines Sterns.«

Erneut bellte einer der Hunde. Hastig schauten sie wieder aus dem Fenster.

»Was geht hier nur vor?«, murmelte Simac.

Drei Augenpaare suchten gebannt den Waldrand ab. Niemand war zu sehen, aber irgendetwas musste da draußen sein. Die Hunde bellten erneut, doch auch sie wagten es nicht, sich dem Wald zu nähern.

*

Der Hagere beobachtete das Haus mit wachen Augen. Sein Blick durchdrang den dunklen Schleier. Sie waren früh gekommen. Er hatte so früh nicht mit ihnen gerechnet.

Sie waren zu zweit, dennoch musste er handeln, ihm blieb keine Zeit, wenn er den Clan retten wollte. Weiteren Verrat würde er nicht dulden. Was war bloß mit dem Alten los? Erinnerte er sich nicht mehr an die Weissagung? Er hatte doch das Buch damals selbst aus dem Eis befreit. Es war wie ein Wunder gewesen. Das Eis hatte die Seiten konserviert, als wären sie erst gestern geschrieben worden. Die Botschaft darin war klar. Das Schicksal würde sich wiederholen, so lange, bis die Offenbarung von Garth dem Wahrhaftigen erfüllt und die reinen Opfer dargebracht würden.

Sie hatten das Opfer dargebracht, aber es war nicht rein gewesen. Er hatte es geahnt, er hatte es befürchtet. Sein eigener Sohn trug die Schuld am Niedergang. Doch noch war es nicht zu spät, noch war der Stein auf seinem Weg durch das dunkle All.

Ein Wagen fuhr an ihm vorbei. Er duckte sich tief hinter das Gebüsch. Der schwarze Golf stand noch immer in der Einfahrt.

37

Schatten huschten durch die Nacht. Jede Bewegung, jedes Schwingen eines Astes, jedes Schaukeln eines Busches, jedes Wiegen eines Baumes wurde zu einer gespenstischen Erscheinung. Trevisans Sinne waren zum Zerreißen gespannt. Die Hunde blieben den Rest der Nacht über ruhig, dennoch verließ Trevisan den Platz am Fenster nicht. Gebannt starrte er in die dunkle Stille. Tina Harloff schlief unruhig auf der Couch und Jan Simac hatte sich in den kleinen Vorratsraum zurückgezogen, damit er die Rückseite des Hauses beobachten konnte.

Trevisan dachte an Paula. Morgen früh, noch vor dem Frühstück, würde er sie anrufen. Es wäre ihm lieber, wenn sie die nächsten Tage bei Tante Klara oder bei ihrer Freundin Anja verbrächte. Simacs Erzählungen hatten ihm Angst gemacht. Er war ein Mensch, der mit beiden Beinen fest auf der Erde stand. Mystisches und Übersinnliches waren ihm fremd, doch angesichts ihrer Situation lief ihm ein kalter Schauer über den Rücken.

»Woran denkst du?«, hörte er Tinas Stimme.

Trevisan wandte den Kopf und sah im schummrigen und flackernden Licht der Petroleumlampe, dass seine Kollegin sich auf die Couch gesetzt hatte und ihn stumm beobachtete. »Was hast du gesagt?«

»Was willst du morgen tun?«, fragte sie.

Trevisan überlegte. Sein Blick streifte den Waldrand. »Wir fahren nach Hjørring. Ich muss mit der dortigen Polizei sprechen. Sie müssen uns Akteneinsicht gewähren.«

»Du hast doch gehört, das Verfahren wurde eingestellt«, entgegnete Tina.

»Das wird sich ändern, sobald wir ihnen unsere Ermittlungsergebnisse auf den Tisch gelegt haben«, erwiderte Trevisan grimmig.

Tina nickte. »Glaubst du wirklich, dass da draußen jemand ist?«

Trevisan umklammerte das Gewehr. »Ich weiß es nicht. Versuch zu schlafen, die Nacht ist bald vorbei.«

»Und du?«

»Ich kann nicht schlafen, es geht mir zu viel im Kopf herum. Außerdem habe ich versucht, Paula zu erreichen, aber zu Hause nimmt niemand ab.«

Sie waren früh aufgebrochen und über die Autobahn in den Norden Jütlands gefahren. Die Nacht war ohne weitere Zwischenfälle vergangen. Trevisan war gegen Morgen eingeschlafen. Nun schmerzte sein Rücken. Jan Simac war von den nächtlichen Strapazen nichts anzumerken. Er wirkte fröhlich und ausgeglichen wie am gestrigen Tag.

Die Fahrt dauerte knapp zwei Stunden und führte über Randers und Alborg nach Hjørring. Als sie kurz hinter Randers auf die Autobahn einbogen, war Trevisan eingeschlafen und wachte erst wieder auf, als Jan Simac den Volvo über die Pflastersteinstraße auf das Polizeiamt von Hjørring zusteuerte, um auf dem kleinen Parkplatz unterhalb der Kirche zu parken.

»So, wir sind da!« Jan Simac stellte den Motor ab.

Trevisan wischte sich die Müdigkeit aus den Augen und richtete sich auf. In der Nacht hatte er Simac noch alles erzählt, was er über den Kummerstein in Erfahrung gebracht hatte. Nun hatte Simac endlich eine Erklärung für das Untertauchen der Gruppe in einem sicheren Versteck. Er nannte es das Martyrium des weißen Weges, damit meinte er den Umstand, dass die Söhne Uthers ihre abgestammten Plätze um Hjørring verlassen hatten, um sich irgendwo in ein sicheres Exil zurückzuziehen. Trevisan hoffte, dass sie ihr Versteck schnell finden würden.

Das große und erhabene Gebäude aus grauem Stein erschien wie aus dem vorigen Jahrhundert. Hätte nicht auf einem blauen Leuchtschild *POLITI* gestanden, dann hätte Trevisan es für ein Museum gehalten.

Tina war bereits ausgestiegen. Sie streckte sich die Müdigkeit aus ihren Gliedern.

»Was wollen Sie denen jetzt erzählen?«, fragte Jan Simac, als er den Wagen verschloss.

Trevisan griff zu seiner Aktentasche. »Das Gleiche, was ich Ihnen gesagt habe«, antwortete er und ging auf die Stufen der mächtigen Treppe zu.

Sie mussten warten, nachdem sie dem Beamten an der Pforte den Grund ihres Besuches genannt hatten. Es dauerte eine ganze Weile, bis endlich ein Mann in grauem Anzug erschien. Trevisan musterte den etwa gleichaltrigen Beamten.

Der Mann sprach Dänisch, Jan Simac führte das Wort. Schließlich öffnete der Mann die Sicherheitsglastür und führte die Besucher ins Innere des Gebäudes. Eine kirchenartige Halle erwartete sie. Sie durchwanderten lange Flure, stiegen über die steilen Treppen und gelangten schließlich bei einem Büro im vierten Stockwerk an. Der Beamte bat die drei, im Flur zu warten, und verschwand hinter der rotbraunen und schweren Holztür.

Es dauerte weitere fünf Minuten, bis er endlich wieder erschien und sie hereinbat.

»Sie sind von der Polizei in Deutschland?«, fragte ein dunkel gekleideter Herr mit einem grauen Haarkranz, der hinter einem altertümlichen Schreibtisch stand und eine Zigarre rauchte. Das Zimmer ähnelte dem Salon eines gediegen eingerichteten Wohnhauses. Schwere Teppiche bedeckten den Boden. An holzvertäfelten Wänden hingen riesige Gemälde, die Jagd und das Meer waren die beherrschenden Szenen. Trotz der großen Fenster wirkte der Raum düster.

Trevisan legte seinen Dienstausweis auf den Schreibtisch. »Martin Trevisan. Kripo Wilhelmshaven, Mordkommission.«

Der Grauhaarige wartete, bis ihm sein Kollege den Ausweis reichte. Er warf einen prüfenden Blick darauf. Schließlich umrundete er das Mahagoniunikum und streckte Trevisan die Hand entgegen. »Ich bin Superintendent Christian Nielsen und das ist mein Kollege Kommissar Loyen«, sagte er in beinahe akzentfreiem Deutsch. »Sie sagten, Sie hätten Neuigkeiten über einen ehemaligen Kollegen von uns?«

Trevisan missfiel Nielsens Art. Das Interesse klang geheuchelt. Er zog die Akte aus seiner Tasche hervor, die er bereits Jan Simac gezeigt hatte, und gab sie Nielsen. Dessen Lächeln gefror, als er das Bild von Mats Lungrens Kopf sah.

»Woher haben Sie …«

»Wir haben ein Haus in Deutschland durchsucht, wir fanden den Kopf in einer Art Schatzkammer«, erklärte Trevisan. »Er ist konserviert worden. Das muss einen Grund haben.«

»Sind Sie offiziell in Dänemark?«, fragte Nielsen. »Ich kann mich gar nicht erinnern, dass uns das Ministerium von einem Besuch aus Deutschland berichtete.«

Trevisan zuckte mit den Schultern. »Wir können auch wieder gehen.«

Nielsen gab seinem Kollegen ein Zeichen. Schnell sorgte er dafür, dass drei Stühle vor dem Schreibtisch bereitgestellt wurden. Loyen selbst holte sich einen kleinen Schemel und platzierte sich neben dem Schreibtisch.

»Also, erzählen Sie!«, forderte Nielsen Trevisan auf, nachdem sich alle gesetzt hatten.

»In Ihrem Dienstbezirk wurden am ersten November des vergangenen Jahres drei tote Mädchen aufgefunden«, sagte Trevisan. »Zwei der Mädchen stammten aus Südamerika, die dritte war Asiatin.«

»Wir kamen zu dem Schluss, dass die Mädchen sich selbst umgebracht haben«, wandte Loyen überrascht ein.

Trevisan ignorierte den Zwischenruf. »Ein paar Monate später, nachdem das Verfahren eingestellt worden war, da eine Selbsttötung vermutet wurde, schied der ermittelnde Beamte Mats Lundgren aus dem Dienst. Allerdings war er nicht von der Selbstmordtheorie überzeugt. Er ermittelte auf eigene Faust. Dabei machte er die Bekanntschaft von Jan Simac.«

Jan Simac verbeugte sich leicht.

»Simac, ich verstehe«, entgegnete Nielsen überheblich. »Sie sind uns kein Unbekannter. Sind Sie immer noch hinter den Sektierern und Teufelsanbetern her?«

»Im April verschwand Mats Lundgren spurlos«, fuhr Trevisan unbeirrt fort. »Jeder dachte, er wäre auf einem Segeltörn verunglückt. Doch das ist ein Irrtum. Er wurde ermordet. Wir gehen davon aus, dass ein reicher Industrieller aus

Deutschland sein Mörder war. Er heißt Simon Halbermann und wohnte in Wilhelmshaven. Die meiste Zeit verbrachte er aber in Dänemark.«

Nielsen hatte die Hände vor der Brust verschränkt. »Sie sagten, er wohnte in Wilhelmshaven. Soll das heißen, dass er verhaftet wurde?«

»Simon Halbermann ist tot«, stellte Trevisan klar. »Er starb bei einem Flugzeugabsturz über der Nordsee, seine Leiche wurde nicht gefunden. Wir fanden lediglich seine Frau in dem Flugzeugwrack.«

Loyen richtete sich auf. »Sie glauben, dieser Halbermann hat unsere Mädchen umgebracht?«

»Er war nicht alleine«, erwiderte Trevisan.

»Sie wollen uns jetzt aber nicht erzählen, dass eine Sekte hinter der Sache steckt«, bemerkte Nielsen mit einem Lächeln.

Trevisan warf Tina einen resignierten Blick zu. Nielsen war ein sonderbarer Mensch, den offenbar nichts erschütterte. Es würde ein harter Kampf werden, ihn zur Mitarbeit zu bewegen.

Trevisan spielte seinen letzten Trumpf aus. »Ich glaube, die Mädchen starben an einem Medikamentenmix, der auch bei der Sterbehilfe angewandt wird. Eine Mixtur aus Succinylcholin, Psylocibin und Narcobarbital.«

Nielsen warf seinem Kollegen einen fragenden Blick zu. Loyen nickte fast unmerklich.

»Woher wissen Sie das?«, fragte Nielsen.

»Dieser Medikamentenmix wurde auch im Körper von Halbermanns Frau festgestellt«, erklärte Trevisan. »Ich bin sicher, Ihre Gewebeanalyse hat die gleichen Stoffe offenbart.«

Loyen hielt es nicht mehr auf seinem Stuhl. Er erhob sich und wanderte im Zimmer hin und her. »Wir fanden die Spritzen am Tatort. Sie lagen in einer Schatulle. Das Gift hätte ausgereicht, um ein ganzes Regiment einzuschläfern. Aber nichts deutete darauf hin, dass jemand seine Finger in der Sache hatte.

Wir hatten überhaupt keine Anhaltspunkte. Wir wissen bis heute nicht, wer die Toten überhaupt sind.«

»Schon gut, schon gut«, ermahnte Nielsen seinen Kollegen zum Schweigen. »Wir haben die Akten geschlossen und wenn, wie Sie selbst sagten, der Mörder bei einem Flugzeugabsturz ums Leben kam, warum sollten wir das Verfahren neu aufrollen?«

»Der Namen eines der Mädchen steht übrigens in der Akte«, überging Trevisan den Einwand des Superintendenten. »Sie kam als Au-pair-Mädchen nach Deutschland.«

»Und was erwarten Sie jetzt von uns?«, fragte Nielsen.

»Kennen Sie eine Verbindung, die den Namen *Söhne Uthers* trägt?«, fragte Trevisan.

Nielsen und auch Loyen schüttelten ihre Köpfe.

»Adrian Lug, sagt Ihnen der Name etwas?«

Wiederum folgte ein Kopfschütteln.

»Diese Sekte arbeitet mitten in Dänemark«, erklärte Trevisan. »Jan Simac schätzt, dass ihr etwa zweihundert Anhänger angehören. Diese Menschen glauben, dass sie die direkten Nachfahren der Kelten sind, und leben nach deren Glauben. Die Kelten waren mitunter ein grausames Volk. Ihren Feinden schnitten sie die Köpfe ab, ihre Widersacher wurden auf übelste Art und Weise gefoltert und umgebracht.«

Nielsen warf Loyen einen nachdenklichen Blick zu.

»Adrian Lug ist ihr geistiger Führer«, mischte sich Jan Simac ein. »Niemand weiß, wer sich wirklich hinter diesem Namen verbirgt. Wir waren ihnen eine Zeit lang auf den Fersen. Sie lebten auf einem Gehöft in der Nähe der Stadt. Schließlich wurde einer meiner Kollegen ermordet und die Kerle verschwanden. Wir nehmen an, sie haben sich nach Thule zurückgezogen.«

Loyen kratzte sich an der Stirn. »Sie meinen Pfarrer Knudson?«

Simac nickte. »Es war ein Auftragsmord. Sigurd Janson war der Täter. Aber mir fehlten die Beweise. Janson ist vor zwei

Tagen bei einem Anschlag auf den Kommissar in Wilhelmshaven umgekommen. Er lebte unter falschem Namen in Deutschland.«

»Ist das wahr?«, fragte Nielsen, der der Sache offenbar noch immer nicht traute.

»Er hat auf mich geschossen und eine Kollegin von mir schwer verletzt«, bestätigte Trevisan. »Er starb auf der Flucht.«

Nielsen griff erneut nach Trevisans Akte. Nachdenklich blätterte er darin. »Wir werden das Material genau prüfen. Bevor wir eine Großfahndung nach diesem Lug einleiten, müssen wir uns erst sicher sein. Wo können wir Sie erreichen?«

Trevisan zuckte mit den Schultern. Jan Simac griff in seine Hosentasche und holte eine Visitenkarte hervor. »Sie können dort jederzeit eine Nachricht für uns hinterlassen«, sagte er und machte damit deutlich, dass die Unterredung beendet war.

Trevisan war unzufrieden, als er wieder in den Wagen stieg. Er hatte sich mehr von diesem Gespräch erhofft. Erneut griff nach seinem Handy und wählte Paulas Nummer, doch noch immer meldete sich niemand.

*

Er schaute auf die Uhr. Seine Ungeduld wuchs. Noch immer stand der Wagen vor dem Haus. Eigentlich hatte er noch warten wollen, aber die Zeit drängte.

Die Lichter in den Nachbarhäusern schimmerten durch die Rollläden hinaus in die Dunkelheit. Er war wie ein Schatten, der zwischen den Büschen und Bäumen herumstrich. Langsam näherte er sich dem kleinen Reihenhaus. Seinen Wagen hatte er in einer Seitenstraße abgestellt.

In seiner Jackentasche fühlte er den kalten Stahl der geladenen Pistole. Er musste vorsichtig sein. Nur keine Nachbarn aufschrecken. Er hoffte inständig, dass kein Hund in der Nachbarschaft lebte. Doch es blieb still, als er durch die Sträucher drang und das Grundstück betrat, bis auf die Stimmen der Nacht – ein entfernt vorbeifahrendes Auto, der Ruf eines Nachtvogels und das leise Säuseln des Windes. Die Fenster im Haus waren unbeleuchtet. Als er näher kam, hörte er die leise Musik, die aus einem zurückgestellten Fenster im Obergeschoss nach draußen drang. Nicht laut, aber trotzdem nützlich. Er schlich an der Hauswand entlang und suchte nach einer Gelegenheit, lautlos einzudringen. Aber hier unten schienen die Fenster geschlossen. Auch die Terrassentür bot keine Möglichkeit.

Er umrundete das Haus und schlich zur Garage. Dann entdeckte er ein kleines Fenster, das gekippt war. Hinter der Garage standen ein paar Eimer. Sorgfältig prüfte er sie auf ihre Festigkeit. Sie würden sein Gewicht aushalten. Er stellte sie unterhalb des Fensters auf und stieg darauf. Nun hatte er die richtige Größe. Er schob die Hand durch Öffnung, aber er blieb mit dem Jackenärmel hängen und brauchte drei weitere Versuche, bis er ihm gelang, die Verriegelung von innen zu öffnen. Mit sanftem Druck schob er das Fenster zurück. Er brauchte all seine Kraft, um sich hochzuziehen. Er schwitzte, als er über den Toilettendeckel in das Innere des kleinen Raumes stieg.

Er griff in die Tasche. Das Fläschchen war heil geblieben. Tief atmete er ein. Dann holte er die Walther PPK hervor. Leise öffnete er die Tür. Im fahlen Schein der Straßenlampe, der durch die Glastür ins Innere des Hauses drang, schlich er in den Flur. Die Musik kam von oben, dort musste sich das Mädchen aufhalten.

Der Treppenaufgang lag direkt neben der Toilette. Er nahm Tritt für Tritt der Holzstufen und schaute wachsam nach oben, aber dort blieb alles ruhig.

Die Musik wies ihm den Weg. Die Tür zum Zimmer war geschlossen. Er lauschte angestrengt, doch außer der Musik war nichts zu hören.

Vorsichtig legte er die Hand auf die Klinke. Sollte er einfach ins Zimmer stürmen und sich auf die beiden stürzen? Würden sie sich von seiner Pistole überhaupt beeindrucken lassen?

Plötzlich polterte es in dem Zimmer. So, als wäre irgendetwas heruntergefallen. Er drückte sich in die Ecke neben der Tür. Noch immer dudelte drinnen die Musik. Auf einmal wurde die Tür aufgerissen. Licht drang nach außen.

»… bin gleich wieder da«, sagte der Junge und trat in den Flur. Er hastete eilig zur Tür neben der Treppe.

Als der Junge im Raum nebenan verschwunden war, warf der Hagere einen Blick in Paulas Zimmer. Sie lag auf dem Bauch und trug lediglich einen Slip und ein blaues T-Shirt. Das war die Gelegenheit. Er holte das Fläschchen aus der Jackentasche und tränkte den Wattebausch, den er in der anderen Tasche mitgeführt hatte, reichlich mit der Flüssigkeit, sprang in das Zimmer und warf sich auf das ahnungslose Mädchen. Sofort drückte er ihr den Wattebausch auf den Mund. Ihr kurzer Widerstand erlahmte, ihr leises Stöhnen ging in der Musik aus dem Radio unter. Schließlich sank sie ohnmächtig zusammen.

»Hey, was machen Sie da?!«

Der Hagere sprang auf, umklammerte die Pistole und wirbelte herum. Er traf den Jungen mit der Waffe in der Hand direkt unterhalb der rechten Schläfe. Der Junge sackte zusammen. Schon war der großgewachsene Mann über ihm, doch der Junge rührte sich nicht mehr.

38

Ein Glück, dass der Junge den Schlüssel für den schwarzen Golf auf dem kleinen Schreibtisch in der Ecke abgelegt hatte. Einen Körper mit völlig erschlafften Muskeln zu schleppen, war wesentlich schwerer, als jemanden zu tragen, der bei Besinnung war. Obwohl er das Mädchen nur die Treppe hinunter und den Flur entlang hinaus in den Vorgarten bis zu dem Wagen bringen musste, brach ihm der Schweiß aus. Bevor er selbst einstieg, vergewisserte er sich, dass das Mädchen noch immer schlief. Doch er musste sich keine Gedanken machen, die Dosis hätte einen Elefanten umgehauen. Er deckte sie mit einer Decke zu und startete.

Die Fahrt endete nach einer Weile in einem Wohngebiet. Er parkte im Schatten einer großen Ulme. Bevor er den kleinen Fußweg entlangging, prüfte er noch, ob alle Türen und auch die Heckklappe verschlossen waren.

Die Villa lag hinter hohen Bäumen und Büschen verborgen. Er näherte sich dem Gebäude von der Rückseite, niemand durfte ihn sehen. Gewandt überstieg er den Zaun. Ein Gebüsch deckte ihn. Er kannte sich hier aus. Und er wusste, dass Gunther Behrends zu Hause war, schließlich hatte er vor wenigen Stunden mit ihm telefoniert.

Er näherte sich einem Fenster, aus dem Licht schien, und warf vorsichtig einen Blick hinein. Gunther Behrends lümmelte auf einer Ledercouch, rauchte eine Zigarre und hielt ein Cognacglas in seiner Hand. Er war alleine.

Er klopfte leise gegen das Fenster. Gunther Behrends erschrak und sprang auf. Beinahe hätte er seinen Cognac verschüttet. Dann erkannte Behrends die dunkle Gestalt, die vor dem Fenster stand, und lotste ihn mit einer Geste zur Verandatür.

Behrends öffnete die Glastür. »Du … Bist du verrückt

geworden? Wenn dich jemand hier sieht…! Die Polizei war schon ein paarmal bei mir. Ist dir jemand unterwegs begegnet?«

Der Mann schüttelte den Kopf und betrat das Zimmer.

»Du bist dir hoffentlich im Klaren, dass du uns alle in Gefahr bringst«, sagte Behrends und schloss die Terrassentür. Sein nächtlicher Gast ging wortlos ins Arbeitszimmer und ließ den Rollladen herab.

Behrends folgte ihm und schloss leise die Tür. »Wie bist du hierher gekommen?«

»Mit einem Wagen.«

»Über die Grenze?«

»Natürlich, woher sonst?«, bekam er zur Antwort.

»Wenn sie dich hier erwischen, sind wir geliefert«, sagte Behrends.

Der Mann goss sich einen Cognac ein und nahm einen kräftigen Schluck. »Kein Risiko ist zu groß, um der Sache zu dienen.« Er stellte sein geleertes Glas auf den Tisch und wischte mit einem Tuch, das er aus seiner Jackentasche zog, seine Fingerabdrücke ab. »Du musst mit mir zum Flughafen fahren. Ich brauche eine Maschine.«

Behrends wurde kreidebleich. »Das ist unmöglich.«

»Du wirst mir helfen«, sagte der ungebetene Gast gebieterisch. »Denk an deinen Schwur, wenn es auch lange her ist.«

»Der Ehrwürdige hat beschlossen, dass wir uns ruhig verhalten und abwarten. Erinnere dich. Keine Auffälligkeiten.«

Der nächtliche Besucher lächelte. »Der Plan wurde geändert. Hast du noch nichts von den Durchsuchungsaktionen bei den anderen gehört? Zieh dir etwas über, die Zeit drängt.«

Behrends spürte, dass sein Gast keinen Widerspruch duldete. Er holte seine Jacke und zog seine Schuhe an.

Als er sich zur Haustür wandte, hielt ihn sein Besucher zurück. »Wir gehen hinten raus. Dort steht mein Wagen. Du solltest ebenfalls verschwinden!«

Sie fuhren in dem Golf über die dunklen Straßen hinaus ins Auricher Wiesmoor. Nur wenige Wagen begegneten ihnen auf ihrem Weg. Behrends saß auf dem Beifahrersitz. Ihm war nicht wohl bei der Sache. Zwar lag der Flughafen, auf dem seine Cessna stand, mitten in der Einsamkeit einer Moorlandschaft, dennoch wusste er, was auf dem Spiel stand.

Nach knapp vierzig Minuten Fahrzeit stoppte der Golf vor dem kleinen Flughafengebäude. Der Flugplatz lag im Dunkel. Keine Menschenseele weit und breit. Behrends stieg aus und schaute sich um.

»Ist die Cessna betankt?«, fragte sein Begleiter.

Behrends schüttelte den Kopf.

»Dann los, es gilt keine Zeit zu verlieren!«, gebot der Mann kalt.

Zusammen schoben sie die Rolltore des Hangars auf. Behrends war seit Jahren Mitglied im Flugsportclub, der den Flugplatz unterhielt. Seine Schlüssel passten zu allen Gebäuden und auch zur Tankanlage. Während der dunkel gekleidete Mann mit einem elektrisch betriebenen Kleinflugzeugschlepper die Cessna aus der großen Halle bugsierte, aktivierte Behrends die Tankanlage vor der Halle. »Soll ich die Startbahnbeleuchtung einschalten?«, fragte er.

»Wir warten noch«, entschied sein Begleiter.

Der Abgeordnete wartete nervös, bis das Flugzeug vollgetankt war. Schließlich ging er auf den kleinen Tower zu, der neben der Halle angebaut war.

»Wo ist die Landebahnbefeuerung?«, fragte sein Komplize.

Behrends zeigte auf den Turm. »Gleich rechts neben der Tür, du musst nur den großen Hebel umlegen.«

Der Mann nickte und forderte die Schlüssel. »Starte schon mal die Maschine«, befahl er und verschwand in der Dunkelheit.

Behrends klemmte sich hinter das Steuer und begann mit dem Check. Er erschrak, als plötzlich der schwarze Golf unmittelbar neben dem Flugzeug hielt. »Was willst du mit dem Wagen hier?«

Der groß gewachsene, dunkel gekleidete Mann ignorierte die Frage. »Warum läuft der Vogel noch nicht?«

»Ich checke gerade die Instrumente«, antwortete Behrends.

»Dafür ist keine Zeit. Komm her und hilf mir!«

Behrends legte die Checkliste zur Seite und kletterte aus dem Cockpit.

»Pack mit an!«, befahl der Großgewachsene.

Behrends griff arglos in den Wagen. Er bekam etwas Weiches und Kaltes zu fassen. Sofort ließ er wieder los, ihm war klar, was er da in seiner Hand gehalten hatte. Im fahlen Licht erkannte er zwei Arme, die unter der Decke zum Vorschein kamen. »Du bist wohl verrückt!«, schrie er den anderen an. »Wer ist das und was hast du vor?«

Der dunkle Mann zog die Decke vom Gesicht des Mädchens. »Wir müssen seine Macht erschüttern. Du hast es selbst gehört. Es wird ihm die Kraft nehmen, die ihm der Stein verleiht.«

»Du spinnst wohl!«, schrie Behrends. »Wir sollen uns ruhig verhalten, hat der Ehrwürdige entschieden. Trevisan wird nicht ruhen, bis er uns zur Strecke gebracht hat. Verschwinde, ich regle das.«

»Zu viel Politik und Diplomatie vernebeln dir die Sinne und es fehlt dir der Mut zum Handeln«, erwiderte der Großgewachsene. »Du bist ein Diplomat geworden … Adrian Lug ist ein alter Mann, sein Geist löst sich langsam in Wohlgefallen auf. Die Kraft des Ehrwürdigen geht auf seinen ersten Ritter über. So steht es geschrieben. Er wird bald in den Kreis zurückkehren, aber wir müssen hier in dieser Welt ausharren. Und ich werde uns führen, also pack mit an, sonst …«

Behrends trat einen Schritt zurück. »Ich … werde … werde dir nicht … nicht helfen«, stammelte er. »Du hast den Verstand verloren. Du wirst uns alle ruinieren. Wenn wir uns jetzt ruhig verhalten, werden die Ermittlungen bald auf Eis gelegt. Dann ist alles wieder im Lot. Wir sollen nichts riskieren, hat der Ehrwürdige entschieden.«

»Du jammernder und lamentierender Nichtsnutz«, polterte sein nächtlicher Besucher. »Dort, wo bei anderen das Herz sitzt, hast du eine Brieftasche. Du bist durch uns groß geworden, wir haben dich zu dem gemacht, was du heute bist. Nun ist der Tag, die Rechnung zu begleichen. Pack mit an!«

Behrends schüttelte den Kopf. »Ich werde dir bei deinen irrsinnigen Rácheplänen nicht helfen«, schrie er. »Dir ist es gleichgültig, was aus unserer Bewegung wird, es geht dir nur um dich. Es war dein eigener Sohn, der alles verdorben hat. Er hat sich an dem Mädchen vergriffen.«

Der Großgewachsene nahm die Pistole aus der Jackentasche. »Ich habe alles aufgegeben in diesem Leben. Ich habe die Meinigen auf den Weg des roten Martyriums geschickt, um ihre Seele und uns zu retten. Ich habe mein ganzes Leben für unsere Bewegung auf dem Opfertisch dargebracht und nun sagst du zu mir, dass ich nur an mich denke.«

Behrends' ängstliche Augen folgten dem Lauf der Waffe. Mündungsfeuer flammte auf. Ein dumpfer Knall zerriss die Stille. Behrends riss die Augen auf und fasste sich an die Brust, seufzte auf und sank zu Boden.

Eine Viertelstunde später hob die Cessna von dem kleinen Flugfeld am Rande des Wiesmoors ab und verschwand in der tief hängenden Wolkendecke. Behrends' Blut sickerte in die feuchte Wiese.

*

Er kam zu sich, als draußen der Morgen graute. Sein Kopf schmerzte, als ob tausend Hummeln darin umherflogen. Sein Mund war ausgetrocknet. Nikolas Ricken fuhr sich mit der Hand über das Gesicht. Als er die verkrustete Wunde an seiner Schläfe berührte, schrie er auf vor Schmerzen. Er schlug seine Augen auf. Jede Bewegung verursachte neue Schmerzen. Er blickte sich um. Langsam kehrte die Erinnerung zurück. Er lag auf einem weichen Teppichboden. Sein Blick erfasste den kleinen Schreibtisch aus Fichtenholz, den rot-braun karierten Schreibtischstuhl, die silberne Stereoanlage, und blieb auf dem zerwühlten Bett in der anderen Ecke des Raumes haften. Was war eigentlich passiert?

Er hatte mit Paula auf dem Bett gelegen. Sie hatten sich geküsst. Dann war er zur Toilette gegangen. Als er zurückgekommen war, stand ein großer, hagerer und dunkel gekleideter Mann mitten im Raum. Er wusste noch, dass er ihn angesprochen hatte, und der Mann herumwirbelte. An mehr erinnerte er sich nicht.

Wo war Paula? War ein Einbrecher in das Haus eingedrungen?

Mühsam richtete er sich auf. Sein Blick fiel ins Leere. Die Übelkeit wurde übermächtig. Er ließ sich zurücksinken. Sein Atem ging stoßweise. Er wartete ein paar Sekunden, bevor er einen neuen Versuch unternahm, auf die Beine zu kommen. Diesmal schaffte er es bis auf die Knie, doch als er sich erheben wollte, knickten seine Beine ein wie Gummi. Er robbte zum Bett hinüber und benutzte die Seitenteile als Stütze. Seine Wunde pochte, es hämmerte in seinem Kopf. Mit letzter Kraft kam er auf die Beine. Er verharrte abgestützt am Bettpfosten und atmete tief ein.

Wo war Paula, was hatte der Kerl nur mit ihr gemacht?

Ihm fiel ein, dass das Telefon unten im Flur auf dem kleinen Telefontisch stand. Er musste die Polizei rufen. Langsam schleppte er sich zur Tür. Er war noch immer benommen und seine Beine gaben nach. An den hölzernen Türpfosten fing er sich auf, setzte seinen Weg fort und tastete sich an der Wand entlang zur Treppe. Als er hinuntersah, wurde ihm schwarz vor den Augen. Alles um ihn herum schien sich zu drehen, doch er kämpfte dagegen an. Er schob mit aller Macht den Schmerz beiseite und setzte sich auf die Treppe. Es war besser, dachte er, wenn er dieses Hindernis im Sitzen nahm. Also arbeitete er sich voran. Stufe um Stufe. Nur noch wenige Schritte trennten ihn vom Telefon. Der Schweiß lief ihm über die Stirn, und die letzten Reste an Energie wollten ihn verlassen, doch er kämpfte gegen die aufkeimende Ohnmacht an. Er kämpfte für Paula. Endlich hielt er das Telefon in der Hand. Mit zitternden Fingern wählte er die Notrufnummer.

Als er das Gespräch beendet hatte, wusste er nicht mehr genau, was er gesagt hatte, aber er wusste, dass nun bald Hilfe kommen würde. Hilfe für Paula.

*

Trevisan hatte sich sehr über die beiden dänischen Kollegen geärgert. Sie wollten das Material prüfen, was immer das auch heißen sollte. Ihr Interesse schien nicht besonders groß. Gab es in Dänemark keine Straftatenerforschungspflicht für die Polizei, so wie in Deutschland?

»Regen Sie sich nicht auf«, sagte Jan Simac. »Wir sind daran gewöhnt. Ich glaube, die halten uns für Spinner und Phantasten. Sie können einfach nichts damit anfangen, wenn es um mystische Dinge geht. Das schiebt man gerne beiseite.«

Trevisan blickte verwundert. »Es ist doch vollkommen egal, welches Motiv hinter einem Mord steckt, es bleibt trotzdem ein Mord.«

»So mögen Sie empfinden. Aber wer wird schon gerne mit seinen geheimsten Ängsten und dem ganzen abstrusen Wahnsinn dieser Welt konfrontiert?«

Jan Simac beobachtete Trevisan, der einen kleinen Strauß Rosen auf das Grab mit dem schlichten weißen Kreuz legte, den er kurz zuvor aus einem Automaten am Eingang des Friedhofs von Hjørring gekauft hatte.

»Es wird Zeit, dass auf diesem Kreuz die Namen derer stehen, die hier begraben sind«, sagte Trevisan. »Und es wird Zeit, dass wir Druck hinter die Sache machen, die Presse einschalten oder das Fernsehen!«

Jan Simac lächelte. »Sie sind nicht sehr gläubig, oder täusche ich mich?«

Trevisan erhob sich. »Ich habe meinen Glauben an Gott und das Heil in der Welt schon lange verloren«, antwortete er grimmig.

»Das ist aber sehr schade für Sie«, sagte der Däne. »Wenn einem der Glaube abhanden gekommen ist, dann fühlt man an dieser Stelle nur noch eine tiefe Leere. Nichts kann einen festen Glauben ersetzen.«

»Nichts, außer einem großen Keltengott vielleicht?«

»Es ist die Verbitterung, die aus Ihnen spricht.«

Trevisan schmunzelte. »Hoho, hört, hört. Jetzt spricht der Dorfpfarrer aus Ihnen.«

Simac verzog sein Gesicht zu einer Grimasse.

»Weiß man eigentlich, wohin sich der Legende nach die Nachkommenschaft Uthers aufgemacht hat?«, fragte Trevisan.

Simac schüttelte den Kopf. »Das vermag niemand zu sagen. Uther lebte einst in England. Es ist eine Annahme, dass seine Nachfahren nach Grönland flohen. Es könnte aber auch Island oder Norwegen gewesen sein. Manche behaupten sogar, es wäre Dänemark.«

Trevisan fuhr sich über die feuchten Haare. »Lassen Sie uns gehen, so ein Friedhof stimmt mich immer melancholisch.«

Simacs Handy klingelt, er zog es hervor, schaute auf das Display und schaltete den SMS-Editor an. »Dringender Anruf«, mehr hatte ihm sein Anrufbeantworter mit automatischen Mailingsystem nicht gesendet. Simac rief seine Nummer an und hörte das Aufnahmegerät ab, während sich Trevisan wieder an den vier gelben Rosen zu schaffen machte.

»Sie sollen sofort Ihre Dienststelle anrufen«, sagte Simac. »Es ist offenbar eilig.«

Trevisan wollte nach dem Handy greifen, doch Simac zog seine Hand zurück. »Wir müssen ein öffentliches Telefon suchen, ich kann nicht ins Ausland telefonieren. Aber ich glaube, neben der kleinen Kirche steht eine Zelle.«

Trevisan war von einer bösen Vorahnung erfüllt. Irgendetwas war geschehen, das fühlte er. Er warf einen letzten Blick auf das Grab, in dem die drei ermordeten Mädchen beerdigt worden waren. Trevisan hatte seine ganzen Überredungskünste gebraucht, um von Loyen zu erfahren, wo die drei zu ihrer letzten Ruhe gebettet worden waren. Ein einfaches Grab mit einem weißen Kreuz, ohne Inschrift, ohne Namen, ohne Sinn.

Dann eilte er in Richtung des Ausgangs davon. Jan Simac folgte ihm.

*

Trevisan war kreidebleich, als er die Telefonzelle wieder verließ. Simac beobachtete ihn besorgt.

»Paula wurde entführt.« Trevisan rannte über die Straße zum Wagen. »Ich muss sofort zurück nach Deutschland. Helfen Sie mir!«

»Wer ist Paula?«

»Jemand ist in mein Haus eingedrungen und hat meine Tochter entführt!«

Simac startete den Motor und brauste los. »Ich kenne da jemanden, der uns helfen kann.«

Eine Dreiviertelstunde später saß Trevisan an Bord eines kleinen Passagierflugzeugs, das ihn zusammen mit fünf weiteren Fluggästen, Geschäftsleuten meist, zum Flughafen nach Bremen bringen würde. Dort sollte dann Dietmar Petermann auf ihn warten und ihn abholen. In der Maschine war nur noch ein Platz frei. Tina blieb in Dänemark zurück. Trevisan dachte nur noch an Paula.

39

Die Maschine war pünktlich um 21.49 Uhr auf dem Bremer Flughafen gelandet. Trevisan brachte ungeduldig die Formalitäten hinter sich. Nachdem er die Zollkontrolle passiert hatte, stürzte er in die Ankunftshalle, schaute sich hektisch nach Dietmar Petermann um und fluchte, als er seinen Kollegen nirgends entdeckte. Trevisan fand eine Telefonzelle neben dem Ausgang, doch noch bevor er Geld in den Münzautomaten einwerfen konnte, legte ihm jemand die Hand auf die Schulter. Trevisan fuhr herum und schaute in die betretene Miene von Dietmar.

»Es tut mir leid«, sagte Dietmar und schluckte.

Einen Augenblick lang rang Trevisan mit seinen Tränen, doch er schob die Trauer beiseite. Paula war entführt worden, sie war nicht tot. Und wenn sie dieser Kerl hätte umbringen wollen, dann hätte er es gleich tun können. Aber er hatte es nicht getan, deshalb gab es noch immer Hoffnung. An die Stelle der Trauer trat eine grimmige Entschlossenheit.

»Gibt es was Neues?«, fragte er zögernd, denn schließlich konnte schon allein die Beantwortung dieser Frage sein ganzes künstlich errichtetes Gerüst wieder zum Einsturz bringen.

Dietmar schüttelte den Kopf.

Trevisan atmete auf. »Was genau ist passiert?«

Auf dem Weg zum Wagen erzählte ihm Dietmar die ganze Geschichte.

»Und wo ist Nikolas jetzt?«

»Er liegt in der Klinik in Sande«, antwortete Dietmar. »Beck leitet die Ermittlungen persönlich. Wir haben das Haus nach Spuren abgesucht, aber außer einem Fußabdruck im Garten nichts gefunden. Keine Fingerabdrücke, keine Faserspuren, absolut nichts. In der Nähe wurde ein Mercedes mit dänischer

Zulassung aufgefunden, er gehört einer Firma in Esbjerg. Sie heißt *Artwork*. Die Ermittlungen laufen noch.«

»Weiß man, wie der Täter weiterkam?«, fragte Trevisan.

»Der Golf von Nikolas Ricken fehlt.«

Dietmar hatte den Dienstwagen auf einem Parkplatz unweit des Ankunftsgebäudes abgestellt. Schweigend fuhren sie nach Wilhelmshaven. Trevisan grübelte. Natürlich war klar, dass die Entführung von Paula unmittelbar mit den Ermittlungen in Dänemark zusammenhing. Doch welchen Zweck verfolgte der Täter? Trevisan dachte daran, was ihm Jan Simac über die Söhne Uthers erzählt hatte. Wohin hatten sie Paula verschleppt?

Als Dietmar an der Ausfahrt Zetel vorbeigefahren war, meldete sich Trevisan zu Wort. »Fahr an der nächsten Ausfahrt ab, ich will mit Nikolas sprechen!«

»Aber Beck ...«

»Es geht um jede Sekunde, ich muss wissen, wer hinter der Entführung steckt.«

»Beck gab mir den Auftrag, dich in die Dienststelle zu bringen«, widersprach Dietmar noch einmal.

»Dietmar, wir arbeiten jetzt schon einige Jahre zusammen«, sagte Trevisan eindringlich. »Du weißt, um was es geht. Ich brauche jetzt jede Hilfe, die ich kriegen kann. Du kennst Beck. Der kriegt nicht einmal heraus, wer ihm den Stuhl unter dem Hintern wegzieht. Also, fahr mich bitte nach Sande. Ich kann doch nicht einfach tatenlos zusehen. Oder was würdest du machen, wenn sie deinen Sohn entführt hätten?«

Dietmar nickte fast unmerklich. Als die Ausfahrt in Sicht kam, setzte er den Blinker. Wenig später stoppte er den Dienstwagen direkt vor dem Haupteingang des Krankenhauses. »Ich warte lieber hier«, sagte Dietmar, als Trevisan die Tür öffnete.

»Wo liegt er?«

»Wer?«

»Der Kaiser von China, Dietmar, wer denn sonst!« Manchmal konnte er nicht verstehen, dass sein Kollege so schwer von Begriff war.

»In der Chirurgie, zweiter Stock, Zimmer 228«, antwortete Dietmar Petermann zögernd.

Trevisan spurtete durch den Haupteingang, ignorierte den Pförtner und hetzte die Treppen hinauf. Die Gänge lagen im Halbdunkel. Ohne anzuklopfen, öffnete er die Tür zum Zimmer. Es war dunkel. Ein Mann schnarchte. Trevisan betätigte den Lichtschalter. Das Neonlicht flackerte auf.

Nikolas Ricken lag im Bett am Fenster. Trevisan erkannte ihn trotz seines Kopfverbandes.

Der schnarchende Mann war aufgewacht. »Hey, was soll denn das?«, sagte er verschlafen.

Trevisan setzte sich auf das Bett des Jungen. Nikolas hatte die Augen aufgeschlagen. »Herr Trevisan«, sagte er mit brüchiger Stimme.

»Was kannst du mir zu dem Kerl sagen, der euch überfallen hat?«

»Das gibt es doch gar nicht«, maulte der Kranke nebenan. »Ich will schlafen, das können Sie doch auch morgen besprechen, verdammt.«

Die Tür wurde aufgerissen, eine ältere Frau in weißer Schwesterntracht kam in das Zimmer gestürmt. »Ja, was ist denn hier los?«

Trevisan schaute den Jungen mit fordernden Augen an.

»Verlassen Sie sofort das Zimmer!«, schimpfte die Schwester. »Wissen Sie eigentlich, wie spät es ist?«

Trevisans Blick haftete weiterhin auf dem Jungen.

»Er war groß«, sagte Nikolas.

»So groß wie ich?«, fragte Trevisan.

»Raus jetzt oder ich hole die Polizei!«, rief die Schwester hinter ihm.

»Größer und schlank«, antwortete Nikolas. Jedes Wort schien ihn anzustrengen.

»So geht das nicht …!« Die Schwester stürmte aus dem Raum.

»Kannst du dich noch an sein Gesicht erinnern, seine Haare?«, schob Trevisan nach.

»Sie blöder Hund, lassen Sie den Jungen doch in Ruhe!«, rief der Patient aus dem Bett nebenan.

»Ich glaube, seine Haare waren schwarz. Schwarz und sehr kurz … fast … fast wie …«

»Ja«, ermunterte Trevisan den Jungen.

Die Tür wurde aufgestoßen, die Schwester kehrte zurück. Zwei kräftige Pfleger folgten ihr. »So, mein Herr, wenn Sie jetzt nicht sofort verschwinden, dann werden meine Begleiter dafür sorgen, dass Sie gehen.«

»Schwarz, sehr kurz, und wie …?«, fragte Trevisan unbeirrt weiter.

Die beiden Pfleger packten ihn am Arm. Er stemmte sich gegen ihren Druck, doch sie waren zu stark. Langsam schoben sie ihn zur Tür.

»In seinen Haaren war Gel. Es roch … es roch nach … Veilchen.«

Sie hatten ihn an der Tür. Mit unbändiger Kraft riss Trevisan seine Arme hoch. Die beiden Pfleger waren von der plötzlichen Bewegung derart überrascht, dass sie den Halt verloren.

»Kann es Frisiercreme gewesen sein?«, fragte Trevisan.

Erneut packten die Pfleger zu. Die Schwester hatte bereits die Tür geöffnet.

»Ich weiß es nicht …«, hörte er noch, dann zerrten ihn die beiden Krankenpfleger aus dem Zimmer. Die Schwester schloss die Tür.

Eine weitere Schwester, ein junges Mädchen, wohl eine Schülerin, kam angelaufen. »Die Polizei ist auf dem Weg!«

»So, Sie kommen jetzt schön mit uns, dann passiert Ihnen auch nichts«, sagte einer der Pfleger.

»Ich bin von der Polizei«, sagte Trevisan trocken. »Greifen Sie in meine Jackentasche, dort habe ich meinen Dienstausweis.«

Die Schwester warf Trevisan einen ungläubigen Blick zu. Ein paar Sekunden musterte sie den widerspenstigen Störer. Schließlich gab sie sich einen Ruck und fasste ihm vorsichtig in die Tasche. Sie förderte ein kleines, schwarzes Mäppchen zutage und schlug es auf. »Martin Trevisan, Kriminalpolizei, Wilhelmshaven«, las sie laut. »Verdammt, warum veranstalten Sie dann so ein Theater hier?«

Die Pfleger lockerten ihren Griff. Trevisan blieb regungslos stehen. »Man hat meine Tochter entführt«, sagte er.

»Der Junge?«

»Nein, der war nur im Weg.«

Die Pfleger waren einen Schritt zur Seite getreten. Die Schwester schaute Trevisan forschend an. Trevisan ordnete seine Kleidung.

Schließlich streckte die Schwester Trevisan sein Mäppchen entgegen. »Das nächste Mal fragen Sie bitte vorher«, sagte sie streng. »Und jetzt gehen Sie, bevor Ihre Kollegen Sie auch noch verhaften.«

Trevisan nickte und wandte sich zur Treppe.

Als er vor dem Haupteingang in den Wagen stieg, schaute ihn Dietmar fragend an. »Fahr los!«, sagte Trevisan und gurtete sich an.

Als sie gerade wieder auf der Hauptstraße waren, sah Trevisan von der anderen Seite her einen Streifenwagen mit Blaulicht zur Einfahrt aufs Krankenhausgelände abbiegen. Er atmete auf.

»Hast du eine Waffe bei dir?«, fragte Trevisan.

»Ja, aber …«

»Gib sie mir und halt mal an, ich fahre weiter.«

»Aber ich soll dich doch zur Dienststelle bringen!«

Trevisan beugte sich verschwörerisch zu Dietmar hinüber. »Wir kennen uns nun lang genug. Und ich würde sogar behaupten, dass wir mehr als nur Kollegen sind. Wenn dir etwas an unserer Freundschaft liegt, dann tust du jetzt genau das, was ich dir sage.« Seine Stimme klang wie ein Flehen.

Dietmar schaute in den Rückspiegel, doch der Streifenwagen folgte ihnen nicht. »Beck hat mich gewarnt. Er wusste, dass du einen Alleingang unternehmen wirst. Er sagte, wenn ich nicht mir dir zurückkomme, dann kann ich mich bald wieder um Falschparker kümmern.«

»Dietmar, sie haben meine Tochter. Ich glaube, du würdest für deinen Johannes genau das Gleiche tun. Du kannst mir glauben, ich würde dir dabei nicht im Weg stehen. Ganz im Gegenteil.«

Dietmar überlegte. Schließlich entspannten sich seine Züge. »Wohin fahren wir?« Seine Stimme klang entschlossen. Er hatte seine Entscheidung getroffen.

»Nach Neuengroden«, erwiderte Trevisan.

Dietmar stoppte den Wagen in sicherer Entfernung. Er schaltete das Licht aus, schnallte sich ab und beugte sich vor, um das Handschuhfach zu öffnen. In dem kleinen Stauraum oberhalb des Funkgeräts lag eine Waffe. Es war Trevisans Dienstpistole.

»Ich habe mir gedacht, dass du etwas unternehmen wirst«, sagte er und reichte sie Trevisan. »Für alle Fälle. – Aber ich glaube, wir machen einen großen Fehler«, fügte er hinzu.

Sie stiegen aus und verschmolzen mit der Dunkelheit. Auf der gegenüberliegenden Straßenseite schlummerte die Villa. Kein Licht brannte dort. Im Schutze eines hohen Buschwerks überquerten sie die Straße und stiegen über die hohe Mauer auf das Grundstück.

»Du glaubst, sie ist hier?«, flüsterte Dietmar.

»Es wäre möglich.« Trevisan zog seine Pistole aus dem Hosenbund. Im Schutze von Bäumen und Büschen umrundeten sie die Villa. Hinter der Mauer des Nebengebäudes verharrten sie und lauschten in die Dunkelheit. Ein Nachtkauz schrie, ansonsten blieb es ruhig.

»Das Haus oder das Nebengebäude?«, fragte Dietmar.

Trevisan nickte in Richtung des Anbaus. Vorsichtig schlichen sie weiter. Als sie an ein Fenster kamen, warfen sie einen Blick hinein. Drinnen war es dunkel. Trevisan nahm die Pistole am Lauf und zerschlug die Scheibe.

»Bist du verrückt?«, schnauzte Dietmar.

»Wenn er hier ist, dann erwartet er mich bereits. Er will nichts von Paula, er will mich.« Trevisan öffnete das Fenster und stieg in den kleinen Raum. Dietmar folgte ihm. Auch er hielt nun seine Pistole in der Hand, außerdem hatte er eine kleine Taschenlampe bei sich. Eine Diodenlampe, nicht größer als ein Schlüsselanhänger. »Du hast wirklich an alles gedacht«, sagte Trevisan.

»Das ist jetzt an jedem Schlüsselbund unserer Dienstfahrzeuge«, entgegnete Dietmar. »Muss ein Werbegeschenk gewesen sein.«

Vorsichtig durchsuchten sie Raum für Raum der Halbermannvilla. Auch den Keller ließen sie nicht aus. Noch immer war die metallene Sicherheitstür, die sie bei der Durchsuchung aufgebrochen hatten, nicht repariert.

Das Nebengebäude war leer. Die dicke Staubschicht auf dem Boden zeigte ihnen, dass lange niemand hier gewesen war. Sie verließen den Anbau auf dem gleichen Weg, auf dem sie gekommen waren, und widmeten sich der Villa. Es genügte, ein kleines gläsernes Karo neben der Terrassentür einzuschlagen, um hineinzugelangen. Doch auch hier lag eine Staubschicht auf den Möbeln. Alles war dunkel, es blieb ruhig. Das Haus war menschenleer.

Nachdem sie jeden Raum gründlich untersucht hatten, schaltete Trevisan das Licht ein. Die Kronleuchter und Strahler verströmten ihr warmes Licht. Trevisan ging ins Wohnzimmer und ließ sich mit einem Seufzer auf der Couch nieder.

»Ich sagte doch, der Junge muss sich geirrt haben«, sagte Dietmar Petermann. »Es ist unmöglich. Halbermann war kein Zauberer. Der verfault längst auf dem Meeresgrund.«

Trevisan erhob sich und ging zum großen Wandschrank.

Neben einer Sammlung von kleinen Nippesfiguren, die er bei seinem ersten Besuch schon bewundert hatte, standen etliche Pokale. Darüber waren Fotografien aufgereiht. Aufnahmen der Familie Halbermann. Ein Familienfoto, Sven Halbermann als Baby. Eine Portraitaufnahme von Elisabeth Halbermann. Eine Aufnahme von Simon Halbermann mit einem blauen Helm auf seinem Kopf, dahinter eine Baustelle. Offensichtlich der Neubau eines neuen Fertigungswerkes seiner Firma. Dahinter stand ein weiteres Bild. Simon Halbermann an Bord seines Kleinflugzeugs. Trevisan öffnete die Glastür und nahm den Bilderrahmen aus dem Schrank.

»Was ist los?«, fragte Dietmar.

Trevisan warf Dietmar das Foto zu. Umständlich fing sein Kollege es auf und warf einen kurzen Blick darauf.

»Du willst damit noch einmal zu dem Jungen ins Krankenhaus?«, fragte er schließlich.

Trevisan schüttelte den Kopf. »Schau mal genau hin!«

Dietmar warf erneut einen Blick auf das Foto. »Das ist Simon Halbermann. Er sitzt in seiner Maschine.«

»Und wo sitzt er?«

»Im Cockpit, wieso?«

»Dietmar! Halbermann sitzt auf der Seite des Copiloten und hat einen sonderbaren Rucksack auf dem Rücken.«

»Verdammt«, sagte Dietmar. »Das ist ein Fallschirm.«

»Und fällt dir noch etwas auf?«

Dietmar hielt seinen Blick auf das Bild gerichtet. Schließlich schüttelte er den Kopf.

»Die Tür«, erklärte Trevisan. »Die Cockpittür fehlt.«

»Du meinst …«

»Sie ist mit zwei ganz einfachen Drahtstiften befestigt«, fiel ihm Trevisan ins Wort. »Es ist ganz leicht, sie auszuhängen. Das hat mir ein Pilot erklärt.«

»Und an Halbermanns Maschine fehlte ebenfalls die Tür«, sinnierte Dietmar. »Das würde ja bedeuten …«

»Dass Halbermann vor dem Absturz abgesprungen ist und noch immer lebt.«

»Das gibt es doch gar nicht«, seufzte Dietmar Petermann.

»Natürlich«, antwortete Trevisan. »Er hat die Tür der Maschine abgeworfen und ist abgesprungen. Schau dir die Pokale an, er ist ein ausgezeichneter Fallschirmspringer gewesen. Schau hier, ein Pokal, den er auf einem Base-Jumping-Wettbewerb gewonnen hat.. Weißt du, was das ist?«

Dietmar schüttelte den Kopf.

»Base-Jumper springen sogar von Hochhäusern, aus geringen Höhen mit speziellen Gleitschirmen.«

»Woher weißt du das alles?«, fragte Dietmar.

»Das habe ich irgendwo in der Zeitung gelesen.«

»Halbermann lebt«, murmelte Dietmar ungläubig.

»Ja, Halbermann lebt und hat meine Paula entführt«, sagte Trevisan. »Ich weiß es ganz genau. Ich weiß nur nicht, wo sich dieses Schwein verkrochen hat, aber ich werde ihn finden.« Er wandte sich zum Gehen, und dabei streifte sein Blick das riesige Gemälde an der gegenüberliegenden Wand. »Erinnerst du dich an das Bild von Gehlers, das im Gang der Psychiatrie in Oldenburg hing? Der gleiche Stil, es sind die gleichen Farben, die gleiche Düsternis.«

Dietmar beugte sich vor. »Der Maler hier heißt aber Adrian Lug«, las er von der bemalten Leinwand ab.

»Ich weiß, aber es ist Gehlers. Es ist sein Bild und es ist sein neuer Name.«

»Was machen wir jetzt?«, fragte Dietmar.

»Wir fahren auf die Dienststelle«, entschied Trevisan.

*

»Mensch, Martin, es ist eine Riesenscheiße, die hier passiert«, begrüßte ihn Kriminaloberrat Beck. »Wir werden alles unternehmen, um Paula wiederzufinden. Weißt du, wenn ihr Entführer ihren Tod gewollt hätte, dann hätte er sich nicht die Mühe gemacht, sie fortzuschleppen. Bestimmt will er etwas von dir.«

Martin Trevisan setzte sich auf den Stuhl neben Becks Schreibtisch. »Ich weiß, was der Kerl will.«

»So, was denn?«, fragte Beck überrascht.

»Er will mich.«

Beck winkte ab. »Das ist doch Blödsinn und das weißt du auch. Wir sind hier doch nicht im Wilden Westen.«

»Nein, sind wir nicht«, antwortete Trevisan. »Es ist viel schlimmer.«

»Du bist … du bist in einer Ausnahmesituation«, erklärte Beck irritiert.

Es klopfte an der Tür. Beck war offenbar froh über diese Unterbrechung des Dialogs, sein lautes »Herein« klang fast wie ein Notsignal.

Alex Uhlenbruch streckte seinen Kopf durch den Spalt. »Hallo, Martin. Es tut mir leid.«

»Schon gut«, antwortete Trevisan. »Was ist los?«

»Ein Anruf der Kollegen vom Streifendienst«, sagte Alex und betrat den Raum. »Wir haben den Wagen von Ricken gefunden.«

»Wo?«, sagten Beck und Trevisan fast gleichzeitig.

»An einem Kleinflughafen im Auricher Wiesmoor.«

»Ist schon jemand von uns auf dem Weg?«, fragte Beck hastig.

Alex nickte. »Eine männliche Leiche lag neben dem Wagen.«

In Trevisans Brustkorb krampfte sich alles zusammen. Sein Atem stockte.

»Die Kollegen sind sich absolut sicher, dass es sich dabei um den Landtagsabgeordneten Gunther Behrends handelt«, fuhr Alex fort. »Kleinschmidt ist bereits auf dem Weg. Aber da ist noch etwas. Offenbar hatte Behrends dort draußen eine Privatmaschine stehen. Eine Cessna. Von der fehlt jede Spur. Außerdem haben sie einen Strumpf gefunden. Es könnte der Strumpf von Paula sein.«

»Halbermann!«, murmelte Trevisan. »Simon Halbermann hat Paula entführt. Er ist bestimmt mit ihr nach Dänemark geflogen.«

»Mensch, Trevisan, Halbermann ist tot«, widersprach Beck. »Er kam bei einem Flugzeugabsturz ums Leben, falls du es vergessen hast.«

»Ich weiß, genau das sollten wir glauben«, erwiderte Trevisan. »Ich muss sofort wieder nach Dänemark.«

»Martin, du bist draußen aus dem Fall«, erinnerte ihn Beck. »Du kennst die Vorschriften.«

»Es ist meine Tochter.«

»Genau deswegen.«

»Wenn du meine Kündigung willst, kannst du sie sofort haben«, sagte Trevisan barsch.

»Martin, hör auf.«

»Gibt es eine Möglichkeit, sofort wieder nach Dänemark zu fliegen?«, fragte Trevisan Alex.

»Heute nicht mehr«, antwortete Alex. »In vier Stunden ist das Nachtflugverbot aufgehoben. Dann könnte ich …«

»Dann tue es, lass deine Verbindungen spielen. Ich muss sofort wieder nach Hjørring. Paula ist irgendwo dort.«

Dietmar Petermann kam herein, offenbar hatte er einen Teil der Unterhaltung mitbekommen.

»Das ist mein Büro und kein Bahnhof«, maulte Beck.

»Sie sind nicht in Hjørring«, sagte Dietmar gelassen.

»Wie kommst du darauf?«, fragte Trevisan entgeistert.

»Tina hat angerufen«, erklärte Dietmar. »Die Karte Nummer 143 wurde auf Mandø aufgenommen. Sie haben die ganze Umgebung überprüft. Es gibt dort ein Gehöft abseits der belebten Wege am Strand, es wurde von einer Firma als Schulungszentrum angemietet. Die Firma nennt sich *Nordic Art und Culture*. Sie stellen Dekorationsmaterial her. Du weißt schon, Schwerter, Trinkhörner, Schmuckstücke. Vorwiegend Nachbildungen keltischer Kultgegenstände. Offenbar läuft das Geschäft ganz gut. Sie haben sogar eine eigene Ladenkette in Skandinavien. Sie heißt *Artwork.*«

»Der Mercedes mit der dänischen Zulassung«, grübelte Beck.

Trevisan war der Erste, der sich fasste. »Es wird kein Nachtflugverbot geben, fahr mich raus nach Mariensiel und besorg mir den Piloten.«

Noch bevor Beck reagieren konnte, waren die drei Kriminalbeamten des Wilhelmshavener K1 durch die Tür gestürmt.

Beck ließ sich in seinen Bürostuhl fallen. »Aber wir müssten doch zumindest das BKA …«, murmelte er fassungslos.

»Da ist noch etwas«, keuchte Dietmar, nachdem er, Alex und Trevisan das Treppenhaus hinter sich gelassen hatten.

»Was?«, antwortete Trevisan im Laufschritt.

Dietmar blieb stehen. »Der Komet wird das Sternbild des Drachen in drei Tagen durchquert haben.«

Trevisan verharrte und wandte sich um. »Noch was?«

»Maria Souza da Marques war schwanger. Im dritten Monat.«

Trevisan sah Dietmar an, dass er weitere beängstigende Neuigkeiten für ihn hatte. Er schaute ihn mit großen Augen an. »Was heißt das?«

»Die dritte Gefahr. Rein und jungfräulich muss das Opfer sein. Maria war befleckt, sie war unrein, verstehst du?«

»Die dritte Gefahr?«, murmelte Trevisan. »Das erste Opfer wurde nicht angenommen. Sie war befleckt, aber sie brauchen reines Blut.«

Dietmar sah zu Boden. »Tina hat mir das erzählt und sie hat gesagt, ich soll es dir genau so weitergeben. »Du wüsstest Bescheid, was das bedeutet.«

Trevisan schlug die Hände vor das Gesicht. »Mein Gott!«

40

Alex hatte einen Piloten gefunden, der die nächtliche Tour gegen ein entsprechendes Salär übernehmen würde. Trevisan hatte Jan Simac angerufen und ihn kurz über die Entwicklung in Wilhelmshaven informiert. Seine Abholung am Flugfeld in Esbjerg unweit von Mandø war organisiert. Trevisan atmete er erleichtert auf.

Eine Stunde später saßen Alex und Trevisan an Bord einer modernen Beech und flogen mit ihrem Piloten in Richtung Norden. Alex hatte sich nicht abhalten lassen, ihn nach Dänemark zu begleiten. Mittlerweile war es fünf Uhr geworden. Trevisan war trotz der ständigen Sorge um Paula eingeschlafen. Die Müdigkeit hatte ihn einfach übermannt. Erst als das Flugzeug auf dem kleinen Rollfeld nahe Esbjerg aufsetzte, wurde er wach.

Jan Simac stand wie versprochen vor dem weiß getünchten Flughafengebäude und rauchte eine Zigarette. Er lehnte an seinem Volvo. Sein Gesicht wirkte finster.

»Ich sagte Ihnen doch, sie sind hinter Ihnen her«, begrüßte er Trevisan. »Im Altertum brachte es großen Ruhm, die Angehörigen der Widersacher den Göttern zu opfern, wenn der eigentliche Feind unerreichbar blieb. Es war eine grausame Welt, die Welt von damals. Unerbittlich und gottlos.«

»Die heutige Welt ist nicht weniger grausam, glauben Sie mir«, erwiderte Trevisan grimmig. »Aber ich werde mir meine Tochter zurückholen.«

»Ich weiß, dass Sie das tun werden«, sagte Simac und öffnete für Alex die Fondtür.

Sie nahmen im Wagen Platz und fuhren in Richtung Esbjerg. Ihr Weg führte sie an kleinen, verträumten Häuschen vorbei. Schließlich bogen sie in die Nyhavnsgade ein, wo die großen und eleganten Herrenhäuser aus dem frühen 18. Jahrhundert standen, passierten eine Ladenstraße mit hübschen kleinen Geschäften und bogen anschließend in die Frodesgade ab. Trevisan hatte für die schönen Fassaden und den malerischen Charakter der Stadt im Westen Jütlands keinen Blick. Ihn interessierte nicht, wie die Morgensonne mit den Wolken spielte, um ihre Schatten-Licht-Kaskaden über das Viertel zu streuen. Er dachte nur an Paula.

»Wohin fahren wir?«, fragte er in die Stille.

»Zur Polizei«, antwortete Simac. »Ihre Kollegin wartet schon sehnsüchtig auf Sie, und bei den hiesigen Kollegen haben Sie offenbar einen bleibenden Eindruck hinterlassen. Seit gestern versammeln sich hier alle Abteilungen der dänischen Spezialeinheiten. Das ist mir in den ganzen Jahren nicht gelungen. Ihr Material muss sehr überzeugend gewesen sein.«

»Was soll das heißen?«

»Fragen Sie nicht mich, ich bin hier nur ein kleines Licht und muss draußen bleiben. Nur ab und zu holen sie mich dazu, damit ich ihnen das eine oder andere erkläre.«

»Glauben Sie, er wird Paula umbringen?«

»Lug?«

»Es ist nicht Lug«, erwiderte Trevisan. »Lug ist ein alter Mann. Schon Mitte siebzig. Ich glaube, dass einer seiner Vertrauten längst an seine Stelle getreten ist.«

Jan Simac hielt vor einem großen Gebäude. Es erinnerte Trevisan an eine Kirche. Ein großer Turm mit einer riesigen Uhr stand inmitten der Frontseite. An jedem Seitenflügel ragten kleinere Türmchen in den blau-weißen Himmel.

»Es ist bald so weit.« Jan Simac stellte den Motor ab. »Der Komet verlässt das Haus des Drachen und das Kornfest steht bevor. Die vorchristlichen Kelten ließen sich schon ab und zu hinreißen, aus Dank für eine gute Ernte oder auch zur Besänftigung der Götter nach einem schlechten Ertrag einige ihrer Feinde auf einem Scheiterhaufen zu verbrennen. Und die Söhne

Uthers müssen noch eine Schuld abtragen. Unreines Blut muss rein gewaschen werden. Sie müssen die Götter besänftigen und das Unheil vom Clan abwehren. Die dritte Gefahr – der Teil des Fluches ist noch längst nicht überstanden. Die Reinheit des Blutes ist die Bedingung.«

»Aber wurde nicht gefordert, die eigenen Nachkommen …«

»Sie sind der Bote des Kummersteins«, fiel ihm Jan Simac ins Wort. »Ein mächtiger Mann. Ihr Blut fließt nicht nur in Ihren Adern und ein solch wertvolles Opfer wird den Göttern wohl gefallen.«

Trevisan fuhr sich mit den Händen über seine feuchten Wangen.

»Andererseits, wenn ein neuer Führer zu Lebzeiten des Ehrwürdigen an dessen Stelle treten will«, fuhr Simac fort, »so tut er sich leichter, wenn er mit einer großen Ruhmestat vor seinen Clan tritt. Zum Beispiel, wenn er den Boten des Kummersteins tötet. Helden haben es nun mal einfacher im Leben, ihr Ziel zu erreichen. In jeder Mythologie. Und Ihre Tochter ist ein idealer Köder, um Sie zu kriegen.«

Die Schritte hallten durch den Flur. Schwarz-weiße Kacheln bedeckten den Boden und bildeten wundersame Muster. Trevisans Gefühl, sich in einer Kirche zu befinden, verstärkte sich. Der dänische Polizist in der dunklen Uniform führte sie in einen großen Saal. Bunte Fahnen hingen an den Wänden. Bilder großer, wahrscheinlich längst verstorbener Maler zierten die Holzvertäfelungen und zeigte allerlei Gestalten, die wohl zu Lebzeiten Macht und Einfluss in der Stadt und dem Land besessen hatten. Die Stuckdecke war mindestens acht Meter hoch. Der Raum wirkte wie ein Ballsaal in einem fürstlichen Schloss und wären nicht die schweren Mahagonitische gewesen, angeordnet in einem großen Karree inmitten des Saales, dann hätte Trevisan vermutet, dass hier so manches rauschende Fest veranstaltet worden war.

»Nehmen Sie Platz!«, sagte der Polizist in akzentfreiem Deutsch.

Trevisan hatte oft schon die Erfahrung gemacht, dass die Menschen der Nachbarländer Deutschlands sehr gut Deutsch sprachen. Und manchmal schämte er sich ein wenig, weil er außer dem üblichen Schulenglisch und dem längst vergessenen Latein keine weitere Sprache gelernt hatte. Nicht einmal Plattdeutsch verstand er.

Es dauerte nicht lange, bis die große Tür an der Seite des Saales geöffnet wurde und eine kleine Gruppe hereinkam, darunter Tina und Loyen. Ein uniformierter Polizist mit goldbestickten Rangabzeichen schüttelte Trevisan die Hand. »Ich bin Commissioner Lund von der Staatspolizei. Loyen kennen Sie bereits. Das ist Kommissarin Holt aus Arhus und mein Kollege Ole Wiborg vom Reichskriminalamt Kopenhagen. Wir vermuten, dass Ihre Tochter auf Mandø gefangen gehalten wird. Sie können versichert sein, dass wir alles tun, um sie aus den Händen ihrer Entführer zu befreien.«

Trevisan nahm Platz. Tina strich Trevisan mitfühlend über die Schulter und setzte sich an seine Seite.

Commissioner Lund räusperte sich. »Nun, da wir Ihr Material ausgiebig geprüft haben, möchte ich mich bei Ihnen bedanken. Wiborg leitet eine Sonderkommission, die sich schon lange um das merkwürdige Gebaren dieser Gruppe kümmert. Immer wieder fanden wir die Leichen von Menschen, die offenbar mit einem Schwert hingerichtet wurden. Vor allem junge Männer und Frauen verschwanden spurlos und tauchten nie wieder auf. Auch die Einbrüche in Museen und Privathäusern mit der Zielrichtung auf Kunstdiebstähle dürften auf das Konto dieser Gruppierung gehen. Dank Ihrer Ermittlungen ist es uns gelungen, die Gruppe ausfindig zu machen und ihr ein Gesicht zu geben. Vor allem der nicht leicht zu findende Hinweis auf der Ansichtskarte und der Name dieser Eskimofrau haben uns auf die Spur der Drahtzieher gebracht. Sie sitzen wohl schon einige Jahre direkt vor unserer Nase. Mittlerweile haben wir eine Überwachungsaktion laufen.«

Der Commissioner erhob sich und faltete eine Landkarte auseinander. Er bat Trevisan zu sich. Auf der Karte waren vier Punkte rot markiert. Lund zeigte auf den ersten Punkt, unweit von Thule in Grönland.

»Das ist wohl ihr Hauptlager«, erklärte er. »Eine Ausbildungsstätte für neue Rekruten. Ein ehemaliger Gutshof, der von Frau Namo Silivlis angemietet wurde. Wir vermuten, dass dort die größte Zahl ihrer Anhänger untergebracht ist. Wir schätzen mindestens einhundert.«

Der Finger des Polizisten wanderte über die Karte zum zweiten Punkt nahe Arhus. »Dort befindet sich eine kleine Fabrik, in der so etwas wie der wirtschaftliche Zweig der Gruppierung arbeitet. Dort stellen sie Werkzeuge und Dekorationsobjekte her. Die Firma heißt *Nordic Art and Culture*, eine Vertriebsfirma mit dem Namen *Artwork* arbeitet von dort aus ebenfalls für die Organisation. Sonderbar ist, dass auf dem Betriebsgelände Wohnheime errichtet wurden, in denen die Belegschaft von vierzig Mitarbeitern sogar übernachtet. Es handelt sich vorwiegend um junge Leute.«

Trevisan nickte. Pfarrer Lesch hatte ihm erzählt, dass all diese Gruppierungen und Sekten einen wirtschaftlichen Zweig unterhielten. Schließlich konnte jeder Glaube nur existieren, wenn auch ordentlich Geld dahintersteckte.

»Der dritte Punkt markiert eine kleine Forschungsstation in den Sümpfen nahe Hillerup«, fuhr der Commissioner fort. »Ein altes, stillgelegtes Observatorium. Offiziell kümmern sich die Forscher dort um das Wattenmeer. Aus diesem Grund erhielten sie von der Bezirksregierung auch die Erlaubnis, einen Kleinflugplatz einzurichten, da sie immer wieder Kontrollflüge über das Watt unternehmen. Ich nehme an, nachdem wir Bilder von der riesigen Flugzeughalle gemacht haben, dass ihre deutschen Vertreter dorthin geflogen sind. In die Halle passen bequem zehn Flugzeuge, obwohl doch nur zwei auf die Forschungsstation registriert sind.«

»Übrigens haben unsere Leute heute Nacht beobachtet, wie dort eine Maschine landete«, meldete sich Kommissarin Holt zu Wort. »Wenn wir gewusst hätten, dass Ihre Tochter an Bord sein könnte …« Sie blickte Trevisan mitleidig an und verschluckte den Rest des Satzes.

»Punkt vier befindet sich auf der Insel Mandø«, berichtete Lund weiter. »Ein kleines Gehöft, das als Schulungszentrum für die Firma *Artwork* dient. Aber wir glauben, dass es sich dabei um die Geschäftszentrale dieser Organisation handelt. Übrigens dürfte der Pilot des Flugzeugs, das heute Nacht bei Hillerup landete, mittlerweile auch dort angekommen sein. Meine Leute meldeten, dass ein Geländewagen heute früh gegen vier Uhr auf Mandø eintraf. Leider fuhr der Wagen sofort in eine Halle, deswegen konnten sie nicht erkennen, wer aus dem Fahrzeug stieg.«

Trevisan atmete tief ein. »So weit sind Sie schon?«

»Wir sind sogar schon weiter«, erwiderte Lund. »Sonderpolizei und Spezialeinheiten haben die vier Orte umstellt. Wir registrieren genau, was dort vorgeht. Aber es hat nur Sinn, wenn wir gleichzeitig zuschlagen. Der Umstand, dass die Kerle Ihre Tochter als Geisel festhalten, verkompliziert die Lage. Wir wissen, dass die Burschen gefährlich sind. Wir vermuten sogar, dass sie schwere Waffen haben.«

»Wie viele Männer gibt es auf Mandø?«, fragte Trevisan.

Lund schaute seinen Kollegen Wiborg fragend an.

Wiborg kniff die Augen zusammen. »Zehn bis zwölf.«

»Wissen Sie, wer Ihre Tochter entführt hat?«, fragte Kommissarin Holt.

Trevisan schlug die Augen nieder. »Sie wurde von einem Toten entführt«, antwortete er. »Der Mann hat nichts mehr zu verlieren.«

Ungläubige Blicke hafteten auf Trevisan.

»Sein Name ist Simon Halbermann«, erklärte er schnell. »Er hat vor ein paar Tagen seinen eigenen Tod vorgetäuscht. Außerdem gehe ich mittlerweile davon aus, dass er seine eigene Frau und einen Landtagsabgeordneten, der ebenfalls zu dieser Sekte gehörte, ermordet hat. Und das ist noch lange nicht alles.«

Lund schaute nachdenklich auf die Landkarte. »Dann haben Verhandlungen wohl nur wenig Sinn«, murmelte er.

»Da können Sie sicher sein«, antwortete Trevisan.

*

»Es ist Verrat«, sagte der Grauhaarige ärgerlich. »Du hast um deiner selbst willen gehandelt und uns alle in Gefahr gebracht. Es ist nicht der Schutz des Clans, es ist alleine deine Machtgier, die dich vorantreibt.«

Simon Halbermann lächelte. »Sie wird uns von der dritten Gefahr befreien. Er ist der Bote des Kummersteins und ich weiß, dass er rechtzeitig hier sein wird.«

»Du willst ihn töten?«

»Er ist schon tot«, erwiderte Halbermann. »Seine Kraft ist erschüttert. Er ist nur noch ein Schatten. Und er wird kommen. Der Stein wird ihn zu uns führen.«

Der Grauhaarige blickte auf den Boden. »Aber er wird nicht alleine sein. Ich darf das nicht zulassen. Ich werde es verhindern. Geh! Verlasse diesen Ort, du bist unserer Sache längst schon fremd geworden. Geh, geh fort, sonst ist der Untergang besiegelt. Du gehörst nicht länger zu uns, ich werde dich …«

»Deine Macht reicht nicht mehr so weit, wie du glaubst, alter Mann«, fiel Halbermann dem Grauhaarigen ins Wort. »Deine Tage sind gezählt. Ich werde an deine Stelle treten. Ich werde der neue Ehrwürdige sein.«

Der alte Mann erhob sich und trat an das Fenster. Er blickte hinaus auf das Meer. Das Wasser kehrte nur langsam zurück, aber der Wind hatte zugenommen.

»Es steht geschrieben, dass alle es wissen sollen«, rezitierte er aus dem Buch des Garth. »Der Drache ist das Zeichen, der Ritter hält die Macht, doch die Götter zürnen. Der Stein wird euch entzweien. Er ist voller Kraft und Stärke. Er hat längst schon Besitz von euch ergriffen. Steht zusammen, wehret euch, die Boten des Steines reiten auf unsichtbaren Schwingen. Sie kämpfen weder mit Speer noch mit Schwert, sie werden in euch dringen. Sie kämpfen alleine mit des Geistes Kraft. Und einer wird kommen, der erfüllt ist von der Macht des schwarzen Steines. Hütet euch, sonst wird er euch zertreten wie das Gewürm im Grase. Er wird euch zermalmen und auf eure Gräber spucken, wenn ihr nicht zusammensteht. Kämpft, Brüder, kämpft! Aber bedenkt, euer Geist und euer Glauben ist es, der die Schlacht entscheidet, nicht das Schwert.«

Mit müden Augen wandte sich der Alte seinem Widersacher zu. »Dein Glaube ist schwach geworden, dein Geist ist erfüllt von Hass und dein Schwert richtet sich gegen deine Brüder. Geh den Weg durch den Kreis, folge den Pfaden des roten Martyriums. Nur noch der Tod kann deine Seele befreien.«

Halbermann erhob sich und ging auf den Alten zu. Unmittelbar vor ihm blieb er stehen und schaute ihm durchdringend in die Augen. »Das könnte dir so passen«, sagte er hasserfüllt. »Du willst, dass ich in den Kreis zurückkehre. Aber nicht ich bin gemeint, du bist es. Du bist schwach geworden, deine Kräfte sind erlahmt. Ich halte den Trumpf in meinen Händen, nicht du. Meine Zeit ist angebrochen.«

»Willst du mich töten?«, fragte der Grauhaarige. »Willst du mir den Kopf abschlagen, so wie du es mit deinen Brüdern getan hast?«

»Du bist alt und du bist feige«, spie ihm Halbermann seine Antwort ins Gesicht, wandte sich um und ging zur Tür.

»Bring das Mädchen weg!«, rief ihm der Alte eindringlich nach. »Sie bringt uns alle in Gefahr.«

»Das Mädchen wird bleiben, aber du wirst verschwinden, alter Mann!« Simon Halbermann und riss die Tür auf. Draußen standen zwei Männer. Halbermann ging an ihnen vorbei und nickte ihnen zu. Sie betraten den Raum und stellten sich neben den Grauhaarigen. An ihren Gürteln hingen Holster, in denen schwere Pistolen steckten.

»So weit ist es gekommen«, sagte der Alte. »Der Stein hat über uns gesiegt. Er wird in zwei Tagen das Haus Draco verlassen und hinter Etabin verblassen und doch hat er bereits all sein Gift und seinen Geifer in euren Köpfen zurückgelassen. So ist es nun an der Zeit, dass ich endlich die Heiligen Stätten sehe.«

*

Paula kam mit einem leisen Stöhnen auf den Lippen zu sich. Ihr Kopf schmerzte und sie hatte entsetzlichen Durst. Sie wusste nur noch vage, was passiert war. So sehr sie auch versuchte, sich an ihre letzten wachen Momente zu erinnern, das Einzige, was sie noch wusste war, dass sie zusammen mit Nikolas Musik gehört hatte.

Der Geruch von Heu drang ihr in die Nase. Um sie herum war es düster. Nur durch ein paar Ritzen in der Holzwand schien etwas Licht. Forschend schaute sie sich um. Sie war alleine. Zweifellos war dies hier eine Art Scheune, in der Heu und Gras gelagert wurde. Sie versuchte sich zu erheben und bemerkte, dass sie gefesselt war. Gefesselt an Händen und Beinen. Eine Decke war um sie geschlungen. Außer einem T-Shirt und ihrem Slip trug sie nichts weiter als einen einzigen Strumpf an ihrem linken Fuß. Den anderen hatte sie offenbar verloren.

Sie lauschte in die Düsternis. Sie hörte Geräusche, aber sie konnte sie nicht zuordnen. Sie waren zu dumpf, um ihre Bedeutung zu erkennen. Wo war sie nur? Was war passiert? Sie überlegte fieberhaft. Durch ihren Kopf waberte es wie Nebelschwaden, die ihre Erinnerung zudeckten. Nur ab und zu gab eine kleine Lücke ein einzelnes Fragment frei. Sie erinnerte sich an eine Autofahrt, an Motorenlärm und an einen Schrei, den Schrei von Nikolas.

Tränen rannen über ihr Gesicht. Sie dachte an ihren Vater. Sie wollte ihn umarmen, sich an ihn schmiegen. Seine schützenden Hände auf ihren Schultern fühlen. Doch sie konnte sich nicht bewegen. Die Fesseln schnitten in ihre Haut.

41

Die Einsatzbesprechung dauerte beinahe den gesamten Nachmittag. Trevisan verlor am späten Nachmittag den Kampf gegen seine Müdigkeit und schlief ein. Kommissarin Holt, die neben ihm saß, stieß ihn an, als der Commissioner das Wort an ihn richtete.

»Herrn Trevisan und seine Kollegen von der deutschen Polizei steht es natürlich frei, sich unserem Team anzuschließen. Als Beobachter, versteht sich.«

Trevisan nickte.

»Wir werden selbstverständlich alles unternehmen, dass Ihrer Tochter kein Leid widerfährt«, schob der Commissioner nach.

Insgesamt waren an dem Einsatz an allen vier Orten über dreihundert Polizeibeamte beteiligt. Neben zwei Hubschraubern des militärischen Rettungsdienstes und zwei Notarztwagen hatte Lund noch mehrere Boote der Küstenwache angefordert.

»Gut, dann ist alles besprochen«, sagte Lund. »Wichtig ist, dass wir an allen Orten zeitgleich zuschlagen, damit sie sich gegenseitig nicht warnen können. Wir müssen mit bewaffnetem Widerstand rechnen. Also, meine Damen, meine Herren, machen Sie Ihre Abteilungen einsatzklar!«

Langsam löste sich die Versammlung auf.

»Sie müssen entschuldigen«, sagte Trevisan zu der Kommissarin. »Ich habe seit über vierundzwanzig Stunden nicht mehr richtig geschlafen.«

Kommissarin Lund lächelte mitfühlend. »Dann haben Sie noch drei Stunden Zeit, die sollten Sie nutzen. Wir müssen heute Abend hellwach sein. Wir treffen uns hier um acht Uhr. Folgen Sie mir, es gibt hier ein kleines Zimmer, wo Sie sich niederlegen können.«

Trevisan warf ihr einen dankbaren Blick zu.

Um Punkt acht Uhr hatten sich vierzig Polizeibeamte im Saal versammelt. Uniformierte Polizisten, Polizisten in Zivil, zwei Hundeführer und eine Gruppe der Spezialeinheit in schwarzen Overalls, ausgestattet mit Schutzwesten und schweren Maschinenpistolen. Im Raum roch es nach Schweiß, nach Waffenöl und nach Rauch.

Trevisan hatten die Stunden der Erholung gut getan. Er hatte zuerst nicht einschlafen können und an Paula gedacht, aber schließlich hatte die Müdigkeit wieder gesiegt.

Er dachte über Lunds Worte nach. Beobachterstatus, schön. Aber nur, solange alles in den richtigen Bahnen verlief. Schließlich ging es um seine Tochter und er würde nicht zuschauen, wenn sie in Gefahr geriet.

Lund stand an der Stirnseite des Tisches. Mittlerweile war eine große Karte von der Insel Mandø an der Tafel aufgehängt worden. Bilder vom Einsatzort wurden von Hand zu Hand gereicht. Trevisan warf neugierige Blicke auf die Fotos. Das Gehöft lag in der Nähe des westlichen Strandes im Südteil der kleinen Insel. Es bestand aus drei Gebäuden und war von einem hohen Zaun umgeben. Es gab nur einen einzigen Weg, der in das Areal mündete. Ein großes Tor verwehrte Fremden die Zufahrt. Eine Art Wache, eine kleine hölzerne Hütte, stand rechts des Tores. Dort war auch ständig ein Wachmann im Einsatz. Entlang des Zaunes hatte man Lichtmasten mit starken Scheinwerfern errichtet, um das ausgedehnte Grundstück auch nachts überwachen zu können. Für Trevisan hatte das Areal den Anschein einer militärischen Anlage.

Der Zufahrtsweg führte zum Hauptgebäude, das sich in geradliniger Verlängerung zum Weg befand, ein einstöckiges Holzhaus, in L-Form erbaut und mit einer Terrasse an der Rückfront ausgestattet. Das langgestreckte Gebäude, das links des Weges stand und aus dicken Holzbohlen errichtet worden war, diente offenbar als Schlafraum. Rechts neben dem Weg, ebenfalls aus dicken Holzbohlen gebaut, befand sich eine Art Stallung, die – so hatten die Aufklärungskräfte gemeldet – teilweise auch als Garage genutzt wurde. Im hinteren Teil des Gebäudes war die Scheune, in der Futter für die etwa zwanzig Schafe gelagert wurde. Sie waren direkt vor der Scheune in einem Gatter untergebracht.

Überall gab es meist nur sandigen Untergrund. Das Gelände war umrahmt von hohen Dünen, die zum Teil mit Schilfgras bewachsen waren. Trotzdem bedurfte es, so dachte Trevisan, enormer Anstrengung, das ganze Territorium vor der Versandung zu schützen.

»Wir gehen davon aus, dass Ihre Tochter in der Scheune gefangen gehalten wird.« Lund zeigte mit einem Laserpointer auf das rechts stehende Gebäude. »Zumindest ist der Neuankömmling mit seinem Wagen darin verschwunden und alleine wieder aufgetaucht.«

Trevisan suchte aus den unzähligen Bildern das Foto der Scheune heraus. »Es steht nahe am Zaun.«

»Deswegen wird die Spezialeinheit auch genau dort durch den Zaun auf das Gelände vordringen«, erklärte Lund. »Sie hat die Aufgabe, Ihre Tochter aus der Scheune zu befreien.«

»Aber sie werden uns bemerken, wenn wir auf die Insel gehen«, warf Kommissarin Holt ein.

Lund blickte auf seine Uhr. »In genau einer Stunde haben wir Flut, das kommt uns zugute. Wir werden mit zwei Schiffen der Küstenwache auf der Nordostseite der Insel landen. Die dritte und vierte Gruppe überquert den Damm. Ich habe zwei Landrover und einen Lastwagen von der Vogelwarte besorgt. Das dürfte keine Aufmerksamkeit erregen, schließlich haben wir dort ein großes Vogelschutzgebiet und es sind ständig irgendwelche Ornithologen auf der Insel unterwegs. Diese Gruppe wird sich zur Westseite begeben, während die Spezialgruppe vom Osten aus vorgeht. Die dritte Gruppe wird aus dem Süden zuschlagen und Gruppe vier kommt über den Zufahrtsweg. Dazu werden wir gehören.« Er warf Trevisan und Kommissarin Holt einen Blick zu.

»Ihre Kollegin wird unsere Einsatzgruppe *Forschungsstation* begleiten und Ihr Kollege gehört zur Gruppe zwei auf Mandø«, fuhr Lund fort. »Sie werden sich ebenfalls bewaffnen. Sie gehören schließlich auch zur Polizei. Das ist jetzt ein offizieller Einsatz. Wir wissen nicht, auf welche Gegenwehr wir treffen.«

»Ich dachte, wir hätten Beobachterstatus«, warf Alex Uhlenbruch ein.

»Das bezieht sich auf Ihre Befehlsgewalt«, antwortete der Commissioner, »aber nicht auf Ihre Teilnahme an diesem Einsatz. Ich erwarte nur, dass Sie sich meinen Anordnungen fügen.«

»Wie gehen wir genau vor?«, fragte Trevisan.

Lund räusperte sich. »Gut, zurück zum Thema. Um Punkt dreiundzwanzig Uhr schlagen alle Gruppen zu. Etwa eine Minute zuvor wird auf der gesamten Insel der Strom für etwa zehn Minuten abgeschaltet. Diese Zeit müsste ausreichen, damit wir den Zaun durchtrennen und auf das Grundstück gelangen. Wir haben Nachtsichtgeräte im Einsatz. Das Militär war so freundlich, sie uns zur Verfügung zu stellen. Nach zehn Minuten flammt das Licht wieder auf. Ich denke, das reicht aus, um uns in eine günstige Position zu bringen. Dann werden wir ein paar Blendgranaten verschießen und gleichzeitig vorrücken. Wir nehmen uns alle Gebäude zugleich vor. Gruppe eins und zwei das Hauptgebäude, Gruppe drei die Schlafräume und die Spezialeinheiten die Garage und die Scheune. Die Gruppe vier wird darauf achten, dass niemand aus dem Areal entwischt.«

Trevisan warf noch einmal einen Blick auf das Foto der Scheune. Er war hellwach und sein Herz pochte ihm bis zum Hals. Im Saal breitete sich eine unruhige Aufbruchstimmung aus. Zweifellos war Lunds Plan überlegt, doch Trevisan hatte oft genug schon die Erfahrung gemacht, dass alle Pläne nur dann taugten, wenn keine weiteren Unwägbarkeiten hinzukamen. Deshalb war er froh gewesen, als er gehört hatte, dass auch ihm eine Waffe zugeteilt wurde. Denn wenn seine Einschätzung richtig war, dann wartete Halbermann dort auf ihn. Und auf dieses Treffen musste er gut vorbereitet sein.

Ein uniformierter Polizist betrat den Saal und eilte auf Commissioner Lund zu. Er redete mit ihm. Schließlich klopfte Lund mit der Faust auf den Tisch, bis wieder Ruhe einkehrte.

»Ich bitte um Aufmerksamkeit«, rief Lund in die Menge. »Eine Änderung des Plans, meine Herrn. Offenbar wurde die Geisel zwischenzeitlich ins Haupthaus gebracht, berichtet unsere Aufklärung. Eine weitere Person wurde inzwischen in der Scheune eingesperrt. Ein großer Mann mit grauen Haaren. Trevisan, was halten Sie davon?«

Trevisan fuhr sich über die Stirn. Er begann zu schwitzen. »Dann hat Halbermann jetzt wohl die Führung an sich gerissen«, sagte er bedrückt. Jan Simacs Einschätzung der personellen Situation innerhalb der Gruppe traf zu. Paula war in allerhöchster Gefahr.

»Dann werden wir umgruppieren müssen«, antwortete Lund. »Die Spezialeinheit übernimmt den Auftrag der Gruppe zwei. Auf geht's, es gilt, keine Zeit zu verlieren.«

*

Paula saß auf einem Stuhl, der einem hölzernen Thron ähnelte. Sie fror. Ihre Hände waren mit dicken Seilen an den Stuhl gebunden. Sie konnte sich nicht mehr bewegen. Der Raum, in dem sie saß, glich einer Art altertümlichem Ratsherrenzimmer. Ein großer Eichentisch stand in der Mitte, umrahmt von ebenso rustikalen Stühlen. Alles hier wirkte wie aus einem längst vergangenen Jahrhundert. An der Wand hingen riesige Gemälde, alte Schilde und gekreuzte Schwerter. In der Ecke stand ein mächtiger hölzerner Buchständer, auf dem ein riesiges Buch lag.

Sie hörte die Schritte draußen auf dem Gang. Ihr schnürte es den Atem ab.

Ein großer, schlanker Mann mit tiefschwarzen Haaren und eng beieinander liegenden Augen betrat den Raum. Die Augen waren ebenso dunkel wie seine Haare und wirkten wie zwei Kohlen. Er trat vor sie und lächelte zynisch.

»Du bist also die Achillesferse meines Widersachers«, sagte er mit einer tiefen Stimme, die klang, aus käme sie mitten aus einer Gruft.

»Was … was wollen Sie von mir?«, stammelte Paula.

»Glaubst du an Gott?«, fragte der Dunkelhaarige.

Paula spürte die Kälte, die von dem Mann ausging. Sie zitterte.

»Lassen Sie mich gehen!«, schrie sie plötzlich ihre Angst hinaus. »Mein Vater ist bei der Polizei. Er wird mich suchen. Dann werden Sie …«

»Was werde ich?«, fiel er ihr ins Wort. »Wird er mich töten?«

Paula schwieg. Sie spürte, dass es keinen Sinn hatte, mit dem Mann zu reden.

»Ich hatte einen Sohn«, erzählte der Mann. »Er war etwa in deinem Alter. Jetzt ist er in den Kreis zurückgekehrt. Seine Mutter ist ihm gefolgt. Daran ist nur dein Vater schuld. Er ist böse. Er trägt die Pestilenz in sich und er wird sterben.«

Paula lief eine Träne über die Wange. »Lassen Sie mich gehen«, schluchzte sie.

Der Mann ging an das Fenster und schaute hinaus. Draußen dämmerte es bereits. Dann griff er nach einem der Schwerter, die an der Wand hingen.

»Liebst du deinen Vater?«, fragte er.

Aus dem Zittern war ein Beben geworden. Paula spürte, wie sich ihr Magen verkrampfte. Sie nickte.

»Das ist gut«, sagte der Mann. »Er wird den Schmerz erleiden, den er mir zufügte. Er hat mir alles genommen. Meinen Sohn, meine Frau, das ganze Leben. Er wird dafür büßen. Bevor er dir folgt, soll er all die Pein und den Schmerz erfahren, den ich erdulden musste.«

Der Mann machte einen Schritt auf Paula zu und hob das Schwert. Paula schloss die Augen und wandte den Kopf zur Seite. Sie spürte den Luftzug, als die Klinge an ihr vorbeistrich.

»Noch ist die Stunde nicht gekommen«, sagte Halbermann mit einem gemeinen Lächeln auf seinen Lippen. »Doch sie ist nah – er ist nah.«

Erneut waren Schritte auf dem Gang zu hören. Die Tür wurde aufgerissen. Ein Mann stürzte in das Zimmer.

»Schnell, Ehrwürdiger«, sagte der Bote hastig. »Es gibt ein Problem.«

*

Trevisan saß im Fond des Geländewagens und blickte ungeduldig aus dem Seitenfenster. Er steckte in einem dunklen Overall, trug Springerstiefel, und eine italienische Beretta baumelte an seiner Hüfte. Als die Wagen auf den kleinen Damm abbogen, begegnete ihnen ein sonderbares Gefährt. In der Dämmerung wirkte es wie ein alter Eisenbahnwaggon, der von einem altersschwachen Traktor gezogen wurde.

»Der Deichbus aus Mandø«, erklärte Kommissarin Holt, die ebenfalls einen schwarzen Kampfanzug trug und ihre langen roten Haare zu einem Zopf zusammengebunden hatte. »Die letzten Touristen verlassen die Insel.«

Trevisan schaute dem Gespann nach, als sie an ihm vorüberfuhren. »Gibt es dort denn keine Hotels oder Pensionen?«

»Mandø ist eine kleine, eher verschlafene Insel«, erklärte Kommissarin Holt. »Es leben nur wenig Menschen darauf. Hauptsächlich bevölkern Vögel die Küste. Nur im Südwesten gibt es eine kleine Siedlung. Von der Mühle auf Mandø haben Sie wohl schon gehört?«

Trevisan schüttelte den Kopf, doch das fiel nicht sonderlich auf, als die beiden Geländewagen und der LKW der Vogelschutzgruppe in Esbjerg die schmale Schotterpiste auf dem Damm befuhren – unzählige Schlaglöcher und Unebenheiten rüttelten das Fahrzeug durch. Sie fuhren im Schritttempo, mehr ließ die Fahrbahn nicht zu. Die Rettungswagen blieben in sicherer Entfernung zurück.

»Schotter und Sand, so sieht es auch auf Mandø aus«, sagte die Kommissarin. »Was tun Sie, wenn Ihre Tochter in Gefahr gerät?«, wechselte sie das Thema.

Trevisan warf ihr einen fragenden Blick zu.

»Lund hat gesagt, ich soll ein bisschen auf Sie aufpassen«, erklärte sie. »Da würde ich gerne wissen, was auf mich zukommt.«

»Ich weiß es nicht«, sagte er. »Aber ich werde nicht zulassen, dass ihr etwas geschieht.«

»Sie wissen, dass Sie eigentlich gar nicht an diesem Einsatz teilnehmen dürften?«

»Das ist mir klar, und ich bin dankbar dafür, dass ich dennoch dabei sein darf.«

Die Kommissarin lächelte. »Oh, dankbar brauchen Sie nicht zu sein. Lund rechnet fest damit, dass Sie den Einsatz nicht gefährden. Im Gegenteil, er ist sogar der Meinung, dass Sie uns sehr nützlich sein könnten. Sie kennen diesen Habermann und hatten schon mit ihm zu tun.«

»Halbermann«, stellte Trevisan richtig.

»Wie?«

»Der Kerl heißt Halbermann.«

»Schön, ist ja auch egal«, sagte die Kommissarin. »Ich hoffe zumindest, dass es nicht zu einer wilden Schießerei ausartet. Das hieße, es gäbe Opfer auf beiden Seiten.«

Trevisan griff zu seiner Pistole. »Ich hoffe ebenfalls nicht, dass wir schießen müssen. Das können Sie mir glauben.«

»Vielleicht liegt es an Ihnen, das zu verhindern«, bekam er zur Antwort.

Sie erreichten die Insel und fuhren auf die kleine Siedlung im Südwesten zu. Nach ein paar Minuten stoppten die drei Fahrzeuge.

»So, jetzt gehen wir den Rest des Weges zu Fuß«, sagte Kommissarin Holt und stieg aus.

»Frau Holt«, flüsterte Trevisan. »Ich … sollte ich … ich meine, wenn es hart auf hart kommt, sorgen Sie bitte dafür, dass meine Tochter …«

»Ich verstehe«, antwortete die Kommissarin. »Ich heiße Kareen.«

»Martin«, entgegnete Trevisan.

Die kleine Gruppe wandte sich nach Süden. Es war nicht einfach, in der Dunkelheit durch den tiefen Sand zu stapfen. Ein paarmal geriet einer von ihnen ins Straucheln. Auch Kareen Holt stürzte, Trevisan half ihr wieder auf. Schließlich stiegen sie auf eine steil ansteigende Düne. Sie maß wohl an die sechs Meter, schätze Trevisan. Immer wieder rutschten sie zurück. Sand füllte ihre Stiefel. Trevisan war schweißgebadet, als er oben ankam. Er ließ sich in den feuchten Sand fallen und schaute zum Himmel. Noch lag eine Wolkendecke über dem Horizont. Trevisan hoffte, dass es auch so bleiben würde. Langsam schob er sich an die Kante der Düne heran.

»Vorsichtig«, flüsterte Lund, der neben ihm lag. »Drüben geht es mindestens genauso steil wieder hinunter.«

Trevisan war vorsichtig und krallte seine Hände in den Strandhafer. Dann hatte er den höchsten Punkt des sandigen und unsteten Berges erreicht. Er schaute hinunter in das kleine Dünental, wo in der gleißenden Helligkeit der Strahler das Hauptquartier der Söhne Uthers lag. Es sah genauso aus wie auf den Fotos. Nur stand vor dem Gebäude hinter dem Schafsgatter ein kleiner, roter Geländewagen mit eingeschalteten Scheinwerfern. Mehrere Männer umringten den Wagen. Über ihren Schultern hingen Gewehre. Trevisan fragte sich, ob Jan Simac wohl recht behalten sollte. Spürten sie wirklich, dass der Bote des Steins gekommen war?

42

Der Wind strich über ihre schweißgebadeten Gesichter. Im Tal zwischen den Dünen herrschte trügerische Ruhe. Noch immer stand der kleine Geländewagen mit eingeschaltetem Licht vor der Scheune. Trevisan schaute auf seine Uhr. Noch fünf Minuten, dann würde hier die Hölle losbrechen. Er musste alles daran setzen, um seine Tochter aus den Klauen des leibhaftigen Teufels zu befreien.

Er nestelte an seinem Rucksack und zog das Nachtsichtgerät hervor. Kareen Holt hatte ihm die Funktionsweise erklärt. Er musste es einfach nur aufsetzen wie eine Brille und einschalten, dann würde er auch bei absoluter Dunkelheit zumindest noch die grünlichen Umrisse seiner Widersacher erkennen.

Insgesamt hatte er bislang acht Männer gezählt, alle bewaffnet. Eine Schießerei schien unvermeidlich.

Unaufhaltsam rückten die Zeiger seiner Uhr voran. Der Armbanduhr, wegen der er vor nicht einmal zwei Wochen Nikolas Ricken des Diebstahls verdächtigt hatte und die Paula zu einem Graveur gebracht hatte. Paula … was mochte dieser Teufel mit ihr anstellen? Warum hatte er sie ins große Haus geholt?

Trevisan fühlte, dass Paula noch am Leben war. Hoffentlich würde Lunds Einsatzplanung aufgehen.

Trevisan schaute sich um. Lund lag nicht weit von ihm entfernt und beobachtete das Gelände mit einem Fernglas. Ein Funkgerät mit Kopfhörer und Sprechgeschirr lag neben ihm. Lund griff danach. Es war so weit.

Pünktlich gingen überall auf Mandø die Lichter aus. Auch die Scheinwerfer um das Areal der Söhne Uthers erloschen.

Auf diesen Augenblick hatten sie gewartet. Im Schutze der Dunkelheit arbeiteten sie sich voran, krochen auf allen vieren die steile Düne hinab. Sie robbten, stürzten, überschlugen sich, rafften sich sofort wieder auf und hetzten weiter. Trevisan zerbiss den Sand in seinem Mund. Die Umrisse der Gebäude kamen immer näher. Ein paar Schritte noch, dann waren sie am Zaun.

Trevisan hörte die lauten Rufe und die gebrüllten Befehle der Männer in dem Areal. Kommissarin Holt schlich direkt hinter ihm auf das Tor zu. Noch bevor sie es erreichten, stach Helligkeit wie mit Nadelspitzen in Trevisans Auge. Er versuchten einen Aufschrei zu unterdrücken, riss sich das Nachtsichtgerät vom Kopf und duckte sich tief auf den Boden. Er war nicht der Einzige, dem es so erging. Die Scheinwerfer flammten wieder auf, man hörte das tiefe Brummen von Generatoren. Daran hatte Lund nicht gedacht.

Die ersten Schüsse peitschten durch die Nacht und Trevisan duckte sich noch tiefer in den Sand. Blendgranaten explodierten über dem Gelände. Die Explosionen ließen die Luft vibrieren. Eine verirrte Blendgranate durchschlug die Fensterscheibe der Scheune und zerknallte. Sofort breitete sich ein Feuer in dem hölzernen Gebäude aus.

Trevisan blickte auf. Ein Mann mit einem Gewehr in Anschlag kam auf ihn zu. Eine kleine Sandfontäne stob vor ihm auf. Noch bevor Trevisan seine Waffe ziehen konnte, sank der Mann getroffen zu Boden. Trevisan schaute sich um. Kareen Holt lag neben ihm auf dem Bauch, ihre Waffe im Anschlag. Trevisan nickte ihr dankbar zu.

»Wir rücken vor!«, durchdrang Lunds lautes Rufen das Gewirr der Stimmen und Geräusche.

Trevisan richtete sich auf. Er hetzte auf das Tor zu, das mittlerweile von Einsatzkräften weit aufgestoßen worden war. Er blickte sich um, versuchte das Chaos zu durchdringen, doch überall um ihn herum waren die vorrückenden Polizisten in Bewegung. Das Prasseln des Feuers und das Brummen der Generatoren schwängerten die Luft und die ersten hohen Flammen schlugen aus dem Dach der Scheune.

Trevisan stürmte weiter. Zwei Polizisten umringten einen blonden jungen Mann, der die Hände zum Himmel streckte. Plötzlich erschütterte eine weitere Explosion das Durcheinander. Eine hohe Stichflamme schoss in den Himmel. Das Brummen der Generatoren verstummte und langsam verglühte ein Scheinwerfer nach dem anderen. Trevisan warf sich erneut auf den Boden und robbte auf allen vieren in Richtung des Hauptgebäudes. Dorthin, wo sie Paula gebracht hatten.

Ein fürchterlicher Schrei ließ ihn verharren. Aus der brennenden Scheune stolperte eine schemenhafte Gestalt, ein Feuerball umhüllte den großen Mann. Die Haare, die Kleider, die Arme, alles loderte in hellen Flammen. Sein Kreischen klang unmenschlich.

»Eine Decke!«, schrie Trevisan. »Wir brauchen eine Decke!«

Der Mann sank auf die Knie. Trevisan hetzte auf ihn zu, doch noch bevor er ihn erreichte, stürzte die brennende Gestalt zu Boden. Ein Polizist kam mit einer Decke herbeigeeilt und warf sie über den brennenden Körper. Der Mann lag vor ihm auf dem Rücken. Rauch stieg auf und wurde vom aufkommenden Wind hinfort geweht.

Trevisan blickte in das Gesicht des Verletzten. Es war ein faltiges, ein gezeichnetes Gesicht. Obwohl die linke Hälfte geschwärzt von Ruß und übersät von Brandwunden war, wusste Trevisan sofort, wen er vor sich hatte. Das Feuermal in Form eines Sternes auf der Stirn war unversehrt geblieben. Es war das Gesicht von Professor Lars Uwe Gehlers oder auch Adrian Lug, wie er sich jetzt nannte. Doch noch etwas war Trevisan sofort klar: Es war das Gesicht eines Toten.

Trevisan schluckte. Erneut brandeten Schüsse auf. Der flackernde Schein des brennenden Schuppens erleuchtete das Gelände. Mittlerweile hatten die Polizisten die Oberhand gewonnen. Nur im Bereich des Haupthauses wurde noch gekämpft. Trevisan wandte sich um und hastete weiter. Paula musste dort irgendwo sein.

*

Simon Halbermann wusste, dass er sich auf ein gefährliches Spiel eingelassen hatte. Solange Gehlers noch am Leben war, musste Halbermann mit Widerstand gegen seine Regentschaft rechnen. Er war selbst daran schuld. Er hatte den alten Mann zu dem gemacht, was Gehlers jetzt war – zum geistigen Führer der Organisation. Dabei war der alte Professor damals nicht viel mehr als ein hoffnungsloser Phantast gewesen. Ohne Halbermanns Zutun wäre die Gruppe nicht zu dem geworden, was sie heute war. Schon damals, als Student noch, als Gehlers von der geheimnisvollen anderen Welt erzählte, hatte Halbermann gewusst, dass er dieser Vision folgen würde, dass er genau dafür geboren worden war.

Er war aufgewachsen mit einer tiefen Rastlosigkeit, die er stets in sich getragen hatte, und niemand hatte ihn aus seiner inneren Zerrissenheit befreien können. Nicht einmal seine Mutter, mit der ihn eine besondere Beziehung verband, weil sein Vater nie für ihn dagewesen war.

Und so war er stets auf der Suche gewesen. Ein Suchender in einem undurchdringlichen Dschungel aus Luxus, Glamour und Überfluss. Gehlers hatte ihm eine andere Welt gezeigt, eine rätselhafte Welt, die ihn faszinierte, die für ihn geschaffen war. Und so hatte er sein Leben geändert und war der vermeintlich einzigen Sache gefolgt, die seinem Leben einen Sinn gab.

Und nun, da alles auf dem Spiel stand, musste er erkennen, dass er alleine war, dass er sich auf niemanden verlassen konnte, nicht einmal auf diejenigen, die sich dem gleichen Ziel verschworen hatten. Manche wollten gehen, weggehen und sich dem Schicksal ergeben, ganz so, als ob dies hier eine Theatervorstellung war, die man einfach verlassen konnte, wenn sie einem nicht mehr gefiel. Das konnte er nicht zulassen.

Er eilte aus dem Zimmer, in dem die Tochter des unheilvollen Boten auf ihren Tod wartete. Er eilte hinaus in die scheinwerferdurchflutete Nacht. Doch schon im Flur traf er auf einige der Abtrünnigen.

»Niemand geht hier so einfach weg!«, zischte er den dreien zu. Noch immer hielt er das Schwert fest umklammert.

Die Männer musterten ihn mit ängstlichen Blicken.

»Ihr wollt gehen?«, fragte er sie. »Euren Schwur vergessen und die Sache verraten?«

Einer der Männer schüttelte den Kopf. »Sie sind in der Übermacht!«

Halbermann trat vor ihn hin und schaute ihm durchdringend in seine Augen. »Niemand wird die Insel verlassen!« Noch bevor er weiterreden konnte, fielen Schüsse.

*

Trevisan erreichte den Seitenflügel des Hauptgebäudes. Zwei Polizisten der Spezialeinheit hatten sich hinter der Hausecke verschanzt. Einer zischte ihm etwas zu. Trevisan verstand ihn nicht, doch als plötzlich direkt neben ihm ein Projektil ins Holz einschlug, wusste er, was ihm der dänische Kollege hatte sagen wollen. Trevisan ließ sich fallen. Ein weiterer Schuss peitschte auf. Der Schütze musste sich auf der anderen Seite des Gebäudes verschanzt haben.

Mit einem mächtigen Satz sprang Trevisan hinter einer kleinen Mauer in Deckung. Hart schlug er auf. Mit dem Knie prallte er gegen einen Holzpfosten. Den Schmerz ignorierte er. Mühsam rappelte er sich wieder auf und schlich zur nahen Hauswand. Er drückte sich dicht dagegen und verharrte. Ein Beamter der dänischen Spezialpolizei hatte gegenüber auf den Boden Stellung bezogen und zielte mit einem Sturmgewehr auf eines der Fenster, während sein Kollege vorsichtig um die Hausecke spähte. Plötzlich zirpte eine Kugel nahe an der Wand vorbei. Zwei weitere Schüsse brachen. Der Polizeibeamte zog hastig den Kopf zurück.

Trevisan hatte das Mündungsfeuer des Schützen wahrgenommen und zielte mit seiner Waffe auf die Stelle. Zweimal drückte er ab, da taumelte eine Gestalt aus einer Nische hervor und stürzte zu Boden. Sofort sprangen die beiden Polizisten auf und hasteten auf den Mann zu. Trevisan richtete sich auf und hetzte weiter. Der Eingang des Hauptgebäudes war sein Ziel.

Neben der Tür sank er zu Boden und rang nach Atem. Nur noch vereinzelt waren Schüsse zu hören. Schließlich wurde es ruhig bis auf das Prasseln des Feuers. Offenbar war die Gegenwehr erlahmt. Das Dröhnen eines Hubschraubers wurde lauter und überlagerte bald die Geräusche des Brandes. Trevisan verharrte und strich sich mit seiner Hand über die Stirn. Er schwitzte. Der Hubschrauber entfernte sich wieder.

Plötzlich erklang die schrille Stimme eines Mädchens: »Neeiiiinn!«

Trevisan lief ein kalter Schauer über den Rücken.

Dann hörte er Lund laut rufen, er befahl seinen Männern, das Feuer einzustellen.

»Trevisan! Trevisan, wo bist du?«, rief eine heisere Stimme. »Komm her, ich weiß, dass du hier bist!« Die Stimme überschlug sich. Trevisan hatte die Stimme nur ein paarmal gehört, doch er erkannte sie sofort.

»Komm heraus aus deinem Versteck!«, rief Halbermann. »Der Stein hat seine Macht verloren. Du bist alleine. Komm und versuche zu retten, was dir nah steht!«

Trevisan atmete tief ein.

»Martin, um Gottes willen, bleiben Sie, wo Sie sind!«, hörte er die Kommissarin rufen.

»Hier ist die Polizei!«, rief Lund durch ein Megaphon. »Lassen Sie das Mädchen frei und nehmen Sie die Hände hoch. Sie sind umstellt. Sie haben keine Chance!«

»Papa!«, schrie Paula. Sie schluchzte.

»Komm, Trevisan, komm und hol sie! Oder liegt dir nichts an deinem Kind?«

»Trevisan, bleiben Sie, wo Sie sind!«, rief die Kommissarin erneut. »Er wird Sie beide umbringen, wenn Sie sich zeigen.«

Vielleicht hatte Kareen Holt recht. Doch er hatte keine Wahl.

»Halbermann!«, rief Trevisan. Er zitterte am ganzen Körper, aber seine Stimme klang fest. »Halbermann, ich bin hier! Ich komme.«

»Nein, Martin!«, rief die Kommissarin. »Er wartet nur darauf!«

»Komm in mein Haus, Trevisan!«, brüllte Halbermann. »Ich lade dich ein. Komm zum letzten großen Gefecht. Befreie dich von dieser unwürdigen Welt. Komm, dann wird deiner Tochter nichts geschehen.«

Trevisan erhob sich. Bedächtig betrat er das Gebäude.

Simon Halbermann stand im Flur. Er hielt Paula wie einen Schutzschild umklammert. Einen Arm hatte er um ihren Hals geschlungen. Mit der anderen Hand presste er ihr ein Messer an den Hals. Als er Trevisan erkannte, huschte ein irres Lächeln über sein Gesicht.

»Ich bin hier«, sagte Trevisan. »Und ich bin alleine. Lassen Sie meine Tochter gehen!«

»Ich habe auf dich gewartet«, antwortete Halbermann.

»Lassen Sie meine Tochter los!«, zischte Trevisan. Langsam ging er auf Halbermann zu, der sich immer weiter in den Flur zurückzog.

»Warum mussten Maria und die anderen Mädchen sterben?«, fragte Trevisan.

Halbermann grinste. Stück um Stück wich er tiefer in den dunklen Flur zurück und zerrte Paula mit sich. »Was ist das Leben wert?«, sagte er kalt. »Was ist dir deine Tochter wert? Maria war unwürdig, ihr Tod war umsonst.«

»Trevisan, bleiben Sie stehen, er wird Sie beide umbringen!« Kommissarin Holt stand mit der Waffe im Anschlag in der Eingangstür.

Trevisan ignorierte sie. »Gib meine Tochter frei!« Paula blickte ihn aus ängstlichen Augen an.

»Sie soll verschwinden, sonst töte ich deine Tochter«, sagte Halbermann und wies mit einer Kopfbewegung auf die Kommissarin. »Und wirf deine Pistole weg, sonst steche ich zu.«

Trevisan war nun ganz im Haus verschwunden. Der fahle Schein des Feuers erhellte den Flur nur schwach. Halbermann hielt Paula noch immer in seinem eisernen Griff. Langsam kam Trevisan näher. Paula weinte. Nur noch fünf Schritte trennten ihn von seiner Tochter, und doch lag eine unsichtbare Mauer zwischen ihnen, die es ihm unmöglich machte, nach ihr zu greifen. Immer tiefer tauchten sie in den Hausflur ein.

»Deine Waffe!« Halbermann unterstrich seine Forderung, indem er das Messer noch fester an Paulas Hals drückte.

Trevisan griff in seinen Hosenbund und zog langsam die Pistole hervor. Er umfasste sie mit der Hand, zeigte sie Halbermann und warf sie dann hinter sich in den Flur. Draußen wuchs das Dröhnen der Hubschrauber zu einem infernalischen Lärm.

Plötzlich gab Halbermann Paula einen heftigen Stoß. Sie stürzte zu Boden. Trevisan war vollkommen überrascht.

»Stirb, du Hund…«, brüllte Halbermann wie von Sinnen und stürzte auf ihn zu, das erhobene Messer in der Hand. Trevisan duckte sich.

»Auf den Boden!« Die Worte drangen nur schwach durch das Getöse des Hubschraubers. Instinktiv ließ Trevisan sich fallen. Schüsse peitschten auf. Trevisan riss schützend die Arme nach oben. Er schloss die Augen und fühlte bereits, wie ihn das kalte Metall durchbohrte, doch der Stich blieb aus. Stattdessen stürzte ein Körper auf ihn herab und begrub ihn.

Eine Weile blieb er still liegen. Schließlich schlug er die Augen auf und befreite sich von dem leblosen Körper. Es dauerte ein paar Sekunden, bis er begriff, was geschehen war.

Kareen Holt beugte sich über ihn. »Sind Sie verletzt?«, fragte sie und befühlte Halbermanns Halsschlagader. Eine dunkle Flüssigkeit lief über ihre Hände.

»Ist … ist er tot?«, stammelte Trevisan.

Kareen Holt nickte. »Ich sagte doch, dass Lund mir den Auftrag gab, auf Sie aufzupassen.«

*

Sie standen vor dem Haus. Mittlerweile war der Strom wieder eingeschaltet und die Scheinwerfer erhellten die Nacht. Er umklammerte Paula, wie ein Ertrinkender mitten im Ozean einen Rettungsring umklammert. Tränen liefen über sein Gesicht.

Paulas Haare flatterten im Wind der langsam ausrollenden Rotorblätter. Sie war unverletzt geblieben und auch er hatte nur ein paar kleine Blessuren abbekommen.

Kommissarin Holt ging an den beiden vorüber. Trevisan nickte ihr zu.

»Danke«, sagte er. »Zum zweiten Mal, danke.«

»Der Krankenwagen kommt gleich«, antwortete sie. »Sie hatten sehr viel Glück.«

»Ich weiß.« Er drückte Paula noch ein klein wenig fester an sich. Er würde sie nie mehr loslassen. Nie mehr.

EPILOG

Der Einsatz auf Mandø hatte drei Menschen das Leben gekostet. Halbermann, Gehlers und einer ihrer Gefolgsleute waren gestorben. Drei weitere Söhne Uthers sowie zwei Polizisten waren mit Schussverletzungen in nahe Krankenhäuser eingeliefert worden. Trevisan und Paula flogen mit dem Hubschrauber hinüber nach Esbjerg. Eine Psychologin sollte sich ihrer annehmen, doch Paula hatte abgelehnt. Sie wollte so schnell wie möglich nach Hause.

Auch in Thule waren die Polizisten auf heftige Gegenwehr gestoßen, doch am Ende hatten auch sie ihre Widersacher überwältigt. In Arhus und in Hjørring hingegen hatte es keine Gegenwehr gegeben. In der Flugzeughalle in den Sümpfen hatten sie Behrends' Cessna gefunden. Damit stand fest, dass Halbermann der Mörder des Abgeordneten gewesen war. Doch nicht nur dieser Fall konnte aufgelöst werden. In Thule ging den Fahndern nicht nur Richard Kranewitt ins Netz, der sich vor der Durchsuchung der Steuerfahndung in die Stadt im Norden Grönlands geflüchtet hatte, auch Namo Silivlis, Gehlers' Gefährtin, konnte dort verhaftet werden. Nun buhlten beide mit ihren Aussagen um die Gunst der Ermittlungsrichter.

Insgesamt einhundertachtzig Anhänger der keltischen Sekte wurden festgenommen. Deutsche, Dänen, Schweden, Engländer, Iren, aus aller Herren Länder waren sie gekommen. Jan Simac und seine Gefolgsleute würden alle Hände voll damit zu tun haben, die verlorenen Schäfchen wieder auf den richtigen Weg zu führen.

Im Rahmen der weiteren Ermittlungen konnten eine Vielzahl von Verbrechen aufgeklärt werden. Morde an Widersachern und Abtrünnigen, Einbrüche und Überfälle und viele andere Grausamkeiten wurden offenbar. Auch das Schicksal von Mike Landers, dem Jungen vom Banter See, wurde durch die Aussage von Richard Kranewitt erleuchtet. Mats Persson, oder besser gesagt Sigurd Janson, hatte von Halbermann den Auftrag erhalten, den Jungen und die Beweise aus dem Weg zu räumen.

Trevisan blieb zu Hause. Er war bei Paula und wich nicht von ihrer Seite.

*

Tage später …

Die Maschine der Qantas-Air landete pünktlich um 18.10 Uhr auf dem Rollfeld 2 des Frankfurter Flughafens. Trotzdem musste Trevisan noch fast eine halbe Stunde warten, bis Angela endlich die Einreiseformalitäten hinter sich gebracht und ihre Koffer abgeholt hatte.

Er war alleine nach Frankfurt gefahren. Paula war bei Nikolas im Krankenhaus geblieben, der wohl noch bis Ende der Woche mit einer schweren Gehirnerschütterung dort liegen musste.

Als Angela in ihrem weißen und schulterfreien Hosenanzug auf Trevisan zukam, musste er zweimal hinschauen, bis er sie erkannte. Sie war so braun geworden wie die Ureinwohner Australiens selbst.

Er reichte ihr eine rote Rose und legte ihr den Arm um die Schulter. Sie küssten sich.

Als sie schließlich über den Parkplatz auf Trevisans Wagen zugingen, erzählte Angela, ohne Luft zu holen, von ihren Erlebnissen auf dem fünften Kontinent. Trevisan hörte schweigend zu und humpelte zum Wagen.

»Was ist denn mit dir passiert?«, fragte Angela, doch noch bevor er antworten konnte, fuhr sie mit ihrer Erzählung fort. Sie berichtete von der urwüchsigen Schönheit der Natur, von der erbarmungslosen Hitze im Outback und über die reservierte Gastfreundschaft der Australier, die jeden erst einmal einer eingehenden Prüfung unterzogen, ehe sie sich überhaupt ein kurzes »Hallo« oder ein nichtssagendes »Wie geht's?« abrangen.

Als Angela endlich zum Ende kam, passierte Trevisan bereits das Seligenstädter Kreuz.

»Und was gibt es bei dir Neues?«, fragte Angela schließlich. Trevisan lächelte.

»Nichts, alles beim Alten«, erwiderte er.

ENDE

DANK

Tina, Christiane, Benno
Vielen Dank für die Hilfe